DIRK ROSSMANN
RALF HOPPE
Das dritte Herz des Oktopus

AF202104

Weitere Titel von Dirk Rossmann und Ralf Hoppe:

Der neunte Arm des Oktopus
Der Zorn des Oktopus

Über die Autoren:

RALF HOPPE, geboren 1959 in Teheran, Iran, verbrachte seine Kindheit im Orient. Er studierte Kunst und Wirtschaft, wurde Journalist und arbeitete fast drei Jahrzehnte für die ZEIT und den SPIEGEL. Seine Reportagen, die ihn in zahlreiche Krisengebiete führten, wurden vielfach preisgekrönt (u. a. Henri-Nannen-Preis, Theodor-Wolff-Preis). Zwischendurch war er Drehbuchautor und schrieb an mehreren SPIEGEL-Büchern mit. Gemeinsam mit Dirk Rossmann verfasste er die Bestseller »Der Zorn des Oktopus« und »Das dritte Herz des Oktopus«.

DIRK ROSSMANN, geboren 1946, ist verheiratet und hat zwei Söhne. Er ist erfolgreicher Unternehmer und Schriftsteller, unter anderem Mitgründer der »Deutschen Stiftung Weltbevölkerung«. Bisherige Veröffentlichungen: »… dann bin ich auf den Baum geklettert!« (2018), »Der neunte Arm des Oktopus« (2020), »Der Zorn des Oktopus« (2021), »Das dritte Herz des Oktopus« (2023). Seine Autobiografie wie auch die Thriller erreichten die vordersten Plätze der SPIEGEL-Bestsellerliste. Dirk Rossmann setzt sich intensiv für den Klimaschutz ein.

DIRK ROSSMANN
RALF HOPPE

DAS DRITTE HERZ DES OKTOPUS

THRILLER

Lübbe

Cradle to Cradle Certified® ist eine eingetragene Marke
des Cradle to Cradle Products Innovation Institute.

Das Etikett/Die Beilage ist kein Bestandteil der erlangten
C2C Zertifizierung bei GGP Media

Vollständige Taschenbuchausgabe
der bei Bastei Lübbe erschienenen Hardcoverausgabe

Copyright © 2023 by Bastei Lübbe AG, Schanzenstraße 6 – 20, 51063 Köln

Vervielfältigungen dieses Werkes für das Text- und
Data-Mining bleiben vorbehalten.

Umschlaggestaltung: ZERO Werbeagentur, München
Einband-/Umschlagmotiv: © QLaLa Merkel / Shutterstock.com;
sopf / Shutterstock.com
Kartenillustration: Markus Weber, Guter Punkt, München
Satz: hanseatenSatz-bremen, Bremen
Gesetzt aus der Adobe Garamond Pro
Druck und Verarbeitung: GGP Media GmbH, Pößneck

Printed in Germany
ISBN 978-3-404-19436-0

2   4   5   3   1

Sie finden uns im Internet unter:
luebbe.de
Bitte beachten Sie auch: lesejury.de

Man sagt, die See sei kalt / Und doch birgt sie
Das heißeste Blut von allen, das wildeste, das drängendste

D. H. Lawrence

Erstes Kapitel

Das Tier aus der Tiefe

Die Operation ist lange schon geplant. Jetzt ist es so weit.

Schauplatz: Sydney, größte Stadt Australiens, hier: das Opernhaus.

Zielperson: John Garreth Martindale, ehemals Marineoffizier im Rang eines Flottilleadmirals d. R., ehemals australischer Ministerpräsident, nach atemberaubender politischer Karriere derzeitiger Verteidigungsminister der Klima-Allianz.

Die Täter: eine radikale Abspaltung der »Fraction de l'armée polynésienne«, kurz F.A.P. Es sind überwiegend junge Kämpferinnen und Kämpfer, die oft eigenständig agieren, mit flachen Hierarchien, dabei extrem gut ausgebildet, zu allem entschlossen.

Und davon überzeugt, dass Gerechtigkeit auf der Welt nur mit Gewalt herzustellen sei.

Der Plan: äußerst präzise. Die Ausarbeitung hat sich über einen Zeitraum von fast zwei Jahren erstreckt. Für die eigentliche Tat sind zwei Minuten und vierzig Sekunden angesetzt. Präzision und Planung sind entscheidend.

*

Verbrechen ist ein Betätigungsfeld, das zunächst jedem offensteht. Denn »Verbrecher« – das ist keine geschützte Berufsbezeichnung, vielmehr ein Metier ohne systematische Ausbildung, eher *learning by doing*, und seltsamerweise wird man auch erst dann als Verbrecher qualifiziert, sobald man gefasst und verurteilt wird, genau genommen also durch erwiesenes Versagen.

Deshalb tummeln sich auf diesem Gebiet vornehmlich Amateure, die eher in die Laufbahn des Kriminellen hineingescheitert sind, als dass sie sie bewusst und freudig ergriffen hätten. Von rühmlichen Ausnahmen abgesehen, sind die meisten Gangster, all die Entführer, Bankräuber, Erpresser, Dealer, Mörder, wie Kriminologen seufzend bestätigen werden, Pfuscher und keine

Leuchten auf ihrem Gebiet. Sie haben etwas falsch gemacht, darum füllen sie die Gerichtssäle, bevölkern die Gefängnisse, wo sie genug Muße haben, sich zu fragen, was eigentlich das Problem war.

Die Antwort ist einfach.

Die *Planung* macht den Unterschied.

Ein Verbrechen bedarf, soll es zielführend ablaufen, einer wahrhaft anspruchsvollen Planung, wie bei einem sorgfältigen Ingenieur oder bei einem Handwerker, der zunächst nachdenkt und dann erst zu Werke geht. Es braucht auch im illegalen Geschäft ein Timing, Vorbereitung, exakte Choreografie. Vor allem, wenn im Team gearbeitet wird, etwa bei einem Banküberfall oder einer Entführung: Hier müssen die Täter sich zuerst selbst kennen, ihre Position. Sie müssen wissen, wer wann und an welchem Ort welche Rolle spielt, eigentlich wie bei einer gut eingespielten Fußballmannschaft. Sie müssen ihr Ziel kennen, ihre Mittel beherrschen, die Technologie, Waffen, Werkzeug, Einsatz von Gewalt, Einschüchterung und Psychologie, Baupläne, das Gelände, Fluchtwege, und sie müssen Eventualitäten hochrechnen und vor allem den Schauplatz beherrschen.

Verbrechertum treibt eine alte Lebensweisheit auf die Spitze: Improvisation ist tödlich, Planung ist alles. Die Taten, von denen hier die Rede sein wird, wurden allerdings von langer Hand geplant und mit äußerster Skrupellosigkeit durchgeführt. Sydney war nur der Auftakt.

*

Die Gruppe, die für die spektakuläre Entführung des Verteidigungsministers John Garreth Martindale verantwortlich war, nannte sich »La Septième«, die Siebente. Sie waren die Zornigsten, die Radikalsten, die Unerbittlichsten innerhalb der F.A.P. – eine von sieben Untergruppen, die, unzufrieden mit den langsamen Fortschritten der Dachorganisation, in den bewaffneten Kampf gegangen war.

Die F.A.P. selbst war eine friedliche und politische Bewegung, die von den Inselstaaten der Südsee ausgegangen war – und der sich zahlreiche andere Klimakämpfer aus vielen Nationen angeschlossen hatten. Wie im irischen Widerstand die »Sinn Féin« einst der politische Arm und die IRA der bewaffnete Arm war, so verhielt es sich auch hier. Es gab eine offizielle und legale Organisation. Daneben formierte sich eine Armee der Schatten.

In der »Septième« kamen die radikalsten Kämpfer zusammen, weil sie nach eigenem Dafürhalten nichts zu verlieren hatten, weil ihnen alles genommen worden war: die Heimat, die Eltern, die Geschwister, die Zukunft. Es waren überwiegend junge Menschen aus allen Teilen der Welt, deren Leben durch den Klimawandel radikal auf den Kopf gestellt worden war. Dies war etwa um die Jahre 2026 bis 2028 geschehen; damals waren zum Beispiel viele Inseln in der Südsee einfach überschwemmt worden. In Afrika hatte die Überwärmung ein Dutzend Staaten mit ihrer Infrastruktur zerschlagen, die Menschen waren in die Steinzeit versetzt worden. Auch in Asien, etwa in Bangladesch, Indien oder Thailand, waren viele Küstenstädte überflutet worden.

Die Menschen hatten fliehen müssen, hatten alles aufgegeben, und wer das als Kind oder als junger Mensch erlebt hatte, der war entweder daran völlig verzweifelt – oder ging zur »La Septième«. Viele der Kämpfer wurden in den diversen Gefängnissen rund um die Welt rekrutiert.

Sie waren überzeugt, die Änderung der Machtverhältnisse war nur durch Gewalt zu erreichen.

Die Klima-Allianz, eine übergeordnete Regierung, der fast alle Länder in den Jahren 2025 bis 2026 beigetreten waren, fand keine Gnade vor ihren Augen. Für die Widerstandskämpfer war die Klima-Allianz nur eine weitere Institution, die von den wahren Ursachen ablenken sollte und in Wahrheit von den reichen Gesellschaftsschichten gelenkt wurde.

Innerhalb der F.A.P. herrschte Uneinigkeit über den Umgang mit dieser gefährlichen Splittergruppe, die man lange unterschätzt hatte. Deren Kämpferinnen und Kämpfer waren militärisch organisiert und zu jeder anarchischen Wildheit, zu jeder brutalen Aktion bereit. Ihr Motto lautete: *Eat the power, eat the rich.* Macht sie fertig, die Mächtigen und die Reichen dieser Erde.

Die »Operation Martindale« war ihr erster großer Coup.

*

Martindale war ein großer, fleischiger Mann, in seiner Jugend athletisch, immer noch mit wenig Fett am Körper und einem enormen Brustkorb. Viele starke Männer sind in Wahrheit gutmütig, Martindale nicht. Er war ein Typ mit einer stets ausbruchsbereiten Aggressivität; in der Privatschule, die er dank eines Stipendiums besuchte, war »Büffel« sein Spitzname gewesen, aber es hatte nur wenige Mitschüler gegeben, die so unklug waren, ihn laut so zu nennen.

Martindale war zum Zeitpunkt der Entführung zweiundfünfzig Jahre alt, charismatisch, reich, sehr intelligent. Im politischen Metier war Martindale mit allen Wassern gewaschen, von zahllosen Bewunderern umschwärmt, mit nicht wenigen Feinden gesegnet. Die sich aber in Acht nahmen.

Er hatte eine breite, sommersprossige Stirn, braune Augen in einem kantigen Gesicht, das weißblonde Haar trug er lang und straff zurückgekämmt. Auf Bildschirmen und Fotos sah er großartig aus. In seinen späten Jahren hatte er einen provozierenden Stil entwickelt. An diesem Abend trug er zum Smoking kanariengelbe Hosenträger. Die Leute liebten ihn. Er hatte gleichmäßig weiße Zähne und einen ausdrucksvoll geschnittenen Mund – er lächelte viel. »Das Lächeln eines Delphins, die Absichten eines Haifischs«, so hatte ein politischer Gegner es mal ausgedrückt.

In einem anderen Leben hätte Martindale einen römischen Feldherrn abgeben können, dem die Soldaten in den Tod folgen; er war ein Machtmensch und Herrschertyp durch und durch. Wer herrscht, heißt es, hasst zwar den Verräter, aber er liebt den Verrat. Martindale galt als ein manchmal schlau-abwägender, gern selbst Intrigen anzettelnder Typ, der immer unberechenbar blieb und urplötzlich Anfällen von Gefühl und Aufrichtigkeit unterworfen war.

Er hatte unendlich viele Intrigen, Verrätereien und Hinterhalte überlebt, und sein Gedächtnis und seine Fähigkeit, nachtragend zu sein, waren geradezu legendär, sein *nom de guerre,* sein Kriegsname: Der Mann, der nie vergisst.

Er war ein harter Brocken; vor allem, wenn es um Terrorbekämpfung ging. Zwar war das australische Militär größtenteils in der Armee der Klima-Allianz aufgegangen, die Regierung in Canberra unterhielt jedoch immer noch eine schlagkräftige Anti-Terror-Einheit, größer als eigentlich erlaubt. Bei jedem Terroranschlag hatte Martindale eine sofortige Strafaktion befohlen – das Volk liebte ihn dafür.

Die Operation der F.A.P. – oder genauer: der »Septième« – hatte also einen der am schärfsten bewachten Männer auf dem Planeten zum Ziel. Darum die sorgsame Planung. Einen Vorteil allerdings bildete die Tatsache, dass Martindale ein Opernfan war.

Das war das Kernstück des Plans.

Elf Grad nördlicher Breite, hundertzweiundvierzig Grad östlicher Länge – die Koordinaten beschreiben, bei aller Exaktheit, dennoch einen Ort im Nirgendwo, definieren im Undefinierbaren, anders gesagt: in der Leere und Weite des Pazifischen Ozeans.

Hier auf dem Meer hört scheinbar alles auf. Weiter entrückt von der Zivilisation, weiter entfernt vom Festland, von Menschen und Städten kann man nicht sein.

Ein einsamer Schiffbrüchiger, der hier vorbeitriebe, in einem Rettungsboot etwa, hätte nichts, woran sein Auge sich festhalten könnte, keine Insel, keine Orientierung, keine Horizontlinie. Das nächste Eiland, Guam, das zu Mikronesien gehört, zur »Welt der kleinen Inseln«, liegt Hunderte von Seemeilen entfernt. Unser Mann in seinem Boot sähe nur Himmel und Meer, ein blaues Panorama, so weit man schaut. Gewaltig und atemberaubend, unendlich und meistens friedlich.

Zwar gibt es gelegentlich Stürme hier, die wochenlang brüllen und toben, aber die meisten Tage sind warm und freundlich, daher hat der Pazifik auch seinen Namen, das Meer des Friedens. Meist weht eine milde Brise. Die Luft ist seidig, die Himmelskuppel ziseliert mit weißen Federwölkchen, das Plätschern der Wellen ist einlullend.

Der Pazifik, inklusive seiner Nebenmeere, ist mit Abstand die größte Wasserfläche auf der Erde. Mehr als die Hälfte allen Wassers auf dem Planeten befindet sich hier, mehr als ein Drittel der Erdoberfläche wird vom Pazifik bedeckt. Aber wirklich erfassen lässt sich die Gewalt und Größe dieses Meeres weder mit Zahlen noch mit Worten – und für den Menschen wahrscheinlich gar nicht.

Bei aller Verlorenheit ist diese eine, ganz bestimmte Position nördlicher Breite und östlicher Länge dennoch besonders, dennoch geheimnisvoll, nicht nur als Schauplatz dieser Erzählung.

Ihr Geheimnis liegt in der Tiefe, in dem, was man *nicht* sieht.

*

Steigen wir also hinab. In die Tiefe, wo der Ursprung allen Lebens ist, und auch der Beginn dieser Geschichte.

Hier, an diesen Koordinaten, verläuft nämlich der sogenannte Marianengraben, hier ist der tiefste Punkt der Erde. Hier ist die See nicht etwa nur durchschnittlich 52 Meter tief, wie in der Ostsee, oder 1 450 Meter, wie im Mittelmeer – nein, hier geht es mehr als zehn Kilometer tief hinab. In eine Welt immerwährender Dunkelheit, die nichts gemein hat mit der Welt da oben. Würde man den Mount Everest in seiner Majestät auf den Grund der Rinne verfrachten, läge der Gipfel immer noch zwei glatte Kilometer unter Wasser.

Der Marianengraben ist, wissenschaftlich ausgedrückt, eine Senkung des Meeresbodens, ein tiefer, eingepresster Sichelabdruck, so lang wie die Entfernung zwischen Berlin und Madrid. Über der tektonischen Spalte liegt die gewaltige Kraft der Wassersäule. An der bisher gemessenen tiefsten Stelle liegt der Druck bei etwa 1 093 Bar. Für den menschlichen Körper, ausgerichtet auf ein Tausendstel dessen, bedeutet das, dass etwa siebzehn Millionen Kilo auf ihm lasten würden. Ein Tiefseetaucher, den der unkluge Gedanke überkäme, seine Tauchglocke versuchsweise zu verlassen, würde das merken – oder eigentlich nicht merken. Im Bruchteil einer Sekunde würden sämtliche Organe und Knochen, die mit Gas oder Luft gefüllt sind, zerquetscht: Die Lunge würde auf die Größe etwa einer Mandarine zusammengedrückt, Schädelknochen wie das Schläfenbein oder das Stirnbein würden pulverisiert. *Pink ashes*, sagen die Tiefseetaucher, blutrotes Pulver. Und die physikalischen Kräfte wirken ohne Zeitverzögerung; es ginge sehr schnell.

Und trotzdem gibt es hier unten, am Bodensatz der Welt, an diese Umstände angepasste Wesen, flitzende, beißende, fressende Geschöpfe, dem Überleben gewidmete Aktivitäten. Denn das Leben findet fast immer seinen Weg, auch hier unten, in steter Dunkelheit. Die Evolution hatte Zeit, und Raum für Mutationen und Experimente gab es hier unten auch.

Die Tiefsee ist weniger erforscht als die Oberfläche des Planeten Mars, aber ungleich belebter. Spanische Wissenschaftler schätzen, dass die Zahl der Geschöpfe in der Tiefsee zehnmal höher liegt, vielleicht sogar tausendmal höher als bislang gedacht. Es gibt eine wahrscheinlich vier- oder fünfstellige Zahl von unbekannten Bakterien, und es existieren Parasiten, deren Wirkung wir nicht kennen, deren Herkunft im Dunkeln liegt.

Die Wesen, die bislang entdeckt wurden und die dieses gepresste Dasein aushalten, sehen bizarr aus – aber das ist nur Geschmackssache, eine Frage der Perspektive, aus Sicht der Tiefseebewohner wären wir Menschen die Monströsen und Seltsamen.

Da ist zum Beispiel der Anglerfisch. Ein unschöner und grimmiger Geselle – genau genommen: eine Gesellin, denn nur die weiblichen Tiere erreichen eine ansehnliche Größe von etwa einem Meter, die Männchen, nur ein Sechzigstel so groß, schwimmen als kleine Fortsätze mit, manchmal sogar im Körper des Weibchens. Aber beim Anglerfisch weiß man zumindest, wo vorn und hinten ist. Vorn scheint das Tier nur aus einem Kopf, beziehungsweise aus einem zahnbewehrten Maul zu bestehen, dazwischen ein plumper, stachliger Leib, hinten hängt ein Schwänzchen dran, winzig, faserig, fast lieblos, als hätte die Evolution die Lust verloren. Mit seinen spitz-scharfen Zahnreihen sieht das Tier aus wie ein schwimmender Bolzenschneider, ausgestattet mit einem flimmernden Leuchtorgan, das der Anglerfisch vor sich herträgt wie ein Kind beim Laternegehen, und das ihm seine Beute zutreiben soll.

Harmloser als der Anglerfisch ist der Scheibenbauch, auch Schneckenfisch genannt, wegen seiner schleimigen, schuppenlosen Haut und der energiesparenden Langsamkeit, mit der er durchs Leben gleitet und, eher stumpf, nichts als Flohkrebse verspeist.

Die meisten dieser Tiefseebewohner aber sind winzig, für das menschliche Auge unsichtbar: Bakterien, Einzeller, exotische Parasiten, die wenige Mikrometer lang sind. Denn ein großer Organismus bedeutet Aufwand in der Unterhaltung, die Proteinketten, die etwa die Muskulatur ausmachen, drohen unter dem Druck ständig zu verklumpen, was den Tod bedeutet. So sind die meisten Seegurken, die an die neunzig Prozent der bodennahen Biomasse ausmachen, klein, primitive Bodenstaubsauger, die alles abgrasen, was nach unten sinkt – manche Arten können allerdings bis zu zwei Meter lang werden. Und sehr selten gibt es sogar Säugetiere, die diese Tiefen aufsuchen: Pottwale zum Beispiel; die Zellen der Pottwale stellen ein Enzym her, das die Verklebung ihrer Eiweißketten verhindert.

*

Und dann existiert in diesen tiefsten Bereichen noch ein anderes riesiges Wesen. Eine Kreatur, die dem raubgierigen Pottwal ein mehr als ebenbürtiger Gegner ist, die ihn an Größe sogar noch weit übertrifft – es ist ein mutierter Verwandter des Pazifischen Riesenkraken *Enteroctopus dofleini*, aus der Familie der Echten Kraken, der *Octopodidae*.

Sein Name: *Megaloctopus octaviae*.

Hierbei handelt es sich um eine äußerst seltene und nahezu unbekannte Spezies, ein Oktopus, einigen Spezialisten bekannt, aber unbelegt, unerforscht – und würden die Wissenschaftler sich einem lebenden Tier widmen können, hätten sie mehr Fragen als Antworten.

Der *Megaloctopus* erreicht eine Gesamtlänge von etwas mehr als fünfzig Metern, die Länge der Tentakel schwankt zwischen neunundzwanzig und vierundzwanzigeinhalb Metern; die Kopflänge: mehr als neun Meter; die Spannweite der Tentakel beträgt zweiundsechzig Meter; und dieses ungeheuerliche Wachstum verdankt *Megaloctopus octaviae* schlechterdings der Tatsache, dass er nicht gestorben ist. »Normale« Kraken (aber die Evolution unterscheidet nicht zwischen »normal« und »neuartig«, sie probiert, spielt, experimentiert) werden allenfalls zwei Jahre alt. *Megaloctopus octaviae* erreicht jedoch eine Lebensspanne wie ein Pottwal, bis zu achtzig Jahren. Wie und warum, das ist eine andere Frage.

Während dieser Zeit wächst er – und er lernt. Kraken sind ohnehin hochintelligent, allerdings auf eine ganz andere Art als wir Menschen. Für uns nicht nachvollziehbar. Und im Normalfall setzt ihr kurzes Leben dem Lernpensum der Kraken ohnehin eine

Grenze. Hier nicht. Seine lange Lebensdauer gibt *Megaloctopus* die Chance, viel mehr Wissen anzusammeln.

*

Bei dem *Megaloctopus octaviae*, der im Marianengraben lebt, handelt es sich um ein relativ junges weibliches Tier mit drei abgabereifen Eierstöcken. Hat das Weibchen sich unlängst von einem Männchen befruchten lassen, oder fand die Samenabgabe vor längerer Zeit statt und der Samen wurde gleichsam in einer Hauttasche gebunkert?

Und warum gehen diese Tiere von Zeit zu Zeit, aus bisher ungeklärten Gründen, auf Wanderschaft? Dass Tiere wandern, ist nicht ungewöhnlich, Grauwale legen bis zu zwanzigtausend Kilometer zurück, Flussaale immerhin mehr als fünftausend Kilometer. Die meisten Oktopoden-Arten sind heimische Tiere, sie verlassen ihr Habitat nur im Notfall, wenn sie eine Gefahr kommen sehen.

Das Exemplar, von dem die Rede ist, welches das Habitat im Marianengraben bewohnte, bei elf Grad nördlicher Breite, hat diese Umgebung bereits vor neun Wochen verlassen, aus ungeklärten Gründen – möglicherweise aus einem Fluchtimpuls heraus, vielleicht, weil ein Seebeben bevorsteht, das gibt es hier häufig. Vielleicht *ahnte* das Tier eine viel umfassendere Veränderung der Verhältnisse auf dem Planeten.

Mit seiner Größe, durch seine Anpassungsfähigkeit kann es sich jedenfalls aufmachen, kann wandern – anders als eine Seegurke oder ein Anglerfisch.

So beginnt es also.

Es beginnt damit, dass *Megaloctopus octaviae*, ein junges Weibchen mit befruchteten Eiern, riesig und seltsam, sein Habitat verlassen hat. Es ist unterwegs – irgendwohin. Ausgerechnet dieser Kreatur ist es vorherbestimmt, eine Geschichte in Gang zu setzen, die Tod, Gefahr und Verderben über unzählige Menschen bringen könnte.

Isla Robinson Crusoe, etwa 700 Kilometer vor der chilenischen Pazifikküste

Die Isla Robinson Crusoe: ein grüner Punkt im Südpazifik. Ein kleines Eiland vulkanischen Ursprungs. Im Inneren ein paar Anhöhen mit Misch- und Regenwald, außen ein schmaler Sandstreifen. Das Ganze gottverlassen und scheinbar unbewohnt – doch der Schein trügt.

Politisch gehört die Insel zu Chile. Aber die Regierung hat sie vor zwei Jahren an eine Non-Profit-Organisation verpachtet, die angeblich ein Naturreservat daraus machen wollte. Der Plan sah vor, hier Seelöwen auszuwildern, außerdem einige endemische Vogelarten, vor allem Juan-Fernandez-Kolibris. Der Regierung und auch der Oberen Naturschutzbehörde in der Hauptstadt Santiago war das nur recht. Inseln wie diese bringen nichts ein. Alles in allem sind sie belanglos, harmlos.

Doch die Isla Robinson Crusoe ist nicht harmlos.

Ginge man an Land, so stünde man zunächst an dem weißen Sandstrand, der die Insel fast rundum säumt, aber nicht sehr breit ist. Das Eiland selbst ist klein: achtundvierzig Quadratkilometer, in zwei strammen Tagesmärschen könnte man die Insel umrunden, theoretisch. Allerdings käme man als unangemeldeter Besucher nicht weit. Denn die Überwachungssysteme sind ausgezeichnet. Kameras, Infrarotmelder, Drohnen. Das Wachpersonal besteht aus drei Teams, ausgerüstet mit Handfeuerwaffen, Maschinengewehren, Plastikschrot, Betäubungswaffen. Die Männer und Frauen werden ausgezeichnet bezahlt und wurden von einer privaten Sicherheitsfirma angeheuert.

Der Komplex, den sie überwachen, ist ein ehemaliges Gefängnis. Das Gebäude ist riesig und alt, es stammt noch aus der Pinochet-Diktatur. Doch man hat es entkernt und sehr gründlich umgebaut. Ein Teil ist ein Labor; in einem anderen Teil der Anlage werden Experimente durchgeführt – Experimente an lebenden Menschen.

Die Frauen und Männer, an denen diese Experimente durchgeführt werden, sind infiziert. Damit sind sie *anders* als andere Menschen, in einem umfassenden Sinne. An ihnen wird *in vitro* etwas studiert, was auf der Welt fast noch unbekannt ist. Es handelt sich nicht um ein Bakterium, auch nicht um ein Virus, sondern um etwas Neuartiges.

Das, was diese Menschen in sich tragen, hat Besitz von ihnen ergriffen.

Die Ansteckungsgefahr ist extrem hoch. Das, was die Testpersonen oder Probanden, wie sie genannt werden, in sich tragen, könnte auf uns alle übergreifen, auf jedes Kind, jede Frau, jeden Mann. Die menschlichen Versuchskaninchen leben hinter Glasfronten, streng isoliert.

Die Probanden sind in Wahrheit also so etwas wie Versuchstiere; Labormäuse in Menschengestalt.

Zuletzt lief hier nicht alles, wie es sollte. Es gab Probleme. Einige der Probanden sind teilweise lethargisch, teilweise autoaggressiv. Es kommt immer wieder zu Ausbrüchen, die Nerven liegen bloß, die kleinste Kleinigkeit wirkt wie ein Peitschenhieb. Manchmal sind ihre Gehirne erfüllt von einem einzelnen Ton: ein Jaulen wie ein Feueralarm.

Es hat Schlägereien und eine Messerattacke gegeben, dabei gab es einen Toten, die Security musste die Leiche entsorgen, die Probanden konnten sich nicht mal dazu aufraffen. Viele von ihnen sind außerdem hygienisch verwahrlost, leiden an Ekzemen und Zahnfäule. Etliche haben sich sinnlose Verstümmelungen zugefügt, eine Frau hat sich die Zunge abgeschnitten, ein Auge ausgestochen – die Kameras haben all diese Schrecklichkeiten aufgezeichnet.

Der wissenschaftliche Leiter dieser Anlage hat die Aufnahmen natürlich genauestens studiert.

Gerade sitzt er an einem Elektronenrastermikroskop und vergleicht Proben molekularer Sequenzen. Das Labor, in dem er sitzt, ist gesichert durch drei Zugangsschleusen mit antibakteriellen Sprüh- und Vakuumkammern. Die letzte Tür ist eine schwere Stahltür, mächtig wie der Eingang zu einem Tresorraum.

Der wissenschaftliche Leiter, der *Jefe*, wie sie ihn nennen, der

Chef, ist ein hochgewachsener Mann, ein dunkler Typ, gut aussehend, athletisch. Aber die Anstrengungen der vergangenen Stunden sind ihm anzumerken; der Druck, dem er sich ausgesetzt hat, ist enorm.

Gleichzeitig ist sein Ehrgeiz unbändig: Seine Experimente gelten nicht nur ein paar Probanden auf einer abgelegenen Insel. Sein Ziel ist vielmehr die gesamte Menschheit.

Das Labor ist technisch auf dem modernsten Stand: drei Elektronenmikroskope, TEM, SEM, Cryo-SEM, Lichtmikroskope, Hochleistungs-Server, Klimaschränke der neuesten Generation, Laboröfen, Umlaufkühler, Schüttelwasserbäder, ein eigenes Isotopen-Labor – hier fehlt kein Gerät. Was fehlt, ist jedoch das Material, an dem er arbeiten kann: Er braucht frisches, biologisch unverändertes Erbmaterial, so, wie ein Bildhauer einen rohen Stein benötigt. Der Mann hatte dieses »Material«, um es wertfrei zu bezeichnen, lange Jahre gehütet wie einen Schatz. Inzwischen aber ist es »zerbastelt«, wie Biochemiker sagen. Zu viele Modulationen haben die Molekularstruktur zerhackt, alles Material ist aufgebraucht.

Für den Mann ist das schlecht. Sehr schlecht sogar. Er lässt sich das nicht anmerken, sein Geldgeber darf nichts erfahren, aber eigentlich handelt es sich um eine wahre Katastrophe. Würde der Geldgeber wissen, wie die Lage ist, könnte der *Jefe* seine ehrgeizigen Träume begraben, für immer. Er muss ihn also anlügen. Und das tut er.

Er arbeitet konzentriert, er hält den Anschein aufrecht, aber in Wahrheit ist er verzweifelt. Außerdem natürlich erschöpft, kein Wunder. Da er darauf besteht, alles selbst zu machen, schiebt er lange Schichten. Heute zum Beispiel arbeitet er bereits seit achtzehn Stunden. Seine Kondition ist allerdings phänomenal.

Er überlegt, ob er sich noch einen Kaffee holen sollte, damit könnte er noch vier oder fünf Stunden durchhalten. Vielleicht sogar gezuckert? Aber nein, das wäre Schwäche, die er sich nicht leisten kann. Er wird ein Glas Wasser trinken, das muss genügen.

Seine Funkverbindung blinkt. Der Mann drückt die Taste. »Ja?«

»Herr Doktor? Entschuldigen Sie die Störung. Da gibt es etwas, das Sie sehen sollten … Ein Oktopus ist aufgetaucht, möglicherweise handelt es sich um dieselbe Spezies, nach der Sie suchen lassen. Und jetzt ist er plötzlich aufgetaucht.«

»Wo?«

»In Europa.«

»Genauer!«

»Verzeihung. In Deutschland. An der Ostseeküste. Es ist schon in den Medien, es ist die absolute News …«

»Stellen Sie mir einige Informationen auf den Schirm. Ich rufe zurück.«

»Jawohl, *Jefe*. Wird gemacht.«

Der Mann geht zu seinem Laptop, ruft ein paar Dateien, ein paar Sendungen auf. Dann greift er zum Telefon. »Ich muss dorthin. Organisieren Sie die Reise.«

»Jawohl, Herr Doktor.«

»Und ich brauche meinen Assistenten. Rufen Sie Mutterperl, sofort. Und vielleicht noch ein paar Techniker.«

»Jawohl, Sir.«

Der Mann legt auf. Er schließt die Augen, atmet tief ein. Sein Gesicht ist unbewegt, es könnte genauso gut das Gesicht eines lebenslänglich Verurteilten sein.

Sydney Opera House, Australien

Das Opernhaus von Sydney befindet sich auf einer »Bennelong Point« genannten Halbinsel unweit des verzweigten Hafengebietes. Es ist ein Viertel, das Touristen gern zu Fuß erkunden. Hier gibt es Sportboothäfen, Reste von Containeranlagen, Bootsbauer, Galerien, Yachtverleiher, edle Restaurants, lustige Kneipen und Cafés, einen großen Park mit dem Government House, dem Sitz des Gouverneurs. Und hier steht, über die *Macquarie Street* zu erreichen, das Wahrzeichen der Stadt Sydney, der größten, betuchtesten und schönsten Stadt Australiens.

Es ist das weiß-leuchtende Opernhaus mit seiner Architektur aus keramikbesetzten Segeln, eines der berühmtesten Gebäude der Welt, ein elegantes Bauwerk, das sich wie ein spreizender Riesenvogel der Wasserseite zuwendet. Als das Gebäude endlich fertiggestellt war, nachdem die Kosten, nebenbei gesagt, das Vierzehnfache der angesetzten Summe erreicht hatten, machten die Bürger von Sydney ihren Frieden mit dem Ding. Erst gewöhnten sie sich, dann liebten sie es. Ein junger Journalist, der mit lyrischen Anwandlungen zu kämpfen hatte, schrieb, dass »die Sonne nicht wusste, wie schön ihr Licht war, bis sie es auf diesem Gebäude reflektiert sah«.

Jedenfalls – dies war der Schauplatz.

Die Operation beginnt am Abend, während einer Aufführung, beginnt um 20.40 Uhr, kurz nach den ersten Klängen des dritten Aktes. Gegeben wird an diesem Abend eine der berühmtesten Opern der Musikgeschichte, »Turandot« von Giacomo Puccini.

Die Premiere ist ausverkauft. Die Abendgarderobe ist festlich, zumeist teure Abendkleider, Smokings.

Die 2 866 Zuschauer sitzen auf ihren Plätzen. Die Musik setzt ein, Streicher, Holzbläser, gedämpftes Blech. Gleich wird der zu dem Zeitpunkt wahrscheinlich berühmteste, jedenfalls teuerste Tenor, ein Star namens Fernando Fernandes Castillo aus Sevilla, mit dem die männliche Hauptrolle, der Prinz Calàf, besetzt ist, eine der schönsten Arien der Musikhistorie anstimmen. Die Arie heißt »Nessun Dorma«.

Martindale sitzt allein in seiner gläsernen Loge. Manchmal kommt er in Begleitung, aber meistens allein, er genießt es. Die Musik erklingt.

Die gläserne Loge, in der er sitzt, ist das Ergebnis zäher Verhandlungen und gewiefter Schachzüge. Das Opernhaus musste saniert werden, aber das Geld fehlte. John Garreth Martindale, damals noch nicht Verteidigungsminister der Klima-Allianz, dafür aber ein großer Freund der Oper, hatte seinerzeit seine Privatschatulle geöffnet und für den Umbau einen dreistelligen Millionenbetrag gestiftet. Bis zu diesem Zeitpunkt hatten viele noch gar nicht gewusst, wie reich Martindale eigentlich war – jetzt wussten sie's.

Es gab auch andere Sponsoren, aber niemand konnte bezweifeln, dass Martindale die Oper praktisch im Alleingang gerettet hatte. Mit solchen Taten macht man sich nicht nur Freunde. Vor allem, als die Bedingungen bekannt wurden: Martindale verlangte fünfzehn zusammenhängende Sitzplätze im vorderen Rang für sich, um dort einen Glaskasten, eine Art Loge, einsetzen zu lassen. So könne er Aufführungen gemeinsam mit dem Premierenpublikum genießen – es sei zwar eine Privatloge, ja, aber eben nicht, um sich abzugrenzen, sondern um physisch sicher zu sein. Ohne Angst vor Attentaten, die gegen einen Mann wie ihn nun mal nicht auszuschließen waren.

Martindales Verhandlungsvorteil gegenüber den Leuten im Opernhaus-Vorstand, im Beirat, bei der Kulturbehörde bestand darin, dass es keinen anderen Geldgeber weit und breit gab, keinen, der derart großzügig sein wollte. Und dass er außerdem warten konnte. Entweder – oder, sagte er.

Er bekam seinen Glaskasten.

Die Loge war ein Würfel aus schusssicherem Panzerglas, mit einer Kantenlänge von vier Metern, mit einem Glasgewicht pro Quadratmeter von 52 Kilo. Roter, altmodisch anmutender Theatersessel, für einen zweiten Sessel war Platz genug. Die Loge war im Notfall auf Knopfdruck verschließbar, mit eigener Sauerstoffversorgung für 72 Stunden, mit Lithium-Eisen-Phosphat-Akkus zur Stromversorgung, das ganze Ding vorn auf den Rang gesetzt und nach oben hin zusätzlich mit vier Stahlseilen verankert. Die

Vorderseite, zur Bühne hin, konnte geöffnet werden, während die Aufführung lief.

Wie auch jetzt. Die Loge ist zur Bühne hin geöffnet, Martindale genießt die Musik.

*

Die Entführer, ein Team aus 32 Leuten, sind auf ihren Positionen. Drinnen läuft das Operngeschehen, draußen ist es ein herrlich warmer Novemberabend, Frühling auf der Südhalbkugel, die Bars haben Tische und Stühle herausgestellt, vor dem Stand eines Eisverkäufers steht eine kleine Schlange. Der Eismann macht gute Geschäfte.

Und dann nicht mehr.

Denn jetzt explodiert, in Sichtweite des Eisverkäufers, nämlich am *Circular Quai*, dem Fährterminal, eine Reihe von neun kleineren Sprengladungen. Sie sind am Anleger platziert, damit Menschen nicht ums Leben kommen, allerdings gibt es Verletzte, zumal die Tanks zweier Fähren in Brand geraten und zusätzlich für Chaos sorgen.

Etwa achtundzwanzig Sekunden sind vergangen.

Chaos ist das erste Ziel der Operation, Chaos und Abriegelung.

Über die *Macquarie Street* donnert jetzt ein sogenannter *Road Train* der Marke Volvo-Leyland, ein zweizügiger Lastwagen, ursprünglich zum Transport von Erzen, die Fahrer bremsen und manövrieren das schwere Gefährt derart, dass es quer ausschert und wie ein Bollwerk die gesamte *Macquarie Street*, die Hauptzufahrt, blockiert. Die breiten Fußwege, die um das Opernhaus angelegt sind, und die auch notfalls befahren werden könnten, werden mit kleineren Semtex-Ladungen gesprengt, Steine, Asphalt- und Betonsplitter fliegen auf und prasseln nieder, die klaffenden Löcher füllen sich rasch mit stinkendem Hafenwasser und Wasser aus den teilweise ramponierten Trinkwasserleitungen. Man hört Schreie, dumpfes Krachen vom Quai. Kreischend steigen Möwen auf.

Diese knapp dreißig Sprengungen werden allesamt ferngesteuert ausgelöst, vom abgedunkelten Hinterzimmer eines kleinen geschlossenen Cafés namens »Surprise«, das ein Strohmann der Entführer vor fünf Monaten gekauft hat. Hier befindet sich der OR, der *Operation Room*, die Vor-Ort-Kommandozentrale der Entführer, drei Männer und zwei Frauen an Laptops. Sie alle verbindet, dass sie jung sind, hervorragende Hacker. Jene, die nicht aus Überzeugung hier sind, sondern Söldner, werden gut bezahlt. Der *Operation Room* hat eine eigene Stromversorgung, Hochleistungsbatterien und Generatoren.

Draußen, unter dem kapitänsblauen Abendhimmel und dem gelben Schein der kugeligen und altmodisch anmutenden Straßenlampen, herrscht das erwünschte Chaos.

Gebrüll, Gewimmer, Menschen rennen, Hunde kläffen, Alarmanlagen schrillen und gellen. Jemand steht in Unterwäsche auf einem Balkon, ringt die Hände und ruft unverständliche Dinge, niemand achtet auf ihn. Hier und da lodern Feuer. Der Eiswagen ist umgekippt, der Verkäufer hat das Weite gesucht, Stracciatella, Zitrone, Pistazie, alles mischt sich zu einem Matsch. Gestank nach Verbranntem. Ein Vater steht vor einem klaffenden Loch im Bürgersteig, aus dem schwarzes stinkendes Wasser aufgluckert. Er schreit nach seiner kleinen Tochter auf der anderen Straßenseite, sie solle sich nicht vom Fleck rühren. Ein aufgerissener Rucksack auf dem Asphalt, der Inhalt verstreut, Stifte, Notizblöcke, ein Datenspeichergerät. Eine Frau taumelt, ihr Gesicht blutüberströmt, quer über einen kleinen Platz, sie stolpert, sie fällt hin. Ein alter Mann mit einer hellen Baseballmütze kniet neben ihr, redet auf sie ein. Passanten greifen zu ihren Telefonen.

Niemand weiß, was geschehen ist. Niemand kann sich vorstellen, dass diese Sprengungen nur Theaterdonner sind, dass die Attentäter die Sprengungen genau berechnet haben, damit kein Mensch schwer verletzt wird.

Fast zeitgleich zu den Sprengungen erfolgt der Angriff auf die Mobilfunknetze.

Sie werden durch eine kleine Plasma-Explosion in relativer Höhe über der Bennelong-Halbinsel unterbrochen, ein künstliches Polarlicht – das hocherhitzte Plasma stößt geladene Teilchen aus, die extreme Energie haben und den Funk stören. Die Schnittstellen und Knotenpunkte der Glasfaserkabel werden von Hackern einfach lahmgelegt, abgestellt.

Jetzt bricht die Stromversorgung des Stadtteils zusammen. Diese Attacke war nicht weiter schwierig. Sydney hat bereits vor zwei Jahren, im Jahr 2030, auf emissionsfreie Solar- und Windenergie umgestellt; die Hacker müssen nur die Windkraftanlagen lahmlegen, die zu Tausenden im südöstlichen Bundesstaat New South Wales stehen.

Etwa vier Minuten sind vergangen.

Draußen gehen die Lichter aus, schlagartig, Straßenlaternen, Leuchtreklamen, Schaufenster. Dunkelheit legt sich über das Viertel wie eine schwere Decke.

Die Zuschauer im Opernhaus bekommen von alledem nichts mit, denn im Keller der Oper springen die Generatoren in ihren dreifach schallschutzgesicherten Räumen an. Die Musiker, alle hoch konzentriert, der Dirigent, in der Seitenbühne das Team um den Inspizienten, die Feuerwehrleute, die Männer am Vorhang, die Beleuchter und das Publikum – alle konzentrieren sich entweder auf ihren Job, oder sie sind hingerissen im Kunstgenuss.

Das ist die Qualität großer Musik: Sie kann alles andere ausschließen. Die Szene spielt bei Mondlicht, das Bühnenbild zeigt vor schwarzem Hintergrund nur einen riesigen Vollmond. Der verliebte Prinz möchte, dass alle mit ihm diese Nacht durchwachen.

Nessun dorma!

Vier Noten, wie ein Ruf, ein Appell. Und dann nochmals, aber eine Oktave tiefer:

Nessun dorma! Niemand möge schlafen!

Und so genießen die Zuschauer und übrigens auch die Zielperson der Entführung, Martindale, den aufsteigenden künstlichen Mond, die ersten, schmelzend gesungenen Töne der Arie, fünfunddreißig Takte sind es nur, jener Arie, die alle großen Tenöre gesungen haben, Pavarotti, Domingo, Kaufmann und jetzt eben Castillo, mit dem bei Takt 10 *a tempo* beginnenden und singbaren, fast schon simplen Motiv, drei schlichte Ganztonschritte vom d zum fis, und wieder abwärts.

Niemand möge schlafen: Es zeugt von Ironie bei den Entführern, dass sie sich ausgerechnet diesen Moment, diese Arie ausgesucht haben, um ihren Plan umzusetzen, den Wunsch des Prinzen, den sie nun ins Gegenteil verkehren.

Denn sie werden jetzt 3 098 Menschen, die sich zu diesem Zeitpunkt im Opernhaus befinden, Zuschauer, Aufführende, Musiker, Techniker, Sicherheitsbeamte, ausschalten.

Weniger als zwei Minuten sind vergangen. Bei Takt 33 der Arie leiten die Entführer über das Belüftungssystem des Opernhauses ein starkes Schlafgas in den Zuschauerraum, ins Parkett, in die drei Ränge.

Und auf die Bühne.

Und auf die Hinterbühne.

Und in den Orchestergraben.

Unsichtbar und unhörbar, so strömt das Gas aus den Luftschlitzen und Düsen. Geruchlos und hoch wirksam, so füllt das Gas das Innere des Opernhauses zu Sydney.

Es ist eine Mischung aus drei Stoffen, Opioiden, nämlich Halothan, einem Inhalations-Anästhetikum, Fentanyl, das oft zur Betäubung großer Wildtiere eingesetzt wird, etwa bei Nashörnern und Straußenvögeln, und das hilft, der Atemdepression entgegenzuwirken. Der dritte Stoff ist Remifentanil, das die Atmung dämpft. Beigesetzt ist außerdem ein diffundierendes Treibmittel, welches dynamisierend wirkt, mit anderen Worten: für sehr schnelle Verteilung sorgt, somit den großen Zuschauerraum in weniger als zwanzig Sekunden füllt. Die Klimaanlage ist neu.

Im engen Orchestergraben tritt die Wirkung des Narkotikums zuerst auf. Die Musiker verlieren, als hätte man sie gelähmt, die Kontrolle über ihre Instrumente. Das Gehirn wehrt sich noch einen Moment lang, es gibt Anweisungen, aber die Hände gehorchen nicht. Die Musik wird stockend, schwammiger, die Klänge zerfließen wie bei einem Ofenkäse, bis auch die letzten Instrumente mit einem winselnden Bogenstrich verklingen, abrutschen. Die Musikerinnen und Musiker, die Streicher, Fagottisten, Blechbläser, der Mann an der Kesselpauke, die Flötisten, sie gleiten ohnmächtig von ihren Stühlen und Hockern, reißen Notenständer mit, Celli fallen polternd zu Boden, eine Querflöte rollt durch den Orchestergraben. Die Flötistin hat Schaum vor dem Mund.

Der Dirigent auf seinem kleinen Podium starrt fassungslos. Aber das Gift tut bereits seine Wirkung, greift auch bei ihm ein in die Elektrochemie der Nervenbahnen. Er hebt noch einmal, wie zur Abwehr, den rechten Arm mit seinem zierlichen Stöckchen, aber dann schon geben seine Knie nach, die der Sänger auf der Bühne ebenfalls, Marionetten, die man fallen lässt. Der Tenor, Fernando Fernandes Castillo, ein großer bauchiger Mann, fällt um wie ein Baum, stürzt zu seinem Glück nicht drei Meter tief hinab in den Orchestergraben, sondern bleibt hingemäht auf der Bühne liegen. Auch die Bühnenarbeiter, die Männer an den Verfolgerscheinwerfern, die Garderobieren, der vierschrötige Inspizient und die bebrillten, zappeligen Operndramaturgen – sie knicken weg, das Publikum, fast 2900 Zuschauer, die Security-Leute, die Martindale begleiten und bewachen, sie alle sacken weg. Als hätte man sie ausgeknipst.

Für manche ist das Narkotikum zu stark, sie verlieren die Kontrolle über ihre Blase. Zu der Duftwolke von Parfüm, die über dem Parkett hängt, mischt sich der Geruch von Urin.

Ein Bild wie im Märchen, wo Dornröschen in den Zauberschlaf fällt, mit ihr Königin und König und der gesamte Hofstaat, wo alles erstarrt, bis runter zum Küchenjungen. Nur dass es hier keine Märchenspindel gibt, an der Dornröschen sich sticht, vielmehr ein dosierter Cocktail, es ist Berechnung und Chemie.

Den Kidnappern der »Septième« kommt zugute, dass sie die Security des Opernhauses teilweise mit eigenen Leuten unterwandern konnten. Ihre Leute haben, als Techniker und Hausmeister auftretend, ihre nichts ahnenden »Kollegen« ausgeschaltet, wenn auch nicht getötet. Zuvor haben sie die Baupläne besorgt, vor allem die Verstrebungskonstruktion im Dach ist wichtig für das, was jetzt kommt.

Die gefährlichste und kühnste Phase des Plans.

Das gesamte Opernhaus schläft. Kann sein, dass manche von der Melodie träumen. Die Kidnapper, schwarz gekleidet, mit Gasmasken, huschen durch Seiteneingänge herein. Sie bewegen sich schnell und präzise. Sie schleppen große Kisten. Gleichzeitig macht sich auf dem Dach des Opernhauses, direkt über dem Rang, in zweiundzwanzig Metern Höhe, das Outside-Team bereit, ebenfalls mit einer ganzen Batterie von Werkzeugen.

Mehr als 3000 Menschen sind bewusstlos, ein einziger Mann ist hellwach – das Entführungsopfer, John Garreth Martindale. Denn er hat natürlich längst den Alarm aktiviert, er weiß schon, dass er das Ziel ist. Sein Glaskasten ist mit Sensoren ausgestattet, sofort schließen sich die hydraulischen Türen an der Vorderseite, die normalerweise während der Vorstellung geöffnet sind. Im Alarmfall läuft die Meldung beim nächstgelegenen SWAT-Team ein, am südlichen Stadtrand von Sydney, woraufhin zwei Dutzend Schwerbewaffnete zwei kleine, aber schnelle Helikopter besteigen. Bis das SWAT-Team allerdings am Opernhaus ist, vergehen mindestens sechs Minuten. Das ist das Zeitfenster, das die Kidnapper jetzt haben. Sechs Minuten. Bis 20.50 Uhr.

Die Entführer standen bei ihrer Planung vor dem Problem, dass der Glaskasten nicht leicht zu knacken ist, selbst mit schwerem Gerät. Er kann in weniger als sechs Minuten wahrscheinlich nicht geöffnet werden, zumal in dieser Positionierung oben auf dem Rang – die Entführer veranschlagten für das Aufschneiden mit Diamantschneidern mindestens neun Minuten.

Sie verfielen darum auf ein anderes Vorgehen.

20.45 Uhr. Die Dinge geschehen jetzt gleichzeitig. Das Inside-Team entnimmt den Kisten eine Reihe von Sprengdrohnen, die gestartet werden und zur Saaldecke fliegen. Gefolgt von einer zweiten Staffel von Drohnen, die ein Stahlnetz transportieren. Das Outside-Team hat an genau markierten Stellen Löcher durch das Dach gebohrt, das Stahlnetz wird verbolzt. Die Sprengdrohnen werden gezündet. Auf dem Dach gehen die Leute in Deckung. Die Explosion ist nicht laut, aber ausreichend. Betonbrocken und Teile der Konstruktionsrippen fliegen empor, etliche landen im Stahlnetz, das verhindert, dass die Schlafenden getroffen werden. Die Leute auf dem Dach machen sich eilig daran, das entstandene Loch freizulegen. Die Staubwolke wird mit Gebläse-Maschinen verwirbelt. Sie ziehen das Stahlnetz hoch aufs Dach.

20.45 Uhr, 27 Sekunden: Ein Helikopter nähert sich, ein Boeing XCH-62A, doppelrotorig, Startgewicht: 53,5 Tonnen. Die Attentäter haben ihn mit Bedacht ausgewählt.

20.46 Uhr: Das Outside-Team arbeitet mit sogenannten Sauerstoff-Lanzen, fauchenden Schneidgeräten, die eine Hitze von 5530 Grad entwickeln. Sie säubern die Lochkanten, legen die pollergroßen Ösen frei, an denen der Glaskasten mit Stahlseilen aufgehängt ist.

Der Helikopter ist über dem Dach. Er lässt über Seilwinden vier Dyneema-Seile ab, eine ultrahochfeste Faser. Die Stahlseile werden mit den Dyneema-Seilen gekoppelt.

20.46 Uhr, 40 Sekunden: Das Loch ist annähernd quadratisch, hat die Maße 4,50 mal 4,50 Meter. Es ist so kalkuliert, dass der Glaskasten gerade hindurchpasst.

20.47 Uhr: Der Helikopter schwebt über dem Durchbruch. Jemand vom Inside-Team gibt mit einer Signallampe das »Okay« Richtung Dach, vom Dach wird es weitergegeben zum Hubschrauber. Der zieht genau senkrecht an.

20.47 Uhr, 22 Sekunden: Der Glaskasten wird durch das freigesprengte Loch im Opernhaus nach oben gezogen, ins Freie; die Zuladung, die an dem Transporthubschrauber hängt, sechseinhalb Tonnen, lässt die Rotoren aufheulen.

Die Frauen und Männer vom Outside-Team seilen sich vom Dach ab, für sie stehen Motorräder bereit, mit denen sie durch das Chaos entkommen können, das sie selbst im Hafenviertel gesät haben.

Als die beiden Hubschrauber mit den SWAT-Befreiungsteams um 20.50 Uhr anrücken, zweieinhalb Minuten später, ist der Transporthelikopter mit dem Glaskasten bereits in sicherer Entfernung. Sie können nicht mehr tun als Spuren sichern, nach Hinweisen fahnden.

*

Der Glaskasten ist so gut gesichert, dass das Auftrennen mit diamantgehärtetem Schneidgerät beinahe zehn Minuten in Anspruch nimmt. Aber die Entführer haben jetzt Zeit; der Transporthubschrauber hat den Glaskasten unbemerkt in einem abgelegenen Lagerhaus abgesetzt. Dann ist er weitergeflogen, um die SWAT-Teams in die Irre zu führen.

Als die Glaswände aufgesprengt werden, lässt sich das Entführungsopfer nicht widerstandslos fesseln, im Gegenteil. Martindale wehrt sich mit Händen und Füßen, mit Fäusten und Tritten attackiert er die Schwarzgekleideten, die ihn zu Boden drücken wollen – aber auch darauf sind sie vorbereitet, sein Temperament ist bekannt, sie setzen ihn mit einem Elektrotaser außer Gefecht.

Im Lagerhaus steht ein Krankenwagen bereit. Martindale wird auf die Krankentrage gelegt, man streift ihm eine Sauerstoffmaske über das Gesicht. Der Krankenwagen fährt los, mit Blaulicht und mit überhöhtem Tempo, als einer von vielen Krankenwagen.

Was die »Septième« mit dieser Entführung bezweckt, darüber wird viel spekuliert werden. Der Spitzname des Opfers lautet bekanntlich »Der Mann, der nie vergisst«. Die Eskalation scheint unausweichlich.

Wohnung von Ariadna Ferrer und Thomas Pierpaoli, Kapstadt, Südafrika

An seinem achtundvierzigsten Geburtstag, einem normalen Dienstagmorgen im Oktober des Jahres 2032, stand Thomas Pierpaoli im Wohnzimmer der freundlichen Altbau-Wohnung, die er sich mit seiner Freundin Ariadna teilte, und dachte über sein Leben und das Alter nach.

Achtundvierzig Jahre. Nun war Pierpaoli mit achtundvierzig Jahren noch kein Greis, aber auch kein Jüngling mehr. Er war irgendwo dazwischen, knapp nach der Halbzeit, *ein Mann in seinen besten Jahren,* wie es beschwichtigend heißt. Thomas Pierpaoli war zufrieden mit seinem Leben, dabei kein Mann für große Auftritte. Ihm war eine natürliche Höflichkeit zu eigen, und eine etwas verblichene Ritterlichkeit.

Pierpaoli und Ariadna bewohnten ein Apartment im vierten und obersten Stock eines etwas heruntergekommenen hellrot getünchten Mietshauses in Kapstadt, Südafrika, im Stadtteil Camps Bay. Die Wohnung hatte durchaus ihre Nachteile. Zum Büro etwa, wo Pierpaoli arbeitete, in der »Pyramide«, war es ein weiter Weg, wenn man die gefährlichen Straßen vermeiden wollte. Außerdem stand das Haus – eigentlich waren es drei Häuser, die nebeneinander erbaut worden waren, ein rotes, ein grün getünchtes, ein orangefarbenes – an einem Abhang und verrutschte gelegentlich um ein winziges Stück. Irgendwas mit dem Fundament stimmte nicht. Dann gab es Risse in den Wänden, und die Bilder hingen schief. Für Pierpaoli war das beunruhigend, Häuser sollten besser an Ort und Stelle bleiben.

Seine Freundin Ariadna hingegen fand es erheiternd, wie sie sagte, es sei lustig, in einem Haus zu wohnen, das einen eigenen Willen hatte. Und sie liebte die Aussicht: am Morgen das tanzende Sonnenlicht über den Baumkronen, am Abend das opernhaft-prachtvolle Farbspiel eines Sonnenuntergangs am Meer. Die Sonne, größer werdend, bevor sie das Wasser berührte. Die violetten Schatten, kurz bevor sie versank. Wenn sie sich entscheiden sollte zwischen einem Sonnenuntergang und der Baustatik, war für sie die Entscheidung klar.

Das Haus hatte allerdings auch für Pierpaoli einen Vorteil. Der Besitzer der drei Gebäude, ein kleiner, sorgsam gescheitelter Inder namens Patel, hatte Pierpaoli erlaubt, auf der Dachterrasse ein Gewächshaus aufzustellen, für ein kleines Aufgeld. Pierpaoli züchtete dort Tomaten. Vor allem die Sorten Kumato, Green Zebra, Kalimba, er kreuzte aber auch Tengeru und Tanya, sein Ziel war es, eine schmackhafte, schnell wachsende und transportfähige Sorte zu züchten. Jeden Abend zog er sich dorthin zurück und fuhrwerkte mit Muttererde, Dünger und Gießkanne; er liebte es.

Pierpaoli nippte jetzt an seinem Kaffee. Er hatte noch etwas Zeit, bevor er ins Büro musste. Das Büro befand sich in der »Pyramide«, offiziell das »Hochkommissariat für die Neuordnung der Welt«. Dort war das Verwaltungszentrum des mächtigen, vor sieben Jahren gegründeten Staatenbundes – der »Klima-Allianz«.

Pierpaoli bekleidete dort eine Stelle als Unterabteilungsleiter im Bereich *Science Control*, dem Bereich oblag die Kontrolle der diversen wissenschaftlichen Ansätze zur Klimarettung. Insgesamt war es ein eher mittlerer Posten, was ihn aber nicht zu stören schien. Die »Pyramide« und auch die acht anderen Gebäude der Staatenvereinigung befanden sich in Oranjezicht, im Süden von Kapstadt. Inzwischen arbeiteten dort mehr als 190 000 Menschen. Politische Beamte, Wissenschaftler, Parlamentarier und Regierungsstellen hatten dort ihre Büros und Labore – es war das politische Gehirn der Welt. Und natürlich waren dort die Hauptverwaltungen der diversen Geheimdienste untergebracht.

Viele Mitarbeiter wohnten in der Nähe, aber für Ariadna kam es nicht infrage, in einem abgeschotteten »Compound« zu leben, auch wenn es dort sehr luxuriöse und dennoch erschwingliche Häuser gab. Sie war Sängerin, Musikerin, sogar berühmt, ein Popstar – aber der Sonderfall eines Popstars, der normale Lebensumstände vorzog. »Tom, kein goldener Käfig für mich«, hatte sie gesagt. Pierpaoli mochte das. Sie waren beide genügsam, klar, ehrlich und einfach, und diese Lebenshaltung verband sie – in anderen Dingen waren sie sehr gegensätzlich.

In Stilfragen und im Auftreten wirkte Pierpaoli wie ein klassischer Konservativer. Er trug an diesem Morgen ein hellblaues Businesshemd, dazu einen leichten hellgrauen Anzug aus Baumwolle. Er war einer der Letzten gewesen, die noch eine Krawatte getragen hatten, neuerdings verzichtete er darauf. Nie allerdings hätte er es über sich gebracht, wie etliche seiner Kollegen, in Jeans und verblichenen T-Shirts zur Arbeit zu erscheinen. Pierpaoli glaubte an gute Umgangsformen, er glaubte auch an Pünktlichkeit, an einen aufgeräumten Keller und an seinen bescheidenen Beitrag für das Gute in der Welt. Natürlich vom Schreibtisch aus; er war ein Schreibtischmensch.

Pierpaoli goss sich eine zweite Tasse ein. Er bevorzugte seinen Kaffee mit etwas geschäumter Hafermilch und einer zarten Schicht Zimt obenauf, er mochte es, wenn der Zimt nicht einen dumpfen Klecks bildete, sondern, nach einem behutsamen Klaps auf den Streuer, in einer duftigen Wolke auf den Milchschaum niederging – das war natürlich unbedeutend, nur eine der kleinen Freuden des Lebens. Aber aus diesen kleinen Freuden, wenn man sie geschickt addierte, setzte sich für Pierpaoli das Glück zusammen.

Von dem Verbrechen hingegen, in das sie hineingezogen werden sollten, Ariadna und er – von diesem Verbrechen, das die gesamte Menschheit betraf, ahnte er noch nichts.

*

Pierpaoli hörte jetzt über sich Geräusche, dumpf. Es klang nach Hammerschlägen. Das war merkwürdig: Über ihrer Wohnung war nur die Dachterrasse, und nur Ariadna und er hatten den Schlüssel. Die Geräusche kamen vom Dach. Wurde das Dach repariert? Der Hausbesitzer hatte nichts davon gesagt. Ariadna auch nicht. Wo war sie eigentlich? Als Pierpaoli aufgestanden war, war das Bett neben ihm leer gewesen, warm zwar, aber leer. Wie auch die Wohnung.

Doch da – jetzt hörte er den Schlüssel in der Wohnungstür, vernahm das Klackern von Absätzen, und Ariadna betrat den

Raum: erhitzt, mit dem verwegensten Gesicht, das sich denken lässt, glücklich. Sie wirkte verwuschelt, hatte einen Morgenmantel übergezogen, ein kurzes rosafarbenes und verschlissenes Ding, ihre nackten Beine steckten in schwarzen silberbeschlagenen Cowboystiefeln. Pierpaoli setzte ein fragendes Gesicht auf, wollte auf sie zugehen, aber sie trat einen halben Schritt zurück. Schüttelte den Kopf, etwas theatralisch, legte einen Finger an die gespitzten Lippen. Dann lockte sie ihn mit dem Finger, parodistisch, wie die Hexe im Kindertheater, und wandte sich um, ging voraus, die Treppe hoch zur Dachterrasse.

Pierpaoli folgte ihr, etwas ratlos.

Als er durch die quadratische Luke das Dach betrat, empfingen ihn eine frische Brise, gleißende Helle und eine Überraschung. Ariadna deutete auf die Dachterrasse des Nachbarhauses, mit einem stolz-verhaltenen Lächeln und einer präsentierenden Bühnengeste, als wäre sie die Assistentin eines Zauberkünstlers.

Dort stand ein spiegelndes Ding.

Es war ein Gewächshaus. Davor, drumherum waren Männer zugange, geschäftig, sie knieten oder standen auf Leitern, zogen Folien von Glasscheiben, waren ausgestattet mit gelben Helmen und Zangen und Bohrmaschinen, sie zogen noch die letzten Schrauben an, rieben, putzten, polierten.

Es war das schönste Gewächshaus, das Pierpaoli je gesehen hatte. Es war so groß, dass es fast die ganze Fläche der benachbarten Dachterrasse einnahm.

»Happy Birthday, Tom«, sagte Ariadna. »Für dich. Gefällt es dir?«

Pierpaoli sah schon die Töpfe und Stauden und sah sich selbst schneiden und binden und wässern und ernten.

»Hallo, Tom? Also, ich hab' das Dach für drei Jahre gemietet, Verlängerung jederzeit möglich, wie bei einer Liebesgeschichte.«

Zwischen die beiden Flachdächer war ein kleiner, aber sehr stabiler Steg gelegt worden.

Die Bauarbeiter waren mehr oder weniger fertig, sie nahmen die gelben Helme ab und machten aufmunternde Bemerkungen, bereit, den stolzen Besitzer, das Geburtstagskind – denn sie waren eingeweiht – auf ihrer Seite zu empfangen, auch, um Lob einzuheimsen, vielleicht auch ein hübsches Trinkgeld. Aber Pierpaoli rührte sich nicht. Er stand wie erstarrt, blickte kopfschüttelnd auf das große, in der Morgensonne glänzende Gewächshaus – bis er seine Fähigkeit zu sprechen wiedererlangte.

»Ari, das ist wunderschön, aber … du bist ja wahnsinnig.«

Ariadna lachte. Sie zog den Gürtel ihres Morgenmantels fester. »Dein altes Gewächshaus platzte aus allen Nähten.«

Pierpaoli sagte nichts, er war überwältigt. Er konnte sich vorstellen, wie viel Aufwand Ariadna betrieben hatte – das Einverständnis des Hausbesitzers einholen, Bauarbeiter auftreiben, ohne dass er etwas bemerkt hatte. Ariadna stand neben ihm und strahlte.

»Danke«, sagte er endlich.

Pierpaoli zog sie an sich. Er atmete den Duft ihrer Haare ein, den Geruch ihres Shampoos, Vanille. Endlich küsste er sie. Die Bauarbeiter auf dem Dach nebenan lachten und applaudierten, einer pfiff auf zwei Fingern, möglicherweise ob des romantischen Bildes, möglicherweise wegen des Anblicks von Ariadna Ferrer, Popstar, in verschossenem Morgenmantel und Cowboystiefeln.

Pierpaoli umarmte sie. Wie konnte es sein, dass diese Frau – die doch jeden Mann auf der Welt haben konnte – ausgerechnet ihn liebte? Was sah sie in ihm? Das war eine Frage, die er sich nie so ganz hatte beantworten können.

Aber so war es wohl. Er musste es einfach akzeptieren.

Sie drückte ihr Gesicht in seine Halsbeuge. »Happy Birthday, Tom.«

In diesem Moment vibrierte etwas in seiner Hemdtasche. Pierpaoli holte sein Telefon hervor und blickte stirnrunzelnd auf das Display. Es war seine Chefin aus der »Pyramide«.

»Da muss ich leider rangehen, Ari.«

»Natürlich.«

Pierpaoli ging ein paar Schritte abseits.

Ariadna spitzte die Ohren. Was sie hörte, waren nur ein paar abgerissene Worte: »Ja« und »Nein« und »Meeting« und »Oktopus« – aber an Pierpaolis Gesichtsausdruck merkte sie, es gab einen Notfall im Büro.

Und tatsächlich, Pierpaoli steckte das Telefon weg und wandte sich ihr zu. Jetzt schien er bekümmert. »Mit der Geburtstagsfeier, das müssen wir verschieben, Ari. Ich weiß, du hast einen Tisch bei Ricardo bestellt …«

Das *Ricardo's* war das absolute In-Restaurant von Kapstadt. Ariadna war mit dem Inhaber und Chefkoch befreundet, einem rundlichen Brasilianer namens Ricardo da Silva. Normalerweise musste man ein Jahr zuvor reservieren; nur Ariadna nicht. Sie hatte für Pierpaolis Geburtstagsfeier ein paar gemeinsame Freunde eingeladen, Caroline Corner, Horace Nkunke, Gudrun Sigrunsdóttir, Arthur Redmondis.

»Aber ich muss verreisen. Dringender Auftrag. Ich fahre noch einmal kurz ins Büro, dann muss ich los.«

»Wohin, Tom?«

»Nach Deutschland. Es geht um einen Oktopus. Ein sehr großes Tier. Offenbar ist er da gestrandet, ich weiß es auch nicht, aber es ist heikel, und jedenfalls sind alle sehr aufgeregt deswegen …«

»Moment. Der Riesenoktopus? Der plötzlich aufgetaucht ist? Das kam schon in den News. Was hast du damit zu tun, Tom?«

»Ich soll dort das Lagezentrum übernehmen. Du weißt schon. Wir dürfen in solchen Fällen von Kapstadt aus die Leitung übernehmen, na ja, Organisation, Betreuung der Wissenschaftler, Medien, Kommunikation, biologische Sicherheitsmaßnahmen und so weiter. Wir sind eben die Regierung der Klima-Allianz. Haben also das Vorrecht. Und in Berlin ist man sehr kooperativ. Sie haben die Leitung an uns abgetreten. Deshalb fliege ich hin.«

»Ich finde das faszinierend. Sie sagen, dieses Tier sei eine unbekannte Spezies …«

»Ja. Da kommen jetzt Wissenschaftler aus der ganzen Welt. Deshalb ist das unser Aufgabengebiet, *Science Control*. Ich soll das koordinieren. Jedenfalls müssen wir die Feier leider verschieben …«

»Vergiss doch die Feier, Tom! Dieser Oktopus ist eine Sensation! Und ich habe eine Idee.« Sie starrte ihn an. Verwegen.

»Was für eine Idee?«

Die Frage entlockte ihr ein triumphierendes Schweigen.

»Ari? Was für eine Idee?«

»Ich komme mit. Nach Deutschland. Wir feiern deinen Geburtstag im Flugzeug. Ich würde dieses Riesentier gern mal sehen. Meinst du, das ginge?«

»Aber Ari, ich kann dich nicht auf dem Regierungsticket mitnehmen ...«

Flüge waren im Jahr 2032 sehr viel teurer geworden; vor fünf Jahren war die Kontingent-Regelung eingeführt worden. Für Privatpersonen gab es nur sehr wenige Plätze.

»Ich organisiere das schon. Ich erkläre es Ricardo. Wir verschieben deine Feier. Glaub mir, ich habe schneller ein Flugticket in der Hand, als du ›Tintenfisch in Deutschland‹ sagen kannst.«

Zweites Kapitel

Die Geisel

»Pyramide«, Sitz der Klima-Allianz, Kapstadt

Die Nachricht von der Entführung des Verteidigungsministers erreichte und erschütterte das Zentrale Hochkommissariat der Klima-Allianz, im Volksmund »Pyramide« geheißen, am Südrand von Kapstadt gelegen, an diesem Dienstagmorgen gegen 11.32 Uhr.

Die Nachricht war ein Polit-Beben der Stärke sieben, mindestens. Sie setzte sich in Wellen fort, ging als auf- und abschwellendes Zittern durch den gesamten Laden, flackerte als interne Eilmeldung über die Tablets und Laptops, ließ hochgestellte Damen und Herren in ihren Büros ihre Arbeit unterbrechen. Memoranden blieben ungeschrieben, Sandwiches unverzehrt, Prüfberichte ungelesen. Die News rollte vom Ost- zum Westflügel, schwappte von oben nach unten, wirbelte Beamte, Militärattachés, Kulturattachés, Wissenschaftler, Sekretärinnen aus ihren Büros, sie traten auf die Flure, rissen mit einem *Haben-Sie-schon-gehört?* die Türen von Büronachbarn auf, drängten sich in debattierenden Grüppchen vor Fahrstühlen, viele mit blassen, erschrockenen Gesichtern, standen eng beieinander in den Raucherzonen und Teeküchen oder zogen sich, sofern sie der weisen und hochgestellten Führung angehörten, mit vom Ernst der Lage erfüllten Gesichtern hinter schalldicht schließenden Chefzimmertüren zurück. Man muss nicht denken, dass dort Klügeres besprochen wurde als irgendwo sonst. Aber Krisen sind auch Momente, wo sich zeigt, wer dazugehört und wer nicht. In Apparaten dieser Macht und Größenordnung ist Information die wichtigste Währung.

Angst ging um unter den mehr als 190 000 Menschen, die inzwischen in der »Pyramide« arbeiteten – und in den umliegenden Vertretungen der Länderblocks: Südamerika, Europa, Asien, Afrika, Kanada und Neuseeland und im Block der »Gemeinschaft der Länder«. In diesem Fall: zu Recht.

Tatsächlich war die Krise dramatisch.

Ein knappes Bekennerschreiben war in der »Pyramide« und zeitgleich in Australiens Hauptstadt Canberra eingegangen und im Netz veröffentlich worden. Die F.A.P. übernahm die Verantwortung, wobei der Wortlaut unklar war – sprachen die Kidnapper für die gesamte F.A.P. oder lediglich für eine Splittergruppe, die »Septième«?

Martindale hatte loyale Mitstreiter in der australischen Regierung, vor allem bei den Anti-Terror-Abteilungen. Australien hatte seit längerer Zeit Schwierigkeiten gehabt mit der F.A.P.; die Regierung in Canberra fühlte sich verantwortlich für die Sicherheit in der Südpazifik-Region, sie beanspruchte die Kontrolle. Die Chefs der Anti-Terror-Einheit brannten darauf, eine Strafaktion gegen die »Septième« in die Wege zu leiten, am besten gleich gegen die gesamte F.A.P. – was politisch heikel war. Denn die F.A.P. war legal. Außerdem durfte die Regierung der Klima-Allianz diese Eigenmächtigkeit der Australier eigentlich nicht zulassen. Das Monopol für militärische Aktionen lag bei der Regierung in Kapstadt. Allerdings war dies eine Grauzone, eine Frage der Auslegung: War eine »Such- und Strafaktion« noch eine Anti-Terror-Intervention oder bereits als militärisch zu werten?

Die Konflikte waren also geschürt. Eine Eskalation liegt immer erst mal im Interesse radikaler Gruppierungen wie der »Septième«. Die Strafaktionen würden den Volkszorn schüren, die bestehenden Strukturen würden erschüttert. Das war die Situation nach dem spektakulären Kidnapping von Sydney.

Im siebenten Jahr ihres Bestehens war die Klima-Allianz, ein ohnehin zerbrechliches Abkommen, so gefährdet wie nie zuvor.

*

Es ist nicht leicht zu verstehen, wieso die Klima-Allianz einerseits so mächtig war und dennoch so zerbrechlich. Um dies zu erklären, muss man ins Jahr 2025 zurückblenden. Die Gründung der Klima-Allianz war nämlich nicht das Resultat ewiger UNO-Konferenzen und letztlich fruchtloser Debatten. Sie war ein Unterfangen aus der Not heraus, sie durchschlug den Gordischen Knoten des Zauderns und der allgemeinen Lähmung. Die Klima-Allianz wurde von den mächtigsten Staatsführern beschlossen und verkündet als letzte Chance der Menschheit, die Katastrophe aufzuhalten. Entsprechend hart, kantig und entschieden wurden die Ziele definiert.

Es hatte begonnen an einem frostigen Januarmorgen im Jahre 2025, auf dem Capitol Hill, mit der inzwischen historischen Antrittsrede der US-Präsidentin Kamala Harris. Damals wurden bereits die drei Vorgaben ausgerufen: die Begrenzung des Ausstoßes von Kohlendioxid, die Kontrolle des Bevölkerungswachstums, radikale Abrüstung. Die Nationen wurden gedrängt, ihre Armeen aufzulösen und der Regierung in Kapstadt das Monopol für Militäraktionen zu übertragen. Dafür kam ein Staat in den Genuss beträchtlicher Vergünstigungen. Die Klima-Allianz garantierte ihm seine Territorialrechte, der Verteidigungshaushalt konnte also auf ein Minimum reduziert werden. Die Klima-Allianz mischte sich auch nicht in religiöse, staatsrechtliche, kulturelle oder sonstige Belange ein. Nur die drei Ziele waren heilig. Mit dem Geld, das bei den Militärausgaben eingespart wurde, konnten Härten ausgeglichen werden.

Solch einen Schritt hatte es noch nie gegeben in der Geschichte; nie zuvor hatte jemand eine derartige Kühnheit überhaupt zu denken gewagt.

Die Jahre danach waren dramatisch. Man sprach später von einem »Jahrzehnt der Schwarzen Schwäne«. Das Jahrzehnt brachte unerwartete Wendungen, auch politische Umstürze, klimatisch bedingte Krisen, es gab ungeahnte Anstrengungen, aber auch neue Hoffnung. In Brasilien musste die damalige Regierung mit militärischem Druck gezwungen werden, den Regenwald zu schützen. In Russland trat eine neue Regierung an. Nach und nach traten die meisten Länder der Allianz bei, ratifizierten die »drei heiligen Ziele«.

So kämpfte also die Klima-Allianz um das Überleben der Schöpfung, und alles in allem schlug sie sich nicht schlecht. Zum Beispiel in Sachen Bevölkerungswachstum. Die Zahl der Menschen auf dem Planeten war weiterhin angestiegen, schlimm genug; allerdings war dieser Anstieg leicht gebremst. Die Zahl lag jetzt bei knapp achteinhalb Milliarden. Das war natürlich immer noch zu viel, zumal, wenn man bedenkt, dass noch in der Mitte des vergangenen Jahrhunderts, etwa im Stichjahr 1950, historisch nur ein Wimpernschlag zurück, gerade mal 2,7 Milliarden Menschen den Planeten bevölkert hatten. Von 1950 bis 2030, gerade mal ein Menschenalter, hatte also eine Verdreifachung stattgefunden, eine *Verdreifachung*: Das war kein Anstieg, eher eine Explosion.

Aber die Klima-Allianz versuchte mit aller Kraft, das Ruder herumzureißen. Es gab eine dreistellige Zahl von großen Geo-Engineering-Projekten, um das Kohlendioxid zu binden, den Ausstoß zu begrenzen. Damit einher ging auch die Umstellung vieler Lebensstile, unzähliger Lebensentwürfe. Dies geschah überall auf der Welt: Alles stand auf dem Prüfstand, Konsum, Einkommen, Besitzverhältnisse, überholte Techniken, kulturelle Gewohnheiten.

Und die Menschen, die davon betroffen waren – wie empfanden sie es? Die Reaktionen waren gemischt. Vereinfacht gesagt: ein Drittel zu zwei Drittel. Ein Drittel der Weltbevölkerung, quer durch Nationen und Kulturen, begriff und unterstützte die Anstrengungen der Klima-Allianz. Aber zwei Drittel verhielten sich ablehnend, grollend, aggressiv, mürrisch, resigniert. Die Rede ist also von etwa sechs Milliarden Menschen, die im Abseits standen. Oder, wie die »Septième«, zu den Waffen griffen.

Die Auflösung der nationalen Identitäten leistete dem Vorschub. Viele politische Bewegungen, die von »unten« kamen, radikalisierten sich. Die Regierung in Kapstadt wurde als selbstherrlich, als übermächtig empfunden.

Und das war eine gefährliche Entwicklung.

Denn eines hatten die Regierenden in Kapstadt begriffen: Man musste die Menschen mitnehmen. Ohne die Mehrheit der Menschheit, ohne die zwei Drittel, die sich verweigerten, ging es einfach nicht. Verbote genügten nicht. Man konnte nicht alle zwingen. Man konnte nicht alles und jeden überwachen.

Ohne Freiwilligkeit, ohne die vielen kleinen Schritte, ohne die Multiplikation unzähliger Mikro-Entscheidungen, war eine Trendwende nicht zu schaffen. Dabei war es rechnerisch einfach: Wenn nur jeder Mensch auf diesem Planeten seine Gewohnheiten, das Konsumverhalten und den Ressourcenverbrauch um sechs bis zehn Prozent veränderte, wenn alle Menschen nur ein wenig mehr Vernunft walten ließen und Verzicht übten, so würden sich diese relativ kleinen Einschränkungen zu einer globalen Einsparung von mehr als dreißig Prozent multiplizieren. Die Begrenzung des Temperaturanstiegs von eineinhalb Grad wäre zu schaffen.

Rechnerisch war es also einfach. Aber es klappte nicht.

Die Regierung in Kapstadt hatte deshalb vor etwas mehr als zwei Jahren zwei Maßnahmen beschlossen – die eine war offiziell: Ein neues Gremium sollte ernannt werden, in direkter Wahl aus der Weltbevölkerung heraus. Es sollte eine Chance sein für die Menschen zur demokratischen Teilnahme an der Weltpolitik. Der Name dieses Gremiums: der »Präsidialrat«.

Die zweite Maßnahme wurde nicht offiziell bekannt gegeben. Auch hier wurde ein Gremium zusammengerufen. Allerdings fand die Auswahl durch die Geheimdienste statt.

Der Name dieses Gremiums: die Task-Force.

Das einzige detaillierte und noch existierende Zeugnis über die Task-Force bestand in einem Stapel *Papier*. Es handelte sich um vierzehn, mit altmodischen Schreibmaschinenbuchstaben bedruckte Blätter, die im Jahr 2032 geradezu antiquiert wirkten. Dabei waren sie gerade einmal zwei Jahre alt. Und es gab keine digitale Kopie.

Diese vierzehn Schreibmaschinenseiten waren von ungeheurer Sprengkraft – ihr Inhalt war geeignet, die Autorität der Klima-Allianz ein für alle Mal zu untergraben.

**Geheimes Papierdokument der Task-Force,
erstellt 2 Jahre zuvor**

WA CONFID: MemTaskForce, Level 10 Intel.
Dat. Sept 9, 2030

**Betreff: GRÜNDUNGSVERSAMMLUNG der TASK-FORCE
zur vorurteilslosen Erkundung unerforschter Möglichkeiten zur Abwendung bleibender Schäden an der Biosphäre und dem Lebensraum des Menschen (im Folgenden kurz TASK-FORCE)**

1) Teilnehmende:

Die Task-Force versammelt 33 Personen aus aller Welt,
zum offenen Austausch und zur Ideenfindung. Zum
Schutz aller Teilnehmenden bleiben die Identitäten ver-
deckt. Als Verantwortlicher im Sinne der Compliance-Re-
geln der Klima-Allianz zeichnet namentlich nur der Vorsitzende des Gremiums, Hans-Oliver Frey, Unternehmer,
geboren am 27. April 1985, in Meggen, Schweiz.

Die in dieses Gremium Berufenen sind herausragende
Leistungsträger mit besonderem Ideenreichtum und lö-
sungsorientiertem Denken. Weiteres Auswahlkriterium
war eine möglichst große Bandbreite an speziellen Qua-
lifikationen, Biografien und Sozialisierungen. Eine Hin-
tergrundüberprüfung durch die Nachrichtendienste hat
stattgefunden.

Die Berufenen werden bei ihrer Arbeit technologisch
unterstützt durch unbeschränkten Zugriff auf das leis-
tungsstärkste KI-basierte Analyse- und Prognosetool, genannt *Delphi*.

2) Definition des Auftrages:

Die bisherigen Maßnahmen zur Umkehrung der für Mensch und Biosphäre bedrohlichen Entwicklung des Weltklimas haben den Regierungen wie auch den Menschen Einschnitte in der Lebensqualität abverlangt. Die Maßnahmen ließen sich grob aufteilen in VERZICHT einerseits und (Klima-)TECHNOLOGIE andererseits. Dennoch bleiben die Fortschritte hinter den gesetzten Zielen zurück. Gleichzeitig sinkt die Akzeptanz der Methoden innerhalb der Bevölkerung.

An die Berufenen dieser Task-Force ergeht daher der Auftrag, außerhalb aller bestehenden Denkmuster nach neuen, unkonventionellen Ideen zu suchen. Wie können die Ziele erreicht werden, ohne politische Unruhen oder gar eine weltweite Revolte zu provozieren?

3) Methodik:

Um wirklich neue Konzepte zu finden, müssen die Berufenen alle Konventionen abwerfen. Sie müssen frei denken, frei sprechen. Die radikalsten Ansätze sind erwünscht. Absolute Geheimhaltung wird garantiert.

4) Arbeitsplan:

Es wird festgelegt: In zwei Monaten tritt diese Gruppe wieder zusammen. Sämtliche Ideen werden dann diskutiert, eine Auswahl findet statt.

5) Schlussbemerkung:

Es geht um die Zukunft der menschlichen Spezies.

Als die Meldung von der Entführung in Sydney die »Pyramide« erreichte, war Pierpaoli in seinem Büro bei der Klima-Allianz, Abteilung *Science Control*, und ging gerade die Liste der Wissenschaftler durch, die er in Deutschland würde betreuen müssen. Natürlich war Pierpaoli, wie alle anderen Kolleginnen und Kollegen, entsetzt über das Kidnapping. Und natürlich konnte auch er die möglichen Folgen hochrechnen. Aber er beteiligte sich nicht an den Spekulationen und blieb dem Flurfunk fern. Er schloss die Bürotür und konzentrierte sich auf die Vorbereitungen seiner Reise.

Im Archiv nahm niemand das Telefon ab. Wahrscheinlich waren die Damen und Herren irgendwo, nur nicht an ihren Schreibtischen. Er stellte sich selbst ein Dossier über Riesenoktopoden zusammen; doch es war nicht sehr gehaltvoll, fast nichts über diese Wesen war bekannt. Sein Flug ging am Abend. Bis dahin musste er mehrere Meetings absagen.

Für den Job, den er machte, war Pierpaoli bestens geeignet, sozusagen *werkseitig eingestellt*. Er galt als redlich und unbestechlich, sein Sinn für *Fairplay* war ausgeprägt (er war mütterlicherseits Engländer), und sein Weltbild passte ebenfalls dazu: Gier und Dummheit waren in seinen Augen die großen Triebfedern der Menschheit, eine mächtige Zangenbewegung, mit der aller Schlamassel auf Erden begann. Zum Glück beherbergte die Welt ein paar vernünftige Leute, denen allerdings die Aufgabe zufiel, den Rest der Menschheit von Fehlentscheidungen und Scheußlichkeiten abzuhalten. Zufällig war er nun mal einer davon. Also saß er hier in diesem Büro, es war klein, nüchtern – es stimmte mit seinem eigenen genügsamen Stil überein.

Pierpaoli hatte ursprünglich Biologie studiert, Fachgebiet Ornithologie. Am Ende war er hier in der »Pyramide« beim Fachreferat für *Science Control* gelandet, eine Art TÜV-Beamter der Wissenschaft. Hier hatte er mit allem zu tun, was Gelehrte sich ausdachten, ausmalten, vom Quantenphysiker, der einen Zukunftscomputer baute, bis zur feministischen Soziologin, die für ein viertes Geschlecht kämpfte. All diese Ideen und exotischen Projekte, die der Klima-Allianz vorgeschlagen wurden, um die Klimakatastrophe aufzuhalten, mussten geprüft werden. Darunter waren einige (sehr wenige) gescheite Konzepte; aber es fehlte nicht an hochgejazztem Unsinn. Es ging um Förderung und Aufträge und Stellen, also letztlich um Geld.

Pierpaoli, ausgestattet mit kaum mehr als seinem gesunden Menschenverstand, hatte den Job, die wenigen Perlen zu erkennen und dem Rest der Antragsteller eine möglichst taktvolle Absage zu erteilen. Er glaubte an die Bürokratie. Für Pierpaoli war Bürokratie einer der Pfeiler der Zivilisation; mit ihren Regeln, Fristen, Verordnungen hielt sie die Gesellschaft zusammen.

Die meisten Vorschläge, die bei der Klima-Allianz einliefen, betrafen Projekte für Geo-Engineering – Versuche, den Kohlendioxid-Ausstoß zu begrenzen.

Was war Geo-Engineering? Zunächst einmal war es nur ein Modewort. Es bezeichnete etwas, das es eigentlich schon lange gab – seit schätzungsweise 10 000 Jahren, seit Menschen begonnen hatten, ihre Welt zu *gestalten*, seit es ihnen in den Sinn gekommen war, mehr zu sein als schweifende Jäger und Sammler. Geo-Engineering bezeichnete jeden Versuch, ein Ökosystem zu verändern. Sumerer und Ägypter, im heutigen Nildelta und zwischen Euphrat und Tigris, hatten seinerzeit den Anfang gemacht; sie waren auf der Flucht vor Dürre und Trockenheit in ein sumpfiges, unwegsames Flussland geflohen, hatten dort ein Be- und Entwässerungssystem ersonnen, ein Netz von Deichen, Dämmen, Kanälen. Für den Anbau von Hirse, Gerste, Weizen. Die Notwendigkeit, das alles zu organisieren, hatte diese frühen Menschen herausgefordert, sie auf immer neue Ideen gebracht, zu immer komplexeren Systemen geführt. Das war Geo-Engineering. So fing es an.

Und die Religionen lieferten die passende Ideologie dazu, sie rechtfertigten die neuen Denkweisen und Taten: Der Mensch machte sich die Erde untertan, das war Gottes Auftrag.

Dass diese Eingriffe allesamt ihre Folgen hatten, wurde dabei übersehen.

Anfangs machte das nichts. Das Ökosystem des Planeten konnte kleinere Eingriffe mühelos hinnehmen, verkraften. Doch mit den Jahrhunderten wurden diese Eingriffe immer häufiger und immer einschneidender. Der Mensch baute große Kanäle, Fabriken, er legte Stauseen an, er holte Kohle und Öl aus der Erde – und irgendwann waren die Folgen nicht mehr überschaubar. Die vielen Eingriffe hatten so komplizierte Folgen, dass kein Mensch sie verstand, anfangs jedenfalls. Der Mensch hatte das Klima verändert. So viel war klar. Aber wie genau, darüber stritten sich die Gelehrten.

Anfang des einundzwanzigsten Jahrhunderts versuchten die Menschen, die Folgen ihres Tuns zu reparieren, allerdings mit den bewährten Mitteln, nämlich abermals mit Eingriffen, mit Technik und Wissenschaft. Das Geo-Engineering der Gegenwart sollte also die Geo-Engineering-Folgen der Vergangenheit reparieren: Das Kohlendioxid in der Luft sollte zum Beispiel wieder eingefangen werden. In der Stratosphäre sollte der Schutz vor der Sonneneinstrahlung verstärkt werden. Und so weiter. Es waren gigantische Projekte, sie verlangten sehr viel Voraussicht. Der Mensch, ein von der Evolution auf kurze Sicht programmiertes Wesen, sollte also plötzlich lernen, langfristig zu denken. Schwierig.

Unter den Wissenschaftlern war das Thema Geo-Engineering in den vergangenen Jahren zu einem Ideologiestreit angewachsen. Auf der einen Seite standen die Mahner, die Vorsichtigen, die Fraktion, der sich Pierpaoli zurechnete. Sie plädierten für kleine, kontrollierbare Projekte. Auf der anderen Seite standen die Großdenker. Das Klimaproblem sei derart verfahren, befanden sie, dass nur noch radikaler Einsatz half. *Big is beautiful.*

In Wahrheit kannte niemand die Wahrheit.

Und ein bescheidener Pierpaoli, dem das Schicksal die Rolle des Schiedsrichters zugewiesen hatte, musste schlichten, begutachten, beurteilen. Es war viel Fleißarbeit, kein Karrierejob. Pierpaoli aber war seine Karriere nicht sehr wichtig.

Vor drei Jahren hatte Pierpaoli, mit entscheidender Hilfe von Ariadna, ein gefährliches Komplott verhindert, den verbrecherischen Einsatz des bislang leistungsfähigsten Quantencomputers, den die Menschheit zustande gebracht hatte. Nachdem der Staub sich gelegt hatte, stand fest, dass Pierpaoli und seine Freundin Ariadna Heldenhaftes geleistet hatten. Wenn er gewollt hätte, dann hätte er in der »Pyramide« einen glänzenden Aufstieg hinlegen können. Aber er war nicht interessiert. Er unterschrieb alle Geheimhaltungsverfügungen. Mied die Belobigungen und schulterklopfenden Vorgesetzten. Und ging einfach am nächsten Tag zur Arbeit.

Pierpaoli blickte jetzt auf die alte Armbanduhr, eine wunderschöne *Piaget Emperador*, einziges Erbstück seines Vaters. Er musste noch ein letztes Gespräch führen, mit einem Kollegen, der sympathisch war, aber auch anstrengend sein konnte. Gaetano Perreira hieß der Mann. Perreira war Ingenieur, Portugiese, wenn Pierpaoli sich recht erinnerte – vor allem war er Experte für Filteranlagen. Kein schillerndes Arbeitsfeld, zugegeben.

Perreira war ein kleiner, zarter und überkorrekter Herr, verbandelt mit einer groß gewachsenen Ex-Prostituierten. Sie stammte aus Uganda, überragte ihn um zwei Köpfe und wog gut fünfzehn Kilo mehr. Und der verliebte Perreira hatte seiner Freundin, Paulina lautete ihr Name, für viel Geld einen Nachtclub in der Innenstadt eingerichtet. Wie die beiden sich gefunden hatten, darüber wurde im Büro getratscht, mit Hingabe. Aber Perreira war in dieser Hinsicht wie Pierpaoli: Er kümmerte sich nicht darum.

Das Projekt, das seit mehr als einem Jahr in Perreiras Zuständigkeitsbereich fiel, war der »Wolkenturm«.

Es handelte sich um eines der ehrgeizigsten und größten Geo-Engineering-Projekte, die unter der Ägide der Klima-Allianz auf den Weg gebracht worden waren. Perreira hatte es von Anfang an begleitet – als Filterexperte.

Es war eine Technologie zum Abbau von Kohlendioxid aus der Atmosphäre, die Idee wurde von den Anhängern als schlechterdings genial gefeiert. Die Anlage stand in Florida.

Es funktionierte in zwei Phasen. Aus der Luft über dem Meer wurde mit Filteranlagen Kohlendioxid herausgetrennt. Mittels Elektrolyse wurde das Kohlendioxid mit Rohrsystemen ins Meerwasser geleitet, wo der Kohlenstoff reagierte und in Kalkbänken gespeichert wurde.

Dann kam die zweite Phase: Der Luft, die von Kohlendioxid bereinigt war, wurde Schwefel zugesetzt, und sie wurde über gigantische Wolkentürme in die Atmosphäre geblasen. Nun zogen diese Wolken über natürliche Winde und in verschiedenen Höhen um die Welt und speicherten weiteres Kohlendioxid. Es verband sich zu Schwefeldioxid. Dieser neue Stoff fiel zurück auf die Erde, regnete vor allem in die Ozeane. Dort reagierte es zu schwacher Schwefelsäure, die sich mit Kalk verband und das Kohlendioxid dauerhaft speicherte.

Die Idee war kühn, die Finanzierung schwindelerregend. Allein zur Energieversorgung hatte man auf den Bahama-Bänken mehr als 100 000 Windkraftanlagen gebaut, ausgerichtet nach Osten, nach den Passatwinden.

Das Ganze war eine milliardenschwere Investition, an der sich ausschließlich Geldgeber aus der Wirtschaft beteiligten, also ohne Regierungsgeld. Auch dieses Großprojekt war umstritten.

Eine neue und raffinierte Generation von Filtern war der Kernpunkt dieser Technologie; und Perreira begleitete das Projekt als Filter-Spezialist der *Science Control*. Dabei war er mit den Betreibern aneinandergeraten, einem Unternehmen namens *Cloud Tower Invest*. Zuvor war ein Gesetz verabschiedet worden, das die Norm für Filteranlagen lockerte. Perreira war vehement dagegen. Er hatte dazu mehrere Stellungnahmen verfasst, sogar Briefe an die Vorstandsetage der Betreiber geschrieben. Ein Austausch der Filter, so Perreira, war gefährlich, unkontrollierte Substanzen konnten in die Luft gelangen.

Aber Perreira war nicht erhört worden. Darum hatte er sich Hilfe suchend an Pierpaoli gewandt. Er wollte die Innenrevision einschalten, um einen Kontrollantrag zu stellen. Und was Pierpaoli davon hielt?

Gar nichts hielt Pierpaoli davon.

Die Innenrevision war die mächtigste Kontrollabteilung in der »Pyramide«: Sie spürte internen Korruptionsfällen nach, Machtmissbrauch, sexuellen Übergriffen, Budget-Übertretungen und Diebstählen. Sie war die letzte Instanz: wirklich nur für den Notfall.

Pierpaoli fand Perreiras Eifer übertrieben. Die Handlungsanweisung für Beamte war eindeutig: keine Einmischung in Unternehmens-Fragen, unbedingte Neutralität. Gut möglich, dass nach der bevorstehenden Wahl, nach der Aufstellung des neuen Präsidialrates andere Normen eingeführt würden, strengere Normen. Fein, dann richtete man sich eben danach. Aber solange die lockeren Normen Gültigkeit hatten, waren Perreira und alle anderen daran gebunden, punktum. Das hätte er ihm gern im Gespräch erklärt, dafür war aber keine Zeit. Er schrieb also eine Mail: Leider müsse er, Pierpaoli, das Meeting verschieben, er müsse gleich nach Haus, eine Reise vorbereiten, eine unerwartete Dienstreise nach Europa. Mit freundlichen Grüßen, gezeichnet: Thomas Pierpaoli.

Damit war das Thema »Wolkenturm« wohl erledigt, dachte Pierpaoli.

Aber das war es keineswegs.

Es war eine exklusive Konferenz, nur fünf Leute, alle mit der höchsten Geheimhaltungsstufe: General Ming Cheng, der Leiter aller zwölf Abhör- und Geheimdienste; Juniper Gillespie, die Chefin der *Science Control*; Wilberton Bullock, der australische Innenminister, hinzugebeten wegen der Entführung. Dann John Hakam-Hakam, ein Referent und Experte für die diversen Terrororganisationen und radikalen Gruppierungen in der Südsee. Und schließlich der wichtigste PR-Mann der Klima-Allianz, ein Deutscher namens Dr. Schneehaus.

Vier dieser fünf Personen befanden sich bereits im Konferenzraum 13/2, tief unter der Erde. Denn die »Pyramide« war zwölf Etagen tief unterkellert. Unterirdisch befanden sich Labore, Werkstätten, Vorratshallen, Energiespeicher, Notstromaggregate für sechs Monate, Luftschutzbunker, Kläranlage, Wasserreservoirs, ein Krankenhaus, ein Waffenarsenal, das der Armee eines mittelgroßen Staates gut anstehen würde, und es gab eine ganze Reihe von Konferenzräumen. Die Architektur war verzweigt und verzwirbelt wie bei einem Bergwerk aus dem zwanzigsten Jahrhundert.

Es war fünfzehn Uhr Kapstadt-Zeit, drei Stunden nach der Entführung in Sydney. Vier von fünf Personen waren pünktlich in den Konferenzraum gekommen. Bis auf General Ming Cheng, der sich leicht verspätete. Die anderen warteten schweigend.

Der Konferenzraum war nobel gehalten: Eichendielen, ein persischer Teppich, ein *Nain*, die feingliedrigen Rankenmotive blau und elfenbeinfarben. Der Konferenztisch war aus einem Tupelo-Baum geschnitten. Er hatte eine unregelmäßige Form und war derart poliert, dass die Oberfläche aussah wie Rauchglas. Drei Sorten Kaffee standen bereit, vier Sorten Tee. Das Porzellan-Service war ebenfalls erlesen, *De Lamerie* aus Beaconsfield.

Doch was hier in diesem Raum besprochen wurde, war oft weniger schön. Raum 13/2 war der »Raum der Sündenfresser«: Nichts von dem, was hier gesagt wurde, durfte nach außen dringen – die Sündenfresser waren diese kleine, exklusive Gruppe. Wie

General Cheng es einmal formuliert hatte: *Wir müssen im Dunkeln agieren und entscheiden. Wir sind moralisch unzumutbar und ebenso unabdingbar. Wir nehmen die moralischen Fäkalien der Regierung der Klima-Allianz in uns auf und verdauen sie. Damit unser übriges Anliegen sauber und unantastbar bleibt.*

Die Initiative zur Klima-Allianz setzte auf die Zusammenarbeit der vielen Nationen, man setzte auf Vertrauen. Das klang erst mal gut und einleuchtend. Die Umsetzung hingegen – war ein anderes Thema.

Eine gute Idee zu entwickeln ist das eine. Aber es ist eine herkulische Aufgabe, eine gute Idee auch auf Kurs zu halten.

In Krisenzeiten war es immens wichtig, den Menschen Hoffnung zu geben, ihre Angst zu mindern. Hoffnung war ein mächtiger Antrieb für die Menschen. Positive Symbole waren wichtig. Und negative Symbole waren brandgefährlich – wie die Entführung in Sydney.

Jetzt betrat, mit vier Minuten Verspätung, General Cheng den Raum: ein mittelgroßer Mann in einem dunklen, maßgeschneiderten Anzug mit Samtrevers, sehr schlank, sehr elastisch, eine Lesebrille balancierte auf seinem Kopf. Er marschierte zu seinem Platz am Kopfende, die anderen vier erhoben sich andeutungsweise – er wedelte kurz mit der Hand und verlor keine Zeit.

»Das wichtigste Thema auf unserer Tagesordnung muss ich nicht benennen. Die Fragen, die sich stellen: Wie konnte Sydney passieren? Und wieso wussten wir praktisch nichts? Und wie können wir mit Martindales Entführern verhandeln, an sie herankommen? Wer hat dort die Entscheidungsgewalt, wen können wir suchen?« Cheng hatte eine weiche, sehr angenehme Stimme; obwohl er aus dem Militär kam, erlebte man ihn selten scharf oder polternd, meistens sprach er leise, ruhig, genau artikulierend.

Cheng blickte zu Juniper Gillespie, die damit angesprochen war. Gillespie war eine Schwarze, ursprünglich aus Lagos in Nigeria, Mitte fünfzig, groß, sehnig, langgliedrig, das Haar sehr kurz und weiß-silbrig gefärbt – eine Kriegerin. Das Gesicht markant geschnitten, ihre Mimik sehr kontrolliert, fast ausdruckslos, die Haut beinahe bläulich-schwarz. Heute trug sie einen hellen Hosenanzug. Gillespie war – offiziell – nur die Chefin der Abteilung *Science Control.* Ihr früherer Job war die Leitung der Anti-Terror-Abteilung gewesen. Es war ein offenes Geheimnis, dass sie im Auslands-Geheimdienst Karriere machen wollte.

Sie betrachtete einen Moment ihre gepflegten Hände, dann blickte sie den General direkt an. »Sir, ich übernehme die Verantwortung. Während des Umbaus der Oper in Sydney, als die Sicherheitsmaßnahmen für Martindale diskutiert wurden, war ich dort. Ich war verantwortlich für die Sicherheit im Südpazifik ...«

Cheng ließ sie nicht ausreden. »Das interessiert mich nicht. Und ich will Sie keinesfalls verlieren.« Seine Stimme war weich. »Jetzt geht es darum, was wir wissen. Und was wir sehr schnell noch herausfinden sollten.« Das war eine von Chengs Eigenschaften: Er strahlte Überlegenheit aus, die sich nicht nur aus Macht speiste, sondern aus einer unbestimmten Klugheit, Weisheit. Sein Gesicht war unauffällig, bis auf die Augen, sie waren tiefschwarz, hatten einen merkwürdigen Glanz, wie schwarze Knöpfe.

Gillespie schnurrte die Fakten herunter: Anzahl und Organigramm der Entführer, wie lange die Planung schätzungsweise in Anspruch genommen hatte, welche Spuren es gab, wer den Spuren nachging. »Es waren Insider beteiligt, mindestens ein Dutzend Frauen und Männer. Insider in der Oper, bei der Security. Und wir kennen die Absichten der Entführer nicht. Es gibt dieses eine Bekennerschreiben, aus dem aber nicht hervorgeht, ob die gesamte F.A.P. oder nur die »Septième« die Sache inszeniert hat. Das ist eine militante Splittergruppe. Leider haben wir keine Undercover-Leute in deren Apparat.«

Chengs weiche Stimme: »Das heißt, wir sind von ihnen unterwandert, sie jedoch in keinster Weise von uns. Wie bedauerlich. Was wissen wir überhaupt über die F.A.P., diese ›Fraction de l'armée polynésienne‹?« Sein Französisch war fast akzentfrei, er nickte John Hakam-Hakam zu, dem Terror-Spezialisten.

Hakam-Hakam sprach kurz über die Entstehung der F.A.P., die aus dem Südpazifik kam, die aber jetzt weltweit Sympathisanten einsammelte.

Cheng unterbrach Hakam-Hakam. »Steckt diese Talasea hinter dem Kidnapping? Sie hat sich aufstellen lassen zu den Vorwahlen des Präsidialrates. Das heißt, sie will in die politische Ebene der Klima-Allianz.«

»Talasea ist eine unberechenbare Figur.« Hakam-Hakam machte ein unbehagliches Gesicht. »Sie ist keine Anführerin im eigentlichen Sinn. Sie gehört nicht zur F.A.P. Aber sie hat eine große Anhängerschaft in der Südsee, sogar weltweit, und auch die F.A.P. respektiert sie. Aber sie hat keine Befehlsgewalt, wie gesagt. Die F.A.P. besteht aus mindestens sieben Fraktionen, die unabhängig handeln. Und ›La Septième‹, die mutmaßlichen Entführer, sind unter den Chaoten die Oberchaoten, sie lassen sich von keinem was sagen.«

»Falls aber Talasea doch Einfluss hat – können wir sie nicht dazu benutzen, an diese Kidnapper heranzukommen?« Chengs Instinkt sagte ihm, dass in Organisationen ohne klare Hierarchie die Leute mit Charisma die entscheidenden Figuren waren.

»Leider wissen wir nicht«, antwortete Hakam-Hakam betreten, »wie man an Talasea herankommt.«

»Bitte? Sie ist für die Vorwahlen aufgestellt.« Cheng blickte den Südsee-Experten kalt an.

»Wir wissen nicht mal, ob es sie wirklich gibt«, erklärte Hakam-Hakam rasch. »Es gibt sogar eine Theorie, dass sie eher so etwas ist wie ein Mythos, eine Märchenfigur, die diese ganzen Nationen und Gruppen auf eine Linie bringt.«

»Wir brauchen jedenfalls Fakten über diese Talasea«, sagte Cheng. »Ich will einen belastbaren Bericht. Ist sie jetzt ein Mythos oder ein Mensch aus Fleisch und Blut? Zieht sie die Fäden bei der F.A.P.? Eine Entführung wie diese kostet die F.A.P. ungeheure Sympathien. Deshalb glaube ich, dass die ›Septième‹ dahintersteckt. Das sind die Unzufriedenen, Militanten. Aber was wollen sie mit einem lebenden Verteidigungsminister? Sie können nicht im Ernst erwarten, dass sie uns damit erpressen könnten. Fazit: Wir brauchen einen Zugang zu einem der Kidnapper, der innerhalb dieser Gruppe die Entscheidungen trifft. Und was machen in der Zwischenzeit unsere australischen Freunde?« Cheng hob die schwarzen Augen, fixierte Wilberton Bullock; der Innenminister war gerade in Kapstadt gewesen und zu der Konferenz hinzugebeten worden.

»Wir suchen«, sagte Bullock leichthin.

»Bitte?«

»Wir suchen, was sonst? Er ist unser Mann. Er ist Australier. Also, wir gehen die üblichen Schlupfwinkel auf dem Land und auf den Inseln durch.«

»Sie suchen sehr intensiv, scheint mir«, sagte Cheng. »Außerhalb der Drei-Meilen-Zone. Und Sie verletzen damit den Vertrag, der den Nationen militärische Alleingänge verbietet.«

Cheng drückte den Knopf einer Fernbedienung, auf einem Bildschirm erschienen aus der Luft gefilmte Aufnahmen. Auf jeder waren mindestens drei Dutzend Schiffe, die in Keilformation vorrückten. Außen waren graue Zerstörer, näher zur Mitte waren große kastenförmige Schiffe, die einen Hubschrauberlandeplatz hatten.

»Dies ist kein militärischer Einsatz«, blubberte Bullock los. »Sondern eine rein polizeiliche Aktion. Es ist unsere Anti-Terror-Einheit.«

»Selbstverständlich ist das militärisch! Und eigenmächtig. Außerdem haben sie fünf Atom-U-Boote losgeschickt.«

»Entschuldigung, Sir, aber wir mussten handeln. Irgendjemand muss schließlich handeln!« Das war ein latenter Vorwurf in Richtung der Klima-Allianz.

Cheng ignorierte das. »Das ist falsches Handeln, Herr Minister.« Letzteres kam scharf heraus.

»Entschuldigung, Sir, aber diese Gruppe agiert direkt vor unserer Haustür.« Bullock fuhr nervös mit dem Finger an der Innenseite seines gestärkten weißen Kragens entlang. Seine rötlichen Augenbrauen sträubten sich.

Cheng beugte sich vor, die Stimme nur um ein weniges erhoben. »Herr Minister, Ihre Regierung steuert auf eine Eskalation zu, die die Klima-Allianz dann ausbaden muss. Erst muss man analysieren und verstehen, was geschehen ist, bevor man Atom-U-Boote in See stechen lässt und Bilder produziert. Für eine solche Situation haben wir ein Protokoll. Eine genaue Abfolge von

Schritten. Dafür existiert es. Wie ein Uhrwerk, Herr Minister. Sie fragen also, was wir machen werden? Sie wollen wissen, wie ein Uhrwerk funktioniert? Behalten wir doch zunächst mal die Zeit im Auge. Ich bitte Sie also dringend, Herr Minister, dieses Protokoll zur Kenntnis zu nehmen – und in Canberra anzurufen. Einverstanden?«

Bullock antwortete nicht, aber an seiner Wange sprang ein Muskel. Er biss die Zähne so fest aufeinander, als würde er nie wieder den Mund aufbekommen.

Cheng hatte sich fast augenblicklich wieder unter Kontrolle. Die Machtprobe war vorüber. Er ließ von Bullock ab. Gefährliches ließ man lieber ungesagt. Er lächelte Bullock zu. »Wir treffen uns am späten Abend wieder.« Cheng rückte vom Tisch ab und wollte aufstehen.

Jetzt schaltete sich der PR-Mann ein, Dr. Schneehaus. »Einen Moment noch, General. Wir haben noch einen Punkt auf der Tagesordnung. Dieser Oktopus, der in Deutschland aufgetaucht ist. Wie gehen wir damit um?«

»Ach ja. Was wäre Ihr Vorschlag?«

»Das Tier ist eine unbekannte Spezies, das sagen jedenfalls die Experten. Es ist nicht irgendwo ausgebrochen, wird nirgends vermisst. Plötzlich aufgetaucht, kein Mensch weiß, woher. Die Medienresonanz ist jedoch heftig, im Netz war das Thema fast so groß wie Sydney. Große emotionale Aufwallung.«

»Mit welchem Tenor?«

»Positiv eingenommen für den Oktopus. Eindeutig. Das Tier wird als Symbol gesehen. Tiere haben ja immer diesen emotionalen Input – ein gestrandeter Wal, ein Eisbärbaby, das im Zoo geboren wird. Das ist normal. Denn diese Storys sind *verständlich*. Darin liegt ihre Kraft. So auch bei diesem merkwürdigen Tintenfisch hier, der zu allem Überfluss auch noch exorbitant groß ist. In der Publicitysprache: Das wird als Zeichen verstanden.«

»Als Zeichen?«, fragte Cheng.

»Die Natur will uns was sagen, die Natur hat sich in unsere Obhut begeben, so empfinden die Leute es. Das ist die Symbolik, der Subtext. Und wir – damit meine ich: wir Menschen, also die

Klima-Allianz – haben damit die Verantwortung. Deshalb würde ich gern die Kontrolle behalten. Wir müssen den Medienhype kontrollieren, modellieren. Wir müssen auch hier als die Guten dastehen. Als diejenigen, die die Natur beschützen. Den Oktopus beschützen.«

Cheng wandte sich an Gillespie. »Das betrifft die *Science Control*. Haben Sie schon was unternommen?«

»Ich habe einen Mitarbeiter entsandt«, antwortete Gillespie.

»Nur einen?«

»Es ist ja nur ein kleines Provinznest.«

»Hoffentlich ist Ihr Mann kompetent. Ich will keinen Ärger mit Berlin.« Cheng erhob sich, die anderen mit ihm.

Das kleine Provinznest, wie Gillespie es ausgedrückt hatte, etwas despektierlich vielleicht, war ein Ort an der deutschen Ostseeküste, ein verschlafenes Dorf namens Wackerballig. Dorthin blickte jetzt die Welt. Und dorthin reisten Pierpaoli und Ariadna.

Es ist kurz nach 16 Uhr. In der Abflughalle B des *Cape Town International Airport*, Terminal 1, Gate 076, ist es ruhig. Der Fernseher, der an der Wand über den Toilettentüren montiert ist, ist auf einen Nachrichtenkanal eingestellt, aber tonlos. Gelegentliche Lautsprecher-Durchsagen, knacksend. Und manchmal hastet jemand vorbei, ein Airport-Bediensteter in verknautschter Uniform, eine Reisende.

Der Flug nach Kopenhagen ist angezeigt, aber der Schalter ist noch nicht besetzt, das Gate öffnet erst in drei Stunden. Vor dem Gate hat man Sitzreihen am Boden verschraubt. Die schwarzen Veloursbezüge sind schmuddelig, fleckig, zerknüllte Pappbecher liegen herum. Und weit und breit ist niemand da, bis auf eine junge Frau, die am Rand einer Stuhlreihe sitzt. Schulterlanges dunkles Haar, grüne Augen, ein fein geschnittenes Gesicht, kaum Make-up, ein schlanker Körper. Die Frau starrt ins Leere, in ihre Gedanken versunken. Sie wirkt erschöpft. Zwischen ihren Augenbrauen eine steile Zornesfalte.

Es ist Ariadna. Sie ist außer sich vor Wut.

Nie zuvor hat man sie derart betrogen.

*

Ariadna hatte, bevor sie zum Flughafen fuhr, noch ein Treffen mit ihrem Produzenten. Es war eine Auseinandersetzung, bei der es äußerst heftig zuging, ein Streit, sie ist immer noch aufgebracht. Es ging um einen neuen Song, um ihre Arbeit, damit auch um ihr Selbstbild als Musikerin, ihre ganze Identität hängt daran. Alles scheint deshalb gerade infrage gestellt zu sein.

Ariadna versucht, ihre Gedanken zu sortieren. Wenigstens hat sie noch Zeit, Tom wird erst später aufkreuzen, und bis zum Boarding sind es noch Stunden. Sie sieht einen kleinen Pulk von Reisenden vor einem Monitor in der Wartehalle, Bilder von der Oper in Sydney, Rauch, ein Helikopter. Irgendetwas scheint in der Welt passiert zu sein, aber irgendetwas passiert ja immer. Sie hat jetzt keinen Sinn dafür, sie verdrängt es.

Sie hat gerade andere Sorgen.

Die Geschichte begann vor drei Monaten. Ein junger Produzent, ein Österreicher namens Nicky Matuschek, der jetzt einen Teil seiner Zeit in Kapstadt lebte, ein scheinbar cooler Typ, sehr smart, erst Anfang zwanzig, war damals auf sie zugekommen. Nicky hatte bereits mehrere Dance-Hits produziert; er war damit sehr reich geworden. Er schlug ihr vor, einen Remix eines ihrer älteren Songs zu machen, *Be your own magic*, so hieß das Lied. Ariadna war einverstanden. Allerdings unter der Bedingung, dass sie künstlerisch eingebunden wäre und das letzte Wort hätte. Das sagte ihr Nicky zu.

Ariadna unterschrieb den Vertrag und vertraute. Ehrliche Menschen sind oft arglos, das setzt sie gegenüber unehrlichen Menschen manchmal in den Nachteil.

Nach zwei Monaten war der Song in seiner neuen Form eingespielt, Ariadna war die ganze Zeit im Studio dabei gewesen, und sie war mit dem Resultat zufrieden. Sie nickte die Version ab, beschriftete feierlich die Masterdatei und ließ Pizza und Bier kommen. Nicky war nicht zugegen, er weilte gerade in Wien, rief aber während der Feier im Studio an und gratulierte. Alle waren glücklich und zufrieden. Das war vor einer Woche gewesen.

Heute, um elf Uhr elf, war der Song dann online gestellt, in die Streaming-Dienste eingespielt worden. Und Ariadna war fassungslos.

Denn Nicky hatte – ohne sie zu fragen – an der »Endfassung« noch eine ganze Reihe von Änderungen vorgenommen. Er hatte einen stampfenden Beat unter den Song gelegt und die Hälfte ihres Textes einfach rausgeschmissen. Natürlich rief Ariadna jetzt, wutbebend, ihren Anwalt an. Um von ihm zu erfahren, dass sie keine Chance hatte; im Kleingedruckten hatte Nicky sich alle Rechte der *Post-Production* gesichert.

Das Lied hieß jetzt auch nicht mehr *Be your own magic,* sondern *I am magic.* In ihr stieg das Gefühl auf, selbst schuld zu sein.

Sie bestellte, immer noch außer sich vor Zorn, Nicky unverzüglich zu sich, nicht nach Haus, sondern in ihr Studio, eine um-

64

gebaute Industriehalle in der *Albert Road*. Dies alles war passiert, während sie doch eigentlich ihren Flug nach Kopenhagen organisieren wollte – in diesen Zeiten keine einfache Sache.

Nicky erschien in heiterster Stimmung. Er kam mit seiner Entourage, fuhr vor in seinem silbergrauen *Bentley Mulsanne*, er brachte eine Magnumflasche Champagner mit, und durch Ariadnas Wut und ihre Vorwürfe ließ er sich kein bisschen aus dem Konzept bringen.

Er empfand keine Schuld, das war ihm nicht gegeben, so wie eine Narbe nicht zu erröten vermag. Stattdessen erteilte er ihr, fast schon nachsichtig, eine Lektion in Sachen »Wie läuft es heute im Popgeschäft?«. Ariadna, erklärte er, sollte schleunigst ihre naiven Vorstellungen ablegen. Mit ihm an ihrer Seite könnte sie ein fulminantes Comeback hinlegen, viel Geld verdienen. Ihre Forderung, den Song sofort aus dem Netz zu nehmen, lehnte er rundweg ab. Er lachte sie aus. Sie hatten einen Welthit gelandet!

Komplizierterweise hatte Nicky sie zwar beschummelt, aber mit seinem Sinn traf er ins Schwarze. Kurz nach dem Release waren die Klick-Zahlen bereits sensationell, nur eine Stunde später war der Song schon an die Spitze der Charts geschnellt.

Ariadna war schon lange im Musikgeschäft, sie hatte einen klangvollen Namen, wurde respektiert und geschätzt – aber ein Superstar war sie nie geworden. In jüngster Zeit, seit sie mit Pierpaoli in Kapstadt lebte, war es sogar ruhiger geworden um sie. Jetzt aber schien ihr Aufstieg in die Champions League möglich. Wenn es so weiter ging, würde sie in kürzester Zeit ein beträchtliches Vermögen verdient haben.

Aber Geld oder Erfolg bedeuteten ihr nichts. Was das anging, lebte sie nicht auf demselben Planeten wie Nicky.

*

Ariadna hatte immer viel Glück gehabt. Talent, Schönheit, Gesundheit – das alles war ihr im Leben einfach mitgegeben worden. Aber sie hatte es sich nie leicht gemacht, es hatte harte Zeiten gegeben, sie war Gefahren nicht aus dem Weg gegangen. Alles in allem hatte sie sich das Wissen erkämpft, dass jede Stunde kostbar ist. Daran glaubte sie. Sie hatte gelernt, jeden neuen Tag als Geschenk anzunehmen. Pierpaoli war für sie ein wichtiger Anker. Seine Rechtschaffenheit, seine harmlose Zufriedenheit mit den kleinen Dingen des Lebens, diese Tomatenzucht zum Beispiel – sie würde nicht ausschließen, dass sie von ihm gelernt hatte.

Wer Ariadna zum ersten Mal traf, sah oft nur die strahlende Oberfläche: mädchenhaft, witzig, temperamentvoll. Dabei war sie ein zutiefst ernsthafter Mensch. Was immer sie unternahm, es ging für sie stets um alles; um Ehrlichkeit und Wahrhaftigkeit.

*

Ariadna blickt sich um. Früher war auf Flughäfen immer eine Menge los, jetzt nicht. Immer noch ist sie die Einzige, die hier wartet. Aber das Gate wird erst in drei Stunden geöffnet werden. Tom sollte bald hier sein.

Ariadna steht auf, sie will sich ein wenig die Beine vertreten. Ihre Reisetasche ist ganz schön schwer; sie enthält ein Dutzend Briefe und kleine Päckchen, die sie für andere Menschen mitnimmt. Das ist ein ganz neues System, es nennt sich »p2p«. Seit Flugreisen wegen der neuen Bestimmungen der Klima-Allianz so reglementiert und teuer sind, kann man Voucher-Punkte sammeln und eine Flugerlaubnis bekommen, indem man Fremdgepäck mitnimmt. Dafür gibt es Login-Büros. Das Gepäck wird gescannt, geprüft, und am Zielort muss der Flugreisende dafür sorgen, dass die Empfänger die kleine Fracht bekommen. Ariadna hätte noch mehr mitnehmen können, der Bedarf ist hoch: Wegen der diversen Folgen der Klimakatastrophe sind viele Familien auseinandergerissen, über Kontinente getrennt. Wer seiner Frau oder Mutter, wer Sohn oder Freund etwas schicken will, was nicht zu scannen ist, Originaldokumente, Schmuck, kleine Goldstücke, der schickt es über »p2p-Luggage-Take« in versiegelten, geprüften Kuverts.

Ariadna fällt ein, dass sie ja noch einen anderen Umschlag hat, für Tom. Wo war der jetzt? Sie öffnet den Seitenverschluss ihrer Reisetasche und tastet darin herum.

Dabei fällt ihr Blick auf einen der Flughafenmonitore. Wieder diese Bilder aus Sydney. Dazu ein Gesicht, das sie kennt, dem sie durch ein gemeinsames Erlebnis vertrauensvoll verbunden ist: Garreth Martindale. Kurz starrt sie auf die Worte, die im Laufband unter dem Bild durchlaufen:

+++ *Verteidigungsminister der Klima-Allianz in Sydney entführt* +++

Die Worte wollen nicht richtig durchdringen zu Ariadna. Weiße Buchstaben auf dem roten Untertitelungsband. Entführung und Garreth, das ergibt keinen Sinn, ihr Gehirn verweigert sich bei dem Versuch, diese beiden Worte zu einem Sinn zu verbinden.

Und gleichzeitig hat ihre Hand ein paar Papiere in der Tasche ertastet. Richtig. Sie muss unbedingt daran denken, sie Tom zu geben, sobald sie ihn sieht. Eine Arbeitssache. Es schien wichtig zu sein. Denn nach dem Gespräch mit Nicky war sie in ihre Wohnung in Camps Bay gefahren, um zu packen, und sie wollte gerade gehen und die Tür hinter sich zuziehen, als dieser Kollege von Tom auftauchte – wie hieß der Mann noch? Er hieß Perreira, genau. Sehr höflich, klein, würdevoll, aber auch etwas umständlich – er erzählte von einem Meeting, das Senhor Pierpaoli abgesagt hätte, aber es sei doch wichtig. Daher habe er sich die Freiheit genommen, hierherzufahren, und ob er die Senhora bitten dürfte, diesen Bericht an den geschätzten Kollegen Pierpaoli – und so weiter und so fort. Entsetzlich umständlich, der gute Mann. Während unten das Taxi wartete.

Na klar, Señor, hatte Ariadna gesagt, gern. Sie hatte die Papiere genommen, in ihre Reisetasche gestopft, und dann war sie an ihm vorbei, und Perreira hatte sich nur noch würdevoll verbeugen können.

Sie stopft den Bericht wieder in ihre Reisetasche, obenauf.

Jetzt schlendert sie, die Reisetasche über der Schulter, an den Gates vorbei. Sie denkt an Nickys selbstgefälliges Gerede. *Es kommt auf Klicks an, Ariadna. Du redest von Bedeutung? Gründe eine Religionsgemeinschaft. Aber das Pop-Business ist ein Business.*

Ariadna ist vor der Damentoilette stehen geblieben. Von

Selbstmitleid ist sie weit entfernt, das entspricht ihr nicht. Ihre Gedanken kreisen um eine simple Frage: Was nun?

Soll sie dem Popgeschäft, wie es jetzt ist, den Rücken kehren? Warum nicht? Vielleicht sollte sie das tun. Sie war sowieso immer nur mit einem Fuß in dieser Branche, der Glamour, die Partys, das Kokain, die Wichtigtuerei – das hat sie ohnehin nie interessiert. Sie könnte etwas anderes anfangen, etwas, das Bedeutung hat. Sie hat keine Eile. Sie glaubt an ihren guten Stern.

Aber erst mal wird sie auf diese Toilette gehen.

Und dann wird sie Tom eine Textnachricht senden. Wo er denn bleibt? Wahrscheinlich steckt er im Stau.

Und dann, heute, spätestens morgen, wird sie ein neues Leben beginnen.

*

Pierpaoli steckt tatsächlich fest. Auf der *Matroosfontein* hat sich der Verkehr gestaut, ein heftiges Gewitter ist niedergegangen, und jetzt ist Stillstand, Pierpaoli muss aussteigen, er bezahlt den Fahrer. Er antwortet auf Ariadnas Nachricht: *Bin gleich da. Hat Flugticket geklappt?*

Als Antwort kommt sofort ein erhobener Daumen. Und ein Herz.

Ariadna beeindruckt ihn immer wieder. Ein Flugticket für denselben Tag zu ergattern, das war heutzutage eine logistische Meisterleistung. Pierpaoli merkt erst jetzt, wie sehr er sich eigentlich freut, dass Ariadna ihn begleitet.

Und dann macht er sich auf den Weg, zu Fuß.

Der Flughafen ist einfach zu groß und die Gebäude zu schön, um nicht für alle möglichen Belange genutzt zu werden. Zelte und Hütten sind vor den Parkhäusern und auf den Grünstreifen aufgebaut, Notunterkünfte für Leute, die sich keine Wohnung mehr leisten können. Hier und da brennen kleine Feuer, es wird darüber Fleisch gebraten oder Maniokbrei gekocht. Ein Händler hält Bananenbüschel feil. Im struppigen feuchten Gras eines Grünstreifens kauern Betende, sie haben kleine billige Gebetsteppiche ausgerollt und pressen ihre Stirnen auf die geknüpften Tücher. Vor dem Abflugterminal packen Arbeiter in Blaumännern und gelben Gummistiefeln ausgeschlachtete Elektroteile in Kartons. Vor dem Terminaleingang sitzt ein kleiner Junge auf einem Schemel und bietet uralte Erotikmagazine an. Ein angeleinter räudiger Hund bellt unaufhörlich und heiser, wahrscheinlich kläfft er seit Stunden.

Das Gewitter ist vorbei. Die Luft ist warm, aber es geht ein böiger Wind, und über den Himmel ziehen Wolkenmassen wie fliehende Armeen.

Noch 2010, vor nur gut zwei Jahrzehnten, hatte man, damals noch voller Optimismus, den Airport im Zuge der Fußball-WM ausgebaut, um ein Terminal erweitert, dazu Parkhäuser, Anfahrtsbrücken. Jetzt sind von den fünf Terminals dreieinhalb geschlossen.

Das Terminal ist schmutzig, überall liegt Müll. Auf den Fernsehschirmen läuft die Sondermeldung über Sydney. Immer dieselben Bilder. Pierpaoli ist froh um seinen Pass der Klima-Allianz, damit muss er sich zumindest in keine Schlange einreihen.

Vor der Security-Schleuse steht ein Spalier von Demonstranten, die Schilder und ein Transparent hochhalten, alle mit derselben Aufschrift: »You fly, we die«, du fliegst, wir sterben.

Pierpaoli registriert mit Erleichterung, dass die Protestierer augenscheinlich friedlich sind. In solchen Momenten fühlt er sich trotzdem unbehaglich. Denn natürlich ist es paradox, dass für einen Auftrag in Norddeutschland ein Mitarbeiter der Klima-Allianz um die halbe Welt fliegt. Der Kohlendioxid-Ausstoß, umgerechnet auf ihn, einen einzigen Passagier, wird auf dem Hinflug allein etwa fünf Tonnen betragen. Der Inhalt von etwa 14 000 Badewannen. Pierpaoli kennt diese Zahlen.

Aber was soll man machen? Was ist nicht paradox in diesen Zeiten?

Die Demonstranten sind tatsächlich friedlich, eine junge Asiatin lächelt sogar. Auf ihrem T-Shirt wiederholt sich der Slogan: »You fly, we die«.

*

Etwa um sechs Uhr morgens, zum Glück also mit nur wenig Verspätung, rollt die Maschine SAA 419, Kapstadt-Kopenhagen, auf die Startbahn, mit einem leisen Ächzen rastet die Startvorrichtung ein. Pierpaoli und Ariadna sitzen endlich nebeneinander, Ariadna am Fenster, Pierpaoli am Gang. Er streichelt ihre Hand.

Die Maschine steht jetzt in Position. Im Dunkel sieht man die Bodenbeleuchtung, kleine Lichter in Keilformation.

»Was hältst du davon«, sagt Ariadna mit einer eigenartigen Förmlichkeit, »wenn ich ein neues Leben anfange?«

»Wie?« Pierpaoli ist sich nicht sicher, ob er richtig gehört hat. »Hast du gesagt: ein neues Leben? Was meinst du damit?«

»Ist nur so eine Idee«, antwortet Ariadna. »Ich glaube, das Musikgeschäft ist nichts mehr für mich. Erklär' ich dir später. Aber ich glaube, ein neues Leben wäre eine gute Idee. Darüber muss ich allerdings erst mal schlafen. Ich bin sehr müde. Ach, irgendwas wollte ich dir noch geben. Oder ich sollte es dir noch geben. Was war es noch? Habe ich gerade vergessen. Egal. Morgen fällt es mir ein. Gute Nacht, Tom.«

Die letzten Sätze hat sie nur noch gemurmelt. Ihre Stiefeletten hat sie schon ausgezogen. Sie streift die Schlafbrille über, zieht die Füße unter sich.

Ein Glockenton. In der Kabine erlöschen die Lichter. Das Fahrwerk vibriert, das Flugzeug rollt an.

»Äh – natürlich. Gute Nacht, Ari.«

Ein neues Leben? Pierpaoli sitzt neben ihr, wieder mal ratlos, Ariadna ist schon eingeschlafen, sie atmet gleichmäßig.

Die *Dolphin Queen* befindet sich vierhundertdreißig Seemeilen, rund achthundert Kilometer, nordöstlich von Sydney. Sie hat mit einer Geschwindigkeit von einundzwanzig Knoten, etwa vierzig Stundenkilometern, Kurs auf Tahiti genommen. Tahiti ist auch ihr nächstes Ziel, getreu dem Programm der achtzehntägigen »Südsee-Trauminseln-Kreuzfahrt«. Die meisten Passagiere sind in den diversen Frühstückssälen, der Himmel ist wolkenlos, ein wunderbar warmer Tag kündigt sich an, alles läuft normal.

Die *Dolphin Queen* ist ein Kreuzfahrtschiff der sogenannten Mega-Klasse. Sie steht damit in der Tradition der »Transatlantiker«, der *Titanic* etwa oder der *Normandie* – will sagen: ein 67 244-Tonnen-Monster, aufragend wie ein Hochhaus, lang wie ein Güterzug. Zwei Schiffsschrauben, jede ist so groß wie ein Kinopalast. Cremiges Weiß und Silbergrau sind die vorherrschenden Farben auf den oberen Decks, von Weitem macht sie den Eindruck einer gigantischen schwimmenden Hochzeitstorte.

Die *Dolphin Queen* gehört einer der wenigen Kreuzfahrt-Reedereien, die Luxusfahrten anbieten, nur erschwinglich für die wahrhaft Reichen.

An Bord tummeln sich knapp viertausend Passagiere; dazu kommt etwa dieselbe Zahl an Serviceleuten, nämlich an Bedienungen, Barkeepern, Putzleuten, Pagen, Kinokartenabreißern, Oberkellnern, Hostessen, Souvenirverkäuferinnen, Kosmetikerinnen, Waffelverkäufern, Masseuren, Boutique-Angestellten, Schneidern, Croupiers; dazu die Entertainer, die Animateure, Zauberer, Musiker, Jongleure, Clowns; schließlich die Seeleute, die Offiziere, Funker, Besatzungsmitglieder, Mechaniker, Elektriker, Schlosser, Zimmerleute, Schweißer, Oberbootsmänner, Matrosen. Es gibt ein kleines Krankenhaus, eine Zahnarztpraxis, Psychotherapeuten, einen Schönheitschirurgen, eine Entbindungsstation.

Ein Kreuzfahrtschiff ist eine schwimmende Stadt. Die Suggestion ist umfassend: Solange man Geld hat, ist das Leben perfekt. Das Versprechen lautet: Vergiss alle Umwälzungen, alle Sorgen der letzten Jahrzehnte. Die Sorgen der übrigen Welt haben hier keine Bedeutung.

Deck wie auch Oberdeck, dazu die oberen drei Stockwerke – sie stehen im Zeichen von Glanz und Schönheit. Hier oben ist das Schiff so weiß und sauber wie nach einer Kochwäsche, nirgendwo ein angelaufenes Messingteil, kein Kabel, das durchhängt, kein Schmutzfleck verunziert die Roulettetische. Der Service ist kompromisslos. Das grenzt bereits an Bevormundung. Gerade noch die Asche ihrer *Davidoffs* dürfen die Herren im Rauchsalon selbst abstreifen.

Und so würde kein Mensch, weder Passagier noch Besatzungsmitglied, an Bord der *Dolphin Queen* ein Kidnapping-Opfer vermuten.

Der Eindruck von überirdischer Schönheit und Sauberkeit verliert sich sofort, sobald man in den Bauch der *Dolphin* steigt, tief in ihr Gedärm. Es ist dafür gesorgt, dass Passagiere sich nicht hierher verlaufen können.

Hier gibt es schon bald keine Bullaugen mehr, kein natürliches Licht. Dafür Krankenhausbeleuchtung, grell und flackernd. Die Gänge und Räume werden, je tiefer man steigt, immer enger, die Wände aus genieteten Eisenplatten rostiger, die Luft stickiger, wärmer. Es riecht nach abgestandenem Essen, nach Rauch, Fäkalien, Chlor.

Das Meer ist eine Zersetzungsmaschine. Hier tut sie ihr Werk: Lackierte Stellen rollen sich auf, Eisen rostet, Linoleum schimmelt, in den feuchten Ecken sitzen Muscheln und Algen, zwischen Spanten und Ritzen huschen Ratten und Kakerlaken, vor allem Letztere. Die dunkelaktiven Kakerlaken sind ohnehin eine Plage auf Schiffen wie diesem, auf allen Schiffen, sie sind auch gefährlich, da ihre kleinen stabilen Körper inwendig ein Tummelplatz für Parasiten und Krankheitserreger sind.

Die unterste Etage des Schiffes wird von der Mannschaft »Dolphin's Anus« genannt, das Arschloch des Delphins. Hier, direkt über den bollernden Maschinen, vibriert der Metallboden, die Temperatur liegt bei fast vierzig Grad Celsius. Die Luft ist klebrig, die Feuchtigkeit legt sich als öliger Film über alles; kaum vorstellbar, dass man es als Mensch hier länger als einen halben Tag aushalten könnte.

Im Achterdeck liegen die Bereiche XII bis XIV. Das sind zweifach mit Metalltüren verriegelte Bereiche, die von der normalen Mannschaft der *Dolphin* kaum betreten werden, Offiziere kommen hier ohnehin nicht her. Diese No-Go-Bereiche »gehören« sozusagen der F.A.P. Die F.A.P. hat die meisten Kreuzfahrtschiffe schon lange unterwandert. Auf der *Dolphin* sympathisiert ein Viertel der Mannschaft und ein geringerer Teil der Offiziere mit der F.A.P. oder gehört ihr heimlicherweise an – denn die F.A.P. verdient einen Großteil ihres Geldes mit Schmuggelgeschäften, Elektronik, Luxusgütern, Lebensmitteln, Drogen. Und seit die Splittergruppe, die »Septième«, beim Schmuggel mitmischt, sind noch Waffen hinzugekommen.

Würde man die Metalltüren zu den Bereichen XII bis XIV öffnen, würde man einen Gang betreten, der auf den ersten Blick wie ein Abstellraum aussieht: Kartons mit achtlos hineingeworfenen und schmutzigen Koch-Uniformen, Schachteln mit Perücken, ein ausgestopftes Krokodil im Zustand der Verwesung.

Man muss sich hindurchschlängeln durch den ganzen aufgetürmten Krempel. Dabei sollte man aufpassen auf die Seiden- und Nosferatuspinnen, die ihre Netze gesponnen haben, mit kleinen, kompakt verschnürten Insektenleibern darin.

Dann, hinter dem Durcheinander, liegt links eine Koje mit sechs Stockbetten. Zwei davon sind belegt. Ansonsten: nackte Metallwände, einige Wasserkanister, eine Kühlbox, zwei Stühle, ein wackeliger Holztisch. Zwei kleine Männer sitzen daran, ein schmächtiger Kerl und ein muskulöser Typ im Netzunterhemd. Beide sind etwa Mitte zwanzig, Asiaten, sie könnten Hawaiianer sein oder Thais aus dem armen Norden.

Der Schmächtige trägt eine starke Bifokalbrille, das Gestell ist schwarz und schwer. Vor sich hat er ein PTT-Iridium-Satellitenfunkgerät, er schaltet es gerade aus. Der Aschenbecher neben ihm, ein Blechding in Form eines Autoreifens, ist voll mit filterlosen, bis auf den letzten Rest aufgerauchten gelblichen Kippen. Daneben liegt eine Pistole. Der Schmächtige beginnt sich einen Stick zu drehen, halb Nelkentabak, halb Jamaika-Gras. Der Mann im Netzunterhemd sieht ihm dabei zu, aus blutunterlaufenen Augen. Die schlechte Stimmung ist wie ein dauernder Summton. Die beiden Männer sind eigentlich befreundet, aber die Hitze und die Anspannungen der letzten Tage haben sie reizbar gemacht.

Bifokalbrille und Netzunterhemd gehören zur »Septième«. Sie waren an dem Kidnapping beteiligt, und jetzt sind sie die Bewacher Martindales. Ihr Auftrag lautet, Martindale nach Tahiti zu bringen.

Bifokalbrille hat seinen Joint gedreht, er streicht mit zwei Fingern das Papier glatt und zündet ihn an. Er behält den Rauch lange in sich, bis er ihn mit gespitzten Lippen ausbläst. »Es wird Zeit«, sagt er dann. »Du bist dran, unserem Freund sein Frühstück und sein Wasser zu bringen.«

»Du musst mir keine Anweisungen geben«, antwortet Netzunterhemd mürrisch. »Scheiß drauf«, fügt er hinzu.

Schweigen. Rauchen. Schweigen.

»Wenn wir ihm jetzt Handschellen anlegen wollen, schlägt er wieder um sich, oder?« Bifokalbrille unterbricht die Stille.

»Ich glaube, er hat sich beruhigt«, antwortet Netzunterhemd. »Und wenn er noch ein einziges Mal sein verschissenes Maul aufreißt, dann knall' ich ihn ab.« Er spielt mit der Pistole, die auf dem Tisch liegt, einer Heckler & Koch USP mit brüniertem Lauf.

»Ah ja. Und die Leiche?«

»Ganz einfach, durch die Müll-Luke. Eine Etage über uns. Weißt du, wie viele Haie so einem Pott wie diesem hier folgen? Saubere Entsorgung, würde ich sagen.«

»Ich schlepp' ihn aber nicht nach oben. Das kannst du gern allein machen.«

»Wir nehmen die Sackkarre. Wir stecken Martindales Leiche in einen Müllsack und nehmen die Sackkarre bis zu dem hinteren Lastenaufzug. Bist du dabei?«

Bifokalbrille schnaubt. »Ich hab' gerade noch mit Talasea gesprochen.« Er macht eine Handbewegung zu dem Satellitentelefon. »Und Talasea sagt, wenn wir ihn umbringen, dann gibt es Krieg im Pazifik ... Und dann fliegen wir bei der F.A.P. raus.«

»Was weiß schon Talasea von diesem Schweinskopf? Talasea muss sich nicht drei Mal am Tag diesen Scheiß anhören. Dass er uns kriegen wird. Dass er Rache schwört. Dass er uns fertigmacht, blablabla … Scheiß auf Talasea!«

Schweigen. Bifokalbrille hat seinen Joint fast aufgeraucht.

»Du missachtest unsere Anweisungen. Du gefährdest die ganze Operation. Aber gut, ich werd' dich nicht abhalten. Aber falls du ihn nicht tötest, kannst du ja seinen Kopfverband wechseln.«

Martindale wurde, als seine Entführer ihn aus dem Glaskasten zerrten, am Kopf verletzt. Keine ernste Sache. Die Entführer haben ihn verbunden.

Netzunterhemd steht auf, mürrisch. Er nimmt ein Tablett. »Okay. Ich bring ihm jetzt sein Wasser und sein Frühstück. Aber wehe, er geht mir auf die Eier.«

»Alles klar. Entspann dich.«

Bifokalbrille bemerkt, dass Netzunterhemd zwei Pappbecher abfüllt, ein Sandwich-Päckchen aus der Kühlbox nimmt, aber die Pistole liegen lässt. Ob absichtlich oder nicht, lässt sich nicht sagen. Er geht. Ohne ein weiteres Wort.

Er geht zu dem Raum mit dem Käfig.

Der Käfig, in dem Martindale gehalten wird, ist ein alter Affenkäfig aus dem Zoo: etwa halb so groß wie der Raum, in dem er steht, nämlich drei mal drei mal drei Meter. Zuletzt wurde der Käfig benutzt für den Transport von geschmuggelten Schweinen. Deshalb ist er auch nach oben hin offen. Aber die Entführer haben eine Catnic-Baustahlmatte aus gerippten Stäben darübergelegt – falls es ihrem Gefangenen gelingen sollte, an den Rundstäben nach oben zu klettern.

Martindale hockt in der Mitte des Käfigs, in sich zusammengesackt. Die Entführer haben ihm eine schimmelige Matratze hineingelegt, eine dünne Decke, einen Plastikeimer mit verschließbarem Deckel für seine Notdurft. Uhr, Manschettenknöpfe, Brieftasche, Schlüssel, Telefon haben sie ihm selbstverständlich abgenommen, auch die gelben Hosenträger, die er an dem Premierenabend von »Turandot« trug. Bekleidet ist Martindale mit seinem völlig durchgeschwitzten Smokinghemd, dessen Ärmel er hochgekrempelt hat, seiner inzwischen fleckigen Smokinghose, schwarzen Slippern. Er hat abgenommen. Dunkle Ringe lagern um seine Augen. Um den Kopf trägt er einen frischen Verband.

Jegliches Zeitgefühl ist ihm abhandengekommen. Er macht, wie er da so sitzt, den Eindruck eines Mannes, der jeden Mut verloren hat, der sich aufgegeben hat und ganz einfach nicht mehr kann.

Aber dieser Eindruck täuscht – er soll täuschen. Martindale hat durchaus noch Reserven, und er hat inzwischen einen Plan gefasst. Nicht sofort. Erst nachdem er seiner Wut freien Lauf gelassen hatte.

Die ersten Stunden, sogar die ersten Tage hatte Martindale noch getobt, geschäumt, gebrüllt, wie ein Wilder an den Käfigstäben gerüttelt, bei jeder Gelegenheit Rache geschworen – käme er jemals frei, würde er die F.A.P. verfolgen, zerschlagen, zertreten. Sobald seine Bewacher sich näherten, um ihm eine Wasserration und ein Sandwich zu bringen, um den Eimer zu leeren, war er drauf und dran, sich auf sie zu stürzen – ungeachtet ihrer Bewaffnung. Sie konnten seinen Kopfverband nicht wechseln, weil er sich nicht fesseln ließ. Am Ende haben ihn die Bewacher einen Tag lang dursten lassen; das hat ihn, bei fast vierzig Grad, deutlich gefügiger gemacht. Die Erschöpfung tut ihren Teil. Inzwischen beschimpft und verhöhnt er sie immer noch, aber er kommt ihren Anweisungen nach: Er tritt rückwärts ans Gitter, steckt die Hände rückwärtig durch die Gitterstäbe, lässt sich Handschellen anlegen. Dann erst betreten sie seinen Käfig, leeren den Eimer, kontrollieren den Verband. So ist inzwischen das Prozedere. Anfangs kamen die Bewacher zu zweit, jetzt wechseln sie sich ab, kommen nur noch einzeln. Auch sie sind erschöpft.

Und darauf beruht sein Plan.

Als sich Martindales Testosterone und seine Aggressivität allmählich zurückzogen aus dem Geschehen, wie kriegsmüde Truppen, als die Erschöpfung stärker wurde, ließ er das Brüllen sein und fing an nachzudenken. Er sah sich den Käfig genau an. Und es gelang ihm, ein kleines umgebogenes Metallstück des Dachgitters abzubrechen; nicht länger als zwei Zentimeter. Diesen kleinen

Stift hat er an einer Kante der Bodenplatte zurechtgefeilt, bis er ungefähr die Form des Handschellenschlüssels hatte, den die Bewacher verwenden.

Dieser metallene Splint steckt jetzt in einer Falte seines Hemdes.

Sofern er tatsächlich die Hände frei bekommt, dazu das Moment der Überraschung – Martindale ist immer noch stark, außerdem zwei Köpfe größer als seine Bewacher. Er wiegt knapp hundert Kilo und ist gut im Training. Dass er auf einem Schiff ist, weiß er. Er wird seinen Bewacher entwaffnen und sich den Weg freikämpfen.

Jetzt hört er Geräusche. Klappern, Schritte. Es ist Netzunterhemd, der kommt, das ist Pech, denn der andere wäre leichter zu überwältigen. Aber dann wird es eben Netzunterhemd sein.

Martindale bleibt in der Mitte des Käfigs hocken. Hält den Kopf gesenkt. Als wäre er teilnahmslos.

»Stell' dich an das beschissene Gitter! Du willst doch Wasser, oder?«

Martindale versucht hochzukommen. Es gelingt nicht gleich. Er braucht mehrere Anläufe. Schließlich steht er da, schwankend, macht tapsend ein paar Schritte zum Käfiggitter hin. Dann dreht er sich mit dem Rücken zu den Stäben, aber die Beine knicken ihm ein, er rutscht runter, bis er sitzt. Doch er streckt folgsam die Hände durchs Gitter. Als wäre ihm alles egal.

Martindale hat sich überlegt, dass er die Handschellen besser im Sitzen knacken sollte. Falls ihm der kleine Stift aus den Fingern rutscht und er ihn ertasten muss, geht das besser im Sitzen. Er hatte genug Zeit, um die einzelnen Schritte zu bedenken.

Netzunterhemd stellt Tablett und Verbandszeug ab, geht zu Martindales Handgelenken. Er legt die Handschellen an, lässt sie einschnappen, vergewissert sich. Dann schließt er die Käfigtür auf und betritt das Innere des Käfigs, stellt die beiden großen Pappbecher, gefüllt mit Wasser, neben die Matratze. Er hebt den Eimerdeckel ab, eine kleine Urinpfütze steht darin. Er wirft einen Blick zu Martindale. Der sitzt unverändert da.

Was Netzunterhemd nicht sieht, ist, dass Martindales Hände

fieberhaft arbeiten. Er hat den Metallstift aus seiner Hemdfalte gezogen. Er hält ihn in der rechten Hand. Das Schlüsselloch ist in der Spange, die seine linke Hand umschließt, das ist gut, es kommt ihm entgegen, so kann er den Stift mit der Rechten einführen.

Der Stift steckt im Schlüsselloch. Jetzt kommt der schwierige Teil.

Der Stift ist feucht. Wie Martindales Finger. Rutschig. Er dreht den Stift. Plötzlich weiß er nicht mehr, in welche Richtung er drehen muss. Linksherum, ja, ja, aber wo ist links? Er dreht, er probiert, er drückt, er drückt den Splint mit aller Kraft.

Netzunterhemd nimmt das Verbandszeug auf. Er kommt zu ihm. Zwei Schritte, drei Schritte. Jetzt steht er vor ihm. Sehr nah. Er verlässt sich darauf, dass Martindales Hände hinter dessen Rücken gefesselt sind.

In dem Moment ein Klicken. Jetzt schnappt das Handschellenschloss auf. Seine Hände sind frei. Es hat ein Geräusch gegeben. Aber Netzunterhemd hat nichts gehört. Es ist zu laut hier, das Dröhnen, das aus dem Maschinenraum aufsteigt.

Martindale bewegt sich jetzt sehr schnell. Er ist wie verwandelt. Er zieht die Arme zwischen den Gitterstäben nach vorn. Er hat jetzt die Hände frei. An seinem rechten Handgelenk baumelt noch die Handschelle, die offene Spange. Martindale greift nach den Fußknöcheln seines Bewachers. Auch das hat er sich überlegt.

Netzunterhemd ist überrumpelt.

Martindale umfasst mit beiden Armen die Beine seines Peinigers, in Höhe der Knie ungefähr, und dann drückt er sich aus dem Sitz ab, schnellt nach vorn, wirft ihn um, und so fallen sie beide in die Mitte des Käfigs. Mit einem Krachen schlagen ihre Körper schwer auf dem Metallboden auf, wobei Martindale sich die Fingerknöchel aufschürft, und jetzt lässt er die Beine los, wirft sich mit seinem Gewicht auf den kleineren Mann – und schlägt zu. Er legt alle Wut in die Faustschläge, trifft die Nase, trifft die Unterlippe …

Aber das ist ein Fehler. So genau Martindale alles durchdacht hat, hier macht er einen Fehler. Bei Schlägereien ist das Gesicht ein sehr beliebtes Ziel, weil wir den Gegner mit seinem Gesicht identifizieren. Aber man kann etliche Gesichtstreffer einstecken und trotzdem noch kampffähig sein – jeder Boxer weiß das. Martindale müsste die Luftröhre attackieren, ein einziger Hieb auf den Kehlkopf würde seinen Gegner ausschalten. Außerdem schlägt er ungeschickt, die Gesichtsknochen sind härter und stabiler als die Handknochen: Martindale hat sich nach dem zweiten Schlag bereits die Hand verknackst. Er schlägt trotzdem weiter. Aber er müsste den anderen schon bewusstlos prügeln. Mit einem Schlagring wäre es einfacher.

Netzunterhemd greift zum Elektroschocker, der in seiner rechten Beintasche steckt. Er ist klein, kaum größer als ein Kugelschreiber, aber er liefert eine Hochspannungskaskade, ein blaues Britzeln zwischen den Elektroden und einen Effektivstrom von nur etwa zwanzig Ampere, aber dafür 300 000 Volt. Netzunterhemd muss nur einen Knopf drücken.

Der Strom schießt durch Martindales Körper. Die Skelettmuskeln setzen aus, unkontrolliert, sein sensorisches und motorisches System ist sofort gelähmt. Martindale rutscht von seinem Gegner ab. Der schwere Körper sackt weg, fällt in sich zusammen.

Martindale ist liegen geblieben, etwa in der Mitte des Käfigs. Netzunterhemd hat den stärkeren Mann von sich abgewälzt, er hat sich aufgerappelt. Zur Sicherheit drückt er die Kontaktenden des Elektroschockers noch zweimal in Martindales Oberkörper, beide Male auf die Schulter, es britzelt bläulich und knistert, und Geruch von verbrannter Haut steigt auf. Martindale reagiert nicht, wahrscheinlich ist er bewusstlos. Aus seinem Mund läuft Speichel.

Netzunterhemds Gesicht blutet, aus dem Riss in der Unterlippe und aus der Nase tropft es auf den Metallboden. Aber es ist in solchen Fällen von Vorteil, wenn man eine sehr arme und sehr harte Kindheit und Jugend hatte, so wie Netzunterhemd, er kann Schläge einstecken, die Schmerzen drückt er weg. Er hat seinen Gegner besiegt, darauf kommt es an. Er widersteht dem Impuls, dem Wehrlosen zu seinen Füßen einen Tritt zu versetzen. Er wendet sich zum Gehen, er verlässt den Käfig. Martindale bleibt liegen. Es wird mehrere Minuten dauern, bis er sich bewegen kann.

Netzunterhemd schließt die Käfigtür. Sorgfältig, fast bedächtig, schließt er ab, kontrolliert mehrmals. Dann macht er sich auf den Weg zur Koje. Er hat einen Entschluss gefasst. Genug ist genug. Jetzt wird er Martindale töten.

Bifokalbrille springt auf, als sein Partner die Koje betritt, das Gesicht blutverschmiert.

»Was ist passiert?«

»Er hat mich angegriffen. Der Hurensohn hat irgendwie die Handschellen aufgekriegt.«

»Du hast die Handschellen nicht richtig zugemacht?«

»Natürlich hab' ich das! Er hat sie aufgekriegt. Irgendwie, was weiß ich? Ich hab' ihn mit dem Schocker erwischt. Er ist bewusstlos, er sabbert vor sich hin. Aber er lebt noch.«

»Gut.«

»Gar nichts ist gut. Ich werde ihn töten.« Netzunterhemd hat zur Pistole gegriffen, die noch auf dem Tisch lag. Schneller, als Bifokalbrille reagieren konnte.

»Wir haben einen Job zu erledigen. Wir müssen professionell sein. Sei doch vernünftig.«

»Warum muss ich vernünftig sein? Wann waren die jemals vernünftig, die diese ganze Scheiße angerichtet haben, die dafür gesorgt haben, dass meine Heimat, mein Dorf – und deins auch! – überschwemmt wurden, einfach verschwanden, wann waren die jemals vernünftig, die uns alles genommen haben, kannst du das sagen?«

»Warte. Lass uns reden. Lass uns was trinken. Du sagst, er lebt noch?«

»Ja. Noch.« In dem Licht sehen seine Augen aus wie Einschusslöcher.

Bifokalbrille steht auf, geht zu einem der Kartons, die an der Kojenwand stehen. Er stöbert und zerrt eine Flasche heraus, ohne Etikett, eine braune Tonflasche, darin ein schwarz gebranntes Getränk, Kava, hergestellt aus dem Wurzelstock des Rauschpfeffers, wie es auf Tahiti, Fidschi, Vanuatu, Bora Bora und Samoa beliebt ist – die Wirkung ist mit LSD vergleichbar. Bifokalbrille entkorkt die Flasche und reicht sie seinem Partner.

Netzunterhemd setzt an und trinkt mit hart zurückgelegtem

Kopf, trinkt in durstigen Schlucken. Dann setzt er die Flasche ab. Seine Verletzungen im Gesicht bluten nicht mehr, aber die Unterlippe ist geschwollen wie ein Tennisball. »Scheiß drauf, ich werde ihn töten«, wiederholt er.

»Das geht mich ebenso an«, sagt Bifokalbrille. »Also treffen wir diese Entscheidung gemeinsam, klar?«

Drittes Kapitel

Dr. Charles Elani

Das Jahr 2032 – die Welt wird umgebaut

Die Klima-Allianz hatte durchaus Erfolge vorzuweisen.

Das Bevölkerungswachstum war nicht gestoppt, aber gebremst. In China zum Beispiel war die absolute Zahl gesunken: Von 1,42 Milliarden auf 1,31 Milliarden Menschen. Der Ein-Kind-Politik, die schon 1980 auf nationaler Ebene ausgerufen worden war und bis 2016 gegolten hatte, haftete zwar ein schlechtes Image an, sie galt als menschenverachtend, hatte aber Erfolge gezeitigt – das wurde jetzt in einem anderen Licht gesehen. Die Menschen in China hatten dazugelernt.

Die Chinesen waren auch in anderer Hinsicht erfolgreich. Peking hatte die »Grüne Mauer« initiiert, einen gigantischen Waldstreifen parallel zur Chinesischen Mauer. Dazu gehörte die Aufforstung der Wüste Gobi, an der Grenze zur Mongolei gelegen. Diese Projekte reduzierten die Gefahr von Sandstürmen, von Verwüstungen und dem Anstieg der Durchschnittstemperatur. Dank dieser staubfilternden Wälder konnten die Menschen in Shanghai, Peking, Shenzen und Guangzhou wieder blauen Himmel sehen – nach gelbgrauen Jahren.

Auch in Nordamerika, Brasilien, Argentinien, Australien und Europa wurde massiv aufgeforstet. In Deutschland zum Beispiel, in Mitteleuropa das waldreichste Land, wurden der Pfälzerwald, der Bayerische Wald, der Teutoburger und der Thüringer Wald um sieben bis neun Prozent vergrößert. Die Emission von Kohlendioxid weltweit, die noch 2022 bei 37 Milliarden Tonnen gelegen hatte, ging auf 29 Milliarden Tonnen zurück.

Das waren positive Entwicklungen.

Trotzdem verlangte die neue Zeit den Menschen neue Opfer ab. Weltweit lebten auch 2032 noch rund 2,5 Milliarden Menschen in absoluter Armut – sie hatten am Tag weniger als 1,1 Global, umgerechnet knapp zwei Dollar, zur Verfügung. Drei Milliarden Menschen, vor allem in Indien und Afrika, lebten in *relativer* Armut; das bedeutete, sie konnten ihr Leben fristen, litten keinen Hunger, aber sie hatten kaum Chancen, mehr aus sich zu machen.

Eineinhalb Milliarden Menschen ging es gut im Jahr 2032, und dreihundert Millionen Menschen konnten als reich oder superreich angesehen werden. Hier gab es solche und solche.

Manche der Reichen ließen sich luxuriöse Festungen bauen, bunkerten sich dort ein. Die Umstellung auf die Weltwährung Global half indes, die Inflation zu bekämpfen. Die Geldentwertung war noch Anfang der 2020er-Jahre eine große Gefahr gewesen, sie war zweistellig geworden, ausgelöst durch gestiegene Energiepreise und verantwortungslose Politiker, die das *deficit spending* hemmungs- und ahnungslos betrieben hatten. Durch den Global und auch durch eine weltweit vorsichtigere Ausgabenpolitik lag die Inflation 2032 bei knapp vier Prozent. Das war immer noch zu hoch, aber wenigstens trabte sie nur und galoppierte nicht. Der Global hatte an Wert verloren; knapp zwei Euro waren ein Global.

Die Wirtschaft wurde insgesamt umgebaut, umgestellt, umgegraben. Die Tourismusindustrie etwa geriet unter Druck. Hier vor allem Branchen, die mit hohem Energieverbrauch arbeiteten – zum Beispiel in Deutschland die Skiregionen in den Bayerischen Alpen. Davon gab es 2022 rund zweihundert Gebiete. Hier hatte man den Einsatz von Kunstschnee schon lange kritisiert. Der Stromaufwand, den man brauchte, um eine Fläche von knapp hundert Quadratkilometern künstlich zu beschneien, entsprach dem Jahresverbrauch einer Großstadt. Das Skifahren als reines Vergnügen – jetzt wurde es schlichtweg für viele Menschen zu teuer. Der Tourismus erlitt Einbußen in Höhe von neunundvierzig Prozent, die Folgen für Hotellerie und Gastronomie waren brutal.

Der Klimawandel traf auch die einstigen Sonneninseln Europas. Sizilien, Hvar, Sardinien, Kreta, Mykonos, die Balearen, sie alle hatten mit denselben Problemen zu kämpfen – Wassermangel, marine Hitzewellen, die das Meer auf dreißig Grad aufheizten, Quallenplagen, die die Küsten heimsuchten. Und es wurde wirklich heiß. Die Spitzentemperaturen lagen im Sommer bei fast fünfzig Grad; da wollten nur noch Hartgesottene an den Strand.

Aber auch die Winter wurden härter. Im Dezember 2022 kam es in den USA zu einem dramatischen Kälteeinbruch. Fast ganz

Nordamerika war betroffen. Schneefall, kalte Winde und extreme Kälte brachten das öffentliche Leben an einigen Orten fast vollständig zum Erliegen. Es wurden Temperaturen von bis zu minus sechsundvierzig Grad gemessen. Bundesstaaten wie New York riefen den Notstand aus.

Dass es sich dabei nicht um ein isoliertes Naturereignis handelte, wurde der Menschheit vier Jahre später klar, als sich das Szenario wiederholte. Zu dem Zeitpunkt, 2026, waren allerdings nicht mehr nur die USA betroffen, auch in Europa – allen voran Deutschland, Holland und Belgien – litt man unter einer plötzlich auftretenden und brutalen Kälte. Ein eisiger Klammergriff: Schneewehen, bis zu vier Meter hoch, in Bayern, Niedersachsen, Mecklenburg. Unfälle und Staus auf den vereisten Autobahnen. Strom- und Versorgungsausfälle in Ulm, Mannheim, Lüdenscheid, Oldenburg. Die Menschen blieben in ihren Wohnungen, hüllten sich in Decken, klappernd, schlotternd. In Bauernhäusern, wo es einen Ofen gab, wurde das letzte Holz verbrannt, dann Zäune, Möbel, Klaviere verheizt, um nicht zu erfrieren.

Im Norden der Republik brach die Wirtschaft ein – der Klimawandel führte zu erheblichen Zerstörungen an der Ostsee und bei den Nordseeinseln. Am härtesten traf es die Insel Sylt; sie brach in der Nacht zum 1. Dezember 2030, einer Nacht von Samstag auf Sonntag, in zwei Teile, ausgelöst durch Dünenerosion und Sturmfluten. Und zwar verlief der Bruch in West-Ost-Richtung, zwischen den Orten Rantum und Hörnum, ziemlich genau auf Höhe des Restaurants »Sansibar«, von dem nichts übrig blieb, die Trümmer wurden weggespült.

An der Ostseeküste mussten die Deiche erhöht werden, denn die regnerischen und warmen Winter weichten die Befestigungen auf. Oststürme überfluteten weite Bereiche der Küste, unter anderem die »Birk«, ein Naturschutzgebiet an der Geltinger Bucht.

Der Schock saß tief. Bislang waren die Länder Nordeuropas noch glimpflich davongekommen. Allmählich aber begriffen die Menschen auch hier, dass sie sich in einer völlig neuen Normalität befanden. Konsum und Freizeit, ja, das ganze Leben musste neu definiert werden. Eine eigene Form von Vor-Ort-Hilfsbereitschaft entstand. Die Klima-Allianz drehte bekanntlich das große Rad, aber die vielen Probleme der kleinen Leute drangen kaum je nach oben durch. Und die Menschen entdeckten eine neue Demut, sie brachten einfachen Dingen mehr Wertschätzung entgegen. Sie stellten ihren bisherigen Lebensstil und die gewohnten Statussymbole auf den Prüfstand, ersetzten Wohlstand als Wert zunehmend durch Wohlleben.

Die Welt war im Wandel.

Das Telefonat wurde geführt am 27. Oktober 2032, von 11.17 Uhr bis 11.24 Uhr Central European Time (CET), beziehungsweise 23.17 Uhr bis 23.24 Uhr Tahiti Time (TAHT). Der männliche Anrufer sprach von Wackerballig aus, in Deutschland. Er benutzte ein »Cryptophone VE2/4Sat«, ein Satellitentelefon der Firma Expolab. Die angerufene Person (weiblich) befand sich einige Tausend Meilen östlich, nämlich in der Südsee, auf der Insel Tahiti, Nähe Punaauia, auf dem Gelände eines verlassenen Touristen-Resorts. Sie hielt sich dort inkognito auf, war als Touristin getarnt. Die weibliche Angerufene benutzte ein »Cryptophone Deltastar CP800S«. Gespräche mit dieser Technologie sind praktisch nicht abzuhören.

Männliche Stimme: »Hallo. Hab' ich dich geweckt?«

Weibliche Stimme: »Ich wollte gerade etwas essen.«

Männliche Stimme: »Bist du allein?«

Weibliche Stimme: »Natürlich. Ich bin immer allein, das weißt du ja.«

Männliche Stimme, nach längerer Pause: »Es tut mir leid, Talasea. Ich meinte eigentlich, du wärest jetzt sehr beschäftigt, wegen der Sache mit Martindale ...«

Weibliche Stimme: »Ja, ich hatte so etwas schon befürchtet. Die Aktion kann uns sehr schaden.«

Männliche Stimme: »Wirklich? Ich habe die Bilder gesehen und dachte – endlich mal eine klare Aktion. Das gibt euch endlich Aufmerksamkeit auf der ganzen Welt. Auch hier oben, in Europa ... Er ist die Kühlerfigur auf der fetten Limousine namens Klima-Allianz.«

Weibliche Stimme: »Die Jungs wollten zeigen, was sie können. Aber jetzt sitzen wir in der Klemme, die ganze Bewegung. Wir könnten daran zerbrechen, und das muss ich verhindern.«

Männliche Stimme: »So ernst? Zerbrechen?«

Weibliche Stimme: »Alternative eins: Wenn er getötet wird, wird das eine Vergeltungsaktion auslösen. Wir werden uns wehren müssen, man wird uns in die Enge treiben, und das wird uns am Ende kaputt machen. Zweite Alternative: Wir lassen Martindale frei. Dann wird er den Kreuzzug der Vergeltung höchstpersönlich anführen. Das hat er den Jungs genau so gesagt. Er ist der Mann, der nie vergisst. Er ist ein Gefangener, aber er führt sich auf, als sei er der Kerkermeister. Meine größte Sorge ist, dass sie es nicht mehr aushalten und ihm eine Kugel verpassen.«

Männliche Stimme: »Und irgendein Deal?«

Weibliche Stimme: »Ja, natürlich. Das wäre die beste Variante. Wir lassen ihn frei, wenn er verspricht, auf Rache zu verzichten. Aber wir können mit ihm nicht verhandeln.«

Längere Pause.

Männliche Stimme: »Und jemand anderes?«

Weibliche Stimme: »Das wäre schön. Wir sind schon auf der Suche. Es müsste jemand sein, den er persönlich kennt, eine Person, der er vertraut.«

Männliche Stimme: »Ich werde darüber nachdenken. Vielleicht fällt mir was ein. Es ist allerdings möglich, dass ich mich eine Weile nicht melden kann. Ich bin kurz vor einem Durchbruch in meinem Projekt. Vielleicht bin ich bald am Ziel, Talasea. Das wird alles verändern.«

Weibliche Stimme: »Vielleicht mehr, als du überblicken kannst, Charles. Denk dran.«

Stille. Die Pause dehnt sich.

Männliche Stimme: »Wie gesagt, ich werde mich eine Weile nicht melden.«

Weibliche Stimme: »Gute Nacht, Charles.«

Männliche Stimme: »Gute Nacht.«

Ihre Ankunft war im Handumdrehen *das* große Thema in der gesamten Gegend, will sagen: zwischen den Ortschaften Schnarup-Thumby und Maasholm, von Gelting an der B199 bis hinunter nach Kappeln an der Schlei. Im Nu sprach es sich herum, dass jetzt wegen des Oktopus' ein offizieller Gesandter, Pierpaoli, aus Kapstadt an die deutsche Ostseeküste geschickt worden sei, nebst Frau oder Freundin. Die Freundin, Ariadna, war sogar ein Popstar. Er ein wichtiger Mann. Die Sensation war damit gleichsam amtlich.

Weitere Details über Pierpaoli und Ariadna wurden erhoben mithilfe eines dieser wundervoll funktionierenden Netzwerke aus Tratsch und Klatsch, auf die jede ländliche Gegend mit Recht stolz ist. Zentrale Gerüchteküche war der »Handlose Geiger« in Kappeln, eine Kneipe an der Hafenpromenade, wo sich an dunklen Winterabenden jene Einheimischen einfinden, denen daheim die Decke auf den Kopf fällt, dazu ein paar versprengte Touristen, Fischer, Bootsbauer, aquarellierende Pensionäre, Vogelbeobachter. Es riecht hier heimelig nach Käsetoasts, Sauce Hollandaise und schalem Bier, nach Gummistiefeln, Schweiß und Holzfeuer und Toilette und Pfeifenknaster und Seemannsgarn. Der »Handlose« war der Ort, wo sich Geschichten und Gerüchte exponentiell verbreiten.

Schauplatz all dessen war der südliche, eher spärlich bewaldete Teil der Flensburger Förde, an der Nordspitze Deutschlands. Es ist eine Landschaft mit sanft geschwungenen Hügeln, mit fetten Böden und einer erdgeschichtlich jungen Küstenformation, die in der letzten Eiszeit von vorrückenden Gletscherschilden geprägt wurde – daher die weit ins Landesinnere reichenden Einschnitte, die sogenannten Förden. Die Gegend war mal umkämpftes Gebiet gewesen, zu Zeiten des Deutsch-Dänischen Kriegs im neunzehnten Jahrhundert. Inzwischen gehörte sie zur Bundesrepublik, lag aber nah an der Grenze zu Dänemark, eine Landschaft aus kleinen Äckern und Weiden, durch Hecken geschützt, darüber ein ausgreifender Himmel, wie mit breitem Pinsel gemalt. In Küstennähe das Kreischen der Möwen, die salzige Luft. Fast immer geht eine Brise.

Eine alles in allem stille Provinz – normalerweise.

Jetzt jedoch summte und schwirrte die einst stille Provinz. In dem verschlafenen Yachthafen von Wackerballig, 325 Einwohner, ein Campingplatz, ein langer Steg, war die Hölle los.

Man kann verstehen, dass die Einheimischen ihre Aussichten hochrechneten, mögliche Umsätze, neue Verdienstmöglichkeiten kalkulierten; der Vergleich zu Loch Ness lag nahe, nur dass das Ungetüm hier kein Touristengag und keine Phantasmagorie war. Die Bucht würde zu *dem* Touristenmagneten Norddeutschlands werden. Aber auch Zweifel, Ängste kamen auf: War das Tier womöglich krank? Wovon lebte es? Würde es Schiffe angreifen? Konnte es an Land kriechen, vielleicht in der Nacht? Kraken konnten sich schließlich an Land bewegen. Die Vorstellung, dass ein monströses Tier auf acht schleimtriefenden Tentakeln durch die nächtlichen Dörfer wanderte, die Kühe auf der Weide in Panik versetzte, auf Häuser kletterte, Reetdächer fraß, in die Schlafzimmer glotzte – diese Vorstellung fand niemand schön, verständlicherweise. Konnte man dieses Tier, wenn es denn käme, aufhalten? Durfte man es überhaupt aufhalten? Durfte man es töten? Stand es unter Artenschutz?

Und was sollte man tun, wenn es – was hoffentlich nicht der Fall sein würde! – hier vor der Küste einfach verstarb? Konnte man so einen großen Kadaver überhaupt bergen?

Die Schaulustigen und Touristen, die inzwischen zahlreich angereist waren, machten sich solche Gedanken nicht. Scharen von Sporttauchern warteten darauf, dass das eilig erlassene Verbot für alle privaten Tauchgänge aufgehoben würde. Außerdem Journalisten in Bataillonsstärke, vor allem Fernsehleute, sie trampelten durch die Dörfer, auf der verzweifelten Suche nach einer Story. Der private Schiffsverkehr war eingestellt worden. Die Initiative »Rettet den Oktopus« war im Nu gegründet worden, hatte allerdings das Problem, dass niemand wusste, wo das zu rettende Tier steckte. Der Oktopus war groß, aber die Flensburger Förde ist größer. Am Ufersaum östlich von Wackerballig war alles abgesperrt, mit gelbem Flatterband, alle verfügbaren Polizisten patrouillierten. Es waren vier.

∗

Pierpaoli und Ariadna trafen gegen Mittag in Wackerballig ein, ein Fahrer im blauen Anzug hatte sie abgeholt, vom Zielflughafen in Kopenhagen. Er hatte sich als Herr Keidelsen vorgestellt und war Ariadna und Pierpaoli auf Anhieb sympathisch: freundliches Gesicht, runder Bauch, spitze Halbschuhe. Er sprach Englisch und hatte auf der Rückbank für die Ankömmlinge eine Pappschachtel mit Käsebrötchen und Mate-Tee.

Ariadna fand das alles herrlich. Sie hatte im Flugzeug wunderbar geschlafen, im Gegensatz zu Pierpaoli. Kapstadt war weit weg, und sie konnte Nicky und ihre Niederlage erst mal beiseiteschieben. Sie war schon einige Male in Deutschland gewesen, allerdings auf Tourneen und nur in Großstädten.

Während der Fahrt durch Dänemark und Norddeutschland hatte sie die Landschaft bestaunt. Die kleinen Felder, die Hügel und Hecken. Der Himmel hing hier tiefer als in Kapstadt, ein Himmel zum Anfassen. Über den Feldern wallte der Nebel, manchmal aber klarte es auf. Dann brach für kurze Zeit eine milchige Herbstsonne durch und ließ die Umrisse der Wolken aufleuchten. Dann wieder fiel der Regen, er rauschte in schweren Salven, und Schluchten von grauen Wolken rückten nach.

Am Steg von Wackerballig brachte Keidelsen den Wagen zum Stehen. Sie seien am Ziel. Für einen Mann seiner Statur war er sehr beweglich, er riss kavaliershaft für Ariadna den Schlag auf. Pierpaoli stand schon draußen und schaute sich um.

Was er sah, gefiel ihm nicht.

Auf dem ehemaligen Campingplatz war ein weißes Veranstaltungszelt aufgebaut worden, aber nur halb, die Arbeiten waren aus irgendwelchen Gründen unterbrochen worden, die Plane lag leblos am Boden, in den Falten stand Regenwasser. Näher am Ufer, an der Absperrung, standen sich Gruppen von Leuten gegenüber, vielleicht hundert Menschen, die zu streiten schienen.

Manche hielten Schilder hoch, aber Pierpaoli konnte nicht lesen, was darauf stand. Zwei Polizisten versuchten, die Leute zu beruhigen. Ein Kleinbus mit der Aufschrift eines Fernsehsenders hatte sich im nassen Lehm festgefahren, die Räder drehten schlammspritzend durch. Etwas weiter stand ein Feuerwehrwagen verwaist, einige Kinder, offenbar unbeaufsichtigt, kletterten darauf herum. Das Absperrband war an einigen Stellen heruntergerissen. Pierpaoli zählte drei Leute, die in die Büsche urinierten. Toiletten sah er keine, auch keinen Rot-Kreuz-Wagen.

Die Situation war chaotisch, das war natürlich nicht überraschend. Der Andrang war groß, die Stimmung teilweise aggressiv. Jemand würde den Schlamassel aufräumen müssen. Pierpaoli seufzte innerlich – er. Sein Job.

Inzwischen hob Keidelsen das Gepäck aus dem Kofferraum. Er gab Ariadna ein paar Ratschläge. Der schönste Wanderweg sei an der Birk-Halbinsel, und am Kiosk bei der Windmühle gäbe es ausgezeichneten Kaffee und selbst gebackenen Kuchen.

Und dort sei das Boot, die *Carlotta*. Er zeigte auf den Steg. Ein Streckenboot der Polizei. »Das Boot bringt Sie zur Einsatzbesprechung, im Leuchtturm, in der Kommandozentrale.«

»Leuchtturm?«, fragte Pierpaoli.

»Der Leuchtturm Kalkgrund.« Keidelsen deutete aufs Wasser hinaus. Das Bauwerk stand weit draußen im Meer, die Silhouette war gerade noch zu erkennen. »Da ist die Kommandozentrale. Dort hat man auch eine Unterkunft für Sie eingerichtet. Sie hatten doch ausdrücklich gesagt, Sie mögen keine Hotelzimmer.«

Das stimmte. Pierpaoli hatte um eine kleine Wohnung gebeten. Er hatte eine Aversion gegen Hotelzimmer – seit er in einem solchen Hotelzimmer in Mumbai um ein Haar lebendig verbrannt wäre. Ariadna und er waren damals in ein sehr seltsames Verbrechen verwickelt worden, das sie beinahe ihrer beider Leben gekostet hätte. Aber eine Unterkunft mitten im Meer war natürlich absurd.

»In einer halben Stunde ist da die Einsatzbesprechung, die anderen Damen und Herren sind schon eingetroffen.« Keidelsen hatte es eilig. »Das Schiff ist abfahrbereit. Ich muss jetzt noch die

Wissenschaftler abholen. Dort entlang, Mister Pierpaoli, Señora Ferrer, wenn ich bitten darf.«

Tatsächlich winkte einer der Polizisten vom Boot aus einladend. »Also gut«, sagte Pierpaoli. Er blickte zu Ariadna.

»Kann man vom Leuchtturm aus den Oktopus sehen?«, fragte Ariadna.

Keidelsen machte eine bedauernde Geste. »Eher nicht. An der Oberfläche hat er sich bisher nicht gezeigt. Er ist ja ein Tiefseetier.«

Ariadna machte ein verdutztes Gesicht. »Natürlich. Ein Tiefseetier. Das verstehe ich.« Sie schaute zu Pierpaoli. »Du musst arbeiten, Tom. Wir werden ja noch eine Weile hier sein. Ich komme erst mal nicht mit zum Leuchtturm, Tom.«

Pierpaoli bemerkte ihre Enttäuschung. »Was willst du in der Zwischenzeit machen?«, fragte er. Sie tauschten einen Blick. Pierpaoli kannte ihr Talent, sich an fremden Orten mühelos zurechtzufinden.

»Ganz einfach, Tom. Ich finde es spannend hier. Ich suche uns eine gemütliche Unterkunft an Land. Und du fährst zu deiner Einsatzbesprechung.«

Und so begann, indem sie getrennte Wege gingen, der Aufenthalt Ariadnas und Pierpaolis in Deutschland. Der Abschied war kurz. Sie würden sich ja morgen wiedersehen, dachten sie beide. Aber sie irrten sich. Es sollte viel Zeit vergehen, viele Dinge sollten noch geschehen, bevor Ariadna und Pierpaoli sich wieder begegnen würden.

Hinter der Absperrung am Strand drängen sich die Oktopus-Spotter mit ihren Ferngläsern und Teleobjektiven, aber der Horizont sieht aus wie immer. Auch sonstige Schaulustige, eine Handvoll Demonstranten, sie reden, telefonieren, alles in allem halten sie sich an die Regeln.

Ein einzelner Mann jedoch hat das Absperrband einfach überstiegen, er hat es kaum zur Kenntnis genommen. Er steht am Strand und schaut aufs Wasser. Er ist groß, dunkelhaarig und schlank, er trägt Chelsea-Boots und einen blauen Regenmantel, den Gürtel hat er zusammengeknotet, fast nachlässig. Aber eine eindeutige Autorität geht von ihm aus, auch Willenskraft, auch Komplexität. Es ist schwer zu benennen, worin diese Ausstrahlung besteht, aber man spürt sie beinahe physisch. Wenn es je einen komplizierten Menschen gab, dann diesen Mann.

Jedenfalls ist die Wirkung eindeutig. Ein junger Polizist hat ihn bemerkt, und obwohl er nicht sagen könnte, warum, lässt er ihn gewähren.

Etwas weiter abseits, an einer Stelle, die schwer einsehbar ist, bringt ein anderer – ein älterer – Mann einige Beobachtungsdrohnen zu Wasser. Insgesamt sind es mehr als zwanzig solcher Suchroboter, die er auf den Weg geschickt hat.

Diese Drohnen sind schwimmende Kameras, und sie sind mit einem starken LED-Strahler sowie einem sehr leistungsfähigen Antrieb ausgestattet, ihr Akku hält mehrere Stunden. Zuvor hat der ältere Mann eine Aufladestation platziert. Dazu musste er nur bis knapp zur Hüfte ins Wasser waten, er hat sich rasch umgezogen und die nasse Hose ins Gebüsch geworfen. In Kombination mit der Ladestation können die Drohnen zweiundzwanzig Stunden arbeiten. Sie sind so programmiert, dass sie bei einem Akkustand von zwanzig Prozent selbständig zur Ladestation schwimmen und sich dort neu versorgen, wie ein Rasenmähroboter.

Der ältere Mann hat einen Laptop aufgeklappt und überprüft

die Position der Drohnen; außerdem ihr Suchraster. Es sieht gut aus. Kalt und klar.

Sein Chef wird mit ihm zufrieden sein.

Sie werden den Oktopus finden.

Das Polizeiboot machte gute Fahrt, nach zwanzig Minuten waren sie am Leuchtturm. Um das kleine Bauwerk herum befand sich ein Betonsockel, darin eingelassene Stufen, die Pierpaoli hinaufstieg. Über einer schmalen Metalltür ein verblichenes Schild, auf dem stand: *Notfallrau f chiffbrüchige*. Daneben eine andere Tür, größer, rot gestrichen.

»Wir warten hier auf Sie, Herr Einsatzleiter«, rief der Kapitän Pierpaoli zu.

Pierpaoli winkte unsicher zurück und öffnete die rote Tür. Eine metallene Wendeltreppe. Kühle Luft. Das Treppenhaus war sehr sauber.

Die »Kommandozentrale«, von der der Fahrer gesprochen hatte, lag zwei Treppen höher, ein ovaler Raum. Vier Leute saßen um einen ebenfalls ovalen Holztisch, drei Männer, eine Frau. Auf dem Tisch standen zwei Thermoskannen mit Tee, daneben ein angeschnittener Apfelkuchen. Als Pierpaoli eintrat, wandten sich ihm vier Augenpaare zu, abschätzend. Die Spannung, die in der Luft lag, konnte man mit Händen greifen.

Pierpaoli war unsicher, wie er sich verhalten sollte. Also ging er höflich um den Tisch, stellte sich jedem förmlich vor und schüttelte Hände. Die Namen und Funktionen der Anwesenden kannte er bereits aus dem Dossier. Aber es ist stets eine Überraschung, wenn man plötzlich die dazugehörigen Gesichter sieht.

Der Polizeichef – eigentlich: Landespolizeidirektor – hieß Becher. Er war Mitte fünfzig und trug Zivil, einen grauen, zerknitterten Anzug. Becher war ein untersetzter Mann mit massigen Schultern, ebensolchem Brustkorb, kahlem Kopf und einem schwarzen Vollbart, in den sich etwas Weiß mischte. Er wirkte angespannt, sein Gesicht war grau, Pierpaoli musste an Bimsstein denken. Die Kälte, die im Raum herrschte, schien Becher allerdings nicht zu bemerken, sein Sakko hatte er ausgezogen, es hing schief hinter ihm über der Rückenlehne.

Ihm gegenüber saß der Landrat, er hieß Molitor, erinnerte sich

Pierpaoli. Molitor war so alt wie Becher, aber ein schlaksiger Typ mit spärlichem buttergelbem Haar und einer schwarzen Gothic-Lederhose mit seitlicher Schnürung. Er saß betont lässig da, die Beine von sich gestreckt. Zur Lederhose trug er beigefarbene Cowboystiefel und ein weißes Hemd. An den Fingern hatte er große Ringe, die aussahen, als hätte er sie auf dem Jahrmarkt gewonnen. Auf Pierpaoli wirkte er wie ein Rocker mit intellektuellem Touch, eine halbrunde Lesebrille baumelte an einem Kettchen um seinen Hals.

Molitor gab Pierpaoli nur lässig die Hand, während der dritte Mann in der Runde, Reinle, aufsprang und Pierpaoli geradezu mit Begeisterung begrüßte, so, als hätte er einen alten Freund vor sich. Reinle, erinnerte sich Pierpaoli, war vom Innenministerium aus Berlin entsandt, somit sein Ansprechpartner. Pierpaoli war überrascht, wie jung er war – Reinle galt als Überflieger, er kam aus Stuttgart, hatte eine glänzende Karriere hingelegt, ein rundlicher Mann von Mitte dreißig, ein Einser-Jurist und Großstadt-Typ mit glatten Manieren und Wangen, die glänzten wie polierte Äpfel.

Das Auftreten des Oktopus war als Katastrophenfall klassifiziert, und nach dem überarbeiteten Katastrophenfallrecht hatten die Bundesbehörden in Berlin Vorrang vor den Länderinstanzen. Sie durften jedoch exekutive Funktionen an die Regierung der Klima-Allianz übertragen – damit lag die Verantwortung bei Pierpaoli. Was Reinle offenbar sehr recht war.

Und schließlich war da noch eine kleine muskulöse Frau, von der im Dossier nicht die Rede gewesen war – Jeans, T-Shirt, kariertes Hemd. Ihr Händedruck war trocken, angenehm. Kurze blonde Haare, Fältchen um die Augen. »Mein Name ist Asta Jensen-Boysen. Kapitänin der *Greta*. Herr Molitor hat mich auf Honorarbasis engagiert.« Ein Seitenblick zum Landrat. »Ich werde alle nötigen Annäherungen und Manöver auf dem Meer und unterseeisch durchführen. Ich habe eine Ausbildung als Berufstaucherin. Und ich kenne die Flensburger Förde. Ist meine Spezialität. Freut mich, Sie kennenzulernen, Mister Pierpaoli.«

»Freut mich sehr, Frau Jensen-Boysen – habe ich den Namen richtig …«

»Nennen Sie mich Asta.«

»Gern. Danke.«

Dass eine Zivilperson eingeschaltet worden war, ging auf Reinle zurück. Denn falls etwas mit diesem – doch recht großen, vielleicht auch gefährlichen, wusste man's? – Untier passierte, dann war es politisch viel opportuner, man hatte *outgesourct* und konnte die Verantwortung auf eine private Firma schieben. Oder, noch besser, auf eine Einzelperson. Die machten seltener juristischen Ärger.

Pierpaoli hatte sich gesetzt. Alle Augen waren auf ihn gerichtet. Eine Weile herrschte Stille. Dann räusperte sich Pierpaoli. Er danke allen, hob er an. Und er bitte um Einschätzungen. Er wisse, die Faktenlage sei dünn. Also auch gern subjektiv. Frei heraus, bitte.

Das Stichwort für Becher, den Polizeichef.

»Frei heraus, Herr Pierpaoli? Können Sie gern von mir haben. Höchste Zeit, dass Sie gekommen sind. Ich hatte vorhin versucht, unserem geschätzten Landrat hier klarzumachen, dass wir ein Chaos verhindern müssen. Wir brauchen zunächst eine Abriegelung der gesamten Uferlinie, und damit meine ich eine Abriegelung in der Tiefe von drei Kilometern mindestens. Diese gesamte Zone muss Sperrgebiet werden.«

»Lächerlich«, unterbrach Landrat Molitor. Er drehte an seinen Ringen.

»Der Landrat ist nicht für die Sicherheit zuständig«, polterte Becher. »Ich schon. Sie haben von einer dünnen Faktenlage gesprochen. Wir wissen gar nichts! Was will der Oktopus? Er könnte Segelboote attackieren, Badegäste angreifen. Wir müssen das ausschließen. Wir müssen Menschen und diese Kreatur voneinander trennen. Ich hab' mir sagen lassen, dass der natürliche Lebensraum dieses Wesens die Tiefsee ist. Was wir wissen müssen: Warum ist es hier? Und wie lange will es bleiben?«

»Je länger, desto besser«, warf Molitor ein.

»Die Wissenschaftler werden bald eintreffen«, sagte Pierpaoli. »Dann bekommen wir kompetente Antworten.« Im Stillen aber gab Pierpaoli dem Polizeichef recht. Die Situation war untragbar.

Jetzt schaltete sich Molitor ein. Er sprach leise, gelassen. »Entschuldigen Sie das Temperament unseres Polizeichefs. Wir sind hier nicht besonders vornehm, wir halten Schroffheit für ein Zeichen von Tugend, zumindest Herr Becher. Aber dumm sind wir nicht. Der Oktopus ist eine Attraktion, er zieht Leute an, das ist eine Chance für die Region. Wir haben gerade viel zu kämpfen. Energiepreise, Klima-Umschwung, wir können eine Chance gebrauchen. Natürlich müssen wir so eine Situation organisieren. Aber anstatt die Menschen einzuzäunen, machen wir das mit dem Oktopus. Mit Netzen oder einer Gitter-Absperrung, wie beim Aqua-Farming. Die können innerhalb von drei Tagen installiert werden. Dann könnten wir Besichtigungen organisieren. Für die Touristen.«

»Moment. Sie wollen jetzt schon Besuchstouren organisieren?« Das alles ging Pierpaoli viel zu schnell. Er sah, wie auch Asta ihr Gesicht verzog.

Molitor schlug mit der flachen Hand auf den Tisch. »Natürlich! Das ist ein Geschenk! Eine Attraktion!« Er beugte sich vor. »Was denken Sie, was andere Regionen dafür geben würden – für einen Riesenkraken in ihrem Vorgarten?«

»Das Tier ist nicht in unserem Vorgarten aufgetaucht, sondern im Meer«, berichtete Asta.

»Dann eben im Meer. Aber in unserer Drei-Meilen-Zone! Das Viech ist unser Neuschwanstein, unsere Zukunft.«

»Das ist Kaffeesatzlesen«, blaffte Becher. »Mit einer Prise Wunschdenken.«

»Dieser Kuchen war köstlich«, sagte Reinle. Er schob den leeren Teller weg. »Echte Äpfel, wie? Sind selten geworden. Ich erinnere mich noch, als es überall echte Äpfel gab, ist noch nicht lange her.«

Er betrachtete den leeren Teller und sprach jetzt trocken, geschäftsmäßig. »Aber ich wollte etwas anderes sagen, lieber Herr Landrat. Wir sind in Ihrem Kreis, das stimmt wohl. Aber in dieser Sache hat Berlin das Sagen. Beziehungsweise, weil das Innenministerium den Fall an die Regierung der Klima-Allianz übertragen hat: unser hoher Gast aus Südafrika.« Kurze Verneigung in Pierpaolis Richtung. »Kapstadt ist hier zuständig für unseren Freund, den Oktopus.«

Jetzt schaltete sich Asta ein, leise, trocken. »Wir reden immer von ›Er‹. Dabei haben wir eine ›Sie‹, denke ich. Ein Weibchen. Ich denke, es sieht sich um nach einer Höhle. Wenn ich mich nicht täusche, ist es kurz vor der Eiablage.«

Einen Moment lang war es völlig still in dem ovalen Raum. Dann sprachen alle auf einmal.

»Eiablage?«

»Ein Weibchen?«

»Woher wollen Sie das wissen?«

Asta wartete einen Moment, bevor sie fortfuhr. »Ich hab' sie heute Morgen gesichtet und bin getaucht. Dort, wo die Senke ist, wo die U-Boot-Wracks liegen. Ich bin ihr relativ nahegekommen. Ich hatte gute Sicht. Sie war nicht angriffslustig. Eher zurückhaltend, würde ich sagen. Allerdings wirklich riesig. Fünfzig Meter lang. Ich bin keine Spezialistin, aber ich habe früher beim Tauchen normale Oktopoden beobachtet. Ich glaube, dieses Tier hat schon damit angefangen. Oder ist kurz vor der Eiablage.«

Wieder Stille. Was Asta gesagt hatte, sickerte ein.

»Kurz vor der Eiablage, um Gottes willen«, sagte Reinle leise. Er überschlug rasch die politischen Folgen.

»Scheiße. Eier«, sagte Becher.

»Wie viele Eier könnte das Tier denn legen?«

Asta nickte Pierpaoli zu; er hatte die letzte Frage gestellt.

»Ich habe darüber kaum etwas gefunden. Ich denke, die Zahl geht eher in die Tausende. Könnten auch hunderttausend sein. Da es eine unbekannte Spezies ist – wer weiß? Auf jeden Fall findet sie hier nicht genug Nahrung. Wir sollten sie füttern, sonst verlieren wir sie. Sie verhungert.«

Stille. Hunderttausende von Eiern. Ein verhungerter Oktopus. Alles Horrorszenarien. Der Schock klang nach.

Pierpaoli betrachtete die Kuchenstücke auf dem Tisch, als träfe er eine Wahl. »Gut. Erstens, wir finden heraus, wie und womit wir das Tier füttern. Ich werde mit den Wissenschaftlern reden, vielleicht wissen die auch etwas zum Eier-Thema. Zweitens: Wir machen eine provisorische Sicherheitszone. Das ist meine Entscheidung. Nicht drei Kilometer, sondern zwei. Provisorisch. So lange, bis wir mehr wissen.«

Der Polizeichef nickte, der Landrat atmete schnaufend aus, er setzte an, aber Pierpaoli hob die Hand.

»Lassen Sie mich ausreden. Drittens brauchen wir stabile Absperrungen und ein Zugangsprotokoll. Falls es nicht genügend Polizeikräfte gibt, engagieren wir einen Sicherheitsdienst. Außerdem brauchen wir ein Zelt für Pressekonferenzen, eine Erste-Hilfe-Station, einige Ambulanzwagen, Toiletten. Viertens: Für viele Menschen hat das alles eine spirituelle Bedeutung. Bevor sich das verselbständigt, sollten wir die Religionsgemeinschaften einbeziehen. Christen, Buddhisten, Freikirchler, Muslime. Fünftens: Wir haben jetzt eine Story, die wir den Journalisten liefern können, Astas Story, Herr Molitor. Vorläufig. Asta hat das Oktopus-Weibchen entdeckt. Sie kann davon erzählen. Dass es friedlich ist und so weiter. Damit geben wir den Medien und den Leuten etwas, aber wir verpflichten uns zu nichts.« Er wandte sich an Asta: »Würden Sie Ihre Eindrücke in einer Pressekonferenz mitteilen, einfach das, was Sie uns erzählt haben? Allerdings ohne die Eier zu erwähnen?«

Asta war auf einmal nicht mehr so lässig. »Nein, mit Journalisten reden, das ist nichts für mich, so etwas kann ich nicht.«

Reinle mischte sich ein: »Aber Herr Pierpaoli hat hier das Kommando, Verehrteste, da müssen Sie seiner Bitte schon nachkommen. Es ist Teil Ihres Jobs.«

»Ist es nicht«, widersprach Pierpaoli, dann wandte er sich an Asta. »Es ist ein persönlicher Gefallen, um den ich Sie bitte. Es ist ein Notfall. Wir müssen alle ein bisschen über unseren Schatten springen. Und Sie haben den Oktopus gesehen, von Angesicht zu, na ja, Angesicht … Erzählen Sie einfach davon. Ich werde dabei sein. Und Ihnen zur Seite stehen.«

Asta zögerte. Sie sah ihn an. »Ich bin einverstanden.« Sie kniff die Augen zusammen. »Aber unter einer Voraussetzung. Sie müssen das Tier auch gesehen haben.«

»Ja, aber – wie stellen Sie sich das vor?«

»Ganz einfach. Wir tauchen.«

Sie stehen am Steg von Wackerballig. Die Fahrt vom Leuchtturm hierher, zurück zum Festland, hat nochmals eine halbe Stunde gedauert. Pierpaoli fragt sich, warum zum Teufel sie ihn auf dem Leuchtturm einquartiert haben. Er ist dort vollkommen isoliert, ohne Boot kommt er nicht hin, nicht weg. Ihn beschleicht das Gefühl, dass Absicht dahintersteckt: Vor allem Reinle, der Mann aus Berlin, will ihn unter Kontrolle haben. Und die große Bereitschaft, mit der das Innenministerium in Berlin die Leitung an Pierpaoli und die Klima-Allianz übergeben hat, ist ebenfalls verdächtig. Im Falle eines Falles hat Reinle einen Sündenbock.

Reinle, Becher, Molitor haben sich verabschiedet. Pierpaoli steht allein mit Asta auf dem Steg. Dort liegen kleine Yachten, weiter hinten die Arbeitsschiffe.

»Dahinten liegt übrigens auch die *Greta*«, sagt Asta. »Der Zweimaster. Kommen Sie.«

Sie gehen den Steg entlang. Pierpaoli ist überrascht. Er hat sich eher ein modernes Forschungsschiff vorgestellt, mit Radaranlagen und Antennen und einer Rutsche für das Tauchboot. Was er sieht, ist ein historisches Segelschiff, weiße Masten, hellblauer Holzrumpf. Soweit er das beurteilen kann, ist es ein schönes Boot.

Allerdings sagen ihm Schiffe nichts, und ein Freund der Meere ist er auch nicht.

Vom Schiff kommt ihnen ein blonder Junge entgegen. Asta stellt ihn vor: »Das ist Wilhelm, mein Sohn. Er kennt das Schiff in- und auswendig.« Ihre Stimme hat plötzlich einen zärtlichen Klang.

Dann fährt sie fort, wieder sachlich: »Ich bin an einen guten dänischen E-Motor gekommen, gebraucht. Er war trotzdem nicht billig. Die *Greta* ist ein ehemaliges Frachtschiff, ungefähr neunzig Jahre alt, aber über Topp und Takel renoviert.«

»Und Sie bieten damit Tauchgänge an?«

»Nur für Meeresbiologen. Ich habe damit auch längere Forschungsfahrten gemacht, die *Greta* hat das neueste Equipment, Probenlabor, High-End-Sonar, Radar.«

Sie stehen vor dem Schiff. Pierpaoli hält Ausschau nach dem Tauchboot.

Asta steigt aufs Schiff, Pierpaoli bleibt stehen. Sie mustert ihn; offenbar ist sie überrascht, dass er so zögerlich-unsicher ist. Asta deutet auf die daumendicken Stahldrähte, die von der Bordwand in die Masten führen. »Halten Sie sich an den Wanten fest. Erster Schritt auf die Reling, zweiter Schritt an Deck. An das Schaukeln gewöhnen Sie sich.«

Sie stehen auf dem Deck, das leicht auf und ab schwankt. »Ich hatte gedacht, Sie sind öfters auf Schiffen ...«

»Leider nicht«, sagt Pierpaoli höflich.

»Sie sind mutig.« Asta geht zum Steuerrad und schließt eine Holzklappe auf, Pierpaoli sieht ein Display und Schaltelemente, überraschend modern für dies alte Segelschiff. Asta startet die Elektronik, sie drückt auf Knöpfe. »Was wissen Sie über das Tier? Es ist ja kein Riesenkalmar, soweit ich das sehen konnte ...«

»Mein Wissen stammt aus Archivmaterial«, sagt Pierpaoli. »Nach Expertenmeinungen ist es wahrscheinlich ein sogenannter *Megaloctopus octaviae*, das Tier ist aber nur einmal gesichtet worden – niemand weiß wirklich etwas darüber ... Aber bisher sind Sie der einzige Mensch, der dieses Tier da draußen wirklich gesehen hat. Für mich sind Sie die Expertin.«

Asta unterbricht ihre Arbeit und schaut aufs Wasser, ungefähr in die Richtung, wo sie den Oktopus zuletzt gesichtet hat. »Ich bin keine Expertin. Hier in der Ostsee gibt es normalerweise keine Oktopoden. Aber ich finde sie einfach interessant. Sie sind ganz anders.«

»Anders als was?«

»Als Berufstaucherin hat man ständig Begegnungen mit Meeresgeschöpfen. Das macht einen Teil der Faszination aus. Aber Haie, Muränen, Schweinswale, die versteht man, wenn man ihnen begegnet. Flucht, Neugier, Angriff. Die sind uns Menschen irgendwie verständlich, verwandt. Oktopoden sind extrem intelligent, aber auf ganz andere Art und Weise als wir Menschen. Sie nehmen eine Sonderstellung ein, denke ich. Übrigens, darüber musste ich vorhin nachdenken, bei der Besprechung, oben im

Leuchtturm, als es die ganze Zeit nur um Sicherheit und um Geld und Tourismus und Politik ging. Wir versuchen, dieses neue Tier, das zu einer unbekannten Spezies gehört, schon zu klassifizieren, bevor wir es gesehen haben, bevor wir es begreifen.«

»Die Leute bei der Sitzung waren Funktionsträger. Für sie ist nur wichtig, dass hier ein Tier aufgetaucht ist und dass sie damit umgehen müssen.«

»Ja, das meine ich. Aber wir Menschen wollen gleich unseren Vorteil aus so was ziehen: Ist es auch nützlich? Kann es uns Geld einbringen? Ist es gefährlich? Was ich damit meine: Wir wollen diese Spezies schon einordnen, bevor wir sie überhaupt *verstanden* haben.«

»Sie meinen, wir sind voreilig?«

»Ja, voreilig. Was wäre, wenn dieses Tier ganz anders tickt, als wir uns das vorstellen? Wenn es nach menschlichen Maßstäben gar nicht einschätzbar wäre? Weil es etwas ganz anderes ist? Eine Existenz, die wir vielleicht verstehen *könnten*, aber nur, wenn wir es nicht gleich beurteilen, wenn wir es nicht sofort zur Besichtigung freigeben, indem wir zahlende Touristen hinfahren und es alle gemeinsam anglotzen.«

Sie schüttelt den Kopf. Blickt Pierpaoli an. »Deshalb fand ich es gut, dass Sie vorhin gleich zugesagt haben. Dass wir tauchen. Sie und ich.«

Pierpaoli schaut sich auf dem Schiff um. Auf dem Achterdeck liegt eine Art Plexiglasröhre mit einer Schiffsschraube, vielleicht einen Meter lang. Irgendwie hat er ein Tauchboot erwartet. Er deutet auf die Röhre. »Aber das ist doch wohl nicht Ihr Tauchboot, oder?«

»Nein. Das ist ein ROV, ein *Remote Operated Vehicle*, ein ferngesteuerter Tauchroboter. Damit kann ich Aufnahmen vom Grund machen, aber es ist kein bemanntes Tauchboot. Er hängt außerdem gerade an der Ladestation. Wir müssten schon selbst tauchen.«

Pierpaoli zuckt sichtbar zusammen. Asta bemerkt das. Dass man ihm seine Angst anmerkt, stört ihn.

»Sie sind doch schon mal getaucht, oder?«, fragt Asta.

»Nein. Nicht wirklich, also, das ist sehr lange her. Ich bin davon ausgegangen, sie hätten ein Tauchboot.«

»Dann war das ein Missverständnis. Habe ich Sie jetzt in die Enge getrieben? Sie müssen nicht tauchen. Wir lassen's einfach sein.«

Pierpaoli sagt nichts.

Asta blickt ihn an, sie zögert. »Außer natürlich …«

»Außer was?«

»Außer natürlich, Sie wollen es.«

Einzig ein güldenes Himmelbett mit gedrechselten Säulen fehlte noch, aber sonst war Ariadnas Zimmer, in der »Pension Benzler« unterm Dach gelegen, ein Mädchentraum. Es war halb Schmuckschatulle, halb Blumenbeet: hellroter Teppichboden mit Blumenmuster, rosafarbene und geblümte Tapete, Veilchen, Narzissen, Himmelsschlüssel, geblümt auch die Vorhänge, golden das Rankenmuster auf den Kacheln im Bad, eine Sammlung von leeren Parfümflaschen auf dem Kaminsims, ohne ein Fünkchen Staub darauf, zwei Louis-Quinze-Medaillon-Stühlchen, ein winziger Schreibtisch, dessen vollkommene Unbrauchbarkeit ins Auge stach – früher war es das Zimmer der Gastwirt-Tochter gewesen, und es hatte offenbar ihren Sinn für Romantik genährt. Denn irgendwann war sie mit einem schönen, aber nichtsnutzigen Mann aus Buenos Aires durchgebrannt und lebte jetzt traurigerweise in Argentinien, schrecklich weit weg, so hatten es die sitzen gelassenen Eltern Ariadna gleich bei der Ankunft erzählt. Der Zimmerschlüssel war schwer wie ein Schürhaken. Ihr Zimmer lag ganz oben rechts, und Ariadna liebte es auf Anhieb.

In dem Zimmer standen Filzpantoffeln, die das Format hatten wie Landbrote. Ariadna zog sie an, aus Spaß, und fand sich wunderbar clownesk. Sie schrieb eine Nachricht an Tom:

»Pension Benzler. Zimmer 5. Nicht weit vom Hafen. Lustig & gemütlich. Wenn der Oktopus dich lässt – ich freu mich auf dich.«

Dann schüttelte sie aus ihrer Tasche die sieben Umschläge aufs Bett, die sie als »p2p-Luggage-Take« in Kapstadt an sich genommen hatte. Darunter war auch, fast vergessen, der Bericht, den ihr dieser Kollege von Tom übergeben hatte – das war wie lange her? Höchstens zwanzig Stunden. Aber es erschien ihr wie eine Ewigkeit.

Sie faltete die Blätter und stellte sie, damit sie nicht vergaß, sie Tom zu geben, auf den Kaminsims vor die leeren Parfümflacons.

Die nächsten zwei Stunden verbrachte Ariadna damit, die »p2p-Luggage-Take«-Kontaktadressaten anzurufen, anzuschreiben, Abhol-Codes zu verteilen, zu verifizieren, die Abholung zu organisieren. Anschließend stieg sie, im Wohlgefühl, ein gutes Werk getan zu haben, die knarrende Treppe hinunter in die Gaststube, um die Umschläge dort bei Gastwirt Benzler zu deponieren.

Die »Pension Benzler« lag am Ortsausgang von Grauhöft, Richtung Pommerby: ein gedrungener Reetdachbau mit einem halben Dutzend etwas planlos angefügter Anbauten. Die Gaststube aber hatte etwas von ihrem früheren Charme bewahrt: ein hoher Raum mit dunklem Holz getäfelt und einem prächtigen Kachelofen, grün glasiert. Ein Tresen mit einer Zapfanlage an dem einen Ende. Am anderen Ende ein Tischchen mit Scanner, Router, Rechner und altmodischem Schlüsselbrett – die Rezeption. Hinter dem Tresen ein Bord mit Fußballwimpeln und Sparschweinchen. Die Pension hatte nur fünf Zimmer. Der Gast, der vier davon reserviert hatte, war noch nicht eingetroffen. Ariadna hatte das fünfte Zimmer bekommen.

An der Rezeption war jetzt niemand. Es war ganz still in der Gaststube, bis auf das Ticken in den Heizungsröhren. Der Geruch nach Holzrauch. Eine Katze kam und rieb sich an Ariadnas Schienbein. Wie hatte der Gastwirt sie gerufen? Klopp-Klopp – ein seltsamer Name, fand Ariadna. Auf dem Bildschirm hinter der Rezeption lief *Spiegel-Daily*, die Nachrichten. Der Ton war abgestellt.

»Hallo?«, rief Ariadna zaghaft, dann lauter: »Hallo?«

Nichts.

Neben dem Bildschirm stand eine goldfarbene Rezeptionsglocke. Sie drückte den kleinen Knopf, lauschte dem *Bing*. Aber niemand kam.

Auf dem Bildschirm liefen diese Bilder aus Sydney, die sie schon am Flughafen gesehen hatte. Man sah Verletzte. Ein Dach war aufgesprengt. Das Bild von Garreth Martindale.

Was war das? Sie prallte zurück. Das hatte sie doch schon gesehen, am Flughafen. Und plötzlich war Ariadna hellwach. Garreth Martindale? Gekidnappt von der F.A.P.? Sie ging hinter den Tresen und drehte kurzerhand den Ton auf. Die Sprecherin sprach deutsch, aber Ariadna konnte sich einen Reim darauf machen.

Die Sprecherin erwähnte Martindales Image: seine Entschlossenheit und Unbeirrbarkeit, seine Wahlsiege, dann sprach sie über die politischen Folgen, mögliche militärische Konflikte in der Südsee. Besorgter Tonfall. Ob Martindale überhaupt noch lebte, darüber gab es verschiedene Theorien, so die Sprecherin …

Ariadna biss sich auf die Unterlippe. Zu Garreth Martindale hatte sie eine ganz spezielle Verbindung. Der Vorfall lag einige Jahre zurück. Damals hatte Martindale Ariadna geholfen, und er hatte Gerechtigkeitssinn und vor allem Verlässlichkeit bewiesen. Dass er auch ein hochrangiger Politiker war, hatte für Ariadna nie eine Rolle gespielt. Und jetzt war er entführt worden? In Lebensgefahr? Und das durch die F.A.P.! Ariadna hatte immer mal wieder von dieser Aktivistentruppe gehört. Und eigentlich hegte sie unbestimmte Sympathien. Denn das Anliegen der F.A.P. war für Ariadna einleuchtend, einfach – Gerechtigkeit.

»Grüezi«, sagte eine Stimme hinter ihr. Sie fuhr herum. Mit einem leichten Gefühl des Ertapptseins.

Während sie die Nachrichtensendung gesehen hatte, waren drei große schwarze Wagen vor der Pension vorgefahren. Jetzt stand ein Mann im Gastraum. Hatte er *Grüezi* gesagt?

Nach einem Schweizer sah der Mann nicht aus. Er war groß, hatte ein markant geschnittenes Gesicht, fast indigen, mit hohen Wangenknochen, sehr glatter Haut und Bartschatten. Die Augen waren dunkel, beinahe schwarz, um die Augen tiefe Fältchen. Das Haar war halblang, gepflegt. Eine Stirnlocke, grau meliert, hing ihm über das rechte Auge. Er pustete sie weg.

»Hello«, er wechselte ins Englische. »Ich habe bei Ihnen vier Zimmer reserviert. Mein Name ist Elani. Dr. Charles Elani. Ich bin Wissenschaftler. Die Reservierung müsste Ihnen vorliegen.« Sein Tonfall war leicht und elegant, duldete aber auch keinen Widerspruch.

»Ihre Reservierung?«, fragte Ariadna, nur halb bei der Sache. Die Bilder im Fernsehen, die jetzt liefen, waren verstörend, sie zeigten Kriegsschiffe, einen australischen Hafen. Sie merkte, dass der Mann sie beobachtete. Man hörte nun Schritte, von unten, aus dem Keller.

»Ach so, Verzeihung, ich bin selbst Gast«, sagte Ariadna.

Mit Getöse kam der Gastwirt die Treppe hinaufgeschnauft: Lorenz Benzler, kleiner Mann, runde Brille, kariertes Hemd. »'tschuldigung, 'tschuldigung, hab's Klingeln gehört, war an der Heizung, konnte aber nicht gleich runter von der Leiter. Wie kann ich helfen? Oder wem?« Benzler blickte freundlich hin und her, von Ariadna zu Elani, von Elani zu Ariadna.

»Die Dame war vor mir da«, sagte Elani und trat einen Schritt vom Tresen zurück.

»Danke. Sehr freundlich. Es geht schnell.« Ariadna trat vor, gab Benzler ihre Umschläge, der kannte das System. Während er die Aufkleber scannte, plärrte die Nachrichtensendung weiter: »Die mutmaßlichen Kidnapper vom bewaffneten Arm der ›Fraction de l'armee polynésienne‹ haben sich nicht offiziell zu ihrer Tat bekannt, es liegen vonseiten der Entführer weder Bekennerschreiben noch Forderungen vor …«

»Verdammte Feiglinge«, brummte Benzler vor sich hin.

»Was sagten Sie?« Ariadnas Ton war heftig, für die Situation eigentlich unangemessen.

»Diese Geschichte da …« Er deutete zu der Nachrichtensendung. »Das waren diese polynesischen Terroristen. Was immer die wollen, sie beschwören einen Krieg herauf. Für mich sind das Feiglinge.«

Normalerweise hätte Ariadna solches Gerede ignoriert. Aber diese Nachricht wühlte sie auf. »Wissen Sie, ich glaube nicht, dass das Feiglinge sind. Diese Menschen kämpfen aus Verzweiflung. Und ich glaube nicht, dass sie ihn töten.«

»Aber ich bitte Sie, den *Verteidigungsminister* zu entführen! Zu hundert Prozent töten sie ihn!« Benzler schaltete den Scanner aus.

»Nein. Zu hundert Prozent wissen wir gar nichts.« Ariadna widersprach heftig. »Er ist nicht nur der Verteidigungsminister. Er ist ein Mensch. Wenn die Entführer jetzt nur *einmal* wirklich mit ihm sprechen, dann kann alles Mögliche passieren. Glauben Sie mir. Ich kenne Martindale.«

Sie spürte Elanis Blick. Benzler starrte sie ebenfalls an, dann besann er sich auf seine Rolle als Gastwirt. »Ach? Sie kennen ihn?

Na ja, es hat wohl jeder seine eigene Meinung dazu. Wir müssen uns nicht streiten. Was weiß ich denn schon …«

»Entschuldigung«, sagte Elani von hinten, »aber dauert es noch lange? Ich würde gern unsere Zimmer beziehen. Meine Leute müssten die Ausrüstung vorbereiten.« Frostiges Lächeln.

»Bin schon fast fertig.« Benzler tippte den letzten Code ein, wandte sich an Ariadna: »So, ist alles klar, kann alles abgeholt werden. Ach so, meine Frau bat mich … Wenn Sie so freundlich wären, sich in unser Gästebuch einzutragen? Mit Autogramm?« Benzler reichte ihr ein schweres Buch mit Goldschnitt, er hielt ihr einen Stift hin. »Meine Frau sagt nämlich, Ihr Song ist ganz oben in den Charts …«

»Natürlich.« Ariadna lächelte, es war ihr jetzt fast unangenehm, mit dem Mann gestritten zu haben. Wahrscheinlich hatte sie überreagiert. Sie nahm Buch und Stift und ging ein paar Schritte abseits.

Und während sie ein paar nichtssagende Zeilen schrieb, routiniert, beobachtete sie Elani, der jetzt eincheckte. Den Streit schien er gar nicht zur Kenntnis genommen zu haben; und das war seltsam. Denn die unbestimmte Exotik und Attraktivität, die sie an ihm wahrgenommen hatte, der bronzefarbene Teint, der Augenschnitt, der Touch Keanu Reeves – das alles war weniger indigen als polynesisch.

Sie klemmte den Stift in das Gästebuch und klappte es zu. Dann ging sie ohne ein weiteres Wort nach oben auf ihr Zimmer.

Sie spürte im Rücken, wie der Fremde ihr nachblickte.

*

Ariadna zog die Zimmertür hinter sich zu, drehte sogar den Schlüssel um und stellte fest, dass sie erleichtert war. Der Schock über die Nachricht von Garreth Martindales Entführung klang noch in ihr nach. Und das Auftauchen des Polynesiers, diese seltsame Gleichzeitigkeit irritierte sie. An diesem seltsamen Ort, in diesem seltsamen Gasthof. Wahrscheinlich hatte er etwas mit dem Oktopus zu tun.

In der Pension war es jetzt wieder ganz still. Das Gepolter auf der Treppe, als Elanis Leute ihre Kisten hochgetragen hatten, war verstummt. Ariadna stellte sich ans Fenster, das auf den Parkplatz hinausging. Es hatte angefangen zu regnen. Ariadna beobachtete die Gasthof-Katze, die über den Parkplatz spazierte, grau und filigran neben den drei schwarzen Vans, mit denen Elani gekommen war, aber komisch in ihrem Selbstbewusstsein, erhobenen Schwanzes schritt sie dahin, als sei sie hier die Chefin, die etwas ungnädig nach dem Rechten sieht.

Die Katze verschwand unter einem Rhododendron.

Ariadnas Telefon riss sie aus ihren Gedanken. Am anderen Ende war ihr Vater, er rief aus Barcelona an. Mit wunderbaren Nachrichten, wie er sagte.

Ariadnas Verhältnis zu ihren Eltern war immer gut gewesen. Der Vater hatte in Kolumbiens Hauptstadt Bogotá ein Import-Export-Geschäft für Kaffee betrieben und seiner Familie ein sehr komfortables Leben ermöglicht. Ariadnas Mutter war Schauspielerin gewesen, vornehmlich in Telenovelas. Ariadna war in Bogotá aufgewachsen, als Einzelkind, mit Pony, Musikunterricht, Ballett.

Vor einigen Jahren aber waren ihre Eltern nach Barcelona umgesiedelt. Wegen des Klimawandels war das Kaffeegeschäft immer unberechenbarer geworden – die Kaffeeproduktion hatte bekanntlich einen extrem hohen Wasserverbrauch, für eine einzige Tasse Kaffee mit etwa sieben Gramm Kaffeepulver brauchte man durchschnittlich 132 Liter Wasser. Ariadnas Vater jedenfalls hatte sein Geschäft liquidiert und hatte in Barcelona begonnen, von seinem kleinen Arbeitszimmer aus Aktienspekulationen zu machen – durchaus mit Erfolg. Er hatte das Kapital, das er aus dem Firmenverkauf gezogen hatte, bereits fast verdoppelt, und vor allem machte ihm diese Beschäftigung Spaß, die wundersamen Coups der Geldvermehrung, das herrlich nervenaufreibende Timing von *Put* und *Call*. Ihr Papa hatte sich erbötig gemacht, auch Ariadnas Geld zu verwalten, die Einnahmen aus ihren Auftritten und Songs, und Ariadna hatte zugestimmt, natürlich unter der Bedingung, dass er ihr Geld nur in ethisch einwandfreie Anlagen investierte. Ansonsten war sie froh darüber, er nahm ihr eine Verantwortung ab. Geld sagte ihr nichts.

Jetzt hatte er angerufen, um ihr von einer neuen wundersamen Geldvermehrung zu berichten. Und ihr zum Erfolg des neuen Songs zu gratulieren.

Letzteres war ein wunder Punkt für Ariadna. Jetzt wurde das, was Nicky aus ihrem Lied gemacht hatte, auch noch zu einem verdammten Welthit. Sie wurde einsilbig. Sie dankte ihrem Papa, Grüße an Mama, bis bald.

Sie tauchen. Nicht sehr tief. Sie wollen nur knapp unter der Oberfläche bleiben, das war so verabredet. Vielleicht vier oder fünf Meter. Aber sie tauchen. Kühles Wasser. Blaues Licht. Kaum Geräusche. Das Gefühl des Getragenwerdens. Davon sind sie umfangen. Um sie herum ein unglaublicher Panoramablick, so, als stünde man im Autokino ganz vorn vor der gewölbten Riesenleinwand.

Die Zeit vergeht anders. Ihre Bewegungen sind verlangsamt. Jedes Ausatmen lässt einen kleinen tumultartigen Strudel von Luftbläschen aufsteigen. Das Wasser ist erstaunlich klar. Wenn Pierpaoli nach oben schaut – wobei das Gefühl für oben und unten sich aufzulösen beginnt –, sieht er ein weiß leuchtendes, unruhig spiegelndes Dach: die Wasseroberfläche. Direkt über ihm ein tanzender hellroter Punkt: die Tauchboje, ihre Orientierung.

Pierpaoli und Asta hängen an einer Tauchleine, die Tauchleine hängt an der Boje, die Boje hängt am Boot. Die Sicht hier unter Wasser sei in den vergangenen Jahren immer besser geworden, hat Asta gesagt. Noch vor fünf Jahren hätte man keine vier oder fünf Meter weit blicken können. Das hat sich geändert.

Auf dem Boot ist Wilhelm, Astas Sohn, dreizehnjährig. Er ist ein frühreifer, kluger Junge, wie es Pierpaoli scheint. Wenn es Probleme gibt, hat Asta gesagt, wird Wilhelm wissen, was zu tun ist. »Und ich bin auch noch da«, hat sie hinzugefügt.

Mit dem Atemgerät kommt Pierpaoli gut zurecht. Asta hat ihm die Ausrüstung ausführlich erklärt: das Tarierjacket mit den Gewichten und Luftsäcken, die über den Inflator gesteuert werden, die Luftdusche, falls man Wasser in den Atemschlauch bekommt, der Tauchcomputer, der aussieht wie eine Armbanduhr. Die Sicht ist gut, die Brille nur an den Rändern beschlagen, früher sagte man, man müsse Spucke aufs Glas reiben, Asta hat das Glas aber mit einem Spray behandelt.

Die Schwerelosigkeit ist beglückend. Er spürt einen Anflug von Euphorie, jedem bekannt, der in diese fremde Welt eindringt. Sechzigtausend Jahre Sprache, aber das Gefühl ist jenseits aller Worte.

Asta wirft ihm einen prüfenden Blick zu. Pierpaoli antwortet mit einem Handzeichen: Zeigefinger und Daumen zu einem O geformt, alles klar. Asta nickt und deutet auf die Tauchleine. Pierpaoli soll sich nicht davon entfernen, immer eine Hand an der Leine, hat sie gesagt. Pierpaoli greift gehorsam mit der Linken nach der Nylonschnur. Asta nickt.

Wenn Pierpaoli Fische vorbeischwimmen sieht – gelegentlich kommt das vor, kleine glitzernde Schwärme von winzigen Fischen, ein Dorsch zieht an ihnen vorbei, eine Meeresforelle, das glasige Gallertgebilde einer Qualle –, dann fühlt er seine ungelenke Langsamkeit. Sein Körper ist der Körper eines Landtieres, seines äffischen Vorfahren, ein Produkt der Evolution, gemacht zum Laufen, Wandern, Klettern. Nicht aber für den Aufenthalt unter Wasser.

Aber dieses Abtauchen ist eindeutig befreiend. Hier, in abgesonderter Tiefe, verschluckt von der Oberflächenwelt, fällt sein Pflichtgefühl von ihm ab, Stück für Stück, alles, was er machen muss, ist, eine Hand an der Tauchleine haben und ruhig atmen, das sind schon all seine Pflichten, mehr hat er nicht zu tun.

Er fühlt sich fast übermütig, abenteuerlustig.

Pierpaoli wurde nicht gerade mit dem beschenkt, was man eine glückliche und geradlinige Kindheit nennt. Seine Mutter starb an Lymphknotenkrebs, als Thomas Pierpaoli noch ein Kind war; er wuchs fortan bei seinem Vater auf, der sein Bestes gab, aber überfordert war im engen Gewand seiner eigenen Trauer. Das Bild der verstorbenen Mutter war allgegenwärtig, beim Abräumen des Frühstückstisches, beim Abendessen: Deine Mutter, Tom, hätte nicht gewollt, dass du dieses tust, deine Mutter hätte gewünscht, dass du jenes tust. Pierpaoli akzeptierte das. Er kämpfte dagegen an, dass die Erinnerung verblasste. Wo sich Lücken auftaten, ergänzte er sie durch eigenes Zutun, durch Fantasie. Dieses Erinnerungsbild war sein geheimes Projekt, er erzählte niemandem davon. Aber er legte sich, heimlich, in Ermangelung einer Mutter, das *Bild* einer Mutter zurecht. Er sprach nie davon, weil ein falsches Wort alles kaputt gemacht hätte.

Irgendwann, da war er vielleicht siebzehn, achtzehn, da legte er seine Wäsche zusammen, schön ordentlich, so, wie er meinte, wie es sich seine Mutter von ihm gewünscht hätte, und ihm wurde plötzlich klar, dass sie nichts von dem, was er da zusammenlegte, noch gekannt hatte. Alles war nach ihrer Zeit gekauft worden. Jedes Hemd, das sie ihm vielleicht ausgesucht hatte, als sie noch gesund war, jeder Pullover, mit dem sie ihn beschenkt hatte, war inzwischen ersetzt worden. Er war aus der Kindheit herausgewachsen. Sein Leben ging ohne sie weiter. Diese Erkenntnis war wie ein Stich.

Als Pierpaoli achtzehn Jahre alt war, gab ihm sein Vater einen Brief, den seine Mutter ihm vor ihrem Tod geschrieben hatte. Pierpaoli hat diesen Brief nur einmal gelesen, aber sorgsam gehütet, er hütet die Zeilen bis heute. Drei Jahre später verlor Pierpaoli auch seinen Vater, ein Verkehrsunfall.

Sein Vater hatte stets das Pflichtbewusstsein erwähnt, mit dem die Mutter sich um ihren Sohn gekümmert hatte. Deine Mutter war tapfer, Tom, hatte er gesagt, sie hat alles für dich getan, sie hat ihre Pflicht erfüllt. Das klang trockener, als es gemeint war. Was der Vater wahrscheinlich sagen wollte, war eher: Sie hat dich geliebt. Aber er war nicht der Mann für solche großen Sätze. Pierpaoli verstand es trotzdem. Und das Wort »Pflicht« wurde eins mit dem Wort »Liebe«.

Von da an nahmen Disziplin und Pflichtbewusstsein einen immer größer werdenden Platz ein im Leben des Thomas Pierpaoli. Alles kann Liebesersatz werden, auch Pflichtgefühl. Anstand und Redlichkeit wurden zu seiner Natur, davon ließ er sich durchs Leben tragen. Was man für richtig erachtet, muss man auch erledigen. Eine gewisse Trockenheit und Steifigkeit des Wesens gingen damit einher, das war unvermeidlich. Nur sehr selten, etwa, wenn Ariadna ihn mit ihrer Leichtigkeit ansteckte, wurde er lockerer. Ariadna war die Seele der Unvernunft, begabt mit einem Sinn dafür, dass das Unvernünftige sich am Ende als gut und vorausschauend erweisen würde – irgendwie hatte sie immer Glück, Pierpaoli bewunderte das. Aber es strengte ihn auch an, es überforderte ihn. Pierpaoli war wie der Mann im Märchen, der plötzlich aller Sorgen ledig ist, um sich enthusiastisch neuen Sorgen zu widmen.

Asta wirft ihm jetzt wieder einen Kontrollblick zu. Alles okay? Er macht abermals das Okay-Zeichen. Alles ist gut.

Das Tauchen ist ein großartiges Erlebnis. Eigentlich.

Nur dass der Zweck dieses Unterfangens nicht wirklich erfüllt wird – kein Oktopus zu sehen. Sie sind an der richtigen Stelle, vierundfünfzig Grad, achtundvierzig Minuten nördlicher Breite, neun Grad, einundfünfzig Minuten östlicher Länge, aber hier ist kein Oktopus. Jedenfalls nicht in Sichtweite.

So hängen sie an der Tauchleine. Nichts.

Minute um Minute verstreicht.

Jetzt sind etwa zwölf Minuten vergangen. Asta hat eine kleine Runde gedreht, ausspähend, jetzt ist sie mit einigen Flossenschlägen wieder bei Pierpaoli. Sie tippt mit der rechten Hand auf ihr linkes Handgelenk, gibt Zeichen: Die Zeit ist bald um. Sie bedeutet ihm mit nach oben gerecktem Daumen, dass sie aufsteigen. Er nickt. Das war's. Der Ausflug ist beendet.

In dem Moment sieht er es.

Eine gelbliche Erhebung am Meeresboden. Sie verformt sich. Pierpaoli macht Asta ein Zeichen. Sie dreht sich um. Sie nickt ihm zu. Sie sieht es auch.

Jetzt löst sich das gelbe Etwas vom Boden. Eine Form ist nicht erkennbar. Dafür wirbelt auch zu viel Schlick auf. Aber die Form ist lebendig. Und wabernd. Und jetzt verändert sie ihre Farbe. Sie wird heller. Sie wird weißgelb. Sie wird weiß. Und steigt weiter auf.

Jetzt sehen sie die Arme, die sich schlängeln. Die sich heben wie Hörner.

Es ist jetzt vielleicht noch zehn Meter unter ihnen. Schwer einzuschätzen, wie groß das amorphe Wesen ist. Aber es sieht gigantisch aus. Es breitet langsam die Tentakel aus. Die Spannweite ist so groß, dass die Enden der Arme nicht mehr zu erkennen sind. Der Anblick ist ungeheuerlich. Pierpaolis Herz pocht in seiner Brust wie ein irres Tierchen. Er müsste Angst haben. Aber er hat keine Angst. Er ist fasziniert. Eine bisher unbekannte Spezies, hier vor seinen Augen!

Das Tier ist immer noch von einer geisterhaften Helligkeit, die durch das Blau des Wassers leuchtet. Wird es sie angreifen? Es sieht nicht so aus.

Asta blickt immer wieder hin und her, zum Oktopus, zu Pierpaoli. Sie macht eine beruhigende Handbewegung. Wahrscheinlich fürchtet sie eine Panikreaktion von ihm. Aber Pierpaoli ist nicht in Panik. Er schaut gebannt zu dem riesigen, alienhaften Geschöpf. Das jetzt abermals die Farbe wechselt, fleckig wird, wieder dunkler wird, hellgelb, gelb. Das Tier sinkt ab. Als hätte es die beiden kleinen Ankömmlinge kurz begutachtet, begrüßt, spielerisch einen Farbwechsel vorgeführt, aber vielleicht war das auch Zufall, jetzt hat es das Interesse verloren.

Dann gibt Asta mit aufwärts gerecktem Daumen das Zeichen zum Aufstieg. Pierpaoli nickt. Mit wenigen Beinschlägen sind sie an der Boje. Asta wickelt die Tauchleine auf, die am Ende mit einem Bleilot versehen ist. An ihrem Tarierjacket hat sie eine orangefarbene Trillerpfeife. Sie pfeift zum Boot, das etwa dreißig Meter entfernt ist. Wilhelm erscheint am Schanzkleid, er winkt zurück. Die Boje wird langsam eingeholt. Pierpaoli und Asta halten sich daran fest, sie lassen sich ziehen. Zwischendurch blickt Asta immer wieder hinter sich, unter Wasser, schaut, ob das Oktopus-Weibchen ihnen folgt. Aber offenbar nicht.

Dann sind sie am Boot. An der Leiter. Pierpaoli steigt zuerst hoch. Nach dem Aufenthalt im Wasser ist es merkwürdig, wieder an der Luft zu sein. Asta zieht, noch im Wasser, ihre langen Flossen aus, damit sie die Sprossen emporsteigen kann.

Wilhelm zieht die Tauchboje ein, verstaut sie auf dem Vorderdeck. Er müht sich mit der sperrigen Leiter, schafft es aber allein.

Asta zerrt ihre Maske ab, ihre Augen sind gerötet, etwas verquollen, die Druckstellen der Maske zeichnen sich auf ihrem Gesicht ab. »Wir fahren gleich«, sagt sie zu Wilhelm, der beflissen nickt.

»Jetzt haben Sie es gesehen«, sagt sie zu Pierpaoli. »Unser Oktopus-Weibchen.«

Sie streicht sich das Wasser aus den Haaren.

»Alles in Ordnung bei Ihnen? Ist Ihnen schlecht? Schwindelig?«

Pierpaoli kann nicht antworten. Er ist zu benommen, er ist erschüttert.

»Hallo?« Ihre Stimme klang unsicher. Und niemand, weder Mensch noch Katze, zeigte sich. Ariadna rief abermals zaghaft »Hallo« – nichts. Die Gaststube war verwaist. Ariadna hatte Hunger. Es war kurz vor fünf Uhr. Nur der Himmel wusste, wo diese Leute immer steckten. Sie war allein hier.

Sie hatte versucht, Tom zu erreichen, aber sein Telefon war ausgeschaltet.

Währenddessen hatte der Regen aufgefrischt. Die Tropfen, mit Graupeln vermischt, pickten hart gegen die Fensterscheiben. Die Welt da draußen war nichts als Matsch. Ariadna war die Lust auf einen Spaziergang vergangen, vor allem allein.

Die Küche öffnete um sieben, verkündete ein emailliertes Schild hinterm Tresen. Noch zwei Stunden. Ariadna hätte jetzt allerdings gern, um sich aufzumuntern, eine Tasse Tee oder Kaffee bestellt – einen Moment lang stand sie unschlüssig herum, dann murmelte sie zu sich selbst »Was soll's?« und marschierte am Tresen vorbei in die Küche.

Die Küche war ein großer Raum mit grob verputzten Wänden und einem geschrubbten und geschrägten Fliesenboden, die Neigung lief zur Ecke, zu einem Abfluss hin. Rings an den Wänden drei mächtige Kühlschränke und hohe, durchhängende Regale mit gestapelten Töpfen in allen Größen, mit Pfannen und Durchschlägen, und an Regalhaken hingen in Reih und Glied gewaltige Gabeln, Kellen, Pfannenwender. In der Mitte der Küche stand ein Gasherd, groß wie eine Tischtennisplatte. Sechs Brenner. Alles sehr sauber. Essensgeruch, salzig, fettig und süßlich, hing schwer in der Luft.

Ariadna fand, dass sie ein Recht auf Tee und notfalls Selbstbedienung hatte. Sie entdeckte eine Dose, die mit »Earl Grey« beschriftet war, sie füllte den Kessel mit Wasser, das mit gewaltigem Druck aus dem Hahn spritzte. Mit dem Herd hatte sie etwas Probleme, aber dann brachte sie eine bläuliche, fauchende Flamme zustande. Ariadna brühte sich eine Tasse Tee auf und ging damit zurück in die stille Gaststube. Sie setzte sich in eine Nische, rutschte ans Fenster und starrte nach draußen, in das trübe Licht. Es dunkelte bereits. Der Parkplatz schwamm in Pfützen, vom Regen getüpfelt. Sie nippte an ihrem Tee und dachte an Martindale und die Entführung.

Lebte er noch? Vorhin hatte sie die F.A.P. vor dem Wirt verteidigt. Aber in Wahrheit war sie sich längst nicht so sicher. Was wusste sie schon über die F.A.P.? Sie hätte jetzt gern Tom davon erzählt. Wie hatte sie das in Kapstadt am Flughafen so verdrängen können?

Sie hatte keine Schritte gehört, aber plötzlich vernahm sie eine Stimme hinter sich, tief, warm. »Ich wollte für meine Leute und mich um Tee oder Kaffee bitten, aber hier ist wohl niemand.«

Es war Charles Elani. Er schaute auf ihre Tasse.

»Ich habe mich selbst bedient«, sagte sie. Sie deutete Richtung Küche.

»Ach ja? Man muss sich hier selbst bedienen?« Elani klang nicht besonders erfreut.

»Ich glaube, ja.«

»Wie ärgerlich.« Elani schaute unschlüssig.

»Passen Sie auf, ein Vorschlag: Ich weiß ja schon, wo was steht. Setzen Sie sich, ich bringe Ihnen einen Tee, und Sie leisten mir dafür Gesellschaft – einverstanden?«

»Das ist sehr freundlich von Ihnen. Schwarz, bitte.«

»Wird gemacht.« Ariadna verbeugte sich ironisch, begab sich in die Küche und kam wenig später, Kännchen und Tasse auf einem Tablett balancierend, zurück.

Elani hatte sich an ihren Tisch gesetzt. »Das ist das erste Mal, dass mir ein Popstar einen Tee serviert. Ich danke Ihnen sehr.«

»Genießen Sie es. Passiert nicht oft.«

Elani lächelte. Er hatte, während Ariadna in der Küche war, offenbar über etwas nachgedacht. »Sie haben vorhin gesagt, die Kidnapper seien keine Feiglinge. Sympathisieren Sie mit ihnen?«

Ariadna konnte nicht einschätzen, wie provozierend die Frage gemeint war. Sie entschied sich für Direktheit.

»Ich erlaube mir kein Urteil. Ich weiß nur, dass die F.A.P. politisch berechtigte Ansprüche stellt.«

»Ein Krieg im Pazifik wäre eine Katastrophe für die ganze Welt«, sagte Elani ernst. »Und eine Gelegenheit für die australische Regierung, die F.A.P. zu diskreditieren, sie wegzufegen.«

Ariadna trank von ihrem Tee. »Also sind Sie eigentlich der Sympathisant.«

»Ja«, sagte Elani. »Sie ahnen wahrscheinlich, aus welcher Gegend der Welt ich komme?«

»Ich würde sagen, es ist ziemlich offensichtlich.«

»Ich wurde auf Vanuatu geboren, meine Mutter war Amerikanerin, mein Vater stammte aus Polynesien. Die Insel meines Vaters wurde bei Atomversuchen einfach vernichtet. Ich habe auf Tonga gelebt, dann auf Tahiti. Später in Europa. Jetzt wird meine Heimat überschwemmt. Weil der Meeresspiegel steigt. Aber das wird ignoriert, die Diskussion immer nur verschleppt. Martindale hat das Spiel mitgespielt, sogar führend.« Seine Stimme war hart, er sah aus dem Fenster.

Ariadna wartete ab.

»Trotzdem war die Entführung ein Fehler.« Jetzt blickte er sie direkt an. Seine Augen waren fast schwarz. »Darf ich Sie etwas fragen?«

»Fragen Sie.«

Elani setzte die Tasse an, trank sie in wenigen Schlucken aus, setzte sie hart ab. »Vorhin haben Sie gesagt, Sie kennen Martindale. Wie ist das zu verstehen?«

Ariadna war das unangenehm. Sie sprach nicht gern über berühmte Freunde. »Ja, wir kennen uns«, sagte sie schließlich. »Wir vertrauen uns.«

Elani hakte nach. »Sie kennen sich persönlich?«

»Warum wollen Sie das wissen?«

»Weil ich Ihrer Meinung bin. Weil ich auch nicht glaube, dass Martindale tot ist.« Er sprach leise, eindringlich.

»Ach nein? Und wieso nicht?«

»Sagen wir – ich glaube es nicht. Sagen wir – ich glaube, er ist noch in den Händen der Entführer. Lebendig. Und sagen wir, zumindest theoretisch, ich wüsste, wovon ich rede.«

»So, sagen wir das? Dann könnten die ihn ja freilassen. Die

Entführer. Theoretisch. Ihn nicht umbringen. Und die Krise beenden. Wie wäre das? Was sagen wir dazu?« Sie hatte einen schnippischen Ton angeschlagen, als Reaktion auf seine Geheimnistuerei.

Elani beugte sich nach vorn.

»Angenommen, die Entführer *wollten* ihn freilassen, angenommen, sie wären mehr als bereit dazu, als Geste guten Willens. Aber sie könnten es nicht.« Er sah sie fest an. »Alles nur hypothetisch gesprochen.«

»Aha. Alles nur hypothetisch. Erzählen Sie weiter. Sie machen mich neugierig. Warum können diese Leute Martindale nicht freilassen?«

»Angenommen, nur hypothetisch, weil er ihnen droht, nach seiner Freilassung gegen sie vorzugehen, mit aller Macht. Und es ist allgemein bekannt, dass Martindale ein harter Brocken sein kann. Er ist nachtragend, rachsüchtig. So war er jedenfalls. Sie könnten ihn also nicht freilassen, weil sie wissen, dass er sich rächen wird.«

»Hypothetisch«, sagte Ariadna leise. »Interessant. Ich muss sagen, Sie tischen hier eine Menge Hypothesen auf, Dr. Elani. Im Gegenzug für nur eine Tasse Tee.«

Elani schwieg eine Weile. »Angenommen, es fehlt eine Art Vermittler. Jemand, der Martindale kennt. Dem Martindale vertraut. Jemand, der politisch unverdächtig, unbelastet ist. Jemand, der – oder die – bereit wäre, ihn zu überzeugen, dass er, falls man ihn freilässt, nicht gleich den Rachefeldzug ausruft.« Er senkte die Stimme. »Vielleicht braucht die F.A.P. eine solche überzeugende Person.«

»Eine Person, die Martindale kennt«, konstatierte Ariadna.

»Ja.«

»Die mit ihm sprechen würde. Unter vier Augen.«

»Ja.«

»Eine Art Vermittlerin. Dieses Gespräch müsste ja dann, hypothetisch, dort geführt werden, wo man ihn festhält. Wo immer das ist.«

»Ja.«

»Das heißt, diese betreffende Person müsste dorthin reisen.«

»Ja.«

»Wahnsinn! Was erzählen Sie hier, was soll das?« Ariadna wurde laut, fast schrill. »Wer sind Sie? Was wollen Sie von mir?«

»Ich glaube, Sie könnten der Welt einen großen Dienst erweisen. Offen gestanden wären Sie ideal für diesen Dienst.«

Wieder eine Pause. Ariadna war zwischen Lachanfall und Wutanfall – sie war überfordert. Sie schlug einen Mittelweg ein. »Aber ich habe keine Ahnung von diesen internationalen Konflikten. Ich verstehe gar nichts von den politischen Hintergründen.«

»Umso besser.«

»Ah ja?«

Ariadna hatte das Rauchen vor vier Jahren aufgegeben. Aber jetzt hätte sie ein Verbrechen begangen für eine Zigarette. Sie hob ihre leere Teetasse an und betrachtete sie. »Eine Frage. Ist unser Treffen hier zufällig? Oder haben Sie das geplant?«

Er lachte kurz auf. »Ich bin kein Spion, wenn Sie das meinen. Ich bin Wissenschaftler. Und ich hatte keine Ahnung, dass Sie hier sein würden. Geschweige denn, dass Sie Martindale kennen. Dass wir uns treffen – ist Zufall. Oder Schicksal. Wie immer Sie es nennen wollen.«

»Aha. Schicksal.«

Er stand auf. »So kann man es, wie gesagt, nennen. Ich muss mich leider verabschieden, ich habe noch zu tun.« Elani machte eine angedeutete Verbeugung und ging.

Ariadna blieb sitzen. Sie versuchte zu begreifen, zu verarbeiten, was sie soeben gehört hatte. Sie sollte, falls sie es richtig verstanden hatte, irgendwohin reisen wie auf einer Geheimmission, dieser Mann schlug ihr vor, sie sollte sich einmischen in etwas, das sie nicht überblickte. Und Leuten vertrauen, die sie nicht kannte – und zwar Kidnappern. Es war absurd.

Normalerweise verließ Ariadna sich auf ihre Instinkte. Aber jetzt gerade hatte sich ihr Instinkt zurückgezogen. Dieser Mann, der hier eben noch vor ihr gesessen hatte, meinte es ernst. Aber er war auch gefährlich, auf eine anziehende Weise.

Als sie vor Jahren bei einer NGO gearbeitet hatte, als sie mit Pierpaoli in diese gefährliche Affäre geschlittert war, war das gefahrvoll gewesen und dramatisch und schrecklich, aber kaum je hatte sie sich so *nützlich* gefühlt. Hier war eine Chance, etwas zu bewirken. Hier bot sich eine Chance, sich einzuschalten. Wie hatte Elani gesagt? Alles war ein Zufall, das ganze Leben. Oder Schicksal. *Wie immer Sie es nennen wollen.*

Zufall. Schicksal. Vielleicht Letzteres. Ariadna blieb noch eine Weile sitzen und starrte auf den Parkplatz hinaus, in den Regen, in den sich verdunkelnden Abend.

Nachts. Pierpaoli liegt im schmalen Bett des Leuchtturmwärters. Um ihn herum: das Meer, Wind, Regen, ein Toben, ein Rauschen, die Elemente sind in Aufruhr.

Der Leuchtturm Kalkgrund steht in der Geltinger Bucht, wo die Ostsee kaum tiefer ist als zehn Meter. Unterwärts hat man eine Plattform aus Beton errichtet, mit stählernen Ankerpfählen, die in den Meeresboden gerammt wurden, darauf das Türmchen, ein Postkartenmotiv, stämmig und rot-weiß gestreift, etwas mehr als zwei Kilometer meereinwärts. Im Vergleich zu seinen großen Vettern unter den Leuchttürmen, Dschidda etwa, oder Yokohama, ist Kalkgrund natürlich nur ein Knirps, gerade mal 24,45 Meter hoch. Aber er erfüllt treulich seinen Zweck, und er ist zweckmäßig eingerichtet: unten der umlaufende Anlegesteg, der Notfallraum für Schiffbrüchige, im Tiefgeschoss dann Badezimmer, Küche.

Pierpaoli hat hier einen Willkommenskorb vorgefunden, darin ein Päckchen Zwieback, drei Winteräpfel, Teebeutel, ein gewaltiges Stück Sojakäse mit grünen Pfefferkörnern. Im Kühlschrank standen zwei Flaschen Bier, eine hiesige Sorte in braunen Flaschen mit altmodischem Bügelverschluss, eine Zweihundert-Gramm-Tafel Schokolade.

Im oberen Geschoss, in der Feuerkammer, befindet sich die riesige Halogen-Brennlampe des Leuchtturms, eine Lichtquelle mit einer Stärke von 55 000 Candela, umgeben von einem Drehring aus Fresnel-Linsen, die in eigenem und unverwechselbar codiertem Rhythmus ihre Blinksignale sandten – denn jeder Leuchtturm auf der Welt hat, damit man ihn vom Meer aus identifizieren kann, seine spezielle Signalsprache.

In der Mitte, zwischen Seegeschoss und Feuerkammer, in dem Zimmerchen, das man für ihn vorbereitet hatte, liegt Pierpaoli also im Bett des Leuchtturmwärters. Es ist kurz nach Mitternacht. Er ist todmüde und hellwach zugleich.

Pierpaoli hat jetzt etwa achtunddreißig Stunden nicht geschlafen. Zwar gibt er sich alle Mühe, ruhig zu atmen, einzuschlafen –

aber in seinem Kopf ziehen die Gedanken hin und her wie Spielsteine auf einem Brett. Dass nur eine – zugegeben: dicke – Wand ihn von der stürmischen See ringsum trennt, dass da draußen auf allen Seiten ein Regen niedergeht, als gäbe es kein Morgen, dass der Wind um den Leuchtturm heult und rast – all das trägt nicht zu seiner Entspannung bei.

Es ist absurd, dass sie ihn hier einquartiert haben. Vielleicht wollen sie ihn wirklich kontrollieren? Zwischen den Organen der Klima-Allianz und den nationalen Regierungen herrscht oft eine unausgesprochene Animosität. Gesandte aus Kapstadt werden beäugt. Und es gibt immer wieder Tricks, sie kaltzustellen.

Morgen wird er eine andere Unterbringung verlangen.

Wichtiger ist, dass er Antworten braucht. Hoffentlich können die Wissenschaftler ihm helfen; sie sind inzwischen eingetroffen – die besten Oktopoden-Experten weltweit, allen voran eine finnische Forscherin, Häretekinnen oder so. Wissenschaftler können schwierig und streitlustig sein, hoffentlich geht es ohne Gerangel ab.

Pierpaoli lässt die heutige Pressekonferenz Revue passieren. Sie ist gut gelaufen. Asta hat von ihrem Tauchgang und der ersten Sichtung erzählt, sie hat sich dabei wacker geschlagen. Das Thema »Eier« ist nicht erwähnt worden, Asta hat auch geschickt die Frage umschifft, dass der Oktopus wahrscheinlich ein weibliches Tier ist; für die Journalisten war es immer nur *der* Oktopus. Die Wissenschaftler haben sich mit auf das Podium gesetzt und bereitwillig erklärt, dass sie so gut wie nichts wissen.

Pierpaoli dreht sich auf die Seite. Seine Augen brennen. Draußen der rauschende Regen. Alle vierzig Sekunden der Widerschein des Blinkfeuers. Ob Ariadna schon schläft?

Gleich nach der Pressekonferenz hat er versucht, sie anzurufen, vergeblich. Hoffentlich ist sie gut untergebracht, hoffentlich langweilt sie sich nicht zu sehr. Vielleicht kann er Asta überreden, Ariadna mal auf ihrem Schiff mitzunehmen.

Seine Gedanken kehren zu Asta zurück. Sie hat Pierpaoli nach der Pressekonferenz angesprochen, mit sichtlicher Überwindung: Sie hätte ihre versprochene Bezahlung noch nicht bekommen, und sie bräuchte das Geld ziemlich dringend, weil sie Ärger mit den Banken hätte. Man hätte ihr gesagt, dass wahrscheinlich Kapstadt ihr Honorar zahlen würde – ob er, Pierpaoli, zufällig ihr Honorar zahlen könne? Nein? Ob er sich wenigstens darum kümmern könnte? Ja? Es sei wirklich dringend.

Er hat es ihr versprochen.

Asta mit ihrem Schiff und ihren Fähigkeiten ist ein Glücksfall. Aber dass er diesen Tauchgang mit ihr überhaupt gemacht hat, darüber wundert er sich im Nachhinein selbst. Eigentlich hätte er sich mit Händen und Füßen wehren müssen.

Wasser, Dunkelheit, Kälte. Pierpaoli hasst es.

Vor einigen Jahren hatte es Ariadna und ihn in eine Höhle in Georgien verschlagen, nach einer strapaziösen Verfolgungsjagd und auf der Suche nach einem gemeingefährlichen Verbrecher. Damals hatten Ariadna und er Detektive gespielt, Detektive wider Willen – am Ende hatten sie einem wahnsinnigen Gangster sein wahnsinniges Vorhaben vereitelt.

Ariadna hatte damals drei kleine Mädchen gerettet, von einem Indiostamm aus Chile, und sie stand mit ihnen heute noch in Kontakt, schickte Geschenke, sandte Geld. Eigentlich müssten, denkt Pierpaoli, Ariadna und Asta sich mögen.

Pierpaoli merkt, dass er Durst hat.

Er schlägt die Decke zurück und setzt sich auf. Der Fliesenboden ist unangenehm unter seinen bloßen Füßen. Er tastet nach seinen Pantoffeln. Keine Pantoffeln da. Natürlich nicht. Sie befinden sich 14 000 Kilometer südlich, stehen gehorsam unter seinem Bett in Kapstadt. Er streift Socken über. Er wird sich eine Tasse Kamillentee machen.

Pierpaoli tapst vorsichtig die enge Metalltreppe, die durch den Leuchtturm geführt wird, nach unten. In der Küche hängt ein feucht-klammer Geruch. Die Lampe gibt kaltes schwaches Licht. Er setzt Wasser auf, hängt einen Teebeutel in eine Tasse und starrt aus dem Fenster, in die Schwärze der heulenden Nacht. Ein Fensterladen klappert und rattert wie ein Maschinengewehr. Irgendwo da draußen ist dieses Wesen. Warum ist es hier? Mit Absicht? Vielleicht kann es sogar zum Leuchtturm schwimmen und die Türen aufdrücken? *Himmel, ich werde paranoid*, denkt Pierpaoli. *Es ist nur ein Job, Routine.*

Das Teewasser kocht. Er öffnet die Verpackung der Schokolade, bricht ein großes Stück ab und steckt es gleich in den Mund, hingebungsvoll lutschend. Der Geschmack ist tröstlich.

Dieser Auftrag, Pierpaoli fühlt es, ahnt es, ist in Wahrheit kein Routinejob. Da schwingt Gefahr mit. Dieser Auftrag ist größer. Dieses *Wesen* selbst ist größer, anders.

Zeitlebens hat Pierpaoli sich um Beständigkeit und beruhigende Vertrautheit bemüht. Aber irgendwie gerät ausgerechnet er immer in Nicht-Routineaufgaben, in Schlamassel.

Pierpaoli trinkt den letzten Schluck Kamillentee und steigt steifbeinig die Wendeltreppe nach oben. Er fröstelt, und seine Füße in den zu dünnen Socken sind eisig.

Man stellt sich vor, dass große Entscheidungen stets nach tiefer und reiflicher Überlegung getroffen würden – aber so ist es nicht. Nicht selten geben Kleinigkeiten den Ausschlag, menschliche, allzu menschliche Stimmungen, im Guten, im nicht so Guten. Ein lauer Sommerabend, Kerzenlicht, leise Musik – schon wird eine Ehe beschlossen. Ein falsches Wort in der falschen Kneipe, ein wütender Betrunkener – schon ist eine Schlägerei im Gang. Ein zufälliges Gespräch bei einer Tasse Earl-Grey-Tee im Gastraum einer Pension – schon bricht eine Frau zu einer weltpolitischen Mission auf, mit ungewissem Ausgang.

Als Ariadna auf ihr Zimmer kam, war sie gereizt, verwirrt, fühlte sich unzufrieden. Sie bereute, Charles Elani erzählt zu haben, dass sie Martindale von früher her kannte, normalerweise war sie in derlei Dingen diskret. Seine Idee erschien ihr mit einigem Abstand als Verrücktheit. *Was* genau hatte er ihr vorgeschlagen? Dass sie sich als Vermittlerin einschaltete zwischen Kidnappern und dem Opfer, Martindale? Nur weil sie ihn zufällig kannte? Nicht zu fassen. Was würde Tom dazu sagen?

Wie lange würde eine Reise, wie Elani sie vorgeschlagen hatte, dauern? Fünf Tage? Zehn Tage? Tom würde jedenfalls noch eine Weile hier sein. Er musste sich um diesen Oktopus kümmern.

Sie dachte an Elani. Er wiederum hatte ihr, wenn sie es bedachte, herzlich wenig verraten. Er hatte seinen Vorschlag mit »hypothetisch« und »angenommen« verkleidet, er hatte ihr auch nicht klar gesagt, wer seine ominösen Kontaktleute waren, wo Martindale sich befand. Sie würde sich in fremde Hände begeben müssen. Vielleicht war alles eine Falle, um auch sie als Kidnapping-Opfer in die Hände zu bekommen. Ausgeschlossen war das nicht. Wer waren diese Leute? Sie kannte die Aktionen der F.A.P. nur aus den Nachrichten. Sie fand manche ihrer Ziele gerechtfertigt, sie war der Meinung, dass man diese Leute nicht verteufeln sollte, aber mehr wusste sie auch nicht.

Elani, empfand sie in einer plötzlichen Eingebung, war ein

Mann, der seine Seele verkauft hatte und der sich nicht besonders um andere Menschen scherte. Er benutzte andere Menschen, wann es ihm passte. Zum Beispiel sie selbst. *Ich mache ihm eine Tasse Tee, und er will mich gleich auf eine Geheimmission schicken.*

Dieser Vorschlag, den er gemacht hatte, war wirklich absurd.

Andererseits … Sie *könnte* Garreth Martindale helfen. Sie könnte etwas tun.

Sie ging ins Bad, begutachtete die große alte Badewanne, sie war geschrubbt und sehr sauber. Ein Fläschchen mit Badeöl stand daneben. Ein weißer Bademantel. Sie würde ein heißes Bad nehmen, beschloss sie, das würde sie entspannen.

Ariadna hatte gerade das Wasser aufgedreht, als ihr Smartphone vibrierte: eine Nachricht von ihrem Vater.

Habe die Charts gesehen und die ersten Zahlen bekommen. Gratuliere!

Danke. Gratuliere mir nicht zu früh, Papa.

Was ist los? Freust du dich nicht über den Erfolg? Ein toller Song!

Das schreibt er und freut sich für mich, weil er es nicht besser weiß. Soll ich ihm diese Freude kaputt machen? Er verstand sie nicht.

Ach, Papa, der Song ist weder toll noch schlecht. Er ist einfach nur bedeutungslos.

Es folgte eine längere Pause. Dann:

Was meinst du damit? Natürlich hat es Bedeutung, was du machst, mein Kind. Alles hat Bedeutung. Was ist los mit dir???

Sie zögerte, dann antwortete sie:

Nein, alles in Ordnung. Mach dir keine Sorgen. Ich liebe dich, Grüße an Mama.

Das Badewasser rauschte. Sie prüfte mit dem Zeigefinger die Temperatur. Ein Wort echote in ihr, übertönte das Wasser: Bedeutung.

Das war Ariadnas Achillesferse: Seit jeher trachtete sie nicht nach Berühmtheit, nicht nach Applaus, nicht nach Geld – sondern nach *Bedeutung* dessen, was sie tat, nach dem Gefühl, etwas Sinnvolles und Nützliches tun zu können. Sie war ein Tatmensch, kein Show-Typ. So gern sie auch auf der Bühne stand. Im Popgeschäft war sie darum nie ganz nach oben gekommen, daher ihre mäandernde Karriere, darum ihre Gastspiele bei diversen NGOs, ihre Bereitschaft, auf jeden Zug zu springen, dessen Zielort die Rettung von irgendwas oder irgendwem verhieß.

Man muss die Bürde der Schönheit begreifen, um das zu verstehen. Ariadna war von Kindheit an beschenkt worden: mit Schönheit, Geld, Talent. So viel Glück muss man auch schultern, man kann darauf auf zwei Arten reagieren: mit Arroganz oder Demut. Der arrogante Weg wäre, sich einzureden, dass man das alles verdient, weil man privilegiert ist. Der demütige Weg, den Ariadna entschieden beschritt, bestand darin, sich bei der Welt zu revanchieren. Indem sie *zurückgab*. Sie wurde das schöne Mädchen, das bei der Party mit dem Klassendicken tanzt. Freundlichkeit war ihr Wesen, ihr Antrieb.

Und hier war eine Chance. Eine große Chance. Vielleicht. Könnte sie eine politische Krise lösen helfen? Einen Krieg verhindern?

Hätte das Bedeutung? Oh ja. Das hätte verdammt viel Bedeutung!

Sie griff nach ihrem Zimmerschlüssel, nahm sich nicht mal mehr die Zeit, ihre Tür abzuschließen, rannte die Treppe hinunter, einen Stock tiefer, hastete durch den Gang – in welchem Zimmer wohnte Elani? Sie ging einfach die Zimmertüren ab, klopfte gegen jede Tür. »Hallo? Hallo! Dr. Elani? Sind Sie da?«

Die zweite Zimmertür ging auf. Elani. Schmaläugig. Reserviert. »Was kann ich für Sie tun?«

»Gilt Ihr Angebot noch? Sie wissen schon … Dass ich versuchen könnte, mich in die Verhandlungen einzuschalten.«

Elani trat einen halben Schritt vor, blickte prüfend den Flur entlang, nach links, nach rechts. »Wir müssen das nicht unbedingt hier besprechen, zwischen Tür und Angel, kommen Sie herein«, sagte er mit gedämpfter Stimme. Sein Blick war abwesend. Aber er trat beiseite, um sie einzulassen.

»Nein, ich muss gleich wieder nach oben …« Ariadna fiel die Badewanne ein. Hatte sie das Wasser zugedreht? Hatte sie? Himmelherrgott. Hatte sie nicht. »Ich habe wenig Zeit. Ich muss gleich wieder … Bitte. Nur ganz schnell, Dr. Elani. Wie würde es ablaufen, nein, wie *wird* es ablaufen. Denn ich bin bereit.«

»Sind Sie sicher?«

»Ja, sicher! Also?«

»Nun, ich werde Leuten Bescheid sagen, und die werden Sie hier abholen.«

»Welche Leute? Und wie lange wird das gehen? Ich habe vielleicht fünf Tage Zeit … Und ich brauche von Ihnen irgendeine Sicherheit.«

Er schloss die Augen, dachte offenbar nach. Die Sekunden verstrichen.

Oben läuft meine Badewanne voll.

»Also gut. Sie wollen eine Sicherheit. Sie müssen wissen, in welche Hände Sie sich begeben. Das verstehe ich. Kennen Sie Talasea?«

»Ich habe Ihre Videos gesehen. Die Frau, von der man nicht weiß, ob es sie wirklich gibt.«

»Nun, es gibt sie, da bin ich mir sogar sicher.«

»Ach ja?«

»Ja. Sie ist meine kleine Schwester.«

*

Zwei Minuten später drehte Ariadna in ihrem Badezimmer die Wasserhähne zu. Die Wanne war genau bis zum Rand voll. Ariadna setzte sich auf den Wannenrand. Ihr Herz schlug wie eine große Glocke. *Hoffentlich mache ich nicht den Fehler meines Lebens.*

Der Ingenieur Gaetano Perreira war ein kleiner, sorgfältig ge-
kleideter Herr. Am Tag seines Todes trug er ein weißes gestärktes
Hemd und saß im »Maresol«, seinem Lieblingscafé an der *Vredehoek Avenue* in Kapstadt. Er tupfte sich Milchschaum von den
Lippen und ahnte nicht, in welcher Gefahr er sich befand.

Perreira arbeitete wie Pierpaoli in der »Pyramide«, war Fach-
mann für Filteranlagen. Er stammte aus Portugal, geboren in Lis-
sabon, wo er auch studiert und lange gearbeitet hatte. Seit drei
Jahren war er in Kapstadt. Er mochte Hemden mit Kragenstäb-
chen, die vor dem Bügeln herausgenommen und nach dem Bügeln wieder eingesetzt wurden.

Perreira galt als zuverlässig und sehr gewissenhaft; allerdings
hatte er zwei Schwächen: Er liebte frische *Pastel de Nata*, kleine,
mit Pudding gefüllte Blätterteigtörtchen, vor allem die aus dem
»Maresol«. Und er liebte seine Freundin Paulina, die aus Uganda
stammte, ihn um zwei Köpfe überragte, fünfzehn Kilo mehr wog
und im Stadtteil Langa einen Nachtclub betrieb. Das Etablisse-
ment hieß »Paulina's Utopia Paradise« und verzeichnete seit seiner
Eröffnung gute Einnahmen. Perreira hatte die finanzielle Bürg-
schaft für das »Paradise« übernommen. Paulina hoffte, in zwei Jahren schuldenfrei zu sein.

Man könnte Paulina Berechnung in Liebesdingen unterstellen.
Aber das wäre ein Irrtum. Paulina liebte Perreira. Sie liebte diesen
Mann, der ganz anders war als sie, mit einer scheuen Zartheit, die
unvermutet erschien bei einer Frau ihrer Statur. Die beiden waren
ein ungleiches Paar; doch ist Unberechenbarkeit eine der vielen
Eigenschaften der Liebe.

Mit seiner Paulina war Perreira verabredet, hier im »Maresol«.
Perreira hatte sich schon seinen *Galão* bestellt, den Milchkaffee,
und er saß bereits an einem kleinen runden Cafétisch am Fenster.
Zu diesem Zeitpunkt befanden sich im »Maresol« sechs Männer,
die den Tod des kleinen Ingenieurs beabsichtigten.

In seiner Funktion als Filter-Fachmann oblag Perreira die technische Überprüfung eines Teilbereichs einer Geo-Engineering-Anlage in Florida. Es war ein sehr großes Projekt; Betreiber war eine Firma namens *Cloud Tower Invest*. Perreira schien jedoch, dass bei dem Projekt etwas faul war. Er war sich sicher, vom Standpunkt des Ingenieurs, dass die neuen Filter, die die Lobby durchgesetzt hatte, eine Gefahr darstellten. Er hatte seine Meinung dem Kollegen Pierpaoli vorgetragen. Aber Pierpaoli hatte die Bedeutung nicht erkannt.

Perreira hoffte darauf, dass Pierpaoli seine Meinung noch änderte und einen Kontrollantrag unterzeichnete. Deshalb hatte Perreira den Antrag bei Pierpaoli in dessen Privatwohnung vorbeigebracht. Er hatte die Papiere der Freundin Pierpaolis ausgehändigt, mit der dringenden Bitte, sie Pierpaoli zu geben. Mehr konnte er nicht tun.

*

Der Ingenieur Perreira wollte gerade einen zweiten *Galão* bestellen, als er links hinter sich einen merkwürdigen Lärm wahrnahm. Am Tresen war eine Rempelei ausgebrochen. Es wurde geschimpft, geschrien, jetzt mischten sich andere Männer ein. Stühle fielen um, Gläser gingen zu Bruch, Perreira sprang auf und wollte weg, nichts wie raus hier, es waren nur ein paar Schritte zum Ausgang ... Schnell weg hier!

Aber er wurde von hinten gepackt. Wurde festgehalten, auf einen Stuhl gedrückt. Er begriff nicht, was geschah, und jetzt legte sich ein starker Arm von hinten um seinen Hals und hielt ihn fest, Perreira spürte den klammernden Druck auf seinem Kehlkopf – und mit einer harten, sehr schnellen und starken Drehbewegung wurde dem Ingenieur Gaetano Perreira in dem allgemeinen Durcheinander das Genick gebrochen.

Auf der gegenüberliegenden Seite der *Vredehoek Avenue* stieg gerade Paulina aus ihrem graublauen Auto, das klein und sehr sauber war – sie war gerade noch in der Waschanlage gewesen. Was sie sah, war Folgendes: In dem Café prügelten und schubsten sich Männer, aber sie erkannte, dass diese Schlägerei inszeniert war –

denn zwei Männer hatten sich ihren Gaetano geschnappt und brachen ihm das Genick. Es waren Profis; Paulina, mit ihrer Erfahrung, erkannte das sofort. Gaetano fiel nach vorn, schlug mit dem Gesicht auf dem Tisch auf, und jetzt, wie auf ein Zeichen, verschwanden die vier, fünf Männer, die offenbar zusammengehörten, zum Hinterausgang.

So arbeiteten Gangs, Paulina wusste das. Sie kam aus Uganda.

Der Mann, den sie liebte, war gerade vor ihren Augen getötet worden. Dennoch war sie bemerkenswert ruhig. Sie wartete auf eine Lücke im Verkehr, und dann lief sie über die Straße.

*

Die Information, dass der störende Ingenieur beseitigt worden war, würde weitergegeben an die Auftraggeber, die Bezahlung für diese Tat würde erfolgen.

Eine Kleinigkeit allerdings würde unberücksichtigt bleiben. Nämlich die Papiere, die Perreira der Freundin seines Kollegen übergeben hatte, und diese Blätter befanden sich jetzt gerade in Deutschland, auf dem Kaminsims in Ariadnas blumig dekoriertem Gastzimmer in der »Pension Benzler«, am Ortsrand eines Dorfes namens Grauhöft.

Später Abend, ein Zimmer im ersten Stock der »Pension Benzler« an der Ostsee. Altmodische Doppelfenster, an die der Regen peitscht, drinnen ist es behaglich warm, fast überheizt. Zwei Männer sitzen sich gegenüber. Auf dem polierten Beistelltisch steht eine angebrochene Flasche Single-Malt-Whisky, *Lagavulin*, sechzehnjährig, von der Hebrideninsel Islay, in alten Sherryfässern gereift, mit einer Herznote aus geräucherter Gerste, dunklem Toffee, Kakao, Waldpilzen und schokoladigen Tönen.

Die zwei Männer unterhalten sich leise. Sie trinken aus schweren, aber dünnwandigen Kristallgläsern, die sie mitgebracht haben. Hinter ihnen stehen schwarze High-Tech-Transportkisten. Darin Laborzubehör, chemisch-medizinisches Equipment, Laptops und Netzwerk-Zubehör sowie die Komponenten für vier äußerst teure, momentan noch zerlegte, aber schnell montierbare See-Roboter.

Bei den beiden Männern handelt es sich um Dr. Charles Elani und seinen Assistenten, einen gewissen Siegfried Mutterperl – wobei Mutterperl kein Forschungsassistent ist, überhaupt kein Wissenschaftler, sondern eher der Mann für die groben Dinge, die halblegalen und viertellegalen Wege, zu denen Elani sich möglicherweise genötigt sieht. Neben Mutterperls Sessel liegt ein schwarzes Ledertäschchen.

»Ich glaube, ich habe die richtige Person gefunden«, sagt Mutterperl.

Elani reagiert nicht. Er starrt in sein Glas. Das irritiert Mutterperl. Normalerweise ist sein Chef extrem fokussiert. Aber Elani hat eben noch mit seiner Schwester Talasea telefoniert.

Manchmal ist es unvermeidlich, dass man sich um mehr als ein Projekt kümmern muss. In diesem Fall hat Dr. Charles Elani jedoch zwei unterschiedliche Angelegenheiten, die ihn beschäftigen, und beide sind sehr wichtig für ihn.

»Entschuldigung? Chef? Haben Sie mir zugehört, Sir?« Mutterperl sagt es mit allem nötigen Respekt.

»Was? Wer ist die Person – die Taucherin?«

»Ja, die Taucherin. Und Kapitänin«, bestätigt Mutterperl, »Asta Jensen-Boysen, sie steckt bis zum Hals in Schulden, haarscharf vor der Pfändung. Hat ein Schiff. Ein Kind, kein Mann.«

»Gefällt mir«, sagt Elani. Er hält sein Glas gegen das Licht. »Wie viel braucht sie?«

»Zweihunderttausend mindestens. Nur um die Pfändung abzuwehren.«

»Bieten Sie ihr zweihundertfünfzig. Gehen Sie hoch bis dreihundertfünfzig. Sind die Tauchroboter bereit?«

Mutterperl klappt als Antwort seinen Laptop auf, tippt etwas ein, reicht das Gerät dem anderen. Elani setzt sein Glas neben sich ab und vertieft sich in die Aufnahmen.

»Stört es Sie«, fragt Mutterperl, »äh, wenn ich mir hier eine kleine Auffrischung …«

»Machen Sie ruhig. Aber vergiften Sie sich nicht, verstanden?«

»Glauben Sie mir«, entgegnet Mutterperl, »ich weiß, was ich tue.« Er nimmt das Ledertäschchen auf, öffnet es, entnimmt Desinfektionsmittel, einen keimarmen Tupfer, ein Fläschchen mit einer Morphiumlösung, eine Aufzieh- und eine Injektionskanüle. Außerdem einen kurzen orangefarbenen Stauschlauch. Er rollt seinen linken Ärmel auf, ballt ein paar Mal die Hand zur Faust, legt den Schlauch an und zieht mit sicheren, routinierten Bewegungen die Spritze auf. Sorgsam desinfiziert er die Punktionsstelle, klopft mit der Mittelfingerspitze seiner Rechten die Vene auf und setzt sich behutsam die Nadel.

Das Morphium dringt weich und fließend ein. Dreißig Milligramm, eine hohe Dosis. Fast augenblicklich werden die Opioid-Rezeptoren in Mutterperls Nervensystem geflutet, die Wirkung setzt wenig später ein, als Wärme, unendliches Wohlgefühl, begleitet von einem leichten Zittern.

Elani hat nicht weiter hingesehen, es interessiert ihn nicht. Er ist vertieft in die Filmbilder.

Mutterperl seufzt zufrieden. Dann packt er seine Utensilien sorgfältig ein. In seinem Täschchen sind außerdem Morphium-Retardtabletten, ferner Clomipramin- und Amitriptylin-Filmtabletten.

Elani betrachtet den anderen Mann kalt. Von draußen hört man jetzt ein Geräusch, ein Auto fährt vor. Elani geht ans Fenster, schiebt den Vorhang zurück. Er spricht über die Schulter zu Mutterperl. »Müssen wir uns um diesen Einsatzleiter Sorgen machen?«

»Ich glaube nicht.«

»Gut. Wie heißt er?«

»Pierpaoli, Thomas. Aus Kapstadt eingeflogen. Soll hier alles regeln.«

»Gut. Bereiten wir ihm eine kleine Überraschung.«

Elani macht das Fenster auf. Unten, am Parkplatz, sind ein Mann und eine Frau aus einem alten Auto ausgestiegen, einem X-Bus-Elektrotransporter. Elani winkt ihnen kurz zu.

Als Ariadna erwacht, ist es dunkel im Zimmer. Durch das Fenster sieht sie den Nachthimmel, ein Chaos aus rasenden Wolken, von einem dreiviertelvollen Mond gelblich beleuchtet. In der Ferne, über dem Meer, blinkt stoisch das Lichtsignal des Leuchtturms von Kalkgrund.

Sie meint, sie hätte etwas gesehen, eine Silhouette. Sie knipst das Licht an. Einen Moment lang ist sie geblendet. Dann sieht sie sie.

Zwei Gestalten. Sie stehen in ihrem Zimmer. Ein Mann, eine Frau.

Ariadna schreit auf. Halblaut. Sie springt aus dem Bett. Sie will zur Tür. So wie sie ist: in T-Shirt, Slip, barfuß. Die Frau kommt hinter ihr her, in schnellen Schritten.

»He! Halt!«

Ariadna hat die Hand schon auf der Klinke. Sie will die Tür aufreißen, sie ist nicht abgeschlossen – die beiden Eindringlinge müssen sie geknackt haben. Der Mann vertritt ihr den Weg, er schlägt die Tür zu. Stellt sich davor. Die Frau umklammert Ariadna von hinten, drückt ihr die Arme nach unten, will sie wegziehen von der Tür.

Ariadna wehrt sich. Die Frau hält sie eng umklammert. Sie trägt einen Mantel. Ariadna ertastet in der Manteltasche einen metallischen Gegenstand. Sie spürt den Lauf einer Waffe. Sie greift zu. Sie ist jünger, stärker als die Frau. Sie windet sich aus der Umklammerung.

Eine Sekunde später steht Ariadna da, hält eine Pistole in der Hand. Sie keucht. Die Frau hat sie losgelassen. Ist einen Schritt zurückgetreten. Tauscht einen Blick mit dem Mann.

Ariadna zielt mit der Pistole abwechselnd auf die Frau, auf den Mann. Die Waffe fühlt sich sehr fremd an in ihrer Hand. Es ist das erste Mal, dass sie eine Pistole hält. Mit der Bewegung eines Fingers kann sie einen Menschen töten. Sie hasst dieses Gefühl. In ihrer Jugend, in Bogotá, hatte jeder Straßenjunge eine Knarre. Und benutzte sie auch. Waffen brachten nur Leid und Unglück.

»Wer seid ihr? Was wollt ihr?« Ariadnas Hand zittert leicht. Sie versucht es zu verbergen. »Kommt ihr von Charles Elani?«

»Chaaarles Elani?« Die Frau zieht das A in die Länge. »Nein.«

»Von wem dann? Wer seid ihr?«

Der Mann und die Frau tauschen abermals einen Blick. »Willst du uns erschießen?«, fragt die Frau. »Glaubst du, sie tötet uns?« Die Frage gilt dem Mann.

»Nein, sie ist ein Popsternchen. Und dann die ganze Sauerei, das Blut, das Gehirn – wer macht den Dreck weg? Das Popsternchen bestimmt nicht.« Der Mann hat eine heisere, kratzige Stimme.

»Dafür hat sie bestimmt ihre Dienerschaft«, sagt die Frau, der Tonfall ist höhnisch. Jetzt wendet sie sich an Ariadna. »So reiche, verwöhnte Frauen wie du haben doch bestimmt ihre Dienerschaft, oder? Hast du jemals in deinem Leben irgendwas selbst machen müssen?«

Ariadna macht einen Schritt auf die Frau zu, hält ihr den Lauf der Pistole direkt ins Gesicht.

»Du drückst nicht ab«, sagt die Frau.

Mit einer schnellen Bewegung hält Ariadna die Waffe zum Fenster hin.

Und drückt ab.

Snick-klick.

Nichts. Die Pistole ist nicht geladen.

Stille. Dann ein trockenes, krächzendes Geräusch. Die Frau. Sie lacht leise. Dabei lacht sie wie jemand, der selten lacht; ihre Heiterkeit hat einen Stich ins Schrille, Manische. »Glaubst du, wir laufen mit einer geladenen Waffe rum?«

Ariadna wirft die Pistole aufs Bett. »Dann sagt jetzt, wer ihr seid! Was wollt ihr?«

»Du hast gesagt, du kennst Martindale.« Der Mann hat gesprochen. »Angeblich kannst du vermitteln.«

»Aber bevor wir dich mitnehmen«, fügt die Frau hinzu, »müssen wir wissen, ob das stimmt.«

»Ja, ich kenne ihn. Also kommt ihr von Elani?«

»Aber nicht von Charles ...« Die Frau lacht kurz auf, krächzend.

Ariadna versucht zu verstehen. Ihr fällt ein, was Elani gesagt hatte – Talasea sei seine Schwester. Talasea Elani. »Also hat euch Talasea geschickt?«

Der Mann und die Frau übergehen die Frage. Der Mann setzt sich aufs Bett, nimmt die Waffe, steckt sie ein. Er seufzt. »So kommen wir nicht weiter. Wir sind extra hergefahren. Wie lange sind wir gefahren, Kalypso?«

»Fünf Stunden. Bei dem Scheißwetter.«

»Da hast du's. Fünf Stunden! Und du willst uns nicht erzählen, woher du Martindale kennst? Wo du deinen Politiker-Freund aufgerissen hast … Ist er dein Lover? Erzähl … Wenn wir dich mitnehmen sollen, dann musst du uns vertrauen und unsere Fragen beantworten. Und wir müssen dir vertrauen.«

»Ich hatte nichts mit ihm«, sagt Ariadna. »Das ist alles, was ich sage.«

Ariadna versucht die beiden einzuschätzen. Die Frau ist klein, kräftig und trägt einen Regenmantel in einem auffälligen Karomuster. Ihr Haar hat sie zu zwei dicken Zöpfen geflochten. Ariadna schätzt sie auf Anfang dreißig, so alt wie sie selbst. Dunkler Typ, mediterran. Der Mann ist deutlich älter, groß, sehnig, graues Haar. Ausdrucksloses Gesicht. Eine Narbe, die seine rechte Wange fast halbiert, zieht sich vom Ohr bis zum Mundwinkel.

»Tut mir leid«, sagt Ariadna entschieden. »Aber viele Leute wollen was über Garreth Martindale wissen. Und euch – ich kenne euch nicht. Ich spreche nicht über ihn.«

Stille.

»Dann können wir dich nicht mitnehmen«, sagt die Frau. »Weil wir dir nicht vertrauen können …«

»Vielleicht kommt ihr gar nicht von Talasea«, sagt Ariadna leise. »Vielleicht gehört ihr zu den Entführern. Dann sage ich jetzt etwas Falsches, und mein Freund ist tot. Woher weiß ich, dass ich *euch* trauen kann?«

»Dann rufe ich jetzt Talasea an«, sagt die Frau, die offenbar Kalypso heißt. Der Mann nickt.

Kalypso wählt eine Nummer; nach einem Augenblick sagt sie ein Passwort ins Telefon, eine lange Zahlenreihe.

Es dauert eine Weile. Ariadna wird unruhig. Was tut sie da? Macht sie das Richtige? *Ich muss Tom anrufen*, denkt sie. Aber jetzt gerade ist das heikel.

Nun spricht Kalypso. Sie schaltet das Telefon laut. »Ja, wir sind bei ihr … Hier in Deutschland, aber sie will nichts erzählen …«

Jetzt hört man eine warme Stimme aus dem Telefon, mit nur einer kurzen Frage: »Warum nicht?«

»Sie sagt, sie will ihn schützen«, sagt Kalypso.

Die Stimme aus dem Telefon antwortet: »Das ist gut. Sie soll kommen. Bringt sie her.«

Aufgelegt.

Kalypso blickt zu dem Mann. Der Mann atmet tief ein, wie jemand, der eine Strecke tauchen will. »Na gut«, sagt er schließlich. »Dann fahren wir. Pack ein paar Sachen ein. T-Shirt, Unterwäsche, Zahnbürste. Nichts, was dich identifizieren kann. Dein Telefon bleibt hier.«

»Wohin fahren wir denn?« Ariadna spürt ihre Erschöpfung.

»Nach Hamburg. Von dort fliegen wir«, sagt der Mann. »Südsee. Tahiti. Bis dahin brauchen wir ein Foto von dir, das schicken wir an einen Passverkäufer in Hamburg. Der findet hoffentlich in seiner Datenbank einen Pass mit einem Gesicht, das dir ähnlich sieht. Das Ticket wird auf den falschen Namen umgebucht. Eventuell müssen wir etwas kosmetisch korrigieren. Haare, Nase, Brille, Augenfarbe. Kalypso kann das. Und dann fliegen wir ab Hamburg über Paris.«

»Ich muss meinem Freund eine Nachricht hinterlassen«, sagt Ariadna, »sonst macht er sich Sorgen.« Sie greift zu ihrem Telefon.

»Keine Telefonate, keine Mails, keine Nachrichten«, sagt der Mann.

»Aber ich muss ihm wenigstens ein paar Zeilen hinterlassen! Sonst wird er nach mir suchen!«

Die beiden tauschen einen langen Blick. Kalypso nickt. »Dann schreib' ihm eine Notiz und hinterleg' sie hier im Zimmer. Auf Papier. Nur eine kurze Notiz. Nicht elektronisch. Und das Telefon bleibt hier. Es genügt nicht, die SIM-Karte rauszunehmen, ein Telefon loggt sich ein, hinterlässt eine Datenspur.«

»Meinetwegen.« Ariadna sieht sich in dem Zimmer um, hier ist kein Papier. Ihr Blick fällt auf den Bericht, der auf dem Kaminsims steht – die drei Seiten, die Perreira ihr für Tom übergeben hatte.

Sie nimmt den Bericht. Der Mann reicht ihr einen Stift. »Mach schnell.«

»Okay.« Ariadna schaut den Mann an. »Wie heißt du eigentlich?«

»Harald«, sagt der Mann. »Schreib deine Notiz.«

Ariadna schreibt auf die Rückseite:

Liebster, Allerliebster, ich habe nicht viel Zeit für diese Zeilen. Und kann auch nicht viel erklären. Das Wichtigste: Mach Dir bitte keine Sorgen, es ist alles in Ordnung. Aber mir ist etwas dazwischengekommen: Ich muss ganz plötzlich verreisen. Aber ich komme in drei, vier Tagen zurück. Oder melde mich dann. Es tut mir leid, Liebster, dass ich unsere Deutschland-Reise torpediere, aber Du wirst es verstehen, sobald ich es Dir in Ruhe erkläre. Pass auf Dich auf und grüß den Oktopus von mir. Ich liebe Dich und liebe Dich, Ari.

Obendrauf schreibt sie in Großbuchstaben TOM. Sie faltet das Papier und stellt es auf den Kaminsims zurück. Ihre Reisetasche ist mit zwei Handgriffen gepackt. »Ich bin so weit«, sagt sie.

»Gut«, sagt Kalypso. »Gehen wir.«

Ariadna löscht das Licht und zieht die schwere Zimmertür hinter sich zu. Sie steigt mit Kalypso die Treppe hinab.

Harald bleibt ein wenig zurück. Als die Frauen auf dem zweiten Treppenabsatz sind, steigt er sehr schnell, sehr leise die sieben, acht Stufen zurück, er hat einen Dietrich parat, öffnet mühelos die Zimmertür, betritt, ohne Licht zu machen, das Zimmer und nimmt die Nachricht für Pierpaoli an sich, den Abschiedsbrief Ariadnas, schiebt ihn in die Innentasche seines grauen Regenmantels.

Dann ist er auch schon raus aus dem Zimmer.

Geheimes Papierdokument der Task-Force,
erstellt 2 Jahre zuvor:

WA CONFID: MemTask-Force, Level 10 Intel.
Dat. Nov 12, 2030

Betreff: ZWEITE ZUSAMMENKUNFT der Task-Force

1) Ziel der Sitzung: Problemanalyse

Die 33 Berufenen der Task-Force der Klima-Allianz nehmen die Arbeit auf. Das speziell trainierte KI-Analyse-
Tool *Delphi* verschafft der Task-Force einen Überblick
über die bisher ergriffenen Maßnahmen der Klima-
Allianz und deren Auswirkungen. Zur Erinnerung: Ziel
ist es, bis 2050 die globale Erwärmung auf 1,5 Grad zu
beschränken. Im Aktionsplan sollte das einerseits durch
technologische Gegenmaßnahmen erreicht werden (*Geo-
Engineering*), andererseits durch Einsparungen.
Delphi ist eine künstliche Intelligenz, die auf die Rechen-
leistung des leistungsstärksten verfügbaren Quantencomputers zurückgreift. *Delphi* hat Zugriff auf alle exis-
tierenden Datenströme der digitalisierten Menschheit.
Aus jeglichen Fragen und Szenarien der Task-Force kann
Delphi Zukunftsprognosen für die nächsten zwanzig
Jahre erstellen. Die Vorhersagequalität schwankt zwischen Wahrscheinlichkeiten von 30 bis 92 Prozent.

2) Wie erfolgreich sind die bisher eingeleiteten Maß-nahmen?

Delphis Antwort: Deutlich schlechter als offiziell ver-
lautbart. Zum aktuellen Termin (November 2030) bleibt
die Allianz trotz aller Anstrengungen immer noch unter

ihren selbst gesteckten Zielen. Für 2050 sieht es noch schlechter aus: Rein technisch werden die Resultate aus den Bereichen Effizienzsteigerung und Geo-Engineering zwar knapp erreicht, allerdings mit vielen Nebeneffekten. Bei gleichbleibenden Umständen prognostiziert *Delphi* trotz aller Anstrengungen noch eine Klimaerwärmung von knapp 3 Grad (also doppelt so viel wie angestrebt), mit den bekannten Folgen – vom Anstieg der Meeresspiegel bis Extrem-Wetter und allen indirekten Konsequenzen.

Diese Ergebnisse sind für die Mehrheit der Teilnehmer so schockierend, dass per Abstimmung gegen ihre Veröffentlichung entschieden wurde. Der Vorsitzende Frey garantierte die Vertraulichkeit der Protokolle und erhöhte die Geheimhaltungsstufe auf Kategorie 10.

3) Was ist die Ursache dieser Misserfolge?

Delphis Antwort: Hauptgrund ist der immer noch steigende Pro-Kopf-Energieverbrauch – trotz aller gesetzlichen Regelungen und Aufrufe zum Verzicht. Größtes Hindernis bleibt damit das Verhalten der einzelnen Menschen. Die Mehrheit erklärt zwar öffentlich, ihr wichtigstes Anliegen sei die Bewahrung der Lebensbedingungen für die folgenden Generationen. Doch nur eine Minderheit bringt die Disziplin auf, dieses Anliegen auch konsequent durchzusetzen. Die allermeisten Alltagsentscheidungen fallen nach wie vor im Sinne der Bequemlichkeit und des kurzfristigen Nutzens. Das rationale Denken und das Handeln der Menschen gehen nicht zusammen.

Ein einfaches Beispiel: Wie viel heißes Wasser verbraucht ein Mensch zum Duschen? Hier ist die Entscheidung zwischen persönlichem Wohlbefinden und hohem Energieverbrauch direkt sichtbar: Die Heißwassernutzung in den Privathaushalten sinkt messbar, wenn die Heizkosten steigen – ein Großteil der Menschen duscht kürzer und verbraucht entsprechend weniger Energie. Das zeigt: Die Menschen sind fähig, auf Komfort zu verzichten. Aber sobald der finanzielle Nachteil für den Einzelnen nicht mehr ins Gewicht fällt (sei es wegen sinkender Preise oder höherem Einkommen), kehren die Werte zurück zum alten Stand – trotz allen Wissens über die negativen Folgen fürs Klima.

Ähnlich verhält es sich mit den technologischen Möglichkeiten zur Einsparung. Ein Beispiel: Seit die energiesparenden Leuchtmittel eingeführt wurden, hat sich die Anzahl der Lampen pro Haushalt mehr als verdreifacht. Je effektiver die Technologie, desto größer die Sorglosigkeit.

4) Ergebnis der Sitzung:

Das größte Hindernis für die Anstrengungen der Klima-Allianz sind irrationale Verhaltensweisen.

5) Fragestellung für die nächste Sitzung:

Wie kann verhindert werden, dass die Menschheit sich durch ihr Verhalten selbst schadet? Welche ungenutzten Möglichkeiten gibt es?

Talasea war ein Rätsel, das in einem Geheimnis steckte, umgeben von einem Mysterium. So hatte es Winston Churchill mal gesagt, natürlich in einem anderen Zusammenhang; aber für Talasea traf das in besonderem Maße zu: Ihr Aufstieg, ihre Ausstrahlung, die sanfte Macht, die sie hatte über andere Menschen – das alles war rätselhaft.

Der Aufstieg Hannatalasea Elanis zu *der* Talasea wäre gar nicht denkbar gewesen ohne die Veränderungen, die sich auf der weltpolitischen Bühne vollzogen. Talasea wurde ihrerseits Auslöser, politischer Faktor, ja, sie wurde ziemlich schnell Teil des Spiels.

Niemals klangen Machtdenken oder Eitelkeiten mit, wenn sie sprach. Man fühlte sich angesprochen. Man fühlte sich berührt. Man glaubte ihr. Ihre Tonart war einfach, ohne banal zu sein. Sie war alterslos und von einer naiven – gerade deshalb überzeugenden – Klugheit.

Und sie hatte ein Talent, Entwicklungen vorherzusagen. Warnungen, die sie aussprach, bewahrheiteten sich fast immer.

Vielleicht gab es solche Phänotypen eher im vorigen, im zwanzigsten Jahrhundert. Vielleicht Che Guevara in Südamerika, Rosa Luxemburg in Berlin, Nelson Mandela, Mahatma Gandhi. Talasea hatte eine ähnliche, messianische Strahlkraft.

Ein Beispiel. Die folgende Geschichte ereignete sich am Anfang ihrer Karriere. Sie liegt etwa drei Jahre zurück. Es gab damals eine Konferenz der Südsee-Anrainer, um einen Fahrplan für gemeinsames Handeln festzulegen. Die vielen kleinen Inseln im Pazifik wollten ein größeres Mitspracherecht in der Klima-Allianz. An der Konferenz nahmen nicht nur Regierungsvertreter teil, etwa Fidschi, Tonga, Mikronesien, Tuvalu, sondern auch Clans, NGOs, Bürgerrechtler, Umweltorganisationen. Insgesamt waren es 134 Gruppen und Grüppchen.

Ein ziemlich bunter Haufen. Und heillos zerstritten.

Die vielen unterschiedlichen Sprachen verschärften das Problem – es gab knapp hundert Dialekte und Sprachen. Talasea war eine der Übersetzerinnen. Sie hatte sich freiwillig gemeldet, arbeitete ohne Bezahlung und sollte eigentlich nur in der gläsernen Dolmetscher-Kabine sitzen. Doch sie machte mehr aus ihrer Rolle.

Bereits am zweiten Tag schaltete sich Talasea in die Verhandlungen ein. Dass sie zwei Dutzend Sprachen und Dialekte beherrschte, kam ihr zugute. Vor allem aber ihr kluger und ahnungsvoller Vermittlungs-Stil. Sie konnte die zerstrittenen Parteien einigen, Gemeinsamkeiten definieren, die unterschiedlichsten Typen und Charaktere abholen.

Ihre Macht bestand darin, dass sie keine Macht einforderte.

Die gemeinsame Resolution am Ende der Konferenz wäre ohne Talasea nicht denkbar gewesen. Dafür wollte man sie feiern. Aber dazu kam es nicht.

Talasea war verschwunden, noch bevor das Abschluss-Bankett eröffnet wurde. Auch hatte man sie zwar gesehen, durch die gläserne Wand der Dolmetscher-Kabine, aber niemand hatte sie so recht gesprochen, niemand war ihr nahegekommen. Es war, als wäre sie vom Himmel gefallen, um diese Konferenz zu retten. Und als sei sie vom Erdboden verschluckt worden, in dem Moment, wo der Job getan war.

Von da an aber mischte sie sich ein. Es war, als hätte sie ihre Bestimmung gefunden. Oder andersherum – die Bestimmung sie.

Sie ließ sich nicht vereinnahmen. Sie blieb unabhängig. Umso mehr wurde sie respektiert.

Sie äußerte sich fast ausschließlich durch Videos in den sozialen Medien. So wuchs ihre Anhängerschaft weit über die Grenzen Ozeaniens hinaus. Die virtuellen Auftritte, die Tatsache, dass sie nie physisch auftrat, schürten allerdings auch Gerüchte: War Talasea wirklich ein Mensch aus Fleisch und Blut – oder womöglich ein Avatar, eine digitale Kreatur?

*

Talaseas Aufstieg geschah zur selben Zeit, als die Klima-Allianz einen Kampf führte um die Herzen der Menschen. Die meisten Menschen akzeptierten, dass sie von der Klima-Allianz regiert wurden. Aber sie verlangten Teilhabe und Wahrhaftigkeit.

Diese Forderungen brachten den Regierungsapparat, auch die Beamten der »Pyramide« und der diversen Ministerien in Verlegenheit. Die Politiker merkten, sie brauchten mehr demokratische Legitimation. Vor allem mussten sie die Menschen *zutiefst überzeugen*. Und es gab mehr als acht Milliarden Menschen, fast zweihundert Nationen, mehr als tausend Ethnien, mehr als viertausend Religionen und Glaubensrichtungen.

Darum wurde Ende des Jahres 2029 beschlossen, der Regierung der Klima-Allianz eine weitere und flankierende Institution hinzuzufügen – den Präsidialrat.

Oder: den »Rat der Sieben«.

Sieben Menschen, in direkter Wahl erkoren aus der Mitte der Menschheit, sieben neue Gesichter, nach einem komplizierten Schlüssel, nach einem aufwendigen Vorwahlen-System, das verhindern würde, dass die bevölkerungsstärksten Länder alle anderen verdrängten, sollten der Regierung zur Seite stehen, sie auch kontrollieren. Ein Aufsichtsrat aus der Mitte der Menschheit. Mit hoher Kompetenz, in Regierungsgeschäfte und Vorhaben einzugreifen.

Die Vorwahlen zum Präsidialrat standen bevor. Jetzt, 2032, lag eine Liste der Bewerber vor, mehr als tausend Namen. Unter den Bewerbern waren viele kluge Köpfe.

Eine Bewerberin war Talasea. Ein Rätsel betrat die politische Bühne.

Viertes Kapitel

Talasea

Pierpaoli schlug sich gut am ersten Vormittag nach seiner Ankunft. Er kannte Deutschland wenig, hatte das Land zuvor nur zwei- oder dreimal bereist, beherrschte allerdings die Sprache ganz gut (bis auf die Konjunktive, die waren ein Hexenwerk für ihn). Mit den Leuten, merkte er, konnte er arbeiten. Sie waren auf knarzige Weise tüchtig, gelegentlich schräg, meistens verlässlich.

Der erste Vormittag verging mit organisatorischem Kleinkram, Zeltaufbau, die Einladungen an die Journalisten, und mehrmals musste Pierpaoli wegen der Absperrung zwischen Becher und Molitor schlichten, die in keiner Sache einer Meinung sein wollten. Anschließend empfing er verschiedene Lieferanten von Fischfarmen, die ihm unterschiedliche Angebote für Fischabfälle und Oktopus-Futter machten. Allein die Futterkosten würden schon bald, wie Pierpaoli überschlug, sein Budget überschreiten. Er schrieb danach mehrere Mails an die Buchhaltung in Kapstadt und erinnerte auch dringend daran, dass Asta endlich bezahlt würde.

Ariadna bekam er nicht ans Telefon, was ihm merkwürdig vorkam. Dafür ein Anruf aus Kapstadt: Eine Frau, die sich als Paulina vorstellte, als Lebensgefährtin seines Kollegen Perreira, und die ihm mitteilte, ihr geliebter Gaetano Perreira sei tot. Sie habe es ihm, Pierpaoli, selbst sagen wollen. Denn sie wisse, dass er zu Perreiras geschätzten Kollegen gehört hätte. Die Einäscherung sei in drei Tagen. Falls Pierpaoli kommen wolle?

Pierpaoli war wie vor den Kopf geschlagen – wie konnte das sein? Perreira war gestorben? Er hätte doch erst neulich mit ihm gesprochen, stotterte er. Paulina wirkte unglaublich gefasst, ihre Stimme war ruhig, ihre Auskünfte präzise; nur darunter spürte man die Trauer. Ihr Gaetano sei angeblich in eine spontane und unkontrollierte Schlägerei geraten und so ein bedauerliches Opfer der Umstände geworden – angeblich, wie gesagt, denn so stelle es jedenfalls die Polizei dar. Wobei sie, Paulina, wisse, dass an dieser Schlägerei gar nichts spontan und unkontrolliert gewesen war. Sie könne nichts beweisen, sagte Paulina, aber es war geplant, es war

Mord. Sie wisse es. Sie hätte es beobachtet, aus der Entfernung zwar, aber sie wisse, wie so etwas abliefe. Jedenfalls – ob er, Pierpaoli, zur Einäscherung kommen wolle? Ob er dem Kollegen die letzte Ehre erweisen wolle?

Natürlich, selbstverständlich – wenn es doch nur ginge! Aber er könne nicht, stammelte Pierpaoli, der Mühe hatte, die Information zu verdauen. Leider. Denn er sei nicht in Kapstadt. Er sei in Europa. Dienstlich. In drei Tagen – nein, das gehe also nicht. Es tue ihm schrecklich leid, ein entsetzlicher Verlust; aber er sei hier gebunden.

Paulina dankte kühl für seine Anteilnahme und beendete das Gespräch.

Pierpaoli blieb danach einen Moment lang stumm sitzen. Perreira war ein netter Kerl gewesen. Und er hatte ihn unbedingt sprechen wollen, vor seiner Abreise. Aber er, Pierpaoli, hatte ihn vertröstet. Pierpaoli wusste nicht, warum, aber er fühlte sich schuldig.

*

Die Wissenschaftler waren angekommen. Man hatte zwei Polymer-Container herbeigeschafft und zusammengeschoben, sodass sie einen großen flachen Raum ergaben, fensterlos, aber von innen mit Tageslichtlampen erhellt. An der Tür klebte eine improvisierte Folie in fünf Sprachen: Lagezentrum/Wissenschaftliche Beratung/Pressekonferenz. Drinnen, an einem improvisierten Konferenztisch, saßen bereits die Oktopoden-Experten. Pierpaoli verscheuchte den Gedanken an den armen Perreira, er musste sich jetzt konzentrieren.

Es waren neun Forscher, die meisten aus Europa, eine Frau aus Taiwan, ein dicker Bärtiger aus den USA, vier Männer, fünf Frauen, die meisten in Cargo-Hosen, Regenjacken mit praktischen Taschen, handfeste Typen, Feldforscher. Sie hatten Namensschilder aufgestellt. Ihr Gespräch verstummte, als Pierpaoli herantrat.

In Pierpaolis internem Reader waren sie allesamt als Koryphäen in ihren jeweiligen Fachgebieten beschrieben: Genetik, Farbwechsel, Alterungsprozesse, Brut- und Jagdverhalten. Sie kamen von der University of Maryland, vom Institut für Biowissenschaften in Rostock, der Universidade de São Paulo, der Tsinghua-Universität, dem Cousteau-Institute in Montpellier und so weiter.

Pierpaoli stellte sich selbst kurz vor, schaute auf die Namen auf seiner Liste: Einer der Anwesenden kam nicht von einer Universität, sondern im direkten Regierungsauftrag der Klima-Allianz, ohne genauere Angaben. Der Name hinter diesem Eintrag war unterstrichen, warum auch immer. Er lautete: Dr. Charles Elani. Ohne Angabe eines Spezialgebietes. Das war ungewöhnlich. Außerdem entdeckte er den Namen auf keinem Schildchen.

Ein grauhaariger Mann hatte kein Schild vor sich; er meldete sich zu Wort. Er war sorgfältig gekleidet, im Unterschied zu den anderen Anwesenden. Der Mann saß steif da, hatte ein zerfurchtes Gesicht und einen grauen, herabhängenden Schnurrbart. »Dr. Elani ist noch nicht da. Ich vertrete ihn. Ich bin sein Assistent.«

»Ah, ja?« Pierpaoli war überrascht. »Normalerweise gelten diese Akkreditierungen nur für die Personen, auf die sie ausgestellt sind. Vertreter sind eigentlich nicht üblich.«

Der Mann sah blicklos an Pierpaoli vorbei.

»Und Sie sind?« Das wenigstens wollte Pierpaoli wissen.

»Mutterperl. Siegfried Mutterperl.«

»Ist es ›Professor‹ Mutterperl …?«

»Nur Mutterperl.«

»Nun gut.« Pierpaoli wollte nicht darauf herumreiten. Aber er nahm wahr, wie eine Frau am Tisch missbilligend den Kopf schüttelte.

Die Frau war offensichtlich deutlich älter als ihre Kollegen: Sie war hager, sehr groß, jedenfalls wirkte es im Sitzen so, und ihr Gesicht war gebräunt und zerfurcht. Sehr blaue Augen. Und schlohweißes Haar, das in der Mitte gescheitelt war und ihr bis auf die Schultern fiel. Das musste die Finnin sein, die in Pierpaolis Papier als Doyenne dieses kleinen Forschungszweiges beschrieben wurde, ihr Name war kompliziert, irgendwas mit »-ekinnen«.

Pierpaoli eröffnete die Sitzung, indem er ihnen allen dankte, die Situation umriss, sie auch von der geplanten Fütterungsaktion unterrichtete und dann um ihre Einschätzungen bat.

Einen Moment herrschte Schweigen. Bis die Finnin mit den weißen Haaren ihre Stimme erhob. »Ich hoffe, es stört niemanden, wenn ich die Einführung übernehme?«

Niemand protestierte.

Also fuhr sie fort, beim Sprechen betrachtete sie ihre Hände, die flach auf der Tischplatte lagen. »Professorin Frida Häretekinnen ist mein Name, die Kollegen kennen mich ja. Ursprünglich von der Universität Helsinki, aktuell forsche ich am MIT in Cambridge zum *Megaloctopus octaviae*. Ich selbst habe der Spezies diesen Namen vor fünf Jahren gegeben.«

Pierpaoli hatte sich vorgenommen, ausschweifende wissenschaftliche Erklärungen rechtzeitig zu verhindern. »Es geht darum, alles zusammenzutragen, was wir über das Tier wissen. Besonders natürlich: Ist es gefährlich? Ist es selbst gefährdet? Was wissen wir?«

Häretekinnen lächelte fein. »In Wahrheit wissen wir nichts.«

Sie machte eine so lange Pause, dass Pierpaoli ungeduldig wurde. Oder war das alles?

»Ich hoffe, das ist nicht die ganze Wahrheit«, sagte er schließlich.

»Es ist die wissenschaftliche Wahrheit. Das Tier da draußen kann gefährlich oder völlig harmlos sein. Es kann kurz vor dem Sterben stehen oder noch ein langes Leben vor sich haben. Da wir nur sehr wenige Beobachtungen haben, wissen wir so gut wie nichts. Was wir wissen: Es ist ungewöhnlich groß und lebt entsprechend etwas länger. Ansonsten, vermutlich, soweit wir das sagen können, weitgehend ein Oktopus.«

»Das heißt?«

Häretekinnen übergab mit einer Geste das Wort an den bärtigen Amerikaner, er war ein ausgewiesener Spezialist für das Verhalten von Weichtieren.

»Der Oktopus ist ein Cephalopode, will sagen, er gehört zum Stamm der Weichtiere. Schnecken und Muscheln, zum Beispiel. Die meisten Weichtiere sind sehr simple Tierchen, neurologisch gesehen. Intelligenz brauchen sie nicht. Warum hat die Evolution also hier Intelligenz eingesetzt? Es war einer dieser Zufälle der Evolution: Die Cephalopoden – ich nenne sie jetzt mal der Einfachheit halber *Tintenfische* – also, die Tintenfische verloren irgendwann ihre schützende Schale. Woraufhin nur noch die intelligenten Tiere überlebten, diejenigen, die Wege fanden, ihren Fressfeinden zu entkommen. Sie müssen ja denken, da im Urmeer gab es damals sehr unfreundliche Gesellen – kiemenatmende Gliederfüßer von acht bis zwölf Metern Länge, zum Beispiel, mit riesigen, giftigen Beißwerkzeugen...«

Pierpaoli unterbrach ihn, mit einem verbindlichen Lächeln. »Kurz gesagt: Unser Oktopus ist recht schlau.«

»Nein. Das wäre untertrieben. Schauen Sie, einfach gesagt, gibt es auf der Erde zwei wirklich intelligente Sorten von Wesen. Die eine sind wir Menschen. Wenn sie uns denn wirklich *intelligent* nennen wollen, was ja angesichts der Lage der Welt ...«

Er bemerkte den mahnenden Blick Pierpaolis, der ihn zur Kürze aufrief.

»Kurz gesagt: Die Evolution hat den Geist zweimal erfunden: Bei uns und bei den Tintenfischen. Sie sind etwa so intelligent wie wir. Wobei wir allerdings nicht verwandt sind mit ihnen, ihre Intelligenz funktioniert vollkommen anders als unsere.«

Häretekinnen, die Professorin mit dem schlohweißen Haar, übernahm wieder: »Das Gedächtnis der *Tintenfische*, wie der Kollege sie vereinfacht nennt, ist vielschichtig, episodisch und prozedural. Was heißt das? Es bedeutet, dass ihre Erinnerung auf allen Ebenen funktioniert, sie erinnern sich an Einzelfälle, an Prozesse, Gefühle. Sie denken dabei vollkommen anders als wir. Ihre neurologische Struktur verteilt sich über den ganzen Körper. Sie haben drei Herzen – es gibt Theorien, dass Herz und Gehirn verkoppelt sind, dass sie mit dem dritten Herzen denken. Und, interessant – sie erkennen uns Menschen, sie lernen offenbar sogar sehr schnell unsere Stimmungen zu lesen. Trauer, Aufregung. Zum Beispiel.«

Pierpaoli dachte an die Begegnung mit dem riesigen Tier unter Wasser. Er war sich vorgekommen, als sei das Oktopus-Weibchen eine Forscherin gewesen, und er selbst das Forschungsobjekt.

Aber er musste praktisch denken. »Ich brauche jetzt bitte

handfeste Antworten. Ist das Tier gefährlich? Ist es ungefährlich? Was sollen wir mit ihm anfangen?«

»Wie erwähnt«, antwortete Häretekinnen, »das wissen wir nicht.«

»Sollen wir es füttern, sollen wir es einzäunen?«, beharrte Pierpaoli.

»Füttern, ja. Einzäunen, nein. Beobachten wir es. Setzen Sie Unterwasser-Drohnen ein, mit hochauflösenden Wärmebild-Kameras, ich kann ihnen solche zur Verfügung stellen, ich habe welche mitgebracht. Entnehmen Sie regelmäßig Wasserproben, in der Nähe des Tieres, alle sechs Stunden. Wir können den Enzymgehalt des Wassers bestimmen. Und lassen Sie uns sofort Tauchgänge machen, eventuell Gewebeproben nehmen. Dann wissen wir mehr.«

Pierpaoli notierte sich das.

Doch die Professorin schien noch etwas auf der Seele zu haben. Sie sprach leise mit einem Kollegen. Dann hob sie noch einmal die Stimme. »Eines gibt es noch. Mehr eine Vermutung bisher als wirkliches Wissen. Es gibt bisher nur eine einzige Videodokumentation von dieser Spezies, von *Megaloctopus octaviae*.«

Pierpaoli bemerkte, wie Mutterperl, der Assistent des abwesenden Dr. Elani, die Augen schloss und ironisch lächelte.

Pierpaoli kannte diese Art von Zwist zwischen Forschern. Häretekinnen fiel Mutterperls Reaktion ebenfalls auf, aber sie ging nicht darauf ein. Sie fuhr fort: »Aus diesem einen Video geht etwas Außergewöhnliches hervor. Etwas, das, soweit ich es weiß, bei keiner anderen Art der Cephalopoden so beobachtet worden ist. *Megaloctopus octaviae* – und jetzt muss ich als Wissenschaftlerin sehr vorsichtig werden – hat Ahnungen. Darf ich das so sagen?« Sie blickte in die Runde.

Die Kollegen nickten, bedächtig, zustimmend.

»Diese Riesenoktopoden scheinen auf Ereignisse zu reagieren, die in der Zukunft liegen. Aber nicht einfach wie bestimmte Vogelarten, die vielleicht auf die ersten Zeichen eines sich ankündigenden Erdbebens reagieren. Sondern weiter, genauer. Sie scheinen vorausschauend zu handeln. Mit komplexen Plänen.«

Pierpaoli war verunsichert. Was bedeutete das für seine Arbeit?

Wäre die Frau nicht eine anerkannte Wissenschaftlerin gewesen, hätte er ihren Einwurf abgetan. So aber fragte er nach. »Und wie machen sie das?«

»Um das herauszufinden, sind wir hier.« Sie verschränkte die Arme; mehr würde sie wohl nicht sagen.

Pierpaoli fiel noch etwas ein. »Eine Taucherin sagte mir gestern, das Tier stünde möglicherweise vor der Eiablage. Wäre das ein Problem?«

Im Raum atmeten alle scharf und hörbar aus.

»Das wäre kein Problem«, sagte die Professorin Häretekinnen, »sondern eine Sensation. Vom Standpunkt der Wissenschaft.«

»Wirklich?«

»Ja, wirklich. Der Laich wäre eine Schatzgrube.«

Draußen auf dem Meer, es war ein später Nachmittag über der Geltinger Bucht. Wolken waren aufgezogen. Die Position: vierundfünfzig Grad und sechsundvierzig Minuten nördlicher Breite; neun Grad, einundfünfzig Minuten östlicher Länge. Es war dieselbe Position, die Asta auf Basis ihrer ausgebrachten Beobachtungskameras in ihrem GPS gespeichert hatte, die Position von *Megaloctopus octaviae*.

Das Meer war jetzt von ölig-schwarzer Farbe, die Wellen schoben sich lang dahin. Die Dünung war relativ ruhig. Indes schwand das letzte Licht des Tages. Und unter der Wasseroberfläche, weit in der Tiefe, etwa sechzig Meter tief hinab, war es nahezu dunkel.

Hier lagen jetzt seit fast einem Jahrhundert die Wracks jener deutschen U-Boote, die seinerzeit, 1945, von Hitlers Marine versenkt worden waren, mit dem Ziel, dass sie den Alliierten keinesfalls in die Hände fallen sollten – eine Materialvernichtung um der Vernichtung willen. Die meisten dieser Wracks hatte man später unter Mühen gehoben, um an die in der Nachkriegszeit so dringlich benötigten Metalle zu gelangen, Eisen, Stahl, Kupfer; aber die größeren Wracks nicht, sie lagen hier noch, Schrottteile, Kadaver des Krieges, kaum noch als Boot erkennbar. Zersprengt, zerrissen, zerstückelt, so ruhten sie versunken, im Zwie- und Dämmerlicht, dem Zerriebenwerden, Vergessenwerden überantwortet. Als wollte man, als der Krieg zu Ende gegangen war, schnell noch alles beseitigen, was an den Krieg erinnerte. Als wollte man einfach mit den Booten alle Erinnerung versenken, auch alle Schuld.

So ist der Mensch. Und das Meer ist gnädig.

Das Meer verschluckte die todbringenden Maschinen, es nahm sie in sich auf, die klug konstruierten Ungetüme aus Stahl und Eisen. Sie waren – für die Menschen – aus den Augen, aus dem Sinn. Aber wirklich weg waren sie damit nicht.

*

Hier liegen sie, die Reste der U-Boote, halb im Schlick versunken. Erstarrtes Eisen, als abstrakte Formen, fast skulptural, weit verteilt auf dem Meeresboden, düsterhaft, geisterhaft. Manche Wrackstücke sehen aus wie dunkle Fäuste. Streben und Panzerungen ragen einige Meter vom Meeresgrund auf, recken sich wie schartige Finger, steil und bösartig und scharfkantig wie Rachefantasien. Hier und dort Öffnungen, die klaffen. Wie Höhlen, wie rachitische Mäuler. Direkt am Meeresboden geht eine leichte unterseeische Strömung. An manchen rostigen Stücken kleben lange und wehende Algenbärte, die sich treibend in der Strömung drehen.

Der Meeresboden selbst um die Wrackteile herum erscheint tot, aber das ist er keineswegs. Das Sediment ist durchzogen von unterseeischem Leben und unscheinbarem Gezappel, von Blasentang und Spiraltang und gemeinem Darmtang. Becherquallen und Fadenschnecken und Keulenpolypen und Meerasseln beleben den Schlamm, sie wimmeln und kriechen und krabbeln und saugen und lutschen und schlängeln sich, und immer pflanzen sie sich fort, gierige, nagende, schleimige, giftige oder chitingepanzerte Wesen, manche hungrig und jagend, andere nahezu hirnlos und blind. Bauchflohkrebse und Seeringelwürmer. Klaffmuscheln, Seepocken, Gespensterkrebse, sehr winzige, sehr merkwürdige Gestalten – aber dem Leben als *Prinzip* ist es völlig gleichgültig, wie es aussieht, in welcher Gestalt es auftritt. Denn das Leben als Prinzip ist uneitel, will einfach nur irgendeine Gestalt annehmen, egal welche. Es will einfach nur *sein*.

Und über diesem mikroskopischen Gewimmel im breiigen Meeresboden thront also jenes Tier, das die Ostseeküste und die halbe Welt in Aufregung versetzt hat, das Tier, um dessentwillen Wissenschaftler herbeigeeilt sind, und auch ein Mann aus Kapstadt, der auf alles ein wachsames Auge haben soll. *Megaloctopus octaviae*, eine bisher unbekannte Spezies von monströser Größe. Riesig und knochenlos und erschaffen aus Wasser und Salz und Proteinen.

Dieses Tier hat in einem der U-Boot-Wracks vor einigen Stunden seine Eier gelegt.

Warum ausgerechnet hier? Vielleicht, weil das Wrack aussieht wie eine Höhle, dies entspräche dem Brutpflegemuster der Cephalopoden. Die Zahl der Eier, die es gelegt hat, ist nicht besonders hoch; es sind 86 000 *Ova*. Sie sind klein, jedes für sich genommen; jedes Ei ist kaum größer als eine Walnuss, von einer orangefarbenen und nachgiebigen Hülle geschützt und von einer Schleimschicht umgeben; zusammengenommen nimmt das klebrige Gelege so viel Volumen ein wie ein Bällebad bei IKEA.

Die Ei-Ablage, anders ausgedrückt: das »Gebären« selbst ging mühelos vonstatten, kein Vergleich zum Gebärvorgang bei einem Säugetier. Es war mehr ein Verlagern der Eier von innen nach außen. Eine Sache von Minuten.

Und trotzdem. Das Tier ist unruhig, ist wachsam.

Der Brutpflegeinstinkt wird zumeist hormonell ausgelöst und ist den meisten tierischen Spezies dieses Planeten angeboren. Verständlich, denn dieser Beschützerinstinkt hat das Überleben der Art oft überhaupt erst gesichert. Es ist eine Art von Angst und Energie, die in der Evolution den Sprung von einer Spezies zur anderen gemacht hat. Bei *Megaloctopus octaviae* ist dieser Instinkt gleichfalls vorhanden, tief verbaut im Fundament seiner Handlungsmuster. Obwohl er sich, wie alle Kopffüßer, *ovipar* fortpflanzt, also befruchtete Eier in großer Zahl legt, überlässt er das Gelege nicht sich selbst, wie etwa *ovipare* Grasfrösche oder Ameisen es handhaben, sondern bewacht es.

Seine Eier, seine Kinder.

Dieser Schutzinstinkt wird überwölbt von der hohen Intelligenz, die dieses Tier besitzt. Und zu seiner Intelligenz, die ganz anders ist als die Intelligenz des Menschen, kommt noch eine Vorahnung, die sich in ihm aufbaut, eine Angst, die sich in ihm zusammenbraut.

Diese Angst betrifft die Menschen. Es sind Lebewesen, die es nicht kennt, die einer anderen Welt angehören. Von denen aber eine spürbare Gefahr auszugehen scheint.

*

Die *Greta*, Astas Schiff, ist eine echte Schönheit, schlank und schnittig. Jetzt aber hat man sie verunziert durch neues Zubehör – die klobige Pumpanlage am Heck, das engmaschige Netz am Kranausleger, die Winde, große Kisten mit Gummimatten und Querriemen, die Gitterkästen mit triefenden Fischabfällen, Körpern, Schwänzen, Köpfen, Gräten, schließlich die Beobachtungstauchroboter, die auf dem Deck liegen. All das für diese Fahrt, für diese Aktion.

Verantwortlich dafür sind die beiden Männer, die Asta an Bord genommen hat, die Männer, die ihr viel Geld angeboten haben, Geld, das Asta dringend braucht, um ihr Schiff, ihr ganzes Hab und Gut, ihr Leben vor der Zwangsvollstreckung zu bewahren. Sie hat die *Greta* mit würgenden Bankschulden finanziert, das konnte nicht gut gehen.

Die Männer sind Charles Elani und Siegfried Mutterperl, sein Assistent und Mann fürs Gewiefte und Grobe. Sie sind gleich gekleidet, tragen schwarze einteilige Schutzanzüge, darüber noch Windjacken, kurzschäftige, gefütterte und wasserfeste Stiefel und schwarze Mützen, aber Elani kann man immer noch erkennen – an seiner herrischen Haltung, an seinem befehlsgewohnten Gehabe. Asta lehnt am Steuerhaus.

Sie ist bereits in ihrem Tauchanzug, drei Millimeter dickes Neopren, das sich eng an ihren Körper schmiegt, inklusive Füßlinge, Handschuhe, Haube. Sie trägt über dem Anzug eine *Dive Vest*, mit den eingearbeiteten Flaschen, dem Computer, dem Blei. Sie macht sich bereit. Sie soll tauchen, nicht sehr tief, etwa auf zwanzig Meter, und dort soll sie den Pumpenschlauch dirigieren, bedienen. Das macht ihr keine Angst. Sie hat schon öfter mit solchen Apparaturen gearbeitet, sie weiß, was zu tun ist.

Angst oder Sorge macht ihr etwas anderes. Noch nie hat sie einem Riesenwesen die Eier entwendet. Sie raucht. Den rechten Handschuh hat sie ausgezogen, hält ihn mit der Linken. Sie inhaliert gierig, schützt die Glut in der hohlen Hand. Wenn sie den Rauch in die feuchte Luft bläst, wird er sofort eins mit dem Nebeldunst.

Es regnet inzwischen. Die kalten Tropfen tanzen auf dem Deck und sind wie kleine Nadelstiche in den Gesichtern. Der Himmel verdunkelt sich zusehends – das Meer ist ein großer schwarzer

Topf, über den ein schwerer Deckel gelegt wird. Wie schwarze Säcke, so schlagen und schlürfen die Wellen längsseits gegen die Bootswand. Mutterperl kommt zu Asta, er geht vorsichtig und sicher auf dem glatten und vom Salzwasser schlüpfrigen Deck. Er hat gute Arbeit geleistet, mit allen Vorbereitungen, dazu zählt auch Asta, die von Elani als Ausgabeposten geführt wird.

Drei Telefonate, eine Schnellüberweisung, mehr brauchte es nicht. Mutterperl hat Asta mit einer Zahlung von umgerechnet knapp 300 000 Euro von ihren Bankschulden erlöst, nach drei Telefongesprächen war ihr Unheil abgewendet, war sie gekauft. Ihr Sohn, der kluge und still beobachtende Wilhelm, wurde für zwei Nächte, höchstens drei, bei einer Freundin untergebracht; Asta steht zu ihrer Verfügung.

Die Fischabfälle hat Asta abgeholt. Sie und Mutterperl haben außerdem die vier Injektions- und Tauchroboter montiert und ein starkes Betäubungsmittel aufgezogen. Sie haben Leuchtkörper vorbereitet, die zum Einsatz kommen sollen, sobald Asta taucht.

Aber erst mal müssen sie etwas erledigen.

Erst müssen sie das Tier von den Eiern weglocken. Es hat keinen Sinn, *Megaloctopus octaviae* zu betäuben oder zu töten, solange er sich direkt an seinem Gelege befindet – der mächtige Körper würde über den Eiern zu liegen kommen und ihnen durch die schiere Masse und Größe jeden Zugang versperren.

Im Führerhaus ist das Funkpeilsystem, Kurzwellenradio und Funk, elektronische Seekarten, der Navigationscomputer, ein Echolot, Wärmebildkameras, Krängungsmesser, Sonar, Sextant, Voltmesser, außerdem hat Mutterperl zwei eigene Laptops angeschlossen. Darauf schimmern zwei grüne Radarbilder, die gemächlich rotieren, sie zeigen die Wrackteile der U-Boote an, ferner eine als roten Punkt markierte Gestalt – *Megaloctopus octaviae*.

»Wie weit sind wir vom Gelege entfernt?« Elani fragt ungeduldig, kühl.

Mutterperl beeilt sich mit der Antwort. »Etwa achthundert Meter, Sir.«

»Gut, dann verklappen wir jetzt.«

Mutterperl und Asta schieben die Gitterboxen an die Bordwand, greifen zu kurzstieligen Schippen, sie schaufeln die Fischreste über Bord. Das meiste davon trudelt hinab, aber es bleibt ein glänzender, ölig irisierender Fleck auf dem Meer, Fett, Grätenstücke, Seetang. Die Verklappung lockt eine Schule silbriger Fische an, sie sind dünn wie Häkelnadeln.

»Sind wir nicht zu weit entfernt? Ich meine, wie können wir wissen, dass das Tier die Abfälle achthundert Meter weit riecht? Der Verdünnungsquotient im Salzwasser …«

Asta hat das gefragt.

Elani wirft ihr einen kalten Blick zu, bequemt sich aber zu einer Antwort. »*Wir* können es nicht wissen. *Ich* weiß es. Weil ich diese Spezies studiert, wahrscheinlich sogar entdeckt habe – das Tier würde Blut und Fischgeruch noch in einer Verdünnung von eins zu zwölf Milliarden wahrnehmen, es ist hierin sogar noch sensitiver als Haie. Achthundert Meter sind gar nichts. Wir könnten zehn Seemeilen hinausfahren und dort verklappen, es würde immer noch Witterung aufnehmen. Aber das wäre zu weit, wir müssen schnell beim Gelege sein. Ich will nur eine kleine Betäubung, für höchstens zwanzig Minuten. In dieser Zeit müssen Sie es schaffen, verstanden?«

»Ich will auf keinen Fall, dass das Tier irgendwie gefährdet wird«, sagt Asta, Aufsässigkeit in der Stimme. »Kann ich mich darauf verlassen?«

»Was Sie wollen oder nicht wollen, ist völlig nebensächlich.« Elani hat sich schon von ihr abgewendet, er nickt Mutterperl zu: »Lassen Sie die Betäubungsroboter zu Wasser. Statten Sie alle vier mit der vollen Injektionsdosis aus, aber ich will erst nur eine halbe Dosis.«

»Jawohl, Sir.«

Asta schluckt ihre Wut hinunter.

Die vier Tauch- und Beobachtungsroboter, die sie an Bord haben, sind »Dwarf-7«-Tauchschiffe des Herstellers »Maresupply«, es sind kleine, handliche und an Land nur etwa acht Kilo schwere Geräte mit einem Volumen von zehn Litern. Sie werden von Bord aus gesteuert, Empfang und Software sind sehr stabil, Motorik und Wendigkeit äußerst präzise, und ihre Tauchtiefe beträgt hundertfünfzig Meter, also mehr als genug für diesen Zweck. Die »Dwarf-7« haben vorn drei Greifarme, einer dieser Arme ist nach Elanis Anweisungen umgebaut worden und mit einer starken Hohlnadel, einem Drucksystem und einem Kolben versehen worden. Der Roboter ist als Ganzes eine Unterwasser-Spritze.

Das Betäubungsmittel wiederum ist ein Polypeptidhormon, eine Art künstliches Insulin, das den Zuckerspiegel im blauen Blut des Oktopus-Weibchens schlagartig abfallen lässt, weil die injizierten Aminosäuren bereits aufgespalten sind – dies bewirkt die fast sofortige Betäubung und Lähmung. Das Gift ist neu auf dem Markt, es wurde erst im Jahr 2030 von einer Firma im schottischen Edinburgh entwickelt; aber Elani hat gute Erfahrungen damit gemacht, er kennt sich mit Giften aus. Die von ihm angesetzte – halbe – Dosis beträgt fünfhundert Milliliter. Mutterperl lässt alle vier Roboter ins Wasser plumpsen, Elani hat also die achtfache Menge des Betäubungsmittels zur Verfügung. Kaum sind die Tauchroboter im Meer, startet ihr Antrieb, sie beginnen weite Schleifen zu ziehen, bereit zum Einsatz, wie Haie, die ein Opfer umkreisen.

Mutterperl ist jetzt wieder im Führerhaus, an seinen Laptops, starrt auf den roten Punkt. Der plötzlich eine Bewegung macht, noch eine. Richtung Fischabfälle, Futter. Mutterperl, aufgeregt: »Sie kommt!«

»Dann nehmen wir Kurs auf das Gelege«, befiehlt Elani.

Und Asta – die daran denkt, dass sie all das hier nur für ihr Schiff macht, für ihre Zukunft und die ihres Sohnes – beißt die Zähne zusammen und gehorcht.

Und so vollziehen sich zwei gegensätzliche Bewegungen in der Ostsee, an diesem Abend. *Megaloctopus octaviae* schwimmt, mit kraftvollen Bewegungen der Tentakel, zu der Stelle, wo das Tier Nahrung wittert; über dem Oktopus fährt die *Greta* zu der Position, wo die Eier liegen. Elani steht im Führerhaus, aber die Steuerung läuft über Autopilot. Mutterperl und Asta machen inzwischen die Pumpe und den Saugarm bereit, sie haben das Ständerwerk am Heck verschraubt.

Dass Mutterperl diesen Saugrohrbagger stehlen konnte, ist in

Wahrheit eine Glanzleistung dieses Mannes, der überall Kontakte hat, nicht wenige im Halb- und Unterweltmilieu, und der Dreistigkeit und Bestechung zu kombinieren weiß. Glück war allerdings auch dabei; die Stadt Gelting hatte erst 2031 eine derartige Maschine für ihren Fuhrpark gekauft, um die Bucht schiffbarer zu machen.

Die Maschine ist für Reinigungsschiffe ausgelegt, sie hat eine Saugleistung von zweihundert Tonnen pro Stunde. Im atemberaubenden Tempo kann sie aus einer Tiefe bis zu sechzig Metern Kies, Schlamm, Geröll und Metallteile ansaugen. Die Bergung der Eier, die kaum schwerer sind als Wasser, stellt für diese Maschine kein Problem dar. Die einzige Gefahr käme vom Muttertier, das sie darum weggelockt haben.

Das Tier, das hungrig war.

Das jetzt die Fischabfälle frisst.

Und das sie nun betäuben.

Die Injektionsroboter sind programmiert, sie »wissen«, wo sie zustechen müssen. Mutterperl aktiviert den Tauchroboter, der am nächsten ist – und der Vorgang dauert nur wenige Sekunden.

Im Nu ist das Unterwasserfahrzeug beim Oktopus, unbemerkt. Es schießt dem Tier einen halben Liter Gift in den Leib, und zwar an der Ventralseite des Mantels, so heißt der »Kopf« des Tieres. Hier wird das Gift im Bruchteil von Sekunden verteilt.

Die anderen drei Roboter verharren jetzt in Wartestellung.

Das Boot ist inzwischen weitergefahren. Richtung Eier.

»Wir sind über dem Gelege«, vermeldet Mutterperl.

Er hat Leuchtkörper abgeworfen und ein Kamerabild auf dem zweiten Display. Der schartige U-Boot-Körper, wie der Eingang zu einer Höhle, und die Eier sind darauf zu erkennen.

»Dann los«, befiehlt Elani. Zu Asta: »Worauf warten Sie? Tauchen Sie ab, bedienen Sie den Saugstutzen.«

Astas Gefühl, ihr Verstand – alles in ihr widerstrebt diesem Befehl. Aber sie hat sich verkauft. Sie gehorcht.

*

Das Tier hatte vorhin die Bewegung des Bootes, auch ein leises Motorsummen weit oben registriert, aber eher so, wie ein Mensch eine ziehende Wolke wahrnimmt. Jetzt schlägt in dem monströsen Körper das Betäubungsmittel zu, mit all seiner chemischen Wucht. Das Tier zuckt, dreht sich. Es sackt weg. Die Rhythmen seiner drei Herzen schlagen nicht mehr koordiniert, sein Energiehaushalt fällt fast auf den Nullpunkt. Diese Prozesse sind biochemisch und zwangsläufig. Dennoch scheint für *Megaloctopus* alles in einem einzigen, aufglühenden Moment des Erkennens zusammenzuströmen – das Tier erkennt die Falle, es begreift die List dieser kleinen Wesen, die es zuvor nicht kannte, es versteht schlagartig die Gefahr, die seinem Gelege droht. Alles in dem Tier bäumt sich auf. Seine acht Arme sind muskulöse Peitschen, riesig, von enormer Stärke. Es drückt sich hoch. Angst und Kampfbereitschaft zu gleichen Teilen.

*

Asta ist jetzt am Heck des Schiffes. Der Saugrohrbagger steht auf einer einzölligen Stahlplatte, die Maschine sieht harmlos aus, wie aus einem Zeichentrickfilm. Spill, Pallen und die Armaturen sind rot lackiert, Schlauch, Hangleine und Trichterstutzen sind gelb, der Rest ist dreifach verzinkt. Nicht, dass die Farben in dieser Nacht und bei der Decksbeleuchtung sichtbar wären. Aber Asta hat die Maschine bei Tageslicht gesehen; sie hat beim Diebstahl geholfen.

Ich habe mich schon schuldig gemacht, denkt sie. *Jetzt ist es auch egal.*

Sie nimmt den Saugstutzen, hakt ihn ein. Steigt über die Bordwand auf das Fallreep, ein Stahlgitter. Sie lässt sich ins Wasser gleiten. Asta spürt den vertrauten Kälteschock, diesen Moment, wenn das eisige Wasser zwischen Haut und Anzughülle gleitet, aber das Gefühl währt nur Sekunden, dann hat der Körper die dünne Wasserschicht erwärmt. Asta liegt etwas schräg im Wasser, sie korrigiert ihre Haltung, sie will senkrecht sinken. Sie lässt sich hinab, erblickt im kalten Schein der 7 000-Kelvin-Leuchtkörper die von einer Schleimschicht überzogenen Eier, und so sinkt sie abwärts, bis auf fünfundzwanzig Meter Tiefe – wie das Waisenkind aus dem Märchenbuch, das Kind, das hinabgleitet ins Zauberreich, welches bewacht wird von einem Riesen. Nur dass dieser Riese hier, *Megaloctopus octaviae*, unter einer massiven Insulin-Betäubung steht.

Fast jedenfalls. Nicht ganz. Nur fast.

»Sie bewegt sich«, sagt Mutterperl. »Sie kommt her.« Er sieht es auf seinem Display, das Tier hat die Betäubung abgeschüttelt.

»Wir setzen noch zwei Schüsse«, sagt Elani. »Beide mit voller Dosis!«

»Wirklich zwei, Sir? Könnte das nicht zu viel sein?«

»Volle Dosis«, gibt Elani zurück. »Widersprechen Sie nicht.«

»Ja, Sir.« Mutterperl tippt auf seine Tastatur, und schon steuern zwei Injektionsroboter auf den Oktopus zu, mit hohem Tempo, unbeleuchtet.

Das Tier erfasst aber die Gefahr. Es kann eine der beiden Maschinen mit dem Arm abwehren, das Ding mit der Spitze des Tentakels umklammern und zerdrücken. Aber der zweite Injektionsroboter rammt den Mantel des Tieres an der Dorsalseite, unweit der Kiemen.

Und die kleine Maschine verschießt ihre Ladung.

Ein Liter Gift, hochkonzentriert. Es ist eine absurd hohe Dosis. Sie könnte einen mittelgroßen Wal betäuben, möglicherweise töten. Das Tier sackt weg.

Asta, achthundert Meter entfernt, getrennt durch einen Wall dunklen Wassers, ist konzentriert, schwimmt etwa fünfzehn Meter über dem Gelege. Der Saugstutzen am Ende des Schlauchs ist unter ihr, ist schon in Position gebracht. Sie hat in ihre Tauchweste ein kleines, von innen beleuchtetes Bedienungsmodul mit vier Hebeln eingeklinkt. Sie justiert noch einmal den Saugstutzen, legt dann den rechten Hebel um, startet die Pumpe. Erst auf kleiner Stufe. Mutterperl, oben auf dem Deck der *Greta*, stellt die Salzwassertanks, umgebaute Sechs-Fuß-Container, bereit.

Der Saugstutzen ist direkt über dem Gelege. Der Schlauch macht einen Ruck, strafft sich: der Saugvorgang. Die Eier werden angesaugt, sie haben kaum Gewicht, sie werden nach oben gezogen, als wäre es gar nichts.

Die Container messen innen 172 Zentimeter, haben eine dreifache Isolierung, Temperatur- und Druckregelung. Die schleimüberzogene Konsistenz der Eier lässt die Fracht ganz mühelos durch den Schlauch aufwärtsrutschen, oben ist eine Siebrutsche, so groß wie eine Schubkarre; das überzählige Wasser läuft einfach ab. Der Vorgang ähnelt einer automatisierten Industrieproduktion. Weniger als fünf Minuten hat das Ganze gedauert. Mit dem Auf- und Abstieg, inklusive Befördern des Saugstutzens sind es knapp acht Minuten.

Mutterperl ist am Heck, Elani hilft ihm. Sie nehmen die Eier in Empfang, verstauen sie in acht Boxen. All das geschieht zügig und routiniert.

Inzwischen taucht Asta wieder auf. Sie klettert an Bord, während Mutterperl die Container verschließt. Asta legt ihre Tauchweste ab, streift die Handschuhe ab, schaltet den Spillmotor ein. Fünfundzwanzig Meter Schlauch sind rasch aufgerollt. Mutterperl hat die Kleincontainer jetzt verschlossen.

Und das Werk ist vollbracht.

Elani hat, was er wollte, Asta hat getan, was sie nicht tun wollte, aber tun musste, nämlich Bestechungsgeld annehmen und sich einer Straftat schuldig machen, Mutterperl dagegen ist mit sich zufrieden, er denkt schon an den nächsten Morphium-Schuss. Er ist bereits zum Führerhaus gegangen, um die Betäubungsroboter ferngesteuert zu zerstören. Zuvor klickt er zum Kamerabild, das *Megaloctopus octaviae* zeigt. Das Tier liegt immer noch auf dem Meeresgrund, leblos, auf jeden Fall bewegungslos.

»Machen Sie schon. Sie können die Leuchtkugeln und Injektionsroboter zur Explosion bringen«, sagt Elani. »Wir wollen keine Spuren hinterlassen.«

»Jawohl, Sir«, sagt Mutterperl. »Das Tier hat sich übrigens immer noch nicht bewegt.«

»Gar nicht bewegt?« Elani blickt skeptisch auf das Kamerabild.

»Nein, Sir. Liegt da wie tot. Meinen Sie, die Dosis könnte zu hoch gewesen sein?«

Asta, immer noch im schwarzen Tauchanzug und auf Füßlingen, kalt, triefend, ist hinzugetreten. Sie hat die letzten Worte gehört.

»Sie haben das Tier getötet?«

Die Situation, auf dem Meer zu sein, verstärkt die Gefühle. Wut flammt auf in Asta.

»Das dürfen Sie nicht! Ich verlange, dass wir zum Tier fahren! Wir dürfen nicht riskieren, dass es an dieser Betäubung stirbt – gehen Sie da weg, lassen Sie mich ins Führerhaus, sofort! Das ist mein Schiff!«

Mutterperl vertritt ihr den Weg, er will sich einschalten, physisch hätte Asta keine Chance gegen die zwei Männer, zumal beide bewaffnet sind, was sie nicht weiß.

Aber Elani hält Mutterperl mit einer Handbewegung zurück. Er wendet sich Asta zu, mustert sie kalt, wie sie da vor ihm steht: klein, salzwasserglänzend in ihrem Taucherdress, Zorn in den Augen. Er betrachtet sie, wie man ein seltsames kleines Tier ansieht. Er spricht leise, langsam.

»Ich glaube an Rollenverteilung. Als die Europäer in meiner Heimat landeten, in der Südsee, der sogenannte Entdecker Cook, das war im Jahr 1773, da gaben sie die Rollen vor. Sie selbst waren die Ankömmlinge aus der Zivilisation, die Eingeborenen waren die Edlen Wilden, unverdorben, aber natürlich leider rückständig. Man erklärte die Südsee zum Paradies, zur Strand- und Partyzone der Alten Welt, und die Künstler spielten das Spiel gern mit. Sehnsucht war der Rohstoff, der bei uns ausbeutbar war. Und wir, meine Vorfahren, mussten uns in unsere Rolle fügen – den Eroberern frische Fische bringen und ihnen abends unsere Frauen schicken. So war die Rollenverteilung. Sie war, wie alle Kolonialbewegungen, die reine und brutale Unterwerfung. Aber wissen Sie was? Sie hatte auch ihr Gutes. Sie schaffte Klarheit. Solange alle sich an ihre Rolle halten, egal, wie ungerecht die Rollenverteilung sein mag, kann man miteinander umgehen. Und jetzt komme ich zu Ihrer Rolle hier auf diesem Schiff, das wir von Ihnen gemietet haben, für viel Geld. Ihre Rolle besteht darin, dass Sie genau das ausführen, was ich Ihnen sage. Und jetzt fragen Sie mich nach meiner Rolle. Fragen Sie!«

Elani lässt die Hand in die Tasche seiner Windjacke gleiten.

»Was ist Ihre Rolle?«, sagt Asta tonlos.

»Meine Rolle besteht in der Durchführung dieses Unternehmens. Also unter anderem darin, dass ich Sie erschieße, hier und jetzt – falls Sie mir weiterhin Schwierigkeiten machen.« Elani hat in dem gleichen Tonfall gesprochen wie zuvor, allerdings die Hand hervorgezogen, mit einer beinahe lässigen Bewegung, er richtet eine Pistole auf Asta, ganz ruhig, eine Neun-Millimeter-Waffe, er entsichert sie, spannt sie und richtet sie auf Astas Stirn. Seine Stimme klingt freundlich. »Soll ich Sie erschießen? Jetzt gleich?« Als würde er sich erkundigen: Soll ich Ihnen einen Kaffee holen?

Die beiden Männer und Asta stehen am Führerhaus. Niemand sagt jetzt etwas. Das leise Schwanken und Schaukeln des Schiffes. Lichtreflexe auf dem metallenen Lauf der Pistole. Elani hält die Waffe auf Asta gerichtet, ganz ruhig. Er hat eine Frage gestellt, er wartet auf eine Antwort. Eine Willenskraft geht von ihm aus, die Asta starr werden lässt.

»Bitte«, flüstert Asta endlich. »Ich habe einen Sohn.«

»Gut. Dann gehen Sie runter und ziehen sich um. Mein Assistent wird Sie begleiten, er wird ein Auge auf Sie haben. Er ist ebenfalls bewaffnet. Jeder Funkkontakt ist ab sofort für Sie tabu, es sei denn, wir sind zugegen. Sie fahren uns an einen Ort, den ich Ihnen noch nennen werde, dann laden wir um, und Sie können verschwinden oder zum Teufel gehen, wie es Ihnen beliebt. Haben Sie das verstanden?«

»Ja«, sagt Asta.

»Verschwinden Sie.«

Mutterperl fasst Asta am Arm, schiebt sie zum Niedergang. Sie macht sich los von ihm. »Wohin fahren wir, wohin soll ich Sie bringen?«

»Erst in die Nordsee. Und dann nehmen wir Kurs nach Westen.«

»Nach Westen?«

»Atlantik. Mittelamerika. Aber Sie dürfen uns vorher verlassen.«

Ariadna und ihre geheimnisvollen Begleiter von der F.A.P., Harald und Kalypso – sie verloren keine Zeit: Von der Ostseeküste aus Richtung Süden fahrend, hatten sie auf kürzestem Weg die A7 erreicht, waren vor Hamburg in einen hämmernden Eisregen geraten, dann, auf der Höhe Schnelsen-Nord, schlitterten sie über spiegelglatte Straßen, am Flughafen in Fuhlsbüttel dann den X-Bus abstellen, die hektische Übergabe des gefälschten Passes für Ariadna, sodann musste Ariadna, damit sie ihrem Foto ähnelte, in der Damentoilette ihre Haare etwas abschneiden, ein Muttermal aufschminken, eine Hornbrille aufsetzen.

Dann das nervenaufreibende Einchecken unter falschem Namen, das Warten, während die Enteisungsmaschinen das Flugzeug bearbeiteten, dann ein Eineinhalb-Stunden-Flug nach Paris – die F.A.P. schien keine Schwierigkeiten zu haben, nach Belieben Flüge zu buchen, bemerkte Ariadna.

Von Paris aus, mit Zwischenlandung in Los Angeles, der eigentliche Flug in die Südsee, dreiundzwanzig Stunden in den engen Sitzen, wobei sie über dem Pazifik in einen Taifun gerieten, der die Maschine durchrüttelte, während die Passagiere kreischten, wimmerten und ihre Sünden bereuten – und endlich, endlich die Ankunft in Papeete, morgens um kurz nach sechs.

Und hinein in die feuchtwarme Umarmung von Tahiti, die Liebesinsel unter dem Wind, hinein in den unnachahmlichen Tropengeruch von Hibiskus, Jasmin und Kerosin, von Müll, *Laissez-faire* und Gardenien. Welche Wohltat war die Luft! Und wie angenehm, über das windige Flugfeld zu marschieren! Wenn auch mit steifen Knien nach dem Flug, aber so schleppten sie sich zu der kleinen, schmutzig-gelben Ankunftshalle mit dem Wellblechdach. Ariadna, Harald, Kalypso. Drinnen: französische Gendarmen in beigen Uniformen mit dem klassischen schwarzen Flic-Schirmhut mit silbernen Litzen; Tahiti war, allen Protesten und Unabhängigkeitsbewegungen zum Trotz, immer noch französisches Protektorat, Paris hielt an der Insel fest, und die eingeborenen Tahitianer hassten zwar die Franzosen, brauchten aber das Geld aus Frankreich.

Sie stellten sich in die Reihe. Harald gähnte ununterbrochen, Kalypsos Gesicht ähnelte einer zerknitterten Papiertüte mit Löchern statt der Augen. Ariadna hingegen war gut gelaunt, ausgeschlafen, frisch wie der junge Tag, abenteuerlustig, getragen von edlen Motiven, getrieben, die Welt zu retten – Ariadna eben.

Als sie draußen standen, vor dem Flughafengebäude, atmeten sie Salzgeruch und sahen in der Ferne den Bogen des Strandes. Es gab Busse, die *le truck* hießen. Sie winkten ein gelb-rosa lackiertes Taxi herbei. Im Wagen waren alle Fenster geöffnet; köstlicher Fahrtwind, im Radio spielten sie Rock-Oldies. Ariadna hielt die Hand aus dem Autofenster und summte mit, während sie einfuhren nach Papeete.

Die Hauptstadt Tahitis, eher eine Kleinstadt nach europäischen Maßstäben, mit nicht mal dreißigtausend Einwohnern, erwachte gerade zum Leben: Es war bereits hell, aber nur wenige Menschen waren auf den Straßen. Die Läden und Cafés waren noch geschlossen. Sie fuhren langsam durch die Stadt, wegen der tiefen Schlaglöcher. Papeete bedeutet soviel wie »Wasserkorb«, denn hier war vor langer Zeit eine sprudelnde Quelle gewesen, wo die Frauen ihre Kalebassen füllten. Inzwischen hatte der steigende Meeresspiegel das Grundwasser versalzen, Süßwasser war teuer, in fast allen Haushalten standen in den Toiletten Eimer mit Meerwasser zum Spülen.

Überhaupt – die Stadt im angeblichen Südsee-Paradies wirkte auf Ariadna erschöpft und unansehnlich: ein Durcheinander von schmuddeligen Gebäuden, an die unteren Hänge zweier erloschener Vulkankrater geklatscht, *Orohena* und *Aotai*.

Die einzige Schnellstraße Tahitis führte mitten durch die Stadt und zog sich, sobald man die Stadt hinter sich ließ, in Ufernähe rund um die Insel. Von der Straße aus war das Meer also stets in Sichtweite. Trotzdem könne man, erzählte der Taxifahrer, ein Polynesier, trotzdem könne man, wenn man nicht gerade Gast in einem der Luxushotels sei, kaum irgendwo an einen Strand gelangen, denn die Ufer waren fast alle in privater Hand. Manchmal gehörten sie Dorfgemeinschaften, öfters Privatleuten, meist Franzosen, abgeschirmt durch hohe Mauern, Hecken, Zäune.

Der Niedergang des Tourismus' hatte Tahiti – oder *Tahiti-nui-i-te-vai-uri-rau*, was so viel bedeutet wie »Tahiti der vielfarbigen Gewässer« – hart getroffen. Es gab zwar noch den Yachthafen und einige Luxushotels mit weißen Sandstränden und frivolen Übernachtungspreisen im vierstelligen Bereich, zweitausend, dreitausend Dollar; und daneben, für weniger Betuchte, eine Handvoll sehr billiger Pensionen.

Das »Fatata-te-Miti«-Hotel gehörte zweifellos zur günstigen Kategorie. Es lag in einer Seitengasse in der Innenstadt, neben einem Tätowiershop, und war spezialisiert auf die wenigen Rucksackreisenden, die sich noch bis nach Tahiti durchschlugen, vor allem Surfer. Die Toilette war auf dem Gang, Münzeinwurf für die Salzwasserdusche, Ruhegebot nach 23 Uhr, die Ziege bitte nicht füttern.

So stand es in Großbuchstaben und vier Sprachen auf einem Hinweisschild an der Rezeption. Außerdem war da ein zweites Schild: »5 kulturelle Benimmregeln für die Südsee/Tahiti: Strecken Sie beim Sitzen nicht die Beine zu Ihrem Gegenüber aus, Füße gelten als unrein. Berühren Sie keinen Insulaner/keine Insulanerin an seinem/ihrem Kopf. Sprechen Sie nicht im Stehen. Tragen Sie keinen Regenschirm an einem Haus vorüber, das bringt Unglück. Stellen Sie keine Schuhe auf einen Tisch, das ruft den Tod herbei!«

Neben diesen fünf Geboten stand ein grün leuchtendes Aquarium mit einem einsamen Fisch darin, dahinter eine Schultafel, auf die jemand das »Frühstück heute« geschrieben hatte, »Süßkartoffeln, Ananasmarmelade, Pudding aus Kochbananen, Café au lait«. An der Wand ein gerahmter Kunstdruck, postergroß, in leuchtenden Farben, zwei Frauen am blaugrünen Wasser, eine nackt, eine barbusig. Die Frau an der Rezeption war Europäerin und trug ein Billabong-Surfer-T-Shirt.

Ihr Namensschild wies sie als Solveig aus. Solveig hatte gerade gegessen, einen Käse-Chili-Burrito, und in einer Zeitschrift gelesen, »Surfing«, die schlug sie jetzt zu. Sie war jung, hatte ausgebleiches Haar mit blauen Strähnen und war so gebräunt, dass ihre Haut schon die Farbe der Holzvertäfelung hinter sich angenommen hatte. Während sie die Formulare holte, die Personalien aufschrieb, nahm sie kleine Schlucke Kräutertee aus einer Thermosflasche; dann legte Solveig den Stift weg, schob die Formulare beiseite und deutete auf Ariadna: »Ist sie das? Unsere neue Geheimwaffe?«

»Ja«, sagte Kalypso leise. »Das ist sie.« Und zu Ariadna, erklärend: »Solveig gehört zu uns.«

»Gut. Ihr werdet erwartet«, sagte Solveig. »Der Wagen steht an der *Rue de Hokule'a*, vor dem Internet-Café. Hier ist der Schlüssel. Ihr braucht Stiefel. Für den Wald. Habt ihr Stiefel?«

»Nein«, sagte Kalypso.

Solveig ging in den rückwärtigen Raum und kramte geräuschvoll, kam schließlich mit drei Gummistiefel-Paaren zurück, zwei Paare in Größe 40, ein Paar in Größe 45. »Stopft die Hosen tief hinein, bevor ihr in den Wald geht. Und klebt den Spalt ab. Ihr wollt keine Viecher im Stiefel haben.« Sie gab ihnen eine Rolle Tape und eine Taschenlampe.

»Vielen Dank«, sagte Ariadna. Sie deutete auf den gerahmten Kunstdruck und fügte, um etwas Freundliches zu sagen, hinzu: »Ein schönes Bild. Gauguin, richtig?«

»Ja«, sagte die Rezeptionistin. »Unser Hotel ist nach dem Bild benannt. *Te Miti*. Paul Gauguin, der Schutzheilige von Tahiti.« Sie verzog ironisch das Gesicht. »Der Guru aller Romantiker und Heile-Welt-Sucher. Sie sind doch nicht auch so eine?«

»Eine was?«

»Eine heimliche Romantikerin. Die hier in der Südsee das verlorene Paradies sucht. Die Zivilisationsmüden mit der Kreditkarte von Papa. Die Sex-Touristinnen mit Esoterik-Büchern im Gepäck. Sind Sie so eine?«

Ariadna überging das einfach.

»Halt den Mund.« Kalypso antwortete an ihrer Stelle. »Du weißt, sie hat einen Auftrag. Sie wird Talasea treffen. Deshalb ist sie hier. Um uns zu helfen.«

»Schon gut«, sagte die junge Frau gleichmütig. »Ich hab' nichts gesagt. Gutes Gelingen.« Sie schlug die Zeitschrift wieder auf.

Harald, Kalypso und Ariadna fanden den Wagen an der von Solveig beschriebenen Stelle in der Innenstadt. Es war ein Rivian R1T, ein vollelektrischer und geländegängiger Pick-up, zwei Meter breit, zweieinhalb Tonnen schwer, dunkelrot, designt wie ein Raumschiff. Der Berufs- und Touristenverkehr würde erst in einer Stunde einsetzen, mit den obligatorischen Staus. Sie saßen zu dritt nebeneinander, Kalypso fuhr, Harald saß in der Mitte, Ariadna rechts.

Sie verließen die Stadt Richtung Norden, fuhren an eingezäunten, gepflegten Gemüsegärten vorbei, an Baracken und an Betonwürfeln mit Wellblechdächern, grün, violett, rot. Wind war aufgekommen, Schachteln wirbelten über die Straße, Dosen schepperten. Sie hielten auf den erloschenen »Pito«-Vulkanberg zu, denn das war ihr Ziel, hinter der Steilwand: das *Vallée de la Papenoo*, das Papenoo-Tal. Am Horizont stand eine Wand aus Sturmwolken.

Von der Küstenstraße waren sie abgebogen. Sie fuhren jetzt bergauf, fuhren dabei langsam, sprachen kaum und spähten zu dritt auf die Straße, wegen der Schlaglöcher und wegen der Geröllüberhänge, die bei Erschütterungen ins Rutschen geraten konnten. Und immer wieder musste Kalypso bremsen und eine vorsichtige Kurve fahren, denn die aufgerissenen Stellen im Asphalt waren manchmal halbmetertief.

Die Landschaft war jetzt schroff und dunkel geworden, auch kälter, so schien es Ariadna. Der Asphalt war Schotter gewichen. Hier wuchsen links und rechts keine Büsche oder Sträucher mehr, nur Flecken von fahlem Moos. Die Straße war gesäumt von Graten und Schuttüberhängen, scharfe Klippen oder spitze Erhebungen standen hervor wie Hexenhüte, Nebelfetzen trieben vorüber. Der Fahrweg wurde immer steiler, der Schotterbelag rutschte unter den Reifen. Sie hatten kaum ein Drittel der Vulkanhöhe erreicht, als Harald leise sagte: »Halt an, Kalypso. Hier ist es.«

»Hier ist was?« Ariadna war die netteste Beifahrerin der Welt, aber sie wurde nicht gern übergangen.

»Hier ist Schluss. Wir können nicht über den Kraterrand fahren«, erklärte Kalypso. »Zu steil. Wir verstecken den Wagen. Dort vorn ist der Eingang zu einem Tunnel. Wir gehen unter dem Berg durch. Auf der anderen Seite kommt erst Dschungel, dann das Tal.«

Ariadna betrat ungern Höhlen oder Tunnel; vor einigen Jahren wäre sie in einer Höhle in Georgien fast umgekommen, gemeinsam mit Pierpaoli – seither mied sie Schächte, enge Fahrstühle, dunkle Treppenhäuser. Aber sie hatte keine Wahl: Kalypso und Harald zogen ihre Schuhe aus, stiegen in die Stiefel, stopften ihre Hosen hinein und klebten die Schaftkanten mit Tape ab. Ariadna tat es ihnen nach. Dann betraten sie den Tunnel.

Der Tunnel, aus dem rohen Basalt geschlagen, dunstete feucht und modrig, war aber gut begehbar. Gelegentlich roch es nach Urin, das waren Stellen, an denen Ansammlungen von Fledermäusen unter der Tunneldecke hingen – Ariadna fragte sich, woran sie sich wohl festhielten. Sie hatten die Flügel gespreizt, regten sich auch nicht, wenn der Strahl der Lampe über sie hinwegfingerte, eine Kolonie zerzauster Herrenschirme. Dann kamen sie aus dem Tunnel heraus, blinzelten in das hellere und grüne Licht – sie waren im Dschungel.

»Jetzt wird's lustig«, sagte Harald. Er gähnte.

Kalypso starrte auf ihren Kompass.

Dunstig war es hier, und Menschen gehörten nicht hierher, das empfand Ariadna intensiv – der Wald war wild und brauchte sie nicht, die Welt hier kam ohne sie aus. Die Bäume, kirchturmhoch, alt wie die Berge, waren verbogen und mit pelzigem Moos überzogen, behängt mit Flechten. Darunter: Wachstum, kurzlebig, tumulthaft, Schichten von Pflanzen, die aufeinander, ineinander, auseinander wuchsen. Tarantelfarne, Silberfarne, Schwertfarne, manche meterhoch, Bananenbäume, schuppige Banyanbäume, Rauschpfeffer-Sträucher, die sinnenbetäubend dufteten und deren Wurzelausläufer sie mühsam überklettern mussten. Manchmal streckte die Sonne ihre Finger durch das dichte Laub, aber meistens marschierten sie durch Zwielicht. In den Bäumen sahen sie eine kleine Affenart mit gelben Bäuchen, schnatternd, zeternd: wie kleine wütende Schauturner. Weiße Kakadus krächzten interessiert und äugten auf sie hinab, wie aufgeputzte Tanten bei einer

Teegesellschaft, dachte Ariadna. Sie übersprangen und durchwateten kleine, gurgelnde Bäche, kletterten über Wurzeln, Stümpfe, hellgrau, wie gebleichte Knochen.

Diese Solveig in dem Hotel war eine blöde Kuh gewesen, fand Ariadna, aber für ihre Stiefel schuldete sie ihr lebenslange Dankbarkeit, denn der Boden war weich und geradezu lebendig. Man versank bis zu den Knöcheln. Und ständig trat man auf etwas, das sich bewegte, das spuckte, zuckte, grub und zischte, raschelte, nagte, kroch und biss. Nissen, Kröten, Egel. Wanzen, Geckos, Milben, Tausendfüßer. Kalypso konsultierte zwischendurch immer wieder ihren Kompass, runzelte die Stirn und korrigierte die Richtung, in die sie sich durcharbeiteten.

Schließlich raschelte es links von ihnen im Gebüsch, die Farnwedel teilten sich wie ein Vorhang, und ein einzelner Mann trat auf sie zu – nein, kein Mann. Ein Riese.

Eine lächelnde Riesengestalt, kein Einheimischer – ein Maori, fleischig, bestimmt gut über zwei Meter groß, schätzte Ariadna, aus dem ärmellosen schwarzen Shirt mit den weißen Schweißrändern ragten keulenartige Oberarme, dick wie die Bleirohre im Keller, die von den Schultern bis zu den Handgelenken mit einem Rankenmuster tätowiert waren. Der Brustkorb war tonnenförmig und von solchem Umfang, dass Ariadna ihn mit beiden Armen nicht hätte umfassen können. Die Füße waren kolossal und steckten in ausgefransten Turnschuhen.

Der Riese lächelte. »Gute Wanderung? Ja, solange es Wildnis gibt, gibt es auch Hoffnung. Ich weiß zwar nicht, wer das gesagt hat, aber es stimmt«, sagte er. Seine Stimme war überraschend hoch, man hätte einen grollenden Bass vermutet.

»Du hast es doch selbst gesagt«, erwiderte Kalypso.

»Das stimmt.« Er nickte, als wäre das eine tiefe, aber auch verblüffende Erkenntnis. »Ich habe es selbst gesagt. Ich bin übrigens Aiutaki. Ich führe euch das letzte Stück.« Und er drehte sich um und stampfte voran. Sie beeilten sich, ihm zu folgen.

*

Es dauerte nicht lange, und das Tal öffnete sich vor ihnen, mit einer Schönheit, die sie für alles belohnte. Es hatte offenbar geregnet; im Tunnel und Dschungel war davon nichts angekommen, aber hier troffen und glänzten die Blätter im grellen Licht, das Gras dampfte, am wolkenlosen Himmel stand ein Regenbogen in allen Farben der Welt.

Tahiti war einer der Stützpunkte der F.A.P. im Pazifik, und das Papenoo-Tal ihr Rückzugsort, ihr Basislager. Man hätte es schlechter treffen können, dachte Ariadna: eine große und freie Grasfläche, kurzgehalten von ein paar Schafen, die gleichmütig rupften, mit einer kleinen Erhebung in der Mitte, auf der ein Gebilde stand. Rechts am Waldsaum eine Ansammlung von Hütten und Zelten, vor denen zwei Leute sich unterhielten, eine Frau sperrte einen Hühnerstall und Hof auf und begann Futter zu streuen. Vor einer der Hütten war eine mit großen Steinen ausgelegte Feuerstelle, darüber Dreibein und Kessel.

In der Ferne sah man den Vaihiria-See, ein glitzerndes Oval. Es war windig.

Das Gebilde auf der kleinen Anhöhe war weder Zelt noch Hütte, Ariadna konnte es sich nicht deuten. Sie erkannte Pfosten, zwischen denen bunte Tücher hingen – oder nein, es waren keine Tücher, es waren Netze, erkannte Ariadna blinzelnd. Was sollte das sein?

Bevor sie fragen konnte, nickte Aiutaki, der Riese, ihr zu und deutete auf das Gebilde: »Unsere Trophäensammlung. Was du zwischen den Pfosten siehst, sind Netze, es sind meistens Stücke von großen Fangnetzen. Sie dokumentieren unseren Kampf. Es sind Netze, die wir den Schleppnetz-Trawlern abgenommen haben.«

»Als es losging mit der F.A.P.?« Ariadna hatte davon gehört, gelesen.

»So hatte es begonnen«, fuhr Aiutaki fort, »vor fünf, sechs Jahren, das war die Keimzelle der F.A.P. – wir haben die Hochseefischerei und Überfischung bekämpft. Aber nicht durch fruchtlose Konferenzen, nicht durch Resolutionen und Quoten, um die sich eh niemand kümmerte. Sondern durch Taten. Denn Taten sind wirksamer als Worte.«

»Sehe ich auch so«, sagte Ariadna.

»Wir haben für die Meere gekämpft, indem wir den Bösen ihre tückischen Waffen wegnahmen. Indem wir die Trawler, egal welche – japanische, koreanische, holländische – überfielen und ihre Netze unbrauchbar machten oder konfiszierten, im Namen der Meere. Kein Netz, keine Zerstörung unseres Ozeans. Und von jedem Netz haben wir ein Stück abgeschnitten und hier eingesetzt.«

»Es sind also Trophäen«, wiederholte Ariadna.

»Wir sind darauf sehr stolz«, sagte Kalypso.

Tatsächlich war die Überfischung Anfang des dritten Jahrtausends die Hauptursache für den dramatischen Rückgang der Fischbestände; bereits 2006 waren mehr als die Hälfte aller Meerestierbestände so intensiv befischt, dass eine Erholung unwahrscheinlich schien. Die Quoten des »International Council for the Exploration of the Sea« wurden laut Greenpeace jedes Jahr um 48 Prozent überfischt. Der Beifang – getötete Fische, Seevögel, die sich verfingen – forderte entsetzlichen Tribut: etwa hundert Millionen Haie und Rochen, dreihunderttausend Wale und Delfine, etwa hunderttausend Albatrosse und das Dreifache an Meeresschildkröten. Die kilometerbreiten Schleppnetze wurden Tag und Nacht, wochenlang, durch die Meere gezerrt und schluckten blindlings alles in sich hinein, während sie töteten, töteten. Sie effektvoll zu kontrollieren, den Irrsinn zu verhindern: Dazu gab es zwar die rechtliche Handhabe, doch es fehlte oft der politische Wille. Und zu mächtig agierten die Lobbyisten. Die F.A.P.-Aktionen waren zwar ebenfalls illegal, aber wirkungsvoll.

»Die Netze sind Beweisstücke und Trophäe zugleich. Normalerweise ist das Jagdwild die Trophäe«, fuhr Aiutaki fort, mit seiner seltsam hohen Stimme. »Unsere Trophäen waren ihre Netze, ihre Baumkurren, Scherbretter, Fangsäcke, ihre Meeresgrundschlepper, ihre Pelago-Netze. Wir haben sie als Bausteine benutzt, zwischen Pfosten gespannt und verbaut zu einem Gangsystem, ja, zu einem richtigen Labyrinth, nach der Form und Tradition unserer Vorfahren – das Gebilde, das du da oben siehst.«

»Eure Vorfahren bauten Labyrinthe?«

»Das war eine sehr entwickelte Kunstfertigkeit hier auf den Inseln. Sie waren gute Bildhauer, Bootsbauer, Fischer, Steinmetze, es gab eine perfekt organisierte Landwirtschaft, Kürbis, Yams, Zuckerrohr. Bis die Europäer kamen. Keinen Respekt zeigten. Und ihr Schießpulver mitbrachten, ihre Viren, gegen die es keine Abwehrkräfte gab, später dann ihre Netze, ihre Trawler, ihre Fangmethode. Aber eines Tages, falls wir den Kampf gewinnen, können unsere Nachkommen sehen, dass wir jedenfalls nicht untätig waren. Eines Tages werden wir vielleicht ein Museum hier bauen. Ein ›Museum des Bösen‹. So könnte es heißen. Oder ein ›Museum der menschlichen Gier‹. Das ist der Plan.«

»Das würde ich gern sehen«, sagte Ariadna.

»Selbstverständlich«, antwortete Aiutaki. »Ich soll dich ja zu Talasea bringen. Und sie sitzt im Zentrum des Labyrinths. Dort wartet sie auf dich.«

»Sie sitzt dort oben? Inmitten dieser Netze?«

»Sie bleibt gern für sich. Sie hält Abstand. Man kann dort nicht so leicht abgehört werden, der Wind pfeift und singt durch die Netzmaschen. Und wir haben das Labyrinth auch oben abgedeckt, man ist dort also einigermaßen versteckt vor den Späher-Drohnen«

Harald und Kalypso nickten.

»Späher-Drohnen?« Ariadna hatte solchen High-Tech in diesem Urwald nicht erwartet.

»Natürlich. Künstliche Insekten mit Kamera-Augen, sie haben Lade-Depots in der Nähe, können also tagelang in der Luft bleiben«, sagte Harald. »Man spioniert uns nach. Die Klima-Allianz, die Australier, alle möglichen Leute. Und sie denken, Talasea gehört zu unserer Organisation. Das stimmt so nicht. Sie berät uns. Sie hilft uns. Und wir respektieren sie sehr. Aber sie hält immer eine gewisse Distanz.«

»Wir sind seit der Entführung extrem unter Druck«, sagte Aiutaki. »Alle Welt sucht nach Martindale. Dass Talasea hier ist, für diese Information würden die diversen Geheimdienste und Regierungen wahrscheinlich töten.«

»Ist Martindale denn auch hier?«, fragte Ariadna.

Aiutaki, anstelle einer Antwort, bedeutete Harald und Kalypso, zurückzubleiben. Dann schritt er voraus, und Ariadna folgte ihm, den Hügel aufwärts, zu dem Labyrinth der Netze. Oder, wie er es genannt hatte, zum »Museum des Bösen«.

Vermisstenanzeige

Datenblatt für einen Vermisstenfall / Polizeidienststelle Kiel, zur Weitergabe an die Dienststellen Flensburg, Lübeck, Hamburg, ebenfalls an die Flugpassagierkontrollen, Zollkontrollen

a) Personalien der vermissten Person
Familienname: *Ferrer-Bayonne*
Geburtsname: *Ferrer-Bayonne*
Vorname/n: *Ariadna Luisa Marguerita*
Geschlecht: *weiblich*
Geburtsdatum: *14.7.2000*
Staatsangehörigkeit: *kolumbianisch*
Familienstand: *ledig*
Anschrift: *Oranjezicht Drive 275, Haus 2, 94383 Kapstadt, Südafrika*

b) Beschreibung der vermissten Person
Größe: *171 cm*
Statur: *schlank*
Haarfarbe: *dunkel*
Frisur: *unbestimmt (Aussage des Meldungsstellers: »irgendwie wild«)*
Augenfarbe: *grün (evtl. »grün-grau« oder »grün-blau« laut Meldungssteller)*
Sprache(n): *Spanisch, Englisch, etwas Deutsch, div. Indiodialekte (?)*
Hörhilfe: *nein (»absolutes Gehör« laut Meldungssteller) (?)*
Muttermale, Tätowierungen, Piercings: *unbekannt*
Schuhgröße: *ca. 39 (»eher klein« laut Meldungssteller)*
Besonderheiten: *»temperamentvoll« laut Meldungssteller*
Beruf: *Musikerin (»Popstar«) (?)*

c) Aussehen, Bekleidung der vermissten Person:

Bekleidung: *unbekannt*

Mitgeführte Gegenstände: *unbekannt / KEIN TELEFON /Anmerkung der aufnehmenden Polizeidienststelle: Hr. Pierpaoli gibt an, das Telefon der vermissten Person in dem Zimmer der »Pension Benzler«, Grauhöft, gefunden zu haben*

Zeugen des Verschwindens: *keine*

Mitgeführtes Fahrzeug: *unbekannt*

d) Meldungssteller:

Name, Vorname: *Pierpaoli, Thomas (Personalien hinterlegt)*

Verhältnis zur vermissten Person: *Freund/Verlobter*

Beruf des Meldungsstellers: *Beamter im Hochkommissariat der Klima-Allianz/Abtlg f Wissenschaftskontrolle, »Pyramide«, Kapstadt, Südafrika*

e) Anmerkungen der aufnehmenden Dienststelle, Polizei-Hauptkommissar Hans-Martin Kind:

Der Meldungssteller, Hr. Pierpaoli, ausgewiesen durch Ausweis u. Akkreditierung der Klima-Allianz, befindet sich aus berufl. Gründen in Wackerballig/Ostsee. Er wurde aus Kapstadt geschickt, um die hiesigen Behörden bei der Organisation des Oktopus-Fundes zu unterstützen, bzw. die Leitung des Lagezentrums zu übernehmen. Er arbeitet eng mit dem Innenministerium/Berlin zusammen.

Laut Hr. Pierpaoli neigt vermisste Person dazu, sich »ständig in gefährliche Dinge einzumischen«. Dazu keine genaueren Erklärungen.

Gez. Polizei-Hauptkommissar Hans-Martin Kind,
Polizeidienststelle Kiel/Lübeck, 28. Oktober 2032

Mühelos fand Aiutaki den Weg durch die labyrinthischen Gänge zwischen den zerschnittenen Resten der Schleppnetze. Bis er schließlich abrupt stehen blieb. »Siehst du sie?«

Ariadna nickte. Trotz der Netze, die sie von der Frau trennten, erkannte sie sofort das Gesicht: Hannatalasea Elani, der Welt bekannt als Talasea, mythenumwoben wie Che Guevara, charismatisch wie Gandhi, Identifikationsfigur für Millionen von Menschen. Die Frau, die Kamala Harris und Greta Thunberg eine »Heilsfigur« genannt hatten. Sie konnte kaum älter sein als Mitte dreißig, wusste Ariadna, aber ihr Haar, schulterlang, war ergraut. Sie trug einen hellen weiten Anzug.

»Halte Abstand«, Aiutaki hob die Stimme gegen das Surren und Sirren des Windes in den Netzen. »Ich habe dir einen Stuhl hingestellt. Sie will nicht, dass man ihr zu nahe kommt.«

»Warum nicht?«

»Sie will es nicht. Respektiere es einfach. Und versuche nicht, den Weg allein zurückzufinden. Ich hole dich später ab.«

Ariadna ging zu dem Stuhl, blieb allerdings davor stehen und blickte zu der Frau auf der anderen Seite des Vorhangs aus Reusen und Netzen. Auch Talasea machte keine Anstalten, sich zu setzen. Nach oben hin war das Labyrinth – zum Schutz gegen Sonne, Spionage-Drohnen und Satellitenüberwachung – mit Palmwedeln und Bastmatten abgedeckt. Die Bewegung des Windes ließ Lichtstreifen über Talasea tanzen. Alles an ihr wirkte seltsam, flirrend, fast übernatürlich.

So standen die Frauen sich eine Zeitlang gegenüber. Bis Talasea das Schweigen brach. Ariadna erkannte ihre Stimme aus den Videos. Jetzt, im Original, klang sie sogar noch artikulierter, weich und klangvoll; Ariadna, die viel auf Stimmen gab, registrierte es.

»Wir sind dir zu großem Dank verpflichtet«, sagte Talasea, »dafür, dass du diese Reise auf dich genommen hast.«

»Mir wurde gesagt, dass ich helfen kann«, antwortete Ariadna.

»Ja«, sagte Talasea. »Vielleicht kannst du das.« Sie sprach sehr freundlich, mit langen Pausen. »Was weißt du über die Verhältnisse hier in Polynesien?«

»Nicht genug«, sagte Ariadna.

Talasea blieb stehen. Sie lehnte sich auf ihren Stuhl und blickte Ariadna direkt an.

»Wir, Polynesien, das sind viele verschiedene kleine Völker und Staaten, verstreut über Tausende winziger Inseln in einer riesigen Wasserfläche. Von Neuseeland bis zur Osterinsel, die zu Chile gehört, bis nach Hawaii, das ein Bundesstaat der USA ist. Wir waren lange zerstritten. Was den Kolonialmächten recht war, sie spalteten uns, wo sie konnten. Erst vor ein paar Jahren haben wir, die Menschen Polynesiens, die Kraft entdeckt, die in unserer Einigkeit steckt. Viele von uns finden die Weltordnung, wie sie ist, ungerecht. Die Fläche Polynesiens ist größer als China, Russland, Kanada und USA zusammengenommen. Kannst du dir das vorstellen?«

Talasea ließ die Worte nachklingen, bevor sie fortfuhr.

»Und dennoch haben wir, als Polynesier, bei der Klima-Allianz fast keine Stimmen. Warum? Weil die Macht nach der Bedeutung der Staaten verteilt ist, und die Bedeutung wird vor allem nach Einwohnern und der Größe des Landes gemessen. Menschen und Landfläche zählen. Das Meer zählt nicht. Dabei sind die Meere so wichtig für den Planeten! Wir haben den Pazifik. Und wir kennen ihn, an der Oberfläche und in der Tiefe. Deswegen sehen wir uns in der Verantwortung. Aus dieser Ungerechtigkeit ist vor Jahren die F.A.P. entstanden, gegen die Macht der alten Kolonialmächte, der Raubfischer, der Betreiberfirmen der Erzminen am Meeresboden. Die F.A.P. sieht sich noch immer als Untergrund-Organisation, ihre Anhänger wollten ursprünglich vor allem Aufmerksamkeit. Sie waren meist gewaltfrei, aber ihr Element ist trotzdem das Chaos. Heute hilft ihnen diese Rolle nicht mehr. Sie haben etwas Wichtiges nicht mitbekommen.«

Ariadna drehte den Stuhl und setzte sich, verkehrt herum, die Arme auf die Lehne gestützt. Für ihre Aufgabe, für diese absurd große Aufgabe, die sie angenommen hatte, wollte sie kein Wort von Talaseas kleiner Geschichtsstunde verpassen.

»Warum nicht? Was hat die F.A.P. verpasst?«, fragte Ariadna.

»Dass inzwischen eine neue Weltorganisation entstanden ist. Die Klima-Allianz ist eine politische Realität. Und vielleicht ist nicht alles, was sie leistet, gut im Sinne der Polynesier und des Pazifiks; aber es gibt wichtige Ideen, Ansätze. Es gibt Hoffnung.«

»Die Klima-Allianz ist aber auch ein bürokratisches Ungetüm«, sagte Ariadna.

Talasea lächelte. »Aus der Nähe, so wie du es betrachtest – hast du völlig recht. Man blickt auf den Apparat, aufgeblasen wie er ist, man sieht nur unzusammenhängende Details, kleinliches Gezerre.«

Ein seltsames Gefühl befiel Ariadna – als würde Talasea in ihr lesen.

Talasea lächelte wieder, wie eine Bestätigung zu Ariadnas Gedanken. »Ich selbst betrachte die Dinge am liebsten aus einer gewissen Entfernung. Ich glaube an die Klima-Allianz, und ich glaube, die Pazifikregion – die Natur – muss eine Stimme haben.«

»Das verstehe ich«, sagte Ariadna.

»Doch jetzt«, fuhr Talasea fort, »hat die F.A.P. ein großes Problem, und damit die Völker des Südpazifiks, und ihr Anliegen, und die Natur. Denn die Streiter der ›Septième‹ dachten, sie hätten einen perfekten Plan. Aber sie haben ihre Idee nicht zu Ende gedacht. Nun stehen die australischen Kriegsschiffe überall vor den Inseln. Und die ›Septième‹-Leute haben Mister Martindale in ihren Händen und wissen nicht, wohin mit ihm. Es ist sehr, sehr heikel. Ich betrachte es als meine Aufgabe, die Fronten aufzulösen. Ich konnte die ›Septième‹ davon überzeugen, dass es das Beste wäre, Mister Martindale unbeschadet gehen zu lassen. Du weißt, was ich meine?«

»Ich denke, ja«, erwiderte Ariadna. »Aber warum tun sie's nicht?«

»Sie haben Angst vor den Folgen. Sie brauchen von Mister Martindale zuvor die Zusage, dass er die Kriegsschiffe dann wirklich zurückholt, dass er keine Rache nimmt. Du kennst seinen Ruf? Du weißt, wie man ihn nennt?«

»Der Mann, der nie vergisst.«

»Genau. Er soll auch nicht vergessen. Nur vergeben. Allerdings wird er in der Weltöffentlichkeit nicht als Schwächling dastehen wollen.«

»Talasea, darf ich fragen: Hast du selbst mit ihm gesprochen?«

»Er traut mir nicht. Er sieht mich als politische Gegnerin, weil ich ja jetzt zur Wahl stehen werde.«

»Du … bist schon nominiert? Das ist entschieden?«

»Es ist eine Möglichkeit.«

»Du weißt, dass ich nichts von Politik verstehe!«

»Das ist auch genau richtig so. Wir brauchen Martindales Wort. Und wir brauchen einen normalen Menschen, einen Bürgen, der sagt: Er wird sich an sein Wort halten. Es geht um sein Vertrauen.«

Ariadna dachte nach. Talasea wartete geduldig.

»Ich glaube, er wird mir vertrauen«, sagte Ariadna schließlich. »Wir hatten auch eine Geschichte, eine gemeinsame Geschichte. Ich habe ihm damals auch vertraut, und er hat mich nicht enttäuscht.«

»Erzähl' es mir.«

»Eigentlich spreche ich darüber nicht … Aber gut! Ich war engagiert. Als Sängerin. Auf einer Party, in einer schicken Villa in Sydney. Außerdem viele prominente Musiker und Politiker. Du weißt, wie diese Dinge passieren. Ich war ›backstage‹, ich war allein, und plötzlich kam irgend so ein Kerl. Ein hochrangiger Politiker. Er war betrunken. Er bedrängte mich. Es wurde wirklich unangenehm. Er hatte mich in die Ecke gedrängt, und da lag ein Cutter, du weißt, hinter der Bühne liegt immer allerlei Werkzeug rum, Instrumente, Saiten – jedenfalls hatte ich diesen Cutter. Und ich hätte ihn fast damit getötet. Ich hatte die Klinge schon an seinem Hals.«

»Aber dieser Kerl war nicht Martindale?«

»Nein, nein. Gar nicht. Martindale kam dazu. Er war auf der Suche nach seinem Freund. Martindale hatte auch einen Backstage-Ausweis. Er war damals schon im Kabinett in Australien. Jedenfalls noch nicht der Minister der Klima-Allianz. Er wollte mich stoppen. Du kannst dir das vorstellen. Er sagte, Mädchen, mach dich nicht unglücklich. So … väterlich. Aber ich war mir sicher, wenn ich den Kerl jetzt gehen lasse, dann passiert ihm gar nichts, dann kommt er ungeschoren davon! Und das – konnte ich nicht zulassen. Das durfte nicht passieren!«

»Aber du hast ihn nicht getötet, diesen Kerl?«

»Nein. Weil Martindale – Garreth – mir versprach und mir garantierte, er würde diesen Mann zur Anklage bringen. Was ich damals nicht wusste: Dieser Kerl war einer der engsten Verbündeten Martindales.«

»Und trotzdem hat er Wort gehalten.«

»Absolut. Er trat sogar als Zeuge auf. Öffentlich. Ich erfuhr erst später, wie viel Garreth damit aufs Spiel gesetzt hat. Er hielt trotzdem sein Wort. Garreth Martindale sieht nicht so aus. Aber eigentlich geht es ihm wirklich um Gerechtigkeit. Und er hält sein Wort.«

Sie schwiegen. Eine Weile war nichts zu hören als das Summen des Windes in den Netzen. Endlich sagte Talasea: »Ich glaube, du bist genau die Person, die wir brauchen, um Mister Martindale zu überzeugen. Wahrscheinlich der einzige Mensch auf dem Planeten, der uns helfen kann.«

Ariadna überging das. »Ist er – hier?« Sie deutete auf das Labyrinth.

»Nein. Aber wir können dich zu ihm bringen. Es geht ihm gut. Soweit die Umstände es erlauben. Er ist ein starker und eigenwilliger Mann, und er ist sehr zornig. Aber er hat auch Angst. Zeigt sie natürlich nicht. Wir bringen dich mit dem Boot hin. Sofort, wir verlieren keine Zeit, obwohl jetzt Ebbe ist. Bist du bereit?«

»Ich bin bereit«, sagte Ariadna einfach.

»Gut. Eine letzte Frage: Kannst du schwimmen?«

»Natürlich. Warum?«

»Das Boot kann dich nicht an Land bringen, du musst also zum Strand *schwimmen*, aber dort sind unsere Leute, sie nehmen dich in Empfang. Es wäre übrigens gut, wenn du schnell schwimmst.«

»Schnell?«

»Es ist besser. Wegen der Haie.«

Fünftes Kapitel

Schatten

Der Tag für Pierpaoli begann damit, dass er früh erwachte, aus einem Traum, der bedrängend gewesen war. Draußen war es noch dunkel. Er starrte auf das schwarze Rechteck des Fensters in der »Pension Benzler«. Die Nacht war miserabel gewesen, eine Nacht, in der er sich die meiste Zeit schlaflos gewälzt, sich den Kopf zerbrochen hatte, wo Ariadna war.

Sie war jetzt seit zwei Nächten vermisst. Ihr Telefon hatte Pierpaoli in ihrem Zimmer gefunden – das war sehr seltsam. Er hatte bereits eine Suchmeldung bei der Polizei aufgegeben; ohne Ergebnis.

Hatte sie ihn verlassen?

Schrecklicher Gedanke; aber er hatte Pierpaoli in der Nacht überkommen, er zwang sich, die Möglichkeit anzuerkennen. Falls ja: warum, in Gottes Namen? Und traf ihn *irgendeine* Schuld am Verschwinden Ariadnas, der Frau seines Lebens? Nicht einmal das hätte er mit Bestimmtheit sagen können. Warum also diese überstürzte Flucht, ohne ein einziges Wort der Warnung? Falls er sie gekränkt hatte, womit? Was hatte er falsch gemacht?

Er verstand sie nicht.

Manchmal, da wollte er nicht ausschließen, dass Ariadnas Verschwinden einfach nur eine verrückte Idee von ihr war, die man mit viel gutem Willen als lustig werten könnte, als spontane Eingebung, und dass sie im nächsten Moment wieder auftauchen würde, bass erstaunt über seine Sorge, bestens gelaunt und mit einer verrückten Geschenk-Idee oder sonst etwas. Es war ihr zuzutrauen. Und dafür hasste er sie. Aber dann rief er sich zur Ordnung, nein, so etwas würde sie nicht tun, so rücksichtslos war sie nicht.

Er spielte alle Möglichkeiten durch, dass ihr tatsächlich etwas zugestoßen sein könnte, schrecklichste Szenarien drängten sich auf – womöglich hatte sie irgendwo einen Unfall gehabt, war gestolpert, hatte sich den Knöchel gebrochen, sie konnte sich nicht bewegen, lag in einem Waldstück, in einem Graben. Sie trieb am

Küstensaum zwischen Schilfbinsen dahin, erfroren, kalt und weiß und tot? Aber wie und wo und wieso? Panik stieg in ihm auf, wie ein Brechreiz. Andererseits war das unmöglich. Ariadna war jung, sportlich, gesund. Sie war der Typ, den man auf den Mond schicken konnte, und sie würde zurückkommen. Auch gab es hier keine Gefahren, diese Gegend in Deutschland war eine durch und durch harmlose Welt.

Nichts ergab irgendeinen Sinn. Er hatte es im Gefühl, dass ihr nichts geschehen war.

Konnte es sein, dass Ariadna eifersüchtig auf seine Arbeit war? Aber das würde nicht zu ihr passen. Und wieso nahm sie ihr Telefon nicht mit?

Pierpaoli hatte in der »Pension Benzler« übernachtet, in Ariadnas Schmuckschachtel-Zimmer, wo noch stumm Sachen von ihr hingen, allerdings nicht ihre Tasche. Er hatte hier geschlafen, falls sie in der Nacht zurückkehrte. Das war sie jedoch nicht. Die Betreiber der Pension wussten ebenfalls nichts, wie sie erschrocken, verwirrt und glaubhaft beteuerten, sie konnten nur erzählen, dass auch ihr anderer Gast, ein Doktor und Wissenschaftler namens Charles Elani – also der Dr. Charles Elani, der sich bei der Besprechung mit den Wissenschaftlern von seinem Assistenten hatte vertreten lassen – überstürzt abgereist war. Elani allerdings hatte zuvor seine Rechnung beglichen. Stand das Verschwinden von Elani womöglich mit Ariadna in Verbindung? Hatte Elani Ariadna entführt?

Auch das war völlig absurd.

Pierpaoli hatte bei der Polizei eine Vermisstenmeldung gemacht. Man hatte ihm versichert, dass alles getan würde. Der Polizist, der die Meldung aufgenommen und das Formular erstellt hatte, ein älterer, väterlicher und offenbar kompetenter Beamter namens Hans-Martin Kind, hatte ihn allerdings gebeten, nicht ständig anzurufen. Pierpaoli war selbst Beamter, er verstand, er hatte es versprochen.

Pierpaoli wartete bis acht Uhr. Dann brach er sein Versprechen und rief Hauptkommissar Kind dennoch an. Der hatte jedoch keine Neuigkeiten.

»Wir haben alles Bildmaterial checken lassen, alle Überwachungen, nichts.«

Pierpaoli schwieg.

»Sind Sie noch da, Herr Pierpaoli?«

»Ja«, sagte Pierpaoli.

»Passen Sie auf, Herr Pierpaoli«, sagte Kind. Er sprach jetzt einige Umdrehungen langsamer. »Theoretisch könnten Sie einen Privatermittler einschalten. Aber ich muss Sie davor warnen. Diese privaten Hacker können sich in alle Systeme einschalten, die haben die nötige Software, aber das ist natürlich nicht legal, wenn Sie verstehen. Es gibt da so Leute, die sind darauf spezialisiert. Es gibt da eine junge Frau, über die das Gerücht kursiert, dass sie gelegentlich mit der Polizei zusammenarbeitet; das ist natürlich nur ein Gerücht … Können Sie mir folgen?«

»Ich glaube, ja.«

»Ich könnte Ihnen also eine Nummer sagen, die Nummer einer Hackerin – nur, damit Sie gewarnt sind. Sie verstehen? Und am besten, Sie vergessen dieses Gespräch, einverstanden?«

*

Fünf Minuten später hatte Pierpaoli die bewusste Hackerin, die sich Ghost nannte, am Telefon.

Ghost hatte, als Pierpaoli sie anrief, offenbar noch geschlafen und klang wie ein schlecht gelaunter Teenager. Einerseits. Andererseits wusste sie, als sie anfing zu reden, alles über *Remote Access Tools* und sonstige digitale Überwachungsmethoden, früher hatte sie ihre Dienste allen möglichen Kriminellen angeboten, danach, um einer Verurteilung zu entgehen, hatte sie die Seiten gewechselt und arbeitete nun – inoffiziell – für die deutsche Polizei.

Ghosts Spezialität war das Durchforsten großer Datenmengen.

Datenmengen bei Überwachungssystemen waren weltweit ein großes Thema. China war Weltmeister im Überwachen, aber auch in Russland, Saudi-Arabien und Indonesien lagen die Regierenden nicht schlecht im Rennen. Waren zum Beispiel im Jahr 2022 in der Jangtse-Millionenstadt Chongqing »nur« zweieinhalb Millionen Kameras für fünfzehn Millionen Einwohner in Betrieb, also rund 170 Kameras auf 1 000 Einwohner, so hatte sich der Einsatz innerhalb von zehn Jahren verfünffacht, auf 850 Kameras pro 1 000 Menschen. Das warf aber auch in der Praxis Probleme auf – die Datenmenge war kaum beherrschbar.

Ghost hatte eine Reihe von Sortierungs- und Bilderkennungsprogrammen anhand intrinsischer Algorithmen geschrieben, die von den wenigen Menschen, die etwas davon verstanden, als genial angesehen wurden.

Ihre Honorarforderungen waren spektakulär, gut vier Monatsgehälter eines mittleren Beamten der Klima-Allianz.

Nach langem Zögern erklärte Pierpaoli sich schließlich trotzdem bereit, die Summe zu überweisen. »Aber diese Software, mit der sie da arbeiten – Sie sind sich sicher, damit können Sie die gesuchte Person auch finden?«

Ghost antwortete betont langsam, wie eine Lehrerin vor einem begriffsstutzigen Schüler. »Jeder Mensch wird im Laufe eines ganz normalen Tages von zig Kameras aufgezeichnet, überall, ob in der Verkehrsüberwachung oder am Geldautomaten. Die Software, die ich übrigens selbst geschrieben habe, erkennt Muster, das heißt, welche Menschen wann und in welcher Situation und an welchem Ort waren. Sogar, wenn da was manipuliert wurde.«

»Manipuliert?«

»Es wird sehr viel manipuliert. Das ist der große Trend zurzeit. Sagen wir, bei einem Überwachungsvideo, zum Beispiel in einer Verkehrsüberwachung, läuft zweimal hintereinander genau derselbe Hund von links nach rechts durchs Bild. Das merkt man vielleicht nicht auf den ersten Blick, aber es ist ein Hinweis – hier wurde etwas manipuliert. Da hat jemand einen Moment kopiert, um einen anderen Moment zu verdecken. Und mein Programm erkennt so was. Solche Schleifenbilder oder irgendwelche Artefakte auf Pixelebene. Oder eben ihre gesuchte Person, die auf Bildern drauf ist oder eben nicht. Verstehen Sie?«

Pierpaoli verstand nicht. Er wollte nur wissen, wo Ariadna war.

Am anderen Ende der Leitung war jetzt ein Knacken und Zischen zu hören, Ghost hatte sich einen Energydrink aufgemacht, ihr Hacker-Frühstück. »Aber jetzt erzählen Sie mal – wen genau soll ich denn finden?«

»Meine Freundin. Sie ist verschwunden. Ohne mir etwas zu sagen.«

»Ihre Freundin?«

»Genau. Vielleicht haben Sie von ihr gehört. Ariadna Ferrer. Sie macht Musik …«

»So was mache ich nicht. Niemals.«

»Wie bitte?« Pierpaoli spürte, wie sein Gesicht heiß wurde. *Was für eine Irre ist das? Ich habe ihr gerade vier Monatsgehälter dafür versprochen.*

»Ich übernehme keine Aufträge, wenn es um Liebesbeziehungen geht. Grundsätzlich nicht.«

»Was? Ich meine, wieso?«

»Arbeitsethos. Ich kenne Sie nicht. Vielleicht ist ihre Freundin ja mit gutem Grund abgehauen. Vielleicht haben Sie sie schlecht behandelt. Vielleicht will sie ja gar nicht gefunden werden. Vielleicht sind Sie ein Stalker? Ich sage nicht, dass es so ist. Ich sage nur, bei Beziehungsproblemen halte ich mich raus.«

»Wir haben kein Beziehungsproblem!«

»Sie ist weg. Und hat Ihnen nichts gesagt?«

»Genau.«

»Na bitte.«

»Sie wollen mir also nicht helfen?«

»Wie gesagt.«

»Gut. Dann eben nicht. Aber ich danke Ihnen, dass Sie sich die Zeit genommen haben … Hallo? Sind Sie noch da?« *Verdammte Irre.*

Ghost hatte schon aufgelegt.

An diesem frühen Freitagmorgen, die Nacht ist kaum vorüber, bietet Hirtshals den drei Personen, die hier gerade an der westlichen Marina angelegt haben, einen romantischen, einen fast verzauberten Anblick.

Der Hafen Hirtshals befindet sich an der nördlichen Spitze Dänemarks, in Nordjylland, allerdings gelegen auf der Westseite Dänemarks, also nicht mehr der Ostsee zugewandt, sondern der wilderen Nordsee. Hirtshals selbst ist ein unspektakulärer mittelgroßer Fischerei- und Güterhafen, seit einigen Jahren mit neuen, insgesamt vierzehn Hafenbecken ausgestattet und einem Umschlag von etwas mehr als drei Millionen Tonnen; eine Industrieanlage mit knapp tausend Arbeitsplätzen, mit Polizei- und Zollstation, das Ganze modern, nüchtern, eher trostlos. Aber nicht an diesem sehr frühen, immer noch dunklen Freitagmorgen.

Denn es hat in der Nacht zuvor und dann auch nochmals am Tag geschneit, nicht viel, eher andeutungsweise, die Flocken tänzelten herab, aber immerhin, es summierte sich, bedeckte die Flächen. Dann ist der Schnee kurz geschmolzen und in der Nacht wieder gefroren, an manchen Stellen verharscht zu einer glitzernden Oberfläche. Noch ist der Neuschnee nicht zertreten oder zerfahren, nicht verschmutzt worden – und so liegt ein weißes und adrettes Gewand über dem Hafen. Es bedeckt die Containerbrücken und Pylone, die Portal-Kräne, Schienenanlagen und die gestapelten Teleskoprahmen, eine weich-stäubende Schicht, stellenweise funkelnd, stellenweise pudrig. Die Zufahrts-Beleuchtung des Hafens verstärkt die malerische Wirkung noch. Sie hat einen warmen, fast orangefarbenen Lichtton. Im Osten zeigt der Himmel bereits einen milchig-rosigen Schimmer. Aber noch herrscht Nacht. Noch ist die Anlage umschlossen vom Schwarzblau des Himmels.

Überdeutlich klingt das Knirschen der Schritte. Die drei Personen gehen rasch, sie sprechen leise. Sie haben unbemerkt angelegt, sind mit gedrosseltem Motor eingelaufen, sind unbemerkt an

Land gegangen. Sie wollen erledigen, was sie zu erledigen haben, und dann schnell verschwinden.

Es sind Elani, Mutterperl und Asta.

In wenigen Stunden, wenn die Morgendämmerung anbrechen wird, dann werden die Arbeiter kommen, Lieferwagen werden fiepend zurücksetzen, Container werden durch die Luft geschwenkt werden, die Imbissbuden werden aufmachen, der Schnee wird zertreten und zerfahren werden. Bis dahin ist es aber noch Zeit. Elani hofft, dann schon weg zu sein, schon wieder auf dem Meer, Kurs auf England. Sie sind hier, weil sie sich verproviantieren müssen für die weitere Fahrt. Elani hat Asta angewiesen, sie mit der *Greta* erst nach Hirtshals, dann quer über die Nordsee zu bringen, bis an die Südküste Englands, eine Strecke von etwa 540 Seemeilen. Bei einer Geschwindigkeit von acht Knoten, die die *Greta* leistet, werden sie dafür drei Tage brauchen.

An der englischen Küste sollen Elani und Mutterperl mit ihrer kostbaren Fracht, den Eiern des *Megaloctopus octaviae*, umsteigen auf ein anderes, hochseetaugliches, für die Querung des Atlantiks geeignetes Schiff. Zuvor hat Asta aber kategorisch verlangt, dass sie in Hirtshals anlegen und sich verproviantieren. Zumindest müssen sie etwa 1 500 Liter Diesel bunkern, auch Trinkwasser, dazu wenigstens einige Lebensmittel, dazu Vertäugurte. Elani hat, wenn auch widerwillig, zugestimmt.

Aber Asta verfolgt einen anderen Plan. Sie will die Überfahrt nach England nicht antreten. Sie bereut, sich mit ihrem Schiff an Elani verkauft zu haben.

An der Anlegestelle haben sie die *Greta* betankt, außerdem Trinkwasser aufgenommen. Es fehlen noch Lebensmittel und Kleinigkeiten. Asta weiß angeblich, wo sie alles bekommen, unauffällig, gegen Barzahlung. Dafür müssten sie, hat Asta erklärt, zu Minnie Castorina, die einen der letzten eigenständigen Proviantläden betreibt, am Westhafen, dem *Gamle Havn*.

Dorthin sind sie unterwegs. Sie machen einen Bogen um die Polizei- und Zollstation, die rund um die Uhr besetzt ist, wo auch jetzt ein Licht brennt. Elani und Mutterperl achten darauf, dass sie möglichst außer Reichweite der Überwachungskameras bleiben.

Minnie Castorinas Shop ist ein lang gezogener Barrackenbau, von außen maigrün angestrichen, mit einer fächerförmigen Granittreppe vor dem Eingang. Über der weißen Eingangstür eine rote Leuchtschrift, die in Kursivbuchstaben das Wort *Skibshandler* in die Nacht hinausglüht, Schiffs-Proviant. Darunter, kleiner: *Vaskefaciliter* und *Varmt Brusebad*. Will sagen, man kann, gegen eine kleine Gebühr, die Waschgelegenheiten nutzen, auch das *Varmt Brusebad*, die Dusche.

Dem Laden haftet etwas rührend Altmodisches an. Er hat sich halten können, weil Minnie Haus und Grundstück von ihrem Vater geerbt hat, einem italienischen Einwanderer mit dem operettenhaft klingenden Namen Gandolfo Castorina, der wirklich so hieß und aus einem Vorort von Genua stammte.

Elani, Mutterperl und Asta nehmen die drei Stufen, Mutterperl drückt die Eingangstür auf. Sie streifen den Schnee von ihren Stiefeln und huschen hinein. Drinnen empfängt sie eine herrliche Wärme, Aufgeräumtheit und der bunte Anblick von Tropenfischen: schillernde Guppys und Rote Mollys, die Minnie züchtet, auch Neons, Anemonenfische und Antennenwelse, die sie hegt und in drei großen, stets sehr sauber gehaltenen Aquarien hält.

Der Laden strahlt Ordnungsliebe aus. Kein Stäubchen irgendwo. Dicke Kokosläufer auf dem Fußboden. Auf den Fensterbrettern stehen Rosensträucher in weißen Porzellantöpfen. Auf der Rückseite des schlauchartigen Raums ist das Sortiment in Metallregalen, peinlich genau sortiert. Auf der einen Seite die Lebensmittel, genau auf Regalkante geschoben: Nudeln, Schokolade, Zwiebacke, Salz, alles eingeschweißt, Gewürze, Käse in Dosen, vegetarische Konserven, eine Batterie von Gläsern mit selbst gemachten Tomaten- und Zucchinisaucen. Auf der anderen Seite einfaches Schiffszubehör: Nylongarn auf Rollen, Batterien, LED-Lampen, Scharniere, Beschläge, Schrauben, Bolzen, Marlspieker, Takelsäcke, Akku-Heißschneider, Gurte.

Vor den Aquarien eine Sitzecke, daneben die unvermeidliche Kaffeemaschine, daneben Minnies grauer Lieblingssessel. Eine schmale Tür führt in ihr kleines Büro, das in einem Anbau untergebracht ist.

Im Unterschied zu ihren Tropenfischen, die alles an Buntheit aufzubieten scheinen, trägt Minnie am liebsten Grautöne. Sie ist eine kleine, äußerst freundliche und stets muntere Person mit grauen Locken, in hellgrauem Schürzenkleid, mit dunkelgrauer Strickjacke, steingrauen Stiefeletten über aschgrauen Kniestrümpfen, die ein neues Gummiband vertragen könnten.

Sie und Asta mögen sich, Asta hat ihr mehrmals Tropenfische mitgebracht, an die Minnie sonst nicht gekommen wäre. Und Minnie hat Asta schon öfter großzügig Kredit gewährt, ihr auch sonst gelegentlich einen Gefallen erwiesen.

Aber nie zuvor einen solchen Gefallen wie heute.

Minnie wurde von Asta vorgewarnt, dass sie einige Dinge brauchten, dass sie spontan kommen würden; Asta hat von einem der frei zugänglichen Hafentelefone aus angerufen. Minnie ist also vorbereitet, die frühe Stunde störe sie nicht, hat sie munter erklärt.

Sie hat Kaffee aufgesetzt, einen Teller mit Keksen bereitgestellt, sie zieht ihre Strümpfe hoch und eiert ihren Besuchern strahlend entgegen – doch bemerkt sie sofort, dass hier etwas nicht stimmt.

Asta begrüßt sie betont förmlich, mit Handschlag. Normalerweise gibt es eine kleine Umarmung. Jetzt nicht. Und Astas Blick ist ausdruckslos. Betont ausdruckslos.

Minnie ist irritiert. Vielleicht hat es mit den Männern zu tun, die irgendwie ungewöhnlich sind, nicht zu Asta passen. Doch sie schiebt den Gedanken beiseite. Was brauchen die Herrschaften? Nur einige Lebensmittel und Spanngurte? Beides hat sie vorrätig. Auch abgepackte Lebensmittelkartons für jeweils vier Personen und drei oder sechs Tage. Ja, auch Gurte. Wenn die Herren sich das in Ruhe ansehen würden?

Sie lässt, was sie sonst nicht macht, die beiden Männer allein durch den Laden an das rückwärtige Regal treten. Sie will Asta fragen, was los ist. Sie bleibt am Eingang. Aber Asta murmelt etwas, entschuldigt sich. Sie müsse sich kurz frisch machen. Mal eben ins Bad. Sie schiebt sich an Minnie vorbei. Gesenkten Blickes. Weicht dem Blick von Minnie aus. Schließt die Tür hinter sich. Minnie hört, wie der Schlüssel umgedreht wird.

Was ist hier los? Minnie Castorina reicht es jetzt. Dies hier ist *ihr* Laden. Sie zieht ihre Strümpfe hoch und wird diesen beiden Männern mal auf den Zahn fühlen.

*

Asta hat sich eingeschlossen im *Varmt Brusebad*. Es ist klein, weiß gekachelt, sehr sauber. Dusche, Waschbecken, Fenster. Sie hat das Fenster leise geöffnet. Das Fenster ist eng, aber es wird gehen. Da steht ein Hocker mit Handtüchern. Sie wischt die Handtücher vom Hocker, schiebt den Hocker vor das Fenster. Sie hat das Waschbecken verstöpselt und volllaufen lassen. Sie nimmt aus dem Regal hinter sich einen grauen Fön, steckt ihn ein, die Steckdose ist links neben dem Spiegel, sie knipst ihn an. Sie hält den fauchenden Fön über das Waschbecken, lässt ihn fallen. Ins Wasser.

Die physikalische Reaktion, der Kurzschluss, ist ein hoher Stromfluss ohne Widerstand. Und ein Knall. Sofortige Dunkelheit.

Minnie schreit auf. Die beiden Männer, die noch am Regal stehen, lassen fallen, was sie in den Händen halten, fluchen. Es dauert, bis sie ihre Smartphones im Finstern aus den Taschen genestelt haben, knurrend die Taschenlampen aktiviert haben. Der durch den Raum fingernde Lichtkegel von Elanis Telefon erfasst Minnie, die steif dasteht, die Hände an ihre Wangen drückt – wie die Figur auf dem Munch-Gemälde.

»Kurzschluss?«, knurrt Elani. »Haben Sie oft Kurzschluss oder Stromausfall? Antworten Sie!«

»Eigentlich nie«, wimmert Minnie.

Elani erfasst die Situation als Erster. »Wo ist Asta?« Es gilt Minnie.

»Woher … Ich – ich weiß es nicht.« Minnies Stimme ist kaum verständlich. »Wie reden Sie eigentlich mit mir? Ich meine, sie wollte ins Bad, sie wollte sich frisch machen. Der Sicherungskasten … Er ist hinten bei den Regalen. Bitte, leuchten Sie mir.«

»Asta!« Elani hat das gebrüllt.

Keine Antwort.

»Asta! Sind Sie da? Sind Sie im Waschraum?«

Beredtes Schweigen.

»Wir müssen sofort zum Schiff!« Elani begreift, dass er Asta falsch eingeschätzt hat. Seine Wut kocht hoch. »Sie will ablegen, mit den Eiern verschwinden … Wir müssen sie einholen! Kommen Sie!«

Und Elani läuft schon los, drängt sich durch den dunklen Laden, drängt sich an Minnie vorbei, die er anrempelt, die er fast umwirft, die ihre Hände ringt, und Elani ist jetzt an der Tür, er eilt hinaus, sieht Astas Spuren im Neuschnee. »Sie ist durchs Fenster raus«, sagt er und läuft los.

Auch Asta rennt. Sie hat einen Vorsprung. Und sie kennt sich hier aus. Gegen ihre Fußspuren, die sie im Schnee hinterlässt, kann sie nichts machen. Elani wird ihr folgen. Soll er. Sie muss schneller sein. Und sie läuft nicht zu ihrem Schiff, wie Elani vermutet hat. Nein, sie läuft zum nächsten Hafentelefon. Alle Gebäude im Hafengebiet sind mit einer Festnetzleitung verbunden. Und sie ruft die Polizei an.

Jemand hebt ab. Zum Glück.

Was Asta zu sagen hat, ist schnell gesagt. Und dann hängt sie auf und läuft weiter. Zur Polizeistation.

Und während Asta rennt, während Elani und Mutterperl ihr wütend nachsetzen, und während die arme Minnie Castorina ihr Zittern unterdrückt und endlich eine Taschenlampe findet und sich in ihrem finsteren Laden mit heruntergerutschten Strümpfen zum Sicherungskasten vortastet, während all dies geschieht, bietet der Hafen von Hirtshals, gelegen an der Nordwestspitze von Dänemark, in Neuschnee gehüllt, an diesem sehr frühen Freitagmorgen immer noch einen romantischen, verzauberten Anblick.

Die Haie ließen Ariadna in Ruhe. Vielleicht waren sie anderweitig beschäftigt oder nicht hungrig, oder Ariadna schwamm ihnen tatsächlich zu schnell. Denn sie legte, verständlicherweise, die Distanz zwischen Boot und Strand in beachtlicher Zeit zurück. Sehr wohl war ihr nicht, während sie schwamm, zwischen Felsen und Untiefen hindurch, die es dem Boot unmöglich machten, Ariadna direkt am Strand abzusetzen – umso mehr beeilte sie sich.

Das Boot, die *Peggy*, ein Konsolenboot mit Fiberglas-Rumpf, hatte die Strecke zwischen Tahiti und der kleinen Insel Tetiaroa in einer knappen Stunde bewältigt; in Sichtweite des Strandes war Ariadna ins Wasser gestiegen und losgeschwommen, ihre Papiere, Kreditkarten, den falschen und den richtigen Pass in einer wasserdichten Bauchtasche. Sie rief sich das wenige, was sie über die Abwehr von Hai-Angriffen wusste, ins Gedächtnis – war aber sehr erleichtert, dass sie nichts davon ausprobieren musste. Sie watete an den Strand.

Dort winkten lässig und warteten, wie abgesprochen, die beiden Kontaktleute der F.A.P. auf sie, mit einem Handtuch und trockenen Sachen: zwei Männer, ein Schmächtiger mit einer Bifokalbrille, der einen Joint rauchte, und ein zweiter Mann, der groß und muskulös war und Shorts und ein schwarzes Netzunterhemd trug. Beide waren bewaffnet.

Die Begrüßung war knapp. Der mit der dicken Bifokalbrille schnippte seinen Joint weg und nickte Ariadna zu. »Ariadna, richtig? Komm mit.« Er deutete auf ein flaches weißes Gebäude, das einen ramponierten Eindruck machte.

Ariadna sah sich um. Plastikmüll lag am Strand, viele Palmen standen im Salzwasser, etliche waren umgestürzt. Die ganze Insel sah verwüstet aus, wie nach einem Sturm.

»Wie heißt die Insel?«, fragte sie vorsichtig.

»Geht dich nichts an«, knurrte der im Netzunterhemd.

»Und Garreth, ich meine Martindale – wie geht es ihm? Ist er verletzt?«, hakte sie nach.

»Der lebt wie ein König, der Scheißkerl«, antwortete Netzunterhemd. »Wir haben ihm sogar angeboten, eine Stunde am Tag an den Strand zu gehen, aber er will nicht. Er pöbelt jeden an, den er sieht. Er droht uns, er würde ganz Polynesien wegbomben. Ein Irrer. Wenn du meinst, du kannst ihn zur Vernunft bringen, viel Spaß dabei. Uns soll's recht sein.«

Eine Schar Reiher hob sich flappend in die Luft.

Ariadna folgte den beiden F.A.P.-Leuten entlang der Überreste eines alten Steges auf die Rückseite des Gebäudes zu.

*

Vor ihrem Niedergang, ausgelöst durch den Klimawandel, den steigenden Meeresspiegel, absinkende Korallenriffe und Stürme, erlebte die Insel Tetiaroa einen Aufstieg. Dieser Aufstieg erfolgte in drei Phasen: zuerst eine lange Zeit der Unschuld. Dann eine Zeit der ehrgeizigen Utopie, als die Südsee eine Projektionsfläche für den Westen wurde – das Paradies, die Welt der edlen Wilden. Und die dritte Phase war die Zeit des Geldes, als die Insel mit Luxus überschwemmt wurde.

In der Phase der Unschuld war Tetiaroa, ein Atoll von zwölf kleinen Inseln, das Refugium der Häuptlingsfamilien von Tahiti. Sie kamen im Sommer, paddelten in ihren großen Auslegerkanus heran, achtzig Personen in einem Kanu, und so landeten sie mit ihrem Hofstaat und Freunden an, fischten, schwammen, tauchten, schnitzten, legten Gärten an für Auberginen, Papayas, Bananen.

Dann kamen die Franzosen, die Polynesien als Überseegebiet der Grande Nation beanspruchten, eine Meeresfläche, etwa halb so groß wie die Vereinten Staaten von Amerika. Die Franzosen machten die Hauptinsel Tahiti zum Stützpunkt, das kleine und vorgelagerte Eiland Tetiaroa ignorierten sie; es wurde nun erst recht Zufluchtsort für alle, denen die neuen Herren nicht gefielen.

Bis in die Neuzeit. Bis der Film kam. Und mit dem Film: der Star. Der Schöne.

Es war Marlon Brando, der damals höchstbezahlte Hollywood-Akteur, der durch die Dreharbeiten zu »Meuterei auf der

Bounty« das Südsee-Flair für sich entdeckte, rund ein Jahrhundert nach Gauguin. Brando heiratete eine Tahitianerin, machte ihr flugs Kinder, betrog sie nach Strich und Faden, pachtete die kleine Insel Tetiaroa, erklärte sich selbst kurzerhand zum Südsee-Guru und gab dem Ganzen eine utopische Verpackung: So müssten wir alle leben. Es war der Traum vom Paradies – die Hollywood-Version. Richtig durchdacht war nichts, kein Wunder, dass alles nur halb gelang. Bis Brando irgendwann dem Eiland, das unter seiner Ägide ziemlich verwahrlost war, den Rücken kehrte und entnervt wieder nach Los Angeles ging. Seine Frau ließ er zurück.

Es folgte die dritte Phase, die luxuriöse. Sie begann mit zwei Investoren, die den Brando-Mythos ausschlachteten, die Ratten und Mücken ausrotteten und für die Milliardäre dieser Welt ein azurblaues, von Seeschwalben umschwirrtes Wunderland errichteten. Eine paradiesische Lagune. Noble Architektur. Sonnenuntergänge von unwirklicher Pracht.

Doch auch dieser Idee war kein Erfolg vergönnt. Denn die geschundene Natur, wie um Rache zu nehmen, überschwemmte, ertränkte und zerschlug die kleine Insel, das »bessere Tahiti«; und so schloss sich der Kreis. Und Tetiaroa fiel wieder in die Hände der ursprünglichen Polynesier, denn Talasea und ihre F.A.P. nahmen es sich einfach. Und unauffällig. Manchmal versteckten sie hier Material, Vorräte.

Und manchmal, wie jetzt, versteckten sie hier auch eine Geisel.

✶

Das provisorische Gefängnis für Garreth Martindale war, den Umständen entsprechend, sogar komfortabel zu nennen: Zwei große Räume, die Fenster, wenn auch vergittert, sorgten für einen Luftzug. Die Pritsche war am Boden festgeschraubt, ein einfacher Hocker, ein Tisch, eine chemische Toilette hinter einem Paravent. Bücher und Zeitungen lagen auf dem Tisch, in ordentlichen Stapeln.

Martindale hatte dösend auf der Pritsche gelegen, als Ariadna seine Zelle betrat. Dann, als die Tür hinter ihr ins Schloss fiel und abgeschlossen wurde – dann, als er Ariadna erkannte, wurden seine Augen rund wie zwei Silberdollarmünzen. Er rappelte sich auf von der Pritsche. Er machte einen Schritt auf sie zu, starrte sie an, verblüfft, ungläubig.

Martindale sah nicht schlecht aus, befand Ariadna erleichtert, für einen Gefangenen. Zumindest war er unverletzt, ohne Blessuren. Offenbar wurde er gut behandelt, Talasea hatte nicht übertrieben. Er hatte einen Bart, war barfuß, trug eine helle Leinenhose und ein weißes T-Shirt.

Martindale kniff die Augen zusammen, als sähe er eine Erscheinung.

Als er sprach, war seine Stimme heiser. »Ariadna! Du?«

Ariadna lächelte. »Hi, Garreth. Wie geht es dir?«

Er atmete tief ein, fast verschluckte er sich. »Ariadna! Wie kommst du hierher?« Er berührte sie an der Schulter, zögernd, als könnte er die Erscheinung sonst verscheuchen, als könnte sie in tausend Stücke zerspringen. Aber er kämpfte darum, sich unter Kontrolle zu bringen.

»Komm her, ich will dich wenigstens einmal umarmen.« Und das tat sie. Martindale ließ es zu, wenn auch abwesend, wie ein Schlafwandler, den man von der Dachkante führt. Dann sprach Ariadna wieder: »Hör zu, Garreth. Das wird jetzt ziemlich schwierig werden … Du wirst nicht gern hören, was ich zu sagen habe. Aber hör' mir bitte erst mal zu …«

Martindale fiel ihr ins Wort. »Moment! Zuerst muss ich wissen, wie kommst du hierher? Was hast du mit diesen Kidnappern zu tun?«

»Gar nichts«, antwortete Ariadna. »Aber ich kenne dich. Und ich bin deinetwegen hier. Denn ich will, dass das hier ein gutes Ende nimmt.«

»Ariadna, ich weiß nicht, wie du an diese Leute geraten bist. Aber ich kann dir eines sagen – sie benutzen dich.«

»Nein, Garreth, nein. Ich werde nicht benutzt. Ich bin freiwillig hier. Als Unterhändlerin. Denn ich will nicht, dass es Krieg gibt. Und ich will außerdem, dass du am Leben bleibst.«

»Unterhändlerin?« Martindale explodierte. Er wandte sich ab, machte stampfende Schritte im Zimmer, hin, her, hin, her. »Du hast ja keine Ahnung! Mit diesen Leuten kann man nicht verhandeln. Es sind Terroristen, Ariadna! Abschaum! Sie verstehen nur eine Sprache, Gewalt. Das Kidnapping war ein kriegerischer Angriff! Auf die Stadt Sydney!«

»Das weiß ich, Garreth. Ich habe die Bilder gesehen. Jeder Mensch auf dem Planeten hat die Bilder gesehen. Und jeder hat gesehen, dass Australien den Völkern im Pazifik den Krieg erklärt.«

Martindale wurde plötzlich ruhig, sachlich. »Wer genau hat dich geschickt, Ariadna?«

»Talasea.«

»Hab' ich's doch gewusst. Ich wusste, dass am Ende Talasea hinter allem steckt – hinter dem Anschlag …«

»Nein, Garreth. Talasea wusste nichts davon. Sie will jetzt nur den Schaden begrenzen. Die eigentlichen Kidnapper, die ›Septième‹-Leute, haben etwas angerichtet, was sie jetzt nicht mehr in den Griff bekommen. Dann haben sie Talasea um Hilfe gebeten. Und weil du ja nicht mit ihr reden willst, hat sie mich angesprochen.«

»Talasea ist nur ein Werkzeug für die Terroristen. Sie kann gut reden, sie kann Leute verführen – aber eigentlich ist sie eine Marionette.«

»Das sehe ich anders, Garreth. Wir haben bestimmt politisch unterschiedliche Meinungen. Aber über Talasea weiß ich inzwischen ziemlich viel, ich habe sie kennengelernt. Von der F.A.P. wird sie respektiert, aber von den anderen Gruppierungen auch. Sie ist überparteilich. Sie lässt sich von niemandem vor den Karren spannen. Und ich auch nicht. Oder glaubst du das, Garreth?«

Martindale antwortete ausweichend. »Ich glaube, dass du gute Absichten hast, Ariadna. Und ich kann mir vorstellen, dass es nicht so leicht war für dich, hierherzukommen. Das ist sehr beeindruckend, Ariadna. Aber es geht um Politik. Du bist diesem politischen Spiel nicht gewachsen. Ich bin lange genug in der Politik gewesen. Du wirst benutzt. Du meinst es gut, aber du bist naiv.«

»Vielleicht bin ich naiv. Aber vielleicht ist das genau die Lösung. Denn womöglich ist ja alles ganz einfach.«

»Nein. Es ist *nicht* einfach. Du weißt nicht, wovon du redest. Für diese Situation gibt es keine wie auch immer geartete *Lösung*.« Er spuckte das letzte Wort in die Luft.

»Garreth. Hör doch erst mal zu. Es ist ganz einfach. Du verzichtest auf Rache, auf Strafaktionen. Du versprichst es mir. Und dafür wirst du freigelassen. Und die ›Septième‹ steht für den Schaden ein, den sie angerichtet hat, sie sorgt für Entschädigung.«

»Das werde ich niemals versprechen! Unmöglich. Hört ihr das?« Martindale wurde laut. »Wahrscheinlich hören sie uns jetzt gerade ab! Bestimmt ist dieser Raum verwanzt! Sollen sie also mithören – ich werde das niemals versprechen, hört ihr das?« Plötzlich brüllte er: »Ich verspreche euch nur eines! Dass ich euch kriege, euch fertigmache, falls ich hier rauskomme! Habt ihr das gehört?« An Martindales linker Schläfe pochte eine Ader.

Ariadna hatte die Augen geschlossen, sie ließ diesen Ausbruch über sich ergehen. Es kostete sie Mühe, wieder zu sprechen. »Garreth, das bringt doch nichts. Es ist eine gute und vernünftige Lösung, die ich dir vorschlage. Alles, was du versprechen musst, ist, dass du keine Rache nimmst. Es geht um Vertrauen. Ich habe Talaseas Wort.«

»Talasea! Selbst wenn ich es wollte, könnte ich dieses Versprechen gar nicht geben. Ich bin zwar Verteidigungsminister, aber solche Entscheidungen werden im Kabinett abgestimmt. Und das letzte Wort hat der Premier der Klima-Allianz. Ich bin nur ein einzelner Minister. Ich wäre gar nicht befugt, solch ein Versprechen zu geben. Und zweitens, noch wichtiger: Ich *will* es gar nicht geben. Ich bin das Opfer! Jetzt soll ich vor die Welt treten und sagen: Hey, diese Typen haben mich gekidnappt, aber so schlimm war's nicht, vergessen wir's? Mein Gott. Ich wäre erledigt, als Politiker, als Mensch, als Mann.«

»Du liegst völlig falsch, Garreth. Du hast nicht mitgekriegt, was da draußen los ist. Der Premier der Klima-Allianz und das Kabinett – sie versuchen die ganze Zeit, die Situation zu deeskalieren. Sie wollen keine bewaffnete Strafaktion! Niemand will einen Krieg im Südpazifik, die Welt hat gerade ganz andere Sorgen.« Sie atmete durch.

Martindale prallte zurück. »Sie wollen keine Strafaktion?« Er war überrascht, aber wenn er nachdachte – was Ariadna sagte, ergab durchaus Sinn.

Sie fuhr fort. »Es geht also nur um deinen persönlichen Stolz, Garreth. Du musst nur über deinen Schatten springen. Und ich weiß, wenn ein Politiker über seinen Schatten springt, wenn ihm die Sache wichtiger ist als sein persönlicher Stolz, das merken die Menschen. Und das werden sie dir hoch anrechnen.«

Martindale schwieg. Ariadna sah ihre Chance.

»Weißt du noch, Garreth? Vor vier Jahren, bei deiner Party, da habe ich dir vertraut. Und du hast mir bewiesen, dass du mein Vertrauen verdienst. Und ich stehe seitdem in deiner Schuld, Garreth. Sonst wäre ich vielleicht gar nicht gekommen. Aber ich bin hier. Und bitte dich: Vertraue mir.«

»Ach, Ariadna.« Martindale ließ sich auf die Pritsche nieder, er rieb seine Bartstoppeln und das Gesicht mit den Händen. Dann starrte er eine Weile auf den Boden vor sich. »Du meinst es gut, Ari.« Er sprach zum Boden hin, ohne sie anzusehen.

»Du willst es richtig machen«, murmelte Martindale. »Aber es funktioniert nicht. Ich kann dieses Versprechen nicht geben. Das ist mein letztes Wort. Sie werden mich umbringen – sollen sie. Ich akzeptiere das. Man wird sie später aufspüren, ein Exempel statuieren, sie werden bestraft werden für das, was sie mir angetan haben.«

Eine Welle von Mitgefühl schlug über Ariadna zusammen. Sie fühlte seine Verlassenheit so sehr wie ihre eigene. Aber gleichzeitig arbeitete es in ihr: Wie nur war dieser Mann zu überzeugen? Ihr fiel nichts ein, ihr Kopf war leer. »Ich habe Angst, Garreth«, sagte sie schließlich. »Und ich glaube, du hast auch Angst. Ich verstehe das.«

»Angst? Nein. Ich weiß, was kommt. Und ich sterbe wenigstens nicht als Feigling, Ariadna, wenigstens das. Geh jetzt.«

Eine Pause entstand. Dann sprach Ariadna, sie sprach sehr leise, wie zu sich selbst: »Doch, du hast Angst, Garreth. Und das ist nur natürlich. Du bist ein mutiger Mann, aber du hast Angst. Du redest von einem Exempel, du redest davon, wie du den Tod verlachst, und in jeder Silbe, mit jedem Atemzug erzählst du von deiner Angst. Aus Angst bist du todessüchtig. Du bist wie jemand, der beim Gewitter rausgeht, die Hände in die Höhe reckt, um den Blitz auf sich herabzuziehen.«

»So ist es nicht, Ariadna. Geh jetzt.«

Ariadna war ratlos. »Du musst doch nur einen einzigen Satz sagen, Garreth. *Ich verzichte auf Rache.* Nur vier Worte. Die entscheiden über dein Leben. Und sie entscheiden über Krieg oder Frieden. Vier Worte.«

Martindale schrie plötzlich. »Hör auf! Ich kann nichts versprechen, Ariadna, ich kann nicht nachgeben, ich kann nicht einwilligen! Wie oft soll ich das denn noch sagen? Ich halte das nicht mehr aus, hier in diesem Raum, zusammen mit dir! Wieso bist du gekommen? Ich hab' dich nicht gebeten! Du machst alles nur komplizierter! Sollen sie mich umbringen, dann ist es vorbei!«

Martindale war von der Pritsche aufgesprungen, mit wenigen Schritten war er an der Tür, er schlug, er hämmerte gegen die schwere Türfüllung, während er schrie: »Hey! Wachen! Ihr da! Holt diese Frau hier raus! Bringt sie weg …«

Von draußen waren Schritte zu hören. Und die Stimme von Bifokalbrille. Er klopfte an die Tür. »Hallo, Ariadna? Sollen wir dich da rausholen? Alles in Ordnung?«

Martindale stand an der Tür, atmete schwer, an seinem Kiefer spielte ein Muskel.

»Nein.« Ariadna sprach zur Tür, blickte aber Martindale an. Er presste die Hände gegen seine Schläfen.

»Ich habe das unterschätzt«, sagte sie dann. »Wir drehen uns im Kreis. Also gut. Wir sagen einfach mal eine halbe Stunde lang nichts. Wir schweigen. Nur das. Ich bitte dich darum. Ich setze mich hier auf den Hocker, und du setzt dich auf das Bett und versuchst zu entspannen, okay?«

Martindale zuckte die Achseln, aber er ging zu der Pritsche und ließ sich schwer darauf fallen. Dann starrte er an die Wand.

Die Stille war durchdringend.

Ariadna saß auf ihrem Hocker, saß kerzengerade, die Hände

lagen auf ihren Knien. Und so verging eine Minute. Und es verging noch eine Minute, es vergingen drei Minuten, vier Minuten, neun Minuten.

*

Man denkt, die Zeit verginge, aber die moderne Physik lehrt uns, dass die Zeit keineswegs »vergeht«. Die Zeit sei statisch, erklären die Physiker, sie ist eine vierte Dimension, zusätzlich zu den drei Dimensionen des Raums – nur wir, wir Menschen, die Welt um uns, wir vergehen innerhalb der Zeit.

Und so steht die Zeit still, und Ariadna und Martindale altern ein winziges Etwas, während sie schweigen. Noch eine Minute. Und noch eine Minute. Sie schweigen.

Und dann bemerkt Ariadna, dass etwas auf ihre Hände tropft. Sie kann es erst nicht deuten, dann begreift sie, dass es ihre eigenen Tränen sind. Tränen laufen ihr über das Gesicht; sie hat es nicht einmal bemerkt, dass sie weint, wie lange geht das schon so? Es ist geradezu lachhaft. Plötzlich das Gefühl, sie könnte nicht mehr atmen. Sie schnappt nach Luft, mit einem Röcheln.

Martindale blickt zu ihr hin.

Er sieht ihr tränenüberströmtes Gesicht, er starrt sie an, und dann, wie in Zeitlupe, bricht auch er zusammen, aber er weint anders als Ariadna, nicht lautlos, sondern mit einem krampfigen Schluchzen bricht es aus ihm heraus – und jetzt sitzen die beiden sich gegenüber, der Verteidigungsminister, groß, massig, aber zitternd, von Krämpfen geschüttelt, auf dem Hocker sitzt Ariadna, immer noch kerzengerade, Ariadna, die gekommen ist, um ihn zu retten, und so vergießen sie, jeder für sich, jene salzige Flüssigkeit, die der menschliche Körper in den Tränendrüsen erzeugt, für Fälle wie diesen, und die wir verschwenden, wenn wir nicht mehr weiterwissen im Leben, und in den Tränen enthalten sind auch Spuren keimabtötender Enzyme und Proteine, Lysozym, Albumin, Globulin.

So sitzen sie in einer Seifenblase aus Zeit. Bis sie aufhören zu weinen. Sie fühlen sich erschöpft, beide. Martindale steht jetzt auf, er geht zu dem Waschbecken, greift ein Handtuch und bringt es Ariadna, wortlos. Sie nimmt es, schneuzt sich, wischt ihr Gesicht ab. Gibt ihm das Handtuch zurück. Er nimmt es, steht vor ihr: groß, stark, ratlos. Er schämt sich nicht, dass er geweint hat. Aber er ist verwundert; es ist so lange her, er kann sich gar nicht erinnern, wann er das letzte Mal Tränen vergossen hat.

»Hör zu, Garreth.« Ariadna spricht klar und ruhig. »Ich will dir zwei Geschichten erzählen, darf ich? Die erste Geschichte handelt von Churchill.«

Martindale reibt seine Augen, sie brennen. »Wovon redest du? Churchill?«

»Es fiel mir gerade ein. Während des Weltkriegs war Churchill der glühendste Feind, den Deutschland hatte. Aber nur ein Jahr nach Kriegsende hielt er eine Rede, in der er sagte, jetzt müsse Schluss sein mit Vergeltung und Hass und Rache. Man müsse den Feinden von gestern die Hand reichen. Es war eine totale Umkehr. Die halbe Welt stand Kopf. Aber er hatte recht. Deutschland wurde zu einer Demokratie, imstande, anderen Völkern zu helfen.«

»Was hat das mit mir zu tun?« Martindale fragt, aber er kennt die Antwort.

»Man muss vergeben können. Vergebung befreit die Seele. Deshalb ist sie eine derart mächtige Waffe. Ich weiß nicht, wer das gesagt hat. Aber es ist wahr. Man stellt die Uhr neu. Macht man das nicht so in der Politik? Du kannst das. Ja, du. Du kannst selbst entscheiden, wer du sein willst, Garreth. Willst du unbedingt deinem Image entsprechen? Als harter Mann? Oder willst du selbst bestimmen, wer du bist?«

Martindale sagt nichts.

»Die zweite Geschichte, Garreth, trug sich zu in Bogotá. Dort lebten Freunde meiner Eltern. Sie waren kinderlos, sie hatten keine Kinder bekommen können, lange nicht, sie waren verzweifelt, sie wünschten sich so sehr ein Kind. Und dann wurde die Frau schwanger. Endlich! Und das Kind wurde geboren. Sie nannten ihn Alfonso. Aber weißt du was? Das Kind war kleinwüchsig. Alfonso war ein Zwerg. Der Junge wuchs gleichzeitig mit mir auf, aber er war immer winzig, und er wurde nicht viel größer als ungefähr hundertfünfzehn Zentimeter. Für die Eltern war es schrecklich. Sie waren außer sich, verzweifelt. Ich weiß noch, wie der Vater bei uns saß und heulte wie ein Schlosshund. Endlich hatten sie ihr Kind bekommen, ihren Sohn – und dann diese Tragödie. Ihm tat sein Kind so leid, er würde es so schwer haben. Aber nein. Es stellte sich heraus, dass dieser Junge es gar nicht so schwer hatte, es stellte sich sogar heraus, dass er sehr klug war. Er ging mit mir auf die Schule, später studierte er Medizin, er wurde Kinderarzt. Und zwar einer der besten im Land. Er war in etwa so groß wie die Kinder, die er behandelte, und er verstand sie besser als alle anderen Kinderärzte, und er konnte vielen, vielen Kindern helfen.«

Martindale wischt mit dem Handtuch über sein Gesicht. »Was willst du mir damit sagen, Ariadna?«

»Es geht darum, dass das Leben kostbar ist, Garreth. Zu kostbar, um es wegzuwerfen. Du willst, dass ich gehe? Sobald ich hier aus der Tür gehe, bist du ein toter Mann. Mit dir würden all deine Fähigkeiten, Möglichkeiten ausgelöscht sein. Und das, Garreth, wäre die denkbar schlechteste Lösung. Die Zukunft braucht dich, Garreth. Ja, du bist das Opfer. Ja, es war ein Fehler, dass die F.A.P. dich entführt hat – sie geben das zu. Als Zeichen dafür lassen sie dich frei. Aber du musst jetzt so geschickt und intelligent sein, diesen Leuten zu vergeben. Denk an Churchill.«

»Ariadna, du verlangst da Dinge von mir …«

»Du hast einen guten Kern in dir, Garreth. Sag ja. Und wir gehen zu zweit hier raus. Die Zukunft braucht dich.«

Er schweigt. Aber er fühlt, wie tief in ihm etwas Kaltes und Schweres, das er in sich trug, leicht wird. Wie es schmilzt und verschwindet. Er fühlt sich weich. Er könnte sich jetzt hinlegen und nichts als schlafen. Wenn diese Frau, die da vor ihm sitzt, nur bei ihm bliebe, dann würde alles gut. Ein Gedanke kommt ihm. »Du hast einen Freund, Ariadna, ist es nicht so?«

»Ja, ich habe einen festen Freund.«

»Und – ist es immer noch derselbe Mann, von dem du mir mal erzählt hast, dieser Typ aus Kapstadt.«

»Ja, er ist es immer noch.«

»Hat er auch einen guten Kern in sich?«

»Sonst würde ich ihn nicht lieben, Garreth«

»Er ist ein Glückspilz, Ariadna«, sagt Martindale nach einer Weile.

Sie schweigen wieder. Von draußen sind jetzt Geräusche zu hören, jemand kommt. Ariadna rafft sich auf, mühsam, ihr ist schwindelig.

»Also gut, Garreth«, sagt sie. »Wie lautet deine Entscheidung?«

Pierpaoli traf um kurz nach neun Uhr am neuen Lagezentrum ein. Es war im Yachthafen von Wackerballig eingerichtet worden, auf Initiative Pierpaolis nach seiner ersten Nacht im Leuchtturm. Dass die Kommandozentrale im Leuchtturm eine Schnapsidee gewesen war, hatten alle stillschweigend akzeptiert. Stattdessen waren direkt am Steg des Yachthafens drei stabile weiß-graue Zeltbauten errichtet worden.

Dicke Stromleitungen führten vom nächstgelegenen Versorgungspunkt zu den Zelten. Vier Polizisten bewachten den Zugang. Jetzt, zu dieser frühen Stunde, standen noch keine Demonstranten oder Schaulustigen hinter der Absperrung. Die Polizisten erkannten Pierpaoli. Einer hob das Absperrband an, Pierpaoli duckte sich darunter hindurch.

Im ersten, also dem vorderen Zelt waren zwei Generatoren und eine Batteriestation aufgebaut, außerdem standen an der Zeltwand mehrere Isoliercontainer mit Kühleinheiten, die Fischreste als Futter für *Megaloctopus octaviae* enthielten und auf die jemand mit dickem Marker geschrieben hatte, dass sie wegen des Geruchs verschlossen zu halten waren. Der Hinweis war mit drei Ausrufezeichen versehen.

Eine Station weiter, im mittleren Zelt, war das Pressezentrum installiert, mit vier Stuhlreihen und einem kleinen Podium für Pressekonferenzen, außerdem war ein Drittel des Zelts mit einem blickdichten Vorhang für die Wissenschaftler abgeteilt. Dort war auf zwei Tischen bereits ein primitives Labor für erste Wasser- und etwaige Gewebeproben eingerichtet. Die meisten Geräte, darunter ein Fluoreszenzmikroskop, waren allerdings noch unausgepackt. Pierpaoli schaute nur kurz herein. Eine Frau mit Kopftuch wrang ein Tuch über einem Eimer aus und wischte dann die Tische ab, während sie unentwegt in ein Headset sprach. Sie achtete nicht auf Pierpaoli. Sonst war da niemand.

Das dritte Zelt war die eigentliche Kommandozentrale. Pierpaoli schlug die Abdeckung am Eingang zurück und trat ein. Nach der frisch-kühlen Luft draußen war das Aroma im Zelt warm-klebrig, die Luft schmeckte verbraucht. Ein Heizofen summte. Von der Zeltdecke baumelten Leuchtkörper, ihr Licht war sehr hell und weiß.

Hier standen drei Schreibtische in der Mitte, zu einem Dreieck gestellt, jeweils ein Tisch für Pierpaoli, einer für den Landrat Molitor und einer für den Polizeichef Becher. Außerdem befand sich gleich rechts am Eingang ein Servermodul und, auf einer Art Tapeziertisch, eine Reihe von Überwachungs-Bildschirmen mit drei Tastaturen und Steuerungs-Sticks.

Vor diesen Bildschirmen standen Molitor und Professorin Härentekinnen, die finnische Wissenschaftlerin. Sie starrten auf die Monitore.

Pierpaoli stand einen Moment unschlüssig im Eingang, dann sah ihn Molitor, winkte ihn heran. Er strahlte, machte ein Daumen-hoch-Zeichen, wedelte mit beiden Händen, aber all das, ohne lange den Blick von den Bildschirmen zu nehmen. Härentekinnen nickte kurz. Sie hatte ihr Haar zu einem Dutt gebunden und trug ein braunes langes Kleid. Sie sah nonnenhaft und streng aus, fand Pierpaoli.

Er trat zu ihnen.

»Moin, Herr Pierpaoli! Gut, dass Sie da sind, das müssen Sie sich ansehen!« Molitor trug, der Würde seines Amtes ungeachtet, heute eine rote Football-Jacke der Washington Redskins, mit dem stilisierten Indianerkopf auf dem linken Ärmel, und seine seitlich geschnürte speckige Lederhose. Dazu Cowboy-Stiefel, deren Spitzen nach oben gebogen waren. Er wirkte glücklich, begeistert, die kostümliche Aufmachung schien das noch zu untermalen – anders als bei seinem Schulfreund Becher, der ebenfalls im Zelt war, aber abseits stand. Becher beugte sich über seinen Schreibtisch. Darauf war eine Folie ausgelegt. Auf der Folie lagen kleine Stücke von irgendwas. Becher hatte weiße Handschuhe und hantierte mit einer Pinzette.

Pierpaoli winkte unbestimmt in Bechers Richtung. Becher knurrte etwas. Pierpaoli machte ein fragendes Gesicht.

»Ach, der.« Molitor verdrehte die Augen. Er senkte die Stimme, aber nur etwas. »Unser guter Polizeichef untersucht irgendwelche Plastikstücke. Ein Tourist hat etwas gefunden, Trümmer, nicht so wichtig, dies hier ist viel wichtiger, schauen Sie sich das an! Unser junger Kollege überspielt gerade Ausschnitte für die Pressekonferenz – ist Ihnen doch recht, wenn wir gleich eine Pressekonferenz machen, oder?«

Molitor legte die Hände auf die knochigen Schultern eines Jünglings, der vor ihm saß, auf einem kleinen orthopädischen Drehstuhl, und der in eine der Tastaturen tippte: Es war ein sehr schlaksiger Mann im Rollkragenpullover, er hatte seine dünnen Beine unter dem Tapeziertisch seltsam verschlungen und auf dem Kopf eine blonde Haartolle, die er offenbar mit Gel zu zähmen versucht hatte.

Jetzt hatte er zu Ende getippt. Er drückte die Entertaste, entknotete und ordnete seine langen Beine und Arme und schraubte sich aus dem Drehstuhl empor. Als er stand, überragte er wie ein Laternenmast alle. Mit matter Stimme: »Herr Pierpaoli? Mein Name ist Scholler, wir kennen uns noch nicht, der Landrat hat mich hinzugezogen, ich bin hier für die Computerüberwachung …« Er blickte auf Pierpaoli hinunter und musste ein Gähnen unterdrücken. »Entschuldigung, ich bin etwas müde, ich habe die ganze Nacht auf diese Eier gestarrt … Und auf diesen Oktopus, der ja auch nicht wirklich was macht …«

Scholler ließ sich wieder in den Stuhl fallen. Molitor hatte ungeduldig gewartet, jetzt übernahm er wieder.

»Also! Passen Sie auf, sehen Sie sich das an, Herr Pierpaoli! Eine Sensation, eindeutig.« Molitor deutete auf den größten Bildschirm: Ein krisseliges Bild war zu sehen, aber es war deutlich genug. Man sah das Oktopus-Weibchen nicht ganz, dafür war der Ausschnitt zu klein, aber man erkannte den Ansatz der Arme, einen Teil des Kopfes, man ahnte, wo das Auge war. Dahinter die klaffende Öffnung eines Wracks, offenbar eine Röhre, wahrscheinlich ein U-Boot. Die Öffnung war gefüllt mit einer Substanz, einer Masse.

»Mein Freund«, Molitor tippte Scholler von hinten auf die Schulter, »können wir das eventuell schärfer bekommen?«

Im Vordergrund schwamm ein kleiner Fisch vorbei.

Scholler fluchte leise. »Tut mir sehr leid, dieser dämliche Fisch schwimmt immer vor der Kamera vorbei, jedes Mal verstellt sich der Autofokus«. Er hob hilflos die Hände. Als das Bild wieder frei war, rückte die automatische Schärfeeinstellung auf die Substanz im U-Boot.

Jetzt sah man, dass die Masse gegliedert war – in runde Segmente, die geschichtet waren und aussahen wie kleine Bälle.

»Das Gelege«, sagte Häretekinnen.

Das Gelege. Das Tier hatte tatsächlich schon Eier gelegt. Tausende. Sie sahen da gerade das Gelege eines fast unerforschten Tieres von monströser Größe, ein Gedanke, der Pierpaoli plötzlich sehr unbehaglich vorkam. Denn die Verantwortung dafür, dass es diesem Tier gut erging, lag bei der Klima-Allianz, also bei Pierpaoli. Und sein politischer Auftrag war, die symbolische Bedeutung des Ganzen zu steuern: *Wir kümmern uns um die Natur.*

Was würde als Nächstes passieren? Würden da jetzt lauter Riesenoktopoden ausschlüpfen? Würde *Megaloctopus octaviae* bald die Ostsee bevölkern, würden Tausende von Oktopoden bald die Schifffahrtsrouten blockieren, Segler angreifen? Oder würden die Tiere in dem flachen Wasser sterben und überall an die Strände gespült werden?

Molitor dagegen war begeistert. Er schlug Pierpaoli auf die Schulter, mit unterdrücktem Jubel in der Stimme. »Ein unbekannter Riesentintenfisch kam hierher, in die Geltinger Bucht, um bei uns seine Kinder großzuziehen! Können Sie sich vorstellen, was das für den Tourismus hier bedeutet, das kann ja … Was meinen Sie, wie lange genau kann das dauern, Frau Professorin?«

»Bis zu einem Jahr. Oder zwei. Wie gesagt, wir wissen es nicht«, antwortete Häretekinnen kühl. »Falls das Tier überlebt.«

»Warum sollte das Tier nicht überleben? Wir füttern es doch! Es geht ihm gut!«

»Wenn Sie mir zuhören würden, müsste ich nicht alles doppelt erklären. Ganz einfach: Falls das Tier die Brutzeit übersteht. Bei vielen Oktopus-Arten überlebt das Weibchen den Schlüpfprozess nur um wenige Tage, sie sterben aus Entkräftung.«

Schweigen. Die Frau und die drei Männer starrten auf die Monitore, das Bild blieb unverändert.

»Ich haben Ihnen die Freigabe erteilt, Frau Häretekinnen, das Tier aus der Nähe zu studieren«, sagte Pierpaoli. »Finden Sie also bitte so schnell wie möglich heraus, wie wir es am Leben halten können.«

Häretekinnen schnaubte wütend. »Das versuche ich schon seit gestern. Aber wann steht endlich das Boot zur Verfügung? Wo ist die Kapitänin?«

»Guter Punkt. Das hab' ich auch schon versucht«, schaltete sich Becher ein. Der Polizeichef hatte sich aufgerichtet, legte die Pinzette hin und drückte den Rücken gerade. Er stöhnte leise, als es knackte. »Sie geht nicht ans Telefon. Wenn Sie sie sprechen, sagen Sie ihr, sie soll sich melden. Ich muss ihr das hier zeigen. Hier hat jemand was gesprengt.«

»Gesprengt?« Pierpaoli erschrak. Die schlechten Nachrichten nahmen kein Ende. »Was meinen Sie mit ›gesprengt‹?«

»Diese Bruchstücke wurden angespült, von Spaziergängern gefunden«, sagte Becher. »Trümmer eines Tauchroboters. Der fabrikneu war. Das sehen Sie hier – und hier.« Becher zeigte es mit der Pinzettenspitze. »Dieser Tauchroboter, wahrscheinlich ein *Dwarf*, ist gesprengt worden. Hier sind Spuren von Hexogen und Polyisobutylen, ist im Wasser schwer löslich, wird also gern bei Wassersprengungen verwendet. Sie erkennen den Geruch: Butansäure. Riecht wie Erbrochenes. Oder wie extremer Mundgeruch. Stubenfliegen werden davon angezogen. Bitte. Riechen Sie selbst.«

»Nein, danke«, sagte Pierpaoli. »Aber, bitte, uns geht es hier um den Oktopus.«

»Mir auch«, murmelte Becher. »Niemand sprengt einen *Dwarf*-Tauchroboter, der mehr kostet als ein Einfamilienhaus, einfach nur so aus Spaß.«

»Gut. Aber könnten Sie vielleicht einen ihrer Leute losschicken, Asta Jenssen zu suchen? Das hat jetzt Priorität.«

Häretekinnen wedelte mit der Hand, ungeduldig. »Ich würde sehr darum bitten. Wir müssen – sofort! – einen Tauchgang unternehmen. Wir müssen wenigstens die Standard-Reaktionen des Tieres überprüfen. Und das geht nicht per Video. Ich will ja auch nicht, dass es hier stirbt. *Perkele! Haista vittu …*«

»Ich spreche leider kein Finnisch«, sagte Pierpaoli.

»In meiner Heimat bringt man Kindern bei, so etwas nicht zu sagen. Aber ich bin alt, also darf ich das äußern. Es heißt: ›Teufel! Fick dich!‹. Sagen Sie, Herr Computer-Mann, können wir nicht ein Mal, ein einziges verdammtes Mal eine längere Passage scharfgestellt sehen?« Sie beugte sich vor in Richtung des schlaksigen Blonden. Der sich umgehend verteidigte.

»Ja, gern, sehr gern, aber das liegt nicht an mir.« Er deutete auf den Monitor. »Da, immer dieser gleiche dämliche Fisch, der von links nach rechts durchs Bild schwimmt, jedes Mal geht dann die Schärfe weg.«

Pierpaoli war plötzlich sehr aufmerksam. Was Scholler da sagte, erinnerte ihn an etwas.

»Der Fisch kommt immer wieder?«, fragte Pierpaoli.

»Ich sagte, es liegt nicht an mir.«

»Woher kriegen wir diese Bilder?«

»Von den Submarina-Kameras.«

»Und wer hat die installiert?«

»Es sind nicht unsere. Dieser Assistent von dem Wissenschaftler hat sie uns freundlicherweise zur Verfügung gestellt. Wie heißt er … Mutterperl? Spitzenmäßige Kamerasysteme. Also, mal abgesehen von ein paar Pixel-Artefakten zwischendurch.«

»Warten Sie! Machen Sie nichts. Rühren Sie nichts an.«

Pierpaoli trat drei, vier Schritte beiseite und wählte die Nummer, die er heute Morgen schon einmal angerufen hatte. Abermals war Ghost sofort dran.

»Hören Sie, ich bin es wieder. Ich muss Sie um einen weiteren Gefallen bitten.«

»Ich sagte doch, ich lasse die Finger von Beziehungs-Streitigkeiten.«

»Dies ist ein anderer Auftrag. Ein Regierungsauftrag. Ich bin von der Klima-Allianz. Es geht um den Oktopus, der aufgetaucht ist, vielleicht haben Sie davon gehört.«

»Der Riesentintenfisch? Natürlich. Der ist ja auf allen Kanälen.«

»Genau. Um den geht es. Wir haben hier Unterwasser-Kameras, die das Tier überwachen. Aber es gibt in den Videos Artefaktenpixel und vielleicht so eine Schleife … Sie sagten doch, wenn immer derselbe Hund durchs Bild läuft, dann stimmt was nicht? Und jetzt ist es immer derselbe Fisch. Kein Hund, aber ein Fisch.«

»Das ist egal. Und es heißt *Pixel-Artefakte*.«

»Wie auch immer es heißt – können Sie sich das mal ansehen?«

»Natürlich. Für denselben Preis.«

»Ja. Sie können eine Quittung ausstellen?«

»Natürlich. Dann kommen noch einundzwanzig Prozent dazu.«

»Einundzwanzig Prozent!« Pierpaoli seufzte, er würde das erklären müssen. »Gut. Ich überweise sofort. Können Sie gleich anfangen? Wie lange brauchen Sie?«

»Nicht lange. Haben Sie die Zugangscodes?«

»Wir haben hier einen jungen Mann, der macht die Überwachung.«

»Geben Sie ihn mir.«

Pierpaoli übergab das Telefon an Scholler, der ihn erst irritiert ansah, gleich darauf aber vertieft mit Ghost sprach. Als er das Telefon an Pierpaoli zurückreichte, sagte er: »Die Frau kennt sich aus.«

»Bei den Preisen, die sie verlangt, sollte sie's.«

Becher und Häretekinnen sahen Pierpaoli fragend an, Molitor blickte besorgt.

Er nickte ihnen beruhigend zu. »Ich lasse nur die Aufnahmen prüfen, reine Routine.« Er lächelte. »Wahrscheinlich ist alles in Ordnung. Aber ich will sichergehen. Lassen Sie uns einfach warten.«

»Aber die Pressekonferenz …«, sagte Molitor.

»Lassen Sie uns warten.«

Nach kaum zehn Minuten summte Pierpaolis Telefon, Ghost war dran.

»Glückwunsch. Sie hatten recht. Ihre Videoübertragung ist gehackt worden. Nicht ungeschickt. Da kannte jemand die digitalen Signaturen der Kameras, das hat es erleichtert. Aber beim *transition-morph* haben sie geschlampt. Daher die Artefakte. Jedenfalls, ich sehe eine Schleife, immer die gleichen paar Minuten, immer wieder. Fällt am Meeresgrund ja nicht auf, ist ja nicht so viel los da. Wie auch immer: Die Bilder, die Sie da haben, die sind manipuliert. Konkreter gesagt, sie sind alt.«

»Was? Alt?« In Pierpaoli brach einiges zusammen.

»Na ja, nicht uralt, nicht historisch.« Ghost lachte kurz. »Aber eben nicht *realtime*. Warten Sie. Ja, ungefähr zwanzig Stunden alt. Sie kriegen da etwas eingespielt, was Sie sehen *sollten*. Aber die Kameras sind immer noch in Betrieb, sehe ich. Ah, gut. Ich kann Ihnen die Original-Bilder geben. Sitzt ihr Mann da noch am Computer?«

»Ja, natürlich. Er heißt Scholler.«

»Er soll nichts anrühren. Ich reboote von hier aus. Wird mal kurz dunkel werden.«

Wie ein Dirigent, der seinem Orchester die Hinsetzen-Order gibt, so gestikulierte Pierpaoli zu allen im Raum, er legte sogar den Finger an den Mund, und den erschrockenen Scholler in seinem Drehstuhl zog er ein Stück weg von Tisch und Tastatur: In dem Moment wurden auch schon die Bildschirme schwarz, um wenige Sekunden später mit einem Glockenton wieder anzuspringen, und jetzt sah man andere Bilder.

Ganz andere Bilder.

Sie sahen, wie das *Megaloctopus octaviae* das Gelege verließ.

»Achtung, das ist jetzt auch noch nicht live. Ihr seht jetzt die Bilder direkt *nach* dem, was ihr da immer gesehen habt. Ab da hat man euch das mit der Dauerschleife ersetzt. *Timestamp* ist 16.34 Uhr, das war gestern Nachmittag«, kam Ghosts Stimme aus dem Telefon.

»Das heißt, das Tier hat sich danach vom Gelege wegbewegt, Ghost?«

»Keine Namen. Und ja: Frau Tintenfisch hat ihre Eier verlassen, um kurz nach halb fünf. Jetzt passen Sie auf, ich springe ein bisschen vor. Acht Minuten.«

Sie sahen, wie ein Rohr sich von oben dem Gelege näherte. Ein Saugstutzen.

»Scheiße, verdammte Scheiße«, murmelte Molitor.

Sie sahen, wie die Eier aufgesogen wurden, wie kleine gehorsame Kugeln, die an einer Schnur gezogen wurden und aufwärtsstrebten, in das Rohr hinein.

»*Perkele. Haista vittu.*« Das kam von Häretekinnens.

»Ich springe noch mal vor«, sagte Ghost. »Zwei Stunden später. Frau Tintenfisch bewegt sich jetzt anders als bei den Bildern zuvor. Sie schwimmt. Aber irgendwie schief.«

Häretekinnens Stimme war kalt vor Wut. »Sie ist betäubt worden. Jemand hat ihr ein Betäubungsmittel gegeben.«

»Betäubungsmittel, ja?«, murmelte Pierpaoli. »Wie kann das sein?«

Sie sahen zu, wie das halb sedierte Oktopus-Weibchen das – nunmehr leere, geplünderte – Nest inspizierte. Und wie es sich wenig später aufschwang, mit einer mächtigen Bewegung seiner Tentakel die Wrackteile zum Schwanken brachte, Sand und Sedimente aufwirbelte, und sich davonmachte.

Es blieb ein Bild vom leeren Meeresgrund. Keine Eier. Kein Oktopus.

»Tja, das war die Wirklichkeit. Unerfreulich, aber wahr«, sagte Ghost. »Ich schicke Ihnen die Dateien. Ich habe Artefakte im Video markiert, auch die digitalen Signaturen der Kameras und die Umschaltung von Kamerabild auf die Videoschleife im Sende-Log. Falls Sie Beweise oder so was brauchen.«

»Danke.«

»Nichts zu danken. Das Geld ist angekommen. Alles Gute.«

Pierpaoli ließ das Telefon in seine Tasche gleiten und sah sich im Raum um. Bestürzung in allen Gesichtern. Molitor, der Landrat, hatte sich auf einen Stuhl sinken lassen, aus seinem Gesicht war alles Blut gewichen. Scholler hielt den Mund geöffnet und starrte blicklos auf das Standbild. Häretekinnens stand da wie ihre eigene Statue, die Falte zwischen ihren Augenbrauen eine böse Kerbe.

»Sie sagten, Mutterperl hatte Zugang zum System, Herr Scholler?«, fragte Pierpaoli schließlich in die Stille.

»Ich dachte, das geht in Ordnung, ich dachte, er hat eine Berechtigung, weil er zu den Wissenschaftlern gehörte.« Scholler verschob seine Beine unter dem Tisch zu einem neuen Parallelogramm.

»Er gehörte nicht zu uns«, zischte Häretekinnen. Sie fuhr zu Pierpaoli herum: »Auch sein Chef nicht, Dr. Elani. Er ist kein Oktopoden-Experte, ich habe das geprüft. Er ist Molekularbiologe, spezialisiert auf Parasiten. Und er hat zwar einige Aufsätze publiziert, aber die waren immer dubios. Ein *Parasitenforscher.*« Sie sprach das Wort aus, als hätte sie gerade ihre Hände in eine Abwassergrube gesteckt. »Wie kam er überhaupt hierher? Wo ist er jetzt?«

Pierpaoli dachte an die »Pension Benzler«. An Ariadnas Verschwinden. Was hatten die Gastleute gesagt? Kurz danach sei auch Elani abgereist, *überstürzt.* Was geschah hier gerade? »Ich glaube … Dr. Elani ist abgereist«, sagte er.

Ein Stöhnen ging durch den Raum.

»Wenn die Trümmer dieser Tauchroboter damit zusammenhängen, dann …« Becher, der Polizeichef, sprach den Satz nicht zu Ende.

»Was dann? Herrgott, reden Sie!« Pierpaoli verlor allmählich die Beherrschung.

»Dann hieße das, der Betreffende könnte mal eben Maschinen im Wert von einer halben Million opfern. Wer tut das, für ein paar obskure Eier?«

»Der wissenschaftliche Wert dieser Eier und des Muttertiers ist unschätzbar.« Häretekinnen warf Becher einen giftigen Blick zu. Dann wandte sie sich wieder zu Pierpaoli.

»Wie arbeiten Sie da eigentlich bei der *Science Control*? Prüfen Sie denn Ihre Leute nicht, die Sie einladen? Deren wissenschaftliche Reputation? Ich wurde vorher überprüft. Wir alle hier. Haben Sie Elani denn nicht überprüft? Es gibt sogar Gerüchte, dass er während seiner Promotion in einen mysteriösen Laborunfall verstrickt war. Es gab eine Anzeige gegen ihn!«

»Er war direkt von der Klima-Allianz akkreditiert. Von höherer Stelle.«

»*Perkele*! Was für eine Schlamperei«, murmelte Häretekinnen.

»Und was machen wir jetzt mit der Pressekonferenz?« Molitors Stimme klang weinerlich.

Auf dem Monitor vor ihnen stand noch immer das Bild vom leeren Meeresgrund.

Stille. Das ist die erste Reaktion. Keiner sagt was, keiner fragt was. Niemand nippt mehr an seinem Kaffee, niemand kaut an seinem Brötchen. Die Zeit ist eingefroren im Journalistenzelt am Lagezentrum der Geltinger Bucht.

Denn die Bombe ist geplatzt, eben gerade. Pierpaoli hat die Bombe gezündet.

Pierpaoli, auf dem improvisierten Podium stehend, ein Mikrofon vor der Nase, vor sich die Journalisten, jetzt noch auf ihren Klappstühlen, rechts neben ihm steht Landrat Molitor, in seiner schwarzen, seitlich geschnürten Lederhose und in seiner aufgemotzten Football-Team-Jacke – Pierpaoli hat gesagt, was er zu sagen hatte, in sieben Sätzen: Das Oktopus-Weibchen hatte Eier gelegt, aber diese Eier wurden gestohlen. Von wem oder warum, das wissen wir nicht. Wir wurden ausgetrickst. Der Oktopus ist ebenfalls weg, verschwunden. Wohin, das wissen wir auch nicht. Wir wissen eigentlich gar nichts. Aber ich, Pierpaoli, übernehme die volle Verantwortung.

Sieben Sätze, sechsundvierzig Wörter. Damit ist es raus. Und nun?

Nun schnappen die versammelten Journalisten nach Luft, während sie verarbeiten, was sie gerade gehört haben. Fernsehleute, Fotoagenturen, Blogger, Lokalreporter, auch drei, vier Korrespondenten großer Blätter. Pierpaoli kann es förmlich sehen, wie die Information durch ihre Hirnwindungen tickert, wie bei einem altmodischen Börsenticker, wo der Lochstreifen abgespult wird, *tick-tick-tick-tick …*

Noch ist es still hier im Zelt, ein klebriger Geruch hängt in der Luft. Molitor, am frühen Morgen noch sehr fröhlich, hat auf eigene Kosten große Thermoskannen mit Kaffee heranschaffen lassen, dazu zwei mächtige Blechtabletts, beladen mit Schmalzbrötchen, Zwiebelmett-Brötchen, dick glasierten Franzbrötchen, pappigen Käse-Croissants, Essiggurken – kurz, beladen mit allem Schmalz und Schmurz, den die Imbissindustrie ins Rennen zu werfen vermag, und so hängt im Zelt der Geruch nach Kaffee und Essig-Lake.

»Wenn Sie keine Fragen haben«, sagt Pierpaoli, »dann entschuldigen Sie mich bitte. Wir beenden das jetzt, aber wir werden Sie auf dem Laufenden halten …« Und er macht tatsächlich Anstalten, vom Podium herunterzusteigen.

Wie bitte? Der Mann macht Anstalten, zu gehen? Ihnen zu entkommen?

Das darf nicht sein!

Das ist das Signal!

Der Sturm bricht los!

Die Story vom Oktopus war ja zuvor schon sehr gut; aber jetzt ist sie *sensationell*. Ein Skandal mit allen Zutaten und Aromen, die man sich nur wünscht – Monster aufgetaucht, neue Spezies, Monster verschwunden, mysteriöser Diebstahl, unfähiger Beamter, entsandt aus dem fernen Kapstadt, und besonders erfreulich ist, dass der Verantwortliche sich praktischerweise gerade zu seinen Fehlern bekannt hat. Das Leben hält Geschenke bereit! Es riecht im Zelt jetzt nicht mehr nach Kaffee und Essiggurken, nein, jetzt wittern sie Blut, eine Sensation …

Der Sturm ist ausgebrochen, er tobt, die meisten Journalisten sind jetzt aufgestanden, aufgesprungen, sie drängeln, sie schieben sich nach vorn, zu dem kleinen Podium. Sie umringen es, sie wollen Pierpaoli nicht weglassen, auf keinen Fall – sie umringen das Podium, schiebend, rempelnd, und Salven von Fragen prasseln nieder, gebellt, gebrüllt, sie überschreien sich gegenseitig, schäumen und schnappen nach Antworten. Wann ist das passiert? Und wie, und warum, und von wem? Wurde das Oktopus-Weibchen denn nicht bewacht? Gibt es einen Verdacht? Wie erklären Sie Ihr Versagen?

Pierpaoli, schockiert und überrollt von dieser Brandungswelle, will antworten, aber er kann kaum die Fragen verstehen, er wird niedergeschrien. Ein Chor! Entfesselt! Immer wieder hebt er an, dass die Damen und Herren sich bitte beruhigen sollen, erst mal zurück auf ihre Plätze gehen sollen, aber solche Appelle kann er sich sparen, und das Mikrofon pfeift und fiept eine Todesmelodie.

Er gehört ihnen. Ein atavistisches Schauspiel. Er ist am Boden. Und sie sind über ihm, sie sind die Meute, er ist die Beute.

He, packen Sie aus!

He, was haben sie falsch gemacht?

Wie konnten Sie einen riesigen Oktopus verlieren?

Pierpaoli gibt sich Mühe zu antworten, er ist plötzlich heiser. »Wie gesagt, ich habe noch keine verlässlichen Informationen ...«

Direkt am Podium, kaum einen Meter entfernt von Pierpaoli, steht ein Zeitungsmann, stämmig, rote Haare, schulterlang, irgendwie sehen sie onduliert aus, gezwirbelter Schnurrbart, Kinnbärtchen, Pierpaoli muss plötzlich an den Herzkönig denken, aus dem Kartenspiel, und der Herzkönig brüllt beständig dieselbe Frage: *He, Thomas, wo ist der Oktopus jetzt? Wo ist der Oktopus?* Es ist enervierend. Pierpaolis Herz hat einen ordentlichen Zahn zugelegt. Die Hände flattern. Der Herzkönig schreit.

He, Thomas, wo ist der Oktopus? Wo ist der Oktopus jetzt?

Wo ist der Oktopus jetzt?

Wo ist der Oktopus jetzt? Wo ist er hin?

Der Herzkönig! Der ondulierte Kerl! Immer dieselbe Frage! Jetzt reicht es Pierpaoli. Sein Bedarf an Demütigungen ist gedeckt.

Er nimmt das Mikrofon in die rechte Hand, reckt die Linke hoch in die Luft, tatsächlich wird es etwas ruhiger, und Pierpaoli tritt einen Schritt vor, er fixiert den Herzkönig, er brüllt es jetzt auch, jede Silbe betonend: »Ich habe keine Ahnung!«

Die Journalisten können ihr Glück kaum fassen. *Keine Ahnung!*, sagt der Hauptverantwortliche. Das ist die Schlagzeile, das Sahnehäubchen auf der Story, womöglich auch das Ende von Pierpaolis Reputation und Karriere, und der Rest geht unter in Getöse, Gelächter, Gebrüll, Blutgeruch.

*

Manchmal im Leben, das gilt selbst für den Stärksten, braucht man Hilfe. Es ist in diesem Fall Becher, der Polizeichef, der dem Ganzen ein Ende setzt. Becher hat das Spektakel eine Weile mit angesehen, zunehmend angewidert, dann kommt er mit zwölf Polizisten im Schlepp, große, breite Männer, sie haben Schilde aus Plexiglas, sie drängen die Journalisten zurück, bilden ein Spalier. Becher springt aufs Podium, schnappt sich Pierpaoli, schnappt sich seinen verhassten Schulfreund Molitor, schiebt beide von der Bühne, und durch das Spalier der Polizisten, die die empörten Journalisten abhalten, geleitet Becher die beiden Männer raus aus dem Pressezelt, hinter die Absperrung, in Sicherheit.

Er tritt zu Pierpaoli, mit einem Gesicht, wie man es für Krankenhausbesuche aufsetzt. »Sind Sie okay? Ganz schön wilder Haufen, wie?«

»Ja. Danke für die Rettung.«

»Sie müssen hier weg.«

»Nichts lieber als das. Aber ich kann nicht. Ich habe einen Job zu machen.«

»Nein, Sie verstehen mich falsch. Ich wollte sagen, wir müssen nach Dänemark. Ich habe einen Anruf von Interpol erhalten. Asta ist gefunden worden. Die Kapitänin – sie wissen doch?«

»Natürlich! Was ist mir ihr?«

»Sie hat sich der Polizei gestellt. Und ein Geständnis abgelegt. Wir haben also eine Spur.«

»Ein Geständnis? Wo?«

»In Dänemark. Hirtshals. Ein kleiner Hafen. Vielleicht drei Autostunden von hier. Die Eier sind sichergestellt. Also. Kommen Sie mit?«

Sechstes Kapitel

Der Raub

Als der Anruf kam, waren Pierpaoli und Becher schon hinter der dänischen Grenze, auf der E45, aber noch ein Stück vor Aalborg. Sie hatten Bechers schweren Dienstwagen genommen; Becher war ein zügiger, aber sicherer Fahrer. Er hatte sein Jackett ausgezogen und auf die Rückbank gelegt, und Pierpaoli sah, dass er über seinen massigen Oberkörper ein Waffenhalfter geschnallt hatte, mit einer matt schimmernden Pistole darin, groß genug, um einen Lieferwagen aufzuhalten.

Sie hatten lange geschwiegen. Pierpaoli spürte noch das Nachbeben der erlittenen Demütigung. Aber jetzt stellte Pierpaoli jene Frage, die ihn die ganze Zeit beschäftigt hatte – wie nämlich der Polizeichef die Angelegenheit einschätzte, Astas Beteiligung, ihr Sich-stellen, ihr Geständnis.

Becher drückte die Fingerknöchel gegen sein Kinn, während er nachdachte.

»Ich kenne Verbrecher«, sagte er nach einer Weile. »Ich habe dauernd mit ihnen zu tun gehabt, alle Sorten, kleine Gauner, große Gangster. Anfangs neigt man vielleicht dazu, sie zu verklären, ihr Sich-über-das-Gesetz-stellen zu romantisieren. Aber die meisten Verbrecher sind überhaupt nicht heroisch. Sie sind einfach nur grauenvoll dumm. Und sie tun grauenvolle und dumme Dinge.«

»Asta allerdings passt nicht in dieses Raster«, sagte Pierpaoli.

»Meinen Sie? Aber offenbar hat sie doch ihre Beteiligung gestanden.«

»Ich verstehe es auch nicht«, sagte Pierpaoli. Er dachte an das Geld, das Asta allem Anschein nach nicht bekommen hatte. Er sah aus dem Fenster. Es dunkelte bereits. In Dänemark war er noch nie gewesen. Es war flach und sehr aufgeräumt. Links und rechts zogen schwarze Felder vorüber, mit rauchigen Nebelschleiern, die sich in den Senken verfingen. Krähen, krächzend, klagend, hatten in den kahlen Ahornbäumen und am Feldrand kleine Kolonien gebildet, wahrscheinlich für die Nacht. Pierpaoli schloss die Augen, er war müde. Vielleicht könnte er etwas schlafen.

Da klingelte sein Telefon.

Er fingerte es aus der Tasche, blickte auf die Nummer. Ein Ferngespräch. Er kannte die Landesvorwahl nicht, aber er nahm das Gespräch an. »Hallo?«

»Tom? Na, du? Ich bin es.« Es war Ariadnas Stimme.

Ariadna! Pierpaoli war im Nu hellwach.

»Ariadna? Bist du das?«

Er atmete schneller. Becher schaute zu ihm herüber.

»Natürlich bin ich das, Tom. Erkennst du mich nicht mehr? Hast du etwa den Anruf einer anderen Frau erwartet?«

Pierpaoli konnte durchs Telefon spüren, wie sie lächelte; eine warme Erleichterung überkam ihn.

Sie behielt den neckischen Tonfall bei. »Das will ich doch wohl nicht hoffen, Tom. Aber im Ernst, wie geht es dir, Liebster? Bist du noch in Deutschland? Oder bereits zurück in Kapstadt? Und wie geht es deinem neuen Freund, dem Oktopus? Hallo? Tom?«

»Ja.«

»Sag doch was, Tom. Oder hat es dir die Sprache verschlagen?«

Pierpaoli hatte ihr Lächeln immer geliebt, es war warm genug, um darin zu baden. Aber jetzt, er konnte nichts dagegen tun, gingen die Gefühle durcheinander; während die Sorge abfiel, brandete Zorn in ihm auf.

Er beherrschte sich.

»Ja, ich bin noch in Deutschland. Oder besser gesagt, gerade in Dänemark. Ist eine lange Geschichte. Sag' mir lieber, ob es *dir* gut geht, Ari. Und wo du *bist*, um Himmels willen?«

»Ich? Ach, ich bin in einem Hotel, ›Fatata-te-Miti‹ heißt es. Am Stadtrand von Papeete. Benannt nach einem Bild von Gauguin, der hier auch war, das ist doch nett, oder? Das Hotel ist allerdings ziemlich heruntergerockt. Aber lustig. Denn sie haben hier so einen Hinterhof, wo man sein Frühstück bekommt, ein einfaches Frühstück, Süßkartoffeln, Kokosbutter, dünner Kaffee, aber es gibt ein Gärtchen. Ach so, und in die Bäume ritzen die Besitzer ihre Namen, damit die Bäume nicht gestohlen werden können durch Magie. Ist das nicht interessant? Tom? Bist du noch da?«

Abermals schaute Becher zu ihm herüber. *Bleib ruhig*, sagte sich Pierpaoli. *Bezähme dich.*

»Ja, ich bin noch da. Lass bitte mal die Bäume beiseite, einverstanden? Sag mir lieber, was passiert ist. Und *wo* genau du bist? Habe ich dich richtig verstanden? Ich meine, hast du gesagt: Papeete? Soll das heißen: *Tahiti*? Das ist ja auf der anderen Seite des Planeten … Entschuldige, aber ich bin fassungslos, Ari. Ich bin einigermaßen fassungslos, ja, doch, ich bin fassungslos, wie du dich benimmst.«

Am anderen Ende war jetzt Stille. Endlich antwortete Ariadna, merklich kühler: »Ich finde, du schlägst da einen seltsamen Ton an, Tom.«

»Ach ja? Ach so? Ich schlage einen seltsamen Ton an?« Er wollte sich beherrschen, aber es war stärker als er. »Das ist ja interessant, Ari. Vielleicht schlage ich tatsächlich einen seltsamen Ton an. Aber der Ton passt zu der verrückten Situation, die vor allem dein Werk ist, oder? Ich meine, denk doch mal einen einzigen Moment lang nach! Du kommst mit mir nach Deutschland, weil du es unbedingt willst. Fein. Und ich – idiotischerweise, ich weiß – freue mich darüber, habe dir aber immer gesagt, dass ich auch arbeiten muss, und kaum sind wir angekommen, bist du auch schon wieder wie vom Erdboden verschwunden, und zwar ohne Erklärung, ohne ein Wort, und dann rufst du plötzlich an und erzählst mir, *du wärest auf Tahiti*. Am anderen Ende der Welt? Ich meine, was geht in dir vor, Ari? Denkst du auch irgendwann mal an mich? Oder komme ich nicht vor in deinen Plänen?« Er merkte, wie kindisch und eigensinnig das klang, aber er konnte nicht anders.

»Vielleicht beruhigst du dich erst mal, Tom.«

»Gut. Ich bin ganz ruhig. Also: Vielleicht sagst du mir zunächst, was du da unten eigentlich treibst. Fangen wir doch damit an.«

Ariadna zögerte einen Moment. »Das – kann ich dir nicht sagen.«

»Warum nicht?«

»Weil ich es versprochen habe.«

»Aha. Du hast es versprochen. Wem?«

»Weil es eine Sache ist, die ich – nun ja, niemandem erzählen sollte. Auch dir nicht. Sie ist geheim. Das musst du verstehen. Ganz besonders dir nicht.« Den letzten Satz bereute sie, aber da war er schon gesagt.

»Aha. Eine geheime Sache. Die du vor allem mir nicht erzählen kannst? Das klingt erst recht verrückt, Ari. Dass ich mir Sorgen mache, weil du einfach mir nichts, dir nichts verschwindest, das ist natürlich nebensächlich, das muss ich verstehen, natürlich, selbstverständlich …« Er wurde laut. »Verdammt, ich hab' mir Sorgen gemacht, Ari! Ich habe sogar die Polizei eingeschaltet! Ich wollte sogar alle Überwachungsbilder checken!«

Becher blickte abermals zu Pierpaoli herüber, jetzt irritiert. Pierpaoli ignorierte es.

Ariadna war ihrerseits schnell kampfbereit, streitbereit. »Moment! Du hast die Polizei eingeschaltet, Tom? Hast mich *suchen* lassen? Das finde ich ziemlich schräg. Sogar widerlich. Ich meine, hast du denn gar kein Vertrauen zu mir? Ich kann auf mich selbst aufpassen. Ich weiß, was ich tue, warum ich es tue. Du musst also nicht den Ehemann spielen, der seine kleine, hilflose Freundin beaufsichtigt. Wenn ich sage, es war ein Notfall, ich musste in die Südsee fliegen, um da etwas Wichtiges zu leisten, dann war es so, und du solltest das bitte akzeptieren. Das ist meine Freiheit, die du mir nicht nehmen darfst. Ich bin nicht deine entlaufene Katze, die man in der Nachbarschaft zur Fahndung ausschreibt, mit Handzetteln und Steckbriefen, die man an Laternenpfähle klebt. Außerdem bin ich nicht einfach verschwunden. Es war kein Vergnügen. Eher eine wichtige Sache, wie gesagt. Außerdem – ich habe dir einen Brief geschrieben. Ich habe dich informiert, dass ich für ein paar Tage verreisen muss. Es gibt also keinen Grund, einen Streit anzuzetteln!«

Pierpaoli hörte in ihrer Stimme die reine, untröstliche Enttäuschung des Kindes – es rührte ihn. Normalerweise hätte er eingelenkt. Aber die Behauptung, dass sie ihm einen Brief geschrieben hätte, brachte ihn abermals auf. »Unsinn, Ari!« Es kam als Zischen heraus. »Du hast mir keinen Brief geschrieben. Es gab keinen Brief.«

»Natürlich habe ich einen Brief geschrieben. Ein Brief mit deinem Namen drauf. Er stand auf dem Kaminsims. Wenn du, statt durchzudrehen, deine Augen aufgemacht hättest, ihn gefunden hättest, dann könnten wir uns diesen Streit hier ersparen.«

»Ich hab dein Zimmer sehr genau durchsucht. In meiner Verzweiflung. Nach *irgendeinem* Hinweis. Da war kein Brief!«

»Da war ein Brief, Tom. Vielleicht solltest du dich etwas beruhigen und entspannen, bevor du mir idiotische Vorwürfe machst.«

Beruhigen und entspannen, die Wörter waren zwei Streichhölzer, die in einen gasgefüllten Ofen gehalten wurden, und es machte *Zusch* und *Wosch*, und in Pierpaolis Kopf, mit Zorn und Enttäuschung gefüllt, explodierte die Wut. »Ari, lüg' mich bitte nicht an!«

»Ich hab ihn auf den Kaminsims gestellt! Und schrei mich nicht an!«

»Wenn hier jemand schreit, bist du das!«

Becher hob die Hand und bewegte sie auf und ab, im Sinne: Würden Sie sich bitte mäßigen?

Pierpaoli nickte Becher zu. Er schnaufte. Dann, unter Aufbietung aller Kräfte, halbwegs ruhig: »Okay, Ari. So kommen wir nicht weiter. Wir reden ein andermal darüber. Erst mal bin ich froh, dass es dir gut geht. Pass bitte auf dich auf. Wann kommst du zurück? Oder ist das auch geheim?«

»So bald wie möglich, Tom. Ich weiß es nicht. Ich werde hier noch, na ja, aufgehalten. Man lässt mich nicht so einfach weg.«

»Wie bitte? Aufgehalten?«

»Es hängt mit der Sache zusammen, die ich hier erledigt habe. Ich kann am Telefon nicht darüber sprechen. Wer weiß, wer alles mithört.«

»*Wer weiß, wer mithört?* Ari, was redest du? Was ist hier los? Ich meine, um Himmels willen, Ariadna, du klingst wie eine …«

»Wie eine was?«

»Schon gut. Pass einfach auf dich auf. Mehr verlange ich nicht. Wenn du Geld brauchst … Oder wenn ich was tun kann …«

»Ich komme klar, Tom. Ich melde mich, okay?« Ariadnas Stimme klang jetzt kühl. »So bald wie möglich. Entspann dich. Mach dir keine Sorgen.«

»Warte, warte, kann ich dich unter dieser Nummer erreichen? Ist das deine neue Nummer? Ari? Hallo?«

Aufgelegt.

Pierpaoli schob das Telefon in die Jackentasche zurück, was nicht leicht war, denn seine Hände zitterten beträchtlich. Becher warf ihm einen besorgten Blick zu.

»Meine Freundin«, sagte Pierpaoli lahm. »Eben am Telefon. Sie musste offenbar verreisen, und ich – ähem. Ich wusste es nicht.«

»Verstehe«, sagte Becher. »Manche Beziehungen sind wahrscheinlich schwierig.«

»Ja, wahrscheinlich. *Schwierig* wäre in unserem Fall allerdings die Untertreibung des Jahrhunderts.«

»Sie sind gestresst. Das ist verständlich. Das Oktopus-Weibchen ist verschwunden. Wir haben einiges aufzuklären. Sie wurden gerade von der Presse in der Luft zerrissen. Nach so einer Erfahrung ist man nicht in Bestform, schätze ich.«

»Nein, in Bestform bin ich nicht.«

»Es ist wie im Zirkus. Das hat mein Vater immer gesagt. Er war ein großer Zirkusfreund. Man kann nicht auf dem Drahtseil tanzen und gleichzeitig den Löwenbändiger spielen. Man kann nur eine Sache auf einmal machen.«

»Schon gut. Vergessen wir's.« Pierpaoli winkte ab. Er blickte aus dem Fenster. Die Welt schien plötzlich geschrumpft, schal, trostlos, und sein Kopf war ein Radio, und wenn man am Frequenzknopf drehte, bekam man auf allen Sendern nur Ariadna rein, dieselbe Sondersendung, Ariadna, Ariadna, Ariadna.

*

Anzumerken ist vielleicht noch, dass ungefähr zur selben Zeit Ariadna, die sich am anderen Ende der Welt befand, ziemlich genau 15 292 Kilometer entfernt, außerdem in einer anderen Zeitzone, nämlich etwa um halb sieben am Morgen, im Hinterhof des Hotels »Fatata-te-Miti« an einem kleinen runden Blechtisch saß, auf einem sehr unbequemen und schmiedeeisernen Gartenstuhl. Sie hatte ihr Telefon ausgeschaltet und saß dort allein. Im Hinterhof und im Hotel war es still, die meisten Gäste schliefen wahrscheinlich noch, und Frühstück würde es erst in einer Stunde geben.

Noch hüllte die Nacht die kleine Hauptstadt Papeete und das kleine, schmuddelige Hotel ein. Die Sonne würde erst gegen acht Uhr aufgehen, aber die Sterne verblassten bereits. Zwei nackte Glühbirnen, an einer Wäscheleine aufgehängt, warfen ein chemisch gelbes Licht. Ariadnas Hochstimmung, die sie seit der gelungenen Befreiung Martindales empfunden hatte, war verflogen. Die Stuhllehne schnitt ihr in den Rücken, aber das bemerkte sie nicht.

Endlich erreichten Becher und Pierpaoli das dänische Hirtshals. Es war ein grau verhangener Nachmittag. Sie fuhren direkt zum Hafen, zur Polizeistation.

Von der Unberührtheit jenes verschneiten Freitagmorgens, als Asta, Elani und Mutterperl an Land gegangen waren, war jetzt nichts zu sehen. Von dem Schnee waren nur noch schmutzige Reste liegen geblieben. Der Hafen rumorte. Kräne drehten sich, Container wurden auf Laderampen geschoben, hinter Garagentoren hörte man das Kreischen von Blechen, die geschnitten wurden, durch die staubigen Fenster sah man den blauen Funkenregen der Elektro- und Schutzgas-Schweißarbeiten.

Hubwagen surrten über das Gelände, vor den Imbisswagen standen dicht an die Tresen gedrückt, möglichst nah an Wärme und Fettdunst, vermummte Arbeiter und aßen Pölser, Würstchen mit Röstzwiebeln und Senf, tranken dazu Kaffee mit einem verbotenen Schuss Weinbrand oder auch schon die ersten Feierabend-Biere. Es war knapp unter null Grad, vom Meer her drückte der Wind und trieb gelegentliche Schauer und Asche über das Gelände.

Pierpaoli empfand einen unterschwelligen Groll – wie man ihn eben empfindet, wenn die Welt um einen her ungerührt ihren Geschäften nachgeht, während man doch selbst in der Klemme steckt. Man wünscht sich Anteilnahme, aber die Welt weiß ja nichts von den Sorgen und Problemen, mit denen man sich plagt.

Die Polizeistation lag nicht im *Gammel Havn*, nicht dort, wo die gutherzige Minnie Castorina (die sich inzwischen von ihrem Schock erholt hatte) ihren *Skibshandler*-Laden betrieb, sondern auf der Westseite des Geländes: ein weiß verputzter Kasten mit einer zweiflügeligen Glastür und Fenstern mit blauen Rahmen und einem aufgestellten Schild *Nordjyllands Politi*. Becher parkte davor.

Drinnen saßen vier Männer mit blauen Uniformen, alle waren

blond und sahen sich so ähnlich wie Cousins. Drei von ihnen hatten nur einen Stern auf der Achselklappe, einer hatte einen Stern und eine Krone, sein Namensschild wies ihn als »*Politikommissär Arrey Julson*« aus. Er hatte in einer Zeitschrift gelesen, »Off-Road-SUV«.

Er hob den Blick, kühl. »Wie kann ich Ihnen helfen?«

»Sie haben hier eine gewisse Asta Jenssen-Boysen, deutsche Staatsbürgerin, in Untersuchungshaft. Wir müssen Sie vernehmen. Mein Name ist Becher, Leitender Polizeidirektor für die Direktionen drei und fünf, Lübeck und Flensburg. Und dies ist Herr Pierpaoli aus Kapstadt, Beauftragter der Klima-Allianz.«

Julson warf nur einen flüchtigen Blick auf den Dienstausweis des Deutschen, Pierpaolis Dokumente studierte er länger. Dann wandte er sich an Becher. »Sie können zu ihr. Der da aber nicht.« Er deutete nachlässig auf Pierpaoli. »Eine halbe Stunde. Im Vernehmungszimmer. Die Inhaftierte bleibt in Handschellen. Magnus, bring den Polizeidirektor zu unserer Inhaftierten …«

Einer der drei anderen Polizisten stand auf und winkte Becher zu, sie verschwanden in einem Gang.

»Sie können draußen warten«, sagte Julson zu Pierpaoli. Und wandte sich seiner Zeitschrift zu.

Pierpaoli war stets für Höflichkeit und Freundlichkeit zu haben. Aber heute nicht, sein Vorrat an Duldsamkeit hatte sich erschöpft.

»Ich bin Beamter der Klima-Allianz«, sagte er und trat an Julsons Tisch. »Wie Sie aus meiner Akkreditierung sehen können. Und ich leite das Lagezentrum ›Oktopus‹, und alle europäischen Polizeidienststellen sind seit dem Beitritt Europas jedem Abgesandten aus Kapstadt zur Unterstützung verpflichtet. Wir hatten einen Vorfall, und ich muss Frau Jenssen-Boysen selbst befragen. Jetzt.«

Julson sah auf. »Ich werde das prüfen«, sagte er. »Aber nicht jetzt.«

»Prüfen Sie es. Sofort. Sonst nehme ich, mit Verlaub, Ihre Zeitschrift, rolle sie zusammen und stecke sie Ihnen in Ihren untätigen Hintern. Außerdem kriegen Sie eine Dienstaufsichtsbeschwerde, die größer ist als Ihre gesamte Station hier. Vielleicht gefällt Ihnen das?«

»Passen Sie auf, was Sie sagen, ja? Sie sind nicht in Ihrer feinen Pyramide in Kapstadt, sondern befinden sich hier auf dänischem Staatsgebiet.«

»Und Dänemark ist seit fünf Jahren Mitglied der Klima-Allianz. Ihr Land ist beigetreten. Wir respektieren jede Regierung, auch die kleinste. Aber wie ich sagte: Sie sind verpflichtet, mich zu unterstützen.«

»Dieser Beitritt hat nichts als Bevormundung gebracht.«

»Ich spreche mit Ihnen hier nicht über geopolitische Fragen. Sondern darüber, dass Sie Ihren Job machen. Jetzt.«

Julson starrte ihn an. Pierpaoli starrte zurück. Dann gab Julson mit einem Grunzen nach. Er produzierte ein Lächeln, dünn, kurz. Er drückte einen Summer. »Den Gang durch. Erste Tür rechts.«

Das Vernehmungszimmer war ein kleiner fensterloser Raum mit einem auf dem Boden verschraubten Stuhl, auf dem Asta saß, blass, mitgenommen. Es war kalt hier, der Raum war kaum beheizt. Vor dem Stuhl war ein armdicker Stahlbügel in den Fußboden eingelassen, Asta war mit Handschellen daran gefesselt. Einen Tisch oder andere Stühle gab es nicht. Becher stand vor Asta, er hielt eine dünne Akte in der Hand und hatte eine Lesebrille aufgesetzt.

»Es sieht nicht gut aus für unsere Freundin hier«, sagte er, als Pierpaoli eintrat. »Sachbeschädigung, illegale Einreise, Erschleichung von Dienstleistungen. Am schwersten wiegt die illegale Einfuhr von gefährlichen Gütern – damit sind die Eier gemeint. Das läuft unter Bio-Terrorismus. Weil die Eier potenziell Viren- oder Parasitenträger sind, nicht untersucht oder deklariert sind. Die Dänen verstehen da keinen Spaß. Wir reden von zwei Jahren Gefängnis. Mindestens.«

Asta blickte auf ihre Schuhe, die offen waren. Die Schnürsenkel waren entfernt.

»Dazu die Straftaten in Deutschland. Frau Jenssen hat sich von Elani anwerben lassen, sagt sie. Für eine beträchtliche Summe. Sie hat ihr Schiff zur Verfügung gestellt, war aktiv an einer Straftat beteiligt, wusste auch, dass der Saugroboter, mit dem sie gearbeitet hat, Diebesgut war.«

Der Raum schien zu schrumpfen.

»Menschenskind, Asta. Was haben Sie sich dabei nur gedacht?« Pierpaoli brach das Schweigen.

Sie sah ihn an. »Das kann ich Ihnen sagen. Ich habe gedacht, dass ich meine Existenz rette. Dass ich meinem Kind ein lebenswertes Leben ermögliche. Dass man mir nicht mein Schiff wegnimmt.«

»Es ging also nur um Geld«, sagte Pierpaoli.

»Nein. Es ging nicht *nur* um Geld, sondern es ging um Geld. ›Nur Geld‹, das sagen immer die, die es haben.« Sie sprach leise, ruhig. »Seit zwei Jahren droht mir jeden Monat die Privatinsolvenz, die Beschlagnahmung meines Schiffs. Seit zwei Jahren. Monat für Monat. Dabei hatte ich Arbeit. Alle Hände voll zu tun. Aber wie oft blieben die Zahlungen aus! Oder kamen um drei Monate zu spät! Manchmal haben mein Sohn und ich uns wochenlang nur von Weißbrot und Bohnen ernährt. Das billigste Weißbrot, die billigsten Bohnen. Was meinen Sie, wie sich das für einen Jungen anfühlt, der doch seine Wünsche hat? Er ist doch noch ein Kind.«

Pierpaoli und Becher blickten sich an.

Asta redete weiter, gar nicht bitter, eher sachlich. »Uns stand das Wasser mal wieder bis zum Hals, als ich diesen Auftrag bekam – den Oktopus beobachten, Tauchgänge, das ganze Programm. Ich hab' alles zusammengekratzt, um es möglich zu machen, Diesel, Tauchflaschen, und wenn mein Geld pünktlich gekommen wäre, dann wäre alles gut gewesen. Aber das Geld kam nicht. Sie wollten sich kümmern. Aber es kam nicht.«

»Das ist korrekt«, sagte Pierpaoli leise.

»Ja, korrekt. Was sollte ich denn tun? Verhungern? Und mein Sohn?«

Becher wandte den Blick von Asta ab und starrte an die Zimmerdecke, so, als würde er dort etwas Interessantes lesen.

»Und dann habe ich mich an einen Verbrecher verkauft.« Astas Stimme klang müde. »Ich habe das unterschätzt, ich kenne mich nicht aus mit Verbrechern. Er hat mir eine Pistole ins Gesicht gehalten, auf meinem eigenen Schiff. Er hätte mich wahrscheinlich wirklich erschossen.« Sie rekapitulierte sachlich. »Ja, ich glaube, das hätte er getan. Er hätte meine Leiche mühelos entsorgen können. Bei der Wassertemperatur werden die Verwesungsprozesse fast gestoppt, keine Gase, die Körper bleiben unten, bis sie verzehrt sind. Ja, ich denke, er hätte mich erschossen. Er hat große Absichten, keine Skrupel.«

»Was wollte Elani mit den Eiern? Hat er das gesagt?«

»Nein.«

»Und dann?«

»Und dann bin ich abgehauen. Bei der erstbesten Gelegenheit. Der armen Minnie hab' ich einen Riesenschrecken eingejagt. Vielleicht kann man ihr ausrichten, dass es mir leidtut. Jedenfalls bin ich weggerannt und hab' mich der Polizei gestellt. Und die hat mein Schiff beschlagnahmt.«

»Mit den Eiern?«

»Mit den Eiern. Sie sagen, sie bewachen es. Anlegestelle neunzehn. Vielleicht können Sie mal nach dem Rechten schauen. Ich habe gesagt, Vorsicht, diesem Elani ist nicht zu trauen, so leicht gibt der nicht auf. Aber, na ja, ich bin nicht gerade diejenige, auf die man hört.«

»Sie hat das Gelege einer unbekannten Spezies ins Land gebracht«, wiederholte Becher. »Bio-Terrorismus. Zwei Jahre ohne Bewährung.«

»Zwei Jahre«, flüsterte Asta. »Mein Junge. Was hab' ich ihm nur angetan?«

»Aber sie hat doch unter Zwang gehandelt«, wandte Pierpaoli ein. »Elani ist der eigentliche Verbrecher, er hat sie mit einer Waffe bedroht, sie gezwungen!«

»Elani ist weg«, entgegnete Becher. »Die Dänen werden ihn zur Fahndung ausschreiben, aber die haben ihre Verdächtige. Die haben ihren Fall. Die brauchen Elani nicht.«

Asta wandte sich an Becher: »Bitte kümmern Sie sich um meinen Sohn. Und suchen Sie nach Elani!« Tränen standen in ihren Augen.

»Ich fürchte, das ist nicht mein Fall«, antwortete Becher verlegen. »Und nicht unser Land. Wir sind in Dänemark. Die haben alle Gesetze jetzt sehr verschärft.«

»Es ist mein Fall«, sagte Pierpaoli plötzlich. »Ich bin verantwortlich für den Oktopus, diese Eier. Und ich werde Elani finden!«

»Sie?« Asta wischte sich mit dem Jackenärmel übers Gesicht.

In diesem Moment ertönte ein ersticktes Krachen. Als würde etwas Großes bersten. Dann noch einmal, derselbe Krach, wie von einer Explosion, nicht nah, aber auch nicht sehr weit entfernt. Alle drei verstummten, horchten. Und noch einmal, jetzt näher. Und dann setzte eine Sirene ein, mit einem durchdringenden Heulton, abschwellend, aufheulend, abschwellend, aufheulend …

Jetzt flog die Tür auf. Und der Polizeibeamte Magnus brüllte in den Raum: »Sie und Sie, alle beide, verlassen Sie das Vernehmungszimmer! Sofort! Verlassen Sie die Polizeistation und das Hafengebiet! Zu Fuß! Nicht mit dem Wagen! Wir müssen die Gefangene evakuieren!«

Schock. Erstarrung. Dann Bechers Stimme, ungläubig: »Was geschieht hier?«

»Eine Explosion bei den Gastanks! Es gibt ein Feuer! Los, raus mit Ihnen!« Er packte Pierpaoli und Becher an den Schultern, schob sie aus dem Raum. Drängte sie den Gang entlang. Der Empfangsraum, wo eben noch vier Polizisten gesessen hatten, war jetzt leer. Magnus schob und drängte Pierpaoli und Becher vor sich her, zu der zweiflügeligen Glastür hinaus.

»Warten Sie! Was passiert mit Asta?«, protestierte Pierpaoli.

»Wir bringen die Gefangene in Sicherheit. Und Sie auch! Los, verlassen Sie das Hafengelände!«

Und sie standen draußen. Das Sirengengeheul war hier noch viel lauter.

Der Himmel war an manchen Stellen grellgelb. Ein schwarzer Rauchpilz stieg auf. Qualmgeruch und der Geruch von brennendem Gummi, klebrig, durchdringend.

Pierpaoli fiel das Atmen schwer. Autos fuhren hupend vorbei. Männer hasteten, brüllten, winkten. Irgendwo bellte ein Hund, er bellte, bellte … *Alles ist so unwirklich*, dachte Pierpaoli. Durch die Glastür sahen sie, wie Magnus hektisch hinter ihnen die Tür verschloss, jetzt rastete der Bodenriegel endlich ein. Magnus kümmerte sich nicht weiter um die beiden Männer. Pierpaoli stand da, er war wie gelähmt.

Becher packte ihn an der Schulter. »Wir müssen hier weg!«

»Nein«, schrie Pierpaoli.

»Was?«

»Das ist kein normaler Brand! Ich glaube, Elani steckt dahinter!«

»Was?«

»Elani! Das alles hier!« Pierpaoli wies auf das Chaos. »Elani hat das gemacht! Wir müssen zu Anlegestelle neunzehn! Zu Astas Schiff!«

Und Pierpaoli rannte schon.

»Scheißkerl«, murmelte Becher. Und dann setzte er sich ebenfalls in Bewegung.

Der Hafen stand in Flammen. Die schwarzen Konturen der Maschinen, die siedende Luft, die Bronchien und Lunge versengte, als würde man sich einen Fön in den Mund stecken, der scharfe Knall der Hitzesprengungen, die die Fenster bersten ließen, das Hochkochen der Explosionen. Ein Verletzter, dem ein Teil seines Gesichtes fehlte, nur Blut und formloses Fleisch waren übrig, und der von zwei Kollegen eilig davongeführt wurde – Pierpaoli und Becher konnten nicht helfen, hätten nur behindert. Und überall war Rauch. Feuerzungen rollten über das schwarze Hafenwasser.

Man muss Pierpaolis Instinkt anerkennen. Seine Ahnung, Elani würde es nie zulassen, dass seine wertvolle Beute in den Händen der dänischen *Politi* landete, war richtig. Elani und Mutterperl hatten mit einigen schlichten, aber geschickt platzierten Brandsätzen dieses Inferno zur Ablenkung angerichtet, und Mutterperl, der überall über Kontakte verfügte, hatte noch drei Mann besorgt, die Astas Schiff stehlen und bis Dover fahren konnten.

Als Pierpaoli am Pier neunzehn ankam, atemlos, war die *Greta* gerade losgemacht worden. Die Leinen lagen schon auf dem Deck. Der Motor lief. Männer standen am Heck und beobachteten Pierpaoli, der angerannt kam. Die Gangway war aber noch ausgeklappt.

Die Polizei hatte einen Beamten zur Bewachung abgestellt, einen einzigen. Der Mann lag verkrümmt auf dem kalten Pier, in einer Lache von Erbrochenem. Elani hatte ihn mit einem Äthertuch betäubt.

Pierpaoli stand an der Gangway, er zögerte kurz, dann machte er einen Schritt darauf. Aber einer der Männer am Heck hob eine Eisenstange mit einem ausklappbaren Haken: Die Geste war unmissverständlich – wage es nicht.

»Halt!« Pierpaoli schrie. »Dieses Schiff ist beschlagnahmt!« Das war natürlich lächerlich. Als Antwort schlug der Mann mit der Hakenstange wuchtig auf den Alu-Rahmen der Gangway, einmal, zweimal, die schmale Planke unter Pierpaoli erzitterte. Was sollte er tun?

Wenigstens ein Foto machen! Schnell. Die Gesichter fotografieren. Beweismaterial. Pierpaoli tat einen Schritt runter von der Gangway, er holte sein Smartphone aus der Tasche, er tippte rasch, um die Kamerafunktion zu aktivieren. Dann hob er die Kamera und wollte gerade den Auslöser drücken.

Da stach ihm der Geruch einer Chemikalie in die Nase.

Plötzlich wurde sein Hals von hinten gepackt, umklammert, mit furchtbarer Kraft. Pierpaoli ließ das Smartphone fallen. Er stolperte rückwärts, die Umklammerung hielt ihn fest. Er spürte etwas vor seiner Nase, vor seinem Mund, es schmeckte stechend, kalt, bitter, es brannte. Er fuchtelte mit den Armen, und was er da einsog, würgte ihn. Das Bild vor seinen Augen verdunkelte sich.

Äther ist ein destillatives Produkt aus Ethanol und Schwefelsäure. Es wird vom menschlichen Körper zu etwa neunzig Prozent aufgenommen. Die narkotische Wirkung ist höchst zuverlässig. Die Folgen beim Aufwachen sind Übelkeit, gereizte Bronchien, die Würgereflexe können noch Stunden andauern.

Das Opfer, wenn es sich wehrt und panisch wird, atmet den lähmenden Wirkstoff umso verlässlicher ein. Die einzige Möglichkeit, dem zu entgehen, besteht darin, nicht zu atmen.

Das war es, was Pierpaoli versuchte. Er drückte die Luft aus der Nase, er verbot seinen Lungen, sich zu füllen. Er presste die Lippen zusammen. Aber er sackte weg, jetzt drückte ihn der Mann, der ihn von hinten umklammerte, hinunter auf die Knie.

Plötzlich ein heftiger Stoß.

In den Rücken. Ein Fußtritt. Pierpaoli fiel nach vorn, schlug mit dem Gesicht auf, er lag jetzt auf dem Pier, hilflos. Die Welt, das Schiff, die Gangway, alles verschwamm vor seinen Augen. *Muss unbedingt bei Besinnung bleiben!* Das Tuch war nicht mehr vor seinem Mund. Aber aufstehen war unmöglich. In seinen Ohren ein schriller Pfeifton.

Elani, der Mann mit dem Äthertuch, warf einen Blick auf die beiden Gestalten zu seinen Füßen, dem Polizisten und Pierpaoli. Der Wasserstand des Hafenbeckens war hoch. Mit Fußtritten trieb Elani den Körper des Polizisten über den Rand des Piers, bis jener klatschend ins schwarze Hafenwasser fiel, wo er nicht unterging, sondern trieb, aber leblos, das Gesicht des Mannes nach unten, aus den Ärmeln seiner Uniformjacke, aus den Hosenbeinen blubberten Luftblasen.

Elani wandte sich jetzt Pierpaoli zu. Dieselbe Prozedur – und Pierpaolis Körper landete klatschend neben dem Polizisten im Wasser.

Von da an kümmerte Elani sich nicht weiter um die beiden Männer. Er war mit zwei behenden Schritten über die Gangway auf dem Schiffsheck, wo er dem Mann mit der Hakenstange zunickte. Die Fassmer-Gangway wurde eingeklappt. Der behelfsmäßige Kapitän im Führerhaus, ein schwedischer Kleinkrimineller, den Mutterperl angeheuert hatte, schob den Gashebel nach vorn.

Und die *Greta*, Astas geliebtes Schiff, nahm gehorsam Fahrt auf und verließ, inklusive ihrer kostbaren Fracht, den Eiern von *Megaloctopus octaviae*, den Hafen von Hirtshals, der jetzt ein Bild der Verwüstung bot; und hätte jemand von der Besatzung zurückgeblickt, dann hätte er sehen können, wie Pier neunzehn kleiner wurde, zurückfiel, jene Anlegestelle, wo jetzt zwei Gestalten im eisigen und öligen Hafenwasser trieben – ein junger Polizist, allem Anschein nach tot, und Pierpaoli, ein Beamter aus Kapstadt, noch bei Bewusstsein und noch am Leben, aber dem Tod in diesem Moment sehr nah.

Aus: BILD / Online

»Keine Ahnung!«

»Oktopus der Herzen« in Ostsee abgetaucht /
Klima-Beamter wird Lachnummer

Von Bettina Hahn

Das Mega-Oktopus-Weibchen, das nach Deutschland kam – jetzt ist es einfach verschwunden! War ihm unsere Ostsee nicht schön genug? Oder sucht es seine verschollenen Eier?

Seit dem Wochenende redet alle Welt von dem riesigen Oktopus, der in Norddeutschland (Geltinger Bucht) gesichtet wurde. Aber dann – der Mega-Schock: Seit gestern ist das riesige Tier, Spannweite der Tentakel: über 50 Meter, schlagartig verschwunden. Und angeblich gestohlen sind auch die Eier, die das Tier gelegt hatte.

Eine Hiobsbotschaft!

Tausende von Anwohnern, Oktopus-Fans und Touristen sind über das Abtauchen von »Mega« tierisch traurig. »Er war der ›Oktopus der Herzen‹ für uns«, sagt Landrat Werner Molitor (56). »Wir hätten ihn mit leckeren Fischen gefüttert, wir hätten alles getan, um dem Oktopus ein schönes Zuhause zu bieten …«

Aber die Chance scheint erst mal vertan. Wie konnte das passieren? Und was ist eigentlich passiert? Es herrscht immer noch Rätselraten. BILD meint: ein Skandal! Denn ein Riesen-Oktopus ist doch wohl etwas zu groß, um einfach so verloren zu gehen.

Die Klima-Allianz, die extra einen hochrangigen Beamten aus Kapstadt geschickt hatte, hüllt sich derweil in vornehmes Schweigen. BILD-Anfragen wurden einfach nicht beantwortet. Und der Klima-Beamte vor Ort, Thomas Pierpaoli (48), sorgte bei der Pressekonferenz nicht für Aufklärung, sondern nur für Heiterkeit. Denn was antwortete der Wissenschafts-Gesandte? Wörtlich: »Ich habe keine Ahnung!«

Pierpaoli, die Lachnummer aus Kapstadt …

Im Netz überschlagen sich inzwischen die User-Kommentare, die eine Rückkehr des Oktopus-Weibchens fordern. Die Klima-Allianz solle unbedingt handeln!

BILD sagt: Liebe Klima-Allianz, aufgewacht! Streckt eure Tentakel aus und findet unsere »Mega«!

Es ist ein Irrtum, anzunehmen, der Tod durch Erfrieren und Ertrinken im eisigen Wasser sei *an sich* schrecklich. So ist es nicht. Der Tod selbst, wenn es denn so weit ist, wird von dem Sterbenden wahrscheinlich nur als ein sachter Übertritt wahrgenommen. Wahrhaft schrecklich und unerträglich sind hingegen die drei bis fünf Minuten zuvor. Es sind jene Minuten, in denen der Körper noch kämpft, alles mobilisiert, alles in die Schlacht wirft. Die Schleusen von Angst und Panik und Schmerz sind dann weit geöffnet.

Pierpaoli war von Dr. Charles Elani zunächst halb betäubt und sodann mit Fußtritten in das Hafenbecken von Hirtshals befördert worden. Pierpaoli hatte es jedoch geschafft, die Ätherdämpfe nur zu einem kleinen Teil zu inhalieren – er war also bei Bewusstsein, größtenteils jedenfalls, als er klatschend im Wasser aufschlug.

Das Hafenwasser war schmutzig, es war sehr schwarz und ölig glänzend. Die erste Reaktion, die Pierpaoli im Moment des Auftreffens erlebte, war ein heftiger Kälteschock. Die Wassertemperatur lag bei etwa drei Grad. Er riss die Augen auf. Er hatte Wasser im Mund, er spuckte, hustete, nahm schemenhaft wahr, dass neben ihm eine Gestalt trieb – aber das war nur am Rand seines Bewusstseins, denn sein Organismus, Gehirn wie auch Körper, stellte jetzt alle Signale ohne Ausnahme auf einen einzigen Befehl ab: das Überleben.

Pierpaoli verspürte immer noch Übelkeit, Würgen, er schwamm fast aufrecht im Wasser, sah sich wassertretend um. Sein Atem ging etwa dreimal so schnell. Da war ein Ding, er erkannte Sprossen, eine Leiter. Eine rettende Leiter, die aus dem Wasser nach oben führte! Die Leiter war etwa fünf Meter entfernt. Das entsprach etwa sechs oder sieben Schwimmzügen. Ohne Neopren, ohne schützende Fettschicht, dafür in Kleidung, die sich binnen Sekunden vollsaugt, können sieben Schwimmzüge jedoch sehr viel sein. Es hängt selbstverständlich vom Trainingszustand ab. Pierpaoli war untrainiert.

Seine Körpertemperatur sank in Sekunden von 37,4 Grad auf 36 Grad. Das Gefühl in seinen Beinen ließ rapide nach. Er wusste nicht, ob er sie wirklich bewegte. Er machte einen, zwei, drei Schwimmzüge – und hatte das Gefühl, der Leiter kein Stück näher gekommen zu sein. Noch ein Schwimmzug. Übelkeit würgte ihn. Noch ein Schwimmzug. War er der Leiter jetzt näher gekommen? Er konnte es nicht beurteilen. Er sah doppelt.

Noch ein Schwimmzug, der ihm entsetzlich schwerfiel. Jetzt sah er kleine und goldene Lichter, die auf dem Wasser tanzten.

Noch ein Schwimmzug. Er würde hier sterben. Das Weitere ging ihn dann nichts mehr an. Er war dann eben tot. Ariadna würde um ihn weinen, und Elani würde lachen.

Es war die Wut, die Pierpaoli die Kraft gab. Da, jetzt – da war eine Sprosse. Sie war aus Metall und braun lackiert und rostig und kalt an seinen gefühllosen Händen, er machte sich an das sehr, sehr mühsame Werk, die Leiter hinaufzuklettern, er schaffte es nicht.

Ob Pierpaoli es tatsächlich geschafft hätte, die Leiter hinaufzuklettern, aus eigener Kraft, muss dahingestellt bleiben. Denn es war letztlich der Polizeichef Becher, der den Pier endlich erreichte, endlich gefunden hatte – denn Becher hatte sich in dem Chaos verlaufen –, der Pierpaoli rettete. Er kam schnaufend angerannt, mit einem Mann im Schlepptau, der helfen wollte, es war ein Däne, der Betreiber eines Imbisswagens, spezialisiert auf Grillhähnchen, ein kleiner Mann mit zauseligem Bart und einem wattierten blauen Mantel, darunter war der Mann allerdings spillerig wie ein Pfeifenreiniger.

Becher und der Däne (der zwar eifrig, aber keine große Hilfe war) hievten und zerrten Pierpaoli an den Armen und am Jackenkragen nach oben auf den Pier. Sie rissen ihm die Schuhe von den Füßen, zerrten ihm die Hose vom Leib, die Jacke, seinen Pullover, sie rieben ihn ab, der Däne legte ihm seinen wattierten Mantel um die Schultern. Das Zittern in Pierpaolis Beinen kam mit etwas Verzögerung, aber dann war es kaum zu kontrollieren. Pierpaoli konnte nicht sprechen, sein Gesicht war knallrot im Schein der Feuer, die im Hafengebiet noch brannten, doch weder Mund noch Mimik gehorchten ihm. Er konnte auch nicht aufstehen.

Aber er erblickte sein Telefon, das ihm aus dem Hand gefallen war, als Elani ihn von hinten angriff. Das Telefon lag auf dem Pier, unbeschadet. Becher nahm es für Pierpaoli in Verwahrung.

Irgendwann kam ein Polizeiwagen. Später ein Krankenwagen. Feuerwehrfahrzeuge.

Pierpaoli wurde untersucht, er war unterkühlt, aber er würde es überleben.

Der dänische Polizist, den Elani ebenfalls betäubt und ins Wasser geworfen hatte, war tot. So würde der Fall in den Akten der dänischen Polizei als Mordfall eingestuft werden, aber das würde nicht zu Astas Entlastung beitragen. Im Gegenteil, ihre Position sollte sich durch das Vorkommnis noch verschlechtern.

Nach etwa einer Stunde war das Chaos halbwegs gezähmt. Pierpaoli saß in einem Polizeiwagen, er hatte eine Decke umgelegt bekommen. Der Mond war aufgegangen, aber er sah verbraucht aus, eine dünne Scheibe ohne lichtgebende Kraft.

Um Asta zu helfen, dachte Pierpaoli, um zu belegen, dass sie nur Mittäterin gewesen war, musste Elani gefunden werden. Und das war, wie es aussah, jetzt seine Aufgabe.

Siebtes Kapitel

Die Falle

**Geheimes Papierdokument der Task-Force,
erstellt vor ca. 2 Jahren**

WA CONFID: MemTaskForce, Level 10 Intel.
Dat. Jan 07, 2031

**Betreff: DRITTE ZUSAMMENKUNFT der Task-Force:
Lösungsfindung**

1) Rekapitulation:

In der vergangenen Sitzung definierten die 33 Teilnehmer der Task-Force mithilfe der Prognose-KI *Delphi* die
Irrationalität menschlichen Verhaltens als Hauptursache für die Misserfolge der Klima-Allianz. Speziell den
menschlichen Impuls, kurzfristige Vorteile vor langfris-
tige Ziele zu stellen. (Im Folgenden vereinfacht benannt
als *Kurzsichtigkeit*).

2) Überlegungen der Task-Force:

a) Angesichts der Ergebnisse der ersten Sitzung be-
schließt die Task-Force jetzt jedoch, das irrationale Verhalten der Menschheit zu untersuchen.

b) Das Verhalten des Menschen, seine Instinkte, seine
Triebe, stammen aus Umständen, in denen die Menschheit nach Zahl und technologischer Reichweite noch
zu klein war, um die Ressourcen des Planeten spürbar
zu beanspruchen. Erst mit der Industrialisierung, der
Verbesserung der Gesundheitssysteme und dem damit
einhergehenden Bevölkerungswachstum sollte die Le-
bensweise des Menschen das Ökosystem Erde verändern.
Das *kurzsichtige* Verhalten der einzelnen Menschen
wurde damit zum Problem, weil das einzelne Individuum

die Folgen seines Verhaltens nicht mehr überblicken kann.

3) Methode:

Die 33 Teilnehmer der Task-Force unternehmen ein gemeinsames Brainstorming zur Ideenfindung. Welche Methoden wären – theoretisch – denkbar, um dem menschlichen Hang zu *kurzsichtigen* Entscheidungen entgegenzuwirken?

Im Brainstorming sind alle Ideen möglich und erwünscht, unabhängig von moralischen, juristischen oder technischen Bewertungen. Diese Ergebnisse werden gesammelt und inhaltlich gruppiert. Im zweiten Durchgang wird dann durch Abstimmung entschieden, welche Vorschläge von der Task-Force ausgearbeitet werden.

4) Brainstorming:

Im Brainstorming wurden 86 Ideen festgehalten. Sie ließen sich grob drei Kategorien zuordnen:

Mehr als die Hälfte davon (51), setzen an bei der massenhaften Beeinflussung des menschlichen Verhaltens (»Soft Power«).

23 Ansätze zielen auf Einschränkungen der irrationalen menschlichen Impulse durch Gesetze.

Die verbleibenden 12 Vorschläge versuchen das Problem radikal numerisch zu lösen, durch die massive Reduzierung der Weltbevölkerung. Über bestehende gesetzliche oder moralische Grenzen wird dabei hinweggesehen.

5) Ausgewählte Ansätze:

Per einfacher Abstimmung wählte die Task-Force einen Ansatz jeder Kategorie aus. Bis zur nächsten Sitzung werden diese Grundideen von den jeweiligen Fachleuten der Task-Force präzisiert und dann von *Delphi* auf ihre Zukunftsfähigkeit überprüft. Bei der Auswahl folgte die Task-Force ihrem Kernauftrag, unkonventionell zu denken. Die drei zur Weiterentwicklung ausgewählten Ideen sind:

a) *Soft Power:*

Weltweites Ausbringen von Psychopharmaka zur Erleichterung rationaler Entscheidungen.

b) Juristische Ansätze:

Für den Energieverbrauch pro Person wird weltweit eine gesetzliche Obergrenze festgelegt. Übertretungen werden als Verbrechen gegen die Zukunft hart sanktioniert.

c) Radikal-genetische Ansätze:

Ein genetischer Schalter, der die Lebenszeit der Menschen automatisch auf 30 Jahre begrenzt (Bevölkerungsreduktion und somit Entlastung des Planeten).

6) Weiteres Vorgehen:

Bis zur nächsten Sitzung der Task-Force werden alle drei Vorschläge von den jeweiligen Experten-Gruppen der Task-Force ausgearbeitet und präzisiert, und dann von dem bereits bekannten Prognose-Tool *Delphi* auf ihre voraussichtlichen Auswirkungen geprüft.

Höllischen Ärger würde es geben, denn dass ein eigens aus Kapstadt entsandter Bevollmächtigter der Klima-Allianz, eingesetzt als Chef des Lagezentrums, seinen Auftrag erst vermasselte, dann verschwand – das war sogar ein Dienstvergehen. Wahrscheinlich würde Polizeichef Becher alles regeln können, das Lagezentrum auflösen, sich den Fragen stellen, und vielleicht würden sie von Kapstadt aus auch einen Ersatzmann für Pierpaoli schicken. Aber sie wären nicht erfreut. Sie wären im höchsten Maße aufgebracht. Pierpaoli wusste das.

Außerdem nagte an ihm, dass er gegen seine eigenen Grundsätze verstieß: Er sah sich als Mann, der seine Arbeit zu Ende brachte. Aber die Entscheidung war gefallen. Er würde aufbrechen, Charles Elani finden, zur Verantwortung ziehen. Und auf diese Weise Asta helfen.

Und er würde herausfinden, worum zum Teufel es hier eigentlich ging.

Pierpaoli saß in einem Restaurant des Bahnhofs von Aalborg, immer noch in Dänemark. Becher hatte ihn hier abgesetzt, nach einem kurzen, aber heftigen Streit. Denn Becher hatte verlangt, dass Pierpaoli mit ihm nach Wackerballig zurückführe. Pierpaoli war stur geblieben.

Charles Elani. Das war sein Ziel. Diesen Mann musste er finden.

Das Restaurant hieß *Frituregryden Fiskehus*. Es war klamm hier drin, offenbar wurde an der Heizung gespart, auch ging ständig die elektrische Glastür auf, jedes Mal ein eisiger Luftzug, der durchs Restaurant wehte. Die Spezialität des Hauses, wenn das Wort nicht zu hoch gegriffen ist, waren kalte Fischfrikadellen mit lauwarmem Kartoffelsalat, und Pierpaoli machte die Erfahrung, dass man nicht gut nachdenken kann bei miserablem Essen und in kühler Ungemütlichkeit. Seine Chancen, das zumindest war ihm klar, standen schlecht. Er war schwach, er hatte keine Informationen, er war kein Detektiv oder Polizist, er wusste nicht genau, wer sein Feind war, er wusste nicht wirklich, worum es hier ging.

Der einzige Vorteil bestand darin, dass er so schwach war, dass man ihn unterschätzte.

Jedenfalls überdachte er seine nächsten Schritte.

Erste Frage: Was wusste er über diesen Charles Elani? Wenig. Elani hatte auf der Liste der akkreditierten Wissenschaftler gestanden, doch im Unterschied zu den anderen Forschern gab es zu Elani keine Kurzfassung, keine Biografie. Pierpaoli hatte natürlich als Erstes an Kapstadt geschrieben, einen knappen Überblick über die Geschehnisse geliefert, für alle Fehler die Verantwortung übernommen und mit höchster Dringlichkeit ein Dossier über Elani bestellt. Außerdem hatte er, ebenfalls dringlich, vorgeschlagen, den Schiffsverkehr zu überprüfen, nach Elanis Boot zu fahnden. Noch konnte er nicht weit gekommen sein. Falls sein Name irgendwo in der Charter auftauchte, dann würde man ihn auch finden.

Die Reaktion: bislang keine. Kapstadt hatte sich nicht gerührt. Auch sehr ungewöhnlich.

Dann hatte Pierpaoli sich selbst in das ACWIB eingeloggt und versucht, irgendwas über Elani herauszufinden. Seine Sicherheitsfreigabe, für den Deutschland-Auftrag hochgestuft, reichte dafür gerade aus. Das ACWIB, das »Archive for Crime, Wrongdoing and Inappropriate Behavior«, wurde in Kapstadt geführt und enthielt alle Arten von Informationen über Leute, die mit der Klima-Allianz irgendwie in Kontakt traten, in irgendeiner Weise zu tun hatten. Nicht nur strafrechtliche Tatbestände wurden im Archiv gesammelt, sondern auch Schrulligkeiten, Seltsamkeiten, Verkehrsvergehen, Ärger mit der Steuer, was auch immer – die offiziellen Stellen sollten wissen, mit wem sie es zu tun hatten. Es war wegen der Datenfülle sehr umstritten, dieses Archiv, wurde aber fleißig genutzt.

Immerhin gab es eine Listung unter »Dr. Charles Elani, Virologe, Parasitologe«, aber der Eintrag war teilweise gelöscht worden. Für eine Löschung brauchte man eine sehr hohe Sicherheitsfreigabe. Wer hatte diese Löschung veranlasst? Ebenfalls sehr ungewöhnlich. Aber vielleicht eine Spur.

Pierpaoli schob den Teller mit der Frikadelle beiseite, er winkte dem Kellner und bestellte sich einen schwarzen Tee mit etwas Milch und Honig. Er dachte nach. Was konnte das Motiv sein für den zweifachen Diebstahl der Eier? Geld? Einen Marktwert hatten diese Eier offenbar nicht, wertvoll waren sie allenfalls für die Wissenschaft. Waren sie eine Delikatesse? Mit exorbitanten Preisen auf dem Schwarzmarkt, etwa wie Kugelfisch? Nein. Eher nicht. Häretekinnen, erinnerte sich Pierpaoli, hatte gesagt, dass diese Eier so gut wie ungenießbar seien.

Plötzlich fiel ihm ein, was Häretekinnen außerdem erwähnt hatte. Sie hatte sich über Elanis Akkreditierung empört; nicht nur, weil er kein Oktopoden-Forscher war, nein, sie hatte auch einen Vorfall in Elanis Studienzeit erwähnt. Irgendwas von einem Unfall. Eine Anzeige.

Pierpaoli nahm sein Smartphone. Er scrollte durch die Archive der Universität und stieß auf das Protokoll einer Anzeige. Das musste es sein.

Illegales Betreten dreier Personen des Laborbereichs.

Unangemeldete Laborzeiten eines Wissenschaftlers.

Dann ein Laborunfall.

Ein Autounfall wurde im Anschluss erwähnt. Zwei Tote. Verbrannt. Das waren wahrscheinlich die Eindringlinge gewesen. Keine Namen. Von der dritten Person fehlte jede Spur. Fahndung eingestellt.

Der Tee kam, dünn, aber heiß, wenigstens das. Pierpaoli fiel ein Foto auf. Eine Abschlussfeier. Doktoranden in Basel. Die Bildunterschrift wies einen der Doktoranden als Elani aus. Elani hatte den Arm um einen anderen, kleineren Mann gelegt. Der andere Mann blickte bewundernd zu Elani auf.

Dort stand auch dessen Name: Hector de Barré.

Ein Freund? Jemand, der helfen konnte?

Pierpaoli brauchte weniger als zehn Minuten, um die Adresse dieses Hector de Barré zu finden. Ein Ort in Südfrankreich. Château La Vaucluse. Keine Straße. Keine Hausnummer.

Pierpaoli hatte einen Freund in Kapstadt, in der »Pyramide«, ein älticher, aber fanatisch penibler Archivar – ein Mann namens

Gutsmeindl. Pierpaoli schrieb ihm eine verschlüsselte Nachricht, bat um Hintergrundwissen und Namen über den Vorfall in Basel, aber mit der Bitte, das Thema diskret zu behandeln und andere Quellen hinzuzuziehen als die offiziellen.

Pierpaoli winkte dem Kellner, um zu bezahlen. Basel – die Studienzeit von Elani. Dort hatte er offenbar geforscht, promoviert, etwas herausgefunden. Er hatte einen Freund gehabt. Es war eine schwache Spur, doch die beste, die Pierpaoli hatte. Er könnte, überlegte er, wenn er einen Zug nehmen würde, in etwa zwölf Stunden in Südfrankreich sein, mit Glück. Und mit etwas mehr Glück würde er diesen »Freund« Elanis dort aufstöbern.

Am nächsten Vormittag sitzt Pierpaoli im Zug, im »Alpinajet 14047«, auf einem blauen Velourssitz am Fenster und fährt gen Avignon – es ist die einzige Spur zu Elani, die er momentan hat. Die Attacke mit dem Äther, der Kälteschock, als Elani ihn in Hirtshals ins Wasser warf, diese Blessuren hat er einigermaßen weggesteckt. Und so schlängelt sich der Zug allmählich durch Deutschland, von Norden nach Süden, gerade durchfahren sie die Rhein-Main-Ebene, dann Straßburg, Dijon, Lyon, in Lyon wird Pierpaoli umsteigen ... Und während sein Körper das leichte Schaukeln der Zugfahrt aufnimmt, liest Pierpaoli auf seinem Smartphone abermals die biografischen Daten über die Wissenschaftler, besonders über Elani, in der Hoffnung auf irgendeinen Hinweis, bislang vergeblich.

Pierpaoli reist allein; doch das bedeutet nicht, dass er allein *ist*. Denn das ist er nicht.

Tatsächlich wird eine Beobachtung eingerichtet, gerade jetzt, in diesem Moment wird sein Smartphone gehackt, und zwar von einem weit entfernten Ort aus – von einer Yacht aus, die etwa 8 400 Kilometer entfernt ist und in der Karibik kreuzt.

Pierpaoli ahnt nichts davon.

Diese Yacht ist die *Change*, sie wurde von einem Konsortium gekauft, das in Zürich und auf den Cayman-Inseln, unter anderem auch in Miami und Shanghai ansässig ist; und der Ausdruck »Konsortium« bedeutet in diesem Zusammenhang, dass die wahren Hintermänner kaum je in Erscheinung treten. Eigentlich läuft es nur auf einen Mann zu. Und dieser eine Mann, dieser sehr mächtige Mann, sitzt jetzt im Monitorraum der *Change* und lässt sich von seinen Leuten gerade den vollständigen Zugang auf Pierpaolis Telefon legen.

Der Monitorraum steht in Kontakt mit einem eigenen Satelliten, der die Erde umkreist, und enthält ein atemberaubendes Arsenal von technischen und elektronischen Geräten; von hier aus kann man alle Datenströme der Welt verfolgen, filtern, manipulieren. Sich in Pierpaolis Smartphone einzuhacken, war ein Kinderspiel, es hat weniger als fünf Minuten gedauert.

Der Glaube an die Technik ist die Religion jener, die in gefährlichen Metiers unterwegs sind. Dieser Mann gehört dazu. Er wandelt auf Korridoren, wo im Dunkeln enorme Geldsummen bewegt werden, wo es um große Investitionen und sehr folgenreiche Entscheidungen geht, und in diesen Dingen ist der Mann sehr, sehr geschickt, äußerst erfolgreich – fast ein Genie.

Der Hacking-Vorgang ist beendet. Der Tracker ist jetzt aktiviert. Gut. Der Mann nickt seinem Chef-Hacker zu, einem fetten Georgier, und erhebt sich. Er kann von nun an genau verfolgen, wo sich Pierpaoli gerade befindet, kann sehen und mithören, mit wem und was Pierpaoli spricht, kann mitlesen, was er liest, zurzeit ist er nicht mehr als ein kleiner Punkt, der durch Deutschland kriecht, irgendwann nach Westen abbiegen wird, nach Südfrankreich.

Der Mann auf der Yacht hat sich über Pierpaoli informiert: Der Typ ist ein kleiner Beamter, ein Rädchen im Getriebe. Noch weiß er gar nichts. Trotzdem muss man von jetzt an auf Pierpaoli ein Auge haben. Falls er nicht aufhört mit seiner Schnüffelei, falls er mehr und mehr entdeckt, falls seine »Ermittlungen« einen kritischen Punkt erreichen – nun, dann wird er reagieren. Der Mann wird nicht zulassen, dass Pierpaoli seine Geschäfte stört.

Ein letzter Blick auf das Display. Sieh an, Pierpaoli hat aufgehört zu lesen. Er hält das Smartphone fest in der Hand, aber er scrollt nicht mehr. Er atmet gleichmäßig. Ein leises Schnarchen. Pierpaoli ist eingeschlafen. Der Mann kann ihn atmen hören. Er kann sogar seinen Herzschlag vernehmen.

Martindales Befreiung

Titelstory aus »The Sydney Morning Herald«, Seite 1:

Martindale ist frei, viele Fragen bleiben unbeantwortet

Von unserem Sonderkorrespondenten Edward Eaton

Fünf Tage nach seiner Entführung in Sydney ist John Garreth Martindale, der amtierende Verteidigungsminister der Klima-Allianz und führendes Mitglied im Kabinett, wieder auf freiem Fuß. In einer ersten und spontan anberaumten Pressekonferenz am Dienstagabend stellte sich Martindale mit einem knappen Statement den zahlreichen Fragen. Er sei »bei bester Gesundheit«, erklärte Martindale. Die Entführer, ein radikaler Flügel der »Fraction de l'armée polynésienne«, kurz F.A.P., hätten »lediglich ein Gespräch auf Augenhöhe gesucht«.

Es gilt in Politkreisen als ein sehr ungewöhnlicher Schritt, nach einer solchen als terroristisch einzuschätzenden Tat seinen Kidnappern gleichsam öffentlich zu vergeben. Allein der Verzicht auf polizeiliche Verfolgung und strafrechtliche Konsequenzen wird als fragwürdig eingestuft, vielleicht sogar als verfassungswidrig. »Man kann nicht einfach bei einer Straftat die Augen verschließen und sagen ›Schwamm drüber‹. Wir haben ein Rechtssystem«, so Daniel Eckman, Oppositionsführer der »Australia Now Party« (ANP). Die Regierung in Canberra ließ sofort Kriegsschiffe in den Südpazifik verlegen.

Vor diesem Hintergrund überrascht das knappe Statement Martindales. Kenner des Politbetriebs in Kapstadt halten es aber nach wie vor für unwahrscheinlich, dass Martindale eine solche Aktion unbeantwortet lässt. Er hat den Ruf eines Aufsteigers, aber auch eines Machtmenschen mit Hang zu impulsivem Verhalten.

Aus einer Quelle in Martindales näherem Umfeld wurde sein Auftritt mit den Worten kommentiert: »Ich erkenne den Mann nicht wieder.«

*

Kommentar aus »The New York Times«, Seite 4:

Terror gut, alles gut?

Ein Kommentar von Caroline Corner,
NYT-Special-Correspondent, Kapstadt

Sagen wir es klar: Die Entführung des Verteidigungsministers Garreth Martindale aus einer laufenden Opernaufführung, durch das gesprengte Dach des Opernhauses von Sydney, war purer Terror. Auch wenn jetzt die Klima-Allianz verkündet, es sei »glimpflich« abgelaufen.

Den Verletzten dürfte das Wort »glimpflich« wie Hohn in den Ohren klingen. Nicht wenige Zeitgenossen würden es gern sehen, wenn die Regierung in Sachen Terror Stärke beweist.

Für die Regierung der Klima-Allianz zählen jedoch andere Faktoren – sie agiert politisch, pragmatisch, taktisch. Keine Rache, keine Nachforschungen, jedenfalls nicht offiziell. Stattdessen: Gespräche. Man muss diesen Schritt, wenn auch widerstrebend, anerkennen: Die Regierung hat erkannt, dass sie durch Eskalation und eine Spaltung der F.A.P. nichts gewinnen kann. Zu viele Menschen unterstützen die F.A.P.; ein Beweis dafür ist der überwältigende Zuspruch, den eine von der F.A.P. unterstützte politische Figur seit Martindales Freilassung erfährt. Talasea, bisher eher eine regionale Gallionsfigur in der Südpazifik-Region, steht auf der Liste für die Vorwahlen zum Präsidialrat. Durch ihre – kolportierte – Vermittlerrolle bei den Verhandlungen ist sie nun weltweit ins Bewusstsein der Menschen gerückt. Viele Menschen sehen Talasea als eine Mischung aus Mutter Teresa und Che Guevara. Ob dieses Bild sich bewahrheitet – man wird sehen.

Fassen wir zusammen: Die Regierung der Klima-Allianz muss um Zustimmung kämpfen. Sie bedarf der Unterstützung aller Menschen auf diesem Planeten – quer durch die Nationen, quer durch die Kulturen. Es geht nur *mit* den Menschen, mit Kompromissbereitschaft und Annäherung.

So wurde die Krise also erst einmal entschärft – wie genau es dazu kam, werden wir vielleicht nie erfahren. Aber es ist ein historischer Moment, eine Chance. Es liegt an uns, sie zu nutzen.

»Aus Gründen nationaler Sicherheit in vorläufigen Gewahrsam gestellt und mit Ausreiseverbot belegt.«

Das war die offizielle Begründung. Abgesegnet vom Geheimdienst auf Tahiti sowie in Kapstadt, von Juniper Gillespie persönlich. Und so war Ariadna eine Gefangene.

In Kerkerhaft oder in einer Zelle schmachtete sie nicht, vielmehr saß sie, halbwegs komfortabel, in ihrem muffig riechenden Hotelzimmer im »Fatata-te-Miti« in Papeete, Tahiti; wo sie allerdings ihr Zimmer nicht verlassen durfte, allenfalls zum Duschen, und das auch nur alle drei Tage, doch das wurde nicht gar so streng gehandhabt. Allerdings trug sie an ihrem linken Knöchel eine Fußfessel, auch hatte man ihr das Flugticket und ihr Telefon abgenommen, sie durfte auch sonst eigentlich keinen Kontakt zur Außenwelt aufnehmen. Zusätzlich waren zwei Hilfspolizisten abgestellt, die ihr das Mittag- und Abendessen aus einer örtlichen Pizzeria brachten und sie in der Zwischenzeit bewachten, mehr oder weniger jedenfalls.

Das alles war natürlich lästig, und es freute sie nicht, dass es seit fünf Tagen entweder Pizza oder Pizza gab; dennoch war Ariadna guter Dinge, die meiste Zeit jedenfalls. Irgendwann würde sie schon rauskommen aus diesem elenden Loch.

Und das, was sie bewirkt hatte, geschafft hatte, das konnte ihr keiner nehmen.

Ariadna war inzwischen nachrichtensüchtig. Zum Glück stand ein altmodischer Fernseher in ihrem Hotelzimmer, darauf konnte sie australische Nachrichtensendungen empfangen – jetzt zum Beispiel liefen gerade die Morgennachrichten, und Thema Nummer eins war natürlich Martindales Befreiung und seine erste Pressekonferenz, sein Statement. Und Martindale erklärte doch tatsächlich der versammelten Weltpresse seine Version der Dinge: Ja, er sei entführt worden, natürlich, das sei auch eine ernste Sache, aber seine Kidnapper hätten bald ihren Fehler eingesehen und ihn auf freien Fuß gesetzt, ja, dies sei auch eine politische Geste ihrerseits, und im Gegenzug würde er auf eine groß angelegte Strafaktion verzichten, alles natürlich in Absprache mit dem Ministerpräsidenten der Klima-Allianz und den übrigen Kabinettskollegen, denn man müsse sich fortan auf politischer Ebene mit politischen Gruppen wie der F.A.P. verständigen, jawohl, denn Gewalt sei keine Lösung und so weiter und so weiter. Er machte das gut. Völlig überzeugend. Vielleicht war er tatsächlich dieser Meinung, auszuschließen war es nicht. Ariadna oder Talasea erwähnte er selbstredend nicht, das war so abgesprochen worden. Alles in allem: großartiger Auftritt.

Dieser Gesinnungswandel eines ehemaligen Hardliners war schlechterdings unglaublich, man sah es an den verdatterten Gesichtern der Journalisten, hörte es aus ihren ungläubigen Nachfragen. Eine dramatische Krise, die sich hätte zuspitzen können, war mal eben so beigelegt worden.

Und wer hatte das letztlich bewirkt? Die Antwort, die sich Ariadna gab: Das hatte *sie* bewirkt.

Darauf war sie – wenn auch in aller Heimlichkeit – stolz. Dass nur wenige Menschen von ihrem Einsatz wussten, dass sie es niemandem erzählen durfte, erschien Ariadna unwichtig. Denn *sie* wusste es ja. Und es war genau das, was sie sich in ihrem tiefsten Herzen gewünscht hatte: Sie war *nützlich* gewesen, hilfreich, sie hatte ihrem Leben Bedeutung verliehen. Über den idiotischen Nicky, der ihren Song verfremdet hatte, mit seiner Primitivität und Arglist, konnte sie fast schon lächeln.

Vielleicht war das ja überhaupt eine neue Aufgabe für sie? Der Gedanke gefiel ihr nicht übel. Warum auch nicht? Vielleicht würde sie in die Politik gehen, natürlich nur hinter den Kulissen – möglicherweise hatte sie ja Talent dazu?

Solche Gedanken waren verlockend, und Ariadna hatte genug Zeit, sich derlei Träumen hinzugeben. Und wenn sie dafür in diesem blödsinnigen Hotelzimmer ein paar Tage festsaß, wenn das der Preis für ihren Einsatz war, dann war es eben so. Ariadna beobachtete eine kleine Seidenspinne, die im Abfluss des Waschbeckens verschwand.

Im Fernsehen lief jetzt Werbung für ein Abführmittel. Ariadna stand von dem quietschenden Bett auf und schaltete den Apparat aus. Sie ging zur Zimmertür und drückte die Klinke – nicht abgeschlossen. Entweder hatten ihre Wächter vergessen abzuschließen, oder sie ließen sie gewähren. Ariadna verspürte Lust auf eine Tasse Kaffee. Sie spähte in den Gang. Ihr Zimmer lag im ersten Stock. In den Innenhof des Hotels konnte sie gehen, ohne dass der Alarm losgellte. Eigentlich war ihr das verboten, aber die Wächter drückten ein Auge zu. Doch wenn sie sich Richtung Hotelausgang bewegte, schrillte die Fessel an ihrem Fuß los. Und die Polizei war nach drei Minuten da. Sie hatte es schon ausprobiert. Verdammtes Ding.

Ewig konnte sie natürlich nicht hier festsitzen. Inzwischen machte sie sich auch Sorgen um Tom. Sie hatte erfahren, dass sein Einsatz in Deutschland in einem mittleren Desaster geendet hatte. Wie es ihm wohl ging? Bei ihrem letzten Telefonat hatte er angespannt geklungen.

Ariadna stieg leise die Treppe hinunter. Von ihren Bewachern war nichts zu sehen. Um diese Zeit hielten sie gern ein Nickerchen. Auch sonst keine Hotelgäste. Mit ihren Bewachern hatte sie sich inzwischen etwas angefreundet, es waren zwei: ein Hüne mit groben Gesichtszügen, der Nochio hieß und freundlich-bärig war, und ein Pingeliger namens Ritatira mit angeklatschten Haaren und einem so scharf gezogenen Scheitel, als hätte ihn ein missgünstiger Friseur für irgendwas bestraft. Gelegentlich gönnten die beiden sich am Abend, manchmal auch schon nachmittags, eine oder zwei Schalen Kava – das war das traditionelle Rauschgetränk, das hier auf Tahiti billig zu haben war. Ariadna hatte davon schon gehört. Der Hüne, Nochio, hatte Ariadna sogar dazu eingeladen, es wirke sehr entspannend, man würde schöne Halluzinationen erleben und angenehme Träume haben. Ariadna hatte abgelehnt. Sie wollte ihre fünf Sinne beisammenhalten. Und sie wusste nicht, was in Nochio so vorging. Vor allem hatte sie einen Plan B, falls die Behörden sie hier länger festhalten wollten: die Flucht.

Ariadna war ziemlich klar, warum man ihr solche Scherereien machte: Die Polizei wollte an Talasea herankommen. Darauf waren die als »Gespräche« bezeichneten Vernehmungen hinausgelaufen. Diese Typen wussten oder nahmen es an, dass Ariadna sie zu Talasea führen konnte – also hatte Ariadna sich absolut dumm gestellt. So war es auch zwischen ihr und den F.A.P.-Leuten abgesprochen worden: absolutes Stillschweigen. Und Ariadna hielt sich an ihren Teil der Abmachung.

Doch das schloss eine Flucht nicht aus. Dabei würden ihr die F.A.P.-Leute sogar helfen. Immerhin waren sie ihr einen – oder mehrere – Gefallen schuldig. Ariadna hatte abends im Innenhof des Hotels eine Frau kennengelernt, die ihr durch die Blume zu verstehen gegeben hatte, dass sie von der F.A.P. sei. Wenn Ariadna es wünsche, würden sie ihr helfen, die Fußfessel auszuschalten, dann aufzutrennen, dann auf einem Segelschiff zu fliehen. Schnell weg von Tahiti, Richtung Osterinsel.

Ariadna zögerte noch. Aber wenn die Behörden überhaupt keine Anstalten machten, sie freizulassen, dann – würde sie fliehen. Sie konnte die Mauer erklettern, die den Innenhof abtrennte, an einer Seite war die Straße. Sie musste allerdings springen, dreieinhalb Meter tief auf Asphalt, vielleicht waren es sogar vier Meter. Sie wollte nicht mit gebrochenem Fuß auf der Straße landen, während ein Auto angerast kam, das wäre unklug.

Aber sie würde es riskieren.

Ariadna stand jetzt vor der Rezeption, die unbesetzt war. Sie hielt Ausschau nach Solveig, um einen Kaffee zu bekommen. Es war ganz ruhig im Hotel. Im Innenhof wartete bereits die Ziege – das Haustier hier im Hotel, sie hatte Ariadna gesehen. Ariadna mochte die Ziege, sie fütterte sie gelegentlich mit Pizza-Resten. So verliefen ihre Tage.

Viel mehr gab es nicht zu tun.

Das Video, acht Minuten und vierzehn Sekunden lang, nichts als eine Person, die in die Kamera spricht, wurde am 31. Oktober des Jahres 2032 um 11.18 Uhr ins Netz gestellt. Und man kann sagen, ohne sich der Übertreibung schuldig zu machen, dass diese Person, Talasea, darauf fantastisch wirkte. Ihre Sprache war klar, ihre Botschaft war eindeutig.

Trotzdem hatten viele Menschen, die das Video sahen (und die Klickzahlen explodierten), das Gefühl einer gewissen Ambivalenz: Zurück blieb bei vielen ein etwas irritierter, rätselhafter Eindruck, ein Sowohl-als-auch. Gerade das aber schien die Faszination auszumachen.

Talasea stand allein in einem schmucklosen, anonymen Raum, sprach in die Kamera, machte gelegentlich ein paar Schritte, setzte Pausen. Ihr gebräuntes Gesicht mit den hohen Wangenknochen und den dunklen Augen war ausdrucksvoll, sie war zweifellos schön, aber das schien ihr völlig egal zu sein. Sie schien keine Sekunde lang zu schauspielern.

Und *was* sie sagte, hatte zwar den Duktus hoher Dringlichkeit, vom ersten Satz an; aber sie sagte es auf ganz beiläufige, leichte Weise, als habe man sie gerade zufällig zu einem Nachbarschaftsgeplauder an einer Straßenecke getroffen. Talasea – das angebliche Phantom – war plötzlich *nahbar*.

Talasea bedankte sich. Damit fing das Video an. Zuerst bei Garreth Martindale und allen anderen Leidtragenden des Kidnappings, dann auch bei der Klima-Allianz für deren Bereitschaft, von einer Strafaktion und Strafverfolgung abzusehen, also eine politische Ausnahme-Entscheidung zu treffen. Sie hätten mit ihrer Entscheidung das Wohl aller, das Wohl des Planeten vor ihr Persönliches gestellt.

Dann bat sie um Entschuldigung für die Verletzungen, Zerstörungen und Schäden, die bei der Entführung in Sydney aufgetreten waren. Für den Schreck, für jedes erlittene menschliche Leid. Sie kündigte Entschädigungen an. Sie übernahm die Verantwortung für die Geschehnisse, und schaffte dabei das Kunststück, gleichzeitig sehr deutlich zu machen, dass sie selbst, Talasea, weder zur F.A.P. noch zur »Septième« gehörte. Die Entführer, so empfand sie es offenbar, waren einfach nur Bewohner der Inselwelt von Polynesien. Und für jeden Polynesier fühlte sie sich verantwortlich. Es würde keine Gewalt mehr geben. Sie versprach das. Und man glaubte ihr.

Sie beschrieb allerdings auch die Vorgeschichte dieser Entführung von Sydney, die Frustration der Täter, die sich machtlos fühlten angesichts der Zerstörung ihrer Lebenswelt. Sie beschrieb eine Sehnsucht, die auch viele andere Menschen teilten – nur eine gerechte Welt war eine funktionierende Welt.

Dann sprach sie über ihre Heimat, über die Meere, über den gebeutelten Planeten. Und sie verwies auf einen Umstand, dem bisher viel zu wenig Beachtung geschenkt wurde. Dass nämlich die Natur, Tiere, Luft, die Ozeane, in dem politischen Ringen nicht zu Wort kämen.

Was Talasea der Welt hier präsentierte, war ein völlig neues Konzept, eine Art Ausweitung der Demokratie: »Stellen wir uns vor: Wir geben dem Planeten eine Stimme. Die Erde, die wir über Jahrhunderte ausgebeutet haben, ist am demokratischen Prozess zu beteiligen. Nicht nur die Menschen sollen abstimmen. Auch ein Korallenriff oder ein Regenwald haben Stimmen – die allerdings bis zu den Wahlurnen vordringen müssen. Nun kann ein Baum nicht zur Wahl gehen. Dafür brauchen wir also Menschen, die als Stellvertreter abstimmen, als Fürsprecher der Natur, als Anwälte der Schöpfung.«

Das klang fast banal, aber in der Einfachheit lag die Kraft dieser Idee.

Talaseas Plan sollte bald in aller Munde sein. Sie nannte ihn »Dem Planeten eine Stimme«.

Sie fuhr fort: »Das Prinzip, das ich zur Diskussion stelle, ist simpel. Tausend Gebiete der Erde sollen als besondere Schutzzonen ausgewiesen werden. Jedes dieser Gebiete bekommt einen menschlichen Fürsprecher. Diese tausend Fürsprecher der Natur übernehmen, in einem Rotationsverfahren wechselnd, die Anliegen dieser Gebiete. Sie haben tausend Umweltrichter, ebenfalls rotierend, an die sie sich wenden können, die Schnellurteile sprechen.«

Die Klickzahlen für dieses Video sprengten alle Rekorde. Wer vorher noch nichts von Talasea gehört hatte, kannte sie nun. Und nicht nur sie. *Dem Planeten eine Stimme*. Ein Wahlprogramm mit ungeheurer Sprengkraft.

Eine Utopie.

General Ming Cheng, klug, durchtrieben, gefürchtet, Herr über sämtliche Geheim- und Abhördienste der Klima-Allianz – er schrie nicht, schlug nicht auf den Tisch, und ihm schwoll auch keine Zornesader. Aber er war außer sich. Was geschehen war, war inakzeptabel.

»Was wissen wir über diese Freilassung?« Cheng übersprang die Begrüßung.

Sie waren auf seinen Befehl zusammengekommen, kaum dass die Nachricht über das hausinterne System gelaufen war, waren hinabgefahren unter die »Pyramide«. Die Stimmung: betreten. Bullock, der australische Innenminister, fehlte, er war abgereist; sie waren diesmal zu viert im noblen Konferenzraum 13/2, mit den Eichendielen, dem alten Perserteppich, dem Sitzungstisch aus poliertem Tupelo-Holz, im »Raum der Sündenfresser«: Außer General Cheng waren da Juniper Gillespie, die Chefin der Abteilung *Science Control*; ferner Schneehaus, der Spin-Doktor, schließlich Hakam-Hakam, Analyst und Experte für polynesische Widerstands- und Terrorgruppen.

Der Grund für Chengs Zorn war eigentlich eine gute Nachricht: Martindale war frei. Er war unversehrt, hatte sogar schon eine erste Pressekonferenz gegeben, in der er zwar bestätigte, von der F.A.P. entführt und festgehalten worden zu sein, aber gleichzeitig deutete er an, dass es während dieser Tage zwischen ihm und seinen Kidnappern politische Gespräche gegeben hätte, mit wichtigen Resultaten. Über diese »Resultate« ließ er sich nicht genauer aus. Stellte aber klar, dass er keine Strafaktion beabsichtige. Vielmehr würde man weiterhin im Gespräch bleiben, alle Kanäle offen halten. Keine Toten seien zu beklagen. Über die erheblichen Kosten, die das Kidnapping verursacht hätte, die Reparatur des Opernhauses zum Beispiel, würde man mit der F.A.P. verhandeln.

Nicht nur die Journalisten waren starr vor Staunen. Das sollte *der* Garreth Martindale sein, den alle Welt als Hardliner kannte?

Doch was auch immer mit ihm geschehen war – die Kriegsgefahr schien gebannt. Der Rest der Welt atmete auf.

So viel zur guten Nachricht. Die schlechte Nachricht, aus Chengs Sicht: Martindales Freilassung war ohne jede Mitwirkung, sogar ohne jedes Wissen der Geheimdienste über die Bühne gegangen. Die gesamte Zeit über hatten die zuständigen Stellen im Dunkeln getappt, alle Abhör-, Such- und Überwachungsaktionen, alle Spitzel und Spione hatten nichts gebracht. Sie waren ausgetrickst worden, so, als wären sie gar nicht vorhanden. Irgendwann würde jemand das aussprechen. Nichts ist peinlicher für einen Geheimdienst, als wenn er der Ahnungslosigkeit überführt wird.

»Also, was wissen wir über diese Freilassung?«

»Wir wissen, dass Talasea sich durchgesetzt hat, sie konnte die radikale Fraktion einbremsen und hat die Freilassung eingefädelt.« Es war Gillespie, die antwortete. »Talasea hat einen nicht zu unterschätzenden Einfluss, Sir. Sie ist die Posterlady der jungen Generation, sie bremst die tyrannischen Idealisten ein, bringt sie unter einen Hut, und drittens schafft sie es, dass die Gemäßigten ihr vertrauen.«

»Hatte sie Hilfe?«

»Wir nehmen es an. Wir wissen, dass eine gewisse Ariadna Ferrer wahrscheinlich eine Rolle gespielt hat«, antwortete Gillespie. »Sie wurde eingeflogen. Tauchte plötzlich auf. Wie sie dazu kam, das überprüfen wir noch. Sie war zuletzt noch in Deutschland, dann war sie plötzlich in der Südsee …«

»Wie genau wissen wir das?«

»Wir befragen sie noch, Sir. Sie wird auf Tahiti festgehalten und verhört. Wir haben einen falschen Pass bei ihr gefunden und setzen sie unter Druck, das Übliche, aber sie sagt nichts. Ich würde gern härter vorgehen. Aber sie hat eine Beziehung zu Martindale. Die beiden kennen sich. Freundschaftlich. Doch falls wir ihr zu sehr zusetzen, könnte sie einfach Martindale um Hilfe bitten. Dann wird alles noch komplizierter.«

»Nein«, sagte Cheng. »Auf keinen Fall. Etwas unter Druck setzen: ja, aber keine härteren Maßnahmen. Was meinen Sie?« Er wandte sich an Schneehaus.

Der Spin-Doctor unterstrich seine ersten Worte mit einer bittenden Geste. »Unbedingt, Herr General. Unsere Regierung hat sich dazu durchgerungen, die Freilassung als Schritt zu Versöhnung und Gesprächen zu werten. Das ist jetzt die offizielle Linie. Da passt es nicht ins Bild, wenn wir jemanden, der an der Freilassung beteiligt war, einsperren oder unter Druck setzen.«

Cheng nickte, er wandte sich an Gillespie. »Wie wahrscheinlich ist es, dass diese Frau uns zu Talasea führt?«

»Nicht sehr wahrscheinlich, Sir. Sie traut uns nicht. Und sie hat bestimmt hoch und heilig versprochen, nichts zu sagen. Hinzu kommt, dass sie selbst eine Art Prominenz genießt, Ferrer ist ein bekannter Popstar. Sie ist vielleicht kein Super-Superstar, aber ein Star.«

»Auch noch ein Popstar? Und diese Person hat sich in die Freilassung von Martindale eingeschaltet? Hat sie einen politischen Hintergrund? Spielt sie eine Rolle bei der F.A.P., Mister Hakam-Hakam?«

»Nein, Sir. Bei der F.A.P. ist sie nie aufgetaucht, ich habe meine Quellen überprüft. Vielleicht sympathisiert sie, aber sie ist kein Mitglied der Organisation. Sie neigt allerdings dazu, sich einzumischen, NGO, Hilfsorganisationen, etc. Sie taucht in unseren Berichten auf, denken Sie an damals, die Geschichte in Georgien, mit dem Quantencomputer und den Pehuenche-Kindern. Sie war beteiligt. Damals waren wir ja froh darüber, wenn ich das mal so sagen darf. Aber diese Ferrer ist trotzdem, nun ja, unberechenbar.«

»Unberechenbar – das gefällt mir nicht. Und ohne Talaseas Einwilligung hätte diese ganze Aktion niemals stattfinden können. Wo ist die Verbindung von Ferrer zu Talasea?«

»Das wissen wir nicht.«

»Es ist auch zweitrangig. Wir müssen an Talasea herankommen«, sagte Cheng. Er lehnte sich zurück und trommelte mit den Fingern auf den Tisch. Das war das einzige Geräusch, niemand sagte etwas. Bis Cheng fortfuhr. »Diese Talasea hat ja offenbar Chancen, die Vorwahlen zum Präsidialrat tatsächlich zu überstehen. Das heißt noch nichts, aber wer weiß? Sie könnte reale Macht erhalten. Es kann nicht sein, dass wir nur diese vagen Informationen über sie haben. Als wäre sie ein Phantom! Wir müssen herausfinden, wer sie ist, ob sie existiert, ob sie eine Künstliche Intelligenz ist oder ein Mensch aus Fleisch und Blut. Wir müssen sie finden und identifizieren. Und unsere bislang beste Option ist diese Ferrer. Graben Sie also tiefer, Juniper. Finden Sie alles über sie heraus.«

Gillespie betrachtete ihre gepflegten Hände und räusperte sich. »Sir, darf ich etwas sagen?«

»Sprechen Sie.«

»Es gibt da noch etwas. Ariadna Ferrer ist mit einem unserer Leute verbandelt. Ein Mann von hier, aus der Pyramide. Sie sind ein Paar.«

»Mit einem von uns? Mit wem?«

»Pierpaoli, Thomas. Von der *Science Control*. Unterabteilungsleiter. Er war damals auch dabei, bei dieser Sache mit dem Quantencomputer. Er und Frau Ferrer haben die Sache damals fast im Alleingang geregelt. Sie haben die Pläne des Inders vereitelt. Amitav Shah, dieser Guru, der seither verschwunden ist.«

»Ich erinnere mich. Ich habe mich damals gewundert, dass dieser Pierpaoli danach auf seinem kleinen Posten geblieben ist. Mangel an Ehrgeiz?«

»Er ist Sachbearbeiter, von seiner Natur her. Aber wahrscheinlich der beste, den wir haben. Wenn er sich einmal festbeißt, lässt er nicht mehr los. Egal, was kommt«, sagte Gillespie.

Sie beugte sich vor. »Und darauf wollte ich hinaus, Sir. Vielleicht können wir es zu unserem Vorteil nutzen, dass Ferrer und Pierpaoli ein Paar sind.«

»Wie?«

»Wir machen eine Rochade. Pierpaoli hat gerade eine Demütigung erlebt. Bei dieser Sache mit dem Oktopus in Deutschland. Und zwar von einem gewissen Dr. Charles Elani. Den er jetzt sucht.«

General Cheng zog die Brauen zusammen.

»Wir lassen Elani in Ruhe, ich will mich nicht wiederholen«, sagte Cheng, er fixierte seine Untergebene. »Er hat eine *Red Flag*, warum auch immer. Das ist außerhalb Ihrer Kompetenz.«

»Natürlich, Sir«, sagte Gillespie. »Das ist mir klar. Mein Vorschlag ist: Wir *tun* nur so, als ob wir Pierpaoli auf Elani ansetzen. Wir nutzen seine Hartnäckigkeit.«

»Zur Sache, Juniper.«

»Es ist nur eine Idee, Sir. Aber schauen Sie: Wir wollen Talasea. Unsere beste Spur ist Ariadna Ferrer. Wir könnten die Tatsache nutzen, dass Pierpaoli und diese Ferrer ein Paar sind – denn er ist vermutlich der Einzige, dem sie verraten würde, wo Talasea sich befindet.«

»Moment. Ich dachte, er sucht Elani? Was will er von Talasea?«

»Nichts. Aber ich könnte andeuten, dass Talasea weiß, wo er Elani findet. Das ist plausibel. Sie ist schließlich seine Schwester.«

Juniper Gillespie ließ der Idee einen Augenblick Zeit zu wirken. Dann wiederholte sie: »Sir, wir müssten Thomas Pierpaoli nur im Blick behalten, und er führt uns zu Talasea. Über seine Freundin. Wie gesagt: Es ist simpel.«

General Cheng musterte Gillespie, nicht ein einziges Blinzeln. Es war ein Blick, den viele seiner Untergebenen fürchteten. Gillespie hielt stand.

»Vielleicht ist es eine Option«, sagte Cheng schließlich. »Aber Sie müssen eins wissen, Juniper. Wenn sich herausstellt, dass er Elani doch zu nahekommt, dann stehen Sie mir dafür ein.«

»Das weiß ich, Sir. Ich schicke Pierpaoli ein Dossier mit Schwärzungen. Er wird nichts über Elani erfahren, was seine Freigabe übersteigt.«

»Gut. Dann halten wir Ferrer weiterhin fest. Da auf Tahiti. Ich will, dass es schnell geht.« Cheng klappte das Cover seines Tablets zu. »Ich will eine Abschrift dieser Sitzung«, sagte er. »Und das Dossier über Elani muss absolut sauber sein. Ich will es vorher einsehen. Ist das klar?«

»Jawohl, Sir.«

Achtes Kapitel

Der Parasit

Château der Familie de Barré, Südfrankreich

Der Raum, in dem der Marquis Hector de Barré auf seinen Besucher wartet, einen gewissen Monsieur Pierpaoli, der sich telefonisch angemeldet hat, dieser Raum ist von jener gediegenen Schönheit, wie nur über Generationen vererbter und gepflegter Reichtum ihn hervorbringt. Besuchern, die das erste Mal kommen, verschlägt es zuverlässig den Atem; kaum zu glauben, dass jemand in solcher Pracht einfach nur *wohnt* – einfach nur *zu Hause* ist. Aber das Geschlecht der Barrés lässt sich eben zurückverfolgen bis in die Mitte des 15. Jahrhunderts, es waren Raubritter und Gutsherren, Kardinäle und Strippenzieher diverser Könige und Päpste. Den Raum prächtig zu nennen, wäre noch untertrieben.

Nehmen wir uns etwas Zeit. Da ist die Tonnendecke mit den farbigen Wappenschilden der Familie, aus fünf Jahrhunderten. Sie ist hoch wie in einer Turnhalle. Mächtige Regale aus Eichenholz nehmen zwei Wände ein, darin Bücher und Folianten in einem halben Dutzend Sprachen, viele davon sind wertvolle Erstausgaben, für die ein Antiquar bereitwillig morden würde, sofern Antiquare morden würden. In den polierten Eichendielen kann man sich beinahe spiegeln. Den Kamin rahmen zwei dorische Säulen, die übergehen in ein großes Flachrelief aus Sandstein, das den Garten Eden und den Sündenfall darstellt, man erkennt Adam, dort ist auch Eva, beide noch nackt, dort der Baum der Erkenntnis, die Schlange, der Apfel. Barré hat im Kamin ein Feuer machen lassen, es sind Apfelscheite, süßer Rauchgeruch füllt den Raum, und die tanzenden Flammen scheinen das Relief zum Leben zu erwecken.

Barré ist nachdenklich. Dieser Monsieur Pierpaoli – der Mann hat sich telefonisch angemeldet und als Beamter der Klima-Allianz aus Kapstadt vorgestellt; und natürlich hat Barré das überprüfen lassen, *voilà*, soweit hat es seine Richtigkeit. Barré dachte zunächst, es ginge um den Einbruch in den Labortrakt, einen Einbruch, der nicht lange zurückliegt – Barré hat die Polizei gerufen und eine entsprechende Meldung an die Seuchenbehörde und die

Klima-Allianz gemacht, dazu ist er verpflichtet. Die Einbrecher sind nicht in das Herzstück des Labors eingedrungen, sie haben keine biologischen Stoffe oder Chemikalien oder Bakterienproben gestohlen, sondern sich mit Festplatten und einigen Laptops begnügt. Wozu? Seine Forschungsprojekte, die Barré als Privatmann betreibt, sind interessant, aber nicht wertvoll. Barré kann sich das alles nicht wirklich erklären.

Nun, dieser Pierpaoli jedenfalls, er kommt nicht wegen des Einbruchs. Er wusste gar nichts davon. Weswegen also sonst? Er war verantwortlich für das Desaster in diesem deutschen Dorf, wo der große Oktopus auftauchte und verschwand. Es war überall in den Medien. Man hat ihn dafür ziemlich verspottet. Hat es damit zu tun? *On verra*, man wird sehen.

Er müsste bald hier sein. Barré hat ihn mit dem Wagen abholen lassen, das ist einfacher. Besucher verfahren sich oft, wenn sie den Weg zum Anwesen La Vaucluse suchen. Sie rufen dann verzweifelt an, man muss sie suchen, das ist lästig.

Das Anwesen La Vaucluse ist bei Weitem die stattlichste Anlage im Tal, gelegen im gleichnamigen Département in der Provence, eine knappe Stunde vom Mittelmeer entfernt. Das Tal mit seinen Kalksteinböden und orange-leuchtenden Ockerfelsen wird im Norden geschützt durch den hochragenden Mont Ventoux, im Süden abgeschirmt durch das Luberon-Gebirge – die Stürme des Mistrals werden abgehalten. Bis in den Winter hinein scheint sich der Duft, der so typisch ist für diesen Landstrich, zu halten. Als hätten Wind und Luft die Aromen von Obstbäumen, Kirschen, Mandeln, Pfirsichen, von Thymian, Rosmarin und Lavendel in sich aufgenommen.

Barré, ein Mann von Mitte dreißig, ist der letzte Erbe in seiner Ahnenreihe. Es gibt keine Frau, keine Kinder. Ihm genügt die Erinnerung an eine heimliche Liebe aus der Studienzeit. Was aus dem Besitz und Anwesen werden soll, falls Barré eines Tages das Zeitliche segnen sollte, ist sehr unklar.

Mit seinen mannhaften Vorfahren, den Rittern und Eroberern, hat Barré wenig Ähnlichkeit. Zwar ist er eine gepflegte Erscheinung, elegant gekleidet, aber ein kleiner Mann mit schiefer

Statur, hängenden Schultern, dünnem Haar und einem halb geschlossenen Auge. Und dann ist auch noch sein Gesicht unschön vernarbt – Folge einer Infektion, die er sich als Kind zuzog und nur knapp überlebte. Die eigene Krankheit war der Grund, warum er später in die Wissenschaft ging, weshalb er Parasitologie und Virologie studierte – um die Seuchen dieser Welt zu bekämpfen. Das liegt lange zurück. Seine Eltern starben früh, er musste das Anwesen übernehmen. Jetzt privatisiert er nur noch, betreibt seine eigenen Forschungsprojekte. Doch er liebt die Arbeit in seinem hochmodernen Privatlabor, die Experimente, seine Kulturen, das Spiel mit den Möglichkeiten der Natur.

Barré hätte Lust, zu läuten und sich ein Glas Wein bringen zu lassen; aber er beherrscht sich. Er trinkt ohnehin zu viel, das weiß er, und jetzt hört er den Wagen vorfahren, sein Chauffeur bringt den Besucher. Und wenig später klopft es auch schon.

»*Entrez!* Herein!«, ruft Barré.

*

Pierpaoli war tatsächlich von einem livrierten Fahrer abgeholt worden, in dem kleinen Hotel *Le Papillon Solitaire*, in dem er abgestiegen war, in dem Dorf Les Libellules. Dieser Barré, ein Marquis, den er befragen wollte, war am Telefon reserviert gewesen, nicht willens zu einem ausführlichen Telefonat. Aber er war bereit, ihn zu empfangen. Vielleicht, dachte Pierpaoli, war die Reise vergebens; innerlich wappnete er sich für diese Möglichkeit. Aber jetzt war er schon mal hier. Also konnte er es auch durchziehen.

Er trat ein.

»Guten Tag, Monsieur de Barré, vielen Dank, dass Sie sich die Zeit nehmen. Mein Name ist Thomas Pierpaoli, wir haben telefoniert. Ich arbeite für die Klima-Allianz in Kapstadt.«

»Ich weiß, ich weiß. Ich hoffe, Sie hatten eine angenehme Anreise. Ich bin ausreichend informiert über Sie, Monsieur Pierpaoli. Man hat mich auf den Stand gebracht. Sie sind ja im Netz vielfach vertreten. Ich muss sagen, dass ich die Art und Weise, wie man Sie – nun ja, behandelt, ziemlich unfair finde. Ziemlich primitiv. Man hat Sie zur Witzfigur gemacht, Monsieur, nicht wahr? *Quel désastre.* Hat man diesen Oktopus inzwischen gefunden?«

Pierpaoli war peinlich berührt. »Nein, hat man nicht. Die Geschehnisse in Deutschland – ich hoffe, irgendwann wächst Gras darüber.«

»Oh, niemals. Pardon. Aber das wird niemals geschehen. Es bleibt für immer im Netz. Das Internet vergibt nichts, vergisst nichts. Sie, Monsieur Pierpaoli, sind das Symbol für alle Fehler, die man der Klima-Allianz anlastet. Sie sind der Sündenbock. Aber lassen Sie uns über erfreulichere Dinge sprechen. Wie kann ich Ihnen helfen?«

»Ich brauche Informationen.«

»Ich verstehe. Worüber?«

»Über einen Mann. Einen Mann, den Sie kennen. Aus Ihrer Studienzeit in Basel. Gegen ihn wurde seinerzeit eine Anzeige erstattet.«

Barrés Augen hatten sich geweitet. Er trat einen Schritt auf Pierpaoli zu.

»Sagen Sie nicht, dass Charles Elani in Deutschland war!«

»Doch, ich denke ja. Er war dort. Ich habe ihn zwar nicht persönlich getroffen, denn er schickte immer nur seinen Assistenten, aber er war dort. Und ich habe begründeten Verdacht, dass Elani ein Verbrechen, nein, mehrere Verbrechen begangen hat. Sie kennen sich aus Studienzeiten, ist es nicht so?«

Barré war einige Schritte in den Raum hineingegangen, weg vom Kamin, weg von Pierpaoli. Er sprach leise, wie zu sich selbst. »Charles … Er ist also aufgekreuzt. Natürlich! Wie dumm von mir! Der Oktopus … Charles konnte gar nicht anders.« Er wandte sich an Pierpaoli: »Was möchten Sie wissen über Dr. Elani?«

»Alles, was mir hilft, ihn zu finden, Monsieur.«

»Ich habe keine Ahnung, wo er ist. Ich habe ihn seit Jahren nicht gesehen. Während des Studiums waren wir Freunde. Enge Freunde. Nach der Anzeige, die ich gegen ihn gestellt hatte, nun ja, nach dem Vorfall, für den ich ihn verantwortlich machte, nicht mehr.«

»Aber vielleicht können Sie mir etwas erzählen, ihn beschreiben?«

»Was wissen Sie über ihn?«

»Ich weiß nur drei Dinge«, sagte Pierpaoli. Er hätte sich gern gesetzt, aber Barré forderte ihn nicht auf. »Erstens, Elani hat die Eier gestohlen, die der Oktopus gelaicht hatte, und ihm standen dafür unbegrenzte Mittel zur Verfügung.«

»Eier! *Voilà!* Das ist es!«

»Zweitens muss ich davon ausgehen, dass Elani von irgendwoher Schutz bekommt. Er war akkreditiert, stand auf der Liste der Wissenschaftler, wurde mir und den Oktopus-Experten mehr oder weniger vor die Nase gesetzt. Seine Akte über den Vorfall in Basel wurde größtenteils gelöscht. Das geht nur, wenn man von ganz oben Protektion bekommt. Ich muss genau wissen, was damals passiert ist. Deshalb komme ich zu Ihnen.«

»Gelöscht? Um ihn zu schützen?«

»Wahrscheinlich. Und drittens weiß ich, dass er ein Ziel verfolgt, skrupellos. Er benutzt andere Menschen. Bedroht sie. Zum Beispiel eine Frau aus Deutschland, eine Taucherin. Er brauchte ihr Boot, ihre Fähigkeiten, er hat sie ins Unglück gebracht.«

»Aber begegnet sind Sie ihm nie?«

»Nein.«

»Da haben Sie etwas verpasst.«

»Sie kannten ihn aus Basel? Sie sagten, Sie waren sein enger Freund – anfangs?«

»Oh ja! Das liegt jetzt lange zurück. Zwölf Jahre oder so. Ich studierte bereits. Basel war damals eine der wichtigsten Universitäten in diesem Gebiet, Virologie, Parasitologie, gleich nach Stanford. Sie hatten absolute Koryphäen an den Fachbereich geholt. Scholler aus Harvard, Laham aus London, Carapetian aus Mailand. Fantastische Professoren. Alle auf der Shortlist für den Nobelpreis. Und dann kam Charles Elani, ein Student, ein Anfänger – aber was für einer! Er war auf Anhieb ein Star. Bestand alle Prüfungen mit 98 Prozent, 99 Prozent. Der Schnitt lag bei etwas über 50 Prozent. Ich kam mit Glück auf knapp 70 Prozent. Aber Charles hatte immer schon alles gelesen, hatte alles begriffen, und er dachte zwei Schritte weiter. In den Vorlesungen führte er ausgiebige Dialoge mit dem jeweiligen Professor. Dialoge, die kaum noch jemand verstand. Am Ende einer Vorlesung war er immer von anderen Studenten umringt, die seinen Rat wollten, die seine Freundschaft suchten. Komischerweise suchte er sich aber einen anderen Freund, einen stillen, unscheinbaren und mittelmäßigen Kerl.« Barré lächelte.

»Und das waren Sie?«

»Das war ich. Wir wurden Freunde. So sah ich das jedenfalls. In Wahrheit blieb ich natürlich immer sein Bewunderer. Ich war so stolz, wenn er mich einweihte in seine Pläne, von seinen Ideen erzählte! Er nutzte das aus, natürlich. Manche Menschen nutzen ihre Freunde aus. Eine einfache Wahrheit. Verblüffend, dass ich das nicht wusste. Dabei studierten wir doch damals Virologie, Parasitologie! Wir untersuchten doch die ganze Zeit Lebewesen, die andere Lebewesen ausnutzen – Parasiten eben. Da hätte ich eigentlich sensibler sein sollen. Aber oft erkennt man das Offensichtliche nicht, wie?«

»Ich weiß es nicht.« Pierpaoli war verlegen. Er wollte dem Gespräch eine andere Wendung geben: »Wie war Elani denn so, ich meine – als Sie mit ihm befreundet waren?«

»Fantastisch. Alles an ihm war fantastisch. Wie aus dem Märchen. Schillernd. Er war ein Häuptlingssohn. Sah sehr gut aus. Er kam aus der Südsee. Sein Vater war so etwas wie ein Insel-König gewesen. Dieser Vater von Elani war schon immer gegen die dortigen Atomtests gewesen. Er wollte die Verantwortlichen zur Rechenschaft ziehen.«

»Das klingt interessant.«

»Aber er hatte sich mit den falschen Leuten angelegt, mit Leuten, die mächtiger waren, reicher. Man stellte den Vater kalt. Die Insel wurde plattgemacht. Elani war noch ein Junge. Er erlebte es mit. Beide. Er und seine Schwester.«

»Seine Schwester?«

»Bitte?«

»Sie sagten: er und seine Schwester.«

»Nein, Sie müssen mich missverstanden haben. Elani erlebte

das Scheitern seines Vaters. Das wollte ich sagen. Sein Vater wurde depressiv. Elani wandte sich ab von seiner Familie. Er ging seine eigenen Wege, war viel unterwegs, mit Auslegerkanu. Er war sehr sportlich, sehr stark. Körperlich. Trainierte, indem er lange Strecken schwamm. Im Meer. Ganz allein. Er erzählte mir später, dass er dabei gut nachdenken konnte.«

»Das ist beachtlich.«

»Das ist mehr als beachtlich. Ich hätte, wäre ich im Meer herumgeschwommen, dabei nur darüber nachdenken können, wann der nächste Hai kommt, der mich als Hors d'oeuvre verspeist. Ich bin ein lausiger Schwimmer. Auch sonst kein körperlicher Typ. In Basel, bei einem kleinen Empfang, kam so ein Kommilitone, der sich über mich lustig machte, er war ziemlich gemein. Sie sehen es ja: Ich bin ein bisschen schief gewachsen. Nicht sehr ansehnlich. Ich sagte: Lass es gut sein, Charles. Aber nein, Charles hat ihn gepackt und aus dem Fenster geworfen. Das Fenster war nicht geöffnet. Wir waren im ersten Stock. Der Typ war ein großer kräftiger Kerl. Charles kannte immer nur Vollgas. Wer dich beleidigt, Hector, sagte er mir später, der beleidigt mich. *Très simple.* Ganz einfach.« Er lachte trocken, aber dann musste er husten.

»So eine Freundschaft ist bestimmt sehr schön«, sagte Pierpaoli.

»Das war sie. Ach – nehmen Sie doch bitte Platz. Wir müssen nicht die ganze Zeit stehen. Was bin ich nur für ein Gastgeber! Möchten Sie etwas trinken? Kaffee? Ein Glas Wein?«

»Nein, vielen Dank. Aber ich setze mich gern.«

Sie gingen zu einer lederbezogenen Sitzgruppe. Barré bot Pierpaoli den bequemsten Sessel an. Dann blickte er lange in die Luft. Als er ansetzte, sprach er leise.

»Wo waren wir? Ah ja. Eine schöne Freundschaft. Dieser brillante Typ, der in alle Himmelsrichtungen lebte, war also plötzlich *mein* Freund. Ich war so stolz. Er weihte mich in seine Pläne ein. In seine Entdeckungen. Ja, vor allem das! Er hatte nämlich eine Entdeckung gemacht.«

»Was denn?«

»Einen Parasiten.«

»Ich verstehe. Obwohl … Ist das denn – so ungewöhnlich? Ich meine: Es gibt doch viele solcher Parasiten auf der Welt, oder?«

»Das stimmt. Aber diese Lebensform hier – es war eine Lebensform mit außergewöhnlichen, nun ja, Fähigkeiten. Mit ganz besonderen Möglichkeiten. Auch das Wirtstier, das Tier, *in* dem er den Parasiten ausfindig machte, war ungewöhnlich. Wirtstier und Parasit waren bislang unentdeckt. Bis Charles kam …«

Pierpaoli wartete. Aber Barré schwieg und starrte in die Flammen.

»Und was war das für eine Spezies, Monsieur de Barré?«

»Es war ein Oktopus«, antwortete Barré. »Ein Oktopus von bislang unentdeckter Größe. So beschrieb es Charles. Ich habe das Tier natürlich nicht selbst gesehen. Aber ich glaubte Charles, als er davon erzählte. Er hatte Aufnahmen. Er sagte, es sei riesengroß und wunderschön gewesen. Und das war nur der Wirt.«

»Der Wirt?«

»Das Wirtstier. Die meisten Parasiten sind auf ein spezielles Wirtstier ausgerichtet. Die Evolution hat den Parasiten perfekt an diesen einen Wirt angepasst.«

Eine Pause entstand. Pierpaoli musste das Gehörte verarbeiten. Dann räusperte er sich.

»Gut, Sie sagen, das Wirtstier war also ein Oktopus. Sie sagen, er war riesig. Tja, das kommt mir bekannt vor.«

»Das dachte ich mir. Ihr Oktopus, der Ihnen davongeschwommen ist, war wahrscheinlich von derselben Art. Es ist unklar, wie viele Exemplare es gibt, aber bestimmt nicht nur eines.«

»Ein großes Wirtstier also. Und der Parasit?«

»Der Parasit war natürlich winzig. Etwa zehn Mikrometer. Und trotzdem war er sehr besonders.«

»Warum?«

»Oh, er war ein Hirnspezialist! Er hatte etwas vollbracht, was nicht viele Parasiten können. Parasiten sind unglaublich einfallsreich, müssen Sie wissen. Sonst hätten sie nicht überlebt. Aber das Gehirn des Wirtstiers zu manipulieren, das ist auch bei Parasiten eine seltene Gabe. Hier aber war es so. Charles wies die Fähigkeit des Parasiten in unzähligen Studien nach. Ich durfte helfen. Es war eine aufregende Entdeckung! Sein Wirtstier war vergleichsweise gigantisch, etwa vier Millionen Mal größer. Die Proportionen sind ungefähr wie bei einem Reiskorn, das drei Millimeter lang ist, zum Mount Everest. Stellen Sie sich vor: Ein Reiskorn dringt in einen Berg ein, findet dessen Gehirn, manipuliert den Berg. So etwas kann nur die Natur vollbringen! Aber genau das tat dieser Parasit.«

»Und Elani – mit Ihrer Hilfe – hatte das alles herausgefunden.«

»Ich habe kaum geholfen. Charles hatte den Parasiten allein erforscht – und er hatte ihn auch isoliert. Er hütete ihn wie seinen Schatz, er hielt ihn am Leben. Denn er wollte ihn gentechnisch verändern.«

»Wozu diese Mühe, für einen Parasiten?«, fragte Pierpaoli. Er war nie ein Freund gewesen von Organismen, die bei anderen schmarotzten.

»Ich glaube, Monsieur Pierpaoli, Sie unterschätzen die Welt der Parasiten. Sie denken an irgendwelche Zecken oder Flöhe oder Milben, eklige Krabbeltiere, die Krankheiten übertragen. Aber in Wahrheit sind Parasiten ein Geniestreich der Evolution. Und die Evolution ist die Mutter aller Erfindungen. Möchten Sie ein Glas Wein, Monsieur Pierpaoli?«

»Nein, vielen Dank. Erzählen Sie bitte weiter.«

»Schauen Sie, genau genommen ist fast die gesamte Natur parasitär. Das Leben auf diesem Planeten ist ein vernetztes System. War es immer schon. Die Natur verwertet ihre besten Erfindungen immer wieder. So ist jede Lebensform auf der Suche nach einer anderen Lebensform. Warum? Einzig, um davon zu profitieren. Um sich zu organisieren oder um sich fit zu halten für das große Ziel: Vermehrung. Darum geht es. Vermehrung und noch mehr Vermehrung. Pflanzenfresser sind deshalb auf der Suche nach Pflanzen. Fleischfresser fahnden nach Beutetieren. Das kennen wir, das verstehen wir, weil wir selbst Pflanzen- und Fleischfresser sind, weil sich das in Größenverhältnissen abspielt, die den unseren entsprechen. Bedenken Sie aber, dass wir Menschen sehr groß geraten sind ...«

»Wieso das?«

»In Relation zum Großteil der Lebewesen. Menschen, Löwen,

Karpfen, Mäuse – sie sind sehr groß, in Relation zu den allermeisten Organismen, die zu achtundneunzig Prozent geradezu winzig sind. Was wir – als Riesenwesen – nicht wahrnehmen, das ist die ganze Welt der Mikroorganismen, ein heimliches Universum mikroskopischer Daseinsformen und unzähliger Variationen. Die Natur ist ein knauseriger Ingenieur, wissen Sie? Ein gutes Konzept, gute Zutaten – das verwendet und variiert sie immer wieder. Vor allem im mikroskopischen Bereich. Dort gibt es eine Fülle ständig neuer Erfindungen, Viren, Parasiten, Pilze, Varianten! Das nehmen wir nicht wahr, wir Menschen, wir Säugetiere, deshalb haben wir ein falsches Weltbild. Zum Beispiel die Parasiten. Sie sind auf diesem Planeten die überwiegende Mehrheit, wussten Sie das?«

»Nein, das wusste ich nicht.«

»Schätzungsweise im Verhältnis vier zu eins. Eine durchschnittliche Impala-Antilope beherbergt mindestens fünf Parasiten-Arten, in einer durchschnittlichen Zahlenstärke von Millionen von Exemplaren. Eine Großstadt auf jeder Antilope. Eine normale Waldmaus, wie sie da draußen zwischen den Steineichen herumhuscht, beherbergt im Schnitt siebenundvierzig Parasiten-Arten. Es gibt Parasiten, die ihrerseits auf Parasiten leben. Es gibt Parasiten, die von den Tränen einer Fledermaus leben. Oder die Juwelwespe. *Ampulex compressa*, sie schnappt sich eine Kakerlake und injiziert ihr ein Gift ganz genau in eine sehr definierte Gehirnregion. Das Gehirn einer Kakerlake ist äußerst winzig. Und treffen Sie mal dort eine ganz bestimmte Stelle – wie macht diese Wespe das? Durch den molekularen Giftcocktail wird die Kakerlake völlig umgedreht. Sie wird verwandelt zu einem lebenden Brutschrank für den Nachwuchs der Wespe, die sie sechzehn Tage lang von innen her verspeisen. Interessant, oder?«

»Ich finde es eher – widerlich«, sagte Pierpaoli. Es war ihm herausgerutscht.

»Ja, vielleicht. Aber so ist die Natur. Winzige Raubzüge, mikroskopische Morde. Doch sind wir Menschen besser? Wir sind auch ziemlich parasitär, finden Sie nicht? Wenn unser schöner Blauer Planet nur reden könnte, dann würde er uns als Parasiten bezeichnen, als wimmelnde Wesen, die bohren, stechen, fressen.«

Die Vorstellung war unschön für Pierpaoli. »Sie sind also kein Freund der Parasiten?«

»Weder Freund noch Feind. Ich bin sachlich. Ohne Moral. Wie die Natur. Schauen Sie, die meisten Parasiten sind gar nicht darauf aus, ihre Wirte zu töten. Die meisten jedenfalls sind gutartig. Manche allerdings nicht. Manche sind kleine Mörder. Und sehr gemein. *Toxiplasma gondii* zum Beispiel. Schon mal gehört?«

»Nein.«

»Möchten Sie nicht doch ein Glas Wein mit mir trinken? Ich habe einen ausgezeichneten *Luberon*. Dazu etwas Käse? Mögen Sie *Saint-Marcellin*? Oder *Comté*? Um all diese ermüdenden Neuigkeiten herunterzuspülen?«

Tatsächlich schwirrte Pierpaoli der Kopf. Er war es jedoch nicht gewohnt, am Vormittag Wein zu trinken. Andererseits war er hier in Frankreich. Hier trank man ständig Wein. »Gern. Sie sind sehr freundlich«, sagte er.

Barré ging zur Tür und zog an einem altmodischen Klingelzug. Wenig später stand ein Bediensteter in der Tür; derselbe, der Pierpaoli mit dem Wagen abgeholt hatte. Barré wechselte einige Worte, dann schloss er die Tür und schlenderte zu Pierpaoli zurück. »Wo waren wir stehen geblieben? Ah ja, *Toxiplasma gondii*. Eine ausgefuchste Lebensform. Stellen Sie sich vor, Sie wären selbst dieser Parasit.«

»Ich …«

»Nur ein Gedankenspiel! Also, Sie sind der Parasit. Und Sie leben tief verborgen im Körper eines kleinen Nagetiers, sagen wir: einer Maus. Denn dieser Parasit durchläuft verschiedene Stadien. In einem bestimmten Stadium lebt er also in einer Maus. Und es geht Ihnen gut dort. Und der Maus auch. Sie weiß gar nichts von diesem Parasiten, er stört sie nicht. Sie geht ihren Geschäften nach, frisst, vermehrt sich, alles in bester Ordnung. Aber für sein nächstes Entwicklungsstadium braucht *Toxiplasma gondii* einen anderen Wirt. Und jetzt wird es interessant. Denn der nächste Wirt ist der Predator dieser Maus – eine Katze. Jetzt müssten Sie also warten, bis diese Maus von einer Katze gefangen wird. Können Sie mir folgen?«

»So weit ja, Marquis. Ich weiß nur nicht, worauf Sie hinaus-wollen.«

»Ich komme zum Punkt. Was macht der Parasit, um die Dinge zu beschleunigen? Er verändert biochemisch die Maus. Er polt das kleine und nichts ahnende Mäusehirn um. Er schüttet einen komplexen Cocktail aus, um das Verhalten der Maus zu ändern. Vor allem *Tyrosinhydroxylase*. Und dieser Cocktail macht aus der furchtsamen Maus eine verrückte Maus. Zuvor hat die Maus schreckliche Angst gehabt vor Katzen. Das liegt in ihrer Natur, *pas vrais*, nicht wahr? Schließlich hat sie von einer Katze nichts Gutes zu erwarten. Diese Zähne, diese Krallen – schrecklich, aus Sicht der Maus. Aber jetzt, plötzlich – fängt die Maus an, sich zu Katzen hingezogen zu fühlen. Bizarr, nicht wahr? Sie liebt den Geruch, der ihr zuvor verhasst war, den Geruch von Katzenurin. Sie ist nicht mehr furchtsam. Sie geht Risiken ein. Sie stiehlt der Katze das Futter aus deren Napf. Sie benimmt sich, als wären Katzen ihre Freunde. Das ist alles wahr und wissenschaftlich erforscht. Und was geschieht?«

»Nun, ich denke, unsere risikofreudige Maus hat keine guten Karten. Sie wird es wohl nicht mehr lange machen.«

»Exakt! Jene Mäuse, die unter dem biochemischen Einfluss des Parasiten *Toxiplasma gondii* stehen, werden weit häufiger gefressen. Pech für die Maus! Aber aus Sicht des Parasiten ist das exzellent. Er ist jetzt dort, wo er, dem Zyklus gemäß, hinwollte. Im Körper der Katze.«

»Aber irgendwann wäre die Maus ohnehin gefressen worden. Auch wenn sie vorsichtig gewesen wäre …«

»Vielleicht. Vielleicht wäre sie auch sanft in ihrem Mauseloch entschlafen. So aber hat der Parasit dafür gesorgt, dass das rascher geschieht. Mit höherer Wahrscheinlichkeit. Übrigens infizieren sich auch Menschen mit dem Mäuse-Katzen-Parasiten. Wir sind zwar Fehlwirte aus Sicht des Mäuse-Katzen-Parasiten, aber wir infizieren uns. Zum Beispiel, wenn jemand ein Katzenklo reinigt. Dann können wir uns anstecken. Mit interessanten Folgen. Denn auch bei Menschen kommt es zu Veränderungen der Persönlich-keit. Nach neuesten Schätzungen sind etwa dreißig bis fünfzig

Prozent der Weltbevölkerung von *Toxiplasma gondii* infiziert. Und Infizierte gehen höhere Risiken ein, das ist statistisch erwiesen. Sie sind wagemutiger, oft erfolgreicher. Rennfahrer, Boxer, Stuntmen, Fallschirmspringer – bei diesen Berufsgruppen haben wir eine Infektionsrate von mehr als neunzig Prozent. Aber es kommt auch zu mehr Fällen von Schizophrenie, Suiziden. All das, weil eine mikroskopische Lebensform in unseren Körpern herumfuhrwerkt. Ist das nicht faszinierend?«

»Vielleicht«, sagte Pierpaoli zögernd. Er wollte zum Thema zurück. »Aber der Parasit, den Elani gefunden hatte, hatte ja nichts mit Katzen und Mäusen zu tun, nicht wahr?«

»Nein, das war nur ein Beispiel. Der Parasit, den Charles aus dem Körper und den Eiern ›seines‹ Oktopoden extrahiert hatte, war für das Wirtstier ein wahrer Glücksfall. Das war es ja, was Charles Elani so faszinierend fand! Und deshalb wollte er den Oktopus-Parasiten umbauen. Er wollte ihn für den Menschen kompatibel machen.«

»Damit er auf den Menschen übergeht?«

»Genau. Der Parasit in den Oktopus-Eiern, der ursprüngliche Stamm, geht nicht auf Menschen über. Die Oktopus-Eier sind völlig ungefährlich für uns. Humanogen wurde der Parasit erst, nachdem Charles Elani ihn modifiziert hatte. Das war ein großer Schritt. Aber der Parasit war noch nicht perfekt, er zeigte immer noch Nebenwirkungen.«

»Und die wollte Elani ausschalten, beseitigen?«

»Genau. Charles wollte einen Parasiten, der erstens auf Menschen übergeht und zweitens keine negativen Nebenwirkungen hat. Er wollte nur die positiven Symptome.«

»Was für positive Symptome?«

»Die er beim Oktopus beobachtet hatte. Schauen Sie, der Oktopus wurde gleichsam klüger. Seine Überlebenschancen stiegen.« Barré trank sein Glas leer, setzte es ab. Er schaute Pierpaoli triumphierend an.

»Er konnte sozusagen in die Zukunft sehen.«

Im Freihafen von Panama, in Colón, musste Dr. Charles Elani den ersten größeren Rückschlag hinnehmen. Hier nämlich wurden er und seine Leute festgesetzt, genauer: ihr Schiff wurde konfisziert – allerdings aus Gründen, die nichts mit Elani und seiner heiklen Fracht zu tun hatten. Es war einfach Pech.

Bis hierher, bis Panama, war alles gut verlaufen. Sie hatten sich in Hirtshals die *Greta* geholt und waren mit einem komfortablen Vorsprung in See gestochen; die Explosionen in dem dänischen Hafen hatten für genügend Chaos gesorgt. Und seinen lästigen Verfolger, diesen Beamten aus Kapstadt, hatte Elani beseitigt, ein für alle Mal, wie er annehmen durfte.

Bis die Polizei reagierte und eine Verfolgung initiierte, war die *Greta* längst außerhalb der dänischen Gewässer. Sie fuhren ohne GPS-Tracker und ohne Funkverkehr und gelangten, ohne aufgehalten oder kontrolliert zu werden, an die Küste von Südengland. Für die Weiterfahrt nach Südamerika war Astas Schiff allerdings zu behäbig, es war einfach nicht hochseetüchtig.

Etwa auf der Höhe von Dover stiegen sie deshalb um auf einen Broadblue-Pentamaran, eines der zurzeit schnellsten Schiffe, mit Hochdruckbetankung und einem maritimen Brennstoffzellensystem der 800-kW-Klasse. Astas geliebte *Greta* brauchten sie nicht mehr; sie brachten das Schiff zur Explosion und versenkten es, damit waren praktischerweise auch alle Spuren beseitigt. Elanis kostbare Fracht, die Eier des *Megaloctopus octaviae,* wurden zuvor in einen eigens hierfür gebauten Kühlcontainer an Bord der *Gaziantep,* so hieß der Pentamaran, umgeladen. Und so überquerten sie den Atlantik in weniger als zweiundneunzig Stunden.

Das alles hatte Mutterperl, Elanis dienstbarer Assistent, organisiert. Tatsächlich verfügte er über ausgezeichnete Kontakte in die diversen kriminellen und semi-kriminellen Milieus. Die *Gaziantep* zum Beispiel, ein Schiff mit fünf Kufen, gehörte einem türkischen Geldwäscher und Goldschmuggler namens Zem Zahrab, der gerade im Gefängnis saß und es nur zu gern vermietete. Die kleine Crew hatten Elani und Mutterperl gleich mitgemietet. Dass Elani für solche Deals über nahezu unbegrenzte Geldmittel verfügte, war von Nutzen.

In Panama allerdings wurden sie festgesetzt. Es stellte sich nämlich heraus, dass der Schiffseigner Zahrab bei der Zollbehörde in Colón einige Feinde hatte – Feinde aus alten Tagen, die jetzt nur zu gern die Gelegenheit ergriffen, das Schiff zu konfiszieren und zurückliegende Schulden einzutreiben. Die strittige Summe betrug einige Millionen Global. Zahrab hätte Mutterperl warnen können, aber er hatte geschwiegen.

Elani hätte die Summe tilgen können, aber er ärgerte sich über Zahrab so sehr, sagte er, dass er lieber von Bord ging, mitsamt seiner kostbaren Fracht und Mutterperl.

Der Kühlcontainer mit den Eiern wurde im Containerhafen Colón abgestellt. Elani und Mutterperl bezogen ein geräumiges Apartment in unmittelbarer Nähe. Vom Balkon aus hatte man freien Blick auf den Container, Elani hatte ihn jederzeit im Blick, und er konnte, wann immer er wollte, die Temperatur überwachen, die Unversehrtheit checken. Er würde sich hier ein Labor einrichten und arbeiten.

Mutterperl machte sich indes auf die Suche nach einem Schiff für die letzte Etappe, einem Schiff, das sie anstelle der *Gaziantep* schnell und sicher zur Isla Robinson Crusoe bringen konnte – ihrem eigentlichen Ziel. Dass sie hier in Panama festsaßen, war Mutterperl natürlich unangenehm, er rechnete es sich selbst als Fehler an. Elani hingegen schien die Verzögerung fast recht zu sein. Das war seltsam.

Darüber dachte Mutterperl ein bisschen nach.

Mutterperl war von Elani angestellt worden und mit Haut und Haar Elanis Mann. Er empfing seine Anweisungen direkt von jenem. Aber Mutterperl war deshalb nicht dumm. Er wusste sehr wohl, dass Elani seinerseits einen geheimnisvollen »Chef« hatte – einen ungenannten Finanzier, den er *Herr F.* nannte, der kaum je in Erscheinung trat, jedoch von Elani über jeden Schritt informiert wurde.

Jetzt allerdings nicht. Elani wollte nicht, dass *Herr F.* von ihrem Festsitzen in Panama erfuhr. Mutterperl konnte sich darauf keinen Reim machen. Aber so war es eben. Elani hatte offenbar seine eigenen Pläne.

»Wie bitte? In die Zukunft sehen? Der Oktopus?«

»Ja. Ich erkläre es Ihnen gleich. Aber da kommt unsere kleine Erfrischung.« Der Diener brachte ein Tablett, eine Flasche *Luberon*, Gläser, ein Körbchen mit Baguettescheiben, eine Käseplatte. Barré schenkte ein. Der Diener war so lautlos verschwunden, wie er gekommen war. Barré trank durstig. Pierpaoli nippte nur, er wollte einen klaren Kopf bewahren, aber der Geschmack war großartig.

Barré setzte sein Glas ab. »Ich beziehe jedes Jahr einige Hundert Flaschen.«

»Wenn ich Sie nochmals fragen dürfte: Sie sagten, der Oktopus könnte in die Zukunft sehen – wie meinten Sie das?«

»Nicht im Sinne von Kristallkugel. Aber im Sinne von planvollem Handeln. Tiere denken selten planmäßig, fast immer agieren sie situativ und instinktgesteuert. Aber nicht immer, nicht alle. Schimpansen zum Beispiel bauen sich Werkzeuge. Sie stecken Schilfrohre ineinander, um nach Früchten zu angeln. Sie schärfen Stöcke mit ihren Zähnen, um sie als Waffe zu verwenden. Und so war es bei dem Oktopus. So hatte es Charles Elani beobachtet. Der Oktopus wurde geschickter beim Nestbau, bei der Jagd, er ging seinen Feinden, den Raubwalen, aus dem Weg, wenn er nicht kämpfen wollte. Schon Tage, bevor ein Seebeben sich ankündigte, verlagerte der Oktopus sein Gelege. So blieb der Oktopus länger am Leben. Gut für den Wirt, gut für seinen kleinen Untermieter, den Parasiten. Interessant, oder?«

»Auf jeden Fall.« Pierpaoli nahm sich ein kleines Stück Käse. Er dachte nach. »Okay. Das heißt, Elani konnte nachweisen, dass der Parasit den Oktopus schlauer gemacht hat. Sagen wir, es war so. Schön. Eine wissenschaftliche Entdeckung. Also geht es darum? Um Erkenntnis, um Wissenschaft?«

»Oh nein, die reine Wissenschaft war für Charles immer nur das Mittel zum Zweck. Er dachte weiter, viel weiter. Sein Ziel war der Mensch! Sie, Monsieur Pierpaoli, ich und unsere neun Milliarden Zeitgenossen auf diesem Planeten.«

»Der Mensch? Was wollte Elani denn mit uns anstellen?«

»Uns verändern natürlich! Er war mit dem Resultat, wie wir Menschen sind, nicht zufrieden. Verständlich, oder? Kleine Verbesserungen an der Schöpfung taten not! Woran war sein Vater zerbrochen? An der Dummheit und Gier der Menschen. So sah es Elani. Diese Erfahrung steckte tief in ihm. Die Menschen konnte man nicht ›überzeugen‹, mit Argumenten und Appellen an ihre Vernunft kommt man ihnen nicht bei – das war Elanis Überzeugung! Man muss die Menschen verändern.«

»Und mit dem Parasiten, meinte Elani, hätte er das perfekte Werkzeug gefunden …«

»Der Parasit war für ihn der Schlüssel. Der perfekte Überträger. Besser als ein Virus. Früher dachte man, ein Virus sei der perfekte Überträger, um die DNA zu verändern. Wie ein Koffer. Sie packen die genetischen Manipulationen in den Koffer, schieben den Koffer einem Virus unter und infizieren den Zielorganismus. Aber Viren sind sprunghaft. Und bei der Übertragung geht oft etwas schief. Der Parasit war viel besser, weil intelligenter. Damit konnte man das Gehirn aufschließen, das Verhalten ändern, einen *Neuen Menschen* erschaffen.«

»Und wie sollte er sein, dieser Neue Mensch?«

»Umsichtiger. Verantwortungsvoller. Adam und Eva, die sich die Erde nicht untertan machen, sondern erhalten und pflegen. Davon träumte Charles.«

»Und Sie, Marquis?«

»Ich ebenfalls. Natürlich. Einerseits. Ich war einerseits fasziniert von dieser Idee, das gebe ich zu. Aber ich sah auch die Gefahr. Den unbeschreiblichen Hochmut. Den Menschen neu programmieren? Das geht schon sehr weit, meinen Sie nicht? Würden Sie da nicht Zweifel anmelden? Würden Sie einen Freund nicht warnen?«

»Allerdings!«

»Aber Charles war besessen von dieser Idee. Der Glaube an die Wissenschaft, sagte er, ist die Religion derer, die sich vorwagen. Die bestehende Version des Menschen war schlecht, sie ruinierte seine Lebensgrundlagen. Also her mit dem Menschen drei Punkt null! Wie gesagt: rücksichtsvoller, besser imstande, die Folgen seines Handelns abzusehen, die Schöpfung zu bewahren.«

Barré schenkte sich ein zweites Glas ein, leerte es mit drei, vier Schlucken, schenkte sich nach. Zwischen seinen Augenbrauen stand eine scharfe Falte.

»Doch es gab Probleme«, fuhr er fort. »Der Mensch war für den Parasiten ein Fehlwirt. Unbekanntes Terrain. Der Parasit war ja evolutionär ausgerichtet auf den Körper eines Oktopoden. Das Abwehrsystem des Menschen hingegen – es machte kurzen Prozess mit dem Parasiten. Charles musste den Parasiten also umbauen. Molekular. Ich will Sie nicht mit Details langweilen.«

Eine Zeitlang hörte man nur das Knistern der Flammen. Dann erhob sich Barré mühsam, ging zum Kamin, streifte sich Handschuhe über und legte Holz nach. »Ich denke, ich habe Ihnen genug Stoff zum Nachdenken gegeben«, sagte er dann.

»Natürlich«, sagte Pierpaoli. »Aber eine Frage hätte ich noch. Was meinten Sie mit *umbauen*? Wieso funktionierte der Parasit nicht beim Menschen, wenn er doch beim Oktopus funktionierte?«

Barré seufzte. »Weil der Oktopus etwas hatte, was dem Menschen fehlt, okay? Gut, stellen Sie sich vor, der Körper sei eine Stadt. Können Sie mir folgen? Eine Großstadt. Wie Paris. Der Körper des Oktopoden ist also eine Stadt, sehr geschäftig, wie es Organismen nun mal sind, mit einer Mauer drumherum, und diese Mauer wird bewacht, die Straßen ebenfalls. Überall sind Polizisten und Soldaten. Die Immunabwehr. Sie halten ihre Augen offen. Strenge Regeln gelten. Wer hier nichts zu suchen hat, wird von den Immunpolizisten sofort zerhackt, zerstückelt. Unser Immunsystem kennt da kein Pardon. Und jetzt kommt der Parasit – er klettert über die Mauer, er ist ein Straßenkind, klein, schmutzig, abgetragene Kleidung. Aber im Körper des Oktopoden, genauer: in seinem dritten Herzen, wird ein Botenstoff produziert, ein spezielles Hormon. Über Hormone kommuniziert ein Organismus auf lange Sicht. Dieses Hormon nun ist ein wahrer Glücksfall für den Parasiten – stellen Sie sich den Körper als

Landkarte vor, dann zeichnet das Hormon einen präzisen Weg vor. Außerdem wirkt es, sobald die gnadenlose Immunpolizei auftaucht, wie ein Codewort. Eine Parole, mit der das Kind – also der Parasit – die Polizisten und Soldaten davon abhalten kann, es zu zerstückeln. Und so geht es munter zum Rathaus der Stadt. Ein prächtiger Bau, dieses Rathaus. *Tres chic.* Wo sich im obersten Stockwerk übrigens auch die Bibliothek befindet. Sie wissen, was ich damit meine?«

»Ja. Natürlich. Sie meinen das Gehirn«, sagte Pierpaoli. »Das Rathaus ist das Gehirn.«

»Genau. Unser Kind, der Parasit, wird dank der Parole auch ins Rathaus gelassen. Er gelangt in die Bibliothek. Ins Gehirn. Dort ist nicht viel los. Normaler Betrieb. Und das Kind dreht dort die Temperatur etwas höher. Nicht viel. Nur etwas. Und es räumt auf. Es fegt den Boden, wischt die Tische. Und plötzlich, siehe da, herrscht in dieser Bibliothek ein reges Kommen und Gehen. Es wird viel mehr gelesen, nachgedacht, diskutiert. Unser Kind ist glücklich, die Besucher in der Bibliothek sind glücklich, alle Entscheidungen sind jetzt viel durchdachter, mit mehr Voraussicht. So geht es, wenn der Parasit den Organismus des Oktopoden entert. Win-win. Aber im menschlichen Organismus, da läuft es anders. Da fehlte dem Parasiten diese Parole.«

»Und das Immunsystem des Menschen tötete ihn.«

»Richtig. Also gab Charles dem Parasiten das spezielle Codewort für das menschliche Immunsystem mit auf den Weg. Aber das musste auf molekularer Ebene stattfinden, das ist nicht einfach. Tausende von Experimenten! Man bastelt. Man braucht Material.«

»Zum Beispiel Eier«, unterbrach ihn Pierpaoli.

»Das Material, das Charles sich mitgebracht hatte, war jedenfalls begrenzt. Ich schätze, er saß irgendwann auf dem Trockenen. Ich schätze, er suchte überall auf der Welt nach riesigen Oktopoden. Aber die sind nicht leicht zu finden. Ich weiß nicht, wie viele es auf der Welt gibt. Wahrscheinlich nicht viele.«

Stille im Raum.

Das Feuer brennt. Über dem Kamin das steinerne Flachrelief,

Adam, Eva, die Schlange, der Sündenfall. Die Bücher in den eichenen Regalen, die Folianten und einzigartigen Handschriften, die Briefwechsel, die um Jahrhunderte zurückreichen.

»Deshalb kam Elani nach Deutschland«, murmelte Pierpaoli nach einer Weile. »Als der Oktopus dort auftauchte.«

»Ich vermute es.«

»Deshalb hat er die Eier gestohlen. Er wollte nicht die Eier. Er wollte den Parasiten.«

»Ich denke, so war es.«

»Das heißt, jetzt kann er seine Experimente wieder aufnehmen. Und sind diese Experimente gefährlich?«

»Ich würde sagen, das sind sie. Denken Sie an unsere Metapher mit dem kleinen Kind, das den Weg durch die Großstadt findet, bis in die Bibliothek hinein. Was ich Ihnen vorhin gesagt habe.«

»Ja. Der Parasit im Gehirn.«

»In den Gehirnen des Oktopoden macht der Parasit alles richtig. Dort kennt er sich aus, sozusagen. Aber im menschlichen Gehirn sind die Schaltungen etwas anders. Hier dreht der Parasit also die Heizung hoch. In den ersten Tagen, Wochen läuft es wunderbar. Mehr Aktivität. Höhere Anzahl von Mitochondrien in den Nervenzellen. Die Mitochondrien machen tagein, tagaus nichts weiter als Energie zu produzieren. Die Sauerstoffzufuhr, die Nervenregeneration, alles ist optimiert. Der Mensch überblickt die Folgen seines Handelns. Er agiert verantwortungsbewusster. Er blickt gleichsam in die Zukunft. Intelligenz und Denkvermögen entziehen sich den herkömmlichen Bewertungen. *Voilà*. Der Neue Mensch. So ist es am Anfang.«

»Aber so bleibt es nicht.«

»Nein, so bleibt es nicht. Denn im Oktopoden hat das Wirken des Parasiten Grenzen, im Menschen nicht. Er meint es nicht böse, aber er dreht einfach immer weiter die Heizung hoch, um in dieser Metapher zu bleiben. Irgendwann kollabiert das System. Der *Mensch* kollabiert! Er funktioniert nicht mehr. Ein sehr, sehr tiefer Sturz. Die Kehrseite. Charles kannte diese Gefahr. Ich auch. Ich habe ihn davor gewarnt. Aber er war wie besessen, er verbrachte Tage und Nächte im Labor, unerlaubterweise. Er wollte unbedingt eine Lösung finden! Und dann kam es zu dem Unfall. Der meine Befürchtungen bestätigte.«

»Was genau ist passiert?«

»Charles hatte den Kontakt zu seinen radikalen Freunden nie ganz abgebrochen. Das waren Typen, die sich Aktivisten nannten. Aus seiner Heimat. Die von Revolutionen faselten, von einem totalen Umbruch träumten. Politische Wirrköpfe. Eines Nachts kamen sie also zu uns ins Labor. Aufs Universitätsgelände. Streng verboten. Sie waren auf der Flucht. Sie hatten ein Regierungsbüro gesprengt, wurden gesucht. Sie wollten, dass Charles sie versteckt. Er weigerte sich. Er wollte sie hinauswerfen. Es kam zum Streit. Zu einem Handgemenge, einem regelrechten Kampf, sie waren bewaffnet, er musste ihnen ihre Pistolen wegnehmen – all das in einem Labor mit biologisch gefährlichem Material, mit chemischen Reagenzien, können Sie sich das vorstellen? Ein Desaster. Jedenfalls – das halbe Labor ging zu Bruch. Und die drei Besucher wurden infiziert. Ich nicht, ich hatte mich versteckt. Charles ebenfalls nicht, er hatte Glück. Aber die drei Besucher nicht. Sie hatten sich angesteckt. Alle drei. Mit dem Parasiten. Danach hatte ich die Nase voll von diesen Heimlichkeiten. Ich wollte, dass wir die Sache melden, restlos aufklären! Aber Charles weigerte sich. Ich erstattete Anzeige. Auch gegen mich selbst. Vergeblich. Der Laborunfall wurde vertuscht. Charles verschwand. Unsere Freundschaft – war perdu.«

»Und diese drei Besucher?«

»Zwei von ihnen starben noch in jener Nacht. Bei der Flucht. In ihrem Fluchtauto. Sie krachten gegen einen Brückenpfeiler. Sie verbrannten. Mit ihnen der Parasit.«

»Und – die dritte Person?«

»Die dritte Person war nicht im Auto. Sie überlebte. Sie war infiziert. Aber erst mal ging alles gut. Sogar ungewöhnlich gut. Vorher war sie ein chaotischer Mensch. Jetzt wurde diese Person viel klarer. Die Weitsicht, der Sinn für Zukunft, wie bei Elanis Oktopoden. Offenbar dank der Infektion. Denken Sie an das Kind in der Bibliothek – derselbe Effekt.«

»Was geschah mit dieser – wie nennen Sie sie? – dritten Person?«

»Ich habe sie versteckt. Erst in einem Safe-Room, dann hier auf dem Land. Wir mussten sie abschirmen, isolieren. Sie war ja infiziert.«

»Es ging ihr aber gut?«

»Anfangs ja. Doch dann drehte sich der Effekt um. Nach wenigen Wochen bekam sie Panikattacken, sie konnte keine Entscheidungen mehr treffen, wurde depressiv, bis zur Auflösung ihrer Identität. Man hatte das Gefühl, ihr ›Ich‹ löste sich förmlich auf, zerbröckelte unter ihr.«

»Lebt sie noch?«

»Ja. Weil sie ein Mittel nimmt.«

»Woher bekommt sie dieses – Mittel?«

»Von mir. Ich habe es entwickelt.«

»Nur für diese dritte Person?«

»Ja. Ich habe erst nach einer Substanz gesucht, die den Parasiten abtötet. Aber das geht nicht. Nur dieses eine Mittel habe ich gefunden – es lindert die Symptome. Ein Antidot, wie ich es nenne. Es muss regelmäßig eingenommen werden, dann dämpft es die Wirkung. Ich stelle das Antidot selbst her. In meinem Labor. Hier auf dem Gelände.«

»Aber der Parasit ist immer noch aktiv?«

»Jawohl. Die betreffende Person weiß das. Sie isoliert sich, hält sich fern von Menschen. Und solange sie das Antidot nimmt, kann sie die negativen Folgen des Parasiten irgendwie in Schach halten. Und die positiven Effekte nutzen.«

»Die positiven Effekte sind also geblieben?«

»Ja. Natürlich nicht ganz so stark wie am Anfang. Aber es ist deutlich spürbar. Die betreffende Person wurde ein anderer Mensch. Sie war immer schon intelligent. Doch jetzt wurde sie mehr als das, sie wurde brillant, sozial-intelligent, verantwortungsbewusst, empathisch. Sie wurde gleichsam der *Neue Mensch* – wie Charles ihn sich erträumte. Welch eine traurige Ironie, dass sie anderen Menschen aus dem Weg gehen muss. Sie ist infektiös. Und damit zu ewiger Einsamkeit verdammt. Und sie braucht regelmäßig das Antidot. Sonst droht der Absturz.«

»Könnte ich mal mit ihr sprechen, mit dieser dritten Person?«

»Nein.«

»Warum nicht?«

»Es geht niemanden etwas an. Nicht mal Charles. Obwohl der es natürlich weiß. Wie sehr es ihn kümmert – das steht in den Sternen.«

Pierpaoli lehnte sich zurück, in ihm arbeitete es. Barré würde ihm nicht mehr erzählen. »Ich finde schon, dass mich diese Angelegenheit angeht. Elani will den Menschen immer noch verändern. Und er hat jetzt das Material dazu. Der Mann ist ein Sicherheitsrisiko für die ganze Welt.«

»Ja.«

»Ich muss Elani finden.«

»Das sollten Sie.«

»Und Sie können mir nicht helfen?«

»Ich kann Ihnen viel Glück wünschen. Ich selbst habe diese Suche aufgegeben. Ich habe Ihnen alles gesagt, was ich weiß. Übrigens – darf ich jetzt mal Sie um eine Information bitten? Da Sie von der Klima-Allianz sind?«

»Natürlich. Selbstverständlich.«

»Ich brauche für die Herstellung des Antidots einen bestimmten Rohstoff. Der aus der Purpurkegelschnecke gewonnen wird.«

»Aus einer Schnecke?«

»Normalerweise ist dieser Rohstoff einfach und billig zu bekommen. Es gibt noch einige Fabriken auf der Welt, die es extrahieren. Für einige Medikamente braucht man es. Antidepressiva und so weiter. Ich hatte nie Probleme, es zu bestellen. Aber in letzter Zeit …«

»Was war in letzter Zeit?«

»In letzter Zeit kauft jemand diese Fabriken auf. Unauffällig, diskret. Aber doch spürbar. Es gibt Engpässe. Der Markt wird umgekrempelt. Ich habe mich schon gefragt, ob Charles dahintersteckt. Aber es macht eigentlich keinen Sinn.«

»Und was soll ich tun?«

»Herausfinden, was da los ist. Ich meine, Sie sind von der Klima-Allianz. Vielleicht haben Sie da spezielle Kanäle. Als kleine Gegenleistung.«

»Ich will sehen, was ich tun kann. Wenn ich was erfahre, melde ich mich.« Pierpaoli hatte sich erhoben. Barré blieb sitzen. Ein Rest Wein war noch in der Flasche, zwei Fingerbreit. Barré schenkte sich ein.

»Mein Diener wird Sie hinausbegleiten. Und zu Ihrem Hotel fahren.«

»Vielen Dank. Für alles.«

Barré winkte ab. »Finden Sie Charles Elani. Dann sind wir quitt.« Er führte das Glas an den Mund, hielt inne. »Hoffentlich haben Sie einen langen Löffel.«

»Einen langen Löffel?«

»Chaucer. Geoffrey Chaucer, die ›Canterbury-Erzählungen‹. Mein Lieblingsdichter, die Bilder auf dem Gobelin hinter Ihnen sind nach den Canterbury-Erzählungen gestaltet. Die Teufels-Metapher ist aus dem fünften Buch: ›Wer mit dem Teufel sitzt beim Schmaus, der sollt' mit einem langen Löffel sich versehen.‹«

»Sie halten Elani für so etwas wie einen Teufel?«

»Er kommt dem Bild jedenfalls verdammt nah.« Barré setzte das leere Glas ab. Blickte empor zu der Tonnendecke, hoch wie in einer Turnhalle, geschmückt mit den farbigen Wappenschildern seiner Familie aus fünf Jahrhunderten.

Pierpaoli war stehen geblieben.

»Ein Teufel, der sich für einen Heiligen hält, ist besonders gefährlich«, sagte Barré.

Die Worte wurden begleitet von einem Lächeln in ausgesuchter Leichtigkeit.

Später Nachmittag, Herbstwetter. Bedeckter Himmel, aber die Luft in der Provence ist auch im November noch würzig – die Düfte von Thymian und Kalkstein, von Lavendel und Rosmarin, diese charakteristische Mischung, die es sonst nirgends gibt. Pierpaoli, der einen schmalen Pfad entlangmarschiert, trägt nur einen leichten Übergangsmantel, aber er bemerkt Wind und Regen kaum, jedenfalls stört er sich nicht daran. Er hat kein Ziel; er marschiert einfach nur drauflos. Ab und zu bleibt er stehen, verschnauft einen Moment und schaut hinab auf das Dorf, wo die ersten Lichter angehen. Les Libellules, das Dorf, befindet sich keine zwanzig Minuten entfernt vom Anwesen Hector de Barrés.

Pierpaoli hat heute eine Menge erfahren; in seinem Kopf schwirrt es, er braucht Bewegung, er will seine Gedanken sortieren.

Im Dorf gibt es ein einziges Hotel, *Le Papillon Solitaire*, der einsame Schmetterling. Eigentlich ist es eher eine Familienpension, betrieben von Madame Maryse, einer Katzen-Mutter und freundlichen Matrone in einem geblümten Kleid. Pierpaoli hat dort zur Sicherheit ein Zimmer für sich reserviert; wahrscheinlich bleibt er über Nacht hier. Oder er fährt nach Avignon, das wäre die nächste große Stadt. Unter normalen Umständen würde er einen Abend in Avignon vorziehen und genießen; jetzt nicht: Er hat keine Lust auf Menschen, Lichter, Restaurants.

Das Zimmer hat er bereits bezahlt, aber noch nicht bezogen, seine Reisetasche hat er an der Rezeption abgestellt, denn, wie gesagt, er brauchte dringend Bewegung, Luft, Abstand, nach all dem, was er von Barré erfahren hat. Auf keinen Fall wollte er in einem stickigen Hotelzimmerchen sitzen, auch nicht in einer Bar hocken, verstohlen beobachtet von den Einheimischen.

Pierpaoli hat also einen Spaziergang unternommen. Raus aus dem stillen Dorf, dem nächsten Weg folgend, hügelan, in die Weinberge.

Er hat inzwischen Nachrichten von Gutsmeindl bekommen,

dem Archivar in Kapstadt. Gute Nachrichten, ausnahmsweise. Der Mann hat in den analogen Tiefen seines Archivs tatsächlich den alten Polizeibericht aufgetrieben, der den »Laborunfall« damals – so wird er bezeichnet – beschreibt. Das meiste deckt sich mit dem, was Barré bereits erzählt hat.

In jener Nacht in Basel hatte Elani also im Labor für mikrobiologische Experimentalgenetik gearbeitet. Und zwar vorschrifts*widrig*, denn die Belegung war nicht angemeldet, nicht genehmigt, nicht korrekt eingetragen. Das wäre nicht aufgefallen, wenn Elani nicht in dieser Nacht Besuch bekommen hätte. Unerwarteten Besuch.

Wie Barré es erzählt hatte: drei Personen, illegaler Zugang zum Laborgelände, auf der Flucht vor der Polizei. Auch das deckt sich: Barré hat erzählt, dass Elani noch Kontakt zu radikalen Freunden von früher hielt. Die drei Typen hatten wenige Stunden zuvor ein Regierungsgebäude gesprengt.

Archivar Gutsmeindl ist wirklich gut.

Der Polizeibericht enthält indes ein Detail, das Barré nicht preisgeben wollte: die Namen der drei Eindringlinge. Gutsmeindl hat sie markiert: François Balzli, männlich, 23 Jahre alt. Martin Feller, männlich, 22 Jahre alt. Und drittens: Hannatalasea Elani, weiblich, 22 Jahre alt, ein ellenlanges Vorstrafenregister.

Hannatalasea Elani – Schwester von Dr. Charles Elani, des Geschädigten, der auf Anzeige verzichtete. All das vermerkt der Polizeibericht akribisch.

Pierpaoli bleibt stehen, schaut auf das Dorf hinunter, versucht zu begreifen. Die dritte Person, deren Identität Barré unbedingt schützen wollte, ist Elanis Schwester!

Der Bericht bestätigt das. Besagte Schwester wurde nach dem »Laborunfall« in Quarantäne gesteckt, aber nicht für lange. Ihre Spur verliert sich. Barrés Name wird genannt. Er muss die Schwester also auch gekannt haben. Das ergibt Sinn: Wenn er mit dem Bruder eng befreundet war, wird er auch die Schwester kennengelernt haben.

Auffällig ist, dass die ganze Angelegenheit fast vollständig aus den öffentlichen Archiven gelöscht wurde. Da die Universitätsleitung keine Anzeige erstattete, da Elani wie auch die Schwester aus Basel verschwanden, wurde die Akte geschlossen, der Fall unter den Teppich gekehrt; wahrscheinlich wollte die Universität den Skandal vermeiden.

Und Elani umso mehr, denkt Pierpaoli.

Sobald er wieder in Kapstadt ist, wird er Gutsmeindl eine Kiste Wein schenken. Ein wohlsortiertes Archiv ist ein Geschenk der Götter.

Pierpaoli versucht zu sortieren. Was konnte er jetzt einigermaßen sicher wissen?

Erstens: Elani arbeitet mit einem Oktopoden-Parasiten, den er in Menschen verpflanzen will, um Hirnfunktionen zu verbessern. Den er aber offenbar nicht wirklich unter Kontrolle hat.

Zweitens: Vor ein paar Jahren hat Elani offenbar seine eigene Schwester mit diesem Parasiten infiziert, vermutlich ohne Absicht. Aber der Parasit bereitete ihr statt der erhofften Verbesserungen vor allem schreckliches Leid.

Drittens: Barré versorgt diese Schwester mit einem Mittel, das die Wirkung dämpft, einem Antidot, wie er es nennt. Das hat er ungern erzählt, auch nur, weil er Pierpaolis Hilfe braucht. Ein Wirkstoff zu diesem Mittel ist offenbar rar geworden, und Barré will, dass die Klima-Allianz sich einschaltet und diesen Stoff besorgt. Typisch, denkt Pierpaoli. Die Menschen stehen der Klima-Allianz immer ablehnend gegenüber, aus tausend Gründen hassen sie die Klima-Allianz – bis sie eines Tages Hilfe brauchen.

Es wird bald dunkel, Pierpaoli wendet sich zum Gehen, jetzt abwärts. Immer noch nieselt es, der Regen fällt auf die glänzenden Hausdächer und Scheunendächer von Les Libellules, er benetzt die angrenzenden Weinberge, fällt auf die dunklen Zypressen und auf die silbrig schimmernden Olivenbäume. Pierpaolis Lederschuhe sind feucht geworden. Ärgerlich. Er hat nur dieses Paar dabei. Zurück zu den Erkenntnissen. Diese ominöse Schwester lebt noch. Irgendwas an dem Namen kommt ihm bekannt vor. Aber ist sie auffindbar? Nein. Hat er eine Spur, der er nachgehen kann? Nein.

Doch er weiß immerhin, dass Elani mehr ist als nur ein Spinner, der aus ungeklärten Motiven ein paar Tausend Tintenfisch-Eier stiehlt. Dieser Mann braucht die Eier, denn es geht um ein biologisches Experiment. Die ganze Sache ist irgendwie groß. Und sie ist gefährlich, denn Elani agiert im Halbdunkel. Seine Experimente – was immer er treibt – betreibt er auf eigene Kappe, nicht im Rahmen eines akademischen Forschungsprojekts, die ganze Sache ist offenbar nirgends registriert. Er ist schlau, er ist skrupellos, und was er macht, ist potenziell gefährlich. Und er hat Asta hineingezogen. Allein schon deswegen, für Asta, sollte Pierpaoli diesen Mann finden.

Dabei hat er nicht mal die offizielle Erlaubnis, Elani nachzugehen. Er hat einen weiteren Bericht geschickt, mit allen Neuigkeiten; aber von seiner Chefin, Gillespie, hat er immer noch nichts gehört.

Auch das ist etwas, das er beim besten Willen nicht versteht. Ist er wegen dieses verfluchten Eierdiebstahls zur *persona non grata* geworden in Kapstadt? Hat man ihm womöglich schon gekündigt?

Pierpaoli ist jetzt wieder im Dorf. Da ist die kleine, gedrungene Kirche, *Eglise St. Martin*, schräg gegenüber von seiner Pension. Hier, in Dörfern wie diesem, hatte die Zeit eine andere Drehung, sie ist langsamer vergangen. Man spürt den Rhythmus eines anderen Lebens. Nur ein oder zwei Generationen zurück haben die Männer noch ihre Zigaretten mit Zeitungspapier gedreht, den kleinen Mädchen machte man am Sonntag die Zöpfe mit Zuckerwasser schön steif und fest. Die Großväter trugen sonntags ihr gutes Hemd und gönnten sich ein drittes Glas *vin ordinaire*.

Jetzt ist auf der Straße kein Mensch, die Familien sitzen alle gemeinsam beim frühen Abendessen, in Dörfern wie Les Libellules ist diese Tradition noch lebendig – am Sonntag kocht man ein Huhn. Es war der Regent Henri Quatre, der die Kriege beendete, um Wohlstand zu schaffen, »damit jeder Franzose am Sonntag ein Huhn im Topf hat«. Seitdem wird in Dörfern wie Les Libellules am Sonntag zu Ehren des Königs fast überall ein Huhn gekocht. Mit Knoblauch, Lorbeer, Nelken gespickt, mit Zwiebeln, Fenchel, Sellerie, man sieht die Brühe ab, die mit Eierstich eine herrliche Suppe ergibt, man frikassiert das Fleisch, dazu Möhren, im Frühjahr Spargel, Butterkartoffeln – es ist ein wunderbares Familienessen.

Da sitzen sie also, in ihren Stuben und großen Küchen, mit Kindern und Enkeln, und Pierpaoli, der jetzt im Schatten der Kirche steht, kann die Küchendüfte riechen. Er fühlt sich plötzlich sehr einsam. Er hat keine Kinder, keine Enkel, keine Familie, er weiß nicht mal, ob er noch eine Freundin hat.

Sein Telefon klingelt. Der Anruf ist anonymisiert; das kann nur Kapstadt sein.

»Hallo?«

»Hier spricht Gillespie.«

Seine Chefin. Endlich! »Oh … Hallo, Mrs Gillespie.«

»Tut mir leid, dass ich mich jetzt erst melde, hier war viel los. Aber bei Ihnen offenbar auch. Ich hörte, Sie sind nicht mehr in Deutschland?«

»Nun ja, das ist kompliziert. Die Eier wurden gestohlen, und ich wollte der Spur nachgehen, zusammen mit dem Polizeichef aus Deutschland war ich in Dänemark.«

»Ich habe Ihre Berichte gelesen, ich bin im Bilde. Es ist unglücklich gelaufen, die Sache mit dem Oktopus, aber ich denke, man kann Ihnen keinen Strick daraus drehen. Das war nicht absehbar, was da passiert.«

»Trotzdem übernehme ich natürlich die Verantwortung, Mrs Gillespie.«

»Es hat sich erledigt. Der Oktopus tauchte auf, jetzt ist er wieder weg, alle Wissenschaftler sind abgereist, das Lagezentrum ist abgebaut, die Akte geschlossen. In Berlin ist man derselben Meinung. Vielleicht war es besser so. Zumindest ist dieses – Wesen jetzt weg. Ein Problem weniger.«

»Ja, Ma'am. Wir sollten allerdings den Diebstahl nicht auf sich beruhen lassen. Die Geschichte geht weiter. Wie ich schrieb. Der mutmaßliche Täter, dieser Dr. Charles Elani, hat sich als Wissenschaftler ausgegeben und alle belogen.«

»Dazu komme ich gleich. Zunächst war es in Ordnung, dass Sie nicht nochmals nach Deutschland zurückgefahren sind. Für uns war die Sache ohnehin erledigt. Aber ich wollte Ihnen etwas

Wichtigeres sagen: Ihre Freundin, Miss Ariadna Ferrer – es ist doch Ihre Freundin?«

»Äh, ja. Was ist mit ihr?«

»Sie steckt in Schwierigkeiten. Nichts Schlimmes, aber doch lästig. Sie wird auf Tahiti festgehalten, man verweigert ihr die Ausreise.«

»Was? Festgehalten? Wieso?«

»Details kenne ich nicht. Aber sie wird festgehalten. Man hat ihren Pass konfisziert. Hat sie Sie nicht angerufen? Nun ... Ich dachte, Sie würden ihr gern helfen.«

»Natürlich! Was ist das Problem? Was wirft man ihr vor? Sie hat doch nichts getan?«

»Wahrscheinlich nur eine Formalität. Ich habe einen Bericht der französischen Behörden bekommen, zufällig, und ich dachte gleich an Sie. Dass Sie ihr wahrscheinlich aus der Klemme helfen wollen.«

»Natürlich! Selbstverständlich!«

»Gut. Dann fliegen Sie hin. Ich habe eine Flug-Freigabe für Sie. Fliegen Sie hin, wedeln Sie dort mit Ihrem Ausweis, und man wird Miss Ferrer auf freien Fuß setzen. Ich kläre die Details. Denn wir wollen doch nicht, dass ein verdienstvoller Mann wie Sie ohne Freundin dasteht, oder? Vor allem, wenn es sich um eine so großartige Künstlerin handelt.«

»Ich weiß nicht, was ich sagen soll. Danke jedenfalls, ich meine ...«

»Danken Sie mir später, oder gar nicht, es ist nicht der Rede wert. Wir sind keine Unmenschen. Es ist doch Ihre Freundin. Kümmern Sie sich um die Sache, helfen Sie Miss Ferrer. Die ich übrigens sehr bewundere, wussten Sie das? Ich liebe ihre Songs.«

»Wirklich? Oh, das wusste ich nicht.«

Während Pierpaoli im Schatten der Kirche steht und telefoniert, ist vor dem kleinen Hotel *Le Papillon Solitaire* ein schwarzer Wagen vorgefahren. Zwei Männer steigen aus. Ihren Bewegungen nach sind sie jung, sportlich. Schwarze Hosen, schwarze Jacken und Mützen. Sie sehen sich aufmerksam auf der Straße um und betreten dann das Hotel; jetzt stehen sie an der Rezeption, Pierpaoli kann ihre Gestalten durch die Glasfront sehen. Und jetzt kommt von hinten Madame Maryse in einem geblümten Kleid. Was hat sie im Arm? Ah ja, eine Katze.

»Ja. Ihre Freundin ist eine großartige Sängerin. Gut. Jetzt zu diesem Elani. Gehen Sie der Sache nach, aber mit etwas mehr Fingerspitzengefühl diesmal, wenn ich bitten darf. Er ist kein Schwerverbrecher, verstanden?«

Pierpaoli wendet den Blick von der Hotelrezeption, er konzentriert sich auf das Gespräch. »Nun, Ma'am, aber ich glaube, er hat diese Oktopus-Eier gestohlen, um damit bestimmte Experimente zu machen, und ich habe Informationen, dass diese Experimente möglicherweise gefährlich sind ...«

»Jaja. Das habe ich alles gelesen. Haben Sie denn eine Spur?«

»Eine Spur? Nein. Leider nicht.«

Wieder muss Pierpaoli zum Hotel blicken, wo die Pantomime weitergeht. Madame Maryse hat die Katze abgesetzt, sie steht an der Rezeption und redet mit den Männern. Madame gestikuliert. Sind diese Männer Restaurantgäste? Nein. Und das Restaurant ist außerdem geschlossen. Oder sind es Touristen, die hier übernachten wollen?

Was hat Gillespie gerade gesagt? Er hat einen Moment lang nicht zugehört. »Entschuldigung, Ma'am, soeben war die Verbindung weg.«

»Ich sagte, dass Sie keine Spur haben, das ist bedauerlich, das ist schlecht ...« Sie macht eine Pause. Als ob sie nachdenkt. Dann, in sehr freundlichem Ton: »Wissen Sie was? Ich habe eine Idee. Einen Tipp für Sie. Fragen Sie doch mal Ihre Freundin, ja, genau, fragen Sie Miss Ferrer.«

»Ariadna? Ich soll Ariadna fragen, Ma'am? *Was* soll ich sie fragen?«

»Ich glaube, ich habe in einem Bericht, der aus Tahiti kam, via Paris, gelesen, dass Miss Ferrer sich mit einer gewissen Talasea getroffen hat. Auf Tahiti. Klingelt da bei Ihnen was? Hat sie so was mal erwähnt?«

»Mit Talasea? Sie meinen – diese Aktivistin?«

»Genau. Die Aktivistin oder Bürgerrechtlerin. Die Kämpferin

für die Meere. Königin des Südpazifiks, Gallionsfigur der F.A.P. Könnte sein, dass Ihre Freundin diese Dame getroffen hat. Vielleicht kennt sie sie?«

»Also, das müsste ich eigentlich wissen. Eine solche Bekanntschaft hat Ariadna nie erwähnt, also, jedenfalls nie mir gegenüber …« In Pierpaolis Kopf rattern die Möglichkeiten durch. Natürlich ist es keineswegs ausgeschlossen, dass Ariadna diese ziemlich berühmte Aktivistin traf. Aber wäre es zu viel verlangt, ihn davon bei Gelegenheit zu informieren?

Gillespie fährt fort. »Vielleicht hielt sie es für unwichtig. Ist nur ein Gedanke. Aber versuchen Sie es, fragen kostet nichts – fragen Sie doch Miss Ferrer, ob sie Ihnen einen Kontakt zu Talasea machen kann.«

»Moment, warum?«

»Die berühmte Aktivistin Talasea ist die Schwester von Elani. Wussten Sie das?«

Pierpaoli schweigt einen Moment. Um Himmels willen! Erst jetzt wird ihm klar, warum ihm der Name Hannatalasea so bekannt vorgekommen ist. Hätte ihm das nicht vorher jemand sagen können? Elani stammt aus einem Clan von Südseeaktivisten! Mit Kontakt zur F.A.P., so heißt es ja zumindest über Talasea. Das macht die Sache natürlich noch brisanter.

»Ja, wir haben es hier mit einer prominenten Familie zu tun«, fährt Gillespie fort. »Finden Sie Talasea. Sie wird einen Tipp haben, wo der Mann steckt, den Sie suchen.«

»Ja, Ma'am.«

»Und halten Sie mich auf dem Laufenden. Wo sind Sie übrigens gerade?«

»Frankreich. Ein Dorf in der Provence.«

»Aha. Gut. Passen Sie auf sich auf.«

»Was meinen Sie damit?«

»Was ich sagte. Ich melde mich.«

Aufgelegt.

Pierpaoli ruft im *Papillon* an. Die Männer stehen immer noch an der Rezeption, unschlüssig. Er kann durch die Glasscheibe beobachten, wie Madame Maryse das Telefon sucht, es ist wie ein

Film ohne Ton, jetzt, endlich, findet sie es. »Hallo? *Ici Le Papillon Solitaire* ...«

»Ich bin es, Madame Maryse, Ihr Gast für eine Nacht, ich hatte eingecheckt, Pierpaoli.«

»Ah, Monsieur, welch ein glücklicher Zufall, *tres bien*, dass Sie gerade anrufen, denn Ihre Freunde sind eingetroffen. Sie haben schon nach Ihnen gefragt, ich habe gesagt, Sie machen einen Spaziergang, obwohl das Wetter ...«

»Meine Freunde sind da?«

»Oui. Natürlich. Ihre Freunde. So haben sie sich vorgestellt. Sie wollten Sie sprechen, Monsieur.«

»Geben Sie mir bitte einen von den Freunden.« Sie gefallen ihm nicht, diese Männer.

Pierpaoli sieht, wie Madame Maryse das Telefon einem der schwarz gekleideten Männer hinhält. Er sieht, wie der Mann den Kopf schüttelt. Madame Maryse wirkt jetzt zunehmend irritiert.

»Hallo, Monsieur Pierpaoli?« Sie betont seinen Namen immer auf der letzten Silbe, auf dem i. »Ich verstehe das nicht ganz, aber Ihre Freunde wollen Sie überraschen, ich soll Sie nur fragen, wo Sie sind?«

»Draußen. Ich mache einen Spaziergang, das habe ich doch gesagt. Gerade bin ich – ich stehe gerade vor dem Aquädukt.« Er legt auf. *Passen Sie auf sich auf,* hatte Gillespie gesagt.

Pierpaoli beobachtet, wie Madame Maryse eine Richtung beschreibt, wie die Männer das Hotel verlassen, ziemlich eilig, wie einer der Männer sich ins Auto setzt, der andere spurtet los, die Dorfstraße entlang, hin zum Aquädukt. Der andere scheint im Wagen bleiben zu wollen. So, wie der erste Mann läuft, wird er in zehn Minuten beim Aquädukt sein. Dann wird er wissen, dass es dort keinen Pierpaoli gibt.

Wer sind diese Männer, was wollen sie? Sein Instinkt sagt ihm: nichts Gutes.

Also bleiben Pierpaoli zehn Minuten, um zu verschwinden.

Geheimes Papierdokument der Task-Force,
erstellt vor ca. 2 Jahren

WA CONFID: MemTaskForce, Level 10 Intel.
Dat. Feb 15, 2031

**Betreff: VIERTE ZUSAMMENKUNFT der Task-Force:
Prüfung der Ideen**

Status quo:
Die Expertengruppen der Task-Force haben nach der letzten Sitzung die drei ausgewählten Lösungsvorschläge konkretisiert. Nun werden sie dem Prognose-Tool *Delphi* vorgelegt, unter der Fragestellung: Wie wäre die Welt im Jahr 2050, wenn diese Maßnahmen unverzüglich umgesetzt würde? *Delphi* erstellt daraus für jeden der drei Vorschläge jeweils eine komplexe Vorhersage.

1) Prognose zum Vorschlag »Soft Power«:
Vorschlag: Ein konzentrationsförderndes Psychopharmakon, konkret der Wirkstoff Noofinil, wird über das Trinkwasser in gleichbleibender Menge über zwanzig Jahre an alle Menschen ausgebracht. Gewünschtes Ziel: ein rationaleres Verhalten.
***Delphis* Prognose:**
Negativ. Bei ansonsten gleichbleibenden Bedingungen erwärmt sich das Weltklima bis 2050 um 2,8° C (1,3° C über dem Klimaziel).
Direkte Wirkung: In ca. 30% der Fälle entscheiden die Menschen langfristig sinnvoller. Der Effekt wird jedoch aufgehoben, weil die stärkere Rationalität viele Menschen vor allem zur Leistungssteigerung anspornt, die zu

einer stark beschleunigten Wirtschaft und damit zu deutlich erhöhtem Pro-Kopf-Energieverbrauch führt.

2) Prognose zum Vorschlag aus der juristischen Kategorie:

Vorschlag: Für den Energieverbrauch wird weltweit eine gesetzliche Obergrenze von 10 000 kW/h pro Jahr und Person festgelegt. Der Energieverbrauch jedes Menschen, jedes Herstellungsprozesses und Handelsproduktes wird digital überwacht und ist für jeden Menschen per Smartphone jederzeit einseh- und steuerbar. Überschreitungen des Limits werden wie im Straßenverkehr je nach Schwere mit Geld- oder Freiheitsstrafen geahndet.

***Delphis* Prognose:**

Negativ. Bei ansonsten gleichbleibenden Bedingungen erwärmt sich das Weltklima bis 2050 um 4° C (2,5° C über dem Klimaziel).

Zuerst eine spürbare Erholung des Klimas durch deutlich geringeren Energieausstoß. Dabei deutliche negative Auswirkungen auf die Weltwirtschaft, Industrieländer wie Deutschland müssen Energieverbrauch um ca. 75 Prozent reduzieren. Verschärfung der Armut in mehreren Weltregionen. Gleichzeitig etabliert sich schnell ein blühender Energie-Schwarzmarkt. Nach fünf Jahren ist daraus bereits eine mafiöse, unkontrollierte und gewalttätige Parallelstruktur entstanden, weitgehend in den Händen der Drogen- und Menschenhandelsorganisationen, mit Zugang zu Waffen und Paralleljustiz. Kontrollverlust der Klima-Allianz.

Die unterschiedlichen Energiebedürfnisse der verschiedenen Klimazonen und der Wunsch nach Wahrung des Status quo führen zu weiteren sozialen Spannungen. Gewaltsame Großkonflikte nehmen ab dem Jahr 2037 stark zu. 2041 Auseinanderbrechen der Klimaallianz.

3) Prognose zum radikalen Vorschlag:

Vorschlag: Ein genetischer Schalter, der die Lebenszeit der Menschen automatisch auf 30 Jahre begrenzt (Bevölkerungsreduktion und Entlastung des Planeten). Wegen erwartbarer juristischer und ethischer Widerstände findet die Durchführung im Geheimen statt.

Delphis Prognose:

Sehr negativ. Bei ansonsten gleichbleibenden Bedingungen erwärmt sich das Weltklima bis 2050 um 4,6° C (3,1° C über dem Klimaziel).

Die bisher nur experimentell angewandten Methoden der Gentechnologie kommen durch exorbitanten finanziellen Aufwand auf beschleunigtem Wege nach fünf Jahren zum ersten Einsatz. Der genetische Schalter wird durch eine Beigabe in Hormonpflaster initiiert, daher zunächst nur eine begrenzte Reichweite. Erste Feldversuche führen zu Missbildungen bei Neugeborenen.

Durch einen Whistleblower wird der Plan bekannt, weltweite, heftige Ablehnung der Methode. In Folge gesellschaftlicher Vertrauensverlust in Wissenschaft und Politik. Zunahme von Verschwörungstheorien aller Art. Bei den Wahlen übernehmen revisionistische Kräfte der alten Großmächte die Regierung, die den Kurs der Klima-Allianz radikal ablehnen. 2039 Putschversuch. Wird abgewehrt, dennoch Schwächung der Klima-Allianz. Die Nationalstaaten übernehmen Kontrolle über Militär und Polizei. Die Klimagesetze der Allianz sind nicht mehr durchsetzbar.

4) Fazit:

Die Task-Force hält fest: Es wurde keine Idee gefunden, die effektiv, weltweit und dauerhaft gegen die menschliche Irrationalität einsetzbar wäre. In der folgenden Abstimmung wird die sofortige Auflösung des Gremiums jedoch abgelehnt. Grund ist ein Antrag des Vorsitzenden

Hans-Oliver Frey hinsichtlich der Prüfung experimenteller Techniken aus dem Bereich der Parasitologie.

Es wird einstimmig beschlossen, den Verfasser des vorgelegten Papiers, einen Wissenschaftler namens Dr. Charles Elani, zur nächsten Sitzung einzuladen.

Neuntes Kapitel

Trugbilder

Man sieht die Welt so, wie man sich fühlt. Das gilt im Leben, es gilt auf Reisen.

Pierpaoli hätte jedenfalls beim besten Willen nicht sagen können, was an Tahiti so schön sein sollte, so angeblich wildromantisch oder tropisch-verführerisch. Er schaute nicht auf das glitzernde Meer, ignorierte die Oleanderbüsche, den Jasmin, die schlankstämmigen Kokospalmen; er sah nur Scheußlichkeiten. Die schmuddelige Ankunftshalle, die verstopften Klos, aus denen es infernalisch nach Ammoniak und Fäkalien stank, den mürrischen Beamten an der Passkontrolle, der sich im Schneckentempo bewegte. Und draußen vor der Arrival-Halle den Fahrer mit Stoppelbart, der ein Schild hochhielt, auf dem krakelig »Mister Pirpauli« geschrieben stand.

Pierpaoli folgte dem Stoppelbärtigen zu dessen Wagen. Das Gefährt stand am äußersten Ende des riesigen Parkplatzes. Der Fußweg war labyrinthisch, man musste mehrere ausgeweidete Wracks umrunden. Der Mann war breit wie ein Wandschrank, machte aber keine Anstalten, Pierpaoli zwischendurch die Tasche abzunehmen.

Es war früher Nachmittag und sehr heiß, die Luft flimmerte. Pierpaoli war schweißgebadet, als sie endlich in dem verdreckten Auto saßen und losfuhren. Das Gras war braun, der Straßenbelag an vielen Stellen aufgeplatzt.

Pierpaoli starrte aus dem Fenster, aber ohne jedes Interesse. Er hatte wieder nicht schlafen können, und er durfte gar nicht daran denken, was ihm in letzter Zeit alles misslungen war – der verschwundene Oktopus, die gestohlenen Eier, die Pressekonferenz, auf der er zum Idioten gemacht worden war, seine Freundin, die plötzlich abgetaucht war und die er hier, am anderen Ende der Welt, aus der Gefangenschaft herausholen sollte, indem er wichtigtuerisch mit seinem Kapstadt-Ausweis wedelte, was ihm eigentlich peinlich war. Während er in Wahrheit einen gefährlichen Mann namens Dr. Charles Elani finden musste – nur wo und wie?

Der Wagen setzte zu schnell über eine Bodenwelle, Pierpaoli, der auf der Rückbank saß, stieß mit dem Kopf gegen das Wagendach. Er machte dem Fahrer ein Zeichen, langsamer zu fahren, der Mann kratzte sich an der Brust und gab ein Grunzen von sich.

Pierpaoli wünschte, es wäre alles schon überstanden. Er wünschte sich nach Kapstadt zurück, an seinen Schreibtisch, wo er seine Arbeit erledigte, abends würde er sich ein, zwei Stündchen seinen Tomaten widmen und danach mit Ariadna in der kleinen Küche Spaghetti essen und ein Glas Wein trinken. Mehr verlangte er nicht vom Leben. Hundert Jahre früher geboren, und Pierpaoli hätte, von seiner Mentalität her, einen guten Briefmarkensammler abgegeben. Er war der Typ dazu. Inzwischen gab es kaum noch Briefmarken, niemand schrieb Briefe.

Ganz bestimmt aber wollte Pierpaoli keinen verrückten Wissenschaftler durch die halbe Welt jagen. Dafür war er auf jeden Fall *nicht* der Typ.

Hier auf Tahiti war immerhin alles organisiert, auf Anweisung seiner Chefin Gillespie, der Hinflug für ihn, zwei Rückflüge für ihn und Ariadna, die Ansprechpartner auf Tahiti, eine einfache Wohnung für die Dauer des Aufenthaltes, in seinem Büro wusste man, er mochte keine Hotels. Die Rückflüge gingen in drei Tagen.

Eigentlich sollte er seiner Chefin dankbar sein, dachte Pierpaoli, es war ja rührend, wie sie sich um Ariadna und Pierpaoli sorgte und Hebel in Bewegung gesetzt hatte, bis an die Grenze des Erlaubten. Andererseits passte diese Fürsorglichkeit nicht zu ihr, normalerweise ignorierte sie die privaten Nöte ihrer Leute.

Sie waren jetzt in die *Avenue du Prince Hinoi* eingebogen und standen prompt im Stau. Direkt vor ihnen ein Lieferwagen mit Hühnerkäfigen auf der Ladefläche, hinter ihnen ein Reisebus. Sie waren eingekeilt. Nur die Mopeds und die dreirädrigen Tuk-Tuks konnten sich noch bewegen, indem sie jede Lücke nutzten, auf das Trottoir auswichen und schimpfende Fußgänger an die Häuserwand drückten. Pierpaolis Fahrer murmelte und grunzte unentwegt vor sich hin. Pierpaoli schloss die Augen.

Er hatte viel Zeit gehabt zum Nachdenken. Zwei Dinge gab es, die er hier erledigen musste. Er musste erstens die Sache mit Ariadna klären. Nicht nur ihre Ausreise. Sondern vor allem ihrer beider Verhältnis. Ihm kam ein Satz Ariadnas in den Sinn – sie hatte noch im Flugzeug nach Deutschland gesagt, sie wolle ihr Leben ändern. Er hatte das nicht ernst genommen. War ihr Verschwinden der Auftakt zu diesem neuen Leben? Verstand er diese Frau einfach nicht, oder verstand er Frauen grundsätzlich nicht?

Konnte er sich ändern? Wenn er ehrlich mit sich war – dann lautete die Antwort darauf nein. Er ging jetzt auf die fünfzig zu. Er war der Mensch, der er war. Und sie ebenso.

Das älteste Problem aller Zeiten. Seit Adam und Eva. Hier ein Mann, dort eine Frau. Sie sind unterschiedlich, sie zum Beispiel will den Apfel kosten, ihm ist das eigentlich nicht recht. Aber irgendwie müssen sie eine Lösung finden. Das kann gelingen – oder nicht. Bei Adam und Eva, damals im Paradies, war es bekanntlich nicht so toll gelaufen. Sie mussten ausziehen, Gott war der Vermieter und warf sie raus, sie mussten neu anfangen, unter sehr viel schlechteren Bedingungen. Wie also konnte es klappen, dass man miteinander glücklich wird, dass man zumindest gut auskommt, was möglicherweise die Grundlage war für Glück? Das ging wohl nur, hatte Pierpaoli sich überlegt, wenn beider Einstellungen zueinander passten. War das so bei ihnen? Ein schrecklicher Gedanke war Pierpaoli gekommen. Es war theoretisch möglich, dass man einen Menschen zwar liebt, aber nicht mit ihm leben kann. Diese Möglichkeit brannte in seiner Brust wie eine Herzmuskelentzündung.

Und der Gedanke, Ariadna eines Tages aus seinem Herzen reißen zu müssen, versetzte ihn in Angst und Schrecken.

Er würde also ein *Beziehungsgespräch* führen müssen. Das war die logische Schlussfolgerung, zu der Pierpaoli gelangt war. Pierpaoli hasste solche *Beziehungsgespräche*, er kam sich dabei vor wie Bambi auf dem Eis. Aber er musste das klären. Sein Leben hing davon ab.

Dann gab es noch ein zweites Thema, das ihn zu dieser verdammten Reise auf diese verdammte Insel veranlasst hatte: Er musste eine Spur zu Elani finden, und dabei musste ihm dessen Schwester helfen, diese Talasea. Die sich nach Gillespies Informa-

325

tionen auf Tahiti aufhielt. Talasea, die eine Aktivistin war oder die Anführerin der Aktivisten oder so etwas wie ihre Gallionsfigur – Pierpaoli hatte sich natürlich ihr jüngstes Videopost angesehen, auch andere, und er hatte sich eingelesen, aber er hätte es nicht mit Bestimmtheit sagen können, welche Rolle Talasea wirklich spielte; er fand sie rätselhaft, schwer zu fassen. Ariadna konnte ihm hier offenbar weiterhelfen – dass sie ihm nie von dieser Bekanntschaft erzählt hatte, rief widerstreitende Gefühle in Pierpaoli hervor. Aber es war der einzige Weg, der ihm noch einfiel, Elani zu finden.

Pierpaoli, gnadenlos systematisch, machte sich im Kopf eine Liste: Erst Ariadnas Ausreiseproblem, dann das Beziehungsproblem, dann Talasea besuchen und sie nach Elani befragen. Mit Glück bekäme er eine Spur. In dieser Reihenfolge würde er die Probleme lösen. Und dann würde, mit noch mehr Glück, bald alles gut werden.

Er sollte sich irren.

*

Sie waren jetzt in der *Rue du Patutoa*, der Fahrer brachte den Wagen vor einem grauen Mehrfamilienhaus zum Stehen, Hausnummer sieben. Auf der Straße war niemand zu sehen. Der Hauseingang stand offen. Links davon war ein Änderungsschneider, rechts ein armenischer Rahmenmacher, beide Läden geöffnet, daneben eine Pizzeria, *La Sicilia*.

Der Fahrer stellte den Motor aus und drehte sich zu Pierpaoli um: »Hier ist Ihre Wohnung. Zweiter Stock. Sie müssen hochgehen, den Schlüssel in Empfang nehmen und quittieren. Ich warte so lange. Sie können Ihre Tasche mitnehmen und sich kurz frisch machen, wenn Sie wollen. Aber bitte nur kurz. Ich bin hier.«

»Und dann?«

Der Fahrer kratzte sich wieder, zur Abwechslung hinterm Ohr. »Dann holen wir Madame Aboville ab und fahren zu Ihrer Bekannten ins Hotel. So lauten meine Anweisungen.«

»Und dort können wir das Passproblem meiner Bekannten lösen? Sie wird dann auf freien Fuß gesetzt?«

»Weiß ich nicht.«

»Und diese Madame Aboville – ist sie eine Polizistin? Wir fahren also zur Polizeistation?«

»Nein. Madame ist keine Polizistin. Es ist ein anderer – Dienst. Sie ist dort die Chefin. Aber das muss ich Ihnen doch nicht sagen, das wissen Sie doch.«

Pierpaoli wusste es nicht, aber er fragte nicht weiter nach. Er griff seine Tasche und stieg aus.

Fünf Minuten später saß er wieder im Wagen, diesmal auf dem Vordersitz, den Schlüssel zu seiner Tahiti-Wohnung in der Tasche; zehn Minuten später hielten sie an einer Ecke vor dem Lycée Technique, wo Madame Aboville bereits auf sie wartete. Sie war mittleren Alters, hatte mittelbraunes Haar, eine braune Bluse, eine braune Handtasche und eine braune Decke über ihren Knien, denn sie saß in einem Rollstuhl.

Der Fahrer war jetzt wie verwandelt. Kein Grunzen, Kratzen, kein verdrießliches Murren, er sprang aus dem Wagen, begrüßte Madame überschwänglich, wollte sie aus dem elektrischen Rollstuhl hieven und auf den Rücksitz verfrachten, wozu er in der Lage zu sein schien, denn er hatte offenbar Bärenkräfte, den Rollstuhl würde er in den Kofferraum stecken; aber sie lehnte entschieden ab. »Es ist nur ein kurzes Stück zum Hotel, etwas frische Luft wird mir guttun. Monsieur ist ja dabei. Wir sehen uns später im Büro.« Sie entließ den Fahrer mit einem Winken aus dem Handgelenk und wandte sich Pierpaoli zu.

»Monsieur, willkommen auf Tahiti. Das Hotel, in dem Ihre Bekannte uns erwartet, ist ein Stück die Straße hinunter.« Und schon surrte sie los. Pierpaoli blieb nichts übrig, als sich ihr anzuschließen.

*

Pierpaoli hatte mit Komplikationen und bürokratischen Mühen gerechnet, er war vorbereitet, barsch aufzutreten, seinen Dienstausweis zu zücken, der ihn als Mitarbeiter der Klima-Allianz auswies; aber das war nicht nötig. Es ging sogar überaus glatt vonstatten. Das Hotel »Fatata-te-Miti« lag in einer Seitenstraße, neben einem Tätowiershop, und Madame Aboville wies die Rezeptionistin, die in einem Surf-Magazin gelesen hatte, an, unverzüglich Mademoiselle Ferrer anzurufen und herunterzubitten. Keine Minute später hörte Pierpaoli die vertrauten Schritte Ariadnas, die gern zwei Stufen auf einmal nahm – und dann war sie da. In der kleinen Lobby. Sie trug nur ein T-Shirt, Shorts und Flip-Flops.

Ihre Augen, als sie Pierpaoli erblickte, wurden so groß und rund und glänzend wie kolumbianische 500-Pesos-Münzen.

»Hallo, Ariadna«, murmelte Pierpaoli. Er machte eine scheue Bewegung. »Wie geht es dir? Ich bin gekommen, um dich abzuholen.« Und er konnte es sich nicht verkneifen, hinzuzufügen: »Du hast mich offenbar nicht erwartet. So wie du mich ansiehst. Ich bin aber kein Gespenst, Madame Aboville kann es bestätigen.«

Die Schrecksekunde verging. »Tom!« Sie flog ihm an den Hals. »Tom! Tom! *Dios mío*, wie kommst du hierher, woher wusstest du, wo ich bin, wie hast du es geschafft …« Sie hielt ihn fest umklammert.

Madame Aboville wartete einige Sekunden, dann räusperte sie sich streng.

»Mademoiselle, *pardonnez moi*, aber wenn Sie freundlicherweise Ihren werten Fuß hinhalten würden, dann können wir diese Formalität gleich erledigen. Ihren Pass, den wir eingezogen haben, kann ich Ihnen auch gleich zurückgeben. Nebst einer Aufenthaltsgenehmigung, die bis zum Datum Ihres Abflugs gilt.«

Ariadna sagte nichts. Aber sie machte ein ertapptes Gesicht, schlüpfte aus ihrem Flip-Flop und hob folgsam ihren Fuß mit der Fußfessel hoch. Madame Aboville ergriff ihn und legte ihn vor sich auf den Schoß. Ariadna stand neben dem Rollstuhl und balancierte auf einem Bein. Der Fuß war nicht ganz sauber, alle drei sahen es. Madame Aboville betrachtete ihn kühl, wie man ein kleines Tier in einem Käfig mustert. Dann hatte sie einen elektronischen Schlüssel in der Hand und löste die Fessel.

Klick. Das Ding war ab. Ariadna war frei.

Madame Aboville schaute hoch zu Pierpaoli. »Damit, hoffe ich, haben wir die Angelegenheit zu Ihrer Zufriedenheit gelöst,

Monsieur Pierpaoli? Der Ablauf, wie gewünscht. Meine Kollegin Gillespie wird zufrieden sein?« Sie drückte Ariadna zwei Papiere in die Hand, bedachte Pierpaoli mit einem taxierenden Lächeln und erlaubte sich ein rasches Zwinkern, kurz nur, aber bedeutungsvoll. Ariadna sah es. »*Au revoir, Mademoiselle, Monsieur.*« Sie betätigte einen Schalter auf ihrer Armlehne, wendete den Rollstuhl auf zwei Rädern, surrte hinaus. Und war weg.

Ariadna und Pierpaoli standen in der Lobby, etwas atemlos. Die blonde Rezeptionistin hatte einen Moment lang zugesehen, jetzt war sie wieder in ihre Surfer-Zeitschrift vertieft.

»Das war's, Tom? Ich bin frei? Einfach so?«

»Ja. Du bist frei, Ari. Aber so einfach war es nicht. Ich musste immerhin anreisen.« Pierpaoli legte doch Wert auf diese Feststellung.

»Ja. Das stimmt. Danke, Tom. Ich meine, dafür, dass du gekommen bist. Entschuldige. Ich bin noch völlig durcheinander. Ich habe hier seit Tagen gehockt, und der letzte Mensch, mit dem ich gerechnet hätte, das warst du, und dann stehst du hier plötzlich und … Entschuldige, verdammt, jetzt muss ich auch noch heulen.« Tatsächlich liefen Ariadna die Tränen über die Wangen. »Entschuldige, Tom. Das ist nur die Anspannung. Die letzten Tage – waren ein bisschen sehr aufregend.«

Tränen machten ihn hilflos. Er zog sie an sich. Strich ihr übers Haar.

Wieso waren die letzten Tage sehr aufregend?

So blieben sie eine Weile stehen. Solveig, die Rezeptionistin, gähnte vernehmlich.

Bis Ariadna sich losmachte. Sie wischte sich übers Gesicht. »Wer ist Madame Gillespie, Tom?«

»Wie bitte?« Pierpaoli war erstaunt. »Meine Chefin. In Kapstadt. Wie kommst du darauf?«

»Weil die Lady sagte, ihre Kollegin Gillespie würde zufrieden sein. Mit dem Ablauf. Dass der Ablauf wie gewünscht war. Das hat sie gesagt. Wie war das gemeint?«

»Wahrscheinlich, weil du jetzt nicht mehr festgehalten wirst, Ari.«

»Und wieso liegt deiner Chefin in Kapstadt so viel daran, dass ich freikomme? Sie kennt mich doch gar nicht. Woher weiß sie überhaupt davon?«

»Das weiß ich nicht, Ari. Sie liest ja Berichte. Vielleicht wurde es irgendwo erwähnt. Dass du meine Freundin – dass wir beide ein Paar sind, das wusste sie. Vielleicht hat sie es irgendwo erfahren. Ein Zufall, denke ich. Aber sie hat sofort reagiert. Sie wollte uns helfen. Ich meine, wir sollten dafür dankbar sein, findest du nicht?«

»Ja, vielleicht.« Ariadna war nicht überzeugt. »Vielleicht. Aber seltsam ist es schon, findest du nicht?«

»Hör zu, Ari, ob seltsam oder nicht, das spielt doch jetzt keine Rolle.«

»Nein. Ich weiß nicht. Du hast recht.«

»Deshalb dachte ich, wir gehen in die Wohnung, die ich hier gemietet habe, du ruhst dich aus, und dann, denke ich, sollten wir, dann würde ich mich gern mit dir unterhalten.«

»Ich muss mich nicht ausruhen. Ich habe mich tagelang ausgeruht. Ich würde nur gern duschen. Worüber unterhalten?«

»Worüber?«

»Ja. Worüber unterhalten? Welches Thema? Du hast doch was auf dem Herzen, du machst so ein ernstes Gesicht.«

Warum machte sie es ihm so schwer? Er setzte neu an. »Wir müssen reden, Ari. Wir haben uns einige Tage nicht gesehen, und du sagtest selbst, die Tage waren aufregend, für mich waren sie auch nicht gerade unterhaltsam – und es gibt da einige Dinge, die ich nicht verstehe, zum Beispiel, wie du an einen falschen Pass gekommen bist. Und so weiter. Also dachte ich, wir holen uns was zu essen, denn gleich unter meiner Wohnung ist ein nettes italienisches Restaurant …«

»Bitte nicht. Lass uns reden, gern, natürlich. Ich hab' mir Sorgen um dich gemacht – als ich die Berichte sah, dass der Oktopus verschwunden ist. Und man hat dir die Schuld gegeben, das ist so schrecklich ungerecht, denn was konntest du schon dafür? Aber bitte kein italienisches Essen, ich habe seit Tagen nichts als Pizza gekriegt …«

»Oh.«

»Lass uns zu einem *Roulotte* gehen. Einem Food-Truck, einem Wagen, wo man bekocht wird, mit dem, was gerade da ist. Die gibt es hier. Sie machen Auflauf aus Taro-Wurzeln oder einen Pudding aus Maniok oder Mahi-Mahi, das ist ein Fisch, oder Kochbananen mit einer exotischen Pflanzensoße, es wird dir gefallen!«

»Gut.« Pierpaoli wollte nicht streiten. »Wo finden wir so einen Food-Truck?«

»Wir gehen einfach in die Stadt und nehmen den erstbesten, der uns zusagt. Das wird lustig. Was hältst du davon?«

Der Food-Truck, der Ariadna gefiel, war ein betagter Mercedes Sprinter 308 CDI, bunt angemalt, mit Verkaufsklappe, zwei Fritteusen, zwei Kühlschränken, von denen einer nicht funktionierte. Der Wagen gehörte *Mister Popomanaseu*, so stand es in gelben, psychodelisch wackelnden Großbuchstaben unter der Seitenklappe, und das Emblem, handgepinselt und auf der Kühlerhaube und am Heck, war ein Teller mit einem lachenden Fisch darauf. Und einem zackigen Blitz darüber, was für flotten Service stehen sollte. Vor dem Wagen standen ein paar weiße Plastikstühle und ein rostiger Gartengrill.

Der Betreiber, offenbar Mister Popomanaseu, war allerdings weniger zackig. Er war ein lieber Dicker mit verschlissenem Strohhut, der verträumt im Wagen saß, vor sich eine Zeitung, *La Dépêche de Tahiti*. Er aß aus einem Tütchen Cashewnüsse und nippte an einer Schale. Ariadna übernahm die Bestellung. Der Dicke nickte und wies auf die Plastikstühle. Dann tauchte er hinter seinem Tresen ab, fischte aus den Tiefen seines Kühlschranks eine Goldmakrele hervor, stieg damit aus dem Wagen und machte sich mit Feuerholz und Anzünder an dem Grill zu schaffen. All das *très tranquillement*, sehr gemächlich.

Ariadna und Pierpaoli saßen auf Plastikstühlen und sahen dem Mann eine Weile zu. Ariadna massierte sich das Fußgelenk, der Abdruck der Fessel war noch zu sehen. Aber sie wirkte vergnügt. Pierpaoli war glücklich, sie zu sehen, wenngleich verlegen. Ihm fiel etwas ein. Er zog Ariadnas Telefon aus seiner Tasche.

»Hier, das hast du in deinem Gasthofzimmer liegen lassen. Ich dachte, ich bringe es dir mit. Es ist ausgeschaltet, aber aufgeladen.«

»Oh, danke. Das ist lieb von dir, Tom.« Sie schaltete das Telefon an und gab den Code ein. »Meine Güte.« Sie schaute auf das Display.

»Ich hab' mich allerdings gewundert, Ari. Dass du verreist ohne Telefon. Das passt gar nicht zu dir. Deshalb hab' ich mir auch Sorgen gemacht, verstehst du?«

»Tom, wie spät ist es in Bogotá?«

»Wie spät? In Kolumbien – jetzt? Früher Abend. Warum?«

»Ich muss Papa anrufen. Er hat sich Sorgen gemacht. Ich hab' hier tausend Nachrichten und Anrufe von ihm. Ich rufe ihn schnell an, okay.«

»Natürlich. Ich war ja auch beunruhigt. Und hätte gern gewusst, wo du steckst, als du so plötzlich verschwunden bist.«

Auf den kleinen Seitenhieb ging Ariadna nicht ein. Sie war aufgestanden und telefonierte ein paar Schritte abseits mit ihrem Vater.

Pierpaoli hatte Muße, Mister Popomanaseu zuzusehen, wie der in Zeitlupe, verträumt lächelnd, das Anmachholz auf den Grill legte, Stöckchen für Stöckchen arrangierte, so, als würde er ein kniffeliges Puzzle legen. Die Goldmakrele lag auf einem Teller daneben. Pierpaoli beäugte sie misstrauisch.

Ariadna riss ihn aus seinen Gedanken, sie hielt ihm das Telefon hin. »Willst du kurz mit Papa sprechen?«

Pierpaoli begrüßte Ariadnas Vater. Zu Don Alonso hatte er ein gutes Verhältnis, mehr Freund als Schwiegervater. Wobei er dessen Börsengeschäfte, das aufreibende Spiel mit *Calls* und *Puts* und Rohstoffen, Währungskäufen und Goldverkäufen nie wirklich verstanden hatte, trotz aller Bemühungen Alonsos, es dem in Finanzfragen begriffsstutzigen Freund seiner Tochter zu erklären.

Sie tauschten ein paar Höflichkeiten aus, Alonso wollte gerade auflegen, da fiel Pierpaoli etwas ein: »Ach, Don Alonso, eine Bitte – es gibt da einen Rohstoff, etwas, das aus der Purpurschnecke hergestellt wird, für die Herstellung von Medikamenten. Ich habe erfahren, dass dieser Rohstoff mysteriöserweise knapp wird

332

auf dem Markt. Mein Bekannter meinte, da müsse etwas dahinterstecken. Könnten Sie das irgendwie herausfinden? Wie? Ich? Nein, ich will nicht investieren. Nein, es ist dienstlich. Ich muss etwas herausfinden, und da brauche ich diese Information ... Ja, Purpurschnecken. Es gibt da offenbar nur wenige Fabriken auf der Welt. Ja, vielen Dank. Adios, Don Alonso.«

»Purpurschneckenstoff?« Ariadna hatte mitgehört, sie lächelte ihn an. »Willst du jetzt gemeinsam mit Papa spekulieren?« Ariadna hatte sich gesetzt.

»Nein, du kennst mich doch, Ari. Es geht um diese Angelegenheit mit dem Oktopus. Die Eier wurden gestohlen – es ist eine lange Geschichte, ich will mit dir über etwas anderes sprechen. Was mir auf der Seele liegt.«

»Auf der Seele?« Ariadnas Ton war mitfühlend. »Es tut mir so leid, was da in Deutschland passiert ist, Tom. Sie haben dir die Schuld gegeben, stimmt's?«

»Ja, ich hatte die Verantwortung. Aber ich wollte dich etwas anderes fragen, Ariadna.«

»Dann frag' doch.« Sie setzte sich zurecht, wie für eine Prüfung.

Pierpaoli nahm allen Mut zusammen. »Du hast gesagt, du willst dein Leben ändern. Das hast du damals im Flugzeug gesagt. Ich hab' das nicht gleich verstanden. Aber jetzt verstehe ich es vielleicht. Du willst bei irgendwelchen Aktivisten mitmachen, richtig? Warte, lass mich ausreden!« Ariadna hatte eine Bewegung gemacht. »Ich akzeptiere das, Ari. Ich würde dich nie einschränken. Aber du musst mir eines versprechen. Kannst du bitte solche verrückten Aktionen wie in Deutschland in Zukunft unterlassen?«

»Was meinst du?« Sie runzelte die Stirn. »Welche verrückten Aktionen?«

»Dass du einfach wegfährst. Ohne ein Wort. Dass so etwas nicht wieder vorkommt ...«

»Ich hab' dir einen Brief hinterlassen. Auf dem Kaminsims. Das hab' ich dir schon gesagt.«

»Okay, du hast mir einen Brief hingestellt. Sagst du. Er war aber nicht da – oder ich habe ihn nicht gefunden. Was sehr seltsam ist. Aber vergessen wir mal den Brief. Trotzdem – du hattest dein Telefon nicht dabei, ich konnte dich nicht erreichen, du hast mich nicht angerufen, ich wusste nicht, wo du bist, ich wusste überhaupt nichts.«

Ariadna schwieg.

»Bitte, Ari. Ich will nicht, dass du dich änderst. Aber ich kann mich auch nicht ändern. Aber wir können doch etwas Rücksicht aufeinander nehmen. Das ist alles, worum ich dich bitte. Ist das zu viel verlangt? Etwas Rücksichtnahme?«

Ariadna war jetzt ernst. »Ich will dich nicht in Sorge versetzen, Tom. Und ich will auch nicht unbedingt eine Aktivistin werden, was immer du dir darunter vorstellst. Aber die Popmusik ist nichts mehr für mich: Ich will Dinge tun, die gut sind – nützlich für die Welt, für andere Menschen. Und wenn ich eine Gelegenheit dazu habe, wenn ich merke, ich werde gebraucht, dann werde ich es auch tun. Also zwing mich nicht, dir jetzt etwas zu versprechen, was ich nicht halten kann. Das würde ich nämlich nicht ertragen.«

Sie schwiegen beide. Jetzt waren sie auf gefährlichem Terrain. Die Pause dehnte sich. Sie war jetzt so groß wie der unendliche Pazifik, der am Horizont schimmerte. Pierpaoli starrte auf den Grill.

Das kleine Feuer war wieder ausgegangen. Mister Popomanaseu kam herangetrödelt, schichtete abermals Anmachholz auf, rollte Zeitungspapier zu Kugeln und schob sie darunter, legte Hölzchen auf, schob Papier dazwischen, zündete es an, all das in einer Umständlichkeit, die Pierpaoli plötzlich ungeheuer auf die Nerven ging. Er wandte sich an den Mann.

»Entschuldigen Sie, aber dauert es noch lange mit Ihrem Fisch? Meinen Sie, wir könnten noch in diesem Jahrzehnt unsere Mahlzeit essen?«

Mister Popomanaseu reagierte nicht. Pierpaoli hatte ziemlich laut und scharf gesprochen, aber von Mister Popomanaseu kam kein Hinweis, dass er ihn gehört hätte.

»Jetzt entspann dich doch«, flüsterte Ariadna.

»Es war vollkommen klar, dass das hier ewig dauern würde. Deswegen wollte ich ja Pizza.«

»Das ist es, was ich meine, Tom. Du willst mich kontrollieren. Und das ertrage ich nicht.«

»Ich will dich nicht kontrollieren. Ich bin doch auch bereit, mich anzupassen. Ich mache doch auch Kompromisse.«

Ariadnas Züge verfinsterten sich. »Du machst Kompromisse in der Beziehung mit mir?«

Pierpaoli merkte nicht, wie dünn das Eis war. »Natürlich! Eine Beziehung lebt von Kompromissen.«

»Dann sag' ich dir jetzt etwas, Tom. Auch ich mache Kompromisse. Glaubst du, die Art, wie wir leben, so brav, jawohl, so gleichförmig und spießig, das ist mein Ideal? Ich will mit dir zusammen sein, darum lebe ich mit dir in Kapstadt, aber es ist auch nicht unbedingt das Leben, das ich mir erträume. Ich würde vielleicht viel lieber auf einem Schiff leben oder durch die Welt reisen. Also erzähl mir bitte nichts von Kompromissen!«

Das hatte sie in einem Atemzug hervorgebracht. Harte Worte waren gefallen. Auf einmal war es ihnen, als stünden sie beide an einem Abgrund. Eine Schlucht hatte sich aufgetan, und sie standen auf unterschiedlichen Seiten. Der Abgrund, der sich vor ihnen auftat, war dunkel.

Das Grillfeuer war jetzt in Gang, aber noch längst nicht zur Glut heruntergebrannt. Mister Popomanaseu schob trotzdem einen Rost über die Flammen und legte den Fisch darauf. Dann trollte er sich. Der Himmel, eben noch strahlend, hatte sich zugezogen, der Wind trieb tiefe Wolken heran. Der Fisch wurde nicht gegart, sondern verbrannte.

»Ich weiß nicht, was ich sagen soll, Ari«, flüsterte Pierpaoli. »Ich bin ratlos.«

Plötzlich überkam sie Mitleid. Sie griff nach seiner Hand. »Dann komm. Schlaf mit mir. Jetzt gleich.«

»Jetzt?«

»Ja. Du sagst doch, du hast eine Wohnung. Wir gehen dorthin, wir schlafen miteinander. Jetzt. Sofort. Lass uns Sex haben, so oft wir können. Sex für den Rest des Tages. Vielleicht ist das unser Problem. Vielleicht klärt sich dann alles.«

Pierpaoli zögerte. »Aber Ari, ich meine, natürlich, ich will ja, aber jetzt wollten wir doch reden, oder? Ich meine, ich wollte reden ...«

Sein Zögern hatte eine Sekunde zu lange gedauert. Und wenn es etwas gab, das Ariadna nicht vertrug, war es eine erotische Zurückweisung.

»Ich hab's nicht ernst gemeint, Tom.« Sie biss sich auf die Lippe. »Das war nur ein Scherz.«

Er bemerkte ihre Verletzung. »Wenn du jetzt gleich mit mir ... Ich meine, natürlich können wir in die Wohnung gehen, es ist nicht weit, und ich will natürlich, ich dachte nur, wir klären erst mal ...«

»Es war nur ein Scherz, Tom!«

Er sagte nichts.

Ariadna machte einen neuen Anlauf. »Was ich meine, Tom, ist, dass wir vielleicht mehr Zeit miteinander brauchen. Gemeinsame Zeit. Wir können unser Problem nicht wie in einer Verhandlung klären. Vielleicht sollten wir verreisen. Einfach wegfahren, mit einem Schiff.«

»Wegfahren?«

»Ja, wir segeln zur nächsten Insel, warum nicht? Ich habe eine Frau kennengelernt, die ein Segelboot hat, sie wollte demnächst aufbrechen. Sie wollte mich mitnehmen. Auf dem Boot ist genug Platz, bestimmt auch für dich. Wir verreisen, vielleicht folgen uns unsere Probleme nicht.« Sie lachte kurz auf. »Ich meine es ernst. Wir brauchen Zeit miteinander. Ich will, dass wir gemeinsame Zeit verbringen.«

Ariadnas Stimme war weich, bittend. Pierpaoli liebte sie in diesem Moment mehr als alles andere. Aber sein Pflichtbewusstsein war noch wach. Er dachte an Elani, an Asta, die gestohlenen Eier, Elanis mysteriöse Experimente. Er konnte nicht auf eine Segeltour gehen. Aber er sagte nichts.

Der Fisch roch inzwischen verbrannt. Von Mister Popomanaseu war nichts zu sehen, er hatte sich in seinen Wagen verzogen und seine Gäste, den Fisch, den Grill offenbar vergessen. Vielleicht war der Mistkerl eingeschlafen, dachte Pierpaoli. Er hatte die Nase gründlich voll von diesem Imbiss, von diesem Ort. Und jetzt fielen auch noch Regentropfen. Der Himmel war dunkelgrau. Die Tropfen fielen erst vereinzelt, dann stetiger. Das Feuer unter dem halb verbrannten, halb garen Fisch erlosch zischend.

»Gehen wir.« Pierpaoli stand auf.

»Ja. Nichts wie weg«, sagte Ariadna. »Es war keine gute Idee, tut mir leid, Tom. Und jetzt haben wir nichts gegessen.«

»Wir finden was«, sagte Pierpaoli.

Es ist vier Uhr morgens. Elani liebt diese Zeit. Um vier Uhr morgens ist alles noch Verheißung. Als würde die Welt neu erschaffen werden.

Elani ist in der Penthouse-Wohnung, die er gerade gemietet hat, in Colón, Panama. Die Wohnanlage steht im Containerhafen. Elani schaut aus dem Fenster. Der Ausblick ist grandios und geht in alle Himmelsrichtungen. Gen Norden erstreckt sich der Atlantische Ozean. Das Meer glatt wie ein Tischtuch. Die Tanker dort draußen, die träge auf die Durchfahrt durch den Panamakanal warten, sind kleine Lichtpunkte auf der Horizontlinie.

Zur anderen Seite jedoch, landeinwärts, an der Mündung des Kanals, wo sich der Containerhafen erstreckt, bietet sich ein anderes Bild, dort ist es längst nicht so friedlich. Dort schaut man auf den Hafen von Colón, und hier wird unentwegt gerackert, entladen, beladen, jeden Tag des Jahres, vierundzwanzig Stunden. Die riesigen Anlagen sind erleuchtet, zwischen den Schiffen und Containern fahren Lastwagen, Hubwagen, dazwischen sind Arbeiter zugange. In den gelben Lichtkegeln der Arbeitsscheinwerfer tanzen Insekten, schwirren die Fledermäuse. Vor allem kann Elani auf den Parkplatz schauen, den er gleichfalls gemietet hat. Dort steht auf einer Holzpalette sein Container mit dem wertvollen Inhalt.

Elani ist mit dem Verlauf der Ereignisse gar nicht so unzufrieden; der erzwungene Zwischenstopp schien erst lästig, verschafft ihm aber Zeit und eine Ausrede. Und hier in der Wohnung wird er arbeiten können. Bis eben haben sein Assistent Mutterperl und er das Gepäck in die Wohnung gebracht, etliche Kisten, eine fast vollständige Laborausrüstung. Ein paar wenige Dinge fehlen noch. Elani macht sich im Kopf eine Liste: ein großer Labortisch, Plastikplanen, Petrischalen, Eppendorf-Pipetten. Es wird sich hier auftreiben lassen. In Panama bekommt man alles.

Währenddessen hat sich Mutterperl in einen Sessel gesetzt, nach den Anstrengungen des Tages freut er sich auf seinen Schuss. Zweihundert Milligramm feinstes pharmazeutisches Morphium.

Mutterperl geht immer sehr sorgfältig vor. Er wäscht sich die Hände, packt das Besteck aus, kocht Wasser auf, lässt es abkühlen, setzt die Mischung an. Dann bindet er seinen linken Arm ab, klopft die Vene auf und setzt sich die Spritze.

Dann dieses warme, wunderbare Gefühl.

Mutterperl hat das schon unzählige Male gemacht, er ist ein routinierter Drogenabhängiger. Auch jetzt sackt er weg. Aber er röchelt, sein Atem geht keuchend.

Elani macht ein paar Schritte vom Fenster weg, er spricht zu Mutterperl: »Diesen Teil des Zimmers will ich vollständig absperren. Und zwar dreifach. Morgen besorgen Sie mir Planen, außerdem einen Labortisch, CM-6 Masken, Laborbedarf – machen Sie sich ein paar Notizen.«

Von Mutterperl kommt keine Antwort.

»Haben Sie nicht gehört?«

Keine Antwort.

Elani, jetzt doch etwas verwundert, geht zu seinem Assistenten. Der sitzt im Sessel, hat den Mund geöffnet, ein Speichelfaden hängt ihm aus dem Mundwinkel. Die Morphiumspritze ist ihm entglitten und liegt auf dem Boden.

»Was ist los mit Ihnen? He! Mutterperl!«

Elani schüttelt ihn vorsichtig, dann befühlt er die Halsschlagader: kein Puls. Mutterperl ist tot. Überdosis.

So etwas Ärgerliches! Elani steht kopfschüttelnd vor seinem toten Assistenten und kalkuliert, was das jetzt für ihn, Elani, bedeutet. Es ist zu verschmerzen. Mutterperl war sehr nützlich, aber es geht auch ohne ihn. Er wird die Leiche morgen entsorgen. Das dürfte hier im Hafen kein Problem sein. Um die Einkäufe muss er sich eben selbst kümmern.

Und dann verweilt er noch einen Moment vor dem Toten, tastet gleichsam seine Gefühlslage ab – empfindet er etwas? Zum Beispiel Mitleid, Schreck, Trauer? Nein, wenn Elani ehrlich ist, empfindet er nichts. Ist das normal? Elani ist ein wenig irritiert. Er hat mit dem Mann immerhin zuletzt viel Zeit verbracht. Trotzdem lässt dessen Tod ihn völlig kalt.

Aber vielleicht ist diese Gefühllosigkeit der Preis dafür, dass er Bedeutendes bewirken will – den Neuen Menschen erschaffen, eine Zukunft für die Menschheit. Dann ist es eben so. Elani wendet sich achselzuckend ab von dem Toten. Er geht wieder zum Fenster.

Es ist jetzt kurz nach vier Uhr morgens. Um diese Uhrzeit ist alles noch Verheißung. Nur nicht für Siegfried Mutterperl.

Ariadna aß nur widerwillig von ihrer Pizza. Denn das war es, was sie bekommen hatten, eine halbe Stunde später, als sie in Pierpaolis Wohnung waren, zwei Pizzen aus dem Restaurant *La Sicilia*, dazu eine Flasche Mineralwasser. Sie saßen an dem grau lackierten, etwas schäbigen Küchentisch der gemieteten, spärlich möblierten Wohnung und aßen – dabei waren sie eher einsilbig. Pierpaoli wagte kaum, Ariadna zu berühren; wenn er sie verstohlen ansah, kam sie ihm fast vor wie eine Fremde. Ariadna schien es ebenso zu gehen.

Endlich schob sie ihren Teller weg und fragte ihn nach den Ereignissen in Deutschland.

Und Pierpaoli erzählte. Er erzählte von Barré und Elani, von Asta, die jetzt im Gefängnis saß. Vor allem ließ er sich aus über Elani. Den Mann, der aus den Eiern des *Megaloctopus octaviae* einen Parasiten extrahieren wolle, um damit Menschen neu zu programmieren.

Ariadna hörte lange zu. »Er will die Menschen verändern? In welcher Hinsicht?«, fragte sie dann.

»Er glaubt, er könne die Menschen irgendwie besser machen. Weitsichtiger. Der perfekte Mensch. Irgendwas in der Art. Ich weiß es nicht.«

»Aber vielleicht ist es ja keine schlechte Idee.«

»Keine schlechte Idee? Ariadna, der Mann ist komplett irrsinnig. Er hat wilde Pläne, aber wenn es nur ein bisschen danebengeht – dieser manipulierte Parasit wäre für immer da, und was immer er bewirkt, anrichtet, ebenfalls. Die Menschheit wird das nie mehr los!«

»Ich habe ihn nur kurz getroffen. Mir erschien er nicht so irrsinnig.«

»Du? Du hast ihn getroffen? Wo denn? Wann?«

»In Deutschland, in dieser Pension. Er hatte sich zufällig dort eingemietet.«

»Hat er irgendwas zu dir gesagt? Wo er hinwill? Irgendeine Spur?«

Ariadna stand auf, sie stellte Teller und Besteck in die Spüle. Die Gläser ließ sie stehen. Sie drehte das warme Wasser auf und gab ein paar Spritzer Seifenschaum über die Spülbürste.

Pierpaoli setzte nach. »Hat er dir gesagt, wo er herkommt oder hinwill? Ari, das ist wichtig. Vielleicht fällt dir etwas ein, irgendwas?«

»Nein, leider nicht. Wir haben nur kurz gesprochen.« Sie sagte es leichthin. Pierpaoli hörte einen Unterton, aber er konnte ihn nicht einordnen.

Jetzt, entschied er, war der richtige Moment oder einzige Moment, Ariadna um Hilfe zu bitten; es musste irgendwann sein. Er tastete sich voran. »Schade, Ari. Es wäre nämlich hilfreich gewesen für mich. Denn ich muss diesen Mann finden. Deshalb kann ich jetzt auch nicht mit dir auf eine Segeltour gehen. Das verstehst du bestimmt. Der Mann muss gestoppt werden. Weil er gefährlich ist.«

Ariadna spülte konzentriert die Teller ab. Legte sie auf ein sauberes Geschirrtuch, das sie ausgebreitet hatte. Pierpaoli fuhr fort.

»Nur leider habe ich keine Spur, Ari. Er könnte überall sein. Jetzt gibt es allerdings eine Möglichkeit, eine Person, die mir weiterhelfen könnte. Seine Schwester. Angeblich ist sie noch hier. Du kennst sie. Talasea. Sie ist seine Schwester.«

Ariadnas volle Aufmerksamkeit galt den Gabeln, den zwei Messern.

Pierpaoli sprach weiter. »Ari, bitte. Ich weiß, dass du bei Talasea warst. Du hast einen Kontakt zu ihr. Bitte, führ mich hin zu ihr. Du siehst doch, wie wichtig es ist.«

Ariadna legte die Gabeln auf das Geschirrtuch, ganz langsam und sorgfältig. Dann wandte sie sich Pierpaoli zu. Zwischen ihren Brauen stand eine senkrechte Falte. »Wie kommst du darauf, dass ich bei Talasea war? Spionierst du mir nach?«

»Ari, darum geht es jetzt nicht. Ich hab' dir nicht nachspioniert. Meine Chefin hat es mir gesagt. Sie hat mir auch den Tipp gegeben, dich zu fragen. So arbeiten wir eben. So konnte ich dich auch nur hier rausholen. Wahrscheinlich hätten dich die Behörden sonst ewig festgehalten. Talasea ist immerhin – na ja, jedenfalls ist sie nicht ganz koscher, oder? Sie hat Kontakt zu diesen Terroristen.«

Ariadna fuhr auf. »Das sind Aktivisten! *Keine* Terroristen!«

»Gut, meinetwegen. Deine wunderbaren Freunde, die Aktivisten. Okay. Aber darauf kommt es doch auch nicht an. Sag' mir einfach, ob du mir helfen kannst?« Er korrigierte sich. »Ob du mir helfen *willst*. Bitte. Es ist wichtig, Ari. Es geht um etwas Großes. Ich muss Elani finden, er ist Talaseas Bruder. Sie muss wissen, wo er steckt, und wenn sie halb so gut ist, wie du sagst, dann wird sie mir weiterhelfen. Und du hast einen Kontakt, oder? Hilf uns, hilf meiner Behörde, hilf mir. Im Gegenzug für das Rausholen hier.«

»Im Gegenzug? Ich habe dich nicht um Hilfe gebeten, Tom. Ich wäre schon rausgekommen, aus eigener Kraft. Und gut, mal angenommen, ich hätte Talasea getroffen – dann hatte ich dafür meine Gründe. Ernsthafte Gründe! Und es gibt auch Gründe, darüber nicht zu reden.«

»Gründe! Entschuldige. Das ist sicher redlich, was du tust. Aber mein Anliegen – es ist wirklich wichtig, Ari.«

Ariadna drehte den Wasserhahn zu. Ihre Augen verdunkelten sich. Sie hielt noch zwei Messer in der Hand. »Ach ja? Du weißt nichts über meine Arbeit, aber auf jeden Fall kann sie nicht besonders bedeutend sein, allenfalls redlich, während dein Anliegen unbedingt wichtiger ist? Merkst du nicht, wie du dich aufspielst? Ich werde dir nicht sagen, warum ich hier war. Es war eine Mission mit einer gewissen Verschwiegenheit. Ich habe mein Wort gegeben.«

Sie legte die Messer auf das Geschirrtuch. Dann musterte sie Pierpaoli, als sähe sie ihn zum ersten Mal. »Ich muss mal an die frische Luft, Tom«, sagte sie leise. »Bitte, lass mich einfach in Ruhe. Und spionier mir nicht nach. Okay?« Sie wandte sich ab.

Pierpaoli schaute nach unten, auf seine Hände, die auf dem Küchentisch lagen. Die Wohnungstür wurde zugezogen, betont leise. Pierpaoli zuckte trotzdem zusammen. Er blieb noch eine Weile sitzen. Saß da an dem grau lackierten, etwas schäbigen Küchentisch, in einer fremden Küche, in einer für ein paar Tage gemieteten Wohnung. Die Tropfen schlugen an das Fenster. Das war das einzige Geräusch.

Ari, es regnet doch, dachte er. *Komm zurück.*

Er sprach es aber nicht aus, es hätte ihn ohnehin niemand hören können.

Pierpaoli war eine Weile sitzen geblieben in der schäbigen Wohnung in der *Rue du Patutoa,* an dem schäbigen Küchentisch. Er war sitzen geblieben, bis es draußen zu dämmern begann, und irgendwann hielt er es nicht mehr aus. Ariadna war nicht gekommen. Er musste weg hier. Raus. Er hatte das Gefühl, hier keine Luft zu bekommen.

Die Einsamkeit war wie eine Kälte, die sich in ihm ausbreitete. Es drängte ihn, etwas zu tun, was er sonst nicht tat, in irgendeine schmutzige Kneipe gehen, wo er in einer Ecke hocken konnte, ein paar Drinks kippen, sich in Selbstmitleid wälzen, ja, sich betrinken, warum nicht? Das wäre ein angemessen widerwärtiger Ausklang für einen widerwärtigen Tag.

Er nahm den Schlüssel, er zog sich ein frisches Hemd an, steckte Geld ein und verließ die Wohnung, fast fluchtartig.

*

Eine Bar oder Kneipe zu finden, die geöffnet war, erwies sich als komplizierter denn gedacht. Die Atmosphäre in den luxuriösen Hotels schreckte Pierpaoli ab, er kam sich beobachtet und präsentiert vor, und die kleinen Restaurants oder Hotels hatten entweder keine Bar oder waren geschlossen. Lebensmittelläden gab es. Pierpaoli war versucht, sich in einer *Épicerie* eine Flasche Wodka oder Wermut zu kaufen und sich damit auf eine Parkbank zu setzen. Es hatte aufgehört zu regnen. Aber auf einer Parkbank Schnaps trinken – das kam ihm dann doch zu trist vor. So lief er ziellos durch Papeete, wanderte die Straßen auf und ab, in einer gefährlichen Laune, jener fatalen Stimmung, in der man Fehler begeht.

Unter einem breitkronigen Brotfruchtbaum etwas abseits der *Avenue Clemenceau* traf er sie dann, die drei Männer.

Es war in einer engen Wohnstraße. Die Häuser standen hoch; quer über die Straße, von Balkon zu Balkon, waren Schnüre gespannt, mit einer Winde auf den jeweiligen Balkonen, an den

Schnüren hing Wäsche, T-Shirts in grellen Farben, sackartige, ausgebeulte Unterhosen.

Die drei Männer saßen vor einem Hauseingang, auf Klappstühlen, die sie auf den Bürgersteig gestellt hatten. Die Stühle standen um einen kleinen wackeligen Campingtisch herum, die Männer unterhielten sich leise. Ein Ventilator lief. Auf dem Tisch lagen Spielkarten, Brot, Käse, eine aufgeschnittene Ananas, um die Fliegen summten, *Vailima*-Bierdosen standen dort, daneben eine Plastikflasche mit einem braunen Getränk.

Pierpaoli wollte sich nicht durch dieses enge Stillleben hindurchdrängeln, also schlug er einen kleinen Bogen und wich auf die Straße aus, nur zwei Schritte. Im selben Moment: grelles Hupen!

Direkt hinter ihm!

Im letzten Augenblick konnte er zurückspringen, haarscharf – ein Gemüsewagen, dessen Nahen er nicht gehört hatte, rumpelte vorbei, hätte ihn beinahe überfahren, der Außenspiegel streifte Pierpaoli noch an der Schulter, er spürte den Luftzug, der Fahrer schnitt eine wilde Grimasse und schüttelte die Faust. Der Wagen donnerte die Straße entlang, verschwand um die Ecke und hinterließ eine bläuliche Auspuffwolke.

Das war knapp. Pierpaoli stand da und war einen Moment lang wie gelähmt, der Schreck kam mit Verzögerung. *Idiotisch*, dachte er. *Das hätte mir gerade noch gefehlt.* Sein Magen hob sich.

Die drei Männer hatten die Situation beobachtet. Sie musterten ihn. Der mittlere von ihnen, ein riesengroßer und fleischiger Kerl, drückte sich aus seinem Klappstuhl hoch, der bedenklich knarrte und quietschte. Er ging zu Pierpaoli. »Yo, Mann! Alles in Ordnung mit Ihnen? Sind Sie okay?«

»Ja. Nichts passiert. Alles okay. Mein Fehler.« Aber Pierpaoli machte ein paar Schritte zur Hauswand und lehnte sich dagegen. Er hatte weiche Knie.

»Sie sehen nicht okay aus, Mann. Kommen Sie her. Setzen Sie sich zu uns, beruhigen Sie sich.« Ein Klappstuhl war noch unbesetzt, der Fleischige deutete darauf, er grinste. Er trug ein schwarzes ärmelloses Shirt. Seine mächtigen Arme mit den schwellenden

Muskeln waren tätowiert und glänzten vor Schweiß, als wären sie kandiert.

»Danke«, sagte Pierpaoli. »Vielen Dank«, wiederholte er. Er merkte plötzlich, wie müde er war. »Vielleicht sollte ich mich tatsächlich einen Moment hinsetzen.«

Der Fleischige machte eine einladende Geste. Einer der anderen beiden machte eine Dose auf und nickte Pierpaoli zu.

Fünf Minuten später hatte Pierpaoli die schöne Erfahrung gemacht, schlagartig neue Freunde gefunden zu haben. Sie waren eigenartig, ihre Manieren lässig, die Verständigung holperig, das Dosenbier warm, aber Pierpaoli trank es in dem Gefühl großer Dankbarkeit. Er hatte nicht gewusst, wie sehr er sich nach Gesellschaft gesehnt hatte.

Sie waren gesprächig, seine neuen Freunde. Sie wohnten hier in der Straße, ja, immer schon, sie waren hier aufgewachsen. Abends würden sie sich zu Kartenspiel und einem Drink treffen. Der Fleischige war Maurer, zurzeit allerdings arbeitslos, bekannte er, er hieß Pongovatuavitu, kurz Pongo; er war doppelt so groß wie die anderen und so etwas wie der Wortführer. Er stellte die anderen vor. Der Schmächtige, der Pierpaoli das Dosenbier hingestellt hatte und indisch aussah, etwa im selben Alter wie Pierpaoli, sei ehemaliger Lehrer für Rechnen und Geografie, jetzt Hobby-Mathematiker, er sei ein verkapptes Genie, erklärte Pongo stolz, und habe sich darum selbst einen Namen verliehen, er hieß »1,618« – das heißt, fügte er hinzu, er hieß nicht wirklich so, wollte jedoch so genannt werden, was schließlich sein gutes Recht sei, oder? Die drei Männer sahen ihn an, erwartungsvoll, als würden sie die ernsthafte Antwort auf ein komplexes Problem erwarten.

Pierpaoli stimmte bereitwillig zu, klar, sagte er, unbedingt hätte »1,618« jedes Recht, sich seinen Namen auszusuchen. Der Schmächtige nannte auf Verlangen auch seinen richtigen Namen, der vielsilbig war und den Pierpaoli gleich wieder vergaß. Der dritte im Trio war älter als die anderen, ein dürrer Herr mit Leberflecken, blitzender Goldrandbrille und rosafarbenem Juventus-Turin-Hemd, er hieß Stevie, so stellte Pongo ihn vor. Stevie war so bleich, als hätte er die letzten Jahre in einem Schrank verbracht, er hatte eine abgeschabte Aktentasche neben sich stehen, kratzte sich immer mal herzhaft im Schritt und war, wie Pongo erzählte, ursprünglich Kellner. Aber nur im Zivilberuf sei er Kellner, in der Hauptsache sei er Dichter.

»In japanischer Tradition. Ich bin der *Poeta Laureatus* dieser Straße«, sagte Stevie mit krächzender Stimme. Deshalb auch die Aktentasche, setzte er hinzu. Darin hätte er Gedichte, Notizen. Er sei immer im Dienst.

Das waren alles in allem ziemlich viele und schräge Informationen. Pierpaoli nahm sie aber ruhig auf, mit sachlichem Interesse. Von sich gab er nur wenig preis. Er erzählte lediglich, dass er dienstlich hier sei, komplizierte Geschichte, jedenfalls sei er kein Tourist. Und müsse auch bald abreisen, leider. Das ließen seine neuen Freunde nicht gelten. Abreisen? Nicht doch! Es gäbe hier so viel zu sehen. Tahiti sei das Paradies schlechthin, wenn man den richtigen Führer hätte! Die schönsten Strände der Welt, dann das Essen aus den *Roulottes*, den fahrenden Imbisswagen, sei billig und schlechterdings köstlich. Sie übertrafen sich mit Beschreibungen. Pierpaoli sagte dazu nichts und bedankte sich für ein zweites Bier, das ihm Stevie hinstellte.

Sie hatten vielleicht eine Stunde so gesessen, als Pongo die anderen beiden bedeutungsvoll ansah und die Plastikflasche mit dem braunen Getränk aufschraubte. Stevie, der ältliche Dichter, holte aus seiner Aktentasche einige halbierte Kokosnuss-Schalen. Er stellte sie auf den Tisch. Pongo schenkte drei davon voll, schob jedem eine zu. Pierpaoli wurde nicht bedacht. Die drei hoben ihre Schalen, nickten, dann setzten sie an und leerten ihre Gefäße in einem Zug, synchron wie Zeichentrickfiguren.

Dann setzten sie ab, auch gleichzeitig.

»Was ist das denn, wenn ich fragen darf? Was trinkt ihr da?« Pierpaoli fragte freundlich, aber irgendwie fühlte er sich übergangen.

Stevie und der Mathematiker schmatzten und waren nicht ansprechbar. Es war Pongo, der antwortete. »Kava«, sagte er. »Unsere Spezialität. Bester Kava in der ganzen Südsee.«

»Aha.«

»Ein Zeremonialgetränk. Wird aus Rauschpfeffer gewonnen. Man zerkaut die Wurzeln und spuckt den Brei in einen Eimer. Wenn man genug hat, wird das Ganze durch ein Tuch gedrückt. Dann trinkt man es.«

»*Piper methysticum* heißt die Pflanze«, ergänzte Stevie, der Dichter. »Es gibt dazu ein langes Poem von mir.«

Pongo schenkte inzwischen eine zweite Lage nach. Er achtete peinlich darauf, dass die drei Schälchen gleich voll waren.

»Und der Ort, an dem man es trinkt, wird *Nakamal* genannt, in unserer Sprache. Das heißt ›Ort des Friedens‹. Wir sind also im *Nakamal*, hier an diesem Tisch. Weil man durch Kava friedliche Gefühle empfindet«, fuhr Stevie fort. Er schob die Hand unter den Tisch, um sich bedächtig im Schritt zu kratzen.

»Aha.«

»Aber das ist nicht die einzige Wirkung«, sagte Pongo und stellte die Flasche ab. Er schraubte sie sorgfältig zu.

»Nein?«

»Kava ist vor allem eine Wahrheitsdroge«, sagte Stevie mit Betonung. »Wenn du es trinkst, erkennst du Wahrheiten.«

»Ach ja? Wahrheiten? Interessant. Aber es klingt vielleicht etwas vage, oder?« Pierpaoli war das rausgerutscht, er wusste, es klang ironisch.

Den anderen war sein skeptischer Unterton nicht entgangen. Sie sahen ihn an. Bis Pongo das Wort ergriff: »Du glaubst uns nicht? Du kannst es probieren. Wenn du willst. Der Geschmack beim ersten Mal – man gewöhnt sich. Die wichtige Frage ist: Bist du bereit für die Wahrheit? Für Erkenntnis? Hast du ein Problem, brauchst du Antworten?«

»Na ja …« An Problemen hatte Pierpaoli keinen Mangel. Elani fiel ihm ein, den er finden musste, da war Ariadna, die ihn hatte sitzen lassen, schon wieder war sie weggelaufen, und er dachte an Talasea, die er treffen sollte, um sie nach ihrem Bruder zu fragen. »Ich könnte tatsächlich ein paar Antworten gebrauchen.«

»Dann bitte. Trink.« Pongo goss die vierte Schale voll. »Wir trinken gleichzeitig. Das ist wichtig. Es schafft Verbindung zwischen unserer Welt und der Welt außerhalb unserer Wahrnehmung. Denn diese andere Welt gibt es. Aber die Gemeinsamkeit schützt uns, sie stellt den Frieden her. Dieses Gefühl ist das wahre Paradies der Südsee. Bist du bereit? Kava ist Natur. Es ist nicht gefährlich. Du wirst nur Dinge sehen.«

»Was für Dinge?«

»Schwer zu sagen. Der Zauber des Kava entscheidet.«

Pierpaoli hielt seine Schale in der Hand. Was würde Ariadna wohl sagen, wenn sie ihn jetzt sehen könnte? Sie war bei solchen Gelegenheiten, wie konnte es anders sein, deutlich risikobereiter als er. Sie war die, die auf Bäume kletterte; er war derjenige, der vor Unbekanntem zurückschreckte, so waren die Rollen verteilt. Sie hatte ihn natürlich nie ausgelacht oder belächelt, aber wer wusste, was sie wirklich dachte? Vielleicht hielt sie ihn für feige? Pierpaoli schnupperte an seinem Schälchen. Es roch extrem unangenehm.

»Warum nicht?«, sagte er.

Nach drei Schalen Kava war Thomas Pierpaoli sein bisheriges Weltbild abhandengekommen und ersetzt worden durch eine völlig neue Sicht der Dinge.

Der Geschmack war tatsächlich gewöhnungsbedürftig, ein Aroma, als hätte man Kohl und alte Socken ausgekocht, möglicherweise mit Beimengung von Hustensaft und totem Nagetier.

Die Wirkung jedoch hatte bald eingesetzt und war fulminant.

Pierpaoli war jetzt plötzlich sehr wohlig und abgeklärt und philosophisch gestimmt; alles war okay, er war mit der Welt und sich im Reinen. Zorn und Traurigkeit hatten sich zurückgezogen. Es ging in seinem Kopf zwar ein bisschen bunt zu, in seiner sonst sortierten Gedankenwelt herrschte gerade eine Stimmung wie bei einem aus dem Ruder laufenden Kindergeburtstag; andererseits bestand nicht der Hauch eines Zweifels, dass seine neuen Freunde die besten und warmherzigsten Menschen auf diesem Planeten waren, und es war auch völlig okay, dass die Unterhaltung inzwischen fast versiegt war, denn sie schwiegen die meiste Zeit, schwiegen alle vier – auch Pierpaoli hatte auf Autopilot geschaltet, und wenn jemand was sagte, dann lächelte und murmelte er zustimmend, aber er konnte partout nichts mehr aufnehmen, in seinem Gehirn waren alle Speicherplätze belegt. Aber sie verstanden sich auch so; von Drogen weich und zahm, wie sie jetzt waren.

Dunkel war es inzwischen geworden. Die Luft war immer noch sehr warm. Sie hatten auch genug Licht, die meisten Fenster in der Straße waren erleuchtet. Aus einem der geöffneten Fenster drang leise Radiomusik. In einem anderen Fenster sah man eine junge Frau an einem Bügelbrett.

Pierpaoli war äußerlich ruhiggestellt, innerlich sehr aufgewühlt, er hatte selbst viele Gedanken, die er gern hätte vorbringen mögen, wenn er nur gekonnt hätte. Bedauerlicherweise hatte er inzwischen einige Schwierigkeiten mit dem Sprechen. Schade, dachte er. Zum Beispiel hätte er gern mal erwähnt, wie schön es war, dass diese Frau in der Wohnung dort drüben bügelte. Und dann diese Farben. Das Karamellbraun der Kava-Flasche, das Blau des Abendhimmels, das limonadenbunte Orange, das die Fenster erhellte – das war von solcher Reinheit, dass es ihm den Atem verschlug. Und er hätte Stevie gern ein großes Kompliment gemacht. Stevie, der Poet, hatte vorhin noch mit krächzender Stimme sein neuestes Gedicht vorgetragen, vor einer Minute oder vor Stunden war das geschehen, Pierpaoli konnte es nicht mit Bestimmtheit sagen, sein Zeitgefühl hatte sich verabschiedet. Dafür waren andere Sinne gestärkt. Er ließ das Poem nachklingen:

Der Himmel

Das Meer

Der Wind

Die Dinge sind, wie sie sind.

Oder so ähnlich. Diese Verse, befand Pierpaoli, waren ein poetischer Geniestreich. Sehr, sehr bedauerlich, dass seine Zunge am Gaumen klebte, dass er nicht die Worte fand, Stevie zu loben, aber das war nun nicht zu ändern. Die Dinge waren, wie sie waren. Es war auch völlig okay, dass seine Beine so schwer wurden. Sie waren mit einem sanften Glühen immer wärmer und massiger geworden, bis sie hineinwuchsen in den Boden, als wollten sie in der Tiefe des Erdreichs Wurzeln schlagen – ja, als wäre er selbst ein Baum, war das denn die Möglichkeit?

Am liebsten wäre er aufgesprungen, jetzt gleich, und hätte sich einen Baum gesucht und den persönlich umarmt. Aber nein, er blieb sitzen. Er ließ es sein. Es war andererseits auch zu anstrengend. Doch wenn das schon nicht ging, dann wollte er wenigstens an Ariadna denken. Denn war sie nicht ebenfalls wunderbar? Wo war sie eigentlich? Er sollte sie holen. Er musste sie seinen Freunden vorstellen. Wo war Ariadna? Sie war weggegangen. Wie traurig. Warum war sie gegangen? Die Antwort darauf war zu kompliziert, zu viel war passiert, er konnte den Gedanken einfach nicht festhalten. Aber wahrscheinlich war alles gut, saß sie inzwischen in der Wohnung und wartete auf ihn – dort würde er sie finden und um Verzeihung bitten und sofort alle Kleider von sich werfen und mit ihr schlafen und ihr von seinen Freunden erzählen. In genau dieser Reihenfolge. Oder umgekehrt.

Er wollte zu Ariadna.

»Ich muss leider los.« Er stemmte sich aus seinem Stuhl hoch. Es ging. Er brauchte nur drei Anläufe, bis er stand und sich allerdings auf dem Tisch aufstützte. »Ich muss zu Aridna.«

Die anderen schauten ihn erstaunt an. »Wirklich? Warum denn gehen? Wohin? S-schaffst du das denn?«, fragte Pongo, die Konsonanten W und S verschliff er.

»Kein Problem.« Pierpaoli gab sein Bestes bei der Artikulation. »Es geht mir bestens, Pongo. Ich …« Sein Magen hob sich, er musste einen Moment warten. »Ich danke euch unendlich. Es war ein schöner Abend. Ich war einsam, aber ihr habt mich aufgenommen. Danke. Ihr seid – einfach wunderbar.« Er hätte sie sogar umarmen mögen, aber ein Rest vom alten Pierpaoli, tief in ihm, war noch da und hielt ihn davon ab.

»Na gut, mein Freund.« Pongo, kopfschüttelnd, stöhnend, schraubte sich ebenfalls hoch zu seiner beträchtlichen Höhe.

Die anderen folgten seinem Beispiel. Jetzt standen die vier Männer voreinander, unsicher, schwankend wie Bootsmasten im Hafen. Pongo, der alle um zwei Köpfe überragte, ergriff Pierpaolis Rechte und zerquetschte sie.

Pierpaoli hatte eine schräge Eingebung, Pongo sah jetzt aus wie ein Brachiosaurus, fand Pierpaoli, und der dürre, bleiche Stevie und »1,618«, die neben ihm standen, wären dann die ersten warmblütigen Säugetierchen, die es auf Erden gab, klein, zirpend, aber selbstbewusst, denn die Dinosaurier würden aussterben, aber die Säugetiere und die Dichter und Wissenschaftler würden leben und die Macht auf dem Planeten Erde übernehmen – tragisch für die Dinosaurier, aber so war der Lauf der Zeit, denn die Dinge waren, wie sie waren, wie schon im Gedicht beschrieben.

Dann ergriff Stevie Pierpaolis Hand mit seiner dürren, braun gesprenkelten Klaue. »Die Wahrheit ist gefährlich, also pass auf dich auf, junger Freund«, sagte er, Stevies Stimme raschelte wie totes Laub.

Dann ließen sie voneinander ab, und Pierpaolis Freunde sackten wieder auf ihre Stühle. Sie winkten. Und Pierpaoli nickte und winkte zurück, ein letztes Mal. Und schritt steifbeinig seiner Wege. Er orientierte sich an der Straße. Erst mal der Straße nach.

Also nach Hause. Er sortierte sich. Zu der Wohnung. Er hatte noch eine ungefähre Vorstellung, wo die Wohnung lag. Leider war es schon so spät am Abend. Hoffentlich verlief er sich nicht. Plötzlich war er sehr müde.

Es wartete aber noch eine Überraschung auf ihn.

*

Am Ende der Straße, an der Ecke bei den Mülltonnen, saß ein kleiner weißer Hund, eine Promenadenmischung. Pierpaoli war kein besonderer Hundefreund, aber dieser hier kläffte ihn nicht an und sah ganz adrett aus – vor allem aber konnte er sprechen.

»Na, hast du gefunden, was du suchtest?«, fragte der Hund mit kindlicher Stimme. »Die Wahrheit gefunden?« Er sprach Englisch mit französischem Akzent.

Pierpaoli guckte nur kurz zu dem Tier hin, kopfschüttelnd ging er weiter. »Was soll das, Hund? Du kannst natürlich nicht wirklich sprechen«, sagte er halblaut, während er an dem Tier vorbeiging. »Dass du sitzt und mich ansiehst und mir komische Fragen stellst, das geschieht nur in meiner Einbildung.«

»Bist du sicher?«, fragte der Hund. Er war aufgestanden und lief neben ihm her.

»Natürlich. Du bist eine Vorspiegelung meines Hirns, hervorgerufen durch Drogenkonsum, durch chemische Substanzen«, erwiderte Pierpaoli mit einer gewissen Strenge. »Ein Trugbild. Mehr ist es nicht.«

»Meinetwegen. Nenn mich Trugbild. Aber darum geht es jetzt nicht. Du steckst ganz schön in der Klemme, stimmt's?«, fragte der Hund, er blieb stehen und hielt den Kopf schief, philosophenhaft.

»Du hast gut reden. Du bist ein Produkt meiner Fantasie. Also hör auf damit.« Pierpaoli blieb ebenfalls stehen.

»Du musst dich ändern, Thomas. Vertrau auf deinen Instinkt. Kannst du das? Sonst wirst du den Fall nicht lösen.«

»Geh weg, kleiner Hund. Allerdings – da wir uns schon unterhalten, du könntest mir nicht zufällig sagen, wie die Straße hieß, du weißt schon, wo die Wohnung war?«

»Natürlich. *Rue du Patutoa*. Richtung Stadtzentrum, dann in der Fußgängerzone links. Dein Telefon steckt in der Hosentasche. Die Navigation funktioniert. Aber du solltest mehr auf deine Intuition achten. Du gehst großen Gefahren entgegen. Du musst dich öffnen.«

»Ja. Vielleicht sollte ich das. Leider habe ich es eilig, Hund. Und ich bin wirklich, wirklich müde«, sagte Pierpaoli. Er setzte seinen Weg fort. Der Hund blieb zurück.

»Aber vielen Dank für die Auskunft«, fügte Pierpaoli noch hinzu, höflich selbst zu einem Trugbild.

Pierpaoli erwachte mit einem Stöhnen, einem dröhnenden Kopfschmerz und einem pelzigen Geschmack im Mund. Er versuchte sich zu orientieren. Er lag irgendwo. Und zwar nicht in einem Bett, sondern auf dem Boden, auf einer Decke. Über sich ein Laken. Wo war er, was war passiert? Er schob das Laken beiseite und versuchte sich aufzurichten. Der Schmerz hinter seinen Schläfen explodierte. Aber er erkannte seine Drei-Tage-Mietwohnung. Er war immer noch auf Tahiti.

Und da war ein Duft, verheißungsvoll. Kaffee. Und er hörte Schritte. Eine Stimme, die zu ihm drang.

»Guten Morgen, Tom. Wie geht es dir?«

Es war Ariadnas Stimme. Nicht vorwurfsvoll, sondern besorgt.

»Nicht schlecht«, log er. »Ari. Du bist es. Wie schön. Aber – wieso liege ich hier?« Er richtete sich vorsichtig auf.

Ariadna kam zu ihm. Sie hielt ein Glas Wasser, einen Becher Kaffee, stellte beides vor Pierpaoli auf den Boden. Sie musterte ihn kritisch. »Wieso du hier liegst, Tom? Ich kam her und fand dich vor der Tür. Du hattest dich auf der Treppe erbrochen. Ich hab' es weggemacht. Und dein Hemd hab' ich ausgewaschen, es hängt zum Trocknen. Und dann hast du dich vor die Wohnungstür gesetzt, hattest sogar den Schlüssel rausgeholt, hieltest ihn fest in der Hand, aber bist nicht reingegangen. Du warst wie im Koma. Ich hab' mir Sorgen gemacht. Was ist passiert?«

»Keine Ahnung.«

»Aha.«

»Ich bin wohl – abgestürzt, Ari. Ich weiß es nicht.« Irgendwo am Horizont tauchten Erinnerungen auf, Pongo, Kava, der Hund, Stevie, alles noch sehr unaufgeräumt. Pierpaoli nahm vorsichtig das Wasserglas und trank es zur Hälfte aus. Der Schmerz ließ etwas nach. »Wann war das?«

»Um Mitternacht. Du warst nicht aufzuwecken. Keine Chance. Am Ende hab' ich dich in die Wohnung geschleift, das konnte ich gerade noch. Du bist ziemlich schwer, wenn du ohnmächtig bist, Tom.«

»Oh. Tut mir leid. Und dann?«

»Nichts und dann. Das war alles. Du hast nur noch geschlafen. Bis eben. Ende der Geschichte.«

»Es tut mir leid, Ari. Dass ich dir das zugemutet habe … Ich hab' Leute getroffen, mit denen ich Kava getrunken habe, und da war ein Hund … also, es war ziemlich verrückt, Ari.«

Ariadna ging nicht darauf ein. »Ist ja gut, dass du jetzt wach bist, Tom. Denn du hast einen Termin.«

»Was für einen Termin?«

Ariadna sprach jetzt sehr kühl und ernst. »Du hast gestern gesagt, du wolltest Talasea treffen. Um nach Elani zu suchen. Gilt das noch?«

»Ja.« Er trank einen Schluck Wasser. »Natürlich. Ich muss ihn finden.«

»Gut. Ich habe ein Date für dich gemacht. Mit Talasea. Sie wird dich empfangen.« Sie schenkte ihm ein schmales Lächeln.

»Wirklich?« Pierpaoli musste das erst einmal begreifen. Er trank noch einen Schluck Wasser.

»Aber du hast gesagt, es geht nicht.«

»Es ist mir nicht leichtgefallen, Tom. Ich hatte ein Versprechen gegeben. Dass ich Stillschweigen bewahre, auch dir gegenüber. Doch du hast ja nicht lockergelassen, also bin ich über meinen Schatten gesprungen. Dafür musste ich einen langen Anlauf nehmen. Aber ich hab's ihnen erklärt. Und jetzt ist es verabredet. Sie werden dich hier also abholen und zu Talasea bringen. Wenn das immer noch dein Wunsch ist?«

»Ja, ist es. Ich weiß nicht, wie ich dir danken soll, Ari.«

»Indem du mir versprichst, dass du keinen Scheiß baust, Tom.« Sie stand vor ihm, jetzt ließ sie sich zu ihm nieder, in den Schneidersitz. Sie befühlte seine Stirn. »Okay. Kein Fieber. Geht es dir gut?«

»Einigermaßen. Dieses Kava-Zeug war – nun ja.«

»Darüber können wir später noch reden. Hör zu. Ich habe für dich gebürgt. Und ich finde Talasea großartig. Sie hat kandidiert, für den ›Rat der Sieben‹. Den Präsidialrat. Das finde ich fantastisch. Und ich will für sie arbeiten. Talasea vertraut mir, glaube ich. Ich werde sie fragen, ob ich für sie arbeiten kann. Deshalb ist es wichtig, dass diese Sache jetzt gut abläuft, verstehst du? Ich hab' mich für dich verbürgt, Tom. Sag ihr zum Beispiel nicht, dass du sie für eine Terroristin hältst. Halte Abstand. Beleidige sie nicht. Halte dich zurück.«

»Ja.«

»Sie werden dich hier abholen. Aber du musst dich an alle Anweisungen halten. Talasea ist tatsächlich ein bisschen – seltsam. Es gibt da gewisse Regeln.«

»Ich will sie nur nach ihrem Bruder fragen.«

»Dann solltest du jetzt vielleicht duschen. Denn du hast dich vollgespuckt, Tom. Und ich mache uns ein Frühstück. Beeil dich. Sie werden bald hier sein.«

»Sie?«

»Meine Kontaktleute von der F.A.P., Tom. Was dachtest du denn?«

*

Ein verbeulter Blumenwagen, er steht in einer Seitengasse der *Avenue du Prince Hinoi*. Der Wagen ist grün, alt und verschmutzt, die Aufschrift an der Wagenseite lautet »Orchidées de Polynésie«. Doch im Wageninneren befinden sich weder Orchideen noch andere Blumen, sondern vielmehr eine Anzahl elektronischer Geräte: vier Laptops zur Drohnensteuerung und ein weiterer Rechner, der mit einer Überwachungsanlage, Kameras, Bewegungsmeldern und Mikrofonen verbunden ist. Außerdem gibt es ein P40-Periskop im Wagen, mit einem fünfundzwanzigfach auflösenden Okular, der Periskop-Kopf ist getarnt als Ventilator auf dem Dach des Wagens. Heck- und Seitenfenster des Wagens sind Einwegspiegel.

Die Überwachung aus dem Blumenwagen heraus gilt einer Wohnung in der *Rue du Patutoa*, Hausnummer sieben. Dort bereitet eine junge Frau gerade ein Omelett, der Mann duscht abwechselnd heiß und kalt und versucht, seinen Kater in den Griff zu kriegen.

Im Inneren des Blumenwagens sitzt derweil an einem Laptop Juniper Gillespie, die Chefin der *Science Control* aus Kapstadt, Untergebene des gefürchteten General Cheng. Selbst während einer Überwachung trägt sie einen grauen und eleganten Hosenanzug mit schmalem Revers, eine cremefarbene Seidenbluse, schwarze Hogan-Sneaker. Gillespie hat ein Headset aufgesetzt, daran ein Kehlkopfmikrofon.

Außer ihr sind da noch drei weitere Personen, es ist ein Team aus Kapstadt, Männer, die Funkkontakt halten, am Laptop sitzen und zu Gillespies Schutz und zu ihrer Begleitung abgestellt sind. Alle Personen in dem umgebauten Blumenwagen sind bewaffnet, mit Heckler & Koch-Pistolen, Kaliber .45. Die Luft in dem Wagen ist stickig, klebrig, es riecht nach Waffenöl und Schweiß, die Temperatur ist jetzt schon, am Morgen, zu warm. Die Atmosphäre ist konzentriert.

»Ich vermute, sie kommen in der nächsten Stunde«, sagt Gillespie, während sie eine Taste gedrückt hält. »Sind die SWAT-Vans einsatzbereit?«

»Jawohl, Ma'am.« Die Antwort ist laut und deutlich.

»Gut. Wir halten Abstand, verlassen uns vor allem auf die Drohnen. Die sind wo?«

»Drei am Hauseingang, drei in der Straße.«

»Verstanden. Over and out«, sagt Gillespie.

*

Es waren Harald und Kalypso, die Pierpaoli abholten. Er hatte geduscht, etwas Omelett gefrühstückt, ein frisches Hemd angezogen. Die Kopfschmerzen waren erträglich. So erwartete er die »Kontaktleute«, die Ariadna angekündigt hatte. Sie kamen in die Wohnung, brachten eine schwarze Kapuze mit und jede Menge schlechter Laune.

Denn Harald und Kalypso hatten Bedenken angemeldet, die Aktion, Pierpaoli abzuholen und zu Talasea zu bringen, sei zu riskant, zu ungeplant, die Sicherheitsvorkehrungen seien nicht stabil; aber Talasea hatte es am Ende entschieden. Ariadnas Fürsprache hatte sie überzeugt.

Allerdings hatten die Leute von der F.A.P. einige Vorbereitungen getroffen. Vielleicht eine Vorahnung Talaseas.

Der Wagen stand vor dem Haus. Harald und Kalypso hatten ihre Anweisungen. Pierpaoli kam auf den Rücksitz. Dann wurde ihm die Kapuze übergestülpt. Er stellte ein paar Fragen, aber er bekam keine Antwort. Der Wagen fuhr an; Kalypso saß am Steuer. Sie fuhr wie eine Stuntfrau auf Crystal Meth, sie rasten am Perlenmuseum vorbei, am Tiare-Seifenmarkt, an der Kathedrale, sie donnerten über die *Pont de Motu-Uta* auf die Halbinsel, ins Industriegebiet. Kalypso fuhr auch auf der Brücke sehr schnell, sie wollte etwaige Verfolger abhängen. Aber das gelang ihr nicht.

Sechs Flugdrohnen, der Form nach Moosjungferlibellen nachempfunden, folgten ihnen in einer Höhe von etwa zehn Metern. Die Drohnen hatten eine Flügelspannweite von siebzig Millimetern, sie erreichten bei Windstille Spitzengeschwindigkeiten von etwa hundertdreißig Stundenkilometern, und dank einer Beschichtung mit Abney-Mikropartikeln konnten sie ihre Körperfarbe, Leuchtdichte, Kontraste an den jeweiligen Hintergrund anpassen. Jetzt verschmolzen sie fast vollständig mit dem Blau des Himmels. Vom Boden aus waren sie mit unbewehrtem Auge nicht auszumachen. Ihre Aufnahmen wurden simultan übertragen. Den Drohnen folgten in einem Abstand von fünf Minuten wiederum drei SWAT-Teams.

Ein gutes Stück hinter der Schiffsmotorenfabrik brachte Kalypso den Wagen zum Stehen. Hier war eine Industriebrache, von einem zerschlissenen Maschendrahtzaun umgeben. Auf den Metallpfählen steckten Knäuel von Stacheldraht. Der Sandboden war an vielen Stellen verölt und tot, nur hier und da blühte gelber Ginster zwischen den abgewrackten, teilweise ausgebrannten Traktoren. Mitten auf dem Gelände stand eine braune Wellblechhalle. Ein grünes Schiebetor. Kalypso stellte den Motor ab und stieg aus.

»Wir sind da«, sagte sie. »Du kannst rauskommen. Und du kannst die Kapuze abnehmen. Aber lass sie im Wagen.«

Pierpaoli stand neben dem Wagen, er blinzelte ins Licht.

»Dort ist es. In der Halle erwartet dich Talasea«, sagte Kalypso. »Du gehst allein rein, setzt dich auf den Stuhl. Nicht aufstehen. Wir werden in der Nähe sein.«

Sie stieg wieder ein. Harald hatte die ganze Zeit geschwiegen. Kalypso wendete, der Wagen spritzte beim Anfahren Sand auf, dann war er weg.

Pierpaoli ging zu der Lagerhalle.

Das grüne Tor war unverschlossen, es gab knirschend nach. Pierpaoli schritt in die Halle. Das Tor ließ er einen Spaltbreit offen. Die Lagerhalle war groß und hoch wie eine Kathedrale. Der Boden war aus Beton.

»Hallo? Ist da jemand?« Keine Antwort. Niemand zu sehen. Er war allein.

In der Halle war es dämmerig, das Gebäude hatte keine Fenster, nur durch die Risse und Löcher im Wellblechdach fiel Sonnenlicht ein, in den Lichtfingern tanzte Staub. Und die Strahlen beleuchteten eine bizarre Szenerie. Überall im Raum, vor allem entlang der Wände, aber auch teilweise mitten in der Halle waren Käfige aufgestapelt, es waren Käfige aller Art, kleine, mittlere, große: Aufzuchtboxen, Lege- und Transportboxen für Hühner, verschnörkelte Volieren für Papageien und Sittiche, Transportkäfige aus Kunststoff für Hunde, Käfige für Meerschweinchen, Mäuse, Frettchen, Ratten. Hunderte von Käfigen mussten das sein, schätzte Pierpaoli. Die Käfige waren alt, staubig und allesamt leer, in unordentlichen Haufen aufeinandergeschichtet. Dazwischen lagen gestapelte Schaufensterpuppen, achtlos hingelegt, kahlköpfig, mit verdrehten oder abgeschraubten Gliedmaßen und glasigem Blick, die meisten schutzlos und nackt, manche mit goldenen Bikiniteilen bekleidet. Und ein paar ausgestopfte Tiere, vor allem Raben, aber auch ein Fuchs. Auf einem ramponierten Klavier thronte ein Greifvogel mit ausgebreiteten Schwingen, dem ein Glasauge fehlte. Die meisten Präparate waren beschädigt und hatten räudige Stellen durch Befall von Pelzkäfern. Alles war von einer Schicht aus Staub und Spinnweben bedeckt.

In der Mitte der Halle, in einem freigeräumten Kreis, stand ein einsamer Stuhl – das musste der Stuhl sein, von dem Kalypso gesprochen hatte.

Pierpaoli ging hin, seine Schritte hallten auf dem Betonboden. Er stand einen Moment lang unschlüssig davor, dann setzte er sich. So lautete die Anweisung. Er würde Abstand halten. Er hatte nicht vergessen, dass Talasea offenbar infiziert war. Vielleicht war sie auch ansteckend. So hatte es Barré gesagt. Auf jeden Fall würde er gebührenden Abstand halten und schnell wieder gehen.

Er machte sich auf eine Wartezeit gefasst. Aber er sollte sich getäuscht haben.

Plötzlich stand sie im Raum, etwa zehn Schritte vor ihm. Er hatte sie nicht kommen hören, ihr Nahen nicht bemerkt, aber da war sie, wie eine Erscheinung, er erkannte sie von den Videobotschaften: Talasea, das gemmenhaft fein geschnittene Gesicht, die aufrechte Gestalt, königlich, schlank, weiß gekleidet. In der Hand hielt sie einen Trinkbecher. Pierpaoli unterdrückte seinen Impuls, aufzustehen, aber er hob die Hand zu einem unsicheren Gruß.

Talasea lächelte und nickte.

»Ein seltsamer Ort, nicht wahr?« Sie machte eine Handbewegung, die das merkwürdige Ensemble von Käfigen, Schaufensterpuppen und Tierpräparaten einschloss. »Keine Sorge übrigens«, sagte Talasea. »Sie werden sich nicht anstecken. Es wurden Vorkehrungen getroffen.«

»Natürlich. Und – vielen Dank, dass Sie dieses Treffen möglich gemacht haben.«

»Gut. Warum wollten Sie mich sehen? Sie sind von der Klima-Allianz.«

»Ja. Ich arbeite für die Abteilung *Science Control*. Und konkret – es gab in Deutschland einen Diebstahl von biologischem Material, dem ich nachgehe. Und ich glaube, dass Ihr Bruder, Dr. Charles Elani, der Täter ist. Ich muss ihn finden. Dazu brauche ich Ihre Hilfe.«

Talasea blickte ihn an. »Zuerst müsste ich wissen, ob ich Ihnen vertrauen kann.«

Pierpaoli beharrte: »Ich befürchte, Ihr Bruder ist eine Bedrohung. Möglicherweise für die ganze Welt. Also helfen Sie mir.«

Zu Talaseas Füßen stand eine Thermosflasche. Sie nahm sie und schraubte sie auf, goss sich heißen dampfenden Tee in den Becher. Sie stellte die Thermosflasche wieder ab. »Was genau hat mein Bruder denn verbrochen? Welche Beweise haben Sie gegen ihn?« Sie wirkte ehrlich interessiert.

Talasea beeindruckte Pierpaoli, wenn auch gegen seinen Willen. Er reagierte heftiger, als es sein musste. »Vor einer knappen Woche hat Ihr Bruder mich betäubt und in ein Hafenbecken geworfen. Nur durch Zufall bin ich jetzt nicht tot. Was passiert denn, wenn ich Ihnen jetzt meine Beweise zeige? Ich bin Ihnen doch hier vollkommen ausgeliefert. Und er ist Ihr Bruder. Wenn ich Ihnen jetzt irgendwelche Beweise liefere – wie soll ich wissen, dass ich nicht sofort erschossen werde, von Ihren Leuten da draußen?«

Talasea lächelte nachsichtig. »Ich sehe, Sie sind ein Risiko eingegangen. Aber trotzdem: Warum sollte ich Ihnen vertrauen?«

»Darf ich ganz direkt sein, Talasea?«

»Ich bitte darum.«

»Ich glaube, dass Sie mit Ihrem Bruder zusammenarbeiten. Irgendwer finanziert ihn. Und ich denke, das Geld kommt von Ihnen oder von der F.A.P.«

»Wenn Sie das glauben – warum sind Sie dann hergekommen?«

»Ich habe Hector de Barré getroffen. Er war übrigens sehr diskret, was Sie anging. Er hat mir viel erzählt, aber er hat Sie immer rausgehalten.«

»Ich weiß. Hector ist ein Ehrenmann.« Sie lächelte kurz.

»Genau. Er beschützt Sie. Ganz offensichtlich. Und da er, wie Sie richtig sagen, ein Ehrenmann ist, und Ihr Freund, habe ich die Hoffnung, auch Sie überzeugen zu können.«

»Wovon wollen Sie mich überzeugen?«

»Ich weiß nicht, was Sie und die F.A.P. mit diesem Parasiten vorhaben. Aber ich kann Ihnen eines sagen: Tun Sie's nicht. Sie hantieren mit einer Bio-Waffe. Und das bedeutet: Alles, was Sie in die Welt setzen, wird für immer in der Welt bleiben. Der Parasit, wenn Sie ihn einmal ausgesetzt haben, wird immer da sein. Selbst wenn Ihr Bruder meint, etwas Gutes zu bewirken – diese Dinge sind nicht kontrollierbar!«

Talasea hatte Pierpaoli genau beobachtet. »Sie wissen über mich Bescheid?«, fragte sie.

»Ja«, antwortete Pierpaoli. »Angeblich sind Sie infiziert.«

»Das bin ich«, sagte Talasea. »Und ich kann Ihnen sagen, dass die Wirkung brutal ist.« Sie war jetzt sehr ernst. »Am Anfang ist es, als ob man alles versteht. Aber dann kommt die Lähmung. Man versteht zu viel. Man sieht die Folgen. Die guten Folgen, die schlechten Folgen. Von jeder möglichen Handlung. Und man sieht, selbst die beste Entscheidung richtet in irgendeiner Form auch Schaden an. Am Ende konnte ich gar nichts mehr tun. Ich wollte nur noch sterben.«

Stille. Nach einer Weile sagte Pierpaoli: »Aber Sie leben. Denn Barré schickt Ihnen das Antidot.«

»Ja, ich habe das Antidot. Ich brauche es. Wie eine Zuckerkranke ihr Insulin braucht. Trotzdem bestimmt der Parasit mein ganzes Leben. Glauben Sie mir, ich weiß selbst, der Parasit ist unkontrollierbar. Ich habe mein ganzes Dasein darauf abgestellt, ihn nicht zu verbreiten. Dafür bringe ich große Opfer. Wissen Sie, wann ich zuletzt einen Menschen berührt habe? Das war vor mehr als drei Jahren. Bevor ich infiziert wurde. Seitdem lebe ich in vollkommener Isolation. Würde ich das denn tun, wenn ich den Parasiten über die ganze Menschheit verbreiten wollte?«

»Isolation?«, fragte Pierpaoli. »Aber Sie stehen doch jetzt vor mir …« War es eine Falle? Hatte sie ihn hergelockt, um ihn anzustecken?

Talasea reagierte, als hätte sie seine Gedanken gelesen. »Mister Pierpaoli, machen Sie sich keine Sorgen. Sie sind sicher. Und Sie werden bald verstehen, warum.« Sie setzte den Teebecher ab, blickte ihn an. »Charles ist intelligent, wahrscheinlich sogar genial. Und er hat die besten Absichten. Er träumt von einem besseren Menschen. Er will den Parasiten modifizieren, er will ihn *humanogen* umbauen, sodass der Parasit beim Menschen nur eine dosierte Hebung von Eigenschaften wie Ahnung, Voraussicht und Verantwortung bewirkt. Das ist Charles' großes Ziel. Aber er ist kein Heiliger. Er ist ein Mann, der bei all seiner Intelligenz die Gefahr unterschätzt. Er handelt, ohne die Folgen zu überblicken. Er macht genau den Fehler, vor dem er die Menschheit bewahren will.«

»Wenn er also kein Heiliger ist – ist er ein Verbrecher?«

»Für das, was er ist, gibt es keine Bezeichnung.«

Pierpaoli war jetzt angespannt. »Bitte! Sagen Sie mir einfach, wo er ist.«

»Sie sagten, er wollte Sie töten. Und er hat Sie gedemütigt. Ich würde verstehen, wenn Sie sich an ihm rächen wollten.«

»Um Rache geht es mir nicht. Ich will ihn nur verhaften lassen. Ich will, dass er ein Verfahren bekommt. Und es muss geklärt werden, was er geplant hat, woher er sein Geld bekommt. Und es muss verhindert werden, dass er diesen Parasiten ausbringt.« Pierpaoli hatte das Gefühl, Talasea fast überzeugt zu haben. Er setzte nach: »Talasea, ich stehe für seine körperliche Unversehrtheit ein. Ich gebe Ihnen mein Wort!«

Stille.

»Eigentlich glaube ich Ihnen«, sagte Talasea dann. »Aber eine Frage: Haben Sie jemandem von diesem Treffen hier erzählt? Wer weiß davon?«

»Nur Ariadna weiß davon.«

»Und niemand sonst?«

»Niemand! Wo ist Ihr Bruder? Bitte!«

»Ich fürchte, Mister Pierpaoli, Sie sollten jetzt gehen.«

Sie wies nach oben.

Unter dem rostigen Wellblechdach, hoch über den Köpfen von Talasea und Pierpaoli, flog ein Insekt, es hätte eine Libelle sein können: Und es war nicht nur eine, sondern es handelte sich um drei oder vier oder sogar sechs solcher Fluginsekten. Pierpaoli blickte nach oben, aber er sah nicht das Geringste. Dass Talasea die Drohnen bemerkte – denn um solche handelte es sich –, lag daran, dass sie sie erwartet hatte.

Und sie hatte, wie bereits erwähnt, ihre Vorkehrungen getroffen.

*

Der verbeulte Blumenwagen mit der Aufschrift »Orchidées de Polynèsie«, befindet sich im Industriegebiet, etwa drei Minuten von der Halle entfernt. Juniper Gillespie sitzt an ihrem Laptop, sie hat das Gespräch zwischen Pierpaoli und Talasea verfolgt und mitgeschnitten. Sie gibt jetzt Anweisungen. »Die Zielperson hat uns bemerkt«, sagt sie. »Sind alle Wege überwacht?«

»Ja, alles gesichert. Wir haben sie.« Eine männliche Stimme aus dem Funkgerät, klar und deutlich.

»Gut, dann Zugriff. Kein Waffeneinsatz. Außer, die F.A.P. sitzt da drin irgendwo und eröffnet den Angriff. Talasea darf in keine Kampfhandlung eingreifen, sie ist durch Betäubung auszuschalten. Wir wollen sie nur überprüfen. Verstanden?«

»Jawohl. Und der Lockvogel, Ma'am?«

»Holt ihn einfach aus der Schusslinie. Er weiß von nichts. Zugriff!«

*

Drei schwarze Vans mit verspiegelten Scheiben fahren vor, von drei Seiten. Schnalzend öffnen sich die Seitentüren. Schwarze Gestalten springen heraus, schnell, elastisch. Insgesamt sind es vierundzwanzig. Sie tragen Striker-Kampfhosen mit Knieschützern, Combat-Jacken mit auf Brust und Rücken angesetzten Kevlarplatten, klobige Handschuhe, Munitionswesten, Helme mit langer Nackenschürze. Außerdem Atemmasken mit Kehlkopfmikrofonen, die Stimme wird an einen kleinen Lautsprecher am Helm übertragen. Bewaffnet sind sie mit Kimber-Pistolen, Tasern und kurzläufigen Vorderschaft-Repetierflinten. Es sind drei Teams mit jeweils acht Kämpfern, Männer und Frauen. Zwei der Teams sind australisch, das dritte Team kommt aus Jakarta. Gillespie hat darauf geachtet, keine Polynesier dabeizuhaben.

Die schwarzen Gestalten sind rasch beim grünen Tor. Ihre Bewegungen sind geschmeidig, und sie gehen sehr präzise vor. Zwei schieben das Tor auf, zwölf Kämpfer dringen in die Halle vor, zehn sichern das Außengelände. In wenigen Augenblicken sind die Gestalten bei Pierpaoli und Talasea, ein Kämpfer greift sich den völlig überraschten Pierpaoli, umklammert ihn, zerrt ihn weg, hin zum Tor. Dort wird Pierpaoli festgehalten, zwei Männer drücken ihn mit dem Gesicht unsanft gegen den Torflügel, einen Arm auf den

Rücken gedreht. Pierpaoli kann nicht glauben, was hier passiert. Er protestiert mit erstickter Stimme, aber das kümmert keinen.

Die anderen sind bei Talasea, die meisten sichern zum Dach hin und in den Umkreis; sie wurden gebrieft, dass F.A.P.-Kämpfer im Hinterhalt liegen.

Eine Gestalt nähert sich Talasea, die Waffe gesenkt, aber entsichert. »Bitte, kommen Sie mit uns aus der Halle.« Es ist eine Männerstimme, die aus dem Helm-Lautsprecher dringt, sie klingt verzerrt. »Kommen Sie mit uns. Wir müssen Ihre Identität feststellen. Leisten Sie keinen Widerstand.«

Talasea antwortet nicht.

Der SWAT-Mann tritt noch näher; etwas irritiert ihn. Er streckt seine behandschuhte Hand aus, hin zu Talasea – und kann durch sie hindurchgreifen. Als wäre sie Luft. Die Erscheinung leuchtet etwas auf. Er spricht in sein Mikrofon: »Ma'am, hören Sie mich?«

»Sprechen Sie.« Gillespie steht vor der Halle.

»Sie können reinkommen, Ma'am. Die Halle scheint sauber. Und die Zielperson ist nicht hier, nicht physisch. Es war nur eine Lichtinstallation.«

»Was? Ich komme. Aber wiederholen Sie das.«

»Es ist eine Projektion, Ma'am. Nur Licht. Ein Hologramm oder so etwas.«

*

»Verdammt! Verdammt!« Gillespie ist aufgebracht wie selten. Sie steht vor der Talasea-Projektion, die tatsächlich verblüffend lebensecht ist – nur, wenn man direkt davorsteht, erkennt man, dass es sich um eine Projektion handelt, eine dreidimensionale Darstellung, hervorgerufen durch eine Partikelwolke, die mit RGB-Laserstrahlen ausgerichtet und beleuchtet wird. Diese Technologie erlaubt es jedem Menschen, Bild-Projektion und Stimme in Echtzeit an jeden beliebigen Ort zu senden; Voraussetzung ist lediglich die Aufnahmetechnik und ein Projektor von der Größe eines Schuhkartons. Hier befindet sich der Projektor direkt unter dem Hallendach.

Talasea sagt etwas zu Gillespie, doch Gillespie ignoriert sie – immer noch muss sie ihre Wut bezähmen über diesen Einsatz, für den sie die Verantwortung trägt und den sie mit großem Aufwand vorbereitet hat.

Einer der SWAT-Kämpfer tritt zu Gillespie: »Wir haben den Projektor lokalisiert, schauen Sie hoch, direkt über uns, der kleine Kasten. Sehen Sie?«

»Ja. Holen Sie das Ding da runter. Wir geben es an die Datenforensik weiter.«

»Jawohl, Ma'am.«

»Das wird Ihnen nicht gelingen«, sagt das Talasea-Bild zu Gillespie.

»Ich rede nicht mit Robotern oder Künstlicher Intelligenz«, sagt Gillespie barsch.

»Ich bin ein Mensch«, sagt das Talasea-Bild. Die Darstellung ist fast hundertprozentig perfekt.

»Und warum entziehen Sie sich unserer Identifizierung? Sie wissen, dass wir ein Recht auf Feststellung Ihrer Identität, auf DNA und Blutprobe haben. Und Sie sind dazu verpflichtet, uns die zu liefern, von dem Moment an, da Sie sich nun mal für die Kandidatur beworben haben.«

»Sie werden den Beweis, dass ich aus Fleisch und Blut bin, schon noch bekommen«, sagt Talasea ruhig. »Aber nicht heute. Und nicht auf diese Weise, mit Waffengewalt.«

PAMM! Kaum hat Talasea – genauer: ihre Projektion – diese Worte gesprochen, explodiert der Projektor unter dem Hallendach mit einem scharfen und trockenen Knall, Glasscherben und kleine Trümmerteile regnen herunter. Und schlagartig ist das Hologramm verschwunden, es erlischt wie ein Bildschirmbild nach einem Kurzschluss.

»Verdammt!« Gillespie presst die Zähne aufeinander, an ihrer Wange zuckt ein Muskel. »Jetzt haben wir gar nichts!«

Es wäre klug von Pierpaoli, seiner Vorgesetzten aus dem Weg zu gehen. Aber Pierpaoli ist nicht nach Klugheit zumute. Sie halten ihn nicht mehr fest, niemand kümmert sich um ihn. Die SWAT-Leute sind jetzt entspannt, sie plaudern, für sie ist es nicht das erste Mal, dass ein Einsatz kein Ergebnis bringt. Sie haben Helme und Masken abgesetzt, manche zünden eine Zigarette an und schlendern zu ihren Wagen zurück, es ist überstanden, vorbei – während es für Pierpaoli keineswegs vorbei ist.

Er hat sich jetzt vor Gillespie aufgebaut. Er reibt sich den Arm, den man ihm verdreht hat, und er ist mindestens so aufgebracht wie Gillespie – wenn nicht noch wütender.

Bebend sagt er: »Ma'am? Was sollte das? Was tun Sie hier?«

»Ich führe einen Einsatz durch«, erwidert sie kalt.

Sie mustert ihn wie ein lästiges Insekt, sie will an ihm vorbei, aber er vertritt ihr den Weg.

»Einen Einsatz?« Er zittert fast vor Wut. »Sie wollten an Talasea heran, richtig? Und ich – ich war nur der Lockvogel? Sie haben mich benutzt. Das ganze Gerede, dass Sie mir helfen wollen … Was wird hier gespielt, Ma'am? Sie wissen, dass ich Elani finden muss, warum haben Sie mir die Chance verdorben? Was sollten diese bewaffneten Männer? Ich glaube, ich habe ein Recht auf eine Antwort. Eine ehrliche Antwort!«

So hat noch kein Untergebener mit ihr gesprochen, und von Pierpaoli hätte sie es am wenigsten erwartet. Aber die SWAT-Leute beobachten aus der Entfernung die Situation. Sie will keinen zusätzlichen Aufstand. Sie senkt die Stimme: »Machen Sie hier kein Theater. Gehen Sie mir aus dem Weg. Ich habe hier einen geheimdienstlichen Auftrag ausgeführt. Und, ja, meinetwegen, Sie spielten darin eine Rolle.«

»Einen geheimdienstlichen Auftrag? Sagten Sie ›geheimdienstlich‹? Haben Sie noch einen Nebenjob als Agentin? Und welche Rolle habe ich gespielt, wenn ich fragen darf?«

Gillespie sieht ihn ruhig an. »Es ist kein Nebenjob, sondern mein Hauptjob. Und Ihrer ebenfalls. Ihre kleine Freundin ist frei, nehmen Sie sie und fliegen Sie heim.«

»Was meinen Sie damit – ebenfalls mein Hauptjob? Soweit ich mich an meinen Arbeitsvertrag erinnere, bin ich immer noch Beamter der *Science Control*.«

»Natürlich. Und die *Science Control* untersteht dem Geheimdienst. Schon seit Jahren. Finden Sie sich damit ab.«

»Was soll das heißen? Meine ganze Abteilung, meine Kollegen –
wir arbeiten für den Geheimdienst? Und wir *wissen* es nicht?«

»Ganz genau. Für Sie und ihre Kollegen ist es ohne Belang.
Zum letzten Mal: Finden Sie sich ab. Und lesen Sie auch die Ver-
schwiegenheitserklärung in Ihrem Arbeitsvertrag. Sonst ist Ihre
Karriere schneller vorbei, als Sie denken können.« Sie schiebt ihn
unsanft beiseite. Pierpaoli bleibt in der Halle stehen, allein.

Dann, aus einem plötzlichen Entschluss heraus, setzt er sich in
Bewegung, er läuft, er rennt los, er hastet zu dem schwarzen Van,
in den Gillespie gerade eingestiegen ist, sie sitzt auf dem Beifah-
rersitz.

Der Van fährt an. Pierpaoli kommt gerannt, keuchend, er ist an
der Beifahrerseite. Klopft gegen das Fenster. Gillespie, im Wagen,
verdreht die Augen. Sie macht eine ungehaltene Gebärde, winkt
ihn weg. Aber Pierpaoli läuft mit dem Wagen mit. Schlägt mit der
flachen Hand klatschend gegen die Scheibe, mit aller Kraft.

Der Van-Fahrer schaut zu Gillespie. Sie nickt. Der Fahrer hält
an.

Pierpaoli klopft und gestikuliert. Er ist rot im Gesicht. Und
hält etwas in der Hand.

Gillespie lässt das Autofenster runter. Ihre Augen sind kalt, der
Mund schmal wie ein Bleistiftstrich.

»Ma'am«, sagt Pierpaoli tonlos, atemlos, »Sie irren sich. Ich arbeite *nicht* für den Geheimdienst. Dazu hätte ich nie eingewilligt.
Sie haben mich benutzt, mir Dinge vorgespiegelt, Trugbilder, das
mag ich nicht. Das geht nicht.« Und er reicht ihr durchs Fenster
seine Flugtickets nach Hause und den Dienstausweis.

Pierpaolis Worte wischen Gillespies arroganten Ausdruck weg
wie ein Schwamm die Kreideschrift auf einer Wandtafel. »Trugbilder? Wovon reden Sie? Pierpaoli, jetzt reißen Sie sich zusammen!«

»Nein, Ma'am. Im Gegenteil. Ich kündige hiermit. Fristlos.«

In einer Ecke der Industriehalle, unter dem Dach, hängt eine
Mikrokamera, installiert von den F.A.P.-Leuten. Die Kamera
nimmt alles auf.

*

Harald sitzt in einem Wagen, der unweit der Halle in einer Seitenstraße geparkt ist, er hat einen Laptop aufgeklappt auf seinem Schoß. Er verfolgt die übertragenen Bilder: Gillespie und Pierpaoli stehen da, streiten, dann fährt Gillespies schwarzer Van davon, Pierpaoli bleibt zurück.

Harald spricht in sein Telefon. »Er ist außer sich. Er hat gekündigt. Ich glaube, er wusste wirklich nicht, dass die ihn verfolgt haben. Er war wirklich nur der Lockvogel.«

»Er hat also nicht gelogen«, sagt die Stimme von Talasea.

In der Mietwohnung in der *Rue du Patutoa* erwarteten Pierpaoli, als er dort in einem Zustand der Erschütterung, Ratlosigkeit und Arbeitslosigkeit ankam, zwei weitere Überraschungen. Eine davon war eine Überraschung, die ihm Angst machte. Und die zweite Überraschung war eine, die ihm durchs Herz schnitt.

Ariadna und Kalypso waren beide in der Wohnung, als Pierpaoli eintrat. Kalypso hatte es sich auf dem schäbigen Sofa im Wohnzimmer bequem gemacht, ihre Füße in den schweren Stiefeln lagen auf dem Couchtisch. Ariadna stand kerzengerade im Raum, ihre kleine Tasche hatte sie neben sich abgestellt. Ariadna war sehr blass. Ihre Augen waren verquollen und gerötet. Sie hatte geweint. In ihrem Gesicht war ein Ausdruck, den Pierpaoli nicht deuten konnte.

Pierpaoli blieb stehen. Er fühlte sich schwach, beschmutzt und elend nach dem Vorgefallenen, am liebsten hätte er sich verkrochen, doch es gab kein Entrinnen.

Ariadna ließ ihm keine Zeit: »Ich muss dir etwas sagen, Tom. Es bricht mir das Herz, aber es muss sein. Ich halte es nicht aus. Ich habe dir dein Treffen verschafft, um dir zu helfen. Ich habe dich jedoch gebeten, dass alles gut abläuft, ohne Hinterhalt und Spielchen. Ich habe dir gesagt, wie wichtig das für mich ist. Und du hast alles kaputt gemacht, Tom. Mein Vertrauen gebrochen, Talaseas Vertrauen, das meiner Kontaktleute. Das alles war also ein abgekartetes Spiel. Du arbeitest für den Geheimdienst, Tom. Eine größere Enttäuschung konntest du mir nicht bereiten.«

»Verräter«, murmelte Kalypso vom Sofa aus. Sie betrachtete ihre Stiefelspitzen.

»Aber Ari, Ari, Ari, ich wusste doch gar nichts von diesem Überfall. Ich hatte keine Ahnung, dass ich für den Geheimdienst arbeiten soll!«

»Du wusstest nicht, dass du für den Geheimdienst arbeitest, weil das zu geheim war? Tom. Bitte. Du hast mich belogen – wie lange schon? Hast du mich die ganze Zeit bespitzelt? Keine Lügen mehr, bitte, Tom! Die Zeit der Lügen ist vorbei. Ich verlasse dich.«

»Was?«

»Ich kann nicht mit dir zusammen sein. Es geht nicht, ich kann nicht und will nicht. Lass mich vorbei.«

Sie nahm ihre Tasche, ging auf ihn zu, schob ihn von der Tür weg. Ein letzter kühler Augenaufschlag, fast erstaunt, als blicke sie in den Sarg ihrer toten Liebe, dann war sie aus der Wohnung. Die Tür fiel mit sachtem Klicken ins Schloss.

Pierpaoli stand wie erstarrt.

»So geht's Verrätern«, sagte Kalypso noch einmal. Sie nahm die Füße vom Tisch und setzte sich aufrecht hin.

»Was?« In Pierpaoli brandete Wut auf, eine rote, heiße Welle. »Ich hatte nichts damit zu tun, verdammt, und wenn Sie mir nicht glauben wollen, dann ist es mir auch egal. Verschwinden Sie! Raus!«

Kalypso holte mit langsamen Bewegungen eine Pistole hervor; es war dieselbe Waffe, die sie schon in Kappeln gezückt hatte. Sie legte sie langsam vor sich auf den Couchtisch. »Wissen Sie, was wir normalerweise mit Verrätern machen?« Kurzer Blick auf die Pistole, fast liebevoll, dann schielte sie zu Pierpaoli.

»Wollen Sie mich jetzt erschießen?« Pierpaoli verspürte nur Zorn, siedende Wut. »Schießen oder verschwinden Sie!«

Kalypso sah ihn an, sie spitzte die Lippen. »Keine Aufregung. Du solltest deine Kräfte schonen. Denn ich würde dich zwar am liebsten abknallen, weil ich überzeugt bin, dass du ein Verräter bist, aber Talasea – sie sieht das anders.« Kalypso seufzte und nahm die Pistole vom Tisch. »Und sie ist klüger als ich. Als wir alle.« Sie steckte die Waffe ein und stand auf. »Und sie will, dass wir dich auf den Weg bringen.«

»Wohin?«

»Zu ihrem Bruder. Erst zum Militärflughafen. Sie will, dass wir dich in ein Flugzeug setzen, damit du zu ihrem Bruder gelangst.«

»Zu Elani? Sie will mir also doch helfen, ihn zu finden?«

»Offenbar. Ihre Instruktionen sind jedenfalls präzise.«

»Warum hat sie mir das nicht gleich gesagt? Warum dieses Versteckspiel?«

»Warum hast du eine halbe Armee mitgebracht zu dem Treffen? Komm jetzt. Wir müssen dir ein paar warme Sachen besorgen. Und Tabletten und Wasser. Du fliegst nach Panama.«

»Panama?«

»Talaseas Bruder ist in Panama. Mehr weiß sie auch nicht. Wo genau, das musst du wohl selbst herausfinden. Ich soll dich nur zum Flughafen bringen und dafür sorgen, dass du unbeschadet in deine Kiste kommst.«

»In welche Kiste?«

»Glaubst du, wir sind ein Luxus-Reisebüro? Glaubst du, wir spendieren dir ein Erste-Klasse-Ticket? Du reist wie wir alle. Du fliegst im Laderaum mit.«

»Was? In was für einem Laderaum?«

»In einer Transportkiste. Und jetzt komm, Verräter. Wir müssen dir was Warmes besorgen. Meine Anweisung lautet, dass du unterwegs nicht erfrieren sollst.«

**Geheimes Papierdokument der Task-Force,
erstellt knapp 2 Jahre zuvor**

WA CONFID: MemTaskForce, Level 10 Intel.
Dat. Mar 2, 2031

**Betreff: FÜNFTES TREFFEN der Task-Force:
Gast Dr. Charles Elani**

1) Geladener Gast

Die Task-Force hat nach erfolglosem Prozess der Ideenfindung den Parasitenforscher Dr. Charles Elani eingeladen. Er trägt seine Theorie über die Verbesserung des
Menschen durch einen von ihm entdeckten und erforsch-
ten Parasiten vor. Der Parasit namens *Spheroplasma
Polynesiae* (SPP) kommt nur in sehr seltenen Arten von
Riesenoktopoden vor. Elani konnte ihn in seiner Jugend
selbst extrahieren und in einer Nährlösung züchten.
Durch spezielle Genmanipulationen ist es Dr. Elani gelungen, SPP im Blutkreislauf des Menschen überlebensfähig
zu machen. Dr. Elani will belegen, dass der Parasit den
Charakter des Menschen positiv verändert.

2) Vortrag:

Dr. Elani beschreibt die Fallstudie einer zufällig mit SPP
infizierten Person, Tochter des Stammeshäuptlings einer
polynesischen Inselgruppe. Vor der Infektion: impulsiv,
Autoritätsprobleme, kein Interesse an Häuptlingsrolle.
Abgebrochenes Studium der Bildenden Kunst in Basel,
Schweiz. Mit Videobespielen belegt Dr. Elani detailliert,
wie das Verhalten der Person einige Wochen nach der Infektion deutlich umsichtiger und reflektierter wurde. Die

Infizierte begann Entscheidungen geduldig abzuwägen, trug umfassend Sorge, keinen anderen Menschen zu infizieren.

Sehr überzeugend wirken auf die Mitglieder der Task-Force die Auszüge aus dem Protokoll einer Versammlung der Pazifischen Nationen im Juli 2029, wo die infizierte Person als Übersetzerin engagiert war. Als die Verhandlungen zu scheitern drohten, wuchs die Infizierte über die ihr zugewiesene Rolle hinaus und erreichte ausschließlich durch Eigeninitiative, durch Einzelgespräche und Vermittlungen eine gemeinsame Lösung.

3) These:

Dr. Charles Elani stellt die These auf, dass der Parasit SPP den Menschen befähigt, komplexere Sachverhalte intuitiv zu begreifen. Anhand seines Fallbeispiel legt er nahe, dass SPP zu deutlich weitsichtigeren Entscheidungen führt. Ferner weist er auf den Umstand hin, dass der Parasit sich unbegrenzt vermehren kann. Er sieht die Möglichkeit, den Parasiten so zu verändern, dass er über die Erdatmosphäre und die Atemluft verteilt und auf die komplette Menschheit verteilt werden kann.

4) Überprüfung der These:

Dr. Elanis These wird wie die vorherigen Ansätze dem Prognose-Tool *Delphi* vorgelegt. Die Prognose fällt positiv aus, Delphi sieht die theoretische Möglichkeit, durch den Einfluss von SPP auf das menschliche Verhalten den weltweiten Temperaturanstieg auf die Zielvorgabe der Klima-Allianz zu beschränken.

5) Auftrag:

Die Task-Force erteilt Dr. Charles Elani den Auftrag zur weiteren experimentellen Erforschung und gentechnischen Optimierung des Parasiten und seiner Wirkung auf den Menschen. Das Budget für den beschleunigten Bau und Betrieb eines maximal gesicherten Speziallabors wird bewilligt.

Zehntes Kapitel

Allein

Die längste Zeit in ihrer Geschichte klammerten sich die Menschen an die Einbildung, dass ihr geliebter Heimatplanet etwas Besonderes wäre, etwas Einzigartiges. Dass die Erde zweifellos den Mittelpunkt des Universums bildete: von Göttern bewacht, von der Sonne umrundet, vom Himmelsdom überspannt, auf den zur Nacht die funkelnden Sterne gesteckt wurden. Seit Kurzem weiß man es besser, ernüchternder: Unser Planet ist allenfalls eine kleine Murmel im Weltall, in einem unbedeutenden Seitenarm im äußeren Drittel der Orion-Galaxie, und diese »unsere« Galaxie ist wahrscheinlich nur eine von zweihundert Milliarden Galaxien im Universum. Das Universum selbst ist trotz dieser vielen Galaxien über weite Strecken leer. Ein schwarzblaues Nichts bei einer Temperatur, die alles erstarren lässt, minus zweihundertsiebzig Grad.

Übrigens ist unsere geliebte Murmel, der Planet Erde, nicht mal besonders stabil und beständig, sondern sogar ziemlich anfällig. Im Inneren, schon wenige Kilometer unter der hauchdünnen Kruste, die wir Menschen so unermüdlich bebauen, beackern, vergiften, blubbert eine Masse aus Eisen, Nickel, Granit, Schwefel. Und nur die glückliche Tatsache, dass die Erde *rotiert*, sich in einem Neigungswinkel von dreiundzwanzig Grad um ihre Achse dreht, hält sie überhaupt zusammen, stabilisiert ihre Kugelgestalt. Sonst würde unser Heimatplanet in wenigen Minuten zusammensinken zu einem glühenden, zischenden Pfannkuchen.

Das also ist die Bühne, die unbeständige, höchst fragile Bühne, auf der die Protagonisten dieser Geschichte ihre Kämpfe austragen, auf der sie ihren Zielen nachjagen, Macht, Geld, Liebe. Zum Beispiel Ariadna. Oder Pierpaoli. Oder Talasea. Oder die Aktivisten der F.A.P. Oder Gillespie oder Martindale, der jetzt wieder auf freiem Fuß ist. Oder Elani, der in der Zwischenzeit seine eigenen obskuren Pläne verfolgt, nicht zu vergessen dessen mysteriöser Auftraggeber.

Wie die großen physikalischen Kräfte, die Gravitation, die Rotation, den Bestand des Planeten garantieren, so wird auch die

Welt der Menschen durch Kräfte zusammengehalten – durch soziale Kräfte und soziale Gravitation. Vor allem durch Vertrauen.

Nun ist Vertrauen leicht zu erschüttern. Vor allem, wenn die Welt aus den Fugen geraten ist, wie jetzt, im Jahr 2032, wenn alles neu definiert wird. Kein Wunder, dass die Regierung der Klima-Allianz sich so schwertut, das Vertrauen der Menschen zu gewinnen. Darum auch die Idee mit dem Präsidialrat, der gewählt werden soll – es geht um Vertrauen.

Und kein Wunder, dass viele unserer Figuren, die durch die Geschichte irren, mittlerweile an sich selbst zweifeln, an den anderen Protagonisten verzweifeln, kaum noch an ein Happy End glauben.

Werfen wir einen Blick auf sie. Wo sind sie?

Pierpaoli, um mit ihm zu beginnen, steckt jetzt gerade in einer Transportkiste aus Aluminium – er liegt verdreht, kann sich kaum rühren. Er ist zwar warm angezogen, die F.A.P.-Aktivistin Kalypso hat ihm einen Pullover und einen wattierten Mantel besorgt, trotzdem ist ihm die Kälte ins Mark gekrochen. Als liege er in Eiswasser. Die Lufttemperatur außen und in dieser Höhe beträgt etwa minus fünfzig Grad, im Frachtraum sind es knapp vier Grad über Null. Pierpaoli trägt (wenn auch sehr ungern) zwei Inkontinenz-Windeln übereinander, denn die Flugzeit beträgt zehn Stunden, und er kann die Kiste nicht verlassen, um zu urinieren. Er hat eine Zehn-Liter-Sauerstoffflasche dabei, falls es zu einem Druckabfall kommt.

Die Transportkiste steht verzurrt im Bauch einer Frachtmaschine, eines Airbus A600M, der in neuntausend Metern Höhe fliegt. Das Ziel: Panama.

Pierpaoli gibt nicht auf – er will Elani finden. Und Talasea vermutete ihren Bruder in Panama, hat sie gesagt. Wie viel weiß sie wirklich? Und kann er ihr trauen? Pierpaoli vermag es nicht zu sagen. Bis hierhin hat ihm Talasea jedenfalls geholfen, sie hat dafür gesorgt, dass er in dieses Flugzeug gesetzt wurde. Aber spätestens in Panama wird er auf sich gestellt sein.

Denkt er an Ariadna, während er verkrümmt in dieser Kiste liegt wie in einem Sarg? Er versucht, nicht an sie zu denken.

Ariadna hat es besser. Sie sitzt jetzt gerade in der glitzernden Morgensonne im milden Wind auf dem Vorderdeck der *Marguerita,* eines 45-Fuß-Segelschiffs. Sie sind auf dem Pazifik. Die *Marguerita* ist ein Einhand-Segler, das Boot gehört einer Frau, die Ariadna über die F.A.P.-Kontaktleute kennengelernt hat. Sie heißt Misako Yamamoto, eine Japanerin, gehörte früher zur F.A.P., hat sich eine Auszeit genommen.

Misako befährt die Meere schon seit vielen Jahren, ihr Schiff ist in tadellosem Zustand. Die Ausrüstung enthält GPS, Magnetkompass, Seekarten, Echolot, Handlot, Radio, Windmesser, Internet-Router, Satellitentelefon, zwei zusätzliche Wasserstoffmotoren. Die Kombüse blitzt vor Sauberkeit, es gibt eine kleine Bibliothek, und sie können an Bord sogar Filme ansehen – nur auf Liebesfilme reagiert Ariadna allzu sentimental, hält sie schlecht aus.

Sie weiß nicht, ob sie den Fehler ihres Lebens gemacht hat, als sie Pierpaoli verließ – oder ob es richtig war. Sie muss immer wieder an eine Stelle denken, die sie in einem Buch gelesen hat. *Wir Menschen sind nur elaborierter Kohlenstoff, Sternenstaub.* Wir überblicken den großen Plan nicht, falls es ihn denn gibt. So fühlt sie sich.

Manchmal spielt sie auf der Gitarre, die ihr Kalypso und Harald überreicht haben, einer *Martin Ligertwood.* Als Abschiedspräsent von Talasea. Manchmal notiert Ariadna eine Melodie, die ihr einfällt. Als Begleitung hat sie nur das leise Glucksen der Wellen am Bootsrand.

Außerdem hat Harald ihr noch einen Brief übergeben, genauer: zurückgegeben – jener Abschiedsbrief, den sie Pierpaoli in der »Pension Benzler« in Grauhöft schrieb, ein paar rasch hingeworfene Zeilen nur, in jener regnerischen Nacht in Deutschland, als Harald und Kalypso sie abholten. Harald hat ihr erzählt, dass er den Brief damals mitgenommen hätte, heimlich. Er hat ihn vom Kaminsims genommen; sie wollten einfach keine Spuren hinterlassen. Seitdem weiß Ariadna, dass ihr Tom tatsächlich keine Ahnung hatte, wo sie war. Es gab ihr einen Stich: Sie hat ihm Unrecht getan.

Sie hatte ihre Zeilen seinerzeit auf die Rückseite eines Berichtes geschrieben, der für Pierpaoli gedacht war. Der Kollege von Tom, der kleine Portugiese, hatte ihr die Seiten übergeben, er kam eigens vorbei, und sie hat es dann eingesteckt und immer wieder vergessen. Schlechtes Gewissen! Ob der Bericht wichtig ist? Es geht um irgendwas Technisches, um Filteranlagen. Ariadna wird bei der nächsten Gelegenheit den Bericht mit der Post an Tom schicken. Sobald sie an Land gehen, sobald sie ein Postamt finden.

Sie fragt sich, wie es ihm geht. Sie hat keine Nachricht von ihm. Nur Martindale hat sich gemeldet, er hat sich bei ihr nochmals bedankt.

Martindale steht unter politischem Druck. Viele seiner Freunde – vor allem die Law-and-order-Fraktion – haben sich distanziert. Anfangs herrschte noch Erleichterung ob des glücklichen Ausgangs der Entführung. Aber dann kamen Zweifel auf: Hatte Martindale nicht die Ziele verraten, für die er stand, indem er plötzlich nachgiebig wurde? Hatte es inoffizielle Absprachen gegeben, persönliche, durch die Entführung erzwungene Zusagen an die *Septième*? Ein Untersuchungsausschuss ist eingesetzt worden; Martindale ist angezählt.

Während Asta, die ehemalige Kapitänin der ehemals stolzen *Greta*, die vor der Küste Südenglands von Elani versenkt wurde, in ihrer dänischen Gefängniszelle hockt. Und dort auf ihren Prozess wartet. Die Anklage: Diebstahl, Mitschuld an den Explosionen im Hafen, Einführen von biologisch-gefährlichem Material. Ihr Sohn Wilhelm ist derweil in einem Kinderheim in Flensburg untergebracht; der arme Kerl leidet wie ein Hund und versteht die Welt nicht mehr. Die einzige Hoffnung, die Asta und ihr Sohn haben, ist ein mittlerer Beamter der Klima-Allianz, der versprochen hat, ihr zu helfen. Allerdings hat Asta von Pierpaoli nichts mehr gehört. Hat er sie vergessen? Das denkt sie in ihren trüberen Momenten, und davon gibt es viele.

Juniper Gillespie, Leiterin der *Science Control* und zugleich der Geheimdienstabteilungen Ausland und Wissenschaft, hat ebenfalls keine leichte Zeit. Der unselige Überraschungsangriff auf Tahiti war eine peinliche Panne. Sie merkt, wie ihr Chef, General Cheng, ihr weniger vertraut.

Gillespie traut inzwischen nur noch sich selbst. Im Stillen hat sie sich gefragt, ob Pierpaoli nicht doch einer wichtigen Sache auf der Spur war. Woher hatte dieser Elani seinen hohen Stellenwert, seine Unantastbarkeit? Gillespie hat angefangen, ein wenig zu graben.

Besagter Elani, Dr. Charles Elani, der Mann, der inzwischen nicht wenige Menschen unglücklich gemacht hat, während er doch die Menschheit retten will, ihm geht es sehr gut. Er hat für einen Monat eine Wohnung im Containerhafen von Panama gemietet. Es ist eine Penthouse-Wohnung eines sechsstöckigen Hauses in der *Calle Virgen de la Luz*. Seine Laborausrüstung ist aufgebaut, er kann hier ungestört arbeiten. Den Tod seines Assistenten Mutterperl hat er verschmerzt. Jetzt muss er sich selbst um einen Transport zur Isla Robinson Crusoe kümmern, das ist lästig, aber er hat es nicht eilig. Sicher – sein Auftraggeber drängelt. Aber er hält ihn hin. Elani durchschaut ihn, er weiß, was sein Auftraggeber will, warum er so unter Druck steht. Doch wie gesagt – Elani hat seine eigenen Pläne.

Seine Schwester, Talasea, hält sich gerade eine Woche vor den Vorwahlen zum Präsidialrat immer noch aus dem Wahlkampfgeschehen heraus. Ihre Haltung ist einfach: Ihr Programm ist bekannt – *Dem Planeten eine Stimme*. Alles andere sollen die Wähler selbst entscheiden. Entgegen allen Vorhersagen scheint ihr genau diese konsequente Zurückhaltung immer mehr Sympathien zu verschaffen.

Offen bleibt dabei die Frage, die schon der Geheimdienst gestellt hat: Ist Talasea überhaupt ein Mensch aus Fleisch und Blut? Oder nur ein digitaler Avatar, ein künstlich erzeugtes, von unsichtbarer Hand gesteuertes Phantom?

So viel also zum Stand der Protagonisten in dieser Erzählung, die sich tummeln auf der Bühne, die der Blaue Planet ihnen liefert – unsere Erde, die einzige Heimat, die die Menschheit je hatte und haben wird.

Dr. Charles Elani war in Panama aufgehalten worden, die Behörden hatten das Schiff beschlagnahmt. Doch er hatte sich schnell arrangiert mit dem anfangs unfreiwilligen Aufenthalt, er hatte sogar eine gewisse Routine entwickelt. Der Anruf, der ihn aus dieser Routine riss und auf die Laborinsel zurückbeorderte, kam kurz vor Mitternacht. Elani hatte noch gearbeitet.

Die Wohnung, die er gemietet hatte, lag in Colón, in dem riesigen und unübersichtlichen Containerhafen von Panama, direkt am Kanal, gelegen an dessen nördlicher Mündung. Colón war ein Industriegebiet von den Ausmaßen einer Großstadt, mit Kränen, Docks, Piers, Reparaturwerkstätten, Containerbrücken, Ladegleisen, Tiefwasserbecken, vereinzelt auch Wohnanlagen.

Elani hatte diese Penthouse-Wohnung genommen, weil er von hier aus »seinen« Container mit dem kostbaren genetischen Inhalt überwachen konnte. Der Container stand in Sichtweite auf einem gemieteten Außenparkplatz, ein Behälter mittlerer Größe, hellblau, zwanzig Kubikmeter fassend, den Großteil des Innenraums nahmen das Kühlaggregat und pH-Wert-System in Anspruch. Die rund 80 000 Eier, jedes etwas kleiner als ein Tischtennisball, ergaben ein Volumen von drei Kubikmetern. Die Eier schwammen in einer elektronisch überwachten Nährstofflösung, Fette, Aminosäuren, Salze, Wasser in exakter Mischung. Elani ging tagsüber mehrmals zur Kontrolle zu seinem Container, in der Nacht sah er mindestens einmal nach dem Rechten.

Das Haus gehörte zu einer kleinen, luxuriösen Wohnanlage, spezialisiert auf Reeder, Kapitäne, Offiziere. Vom Dach konnte Elani auch den Hafen von Cristóbal und den Manzanillo-Terminal sehen. In direkter Nachbarschaft der Wohnanlage gab es auch so etwas wie ein schmuddeliges Hafenviertel: Bars, Bordelle, Billigrestaurants, kleine Einkaufszentren, Pensionen.

Elani hatte Wert auf eine möglichst geräumige Wohnung gelegt, da er einen Teil davon als Labor nutzte. Er hatte die Fenster abgedichtet, den Zugang mit schweren Plastikplanen verhängt und sorgfältig verklebt, ein futuristischer Paravent. Er hatte einen Labortisch kommen lassen, seine DNA-Sequenzierer installiert, den Bioreaktor, ein Gemini-Raster-Elektronenmikroskop, Rechner, Zellkulturen menschlicher Nervenzellen. Er hatte Petrischalen, einen Inkubator und Eppendorf-Pipetten. Dies alles, die gesamte Ausrüstung, hatte er schon in Deutschland bei sich gehabt. Er arbeitete mit einer sogenannten *Glove-Box*, einem großen versiegelten Glaskasten, in den seitlich Handschuhe eingearbeitet waren, sodass man hineingreifen konnte, ohne den Kasten zu öffnen.

Auf Abdichtung und Schutzmaßnahmen legte Elani größten Wert. Der Vorfall mit seiner Schwester hatte ihm damals schon bewiesen, dass der Parasit in einem verdunsteten Wassertröpfchen überleben und sich über die Luft verbreiten konnte. Und er konnte im Menschen leben.

Diese Tatsache war allerdings Elanis Geheimnis, aus verschiedenen Gründen.

*

Elani arbeitet hart. Sein Ziel ist es, den Parasiten so zu modifizieren, dass er im Gehirn des Menschen zwar eine Umgestaltung vornimmt, aber behutsam, damit später keine Depression auftritt, kein Gegenmittel nötig wird. Er will die Menschen nicht in den Wahnsinn treiben, sondern wirklich nur verbessern.

Es ist eine kniffelige Arbeit: Elani muss die DNA des Parasiten umbauen. Der Parasit ist ein einzelliger Eukaryot (er hat einen Zellkern), und er ist von schwer vorstellbarer Winzigkeit – etwa acht Parasiten würden nebeneinander durch ein Menschenhaar schwimmen können. Elani bewegt sich mühelos in diesen Dimensionen. Er hat auch einen Weg gefunden, das sogenannte Mantelprotein des Parasiten zu kartografieren. Das Mantelprotein ist gleichsam dessen Tarnumhang, der ihn für die Immunabwehr, die Körperpolizei, unsichtbar macht. Das war ein wichtiger Schritt.

Aber Elanis Hauptproblem ist noch immer nicht gelöst: Wie

kann er es schaffen, dass der Parasit nicht das *gesamte* Gehirn des Menschen befällt und dort überall Chaos stiftet, Allotria treibt und für den späteren Absturz des menschlichen Probanden sorgt?

Es ist hoch komplex.

Zurzeit arbeitet er an Abschnitten der DNA, die bestimmte Proteine codieren. Hier ist man bereits im Molekularbereich. Diese DNA-Passagen muss Elani sorgsam aus der DNA herausschneiden, etwa wie man einzelne Buchseiten mit einem Skalpell aus einem dicken Buch heraustrennt. Und er muss sie durch andere, zum Verwechseln ähnliche, aber leicht umgeschriebene Buchseiten ersetzen. Als »Skalpelle« dienen ihm Enzyme.

Das alles soll das Verhalten des Parasiten im Menschen verändern.

Die Bereiche des Gehirns, die der Parasit ansteuert, sind die vielleicht interessantesten Hirnregionen. Es sind jene, die für das sogenannte *Default Mode Network* zuständig sind, das Ruhezustands-Netzwerk. Es ist ein Teil des Gehirns, der bei Tagträumen, bei Ahnungen, beim Nichtstun aktiviert wird. Das *Default Mode Network* ist gleichsam das Kreativbüro des menschlichen Hirns, beheimatet vor allem im Frontalkortex. Wenn diese Bereiche entspannt sind und trotzdem angeregt werden, wird der Proband kreativer, ahnungsvoller, klüger. Man schmiedet Pläne, man bekommt ein Gefühl für die Zukunft. Das gilt für uns alle. Doch indem nun der Parasit auf diese Hirnregionen zugreift und ihre Funktionen ankurbelt, schafft er einen Menschen mit völlig neuen Fähigkeiten.

Nur bislang war dieser Zugriff des Parasiten zu grob, zu heftig. Für den Oktopus funktionierte es, beim Menschen war es desaströs.

Elanis Ziel ist es also, den Parasiten ein klein wenig einzubremsen. Er sollte nur seine positiven Wirkungen entfalten, ohne Absturz, ohne Depressionen, ohne Antidot.

In der Praxis ist die Arbeit mühevoll. In diesem Moment ist Elani beispielsweise gereizt und angespannt, es gab einen Rückschlag. Die ersten modifizierten Parasiten, die er mühsam herangezüchtet hat, sind ihm in der *Glove-Box* gestorben – durch eine

Kontamination, durch einen Hefepilz in der Nährlösung. Er muss alles neu ansetzen.

In dieser gereizten Stimmung befindet er sich, als sein Telefon klingelt. Der Anruf kommt über eine Satellitenverbindung zustande, die durch das Switchboard eines Wettbüros in Hongkong geführt wird, ein Wettbüro, das unzählige Anrufe für Hunderennen entgegennimmt – der Anruf ist praktisch nicht zurückzuverfolgen. Elani und der Anrufer fühlen sich daher sicher, sie reden ganz offen miteinander.

Eines allerdings haben sie nicht beachtet.

Sie werden trotzdem abgehört.

Denn sie haben nicht mit der Beharrlichkeit eines Beamten – eines *ehemaligen* Beamten – der Klima-Allianz, Abteilung *Science Control*, gerechnet: Pierpaoli hatten sie nicht auf der Rechnung.

Pierpaoli, der gerade in einem ausrangierten Kran sitzt, mit einem Kopfhörer ausgestattet und zwei Feldstechern um den Hals – Pierpaoli, der Elani nicht aus den Augen lässt.

Pierpaoli hockte also in einer Höhe von zwölf Metern über dem Boden, in einer schwankenden, vom Wind gerüttelten Kabine und hörte angespannt zu. Die Kabine war das Führerhaus eines ausrangierten Krans im Containerhafen von Colón; hier saß Pierpaoli auf seinem Lauschposten und hörte über versteckte Wanzen das Telefonat mit, das Elani führte – dies war die erste Spur, der erste richtige Hinweis. Pierpaoli war erschöpft, unrasiert, Hemd und Hose waren verdreckt. Hätte man ihm vor drei Wochen prophezeit, in welche Situationen er geraten würde, was er alles würde durchmachen müssen – Pierpaoli hätte nur gelacht. Das Spiel hatte sich geändert. Die Regeln waren andere. Panama war anders.

*

Pierpaoli war am Frachtflughafen von Panama-Tocumen aus der Transportkiste befreit worden, in die ihn die F.A.P.-Kontaktleute auf Tahiti gesteckt hatten, auf Anweisung Talaseas. Zehn Stunden Flug, grausam verkrümmt; bei der Ankunft war er mehr tot als lebendig. Die erste Lektion, die er lernte, als er blinzelnd, steif und verfroren aus der Kiste kletterte: Alles kostet hier Geld. Irgendwer hielt immer die Hand auf.

Panama war korrupt, gefährlich, sehr glitzernd einerseits, sehr schäbig andererseits. Die F.A.P. konnte ihm hier nicht helfen; so weit reichte ihr Arm nicht, hier regierten die diversen halbkriminellen und kriminellen Organisationen, die das kleine Land, das den berühmten Kanal umgab, unter sich aufgeteilt hatten. Für das Öffnen der Kiste musste Pierpaoli also an einen Vertreter der Transport-Mafia zahlen, ebenso für die Entsorgung seiner Windeln, ebenso für die Benutzung einer Toilette, die der Mann ihm aufschloss und wo Pierpaoli sich notdürftig wusch, sogar für die Aushändigung einer sauberen Unterhose – in Panama war alles möglich und nichts umsonst.

Von Tocumen aus, dem Flughafen, fuhr er mit dem *Colectivo*, einem Sammeltaxi, zum Containerhafen – auch hierfür verlangte der Fahrer einen gesalzenen Preis. In Colón allerdings war Pierpaolis Fahndung ins Stocken geraten. Talasea hatte ihm nur ausrichten lassen, dass ihr Bruder höchstwahrscheinlich in Colón sei; genauer wusste sie's nicht, und eine Adresse hatte sie auch nicht.

Also war Pierpaoli – ratlos, planlos, hilflos – durch die Industrie- und Hafenstadt gestreift, kreuz und quer, auf gut Glück, er hatte nach einem bestimmten Kühlcontainer Ausschau gehalten, in einem Containerhafen mit ungefähr zweieinhalb Millionen Containern. Das war absurd. Er hatte sich hier und da unter die Leute gemischt und sich unauffällig, wie er meinte, nach einem Mann namens Elani erkundigt. Ergebnis: null.

Er hatte keine Ahnung, wo und wie er suchen sollte. Hinzu kam, dass die halbe Stadt immer mal wieder lahmgelegt war, überall standen Übertragungsbildschirme, lief Fußball. Der *Copa América* fand gerade statt, die Südamerika-Meisterschaft. Sogar im Containerhafen fuhren nach dem Schlusspfiff die Autokorsos hupend die Straßen entlang, taumelten Betrunkene aus den Kneipen, gab es Schlägereien.

Pierpaoli kam nicht weiter. In seiner Verzweiflung hatte Pierpaoli seinen Freund Horace in Kapstadt angerufen: Horace Nkunke, ehemaliger Security-Vizechef eines Ministeriums auf Island, inzwischen freiberuflicher Security-Berater mit eigener Firma. Vor Jahren waren sie aneinandergeraten; inzwischen verstanden sie sich bestens. Nkunke kannte Polizisten und Ganoven auf der ganzen Welt und in allen Grauzonen.

Wozu hat man Freunde? Damit sie helfen; aber auch, damit sie von gefährlichen Eskapaden abraten. Nkunke hatte Pierpaoli dringend gewarnt, ihn beschworen, sich nicht auf diesen Irrsinn einzulassen. Pierpaoli beharrte. Am Ende nannte Nkunke ihn einen Quartalsirren und gab ihm einen Namen und Adresse.

Die Frau hieß Yaya. Die Adresse war ein Friseursalon.

Yaya war die Inhaberin der *Peluquería La Bonita* – der Friseursalon, klein und klebrig-schäbig, war allerdings nur Tarnung. In Wahrheit befand sich hier das Zentralbüro eines Rings vielfältiger Aktivitäten, die allesamt illegal waren.

Yaya, die fast zahnlose Großmutter und Chefin des Clans, war eine kleine Frau indigenen Typs, sie mochte zwischen sechzig und achtzig sein. Mit ihren Söhnen und Töchtern, mit Schwestern und Brüdern, Nichten, Großneffen, Neffen, Enkeln, Schwägerinnen hatte sie über Jahrzehnte ein florierendes und weit verzweigtes Geschäft aufgezogen: Schmuggel, Bordelle, Entführungen, Überfälle. Ihr Revier war der Nordteil des Containerhafens. »In meinem *territorio* rammelt kein Straßenköter ohne meine Erlaubnis«, pflegte Yaya zu sagen.

Es kostete Yaya fünf Minuten, die Adresse von Elani herauszubekommen. Es kostete Pierpaoli vierhundert US-Dollar, diese Adresse von ihr ausgehändigt zu bekommen.

Yaya und ihre Leute waren ungeheuer teuer, aber auch ungeheuer effektiv.

Pierpaoli engagierte, einer plötzlichen Eingebung folgend, Yayas Organisation zur logistischen Unterstützung bei der weiteren Beschattung von Elani. Das kostete jeden Tag weitere vierhundert Dollar; auch waren Yaya und ihre Sippschaft im Umgang mehr als gewöhnungsbedürftig für Pierpaoli. Doch er gab sich Mühe, passte sich an: Typen, um die er normalerweise einen Bogen gemacht hätte, waren jetzt seine Verbündeten.

Yayas Leute hatten ein Set von Überwachungs-Wanzen besorgt, Rundumkameras und Mikrofone, die sendeten und speicherten, jedes kaum größer als ein Stecknadelkopf. Es war Pierpaolis Idee gewesen, die Wanzen mit den täglichen Lieferungen an Pizza und Penne, die Elani sich jeden Tag bringen ließ, einzuschleusen, befestigt an den Lieferkartons. Viele der Wanzen wurden entsorgt, hinausgekehrt, zermatscht, sogar gegessen. Aber einige überlebten, fielen irgendwohin – und sendeten. Zusätzlich dazu hatte Pierpaoli sich einen Spähposten im Führerhaus eines stillgelegten Krans gesichert, in Sichtweite von Elanis Wohnung. Er hatte ein »Raptor«-Wärmebild-Fernglas und ein normales Safariglas und verbrachte viele Stunden in seinem schwankenden Ausguck.

Fand Pierpaoli Beweise? Nein. Die Ausbeute war unerheblich. Elani empfing keine Besucher, zog meistens die Jalousien zu, saß am Laptop, hantierte in seinem Labor. Und die Kameras lieferten nur undeutliche Ausschnitte. Pierpaoli aber brauchte handfeste Beweise – Beweise, die er den Behörden präsentieren konnte. Nur dann würden sie Elani aus dem Verkehr ziehen und den Container beschlagnahmen. Dass Elani ein elaboriertes Biochemie-Labor in seiner Wohnung eingerichtet hatte, war wahrscheinlich verboten, aber es reichte bestimmt nicht für eine Festnahme. Die Behörden waren korrupt und schwerfällig. Sobald Elani gewarnt war, würde er verschwinden.

Pierpaoli lag auf der Lauer, und solange das lief, jeden Tag, musste er die Yaya-Leute bezahlen, blutete er Geld. Elani ging indes nichts ahnend seiner Routine nach, Pierpaoli kannte seine Gewohnheiten schon. Elani arbeitete, machte zwischendurch Yoga und Krafttraining, arbeitete weiter, absolvierte täglich vier Kontrollgänge zum Container, arbeitete weiter. Er kam offenbar mit wenig Schlaf aus.

So war die Situation bis zu dem Anruf. Endlich eine Spur! Das Gespräch war die erste Unterbrechung in dieser unerbittlichen Routine.

Pierpaoli konnte immer nur Elanis Stimme verstehen. Der Anrufer hatte aber offenbar eine gewisse Autorität. Jedenfalls klang Elani vorsichtiger, weniger arrogant.

Das Gespräch verlief so:

Das Summen des Telefons. Es klang, als käme es aus dem Nebenraum. Pierpaoli hörte Schritte, offenbar ging Elani zum Telefon.

»*Ja? Wer ist da?*«

Elanis Stimme. Gefolgt von einer Pause.

»*Ja, ich bin noch in Panama. Es gab ein Problem mit dem Schiff. Es wurde konfisziert. Aber ich habe mich hier eingerichtet und arbeite weiter. Ich habe hier genug Gerätschaften, um arbeiten zu können, mein Reise-Labor … Ich treffe Vorbereitungen. Wie?*«

Pause.

»*Nein. Nicht alles. Ich habe einen Gen-Sequenzierer und das Enzym-Material. Natürlich ist es kein Vergleich zu unserem großen Laboratorium. Dort kann ich den Parasiten dann implantieren und einen Testlauf durchführen.*«

Pause.

»Wie? Nein. Dazu bin ich noch nicht gekommen. Ich habe meinen Assistenten verloren. Und – lassen Sie mich ausreden, ich hatte keine Zeit, mich selbst darum zu kümmern.«

Pause.

»Ja, das können wir machen. Der Container ist gesichert, ich habe ihn immer im Auge. Aber ja, Sie können ihn abholen lassen.«

Pause. Pierpaoli vergewisserte sich, dass die Aufnahme lief.

»Gut. Jawohl. Ich denke, ich mache Fortschritte. Ich weiß doch, wie wichtig Ihnen die Verdunstungsresistenz ist. Ich bin kurz davor. Was? Hören Sie, ich sagte doch, ich bin kurz davor. Aber ich muss die Ergebnisse nochmals überprüfen.«

Pause.

»Hören Sie, hier handelt es sich um eine komplexe Forschung, da gibt es Unwägbarkeiten. Sie wollen ein belastbares Ergebnis, oder? Dazu brauche ich noch ein paar Tage. Aber dann organisieren Sie doch den Containertransport, kümmern Sie sich um die Frachtpapiere. Ich löse hier alles auf und werde auf dem Frachter mitfahren.«

Pause.

»Nein, darum kümmere ich mich selbst. Ja. Gut.«

Aufgelegt.

Pierpaoli hatte das Gespräch aufgezeichnet, er ließ es mehrmals ablaufen.

Elani hatte offenbar jemanden über sich, der ihm Befehle geben konnte. Zweitens: Elani wurde abkommandiert, in ein nicht näher benanntes Labor – und die Oktopus-Eier sollten auch dorthin.

Das war schlecht, so Pierpaolis erster Gedanke. Die Eier waren Beweismaterial – man konnte sie untersuchen und beweisen, dass sie von dem Oktopus-Weibchen in der Ostsee stammten, also gestohlen waren. Das war wenigstens eine Handhabe, wenn auch kein starker Vorwurf: Elani stand lediglich als eine Art Eierdieb da. Um damit zu den Behörden zu gehen und in Kapstadt einen Haftbefehl zu erwirken, dafür reichte es nicht. Was hatte Elani noch gesagt? Er wolle den Parasiten implantieren, einen Testlauf durchführen. Im »großen Laboratorium«, das waren Elanis Worte gewesen.

Laut Barré und Talasea ging es hier um Menschenversuche. Und darauf kam es an, das war es, was Pierpaoli beweisen musste – dass Elani eine Gefahr für die Menschheit war. Dass er diesen Parasiten manipulierte und damit gefährliche biologische Experimente an Menschen durchführen wollte.

Pierpaoli überschlug seine Möglichkeiten.

Beweise würden sich wahrscheinlich in Elanis Unterlagen finden, in der Wohnung. Kam er da unbemerkt ran? Niemals. Keine Chance. Elani verließ das Apartment nur, um den Container zu kontrollieren.

Dieser Kühlcontainer würde auch bald weg sein, er sollte verfrachtet werden, zu dem mysteriösen Labor. Das war ebenfalls nicht gut: War der Container einmal weg, hatte Pierpaoli das Nachsehen. Zunächst musste er also den Bestimmungsort dieses Containers finden – dieses ominöse Laboratorium. Dessen pure Existenz wäre der beste Beweis. Elani hatte Frachtpapiere erwähnt. Ein offizielles Dokument. Die Papiere mussten bei der Hafenbehörde vorliegen. Als Beamter von *Science-Control* hätte Pierpaoli schnell eine Einsicht verlangen können.

Jetzt musste er andere Wege gehen, improvisieren.

Es war verrückt und wie im Märchen – aber ja, die Ideen flogen ihr einfach zu. Sie griff zur Gitarre, und schon kam ihr eine Melodie in den Sinn. Oder eine interessante Akkordfolge. Selbst für Ariadna, die ein kreatives Kraftwerk war, fühlte sich das überraschend an.

Die Ideen kamen ihr zum Beispiel, wenn sie auf dem Vorderdeck einfach in der Sonne saß und eigentlich nur den Wellen zuhören wollte, oder wenn sie am Nachmittag in der Kombüse Mohrrüben schnitt und die Messerklinge, die auf dem Schneidbrett aufschlug, wie eine gezupfte Marimba klang, oder wenn sie melancholisch in ihrer Koje lag und tagträumte und dem knirschenden Mast zuhörte, der sie wie eine Bassklarinette in den Schlaf sang.

Der Alltag ist voller Geräusche, Klänge – Vogelstimmen, Wellen, Gelächter. In diesen Geräuschen stecken, wie die Nuss in ihrer Schale, bereits Strukturen, Melodien, Rhythmen. Es gibt die Theorie, dass zum Beispiel Mozart genau auf diese Weise komponierte; indem er die Musik, die bereits in der Welt war, *hören* konnte und aufschrieb.

Indem Ariadna komponierte und ihre Song-Ideen wenigstens in Skizzenform notierte, festhielt, sortierte sie das Durcheinander ihrer Gefühle. Das half ihr. Die meiste Zeit an Bord war sie melancholisch gewesen – die Trennung von Tom. Gelegentlich klang auch ein anderes, ein erhebendes Gefühl in ihr nach, der Stolz, weil sie Vermittlerin zwischen den Fronten gewesen war; sie hatte Schlimmes verhindert. Dann wieder kam Wut über sie, sie war zornig auf Tom, auf sich selbst, auf die Welt.

Ein solcher Aufruhr der Gefühle ist anstrengend – aber Künstlerinnen und Künstler wissen ihn zu nutzen, für sie ist er wunderbares *Material*. Ariadna komponierte wie unter fremdem Befehl. Sie schrieb eine sehr eigene Musik, in der Monotonie dieser sonnenheißen Tage und mondschillernden Nächte, im Rhythmus der Wellen, eigenartig und abseits aller Konventionen und einfach zugleich.

Misako ließ sie in Ruhe. Ab und an gesellte sie sich dazu und hörte Ariadna beim Spielen zu, manchmal nickte sie versonnen oder zog wohlgefällig die Augenbrauen hoch.

Eines Abends schlug Misako vor, dass Ariadna aus den Liedern – es waren inzwischen vierzehn Songs – ein Album machen sollte. Ariadna leuchtete die Idee sofort ein. Misako und Ariadna redeten die halbe Nacht darüber. Am nächsten Tag verschickte Ariadna Anfragen an Musikerfreunde und -kollegen, vor allem in Südamerika, sie beschrieb ihr Projekt, legte Proben bei. Die Reaktionen waren überwältigend: Alle, die Ariadna angefragt hatte, sagten zu.

Ariadna war manchmal immer noch melancholisch, aber seltener. Oft fühlte sie sich sogar glücklich. Das Projekt berauschte sie. Die Songs, das musste sie in aller Bescheidenheit und bei aller Selbstkritik anerkennen, waren mehr als gut. Und aus dem ganzen, verdammten Liebes-Wirrwarr ihres Lebens würden wenigstens ein paar schöne Lieder hervorgehen.

Pierpaoli war ehrlich; was Bestechung betraf, bewegte er sich also auf unvertrautem Terrain. Er machte Fortschritte, als er im Netz eine Seite entdeckte, die Bestechungs- und Korruptionsfälle anprangerte, eine Website mit dem Namen *anti-corruptions-pro-transparency.com*. Hier wurden, bebend vor Empörung, Fälle von Durchstecherei beklagt – zum Glück aber minutiös geschildert. Lauter Gebrauchsanweisungen. Die reinste Fundgrube.

Tags darauf, am späteren Vormittag, betrat Pierpaoli unangemeldet das Zimmer eines Abteilungsleiters der Hafenbehörde/Abteilung Frachtbriefe in Colón. Der Mann hinter dem Schreibtisch blickte indigniert auf.

Die Frachtabteilung des Containerhafens war im dritten Stock eines grauen Bürohauses, zwischen Docks und Verladebahnhof. Lange Flure, menschenleer, viele Türen, gelbe Wände. Der Geruch nach Bohnerwachs. Alle Türen waren im selben trüben Blaugrau gestrichen. Pierpaoli hatte diese spezielle Tür auf gut Glück gewählt. Er hatte sich vorgenommen, mehr auf seine Intuition zu geben.

Pierpaoli hatte schwitzige Hände. In der rechten Hand hielt er eine glänzende neue Aktentasche, darin eine Flasche des teuersten Cognacs, den er hatte auftreiben können, Rémy Martin, Carte Blanche. Unter den Flaschenboden hatte er mit Klebeband einen mehrmals gefalteten Briefumschlag geklebt, darin steckten zwölf Hundert-Global-Scheine, umgerechnet etwas mehr als zweitausend Dollar.

»*No, no!*« Der rundliche Mann hinter dem Schreibtisch hob abwehrend die Hände. »Jetzt ist keine Besuchszeit, was wollen Sie? Gehen Sie!« Er wedelte mit den Händen. Bevor er weiterreden konnte, stellte Pierpaoli die Flasche auf den Tisch.

»Ein kleines Geschenk Ihres Onkels!«

Die Flasche kippelte, weil der Boden wegen des Umschlags uneben war. Pierpaoli hielt sie schnell fest. Er hob sie etwas an.

Der Rundliche schielte und sah das Kuvert am Flaschenboden. Er kniff die Augen zusammen.

Er stand auf, ging zur Bürotür. Machte sie kurz auf. Spähte hinaus. Niemand zu sehen. Er zog die Tür zu, angelte ein Schlüsselbund aus der Hosentasche und schloss ab. Pierpaoli wertete das als gutes Zeichen. Bestechung, lernte er, war wie ein Theaterstück, bei dem man die Rolle entwickelte, während man sie bereits spielte.

Der Rundliche ging gemessenen Schritts zum Schreibtisch zurück. Er setzte sich und fixierte Pierpaoli.

»Aha. Ein Geschenk, sagten Sie?«

»Ja.«

»Für mich. Von meinem Onkel, sagten Sie?«

»Genau, Señor.«

»Von welchem Onkel reden wir?«

»Von Ihrem Lieblingsonkel«, antwortete Pierpaoli. »Wie viele Lieblingsonkel haben Sie denn?«

»Darüber müsste ich nachdenken.«

Pierpaoli erwiderte dessen leeren Blick. »Vielleicht habe ich mich in der Tür geirrt«, sagte er schließlich. Er nahm die Flasche, steckte sie aber noch nicht ein. »Vielleicht haben Sie keinen Onkel. In diesem Fall – entschuldigen Sie die Störung.«

Der Rundliche lenkte ein.

»Warten Sie, warten Sie … Gehen Sie nicht. Ich glaube, ich weiß, wen Sie meinen – Sie sprechen von meinem *tío Ernesto*, meinem Lieblingsonkel … Warum sagen Sie das nicht gleich?«

»Mein Fehler«, gab Pierpaoli zu.

»Dann erlauben Sie«, sagte der Rundliche, »dass ich Ihnen das Präsent meines Onkels abnehme.«

Pierpaoli sah die Gier, gepaart mit einer feuchten Aussprache.

Der Rundliche ging mit der Flasche zu einer Anrichte. Sehr diskret entfernte er das Kuvert vom Flaschenboden. Mit einer flinken Bewegung öffnete er den Umschlag, überflog mit einem Blick den Inhalt, das Kuvert verschwand in seiner Hosentasche. »Sagen Sie meinem Onkel, dass ich mich freue.« Der Rundliche behielt den Plauderton bei, sprach zur Anrichte hin. Er schraubte die Cognacflasche auf, nahm zwei Wassergläser, schenkte ein, fast randvoll.

Ein Glas hielt er Pierpaoli hin. »Trinken wir auf meinen Lieblingsonkel«, sagte er. »Und sehr freundlich von Ihnen, dass Sie sich die Mühe gemacht haben – und, nun ja, falls ich Ihnen jemals einen Gefallen tun könnte.« Der Rundliche hob sein Glas.

»Auf Ihr Wohl!« Sie tranken. Pierpaolis Magen zog sich zusammen – sein Organismus erhob Einwände gegen Cognac am Morgen. Pierpaoli befahl seinem Magen, er möge sich fügen. Sie setzten gleichzeitig ab.

»Señor, da Sie es erwähnen, da fällt mir etwas ein«, setzte Pierpaoli an.

»Ach ja?«

»Ich bräuchte tatsächlich eine kleine Information, Señor. Bestimmungsort eines Containers. Der Container ist hier in Colón. Die Einzelheiten stehen alle auf dem Briefumschlag, der sich, wenn ich richtig liege, in Ihrer Hosentasche befindet.«

»Ach ja?«

»Nur, wenn es keine Umstände macht, natürlich.«

»Ich werde sehen, was sich machen lässt. Kommen Sie vielleicht am Nachmittag vorbei.«

»Sehr gern.«

»Und bringen Sie noch so ein Präsent meines Onkels mit, falls es Ihnen möglich ist.«

»Natürlich.«

»Leider habe ich einen Termin. Aber Sie wollten ohnehin gehen?« Der Rundliche schloss die Tür auf, Pierpaoli schnappte sich die leere Aktentasche, grinste schief und marschierte den leeren Flur entlang.

Am Nachmittag, nach einem zweiten Besuch, einem zweiten Briefumschlag, der den Besitzer wechselte, verfügte Pierpaoli über die Information, dass der Container in drei Tagen verschifft werden sollte, auf einem Frachter namens *Cudos III*, Bestimmungshafen: Isla Robinson Crusoe. Der Rundliche hatte noch eine Beschreibung hinzugefügt: Die Isla Robinson war eine Insel im südlichen Pazifik, sie gehörte zu Chile. Sie sei vor allem unbewohnt. Trotzdem war sie als Frachtziel eingetragen.

*

Pierpaoli spazierte durch den Hafen, um einen klaren Kopf zu kriegen. Im Hafen war es relativ still, nur aus den Kneipen und Hotels hörte man überall dieselbe, aufgeregt sich überschlagende Stimme – ein Fußballkommentator.

Pierpaoli kalkulierte seine Möglichkeiten. Der Container mit den Eiern war wichtig für Elanis Pläne, Elani brauchte diese Eier. Außerdem war der Inhalt ein Beweismittel. Pierpaoli müsste den Container sichern. Dann würde er Elanis Pläne vereitelt haben und hätte etwas in der Hand.

Allerdings sollte er sich beeilen, bald sollte der Container verschifft werden, hatte Elani in dem Telefonat gesagt. Und er hatte hinzugefügt, dass er den Container persönlich begleiten würde. Dann wären Beweis und Täter Pierpaolis Zugriff entzogen. Auf einem Frachtschiff oder auf dieser Insel hätte Pierpaoli kaum eine Chance, an ihn heranzukommen.

Konnte er den Container in seine Gewalt bringen? Das war möglich. Allerdings brauchte er Hilfe. Er musste es mit Yayas Leuten besprechen. Sie würden viel Geld verlangen. Und Elani würde natürlich Himmel und Hölle in Bewegung setzen, um den Container zu finden. Und er wäre gewarnt.

Das war der Kern des Problems: Solange Elani auf freiem Fuß war, hatte Pierpaoli nur wenige Optionen.

Also musste er diesen Mann aus dem Verkehr ziehen, ihn festsetzen. Und zwar hier schon, hier in Panama. Und so schnell wie möglich. Einen Tag hatte er bereits mit der Bestechung verloren.

Er musste endlich raus aus der Defensive.

Er musste endlich angreifen.

Aus: »The Washington Post«, Print- und Online-Ausgabe

Blutbad nach Amoklauf eines Schülers

Ein siebzehnjähriger Schüler hat – wahrscheinlich in einer Art Amoklauf – an einer Highschool in der texanischen Kleinstadt Wichita Creek ein Blutbad angerichtet, das die Gemeinde wie auch die Nation schockiert hat. Nach Stellungnahme der Polizei sind 17 tote und 32 verletzte Schülerinnen und Schüler zu beklagen. Die Opfer waren Schulkameraden des Täters. Der Täter erschoss sich nach seiner Schreckenstat selbst.

Der Täter, Matthew G., ein bis dahin als unauffällig beschriebener Schüler, hatte sich mit zwei Schnellfeuergewehren und mehr als dreihundert Schuss Munition ausgerüstet, als er am Morgen des 4. November 2032 die Schule betrat und wahllos in die Menge der heranströmenden Menschen zu feuern begann. »Plötzlich waren da nur Blut und Schreie«, so beschreibt es ein Augenzeuge, der anonym bleiben will.

Die Gründe für diesen Amoklauf werden zurzeit noch untersucht. Nach eigenen Recherchen der »Washington Post« jedoch befand sich Matthew G. seit mehreren Jahren in psychologischer und psychiatrischer Behandlung. Quellen zufolge litt der Täter an einer schizoiden Störung mit paranoidem Borderline-Syndrom. Er befand sich in Behandlung, ihm wurde unter anderem das rezeptpflichtige Medikament »NeuroSan« des Herstellers Pharmacon Ltd., Glendale, Cal., verschrieben.

Laut bisher unbestätigten Aussagen aus dem Umfeld der Eltern stand Matthew G. das Mittel »NeuroSan« seit mehreren Wochen nicht mehr zur Verfügung. Das Fehlen des Medikaments könnte eine Ursache sein für den Amoklauf.

Nach Recherchen der »Washington Post« wäre der Lieferengpass, der Matthew G. betraf, kein Einzelfall. Tatsächlich ist das Medikament fast vom Markt verschwunden – ohne dass ein Ersatzstoff zur Verfügung steht. Betroffen von diesem Engpass sind in den Vereinigten Staaten etwa 40 000 Kranke mit psychischen Störungen. Auf Nachfragen beim Hersteller Pharmacon Ltd. in Glendale, Cal., hieß es, dass eine Presseerklärung in Vorbereitung sei. Bei Redaktionsschluss lag allerdings noch kein Statement vor.

*

Presseerklärung der Firma Pharmacon Ltd., Glendale, California

Vorstand und Mitarbeiter des Medikamentenherstellers Pharmacon Ltd. bedauern zutiefst den schockierenden Vorfall, der als »Wichita-Amoklauf« traurige Schlagzeilen gemacht hat. Unsere Gebete gelten den Angehörigen der Toten und den Verletzten dieser Tat.

Gleichwohl müssen wir jedwede Verantwortung oder gar Mitschuld ablehnen. Gegen rufschädigende Anschuldigungen verwahren wir uns und behalten uns rechtliche Schritte vor.

Zu den Details: Es ist richtig, dass Pharmacon Ltd. das Medikament »NeuroSan« hergestellt und vertrieben hat. »NeuroSan« dient zur Behandlung schizoider Störungen und bei Borderline-Syndromen. Es war seit zwölf Jahren auf dem Markt und wurde von Ärzten wie auch von den Betroffenen geschätzt. Indes ist es immer noch ein Nischenprodukt. Pharmacon hält die Patente und ist der einzige Hersteller dieses spezifischen Medikaments.

Es ist ferner richtig, dass es seit dreieinhalb Monaten zu erheblichen Produktions- und Lieferschwierigkeiten gekommen ist. Pharmacon bedauert dies zutiefst, doch trifft uns keine Schuld: Die Ursache liegt in einer plötzlichen Verknappung des Rohstoffs. Der betreffende Rohstoff ist für die Herstellung von »NeuroSan« unerlässlich.

Pharmacon legt Wert auf die Feststellung, dass wir jederzeit willens und bemüht sind, das Medikament »NeuroSan« bestellungsgerecht zu produzieren. Allerdings konnten wir dieses Bemühen nicht in die Tat umsetzen. Einfach gesagt: Wenn uns der Rohstoff vorenthalten wird, können wir unser Produkt nicht herstellen – wir sagen dies mit größtem Bedauern.

*

Auszüge aus der Social-Media-Plattform »Noise« – ein Chatroom, in dem sich psychisch Erkrankte, Angehörige der Kranken und auch Ärzte austauschen

SickSam187: Hat außer mir noch jemand das Statement gelesen von den Pharmacon-Leuten? :(((War nicht anders zu erwarten: Die ducken sich weg, können angeblich nix dafür.

DocLou999: Ja … Die sagen, sie hätten den Rohstoff nicht, um »NeuroSan« zu produzieren. Könnte aber sein, dass es stimmt???

SweetUria: Ich glaub, die lügen alle!

SickSam187: Wahrscheinlich sind sie schon reich genug. Wie es uns geht, wenn wir das Zeug nicht kriegen, interessiert keinen. Oder hat jemand Erfahrung mit einem guten Ersatz-Mittel? Dann bitte sagen!!!

FloBoyle1a1: Ich hab »NeuroSan« seit sechs Jahren bekommen. Kenne kein Ersatzpräparat, das ähnlich gut ist.

SweetUria: Bei dir war es gut?

FloBoyle1a1: Mich hat es, ehrlich gesagt, gut eingestellt. Kaum Symptome, nur etwas Müdigkeit. Aber ich kann verstehen, dass Matthew G. ohne »NeuroSan« ausgerastet ist. Nicht dass ich das entschuldigen will. Ich verstehe nur, dass man austickt, wenn das Mittel auf einen Schlag nirgends zu kriegen ist – ich meine, DAS ist krank, oder?

SickSam187: Weiß jemand, warum der Rohstoff plötzlich knapp wurde?

DocLou999: Ich hab ein bisschen recherchiert. Das ist ein Zeug, das aus Schnecken produziert wird.

SweetUria: Waaaas? Aus Schnecken?

DocLou999: Jepp. Sieht so aus. Also, aus Purpurkegelschnecken, genauer gesagt. Früher wurde aus denen ein Farbstoff gemacht, deswegen gibt's schon ewig Fabriken. Aber die hat im letzten Jahr jemand aufgekauft, still & heimlich.

SickSam187: ALLE Fabriken?

DocLou999: Jepp. Alle, die den Purpurkegelschnecken-Stoff produzieren. Das waren nicht viele auf der Welt. Teilweise kleine Läden in Familienbesitz. Aber irgendwer hat sie aufgekauft, eine nach der anderen. Schön unauffällig.

SweetUria: UND WARUM?

DocLou999: Weiß ich auch nicht.

SweetUria: Dann fragen wir diese Typen doch mal!

SickSam187: Viel Spaß. Ich weiß nicht, wie's euch geht, aber ich bin krank, habe mein Präparat nicht und weiß nicht, wann der nächste Schub kommt.

FloBoyle1a1: Fuck! Tut mir leid …

SickSam187: Ich bin auch krank. Wir alle. Sonst würden wir nicht in diesem Chatroom sein. Die Wahrheit: Wir sind PSYCHOOOOOS!

FloBoyle1a1: Beruhige dich.

DocLou999: Hab jetzt noch was recherchiert. Haltet euch fest …

SweetUria: Mach's nicht so spannend.

DocLou999: Also, das war irgendein Konsortium, das die alle aufgekauft hat. Nichts drüber rauszufinden. Es gab nur noch eine, die für »NeuroSan« produzierte, in Andalusien, also Spanien. Bis vor Kurzem. Und dann wurde die auch noch aufgekauft. Aber das war ein Privatmann. Schätze, der hat gemerkt, da wird was knapp, da kann man Kohle machen. Und, bääm: Vor drei Wochen hat er sie gekauft und dann gleich wieder verkauft – für das DREIFACHE!! – und zwar an genau dieses Konsortium, das schon alle anderen Fabriken weggekauft hat. Ist wie bei Monopoly. Da will einer alle Straßen haben.

SickSam187: Und die Bahnhöfe auch.

SweetUria: Was läuft da? Wollen die uns fertigmachen?

DocLou999: Moment, jetzt kommt's erst. Wie gesagt, das war ein Privatmann. Ich habe den einfach angerufen und gesagt, ich wäre auch Investor und wollte das Zeug. Er war ganz gesprächig. Wir so, blabla … Jemand hat ihm den Tipp gegeben, dieser Purpurkegelschnecken-Stoff würde gerade knapp. Also hat er's gekauft, wieder verkauft, zack, fette Kohle gemacht. Aber jetzt kommt's erst … Dieser private Investor ist der Papa von … (Trommelwirbel)

SweetUria: Boah, jetzt sag schon!

DocLou999: Ariadna Ferrer.

SweetUria: Ariadna Ferrer??

SickSam187: Das gibt's nicht!!!!!!!!

FloBoyle1a1: Unglaublich!

SweetUria: Die Popsängerin?

DocLou999: Doch. Genau die. Derselbe Name. Er ist der Vater. Er verwaltet für sie die Kohle, tätigt für sie die Investitionen. Alles völlig legal.

SickSam187: Aber unmoralisch. Dann ist er schuld daran, dass das Medikament nicht mehr erhältlich ist!

SweetUria: Er? SIE hat ihn doch beauftragt, dass er ihre Kohle verdreifacht! Fuck!! Ariadna, die macht doch immer so auf Weltrettung und labert von Moral! Und heimlich spekuliert sie mit Rohstoffen für Medikamente.

SickSam187: Die dann nicht produziert werden und Kranken wie mir bitter fehlen!

DocLou999: Ja, ziemlich mies. Angeblich kämpft sie für das Gute, hintenrum macht sie solche Geschäfte. Gefallener Engel, würd' ich sagen.

SweetUria: DAS MÜSSEN WIR AN DIE RIESENGLOCKE HÄNGEN!!

SickSam187: Unbedingt! Doc, gibt es da Beweise oder so? Kannst du uns die schicken?

DocLou999: Klar. Kann ich. Was wollt ihr machen?

SweetUria: Boy, was fragst du? Wir überziehen den schönen Arsch von Ariadna Ferrer mit Dschihad!

SickSam187: Ein Shitstorm erster Güte! Überall posten. Ich weiß da schon ein paar Kanäle. Wer macht mit?

FloBoyle1a1: Ich auf jeden Fall! So was stinkt mir gewaltig! Ich fand die immer super. Aber jetzt … Ariadna Ferrer, der gefallene Engel. Die Heuchlerin.

SweetUria: Shitstorm!!!! Dschihad! Heiliger Krieg ohne Gnade!

DocLou999: Bin dabei. Machen wir sie fertig. Sie hat's nicht besser verdient.

Misako, die Skipperin auf der *Marguerita* und F.A.P.-Frau, sah es gern, dass es Ariadna jeden Tag besser ging. Es war schön, wie sie sich aus ihrer Melancholie befreite und ihr neues Album vorbereitete. Ariadna durfte an Bord Misakos Rechner und Satellitenverbindung benutzen, und so konnte sie vom Boot aus alles organisieren – das improvisierte Studio auf der Osterinsel, das sie für eine Woche gemietet hatte, die Flüge und Überfahrten für ihre Mitmusiker, für deren Unkosten Ariadna aufkam. Misako half, wo sie konnte.

Ariadna freute sich auf die gemeinsame Arbeit mit den Musikern, vor allem auf den magischen Moment, wenn plötzlich ein Song fertig ist, wenn er auf unfassbare Weise gelungen und perfekt ist, wenn aus einer Idee und Skizze plötzlich ein *Werk* wird. Sie hatten Kurs genommen auf die Osterinsel, waren aber noch einige Tagesreisen entfernt. Ariadna war entspannt, erwartungsvoll.

Aber Gott hatte noch ein paar Zufälle im Ärmel. Oder falls man lieber vom Schicksal sprechen sollte, dann wollte das Schicksal es anders.

Die Absagen kamen Schlag auf Schlag.

Erst sagte der Bassist ab, unter einer fadenscheinigen Begründung. Dann mailte die Fagottistin und erklärte ihr Bedauern, aber sie könne nicht dabei sein. Der Saxophonist hatte plötzlich andere, unaufschiebbare Termine – obwohl er doch begeistert gewesen war. Der Schlagzeuger schützte Zahnschmerzen und alles Mögliche vor.

Ariadna verstand diese Salve von Absagen nicht, bis der Saxophonist, ziemlich berühmt, auf Ariadnas Rückfrage eine Andeutung machte: So lange »diese entsetzliche Angelegenheit nicht aufgeklärt sei«, müsse er eben auf seinen guten Ruf achten – und Ariadna habe eben leider, leider dieses unselige Image-Problem. Vielleicht im nächsten Jahr. Oder im übernächsten.

So erfuhr Ariadna, dass sie – von ihr unbemerkt – zur Hassfigur geworden war. Diese »entsetzliche Angelegenheit«, fand Ariadna heraus, war ein Shitstorm erster Güte, eine Welle von Hass und Häme, ein Getöse aus Wut und Anklagen, wie es sich nur in der Anonymität des Internets aufbauen kann. Der Shitstorm ist die moderne Form der mittelalterlichen Steinigung. Der Hass im Netz ist allgegenwärtig, wie eine dunkle Energie, die nur auf den nächsten Anlass wartet, auf eine Figur, die sie zermalmen kann.

Ariadna wurde als heimliche Spekulantin und Großkapitalistin denunziert, als gefallener Engel, der sich zwar die Rettung der Welt auf die Fahne schreibt, aber heimlich psychisch Kranken Medikamente vorenthält und Millionen daran verdient. Zahlen und Fakten wurden wild durcheinandergewirbelt; Tatsachen waren den anonymen Schreiern egal.

Ariadna war nicht so verletzt, wie man es annehmen würde. Sie war eher verblüfft. Und dann begann sie zu recherchieren.

Als Erstes telefonierte sie mit ihrem Vater. Der gute Señor Ferrer war viel schockierter als Ariadna, und er war ratlos. Er habe nichts Illegales getan – das beteuerte er in jedem zweiten Satz. Er hatte kein Insidergeschäft oder Ähnliches getätigt, sondern war nur, wie es jedem Anleger freistand, einem Hinweis nachgegangen. Einem Hinweis oder einer Frage seines Schwiegersohns Pierpaoli – bei jenem Telefonat auf Tahiti, falls sich Ariadna erinnerte? Pierpaoli hatte ihn damals nach einem Purpurschneckenstoff gefragt, und er habe dann herausgefunden, dass ein unbekanntes Konsortium sehr diskret alle Fabriken aufkaufen würde. Aber nicht alle auf einmal, sondern Stück für Stück. Also habe er, Señor Ferrer, sich die letzte Fabrik gesichert, indem er sie selbst gekauft habe. Und als das Konsortium, wie geplant, auf ihn zukam, habe er denen die Fabrik weiterverkauft – ja, zum dreifachen Preis des Einkaufspreises. Aber das sei nicht verboten. Das sei die Marktwirtschaft!

Ariadnas Vater hatte das Gesetz nicht verletzt, auch nichts Sittenwidriges begangen. Tatsächlich hatte er nur eins und eins zusammengezählt und war etwas schlauer zu Werke geschritten. So hatte er einen hübschen Gewinn für Ariadna verbucht.

»Und dass der neue Käufer die Produktion von diesem Zeug einstellen würde«, fragte Ariadna, »und dass dann diese Pharmafirmen nicht mehr beliefert wurden – das hast du nicht gewusst, Papa?«

»Nein, Ari. Das geht mich auch gar nichts an. Schau, was die künftigen Besitzer damit anstellen, ist deren Sache. Ich gebe zu, es hat mich auch überrascht: Warum übernimmt man eine funktionierende Fabrik, um den Stoff dann nicht mehr zu verkaufen? Seltsam ist das schon.«

Wer dieser mysteriöse Käufer gewesen sei, wollte Ariadna wissen. Ihr Papa musste doch mit jemandem verhandelt haben – gab es da nicht eine Adresse oder einen Namen oder einen Ansprechpartner?

Nein, der Verkauf lief anonym und über Zwischenhändler, gab Ariadnas Vater zu. Das sei jedoch nicht ungewöhnlich. Als Vermittler traten Anwaltsbüros in Zürich auf. Die Kaufsumme wurde korrekt und pünktlich gezahlt.

In Ariadnas Kopf zappelten die Fragen wie Fische in einem Fangnetz. Ihr erster Impuls: Sie würde die Fabrik einfach zurückkaufen.

Notfalls würde sie auch einen höheren Preis zahlen. Wichtig war ihr, dass diese Fabrik wieder den seltsamen Purpurschneckenstoff herstellte, der für die Medikamente benötigt wurde. Dann hätte sie die Sache in Ordnung gebracht. Mehr wollte sie nicht. Der Shitstorm war ihr egal. Aber sie wollte nicht, dass in ihrem Namen – auch nicht versehentlich – ungute Dinge geschahen.

»Und die Adresse, Papa«, hakte sie nach, »dieses Konsortiums?«

»Ich habe nur mit diversen Anwälten verhandelt, Ariadna«, erklärte ihr Vater verlegen. »Da waren mehrere Kanzleien, alle in Zürich.« Er würde ihr alle Kontaktdaten schicken, viele seien es nicht.

Und so stürzte sich Ariadna, statt ein Album aufzunehmen, in die Suche nach einer Adresse, um irgendwo ein Angebot zu hinterlassen, um eine Fabrik zu kaufen. So schwierig dürfte es nicht sein.

Aber da irrte sie sich.

Ariadna telefonierte eifrig und recherchierte verbissen, und sie schrieb Mails und hinterließ unzählige Nachrichten, doch sie kam nicht weiter. Ihre Mails blieben unbeantwortet, niemand ging bei diesen ominösen Kanzleien ans Telefon oder rief sie je zurück.

Sie lief in eine Wand aus Watte.

Zehn Minuten später steht Pierpaoli mit einem von Yayas Leuten am Hinterausgang einer Kneipe. Der Mann heißt Fausto, ein geschniegelter Ganove, gebadet, manikürt, eingecremt wie ein Baby, aber durchaus effektiv und schnell mit dem Messer. Er trägt an diesem Abend ein rotes Rüschenhemd und raucht eine kubanische Zigarre, deren Mundstück sich schon auflöst.

»Ich brauche eine Waffe«, sagt Pierpaoli. »Ich muss einen Mann aus dem Verkehr ziehen. In meine Gewalt bringen.«

»Gut. Das Einfachste wäre, ihn in seiner Wohnung zu erschießen. Am besten beim Fußballspiel Panama gegen Mexiko. Ich würde sagen, das kostet dich …«

»Nein! Nein, Fausto, ich will nicht, dass er getötet wird. Auf keinen Fall. Mein Gott! Ich sagte: Ich will ihn nur aus dem Verkehr ziehen. Nicht umbringen. Sondern in meine Gewalt bringen, befragen, verstehst du? Ihn irgendwie betäuben und dann ein Geständnis aus ihm herausholen. Ich brauche Beweise!«

»Ich kann dir eins sagen, Geständnisse unter Folter werden vor Gericht nicht anerkannt, leider. Das ist immer das Gleiche«, sagt Fausto ehrlich bedauernd.

»Folter? Ich will ihn doch nicht foltern! Nur mit ihm reden.«

»Reden? Wieso sollte er dir irgendwas erzählen, wenn du ihn nicht folterst?«

»Ich weiß es nicht«, gibt Pierpaoli zu. »Ich muss es probieren. Ich brauche ihn in meiner Gewalt. Ich brauche irgendwas, um ihn zu betäuben.«

»Einen Taser«, sagt Fausto.

»Ist das gefährlich? Ich kenne mich damit nicht aus.«

»Ein Taser, eine Elektroschockpistole. Haben wir da. Verschießt Elektrodenpfeile über zehn Meter. Zwei kurze Pfeile, an jedem hängt ein Kabel. Jagt ganz kurz 60 000 Volt durch den Körper. Legt die Muskeln lahm, setzt deinen Mann für eine Weile außer Gefecht.«

»Aber der Mann stirbt nicht?«

»Normal nicht. Du musst den Taser allerdings von uns kaufen, wir verleihen ihn nicht.« Fausto nennt einen Preis.

»Was? So viel?«

»Ja oder nein?« Faustos Zigarre ist ausgegangen, er zündet sie neu an.

»Kannst du mir zeigen, wie ich damit umgehe?«, fragt Pierpaoli.

»Ja. Willst du übrigens, dass er dich erkennt?«

»Besser nicht.«

Kurz nach ein Uhr nachts. Im Hafen von Colón wird immer noch gearbeitet, zwischen den aufgetürmten Containern, unter dem gelben Licht großer Scheinwerfer. Es ist warm, der Himmel wolkenlos. Ständiger Lärmpegel. Lastwagen werden beladen, die Hubfahrzeuge rücken vor und zurück, die Ladebrücken sind in Bewegung, zischend, grollend, knirschend, sie werfen lange, ausgerissene Schatten.

Pierpaoli lauert auf dem Parkplatz, wo Elanis Kühlcontainer steht, darin die kostbare Fracht. Pierpaoli steht im Schatten eines Lastwagens. Er trägt eine ölige schwarze Kappe, die ihm Fausto überlassen hat, vor seinen Mund hat er ein Tuch gebunden. Er hält den Taser in der Hand und wartet. Zwischen eins und halb zwei macht Elani normalerweise seinen Kontrollgang zu seinem Kühlcontainer.

Pierpaoli denkt ans Geld, während er wartet. Er hat fast sein gesamtes Erspartes mobilisiert, aber lange wird es nicht reichen. Sein Bargeld hat er, in Umschlägen verstaut, mit Tape an verschiedene Stellen seines Körpers geklebt, an Bauch, Hüfte, Oberschenkel. Nie hätte er gedacht, dass er einmal in eine solche Lage kommen würde. Ist es Irrsinn? Der größte Fehler seines Lebens?

Jetzt hört er Schritte. Pierpaoli zieht sich ein Stück zurück, tiefer in den Schatten. Er lauscht. Energische Schritte. Das muss er sein, Elani. Ja, jetzt sieht er ihn. Elani geht immer als Erstes zur Digitalanzeige. Der Bildschirm hat eine Abdeckung. Um sie zu öffnen, muss man einen sechsstelligen Code eingeben. Pierpaoli hört, wie Elani tippt, die Abdeckung aufklappt, die Werte kontrolliert. Elani macht das immer sehr sorgfältig, geschult von jahrelanger Laborarbeit. Dann schließt er die Abdeckung, zieht eine Taschenlampe hervor und schreitet den Container ab. Kontrolliert die Wandung, die Dichtung.

Jetzt oder nie.

Jetzt!

Pierpaoli tritt aus dem Schatten hervor. Er hat den Taser entriegelt. Wie es Fausto ihm gezeigt hat. Er macht ein paar Schritte hinter Elani her. Bemüht sich, nicht laut aufzutreten. Auf den Rücken zielen: So hat Fausto es ihm erklärt. Brust und Rücken sind am leichtesten zu treffen. Die Pfeile dringen durch ein Hemd, eine Jacke, eine Hose.

Plötzlich widerstrebt es Pierpaoli, einem Ahnungslosen in den Rücken zu schießen. Im Bruchteil einer Sekunde entscheidet er sich anders. Er zielt auf die Beine.

Er will abdrücken.

Elani muss etwas gehört haben. Er wirbelt herum. Er sieht die Gestalt hinter sich, die ein Ding auf ihn richtet, eine Waffe. Elanis Augen flammen auf wie zwei Gaskocher. Sein Reflex ist sofort da. Er greift an.

Pierpaoli drückt ab. Die beiden Pfeile verlassen die Mündung mit einem scharfen Zischen, einer Anfangsgeschwindigkeit von etwa 200 Stundenkilometern.

Aber Elani hat eine Bewegung gemacht, auf Pierpaoli zu. Ein Pfeil trifft sein rechtes Bein, dringt durch den Stoff, bohrt sich ins Fleisch. Der andere Pfeil jedoch streift das Bein nur. Ein Teil der elektrischen Ladung entlädt sich. Elani knickt ein. Aber nach vorn hin. Und er hat nicht die volle Ladung abbekommen, seine Beine versagen zwar den Dienst, die Muskeln verkrampfen sich, aber Elani, schon im Stürzen, packt mit der Linken den Angreifer, erwischt Pierpaolis Hemd, bekommt es zu fassen, Elanis rechte Faust schlägt zu, noch im Fallen – ein Schlag trifft Pierpaolis Schläfe, der taumelt zurück, und Elanis linke Hand ist in Pierpaolis Hemd verkrallt. Pierpaoli zerrt an der Hand, will sich befreien, Elani aber holt schon zu einem zweiten Schlag aus …

Doch dazu kommt es nicht. Dafür war die elektrische Schockladung zu stark. Elani fällt vor Pierpaoli hin, aufs Gesicht. Aber immer noch bei Bewusstsein.

Pierpaolis Plan bricht jetzt zusammen. Er sieht Elani vor sich liegen. Der ist nicht ohnmächtig. Er dreht sogar den Kopf. Er ballt die Faust. Noch in diesem Zustand ist Elani gefährlich. *Mein Gott, wenn ich das gewusst hätte*, denkt Pierpaoli. Er ist für solche Dinge nicht gemacht.

Panik überfällt ihn. Er dreht sich um.

Und rennt davon. Er flüchtet, so schnell er kann.

Ariadna war keine Detektivin oder Wirtschaftsprüferin; aber jetzt musste sie eine sein.

Es war ein herrlicher Morgen, der Pazifik war friedlich, glatt und flach rollten die Wellen unter dem Boot durch, und Ariadna saß in der Sonne, auf dem Oberdeck der *Marguerita*, und sortierte ihre Gedanken. Am Himmel, in großer Höhe, segelte ein Albatros.

Die erste Frage, die Ariadna sich stellte: Wieso rief von diesem Konsortium niemand zurück? Wieso reagierte in diesen Zürcher Kanzleien niemand auf ihre vielen Anfragen?

Darauf gab es wahrscheinlich nur eine logische Antwort: Diese Kanzleien waren keine normalen Wirtschaftskanzleien. Entweder waren das nur Tarnadressen, Briefkasten-Anwälte, oder sie hatten Weisung, solche Anfragen zu ignorieren. Das brachte Ariadna gleich zur nächsten Frage: Warum diese Geheimnistuerei? Auch darauf gab es eine Antwort: Der Käufer, die Käuferin, wer immer es war, hatte etwas zu verbergen. Dazu passte, dass die Fabriken derart unauffällig und diskret gekauft worden waren.

Ariadna dachte nach. Angenommen, so war es. Aber warum solch ein Aufwand um diesen Purpurschneckenstoff? Ariadna hatte recherchiert: Dieses Zeug war doch nur ein Nischenprodukt, es wurde lediglich für ein einziges Medikament verwendet, dieses »NeuroSan«, das plötzlich nicht mehr hergestellt werden konnte.

Also kein wertvoller Rohstoff. Jahrzehntelang hatte eine Handvoll mehr oder weniger unbedeutender Fabriken dieses mehr oder weniger unbedeutende Zeug produziert – und niemand hatte sich dafür interessiert. Und plötzlich wurden diese Fabriken gekauft, der Schneckenstoff verschwand vom Markt.

Warum?

Was beabsichtigte dieses mysteriöse Konsortium? Wozu ein derartiger Aufwand, um am Ende diesen Stoff nicht zu verkaufen? Darauf gab es nur eine logische Antwort: Es musste eine andere – bislang unbekannte – Verwendung geben. Aber welche?

Misakos Kopf erschien in der Luke über dem Niedergang.

»Ariadna, Telefon! Du musst runterkommen.«

»Jemand aus Zürich?«

»Nein, dein berühmter Freund, Ari. Der Herr Verteidigungsminister höchstpersönlich. Er will dich sprechen. Sein Büro ist dran.« Misako grinste schief. Ihr Kopf tauchte ab.

Ariadna rappelte sich auf.

*

»Garreth? Bist du's?«

»Hallo, Ari. Wie geht es dir? Ich wollte nach dir hören.«

»Wie hast du diese Nummer gefunden?«

»Ich bin der Verteidigungsminister, Ari. Wie geht es dir?«

»Ach ja. Bewegte Zeiten, Garreth. Es ist ziemlich viel passiert.«

»Ja, deshalb rufe ich an.« Martindale sprach mit Nachdruck. »Weil ich mir Sorgen gemacht habe, Ari. Sorgen um dich.«

»Du meinst diesen Shitstorm?«

»Ich wollte wissen, wie du es verkraftest. Ich kenne so etwas. Als Politiker muss man das aushalten. Aber dich hat es wahrscheinlich verletzt.«

Ariadna zögerte. »Garreth – das ist sehr nett von dir. Aber das Gegeifer im Netz interessiert mich gar nicht. Ich habe ein anderes Problem. Und vielleicht könnte ich dich tatsächlich um einen Gefallen bitten. Würdest du mir helfen?«

»Ari, du hast mir das Leben gerettet, schon vergessen? Ich tue alles für dich.« Er setzte hinzu: »Sofern es menschenmöglich ist!«

Ariadna lachte kurz auf. »Es ist menschenmöglich, Garreth. Pass auf, es gibt da ein seltsames Konsortium. Die haben Fabriken in aller Welt aufgekauft. Fabriken, wo ein bestimmter Stoff hergestellt wird, ein Stoff, der aus Schnecken gewonnen wird. Genauer, aus Purpurschnecken, so heißen die.«

»Interessant.«

»Nein, das ist noch nicht interessant, Garreth. Tu nicht so. Die interessante Frage lautet vielmehr: Wer steckt dahinter? Es gibt ein paar Kanzleien in Zürich, die die Käufe abgewickelt haben, aber die sind nur Tarnung, vermute ich. Ich gebe dir die Namen und Fabrik-Standorte durch. Vielleicht kannst du etwas herausfinden über dieses Purpurschneckenzeug – schon das Wort ist schrecklich …«

Martindale lachte. Ariadna stimmte ein.

»Und ihr seid ja immerhin die Weltregierung.«

»Die Klima-Allianz, Ari. Das Wort ›Weltregierung‹ habe ich nicht gehört.«

»Okay, die Klima-Allianz. Aber du hast ein Ministerium zur Verfügung. Haufenweise Leute. Da kannst du doch ein paar Hintergründe herausfinden, oder?«

»Natürlich, Ari. Ich höre mich um. Eilt es?«

»Ich würde sagen, es eilt, Garreth.«

»Warum?«

»Nur so ein Gefühl.«

Die *Peluquería La Bonita* im Containerhafen Colón. Ein Friseur-salon, vorn jedenfalls, mit Spiegeln, Zeitschriften auf wackeligen Tischchen, abgeschabten Friseurstühlen und dem Geruch nach Tönungsmittel und Shampoo. Im Hinterzimmer dann das Büro und die Schaltzentrale von Yaya und ihrem Clan. Hier hängen zwei nackte Glühbirnen von der niedrigen Decke, an den Wänden stehen Regale, vollgestellt mit Aktenordnern, davor ein Schreib-tisch, Rechner, Router, Drucker, Scanner.

Yaya sitzt am Schreibtisch, in Papiere vertieft, vor sich ein Becher und eine Thermoskanne mit Milchkaffee, ein übervoller Aschenbecher, in dem eine *Bidi* qualmt, eine indische Nelkenziga-rette. Sie blickt auf, als Fausto das Büro betritt. Er trägt eine haut-enge Hose, ein cremefarbenes Rüschenhemd, die Sonnenbrille hat er ins Haar geschoben. Um den Hals eine Goldkette, die so dick und schwer ist, dass er untergehen würde, wenn er damit schwim-men müsste. Der Eau-de-Toilette-Duft, der ihn umhüllt wie eine Wolke, würde Fluginsekten vertreiben. Fausto ist am Eingang ste-hen geblieben, respektvoll.

»Was?« Ein knappes Kopfnicken von Yaya, das Zeichen, das er nähertreten soll.

»Der Kunde aus Kapstadt, der Freund von Nkunke, will, dass wir ihm helfen«, sagt Fausto.

»Wie?«

»Eine Entführung. Jetzt will er unbedingt einen Typen, der im Kapitäns-Penthouse wohnt, in seine Gewalt bekommen. Er hat mich gefragt, ob wir es für ihn machen.«

»Entführen und Lösegeld verlangen?«

»Nein, es ist irgendwie komplizierter«, sagt Fausto. »Er will den Typen befragen, keine Ahnung, was er sich erhofft. Wir sol-len ihn aus der Wohnung holen, in ein Versteck bringen und da festhalten. Ausdrücklich will der Kapstadt-Mann nur minimale Gewaltanwendung – das ist sein Wunsch.«

»Der Kunde ist König«, sagt Yaya. »Wie verzweifelt ist er?«

»Sehr.«

»Dann verlangen wir fünfzigtausend für die Entführung. Und für jeden Tag, den wir seinen Typen festhalten, weitere dreitausend. Hat er genug Geld?«

»Ich glaube, ja.«

»Wir gehen darauf ein. Nkunke ist immer noch ein Freund. Wir wollen ihn nicht zum Feind machen. Nkunke kennt zu viele Leute.«

Fausto grinst. »*Con la plata te vuelves rico. Con buenos amigos sigues rico*«, sagt er. Ein Sprichwort aus Panama: Mit Geld wirst du reich, mit Freunden bleibst du reich.

»Sag dem Kunden unsere Bedingungen.« Yaya widmet sich wieder den Papieren auf ihrem Schreibtisch.

Fausto deutet eine Verbeugung an und wendet sich zum Gehen.

»Warte«, sagt Yaya noch. »Wie heißt der Kunde?«

»Pierpaoli«, sagt Fausto.

»Und der Typ, den wir uns schnappen sollen?«

»Charles Elani. Ein Doktor. Wissenschaftler. Hat da oben ein Labor, wir sollen alle Beweise sichern.«

»Nimm genug Männer mit. Und guckt euch das Terrain genau an. Wie gesagt, es ist ein Freund von Nkunke.«

Fausto wartet einen Moment, ob sie noch etwas hinzufügen will, aber sie zieht an ihrer Zigarette und blickt nicht mehr auf.

Später Abend im Containerhafen Colón, Panama. Schon wieder ein Fußballspiel, das alle in den Bann schlägt, diesmal Mexiko gegen Kolumbien, alle Welt sitzt vor irgendeinem Bildschirm, in irgendeiner Kneipe. Darum hat Fausto die Aktion auf diese Uhrzeit festgesetzt.

Pierpaoli hat darauf bestanden, dabei zu sein. Er steht im Erdgeschoss eines Treppenhauses. Angespannt horcht er auf Schüsse, auf Schreie über sich, auf irgendwelche Kampfgeräusche, aber da ist nichts zu hören, noch nicht.

Pierpaolis Herz flattert wie ein kleiner Vogel im Käfig, wenn die grünäugige Katze sich nähert.

Das Treppenhaus ist edel, mit Marmor verkleidet. Wie das ganze Gebäude, in dem Elani seine Penthouse-Wohnung gemietet hat, die jetzt gleich der Schauplatz des Geschehens sein wird, sechs Etagen über Pierpaoli. Fausto und seine Leute müssten bereits oben sein.

Der Eingang zum Treppenhaus ist direkt neben den Fahrstühlen, die Faustos Leute für die Aktion blockiert haben. Hier unten, im Erdgeschoss, sind sie zu zweit: Pierpaoli und einer von Faustos Leuten, schweigsam, breit wie ein Kleinlaster. Sie wurden von Fausto angewiesen, hierzubleiben, bis er sie ruft. Pierpaoli spürt am ganzen Körper die verheerende Macht einer Entscheidung, die nicht mehr zu revidieren ist.

Denn das hat er getan. Er hat eine Entscheidung getroffen, von der es kein Zurück gibt – er hat Fausto und seine Leute für die Entführung Elanis engagiert. Für Fausto und Yaya war dieser Vorgang lediglich eine Dienstleistung, deren Preis und Bedingungen sie gleichmütig festgelegt haben. Fausto sieht das so: Der Begriff »Dienstleistung« ist dehnbar. Ob Beschattung oder Drogen oder Entführung, alles ist Dienstleistung.

Für Pierpaoli ist das anders. Er hat ein Verbrechen in Auftrag gegeben, er ist jetzt selbst ein Verbrecher. Und er schämt sich, ja, auch das.

Fausto ist mit sechs Leuten gekommen, alle bewaffnet, schwarz gekleidet und mit Motorradmasken ausstaffiert. So sind sie hochgefahren, dann haben sie die Fahrstühle blockiert. Pierpaoli wollte dabei sein, er wollte es und wollte es auch gleichzeitig nicht, aber Fausto hat klar entschieden, dass Pierpaoli erst nachkommen darf, sobald die Lage unter Kontrolle ist. Pierpaoli fügt sich in seine Rolle als Bürger zweiter Klasse. Seine Stimmung: zu drei Vierteln gehorsam, zu einem Viertel aufsässig, schließlich bezahlt er die Aktion. Und er ist nervös. Er hat Fausto eingeschärft, dass er unbedingt die Computer aus der Wohnung braucht, als Beweismaterial, und dass Elani nicht verletzt oder getötet werden darf. Fausto hat das notiert, so gleichmütig wie ein Autoverkäufer, der sich aufschreibt, dass der Kunde gern Veloursitze hätte.

Pierpaoli ist unbewaffnet, sein schweigsamer Kumpan hat einen Taser im Holster, außerdem ein Funkgerät. Die meiste Zeit starrt der Schweigsame missbilligend nach oben; wie ein Mann, der beim Pinkeln in einem schmuddeligen Autobahnklo an die Decke schaut. *Der Kerl kriegt kaum den Mund auf*, denkt Pierpaoli verdrossen: Einmal hat er Ja gesagt, einmal Nein.

Pamm! Ein Knall, es klingt wie ein Schuss. *Pamm! Pamm!* Danach Stille.

»Haben Sie das gehört?«, fragt Pierpaoli den Schwarzgekleideten neben sich. Er muss sein Entsetzen zügeln.

»Ja.«

»Schüsse! Das waren Schüsse, richtig? Verdammt, verdammt! Drei Schüsse.«

»Nein.«

»Was, nein? Wollen Sie sagen, das waren keine drei Schüsse? Sie haben doch den Knall gehört! Ich meine … Ich habe ausdrücklich gesagt, der Mann soll nicht getötet … Wollen Sie sagen, das waren keine Schüsse?«

»Ja.«

»Was, ja? Und könnten Sie vielleicht mal in einem ganzen Satz antworten!«

»Das waren Blendgranaten«, sagt der Schwarzgekleidete ruhig, leise. »Das heißt, sie sind jetzt drin. Wahrscheinlich werden wir gleich gerufen.«

»Blendgranaten?«

»Ja.«

»Ach so. Ja, dann … Natürlich. Blendgranaten … Hätte ich mir denken können.« Pierpaoli hat keine Ahnung, was Blendgranaten sind, aber es klingt besser als Schüsse.

Jetzt krächzt das Funkgerät los. »Bring den Kunden nach oben. Wir haben einen Notfall.«

»Was für ein Notfall? Wissen Sie, was er meint?« Pierpaoli ist wieder nervös.

»Nein«, sagt der Schwarzgekleidete. Er hat zu seinen geliebten Ein-Wort-Sätzen zurückgefunden.

*

Wenig später. Pierpaoli betritt die Wohnung. Diese Wohnung ist ein Labor. Alles sehr sauber. Eine *Glove-Box*, ein Glaskasten mit einmontierten Handschuhen, sodass man darin hantieren kann. In der *Glove-Box* stehen Petrischalen. Daneben ein Labortisch. Eine Phalanx von Bildschirmen, Hochleistungsrechnern. Ein Sicherheitstank mit Temperaturregler und Sichtfenster, im Sicherheitstank steht ein Glaskolben in einer Aufhängung. Am Tank klebt eine Temperaturtabelle. Mit Überschrift: SPP/ Spheroplasma Polynesiae/Extrahierte Kultur 18/bz. Neben dem Sicherheitstank ein gelbes Fass, Aufschrift: *Nutrient Solution*. Nährlösung.

»Ging alles glatt? Wo ist er?«, fragt Pierpaoli.

»Zu Ihren Füßen«, sagt Fausto. Er deutet in die Mitte des Wohnraums. Dort liegt Elani bäuchlings auf dem Boden, die Hände mit Kabelbindern auf dem Rücken, sie haben ihm eine Augenbinde übergestreift, zwei Schwarzgekleidete knien neben ihm. Einer hält ein Messer. Pierpaoli nimmt Details wahr, aber wie in Zeitlupe und verschwommen. Als wäre er unter Wasser.

Ein Schwarzgekleideter sitzt, hektisch tippend, an Elanis Computern, es sind drei Bildschirme. Er hat seine Maske hochgeschoben, Pierpaoli sieht, dass der Mann sehr jung ist, schmal wie ein Klappmesser, ein flaumiges Bärtchen klebt unter seiner Unterlippe. Die drei Bildschirme sind schwarz. Unten rechts läuft eine Sekundenuhr. Die Ziffern sind klein und rot. Die Anzeige läuft rückwärts. Und steht bei der Ziffer 51. Klickt um auf 50.

»Es ist unmöglich.« Der junge Mann blickt zu Fausto, der in der Mitte des Raums steht. »Ich schaffe es nicht ohne den Code! In achtundvierzig Sekunden ist es vorbei.«

»Was ist vorbei«, fragt Pierpaoli. »Sie sagten doch, es geht glatt!«

»Hier ging es auch glatt«, sagt Fausto finster. »Er hat einen Alarm ausgelöst – die Computer werden sich löschen. Und Sie brauchen doch die Speichermedien, oder?«

»Ja, unbedingt«, sagt Pierpaoli verzweifelt. »Können Sie sie nicht wiederherstellen?«

»Unmöglich«, ruft der junge Mann am Computer dazwischen, nervös, eifrig, aggressiv. »Der hat ein Selbstlöschungs-Programm angeworfen. Wir brauchen den Code.«

Pierpaoli begreift. »Dann – fragen Sie ihn nach dem Code!«

Fausto schaut Pierpaoli eindringlich an. »Passen Sie auf. Wir müssen ihn *überzeugen*, dass er uns den Code verrät, verstehen Sie? Dazu brauchen wir Ihre Einwilligung, jetzt und sofort.«

»Noch siebenundzwanzig Sekunden«, ruft der junge Mann vom Computer herüber.

»Ich verstehe nicht«, murmelt Pierpaoli.

»Wir schneiden ihm einen Finger ab. Sofort. Dann noch einen, dann noch einen, wir schneiden so lange seine Finger ab, bis er den Code verrät. Einverstanden? Ja oder nein? Schnell!«

»Nein … Ich – um Himmels willen, nein, ich will nicht, dass Sie ihm seine Finger abschneiden!«

»Wollen Sie die Beweise haben? Ja oder nein?«

»Noch neunzehn Sekunden!« Der Junge am Computer ruft dazwischen.

»Warten Sie! Es muss doch einen anderen Weg geben.«

»Es gibt keinen anderen Weg«, sagt Fausto, er spricht jetzt sehr schnell. »Sie müssen sich entscheiden, sofort. Entweder wir tun ihm weh. Oder die Beweisdaten gehen verloren. Schmerzen sind überzeugend. Ihre Entscheidung.«

»Noch siebzehn Sekunden!«

Der Mann, der neben Elani kniet, hält kurz sein Messer hoch.

»Nein! Nein, nein. Nicht so. Ich werde ihn selbst fragen«, sagt Pierpaoli. Die Geste mit dem Messer hat den Ausschlag gegeben. Er kniet neben Elani, schiebt den Messermann beiseite, der schaut zu Fausto, und Fausto nickt – dann eben nicht, der Kunde entscheidet.

Pierpaoli bringt sein bleiches Gesicht dicht an das von Elani. »Sagen Sie mir den Code. Los! Sofort!« Er flüstert. »Sagen Sie, was Sie vorhaben.«

»Können Sie sich ausweisen?« Elani spricht bemerkenswert ruhig, entspannt.

»Ich bin von der Klima-Allianz. Was planen Sie?« Pierpaoli hört seine eigene Stimme, sie klingt fremd, wie ein Echolot.

»Klima-Allianz? Sie verstehen gar nichts. Nichtverstehen ist die Daseinsform vieler Menschen. Sie denken vielleicht, ich sei böse, und Sie denken, Sie hätten das Recht, mich hier zu überfallen.«

»Noch neun Sekunden!«

»Aber in Wahrheit habe ich mächtige Freunde«, fährt Elani fort. »Sie dürfen sich mir nicht in den Weg stellen, das wäre ein Fehler. Sie müssen unterscheiden. Zwischen Stillstand und Bewegung, zwischen Zerstörung und Neuanfang. Sie wollen zerstören. Ich hingegen habe mich für den Neuanfang entschieden.«

»Was soll das Gerede, verfluchter Scheißkerl?« Pierpaoli packt Elani am Kragen, drückt den Gefesselten hart auf den Boden. »Sagen Sie mir den verdammten Code!«

»Stellen Sie sich mir nicht in den Weg, das ist mein Rat an Sie«, sagt Elani.

Fausto ist inzwischen zu der *Glove-Box* gegangen, dem Glaskasten mit den eingelassenen Handschuhen, wo Elanis Experimente aufgestellt sind. Er betrachtet die angesetzten Petrischalen mit der Nährlösung, und ihm fällt das Thermometer auf.

»Hier tut sich was! Der Kerl hat den Alarmknopf nicht nur auf die Computer, sondern auch auf dieses Zeug hier eingestellt – es wird immer wärmer, es zerstört sich!«

Tatsächlich steigt die Temperaturanzeige auf dem Sicherheitstank rapide an. Und es kräuselt sich die Oberfläche auf den Petrischalen, kleine Blasen haben sich gebildet.

»Gibt es einen Stecker? Können wir den Stecker ziehen?« Er inspiziert die *Glove-Box*. »Kein Stecker, das Ding ist batteriebetrieben, die Temperaturregulierung ist integriert.« Fausto hat recht. Und jetzt steht die Temperaturanzeige bei 80 Grad Celsius, jetzt blubbert bereits der Inhalt der Petrischalen.

»Ich sagte es ja.« Elani spricht leise. »Sie haben sich für die Zerstörung entschieden. Für den Rückschritt.«

»Noch zwei Sekunden«, sagt der Mann, der an Elanis Computer sitzt. Er flüstert es.

Pierpaoli steht auf. Sein Hemd klebt am Rücken. »Sinnlos, sinnlos«, murmelt er.

Fausto mustert ihn besorgt. Die kleinen roten Anzeigen rechts unten auf den drei Bildschirmen stehen jetzt alle auf der Ziffer Null. Man hört nur aus den Rechnern ein leises Ratschen. Dann knackt es. Leise, als würde man Schokolade brechen.

»Die Festplatten werden jetzt alle überschrieben. Sogar vierfach, randomized«, sagt der junge Mann am Computer. »Das war's. Da werde ich auch nichts wiederherstellen können. Sorry.« Er steht auf.

Die milchige Flüssigkeit in dem Sicherheitstank brodelt.

Die Flüssigkeit in den Petrischalen blubbert und verdampft.

»Was sollen wir mit dem Zeug und dem Mann machen?«, fragt Fausto. »Ist das Zeug irgendwie giftig?« Er deutet auf die *Glove-Box*. »Und den Kerl? Sollen wir ihn entsorgen? Oder zu dem vorbereiteten Ort bringen?«

»Ja, bitte«, sagt Pierpaoli tonlos. »Bringen Sie ihn – an den vorbereiteten Ort. Wie besprochen. Weg von hier.«

»Und hier sind Papiere – wollen Sie das mitnehmen?« Der Schwarzgekleidete, der am Computer gesessen hat, stöbert durch Elanis Schreibtisch. »Ein Umschlag, sieht wichtig aus, offiziell.

Task-Force/Anfang 2030 bis Mitte 2032 steht drauf. Ist veraltet. Wollen Sie das trotzdem lesen?«

»Ja, ich nehme die Papiere.« Pierpaoli ist erschöpft, er kann kaum einen klaren Gedanken fassen. Aber vielleicht findet sich ein Hinweis in diesem Umschlag.

»Und diese ganzen Laborutensilien«, sagt er. »Stellen Sie sie sicher. Absolute Vorsicht beim Transport. Und hermetisch verpacken. Ich weiß nicht, wie gefährlich das Zeug ist. Ich schätze allerdings, dass alles vernichtet ist, indem er es zum Kochen gebracht hat. Aber wir gehen kein Risiko ein, klar?«

»Klar«, sagt Fausto. »Und dieser Container? Was passiert damit?«

»Ungefährlich, denke ich, er enthält die Oktopus-Eier. Holen Sie den Container aus dem Hafengebiet.«

»Machen wir. Aber sagen Sie, was ist los mit Ihnen?«, fragt Fausto. »Sie glühen ja.«

»Was?«

»Sie glühen. Ihr Gesicht. Mit Ihnen könnte man eine Stadt beleuchten. Wie fühlen Sie sich?«

»Wie ich mich fühle? Als bräuchte ich eine Dusche«, antwortet Pierpaoli.

**Geheimes Papierdokument der Task-Force,
erstellt 1 Jahr und 2 Monate zuvor**

WA CONFID: MemTaskForce, Level 10 Intel.
Dat. May 21, 2032

**Betreff: SONDERBERICHT TASK-FORCE –
Unregelmäßigkeiten**

1) Erfolgsmeldungen
Dr. Charles Elanis Berichte an die Mitglieder der Task-
Force waren in den ersten sechs Monaten sehr Erfolg
versprechend: das Versuchslabor in kürzester Zeit fertiggestellt, Versuche professionell eingeleitet. Daten über
massiv verbessertes Sozialverhalten der Testobjekte.

2) Täuschung
Am 16.5.2032 fand auf Initiative des Vorsitzenden der
Task-Force, Mr Hans-Oliver Frey, eine unangekündigte
Kontrolle in Dr. Elanis Labor statt. Dabei wurde offen-
sichtlich, dass Elani die Task-Force getäuscht hat: Test-
ergebnisse waren verfälscht worden, scheinbar positive
Resultate kamen von einem zusätzlich vergebenen Medi-
kament.

3) Kündigung
Die Task-Force unter Vorsitz von Hans-Oliver Frey erklärt
das Vertrauensverhältnis mit Dr. Elani als grundlegend
gestört. Entsprechend beendet die Task-Force mit sofor-
tiger Wirkung die Zusammenarbeit mit Dr. Elani, stoppt
alle Experimente und beendet den Betrieb des Labors.

4) Fazit

Die Task-Force erklärt: Die Auslotung der Möglichkeiten ergab, dass eine radikale und weltweite Veränderung des menschlichen Verhaltens mehr Gefahren als Vorteile birgt.

Mit einstimmigem Beschluss wird hiermit die Auflösung der Task-Force erklärt.

Das Geisel-Versteck der Yaya-Gang, unweit von Colón, Panama

Das Gefängnis, in dem Elani steckte, war ein alter und seit vielen Jahren trockener Brunnenschacht, mehrfach ausgebessert und mit einer betonierten Sohle.

Der Schacht war fast kreisrund, die Öffnung oben mit einer niedrigen Ummauerung eingefasst, von knapp viereinhalb Metern Durchmesser, was auf der Sohle eine Fläche von sechzehn Quadratmetern ergab. Oder ungefähr achtzehn Schritte, um den Kreis unten ein Mal abzuschreiten. Elani hatte es oft getan, seit sie ihn – da war er noch betäubt gewesen, leblos – an einer Seilwinde in den Brunnenschacht hinabgelassen und zum Aufwachen auf einen Futon gelegt hatten.

Er war jetzt hier seit eineinhalb Tagen. Er hatte sich seinen Kerker genau angesehen, im Dunkeln hatte er die glatten Innenwände befühlt, auf der Suche nach einem Riss, einer Unregelmäßigkeit, einer Möglichkeit, Steiglöcher zu schlagen, sich abzustützen, daran emporzuklettern. Vergebens. Bei Tageslicht – denn es gab Oberlichter im Hallendach – hatte er sein Verließ ganz genau studiert, jeden Quadratzentimeter. Er hatte viele Überlegungen angestellt, wie er entkommen könnte, aber er hatte sie sämtlich verworfen. Fausto und die Yaya-Leute wussten, was sie taten. Der Schacht war das perfekte Gefängnis für eine Person.

Um den Brunnenschacht war eine Halle hochgezogen worden, so groß wie eine Turnhalle. Sie war leer bis auf ein paar Eisenbetten und einen Tisch mit einer Heizplatte darauf. Das Dach war dünn und löcherig, unter den Sparren hingen vereinzelte Fledermäuse.

Die Yaya-Leute versorgten Elani anständig; es waren Profis. Dreimal am Tag wurde ein Korb mit einer Mahlzeit und Wasser abgelassen, an einer dünnen Schnur. Auch ein Eimer mit warmem Seifenwasser zum Waschen, ein Eimer für die Notdurft. Das alles kam herabgeschwebt und wurde wieder emporgezogen. Elani hatte sich dem Ablauf gefügt. Es machte keinen Sinn, hier zu revoltieren, sie konnten von oben jederzeit Betäubungspfeile auf ihn schießen und ihn zur Räson bringen.

Die Ausstattung unten: ein Futon, eine Decke. Sogar ein Tisch und ein Stuhl, allerdings aus Karton. Elani konnte sich frei bewegen, keine Fesseln. Auf seine Bitte hin hatte man ihm Papier und weiche Filzstifte hinabgelassen, sogar Bücher, die allerdings aus dem Einband geschnitten wurden und als Loseblattsammlung im Korb lagen.

Würden seine Entführer ihn töten? Vielleicht später, nicht sofort. Elani hatte mitbekommen, dass Pierpaoli hinter dem Ganzen steckte, und er hatte sich an Pierpaoli erinnert, den Klima-Allianz-Mann aus Kappeln – und er hatte natürlich sehr wohl wahrgenommen, dass Pierpaoli viel zu zartbesaitet war, um seine, Elanis, Ermordung anzuordnen, zuzulassen. Noch nicht jedenfalls.

Elani hatte sich in sich selbst zurückgezogen. Er schrieb, las, dachte nach, er schlief viel, denn er hatte Schlaf aufzuholen, er beobachtete. Er nahm alles wahr, die Geräusche von oben: Motoren, Autos, das Verstummen der Vögel, wenn jemand kam oder abfuhr, der Geruch nach Kaffee, wenn seine Aufpasser eine Thermoskanne aufschraubten. Er wartete auf seine Chance. Erst musste er das System verstehen. Jedes System hat irgendwo eine Schwachstelle. Und dann kam Pierpaoli, auf der Suche nach Antworten. War Pierpaoli die Schwachstelle?

*

Pierpaoli hätte sich gewünscht, von Angesicht zu Angesicht mit Elani zu verhandeln; aber Fausto weigerte sich kategorisch. Auf keinen Fall dürfe Pierpaoli mit einer Leiter zu Elani hinabsteigen – zu gefährlich, nicht kalkulierbar. Pierpaoli hatte eine Entführung bestellt und bekommen. Bitte sehr. Aber die Regeln, wie das Opfer zu bewachen sei, machten die Yaya-Leute.

So musste Pierpaoli sich auf das Mäuerchen setzen, das den Brunnenschacht umschloss, und von oben in den Schacht sprechen – langsam und deutlich, denn seine Worte widerhallten von der nackten Betonwand. Umso mehr bemühte er sich um einen verständigen, lockeren, fast kollegialen Tonfall, in der Hoffnung, Elani zu einem Geständnis zu bewegen.

Ein Geständnis. Das war es, dachte er, was er brauchte. Er nahm alles auf.

Er musste diesen Mann überzeugen, seinen Plan – worin immer er bestand – jetzt aufzugeben. Er musste diesem Mann vormachen, dass alles aufgeflogen sei, alles aufgedeckt sei – und dass es dann schon besser sei, zu gestehen. Er musste bluffen.

In Wahrheit hatte Pierpaoli, nach der Vernichtung der Computer, nur vage Indizien und wenige Beweise. Nicht genug, um Kapstadt zu alarmieren, die Kavallerie zu rufen, ihn mit großem Aufgebot festnehmen zu lassen.

Was hatte er in der Hand? Barré und Talasea hatten zwar ein Bild Elanis gezeichnet, seinen Charakter geschildert, aber das waren keine Beweise. Schwerer wog die Tatsache, dass Elani die Eier gestohlen hatte, dass er Asta bedroht und in Hirtshals ein Chaos angerichtet hatte – das ließ sich belegen, aber auch nur teilweise. Irgendwann stünde Aussage gegen Aussage. Und Elani war hier in Panama. Damit war er der dänischen Gerichtsbarkeit entzogen.

Den großen und schrecklichen Plan des Dr. Elani, falls solch ein Plan denn existierte: Pierpaoli kannte ihn nicht.

Der nächste Anhaltspunkt war der Inhalt dieses Umschlags. Pierpaoli hatte die Task-Force-Aufzeichnungen gelesen, die sie in Elanis Penthouse-Apartment gefunden und mitgenommen hatten. Eine Chronologie, beginnend vor etwa zwei Jahren. Eine anstrengende Lektüre, aber sie hatte ihn ein bisschen weitergebracht. Eine ominöse Task-Force war vor gut zwei Jahren gegründet worden, handelnd tatsächlich im höchsten Regierungsauftrag. Und die Task-Force hatte irgendwann tatsächlich Elani engagiert, damit dieser dubiose Experimente anstellte – mit dem Parasiten.

Das erklärte die Arroganz Elanis. Man hatte ihm ein Labor eingerichtet und viel Geld zur Verfügung gestellt. Wo sich das Labor befand, stand nicht in den Papieren. Aber eine Weile hatte Elani eifrig forschen dürfen.

Doch dann hatte Elani irgendwie betrogen. Das ging aus den Papieren hervor. Wie genau, stand dort nicht.

Es hatte einen Stopp gegeben, eine Untersuchung. Die Experimente wurden eingestellt. Auf höchstes Geheiß. Die Resultate seien »nicht zufriedenstellend«, darum »eingestellt«, so hieß es in den Protokollen lapidar. Keine weitere Begründung.

Aber Elani hatte offenbar seine Experimente fortgesetzt. Wie sonst war das Telefonat zu verstehen, das Pierpaoli abgehört hatte? Und er hatte auch die Eier gestohlen, *nachdem* die Experimente eingestellt worden waren.

Das Labor existierte noch, wahrscheinlich auf dieser Insel, dem Ziel des Containers. Dort hatte Elani seine Forschungen weiterhin betrieben. Wie genau, wie strafbar seine Handlungen da waren, das wusste Pierpaoli nicht. Aber es war die schwerwiegendste Handhabe, die Pierpaoli hatte. Viel war es nicht.

Wieso wurde Elani geschützt, wenn doch die Versuche gestoppt worden waren? Von wem?

Doch von der F.A.P.? Wieso hatte Talasea Pierpaoli dann explizit nach Panama geschickt, um ihren Bruder zu stoppen?

Was ging in dem Labor vor sich, was so brisant war? Menschenversuche? Und falls ja – welcher Art?

Pierpaoli musste sich eingestehen: Er hatte immer noch nichts Besseres als Vermutungen. Er brauchte also ein Geständnis. Er musste den Mann ausquetschen, erfahren, woran Elani geforscht hatte oder noch experimentierte. Aber wie? Indem er ihn provozierte, oder indem er ihm eine Falle stellte, oder indem er ihm sogar Hilfe anbot. Er musste schlauer sein. Er musste es probieren.

Er blickte in den Schacht: Elani lag unten auf dem Futon, rücklings, entspannt und ausgestreckt, die Hände hinter dem Kopf. Regungslos.

Das Spiel begann.

»Guten Morgen, Dr. Elani«, rief Pierpaoli hinunter. Es hatte sachlich klingen sollen, es hörte sich aber falsch und hohl an in Pierpaolis Ohren. »Hallo? Hören Sie mich? Hier ist Thomas Pierpaoli. Klima-Allianz …«

Die Reaktion ließ auf sich warten. Aber irgendwann kam sie doch. Elani setzte sich auf. Die Stimme von unten klang kultiviert, arrogant, etwas gelangweilt.

»*Der Feige stirbt schon vielmal, eh' er stirbt.*« Elani schaute kurz hoch. »*Der Tapf're kostet einmal nur den Tod.* Shakespeare. ›Julius Caesar‹. Sollten Sie mal lesen. Lektüre für Feiglinge. Also, Pierpaoli, was soll das hier? Wollen Sie mich töten? Warum tun Sie's dann nicht? Es würde uns Zeit ersparen.«

»Niemand will hier irgendwen töten, Dr. Elani«, gab Pierpaoli zurück.

Keine Antwort. Elani hatte sich auf seinen Pappstuhl gesetzt, ein Bein über das andere geschlagen, er wippte mit dem Fuß und schaute in keine bestimmte Richtung.

»Hören Sie«, setzte Pierpaoli neu an, jetzt dringlicher. »Ich brauche nur ein paar Antworten. Ich arbeite für die Klima-Allianz. Abteilung *Science Control*. Ich kann Ihnen helfen. Kooperieren Sie mit mir, und wir können alle nach Hause gehen. Ich brauche nur Antworten – ehrliche Antworten. Ich muss mich auf Ihr Wort verlassen können, auf Ihr Ehrenwort …«

»Ach ja. Sie sind ja so ein verfluchter Pfadfinder. Sie waren in Dänemark, richtig? Ich dachte, Sie wären endlich ertrunken. Aber Sie sind aus dem Wasser gekrochen und mir gefolgt. Und dann haben Sie mir mit dem Taser aufgelauert wie ein Narr.«

»Ja«, gab Pierpaoli zu.

»Und jetzt also eine Entführung. Sie heuern Leute dafür an. Ich staune. Sind Sie vollends verrückt? Pierpaoli, der Mann, über den die Welt lachte, weil er einen Oktopus verlor, ist jetzt vollends verrückt!«

»Hören Sie. Ich habe den Oktopus nicht verloren. Sie haben die Eier gestohlen. Sie haben die Kapitänin Asta zur Mithilfe angestiftet. Sie haben im Hafen von Hirtshals ein Chaos angerichtet. Sie haben einen Polizisten getötet. Sie wollten auch mich umbringen. Das sind schwere Delikte. Sie haben sich da in eine Sache verrannt, Dr. Elani. Ihr Plan ist gescheitert. Das wissen Sie. Ich auch. Ich habe die Protokolle gelesen. Die Task-Force hatte Ihre Experimente seit Langem eingestellt. Trotzdem haben Sie weiter geforscht. Sie haben sich strafbar gemacht. Aber ich kann Ihnen helfen. Vertrauen Sie mir!«

»Vertrauen? Ich soll Ihnen vertrauen? Sie wünschen sich ehrliche Antworten? Dabei ist jedes Wort, das Sie von sich geben, gelogen. Wissen Sie, woran Sie mich erinnern mit Ihrer Pfadfindervisage und Ihrer Apostelstimme? An Ihre Vorfahren, die weißen Kolonialisten. Die Missionare und Welteroberer, die den anderen Völkern den vermeintlich wahren Glauben brachten und ihnen erklärten, was richtig und falsch ist.«

»Wir müssen jetzt nicht über Kolonialismus diskutieren.«

»Oh doch. Denn es ist meine Geschichte.« Elani verfiel in einen Märchenerzähler-Ton. »Der weiße Mann, so ein Typ wie Sie, bereiste also die Welt und erklärte jedes Ufer, an dem er strandete, und jede Insel, über die er stolperte, zu seinem Eigentum. Wie keck! Zum Beispiel James Cook, der angebliche Entdecker von Tahiti, Bora-Bora und der halben Südsee! Der *Entdecker!* Wie scheinheilig. Denn diese Orte waren bereits bewohnt.« Elanis Stimme triefte vor Sarkasmus. »Von *meinen* Vorfahren!«

»Was hat das mit unserem Problem zu tun, Dr. Elani?«

»Es ist dieselbe arrogante Haltung. Es ist dieselbe Art zu lügen, zu verdrehen. Ob James Cook die Südsee für sich reklamiert oder ob die Franzosen insgesamt fast zweihundert Atombombentests auf Mururoa machen, es ist stets dieselbe Arroganz. Der Kodex des Söldners: Raub, Lüge, Anmaßung. Warum wurden die Atombombentests nicht in Frankreich durchgeführt, zum Beispiel in der Provence oder am Stadtrand von Lyon? Ach ja – man wollte keinen Franzosen gefährden! Okay, Pierpaoli. Sie stehen da und blicken auf mich herab. Und behaupten also, Sie hätten das Recht auf Antworten. Okay. Sie sagen, Sie seien von der Klima-Allianz?«

»Jawohl.«

»Sie lügen.«

»Nein!«

»Sie lügen. Warum bin ich hier in diesem Loch und nicht in einem richtigen Gefängnis? Warum haben Sie Gangster angeheuert und arbeiten nicht mit der Polizei zusammen? Sie haben keine Autorität. Sie arbeiten auf eigene Faust. Sie wissen nichts über die

Task-Force und meine Forschung. Sie haben in meinen Papieren herumgeschnüffelt und reimen sich Dinge zusammen. Ich werde Ihnen was erklären: Nicht Sie, sondern *ich* arbeite für die Klima-Allianz. Während Sie, kleiner Pierpaoli, lediglich durchs Bild stolpern und nicht wissen, was Sie da tun. Was ich tat, war absolut legal. Mir wurde Freiheit für meine Forschung und Schutz vor jedweder Strafverfolgung garantiert. Von höchster Stelle.«

»Wovon reden Sie?« Pierpaolis Stimme klang unsicher, er merkte es selbst.

»Sie bluffen. Sie sind ein Schauspieler auf der verzweifelten Suche nach seinem Text, auf der Suche nach einem Regisseur, nach einem Stück. Während ich ein Wissenschaftler bin! Ein Wissenschaftler, der nichts weniger tut, als die Zukunft neu zu erfinden.«

Dieser Mann musste sich immer ausstellen, präsentieren, Eitelkeit war seine Schwachstelle. Pierpaoli musste ihn provozieren. »Ach, wissen Sie, Dr. Elani, ich habe schon so viele mittelmäßige Wissenschaftler getroffen, die die wildesten Pläne und Fantasien hatten. Sie sind auch so. Sie geben Versprechen ab, die Sie nicht halten können, Sie sind größenwahnsinnig …« Ihm fiel kein stärkeres Wort ein.

»Am Ende dieser Arbeit«, zischte Elani von unten, »wird ein Organismus stehen, der die Welt verändert. Der Parasit ist noch nicht in einem modifizierten Zustand. Deshalb brauchte ich das Rohmaterial, die Eier. Am Ende aber wird ein modifizierter Organismus stehen, der das Denken und Empfinden der Menschen verändert, und zwar ohne Nebenwirkungen, ohne Abstürze, ohne dass man eine balancierende Medikamentierung braucht. Und am Ende steht ein modifizierter Mensch, eine bessere Menschheit!«

»Wie soll das gehen? Bitte, Dr. Elani, überzeugen Sie mich. Indem Sie mir Details schildern.«

»Details?« Elani zögerte. Dann, höhnisch: »Was verstehen Sie schon davon? Und was wollen Sie denn wissen?«

»Nun, eben alle Details …« Pierpaoli vergewisserte sich, dass das Aufnahmegerät lief. Aber Elani hatte die Falle bemerkt.

»Sie Trottel.« Voller Verachtung. »Los, Pierpaoli. Rufen Sie in Kapstadt an. Rufen Sie Cheng an, General Cheng. Jetzt gleich.

Los! Erzählen Sie ihm, dass Sie mich hier festhalten, mit ein paar angeheuerten Gangstern, alles ohne Sinn und Verstand. Dann werden wir sehen, was er sagt. Ich sag's Ihnen. In vier Worten. Er macht Sie fertig. Von Ihnen bleibt nichts übrig! Gar nichts!«

Die letzten Sätze hatte Elani gebrüllt.

Stille.

Pierpaoli verarbeitete das Gehörte. Er konnte General Cheng nicht anrufen. Cheng, Geheimdienstchef aller Sicherheitsdienste in Kapstadt, lag weit oberhalb von Pierpaolis Dienstrang – genauer: Pierpaolis ehemaligem Dienstrang.

Plötzlich hatte Pierpaoli so etwas wie eine letzte Idee, eine instinktive Reaktion. Der Bestimmungsort des Kühlcontainers war die Insel, von der Elani in seinem Telefonat gesprochen hatte. Dort war sein Labor.

»Nein, Dr. Elani. Das geht nicht. Wir würden General Cheng nur stören.« Pierpaoli spielte jetzt seine Karte mit Bedacht aus. »Denn – General Cheng ist gerade sehr beschäftigt. Er befindet sich auf einer Insel. Vor der Küste Chiles. Und zwar auf der Isla Robinson Crusoe. Den Namen kennen Sie sicherlich: Isla Robinson Crusoe. Dort wird gerade ein Labor aufgelöst – Ihr Labor. Alles dort ist weiteres Beweismaterial. Ihr Spiel ist aus. Sie können mir also ebenso gut alles erzählen …«

Elani stand auf und starrte zu Pierpaoli nach oben. Er sagte nichts. In dem Licht, das von oben fiel, waren seine Augen umschattet wie bei einem Filmvampir. Aber Pierpaoli hatte trotzdem etwas wahrgenommen: einen Moment der Unsicherheit, einen roten Spritzer Wut – bei der Erwähnung der Isla Robinson Crusoe.

Pierpaoli hatte einen Nerv getroffen.

Doch dieser Moment ging vorüber. Elani hatte sich schon wieder in der Gewalt. Seine Stimme war kalt.

»Sie bluffen, Pierpaoli. Niemand löst ein Labor auf. Sie wissen gar nichts von einer Insel. Sie wollen es allen recht machen, aber am Ende werden Sie ganz allein dastehen. So einsam wie eine Fledermaus.«

»Was soll das jetzt wieder bedeuten?«

»Es ist ein Märchen aus meiner Heimat. Hören Sie zu, es ist

lehrreich für Sie.« Elani hatte sich wieder in der Gewalt. Er setzte sich und schlug einen Erzählton an. »Vor langer Zeit führten die Tiere und die Vögel einen Krieg gegeneinander. Und die Fledermaus wollte es allen recht machen. Wenn sie bei den Vögeln war, behauptete sie, ein Vogel zu sein – denn sie könne ja fliegen. Wenn die Fledermaus jedoch die Tiere besuchte, behauptete sie, eine Maus zu sein, eine Maus, die nur zufällig diese kleinen Schwingen habe. Sie log in alle Richtungen, die dumme kleine Fledermaus. Und am Ende wollte niemand mit ihr etwas zu tun haben. Sie wurde von allen ausgestoßen. Deshalb fliegt sie nachts. Wenn alle Vögel und Tiere schlafen. Und so wird es mit Ihnen enden, Pierpaoli.«

Eine einzige Geschichte ist so viel stärker als sachliche Fragen. Mit seiner Fabel von der Fledermaus hatte Elani Pierpaolis Drängen und Beharrlichkeit in kleine Stücke zerbrochen.

Elani hatte seine Fassung wiedererlangt, er sprach jetzt wie ein Prinz von Geblüt. »General Cheng ist gar nicht auf der Insel. Sie arbeiten nicht für die Klima-Allianz. Sie sind ein Lügner, ein Heuchler. Eine verlogene Fledermaus. Und ganz allein. Man wird Sie ausschalten, Pierpaoli. Nichts wird von Ihnen bleiben. Und jetzt verschwinde, kleiner Pierpaoli. Husch, husch, weg mit dir.«

Elani stand vom Stuhl auf und machte eine Handbewegung, so als würde er ein Insekt verscheuchen. Dann legte er sich auf den Futon und verschränkte die Hände über der Brust: Er glich in dem schrägen Sonnenlicht einem steinernen Relief auf einem Sarkophag.

Pierpaoli blieb noch eine Weile am Brunnenschacht stehen, rief noch einige Male hinunter, doch Elani verweigerte jedes Wort und jede Regung.

Die letzte Chance, die Pierpaoli blieb, war die Insel.

In Südafrika ist es vier Uhr morgens, als Gillespies Telefon summt. Es liegt neben dem Bett, wo es auflädt. Sie ist nach dem zweiten Summton wach, nimmt den Anruf an, sie erkennt die Nummer. Die Nachttischlampe geht automatisch an.

»Pierpaoli? Sind Sie das? Ich habe die Papiere gelesen, die Sie mir geschickt haben. Ich habe mich noch nicht entschieden. Ich werde mich bei Ihnen melden.«

Gillespie weiß genau, dass sie die Task-Force-Papiere nicht nach oben weiterreichen wird; das wäre politisch gefährlich, Elani gilt immer noch als unantastbar, aus irgendeinem Grund. Trotz seiner Kündigung durch die Task-Force, von der in Pierpaolis Dokumenten die Rede war. Aber er hat weiterhin eine *Red Flag*, jemand beschützt ihn.

Pierpaolis Stimme klingt aufgeregt. »Moment, warten Sie, die Sache ist sehr eilig. Sie müssen Elani festnehmen. Verstehen Sie das? Er ist eine reale Bedrohung für die Menschheit. Haben Sie auch das Telefonat gehört, die Audio-Datei? Elani hat Geldgeber. Wir müssen herausfinden, wer das ist …«

»Was heißt *wir*? Sie gehören nicht zu uns, Sie haben gekündigt, Pierpaoli. Mit pathetischen Worten.«

»Hören Sie doch zu! Sie müssen Elani in Gewahrsam nehmen, vernehmen lassen. Und zwar sofort. Ich kann Ihnen dabei helfen …«

»Aha. Wie das? Was wissen Sie?«

Pierpaoli zögert. »Ich weiß, wo er sich befindet. Und dort wird er auch noch einige Tage sein. Sie müssen ihn nur abholen.«

»Wo ist das, dieser Ort, wo Elani sich befindet? Und wo sind Sie?«

»Garantieren Sie mir erst, dass Sie Elani abholen! Und ich sage Ihnen, wo er ist. Erst dann!«

Pause.

Gillespie holt tief Luft. Dann, beherrscht: »Falls Sie hier jetzt gerade Privatdetektiv spielen, Pierpaoli, und irgendwas im Schilde führen – das machen Sie auf eigene Rechnung. Sie haben dafür nicht unsere Rückendeckung, das ist Ihnen hoffentlich klar?«

»Das heißt, Sie wollen gar nichts unternehmen?«

»Ich habe mich noch nicht entschieden. Wie ich sagte. Was Sie da geliefert haben, ist ja ganz interessant. Aber handfeste Beweise sind es nicht.«

»Gut. Na schön. Dann werde ich handfeste Beweise liefern. Und ich werde sie öffentlich machen.«

Sie spürt, fast telepathisch, seinen Zorn durchs Telefon. Dann ist die Leitung tot. Er hat aufgelegt.

Gillespie setzt sich auf den Bettrand, sie nimmt ein Glas Wasser vom Nachttisch und löst ein Alka-Seltzer darin auf. Die Tablette trudelt auf den Boden des Glases, bleibt flach liegen und beginnt gehorsam zu sprudeln.

Gillespie denkt nach. Pierpaoli nimmt sich ziemlich viel heraus. Normalerweise würde sie sich das nicht bieten lassen. Aber andererseits – seine Zähigkeit ist beeindruckend. *Ich habe wahrscheinlich meinen besten Mann verloren. Wie das Alka-Seltzer hat er sich vor meinen Augen aufgelöst.*

Zwei Abmachungen hatte Pierpaoli mit den Yaya-Leuten getroffen.

Die erste Abmachung: Die Yaya-Leute würden Elani weiterhin gefangen halten, auf weitere zehn Tage. Jeder Tag kostete dreitausend; Pierpaoli hatte im Voraus bezahlt. Und sie dürften Elani nichts tun.

Nach fünf Tagen würde Pierpaoli sich melden, entweder mit mehr Geld oder mit weiteren Anweisungen.

Die zweite Abmachung: Fausto und seine Leute würden außerdem den Container beiseiteschaffen, als Beweismaterial sichern und bewachen. Sie würden das GPS entfernen, damit wäre der Container unauffindbar. Auch diese Abmachung galt für zehn Tage. Mehr konnte Pierpaoli, dessen Reserven jetzt nahezu erschöpft waren, sich nicht leisten.

Beide Abmachungen galten für die Zeit seiner Abwesenheit.

Und was bedeutete *Abwesenheit*? Es bedeutete, dass Pierpaoli sich aufgemacht hatte zur Isla Robinson Crusoe, vor der Küste Chiles, um dort das geheimnisvolle Labor zu finden.

Talasea stellt sich zur Wahl

Aus: »La Dépêche de Tahiti« / Online-Ausgabe

Talasea geht siegreich aus Vorwahlen hervor – Ozeanien feiert!

Papeete/Tahiti. Die Nominierung der Polynesierin Talasea, 38, (ursprünglich Hannatalasea Elani, Tochter des Rata Elani) bei den Vorwahlen zum Präsidialrat hat auf allen bewohnten 2 100 Inseln (der insgesamt 7 500 Inseln) Bekundungen der Freude und des Glücks ausgelöst! Aus tausend Bewerbern wurden in den Vorwahlen jetzt 49 Personen nominiert zur großen »Weltwahl« in zwei Wochen.

Talasea, die ihren politischen Anfang in unserer wunderschönen Inselwelt Ozeaniens nahm, ist bekanntlich *die* Symbolfigur und geistige Führerin dieser Region. Von Polynesien bis Melanesien, von Neuseeland bis Hawaii tanzten und feierten daher die Menschen auf den Straßen. Die Nominierung Talaseas wird empfunden als Beginn einer neuen Ära, als Zeichen, dass diese unsere große Meeresregion – wenngleich vergleichsweise spärlich besiedelt – endlich politisch in ihrer Bedeutung wahrgenommen wird. Natur- und Heimatschützer aller Richtungen hoffen, dass, falls Talasea sich auch in den Hauptwahlen durchsetzt, nun Natur und Meer einen anderen Status und Schutz erfahren. Zum Beispiel würden, so die diversen Naturschützer, von nun an wohl die gigantischen Geo-Engineering-Projekte strenger geprüft – denn Talasea ist bekannt für ihre kritische Haltung gegenüber Geo-Engineering. Endlich! So der allgemeine Tenor.

Und laut Umfragen stehen ihre Chancen gut.

Politische Beobachter gehen freilich davon aus, dass auch die Betreiber solcher Großprojekte wie auch deren Lobbyisten auf einen möglichen Wahlsieg Talaseas reagieren werden – weniger freudig. Anzeichen dafür gibt es: Schon jetzt haben in Kapstadt, aber auch in Washington, Tokio und Peking, Lobby-Vertreter Kommentare abgegeben, die von allgemeiner Nervosität und Skepsis zeugen. Ein Beobachter fasste es unserer Zeitung gegenüber zusammen: »Ihr werden gute Chancen eingeräumt. Bei der Geo-Engineering-Lobby geht die Angst um.«

»La Dépêche de Tahiti« sagt: Geht wählen!

Elftes Kapitel

Die Gefangenen

Sie waren auf dem Meer, um zwei Uhr morgens, das Boot tanzte auf dem Wasser, die Nacht war sternenlos, der Himmel pechschwarz, die See wühlte, und Pierpaoli hatte Salzwasser in den Augen. Außerdem hatte er eine Scheißangst.

Er kauerte am Heck eines Schlauchbootes, zitternd. Es war ein *Medline Zodiac*, sieben Meter und vierunddreißig Zentimeter lang, von eisengrauer Farbe, sechshundert PS, und Pierpaoli hockte hinten am Batteriemodul, er klammerte sich an den Griffen der Verkleidung fest. Die beiden Außenbordmotoren waren ausgeschaltet, weshalb das Boot beträchtlich krängte und um sich selbst drehte, in dem unruhigen Wellengang auf und ab schlug. Gischt und Wasser schwappten über die Wandung. Vorn am Bug machte Kreutzberg – dessen Boot es war – sich an einer kleinen, abgeschirmten Lampe zu schaffen, er fummelte an dem *Seabob*, einem Tauchscooter, mit dem Pierpaoli zur Insel gelangen sollte; heil und unbemerkt, wenn alles gut ging. Und es musste gut gehen. Es musste klappen. Denn wenn man ihn erwischte, ertappte, dann war alles, alles umsonst gewesen.

Kreutzberg überprüfte ein letztes Mal die Sauerstoffversorgung, die Batterieladung am Scooter wie auch die Programmierung: Zielort Nummer eins war die Insel, eine schmale Bucht; Zielort Nummer zwei, zweiundsiebzig Stunden später, war wieder hier, auf dem Meer. Eineinhalb Meilen von der Insel entfernt. An dieser GPS-Markierung würde Kreutzberg ihn wieder abholen, mit dem *Zodiac*, in drei Tagen. Wenn alles klappte.

Kreutzberg war Pierpaolis neuer Freund und Helfer; ein Argentinier mit deutschen Wurzeln, hager, schweigsam und in seiner Freizeit dem Pokerspiel verfallen. Pierpaoli hatte ihn auf einer Hochseeplattform kennengelernt, dort überredet und engagiert, übrigens für sehr, sehr viel Geld. Pierpaoli war jetzt, wenn er die Ausgaben in Panama einrechnete, nahezu pleite. Aber es war unabdingbar, er brauchte Hilfe, um auf die Insel zu gelangen, auf die Isla Robinson Crusoe, die jetzt irgendwo vor ihnen lag, in der Schwärze der Nacht, wo genau, das konnte man allenfalls ahnen.

Er setzte alles auf diese Karte. Die letzte Karte.

Pierpaoli hatte seine Tauchkleidung bereits angelegt: einen Neoprenanzug mit langen Ärmeln und Beinpartien, die Knie verstärkt, falls er über scharfkantige Felsen würde klettern oder kriechen müssen, außerdem Handschuhe und Füßlinge. Sie wussten beide nichts über die Insel, weder Kreutzberg noch er. Kreutzberg war zwar Taucher, und er arbeitete gar nicht weit von hier auf einer Hochseeplattform etwa dreißig Meilen westlich, er war dort Reparaturtaucher, aber auf der Isla Robinson war er noch nie gewesen. Die Insel war Sperrgebiet, außerdem unbewohnt, angeblich jedenfalls. Warum Pierpaoli dort unbedingt hinwollte, interessierte Kreutzberg nicht. Ihn interessierte die Bezahlung, die Pierpaoli ergeben hinblätterte, für Boot, Ausrüstung, Scooter, Unterweisung, Transport. Nicht nur, dass Pierpaoli keine Ausrüstung besaß, er hätte auch nicht gewusst, wie man sie bedient.

Kreutzberg hatte überschlagen, dass Pierpaoli die eineinhalb Seemeilen, wenn er mit etwa fünfzehn bis achtzehn Stundenkilometern fuhr, in gut acht bis zwölf Minuten zurücklegen würde. Trotz der kurzen Zeit musste er Unterkühlung vermeiden. Wenn alles gut ging, würde er unbemerkt an Land krabbeln, den Scooter verstecken und die Insel auskundschaften.

Pierpaoli hatte einen wasserdichten Rucksack neben sich liegen, der ziemlich prall war, den Inhalt hatte Kreutzberg ihm zusammengestellt: Lampe, Kamera, Fernglas, Reagenzgläser und Testkit, wetterfeste Kleidung, Ersatzschuhe, Verbandszeug, Satellitentelefon mit Powerbank und Solarladeset, Energy-Gel, Messer, Schnur, Lupe, Nadel, Garn, Magnet, Trinkflasche, Angelhaken, Netz. Pierpaoli hatte eine wasserdichte Uhr am Handgelenk. Seine eigene Armbanduhr, eine teure *Piaget*, ein Erbstück seines Vaters, gehörte jetzt Kreutzberg.

Die Isla Robinson Crusoe, benannt nach der Romanfigur, war ebenjenes Eiland, auf dem im Jahr 1704 der schottische Seemann Alexander Selkirk sich nach einem Streit mit dem Kapitän aussetzen ließ und dort vier Jahre und vier Monate überlebte. Daniel Defoe hatte das Schicksal Selkirks zu Weltliteratur verarbeitet. Dreihundert Jahre später hatte die chilenische Regierung versucht, mit dem Robinson-Mythos den Tourismus anzukurbeln; aber das war nicht gelungen. Zuletzt hatten etwa tausend Menschen auf der Insel gelebt. Und mehr Ziegen. Und noch viel mehr Ratten. Und dann hatte man die Menschen ausgesiedelt. Mit üppigen Abfindungen. Das lag nicht mal vier Jahre zurück.

Von da an diente die Isla Robinson einem anderen Zweck.

*

Jetzt drehte sich Kreutzberg zu Pierpaoli um, er winkte ihn zu sich. Pierpaoli krabbelte und rutschte auf Händen und Knien in dem schwankenden Boot zum Bug. Kreutzberg drehte die Lampe auf die niedrigste Stufe. Normalerweise hing ihm ständig eine filterlose Zigarette von der Unterlippe, aber nicht jetzt.

Kreutzberg deutete auf den Scooter, der kaum größer war als ein kleiner Koffer, allerdings aquadynamisch geformt: mit einer Nase am vorderen Ende, links und rechts davon zwei Halte- und Lenkgriffe und ein Schalter, am Heck zwei kleine stumpfe Finnen und die elektrische Antriebseinheit. Er brachte seinen Mund an Pierpaolis Ohr und musste trotzdem schreien, um sich gegen Wind und Wellen zu behaupten.

»Sie legen sich bäuchlings drauf, sobald Sie im Wasser sind. Hier, mit der Brust in die Vertiefung …« Kreutzberg deutete auf eine Mulde. »Und hier sind die Haltegriffe, die auch steuern. Sie halten sich gut fest. Die Gummilegierung der Maske ist intelligentes Design, die Form passt sich ihrem Gesicht sauber an. Und das Glas, dank Nanoteilchen, beschlägt auch nicht. Nicht wie die Tauchermasken früher. Was noch? Ach ja. Das Atmen sollten Sie nicht vergessen. Dies ist die Sauerstoffversorgung, klemmen Sie das Mundstück fest zwischen Ihre Zähne. Mehr müssen Sie nicht tun. Die Programmierung bringt sie zur Insel. Die Programmierung hält Sie außerdem die ganze Zeit in etwa zwei Metern Tiefe. Sollten Sie an ein Hindernis kommen, etwa an einen unterseeischen Zaun, können Sie die Automatik ausschalten und sich einen Durchgang suchen. Benutzen Sie die Lampe sehr vorsichtig. Wahrscheinlich gibt es Kameradrohnen unter Wasser und an Land. Falls es nicht klappt, kommen Sie zurück. Aber behalten Sie die Zeit im Auge. Ich werde hier genau drei Stunden warten.«

»Okay. Gut. Und Sie – äh, Sie kommen aber zurück? Sie holen mich auf jeden Fall in drei Tagen ab?«

»Ja. Wenn Sie auf der Insel sind, schlafen Sie nie unter einer Kokospalme. Halten Sie Abstand. Die Kokosnüsse sind steinhart.«

»Okay. Danke. Und wir – treffen uns genau hier? Auf diesem Fleck auf dem Meer? Da finden Sie mich?«

»Ja.«

»Aber ich meine, wir sind irgendwo auf dem Meer, es gibt hier keinen Anhaltspunkt oder so.«

»Mein GPS und das Scooter-GPS sind aufeinander eingestellt. Sie müssen nichts weiter tun, als mit dem Tauchscooter ins Wasser gehen und den Knopf drücken. Er bringt sie exakt hierher. Ich werde hier warten.«

»Gut. Ausgezeichnet. Eine Frage noch. Da – da kann wirklich nichts schiefgehen?«

»Doch. Es kann. Immer kann etwas schiefgehen. Glauben Sie einem alten Kartenspieler. Sind Sie bereit?«

»Äh, ja. Nein. Noch einen Moment, bitte.«

»Falls Sie's nicht wollen, so lassen Sie's. Sie müssen das nicht tun.«

»Doch«, sagte Pierpaoli nach einer Weile. »Ich muss das tun.«

Und so schwang er, behindert durch den eng anliegenden Neopren-Anzug, ein Bein über die niedrige Bordwand, Kreutzberg hob den Scooter ins Wasser, und dann ließ sich Pierpaoli in die wütenden Wellen gleiten, vom Scooter abwärts ziehen, in ein Meer, das ihm so tief und so dunkel und verschlingend schien wie ein Schwarzes Loch.

*

Vor drei Tagen, nach der fruchtlosen Entführung und Befragung Elanis, hatte Pierpaoli einen Linienflug nach Santiago de Chile genommen. Um überhaupt ein Ticket zu ergattern, hatte er in Panama wieder üppiges Bestechungsgeld zahlen müssen – es überraschte ihn schon nicht mehr, dass die Welt so funktionierte. Aber so verhielt es sich, die Menschen waren offenbar findig: Jede Regel und jedes Gesetz wurden im Handumdrehen durchlöchert und aufgeweicht.

Pierpaoli hatte selbst viele seiner Regeln gebrochen. Er ging jetzt nicht mehr nach einem Plan vor, dafür waren die Dinge zu sehr außer Kontrolle, sondern er spielte auf gut Glück. Von Santiago aus war er zu einer Hochseeplattform namens *Manganeso III* geflogen; er hatte davon gehört, und dies war der nächste stationäre Ort zur Isla Robinson.

Die Plattform war eine Förderanlage für eine unterseeische Mangan-Mine. Achthundert Menschen arbeiteten hier auf *Manganeso III*, es gab einen Landeplatz für Hubschrauber und einen Hafen, Restaurants und Bordelle und Kinos und Hotels, und dreimal die Woche gab es Versorgungsflüge. Hier konnten auch Angehörige oder Freunde mitfliegen. Die Kontrollen waren lax. Ein paar Scheine sicherten Pierpaoli einen Platz im Versorgungs-Helikopter.

Die Plattform war wie eine Stadt, zweihundert Meter über dem Ozean, auf turmdicken Stelzen aus Stahlbeton und Kohlenstoff-Fullerenen gestellt und wie ein stählerner Schichtkuchen in fünf Etagen. Pierpaoli hatte sich ein Zimmer in einem billigen Hotel genommen und versucht, jemanden anzuquatschen und zu finden, der ihn zur Isla fahren oder fliegen könnte – aber hier war er nicht weitergekommen. Pierpaoli hatte eine Absage nach der anderen kassiert: Niemand wollte ihn zur Isla bringen, die Insel war Sperrgebiet, es gab Gerüchte von seltsamen Vorgängen. Außerdem verdienten die Arbeiter auf der Mangan-Plattform gut genug, und die Arbeit mit dem giftigen Metall war ohnehin riskant, mehr Risiken brauchten sie nicht. *Sorry, Señor. Fragen Sie lieber jemand anders.*

Endlich traf Pierpaoli in einer Kneipe auf Ernesto Kreutzberg.

Bei Kreutzberg lag der Fall anders. Er war ein Spieler. In jeder freien Minute saß er am Pokertisch. Kreutzberg war kein schlechter Spieler. Aber leider längst nicht so gut, wie er dachte – eine gefährliche Kombination. Seine Spielsucht sorgte jedenfalls dafür, dass er immer wieder frisches Geld brauchte; und so hatte er Pierpaoli nicht ausgelacht und nicht weggeschickt, sondern ihm einen Vorschlag gemacht: Er würde ihn zwar nicht *auf* die Insel bringen, aber in die Nähe. Kreutzberg hatte sein eigenes Schlauchboot und mehrere Tauch-Scooter.

Pierpaoli lernte eine interessante Lektion, eine Erfahrung, die sonst Globetrottern vorbehalten ist: An den unmöglichsten Orten, in den schwierigsten Situationen kann man immer noch auf einen Menschen treffen, der einem aus der Patsche hilft – als gäbe es irgendwo im Universum ein Ausbildungslager für Schutzengel. Es erleichtert natürlich die Dinge, wenn man genug Geld hat und diesen Schutzengel auch ordentlich bezahlen kann. Pierpaoli konnte das, denn er hatte inzwischen all seine Sparguthaben geplündert. Der schweigsame Kreutzberg war genau der Glücksfall, den er brauchte.

Die neun Minuten des Tauchgangs zur Insel waren dennoch eine ganz eigene Erfahrung.

*

Pierpaoli hing also am Scooter. Er hielt sich krampfhaft an den Griffen fest. Hielt das Mundstück fest zwischen den Zähnen und gab sich Mühe, gleichmäßig zu atmen. Die Luft, die er einsog, war kalt und schmeckte nach Gummi und Chlor und noch etwas – Aceton.

Der Scooter, als hätte er einen eigenen Willen, arbeitete sich geräuschlos durch das nachtschwarze Wasser, schnell und geradlinig, wie von einer Schnur gezogen, in einer Tiefe von zwei Metern, genau, wie es Kreutzberg programmiert hatte. Und während oben die See brodelte und die aufgewühlten Wellen meterhoch schlugen, war das Wasser schon in zwei Metern Tiefe ganz ruhig, fast unbewegt.

Pierpaoli hatte den kleinen Scheinwerfer angeknipst; er brachte es nicht über sich, gar nichts zu sehen. Der gelbe Lichtkegel bohrte ein scharf abgegrenztes Loch in die Dunkelheit. Pierpaoli sah schwarze Felsformationen mit gezackten Rücken, die Schatten wartend wie lauernde Krokodile, er blickte auf Algen und Ebenen wogenden Grases, braunrot, das sich wie ein vom Wind bewegtes Weizenfeld in der Dünung bog und senkte und hob. Er sah kleine Schwärme von Meeräschen, die an den Algenspitzen knabberten und verdutzt in den Scheinwerferkegel starrten. Schneckenhäuser lagen am Boden. Manche klein, andere riesig. Eine Schule kleiner Igelrochen kam ihm entgegen, zwei Dutzend dieser Tiere waren es bestimmt, und alle mussten sie ihm ausweichen, im letzten Moment witschten sie zur Seite, irgendwie unwillig, als wäre Pierpaoli ein Geisterfahrer auf einer Fisch-Autobahn.

Und dann wurde der Meeresboden plötzlich flacher. Wurde sandiger, mit einem Riffelmuster, mit Steinen belegt, und Pierpaoli streckte die Beine nach unten, er konnte stehen. Der Scooter schaltete sich aus. Der Scheinwerfer erlosch. Pierpaoli spuckte das Mundstück aus und hob den Kopf aus dem Wasser. Er prüfte die Gurte seines Rucksacks. Der Rucksack war noch da. Pierpaoli schob die Maschine vor sich her, die jetzt, mit ausgeschaltetem Antrieb, plötzlich schwer und unhandlich war und ständig nach unten sank, und er watete, etwas taumelnd, während die Steine unter ihm im Wellengang rollten, an Land.

Er war am Strand.

Der Strand: Salzgeruch, Hummerschalen, Dunkelheit. Felsen, Federn, Seetang. Zwischen den Steinen lag körniger, feuchter Sand, in den Pierpaoli knöcheltief einsank. Kein Licht, keine Anzeichen von Menschen. Geruch nach Salz und Algen. Und wieder Felsen, die im Licht von Pierpaolis Taschenlampe feucht und starr aufragten, scharfkantige, rissige Felsen, über die Pierpaoli unsicher balancierte, den Scooter vor sich hertragend oder hinter sich herzerrend, immer nur kurz seine Lampe anknipsend, heilfroh über die Füßlinge, denn sonst hätte er sich sofort die Füße blutig geschnitten. Die Felsformationen waren mit Löchern, Rissen und Kratern übersät, wie Narben nach einer schweren Krankheit, und unzählige Krabben, farblos und kaum größer als ein Daumennagel, krabbelten emsig hinein in die Löcher und heraus aus den Löchern, vielleicht war das ihre Stadt, oder sie fanden Trost in den Öffnungen der Steine. Sie wussten, was sie taten, sie gehörten hierhin. Wenn allerdings eine größere Welle anbrandete und ihr Ausläufer die Felsen überflutete, wurden sie einfach weggespült, in Schaum und Gischt, wie Krümel, die man vom Tisch fegt.

Hinter dem Strand ragten wie schwarze Schablonen Bäume, Palmen, Sträucher auf, dort begann der Dschungel, die Insel, die es zu erkunden galt.

Pierpaoli wollte die Nacht über aber lieber am Strand bleiben, es war übersichtlicher.

Er fand nach längerem Suchen eine kleine Höhle, die etwas höher lag. Er bezwang seine Angst und leuchtete hinein. Die Höhle war leer, ziemlich tief und machte eine Kurve. Pierpaoli schob den Scooter ächzend in die Öffnung, schob und hievte ihn so tief hinein, wie er konnte, dann ließ er sich vor dem Eingang nieder. Die Felsen waren spitz und scharfkantig, aber er spürte nichts.

Eigentlich hätte er seine Kleidung wechseln müssen, hätte etwas trinken, essen müssen, aber er konnte sich zu nichts aufraffen. Er wollte nur sitzen, unendlich erleichtert, dass er lebte und an Land war. Er fror nicht, der Anzug war zwar feucht, aber hielt ihn warm. Zum Glück hatte er es überstanden. Trotzdem war er unendlich einsam. Nur einen Moment ausruhen, dachte er. Nur einen Moment, dann würde er sich aufraffen und die nächsten Schritte überdenken. Und dann sackte sein Kopf nach unten. Und so schlief er ein.

Er wusste nicht, wie lange er geschlafen hatte, aber er erwachte von einem Surren. Immer noch war der Himmel schwarz wie Eisen, der Strand dunkel. Aber etwas näherte sich. Ein Lichtstrahl. Ein kleiner Lichtstrahl, der durch die Luft flog.

Jetzt sah Pierpaoli es, das ganze Ding kam tatsächlich geflogen, in vielleicht drei oder vier Metern Höhe. Aber es war kein Vogel. Die Flugbewegungen waren eckig, abgehackt. Und das Ding hatte einen kleinen Suchscheinwerfer, der nach unten gerichtet war, daher der scharf gebündelte Lichtstrahl. Das Surren kam näher.

Eine Kameradrohne. Der Strand wurde von Kameradrohnen überwacht!

Pierpaoli drückte sich ab, kroch schnell und mit kleinen Bewegungen rückwärts in die Höhle, so tief es ging, bis er mit den Schulterblättern an den Scooter stieß, er musste sich flach hinlegen, nur seine Füße schauten heraus, und er regte sich nicht, lag starr da – bis das Surren verklang. Dann wagte er es, sich aufzusetzen. Und wieder ein Stück herauszurutschen aus der Höhle. Er ließ sich nach hinten sinken. Die Gedanken und Bilder in seinem Kopf wirbelten. Er hockte in einer lächerlichen Höhle, in schwärzester Nacht, er trug einen Gummianzug, saß auf einer Insel, die er ausspionieren wollte, während er sich vor Kameradrohnen verkriechen musste.

In nur wenigen Wochen hatte er sein Leben auf den Kopf gestellt. Am liebsten würde er die Uhr zurückdrehen und den guten, alten, harmlosen Pierpaoli hervorholen und wieder in Betrieb nehmen. Was war nur in ihn gefahren? Was tat er hier?

Die Antwort, die er sich selbst gab, indem er sich mit vernünftiger Stimme Mut zusprach: Er suchte Beweise. Er *brauchte* Beweise. Er war seiner Intuition gefolgt und hatte sich in diese Affäre verstrickt, jetzt musste er seinen Ruf wiederherstellen, er wollte außerdem Asta helfen, die immer noch in einem Gefängnis saß, und er wollte vor allem, dass all jene im Apparat der »Pyramide«, die Elani geschützt und seine Taten vertuscht hatten, zur Verantwortung gezogen würden, dass endlich mal die Gerechtigkeit den Sieg davontrug.

Aber war Elani tatsächlich ein gefährlicher Verbrecher? Beweise hatte er nicht. Vielleicht waren es einfach normale Experimente, die Elani betrieb? Was geschah wirklich hier?

Das musste er herausfinden.

Gut, eines immerhin wusste Pierpaoli. Immerhin hatte Elani sein Experiment fortgesetzt, trotz des offiziellen Stopps seitens der Task-Force. Dass sie diesen Stopp verhängt hatten, konnte Pierpaoli beweisen, immerhin, es ging aus den Papieren hervor. Elani hatte also eine Unrechtmäßigkeit begangen. Und es gab einen ominösen Partner, der Anweisungen gab. Die Frage war, ob die

Fortführung der Experimente gefährlich und illegal war. Das wiederum hing von den Experimenten ab. Pierpaoli wusste einfach zu wenig. Er rannte diesem Mann schon so lange hinterher, er musste etwas Handfestes vorlegen. Endlich, endlich etwas Handfestes.

Falls ihm dies gelang, dann würde er sich an die Innenrevision der »Pyramide« wenden. Das hatte er sich bereits überlegt. Die Innenrevision untersuchte Korruption, Machtmissbrauch, Geheimnisverrat, Anschläge auf die Verfassung der Klima-Allianz. Der arme Perreira hatte sich seinerzeit an die Innenrevision wenden wollen – Pierpaoli hatte ihm dringend abgeraten. Perreira hatte auf Pierpaolis Rat gehört. Jetzt war er tot.

Die Innenrevision war die letzte Kampflinie, wenn man noch an das Gute und Ehrenhafte und Richtige glauben wollte. Ans Gute zu glauben, an die Mächte des Lichts – das war das Einzige, was Pierpaoli noch geblieben war.

Abgesehen von seinem Rucksack. Den hatte er auch noch. Pierpaoli merkte, wie hungrig er war. Er machte den Rucksack auf, der Inhalt war tatsächlich völlig trocken. Er fischte aus der Innentasche ein Energy-Gel. Es war so groß wie eine halbe Schokoladentafel und enthielt Proteine, Zucker, Fette für eineinhalb Tage. Pierpaoli drückte es aus der Verpackung und schlang es in drei Bissen herunter. Ein schwacher Geschmack nach Kokosnuss.

Er ließ sich nach hinten sinken. Eine Krabbe lief seinen Arm hinauf, eine ganz leichte Berührung, wie die Hand eines kleinen Mädchens. Er schnippte sie weg.

Er musste die Insel erkunden. Zuvor die Position der Höhle einprägen. Der Scooter war seine Rückfahrkarte.

Finsternis und das Krachen der Wellen und das Heulen des Windes umhüllten die Insel. Jede Nacht endet aber irgendwann. Das hatte Ariadna mal zu ihm gesagt. Mit diesem Gedanken, fast tröstlich, sackte er weg. Und schlief ein, erschöpft, erschlagen, hingestreckt wie ein Kriegstoter.

Pierpaoli erwacht mit dem Gefühl von Erleichterung – er hat geträumt, dass er ein Kind ist, dass er vom Dach stürzt, aber es war nur ein Traum. Pierpaoli braucht einige Zeit, um den Schreck abzuschütteln, sich zu sortieren.

Wo ist er? Ja, richtig. In einer Höhle. Auf einer Insel.

Er streckt sich vorsichtig, sein Nacken schmerzt, seine Beine sind verkrampft. Er schaut aus dem Höhlenloch, das wie ein totes Auge ist. Vor ihm der Strand: Sand, Steine, Algen. Dahinter das Meer. Es ist ruhiger, wie glatt gestrichen, bleigrau. Auch der Himmel ist grau und streifig, so, als hätte man ihm die Haut abgezogen, es muss noch früh am Morgen sein. Zwischen den Felsen scheuert Treibgut. Schwemmholz, Palmwedel, Kistenteile, Plastikkanister. Auf den Felskanten hocken Pelikane. Ganz hinten am Horizont stehen Wolken, sie sind so dunkel, als würden sie zu einer Beerdigung gehen. Pierpaoli tastet nach seinem Rucksack, zieht die Wasserflasche heraus. Er trinkt, aber nur wenige Schlucke, er will sparsam sein.

Allmählich sollte er aufbrechen.

Pierpaoli rutscht vorsichtig aus der Höhle, dabei hält er Ausschau nach der Drohne. Jetzt, bei Tageslicht, wäre er noch viel leichter zu entdecken. Er sieht, wie schmal der Strand ist, nur zwanzig oder dreißig Meter. Die Höhle, in die er gekrochen ist, liegt an einer Felskante, sie zeigt Richtung Meer, nach Westen. Zur anderen Seite hin, landeinwärts und östlich, steigt der Strand an, ziemlich steil sogar, und dahinter steht das, was ihm in der Nacht vorkam wie eine schwarze Wand – der Wald, das Innere der Insel, der Dschungel.

Den es zu erkunden gilt.

Er muss sich umziehen. Pierpaoli öffnet den Rucksack und holt seine Ersatzkleidung heraus. Hose und T-Shirt, zusammengefaltet, Frotteesocken, leichte Schuhe. Er schält sich aus dem Neoprenanzug, das Material klebt auf seiner Haut. Dabei beobachtet er den Himmel, bereit, falls die Drohne sich nähert, sofort wieder in die Höhle zu krabbeln. Aber er hat Glück, die Drohne kommt nicht.

Pierpaoli faltet den Neoprenanzug fest zusammen und stopft ihn unter den Tauchscooter, die Tauchmaske legt er dazu, Handschuhe, Füßlinge, das Bündel verstaut er so tief wie möglich in der Höhle. Dann krabbelt er wieder heraus, mit den Füßen zuerst, und schaut sich draußen um. Der Strand befindet sich in einer kleinen Bucht, rechts eine Landzunge, links eine umgestürzte Palme, die in gerader Linie zum Meer liegt.

In drei Tagen muss er wieder hier sein. Pierpaoli wünscht, diese drei Tage wären schon vorbei. Er steht da, den Rucksack zu seinen Füßen, ein General am Vorabend der entscheidenden Schlacht, aber anders als der General ist er, Pierpaoli, immer noch unschlüssig, er starrt auf den Wald, dessen Geräusche er jetzt hören kann, aus dem es krächzt, fiept, pfeift, rauscht und knarrt und gurgelt. Der Dschungel, der aufragt wie eine grüne Wand. Keine Ahnung, was ihn in diesem Wald erwartet, wahrscheinlich nichts Gutes. Was hatte Elani noch zu ihm gesagt, als er ihn zu einem Geständnis hatte bewegen wollen, in seinem Verließ in Panama? *Der Feigling stirbt tausend Tode, der Tapfere nur einen Tod.* In der Art. Pompös, großspurig, typisch für Elani. Pierpaoli ist kein Feigling, aber ein Held ist er auch nicht. Er ist irgendwo dazwischen, mutig genug, um hier zu sein; schwach genug, um dann Angst zu haben.

Wut überkommt Pierpaoli. Wut auf Elani, auf Gillespie, auf Asta, die sich hat reinreiten lassen, auf alle, die schuld daran sind, dass er hier ist. Wut auch auf sich selbst.

Er überlässt sich dieser Wut, nimmt sie dankbar an, wie ein neu entdecktes Talent, das nützlich ist. Die Wut lässt alles deutlicher erscheinen. Wenn es ihm gelingt, diese Wut in Zielstrebigkeit zu verwandeln – das wäre hilfreich.

Nun gut. Dies ist Elanis Zauberinsel, sein Reich. Jetzt wird es erkundet.

Er hebt den Rucksack auf, schiebt die Arme durch die Gurte, zieht sie straff. Und mit seiner neuen Wut im Herzen stapft er los. Kampfeslustig. Die Sonne zieht auf und verkündet den Anbruch eines neuen Tages. Die zweite Runde ist eingeläutet.

*

Pierpaoli fand einen roten Schlammpfad, dem er folgte, in den Dschungel hinein. Der Pfad würde hoffentlich irgendwohin führen, mit Glück stieß er auf irgendwas.

Bald war er wie in einem Tunnel unter den sich wölbenden Baumkronen. Stellenweise war es regelrecht dunkel – als hätte man der Welt einen Deckel aufgesetzt. Allmählich aber gewöhnten sich seine Augen. Nicht aber an die Geräusche, sie waren erschreckend: das Huschen von Ratten, plötzliches Kreischen von aufgescheuchten Vögeln, Rascheln, Keuchen, Belfern, Zischen im Unterholz und Knacken, als würde einem kleinen Geschöpf das Genick gebrochen. Kolibris standen surrend vor Blüten, groß wie Suppenteller. Bäume lagen quer über dem Pfad, manche hoch wie ein Einfamilienhaus, Pierpaoli musste sie mühsam überklettern, aus dem modernden Holz wuchsen Abertausende von Pilzen und neue Bäume. In den Ästen hingen kleine schwarze Nester, etwas größer als ein Tennisball. Wenn er versehentlich eines berührte, platzte es auf, und Tausendfüßler, Spinnen und dünne schwarze Würmer rieselten herab, in einer zappelnden Wolke. Das gesamte Insektenreich der Südhalbkugel schien hier versammelt.

Pierpaoli achtete sorgfältig auf Schlangen, nachdem er fast über die erste gestolpert war. Sie hingen von Zweigen oder lagen auf dem Boden, zusammengerollt, aber wachsam, den kalten Reptilienglanz in den Augen. Er kam an Ameisenstraßen vorbei, die breit waren wie Gehwegplatten, und die er deshalb mit Anlauf überspringen musste. Er sah einen schönen Käfer, grün-schillernd und fingerlang, wie er von den Ameisen attackiert wurde: Der Käfer war viel größer, wehrte sich mit seinen Zangen, war jedoch zu behäbig, die Ameisen wimmelten um seine Beine und begannen sie abzuzwicken, von unten, emsig, beharrlich, Stück um Stück, bis der Käfer hilflos am Boden lag, dann zerschnitten und zerlegten sie ihn und transportierten ihn ab, portioniert, all das vollzog sich routiniert, in ein, zwei Minuten.

Der Dschungel war ein Organismus. Fressend, nagend, verwesend, aber auch fruchtbar und knospend, der Dschungel war ein Ineinander, Gegeneinander, Miteinander. Frühere Theorien hatten die Evolution als eine Art Wettrüsten interpretiert: Schädlinge befielen eine Pflanze, die Pflanze produzierte Giftstoffe, die Schädlinge wurden immun gegen das Gift, die Pflanze entwickelte neue Abwehrstoffe – und so weiter, eine Schaukelbewegung. Neuere Theorien betonten dagegen die symbiotischen Effekte in der Evolution, die wirkungsvoller waren. Pflanzen und Tiere, etwa Insekten, kooperierten miteinander, Läuse und Ameisen, Rotklee und Kolibris, Muränen und Garnelen. Die Grenze zwischen Kooperation und Parasitismus war nicht so klar zu ziehen. Jedenfalls waren Symbiose und Parasitismus, so die Theorie, die großen Triebkräfte der Evolution, und das beschränkte sich nicht nur auf zwei Spezies, sondern bezog das gesamte Ökosystem ein. Der Dschungel, durch den Pierpaoli sich kämpfte, war wie *ein* großer Organismus. Der Leben tötete und neues Leben gebar.

Er war etwa zwei Stunden marschiert, als er Schüsse hörte. In kurzer Folge vier Schüsse hintereinander, und es waren eindeutig Schüsse, der trockene Knall war unverkennbar, dann nochmals zwei, nochmals einer. Sieben Schüsse insgesamt. Was bedeutete das? Sie kamen aus der Richtung, wenn er es richtig ortete, in die er ging. Pierpaoli setzte seinen Weg fort, aber nun deutlich vorsichtiger, jede Deckung nutzend. Nach einer Viertelstunde franste der Dschungel aus, das Gelände stieg an. Hier, ohne das Blätterdach, brannte die Sonne. Das Gelände war mit Gras bestanden, grüngrau, kniehoch. Rauchgeruch hing in der Luft.

Auf der Anhöhe stand, ganz für sich, ein kleines Gebäude. Ein Haus oder eher eine Hütte.

Dahinter – wie eine grüne Mauer – eine hohe, dichte Hecke, Bambus. Pierpaoli duckte sich hinter einem Baumstumpf, zerrte sein Fernglas aus dem Rucksack und versuchte, Details zu erkennen.

An die fleckige Hauswand gelehnt: eine Schubkarre, offenbar neu, jedenfalls glänzend in der Sonne. Und vor der Hütte, in einigem Abstand, stand eine Tonne, vielleicht ein altes Ölfass, aus dem eine Rauchfahne aufstieg. Daneben stand ein kleineres Ding, offenbar ein Kanister. Und Bambuszweige lagen auf der Erde.

Kein Wachhund. Pierpaoli konnte auch keine Kameras entdecken. Kein Mensch zu sehen.

Doch! Hinter dem Haus kam eine Gestalt hervor, ein Mann mit einem Hut, kräftige Statur, soweit Pierpaoli es erkennen konnte. Der Mann hatte etwas auf dem Rücken, ein Gewehr. Er nahm es ab, sicherte es und lehnte es gegen die Hauswand. Dann hob er kleine Bündel auf, die neben der Tonne lagen, er nahm den Kanister, übergoss die Bündel und warf sie nacheinander in die Tonne, dazu Zweige. Kurze Stichflammen stiegen jedes Mal auf. Und sofort roch es nach verbranntem Fleisch, verschmorten Haaren, selbst Pierpaoli konnte es riechen.

Jetzt die letzten drei Bündel, Pierpaoli beschattete seine Augen, er erkannte an den Schwänzen, was es war: Ratten.

Der Mann hatte Ratten geschossen und verbrannte sie.

Der Mann blieb noch eine Weile neben der Tonne stehen. Manchmal trat er einen Schritt zur Seite, um dem stinkenden Rauch auszuweichen. Dann wurde die Rauchfahne dünner, das Feuer ging offenbar aus.

Der Mann nahm sein Gewehr und trug es ins Haus. Pierpaoli war unschlüssig, was er tun sollte. Aber die Entscheidung wurde ihm abgenommen, der Mann trat wieder vor die Tür. Er trug einige Pakete und eine kleine Leiter, die er der Länge nach auf die Schubkarre legte. Dann nahm er die Schubkarre auf und machte sich damit auf den Weg, jedoch nicht zum Waldrand hin und auf Pierpaoli zu. Sondern in die entgegengesetzte Richtung, durch einen Durchlass in der Hecke, die das Grundstück begrenzte.

Pierpaoli wartete noch einen Moment, dann folgte er dem Mann.

Pierpaoli lief geduckt durch das Gras die Anhöhe hinauf zu der Hütte. Immer bereit, sich auf den Boden zu werfen, falls der Mann zurückkommen sollte.

Pierpaoli langte an der Hütte an. Von Nahem war die Hütte größer als gedacht. Die Tür schien unverschlossen, jedenfalls hatte er nicht gesehen, dass der Mann mit dem Hut sie verriegelt hatte. Pierpaoli war versucht, hineinzuschauen, aber er ließ es. Nein, es war besser, den Mann zu verfolgen. Er stand vor der Bambushecke, die den rückwärtigen Teil der Hütte begrenzte, hier war der Durchgang, durch den der Mann seine Schubkarre geschoben hatte. Pierpaoli schob die Zweige beiseite, drückte sich hindurch, blieb jedoch achtsam.

Und dann sah er es.

Ein schmaler Weg, der auf einem Hügelkamm stetig aufwärtslief, links und rechts zerklüftete Ziegenweiden. Der Weg führte zu einer weiteren Anhöhe, fast ein kleiner Berg, oben abgeflacht, auf dessen Plateau ein Gebäude thronte. Es war ein großes Gebäude. Die Anmutung abweisend, grauer Stein, glatte Mauern, wie ein prähistorisches Wesen, fett und bösartig, so saß das Bauwerk auf dem kleinen Berg. Es sah nicht so aus, als ob es einen Hintereingang gäbe. Rechts neben dem Eingang hatte man jedoch große Fenster eingesetzt, die bis zum Boden reichten.

Was immer hier geschah, war raumgreifend. Man hatte Platz benötigt.

Drumherum war das Gelände lieblos planiert, mit Schotter oder Kies bedeckt, hier und da behaupteten sich ein paar Farnsträucher. Pierpaoli entdeckte den Mann mit dem Hut und der Schubkarre; der Mann stand am Eingang des Gebäudes. Er hob die Leiter aus der Schubkarre, mit einer mühelosen Bewegung, der Mann schien stark zu sein. Er stellte sie vor einem Pfosten auf. In einigem Abstand von dem großen Haus war noch ein anderes Gebäude, das sich daneben duckte: ein Flachbau.

Pierpaoli hastete zu einer Strauchgruppe, Palmfarne, dicht genug, damit er dahinter Schutz fand, hoffentlich, er kauerte sich hin, spähte durch das Fernglas und dankte Kreutzberg stumm für dessen Umsicht, ihm dieses Ding mitzugeben. Der Mann mit dem Hut stieg die Leiter hoch und holte etwas vom Pfosten, Pierpaoli konnte nicht erkennen, was es war, der Mann pflückte es ab und warf es achtlos weg – es konnte ein Vogelnest sein. Oben an dem Pfosten entdeckte Pierpaoli eine Kamera, die sich drehte, nach links, nach rechts. Der Mann stieg von der Leiter, winkte kurz in die Kamera und hob das Päckchen aus der Schubkarre.

Dann ging er zum Eingang. Er hielt seine Hand links an die Mauer. Nein, er hielt sie nicht an die Mauer, sondern da war ein

Display eingelassen in der Mauer. Der Mann hatte eine Codekarte oder einen Ausweis. Irgendwas an seinem Handgelenk. Dann drückte er die Tür auf.

Und verschwand in dem Gebäude. Weil das untere Stockwerk verglast war, rechts vom Eingang, konnte Pierpaoli ihn weiterhin beobachten, durch das blaue Glas. Dort lagen mehrere Räume hintereinander. Er sah, wie der Mann in den ersten Raum hineinging und durch eine Art Schleuse, wo er mehrmals die Codekarte benutzen musste, in einen Umkleideraum trat. An der Wand waren Schränke oder Metallspinde. Der Mann setzte seinen Hut ab, knöpfte das Hemd auf, zog die Hose aus, Schuhe, Unterwäsche – er zog sich aus bis auf die nackte Haut.

Was ging da vor?

Splitternackt ging er in den nächsten Raum. Dort blieb er eine Minute reglos stehen.

Dann, im nächsten und dritten Raum, wieder mit Spinden, öffnete er einen solchen Spind und nahm etwas heraus … Was war das? Etwas Orangefarbenes. Ein Overall – nein, ein Schutzanzug.

Die Sonne spiegelte sich auf dem Glas, Pierpaoli musste blinzeln und hatte Mühe zu sehen, was der Mann tat. Offenbar zog er den Schutzanzug an. Es dauerte eine Weile. Am Ende setzte er so etwas wie einen Helm auf. Er machte das routiniert. Und derart ausstaffiert verließ er auch diesen Raum durch eine weitere Tür und war dann nicht mehr zu sehen.

Pierpaoli revidierte rasch, was er herausgefunden hatte. Erste Vermutung: Offenbar war der Mann so etwas wie ein Arbeiter. Oder der Hausmeister. Und ganz offenbar wohnte er für sich allein, in der Hütte hinter der Hecke. Wo er auch seine Utensilien aufbewahrte, jedenfalls teilweise, zumindest die Leiter und die Schubkarre – er mochte seine Gründe haben. Und er besaß ein Gewehr, schoss und verbrannte Ratten. Das hieß, er sorgte für Ordnung. Das sprach dafür, dass er ein Hausmeister oder Gärtner war.

Zweite Vermutung: Die Hütte war wahrscheinlich unwichtig, dort gab es nichts, was für Pierpaoli interessant sein könnte. Anders verhielt es sich hier – mit diesem großen steinernen Gebäude.

Es wurde bewacht, der Zugang war nur mit einer Codekarte möglich.

Und wenn der Hausmeister es betrat, zog er einen Schutzanzug an.

Dritte Vermutung: Hier war das Herz der Finsternis. Elanis Laboratorium – es musste hier sein. Die Schleuse bestand aus drei Stationen: In der ersten Station entledigte man sich seiner Kleider, in der zweiten stand man seltsam herum, in der dritten Station zog man einen Overall oder Schutzanzug an. Pierpaoli versuchte es sich zu merken.

Was konnte er tun – jetzt? Er konnte beobachten. Auf seine Chance warten. Auf eine Idee. Aber nicht hier, wo er jederzeit entdeckt werden konnte, nicht hinter diesem dünnen Strauch.

Er brauchte ein besseres Versteck.

Er zog sich zurück.

Er fand ein besseres Versteck am Rand der Bambushecke, die das Grundstück des Hausmeisters begrenzte. Er duckte sich zwischen die Halme und Zweige, veränderte immer wieder vorsichtig seine Lage und spähte und beobachtete und sammelte weiterhin seine kleinen Erkenntnisse, seine Puzzleteile.

Das große Gebäude schien ein Gefängnis oder ein ehemaliges Gefängnis zu sein – Pierpaoli bemerkte Fenster mit altmodischen Gittern in den oberen Stockwerken, dazu das schwere Tor, die Sicherheitsschächte für die Klimaanlage, die ganze Anmutung des Gebäudes sagte Gefängnis. Unten hatte man neben dem Eingangsbereich jedoch große Glasflächen eingesetzt, bläulich schimmernd; von außen konnte man jeden sehen, der das Gebäude betrat und sich nach rechts wandte.

Es gab außerdem Sicherheitspersonal. Pierpaoli zählte in den Stunden, die er in der Bambushecke hockte, elf verschiedene Gestalten, die kamen, alle in dunkelgrünen Uniformen, eher so etwas wie Fantasieuniformen. Es waren ausnahmslos kräftige und durchtrainierte Typen, einige hatten Tattoos auf dem rasierten Schädel und im Nacken, es waren Weiße, Asiaten, Afrikaner. Die gemeinsame Sprache schien Englisch zu sein, Pierpaoli bekam es mit, als zwei sich über eine Entfernung etwas zuriefen.

Security. Sie kamen aus dem Flachbau, zu zweit, gingen durchs Tor und hielten sich dann immer links.

Anders als der alte Hausmeister, der nach rechts gegangen war.

Linkerhand befand sich offenbar etwas anderes. Auf der linken Seite waren auch keine bläulichen Fenster.

Der Hausmeister gehörte eindeutig nicht zur Security; er hatte auch keine dunkelgrüne Uniform, sondern einen zivilen Strohhut aufgehabt, ein kariertes Hemd getragen. Trotzdem kannte man ihn hier, er besaß wie alle anderen eine Codekarte.

Aber er hatte eine Sonderrolle inne.

Als der Mann mit dem Hut das Gebäude betrat, hatte er etwas mit hineingenommen – was? Pierpaoli hatte es nicht erkennen können. Ein Paket. Vielleicht Werkzeug? Aber er hatte gesehen, dass, wenn man sich rechts hielt, hinter dem Eingang erst ein Umkleideraum kam, dann ein zweiter, dann ein dritter Raum, und dort hatte der Mann seinen Schutzanzug angezogen. Schutz wogegen? Strahlen? Viren?

Der Flachbau neben dem großen Gebäude, graue Mauern, graues Dach, lieblos hingeschustert und ohne Kameraüberwachung, diente wahrscheinlich der Unterbringung des Security-Personals. Vielleicht handelte es sich auch um die Zentrale des Ganzen? Oder das Büro? Oder die Kantine? Zumindest kamen die Grünuniformierten in Zweiergruppen heraus, andere gingen zu zweit hinein. Die Stimmung unter den Security-Leuten schien ganz entspannt zu sein. Pierpaoli vermutete, dass sie zwar zur Bewachung eingesetzt waren, sich jedoch völlig sicher fühlten, keinen Eindringling erwarteten. Vielleicht lag es auch daran, dass der Chef fehlte – vorausgesetzt, dass Elani der Chef dieser Anlage war.

Einmal waren zwei Securityleute bei einer Zigarettenpause, während sie plauderten, von einer Vorgesetzten, einer Frau, die vorbeikam, angebrüllt worden. Pierpaoli hatte die kurze Szene beobachtet, aber nicht verstanden, was sie sagte. Die Frau war groß, ebenso groß wie die Männer und ebenfalls in grüner Uniform, hatte aber augenscheinlich eine höhere Stellung, jedenfalls hatte sie die beiden angeschnauzt und weggeschickt. Die Frau hatte ein dunkles Gesicht, schien aber keine Afrikanerin zu sein, wenn Pierpaoli hätte raten sollen, er hätte auf Maori getippt.

Ergab das alles einen Sinn für Pierpaoli? Brachten seine *Erkenntnisse* ihn weiter?

Wenn er ehrlich war: nein.

Nach drei Stunden, hockend in der Hitze, schweißnass, fast reglos, taten ihm die Knie so weh, als hätte man ihm Nägel in die Kniescheiben geschlagen. Er hatte Kopfschmerzen, Durst, und die Augen tränten vom angestrengten Starren. Er wünschte, er könnte mit jemandem tauschen, mit einem anderen Pierpaoli, einer besseren Version von sich, geeigneter für diese Strapazen. Er wollte sich schon zurückschleichen, um irgendwo am Waldrand auszuruhen, etwas trinken, da erspähte er eine Bewegung durch die Fenster: Jemand im Schutzanzug kam zurück. Jetzt wurde die Prozedur hinter dem Fenster in umgekehrter Reihenfolge vollzogen. Der Mann zog sich im Raum vor dem Umkleideraum vollständig aus, warf den Schutzanzug in einen kleinen Container, ging in den nächsten Raum, der eine Art Schleuse zu sein schien, blieb dort nackt und reglos einfach stehen, etwa eine Minute lang, dann trat er in den Umkleideraum, wo er seine normale Kleidung anlegte. Aus dem Spind nahm er eine Hose, ein kariertes Hemd. Zum Schluss den Strohhut.

Für einen Moment war er nicht zu sehen, dann ging die Tür auf, und der Mann mit dem Hut trat ins Freie. Er winkte kurz in Richtung Kamera, klappte die Leiter ein, machte sich auf. Offenbar denselben Sandweg zurück, den er vor drei Stunden gekommen war, Richtung Hütte, Richtung Pierpaoli.

War das vielleicht die Chance? Vielleicht konnte er den alten Hausmeister belauschen?

Was blieb ihm sonst? Das große Gebäude schien bewacht und uneinnehmbar wie eine Festung, jedenfalls für Pierpaoli. Aber vielleicht konnte er den Hausmeister überzeugen, ihm zu helfen? Vielleicht konnte er ihm Geld anbieten?

Er konnte hier nicht sitzen bleiben. Er musste etwas versuchen, irgendetwas.

*

Pierpaoli näherte sich, von der Bambushecke kommend, vorsichtig der Hütte. Er lief im Zickzack, lief geduckt, lauschte angestrengt, kniete sich immer wieder ins Pampasgras. Kein Wachhund, der anschlug, keine Drohne, Glück gehabt.

An der Hütte drückte er sich an eine Häuserwand. Die Schubkarre stand vor der schmalen Eingangstür. Von dem Alten mit dem Hut war nichts zu sehen, zu hören. War er im Haus? Pierpaoli hielt Ausschau nach dem Gewehr, vergeblich. Das Feuer in der Tonne war offenbar erloschen, doch der schmierig-klebrige Geruch nach den verbrannten Ratten hing noch in der Luft. Pierpaoli umrundete das Haus, achtete darauf, nicht auf einen Ast zu treten. Das Haus war klein: zehn Schritte an der Längsseite, sieben Schritte an den Schmalseiten. Eine schmale Tür, der grüne Anstrich fleckig, rissig. Drei kleine Fenster, zwei davon waren mit grob gezimmerten Fensterläden verschlossen. Ein Fenster stand jedoch offen. Dahinter ein Fliegengitter.

Pierpaoli drückte sich an die Wand und wagte einen schnellen Blick hinein.

Eine Küche. Der Raum war eine Küche. Sehr einfach gehalten. Im Dämmerlicht erkannte Pierpaoli einen hellen Fliesenboden, einen Herd, einen polierten Holztisch. Stuhl. Kühlschrank. Bilderrahmen an den geweißten Wänden, daneben ein Kalender. Metallregale mit einem Spalier von Gläsern darauf, der Größe nach aufgestellt. Der Raum wirkte sauber, aufgeräumt, nicht verwahrlost. Und harmlos. Auf dem Tisch stand eine Schüssel mit grellrotem Inhalt. Keine Spur von dem Mann mit dem Hut.

Vielleicht war er fortgegangen, vielleicht hatte er sich in einem anderen Zimmer hingelegt und schlief.

Pierpaoli nahm all seinen Mut zusammen, machte das Fenster vorsichtig auf, es knarrte und quietschte, er hängte das Fliegengitter aus, hielt die Luft an und stieg ein. So leise wie möglich.

Er stand in der Küche, sah sich um und überlegte, ob er das Fliegengitter wieder einhängen sollte, er kalkulierte, was er überhaupt tun sollte – das Haus durchsuchen? Hier warten, bis der Mann mit dem Hut zurückkam? Oder ihm auflauern, ihn überwältigen?

Er spielte diese Möglichkeiten durch, sie hatten alle eines gemeinsam, sie taugten nichts. Er hatte keinen Plan mehr, jetzt improvisierte er nur noch.

In den Regalen: Zucker, Marmelade, Gewürze, Fleischkonserven, aber auch Gläser mit Schrauben, Werkzeug, Kabelbinder, ein Lötpult mit Lupe, ein Schutzgas-Schweißgerät. Ein altes Radio. Ein Karton mit Moskitokerzen. Eine Sammlung von Flaschen, außerdem drei bauchige Krüge, mit Korken verschlossen und mit jeweils einem handgemalten Etikett beklebt: Kava/2031, Kava/2032, Kava/2033. Der Mann trank Kava, war also wahrscheinlich Polynesier. Pierpaoli dachte an sein eigenes Kava-Erlebnis und schauderte kurz.

Dann wurde seine Aufmerksamkeit von den Bildern, die an der Wand hingen, gefesselt. Es waren Fotos, sie waren alt, die Farben waren verblichen, aber man hatte sie sorgfältig gerahmt. Ein Mann mit zwei Kindern, an jeder Hand eines, Mädchen und Junge. Der Knabe war ein auffallend hübscher Junge, anmutige Gesichtszüge, dunkle Augen, ein hochmütiges Lächeln um die Mundwinkel. War der Mann auf den Fotos der Alte mit dem Hut? Es gab noch mehr Bilder, die denselben Mann zeigten, jetzt ohne das Mädchen, dafür mit dem Jungen, den Arm um dessen Schultern gelegt, stolz lächelnd. Das Gesicht des Jungen erinnerte Pierpaoli vage an ein anderes Gesicht, das er irgendwo gesehen hatte, aber er konnte es nicht einordnen.

In dem Moment erklang eine Stimme hinter ihm. Scharf, aggressiv: »Los – Hände über den Kopf! Oder ich schieße dir ein Loch in den Rücken, groß wie eine Kokosnuss.«

Pierpaoli hörte ein metallisches Klicken. Kalte Angst befiel ihn. Er legte gehorsam die Hände um den Kopf und stand steif wie ein Zinnsoldat.

»Wer bist du? Ein Dieb, ein Einbrecher? Wie bist du überhaupt auf diese Insel gekommen, ohne bemerkt zu werden?«

»Ich … Darf – ich mich umdrehen? Dann werde ich alles erklären …«

»Ja. Dreh dich um. Langsam. Und jetzt sprich. Das Gewehr ist geladen und entsichert.«

»Gut. Danke. Ich – äh, ich kann alles erklären …« Pierpaoli drehte sich vorsichtig um, die Hände immer noch am Hinterkopf. Vor ihm stand der Mann mit dem Hut, nur dass er jetzt barhäuptig war, aber Pierpaoli erkannte ihn an dem auffällig karierten Hemd. Er mochte Anfang siebzig sein, war kompakt gebaut, muskulös, breites Gesicht, wie nachgedunkeltes Olivenholz, gelbliche Zähne. Eine Ausstrahlung, die unruhig war. Vom Kragen zogen sich Schweißränder bis zu den Achseln, die Hemdtasche war vollgestopft mit Kugelschreibern, Phasenprüfer, Feuerzeug. Er hatte weißes Haar, es war so kurz geschoren, dass es aussah wie auf den nackten Schädel gemalt.

Der Mann machte eine Bewegung mit dem Gewehr, deutete auf den Stuhl. »Hinsetzen! Wer bist du? Wolltest du hier stehlen? Glaubst du, du findest hier in meiner Küche Reichtümer? Los, antworte endlich!«

»Äh – ja. Mein Name ist Pierpaoli. Thomas Pierpaoli. Ich bin im Auftrag der Klima-Allianz hier. Offiziell. Ich arbeite bei der Abteilung *Science Control*.« Pierpaoli hatte keine Zeit, er log einfach drauflos, instinktiv. »Ich bin nur die Vorhut, sozusagen. Meine Kollegen werden jeden Moment kommen. Spätestens morgen. Ich bin etwas spazieren gegangen und habe mich verlaufen. Ich dachte, hier könnte ich vielleicht Hilfe finden. Könnten Sie jetzt bitte das Gewehr herunternehmen?«

»Klima-Allianz?« Der Mann richtete den Lauf von Pierpaolis Brust direkt auf Pierpaolis Stirn.

»Jawohl. Hören Sie, ich bin etwas früher da als meine Kollegen. Es handelt sich um eine Routinekontrolle. Wir müssen die Anlage kontrollieren. Offizieller Auftrag.«

»Davon weiß ich nichts. Die Klima-Allianz hat auf dieser Insel nichts zu suchen. Offizieller Auftrag? Hast du einen Ausweis?«

»Leider nicht. Wahrscheinlich verloren. Im Wald.«

»Ich glaube dir kein Wort.« Der Mann grinste, grob, aggressiv.

»Hören Sie …« Ein Anflug von Argwohn bei Pierpaoli, ein Gefühl. Er kennt diese Stimme, diese Sprechhaltung. Aber er kann den Verdacht nicht deuten.

»Du bist nichts als ein Dieb. Du nimmst jetzt den Kabelbinder aus dem obersten Regalfach und legst ihn dir um die Hände. Sofort. Mit den Zähnen festziehen. Dann gehen wir rüber zur Zentrale und klären das. Klima-Allianz! Dass ich nicht lache!«

»Hören Sie, warten Sie …« Pierpaolis Herz überschlug sich, so, wie ein Motorrad im falschen Gang. War er einmal gefesselt, war alles aus. »Bitte warten Sie, nein, lassen Sie mich erklären, wir wissen, dass diese Anlage von Dr. Charles Elani gemanagt wird. Und – und wir wissen noch mehr Dinge über Dr. Elani. Zum Beispiel, dass diese Versuchsanlage gar nicht in Betrieb sein dürfte … Also, helfen Sie mir, hier einige Beweise zusammenzutragen. Denn Sie sind ja – was sind Sie? Der Hausmeister? Das verstehe ich! Sie tragen sicherlich keine Mitschuld an den illegalen Vorgängen hier, die Schuld trifft allein Elani, und deshalb haben wir ihn auch festgesetzt.«

»Was sagst du da? Ihr habt ihn festgesetzt? Was soll das heißen? Wo ist er?«

Der Gesichtsausdruck hatte sich verändert. Die Augen groß, erschrocken. Und plötzlich erkannte Pierpaoli die Ähnlichkeit. Sein Blick flackerte zu den Fotos an der Wand. Die Erkenntnis durchfuhr ihn.

»Hören Sie. Ich glaube, ich verstehe … Sie sind verwandt mit Elani. Wer sind Sie? Etwa sein – Vater?«

War es so? So war es. Natürlich. Elani hatte hier jemanden postiert, dem er vertraute, wahrscheinlich deshalb – seinen Vater.

»Ist ihm etwas passiert? Hier sind nur du und ich und dieses Gewehr, und ich würde sagen, ich befinde mich an der richtigen Seite des Gewehrs.« Der Mann lächelte ein eisiges Lächeln und drückte Pierpaoli den Gewehrlauf direkt an die Stirn, direkt über der Nase. Pierpaoli spürte die kalte kreisrunde Mündung über den Augen, sah den schimmernden Lauf, sah diese Einzelheiten wie in Zeitlupe, wie ein Ertrinkender, der das letzte Mal auftaucht und die allerletzten Bilder festhält.

»Bitte! Hören Sie, es geht ihrem Sohn, es geht Elani gut, dafür ist gesorgt, aber er wurde …«

»Er wurde was?«

»Entführt. Er wurde gekidnappt.«

Der Mann presste die Lippen zusammen, bis sie die Farbe verloren, eine dünne, feste Linie bildeten. Als er sprach, klang es gepresst. »Entführt? Von wem? Wann?«

»Entführt von … Entführt von seinen Auftraggebern … Die Leute, mit denen er telefoniert hatte. Die Leute, die das hier aufgezogen haben.« Pierpaoli machte eine unbestimmte Handbewegung, die die ganze Insel umfasste. Er musste an dieser Lüge festhalten, es war seine einzige Chance. »Die Leute, die das hier organisieren. Entführt wurde Ihr Sohn in Panama. Aber ich könnte helfen. Ich habe Kontakte dort.«

»Helfen? Kontakte? Was soll das heißen?«

Eine Pause entstand, der Mann dachte nach, musste verarbeiten, was er gehört hatte. Und für eine Sekunde schwand seine Konzentration, er war einen Moment lang abgelenkt.

Und dann, eher beiläufig, geschahen mehrere Dinge gleichzeitig. Pierpaoli reagierte instinktiv, er duckte sich, so schnell er konnte, er duckte sich unter dem Lauf weg, er hatte all seinen Mut zusammengenommen, er schlug gleichzeitig den Gewehrlauf mit den Händen beiseite, weg vom Kopf, er schlug die Mündung weg von sich, griff dann aber gleich danach, er packte den Lauf, hielt ihn fest, und im selben Moment löste sich ein Schuss, denn der Mann hatte abgedrückt. Der Knall in der engen Küche war betäubend, etwas hinter Pierpaoli fiel zu Boden, krachend, etwas zerbarst, keine Zeit, sich darum zu kümmern, beide Männer hatten ein Singen in den Ohren, es roch in dem kleinen Raum durchdringend nach Pulverschmauch, und der Gewehrlauf in Pierpaolis Händen war warm, aber er hielt den Lauf umklammert, zog und zerrte daran, um sein Leben ringend, vor, zurück, während der Alte den Gewehrschaft hielt, und es gelang Pierpaoli, den Kolben hochzudrücken und auf das Gesicht des Mannes zu richten – und dann zuzuschlagen, mit aller Kraft knallte er den Gewehrschaft seinem Gegner auf die Nasenwurzel, auf die Stirn, und der andere ging mit einem Stöhnen und einem dumpfen Aufschlag zu Boden.

Pierpaoli stand schwer atmend da und starrte auf den Mann, den er bewusstlos geschlagen hatte. Aus dessen Nasenlöchern schoss Blut, lief ihm über das Gesicht, bildete eine kleine Pfütze am Boden. Pierpaoli hielt das Gewehr noch mit beiden Händen am Lauf, jetzt legte er es auf den Küchentisch. Besann sich aber gleich eines Besseren und trug die Waffe vor das Haus. Er musste die schmale Haustür aufschließen, der Schlüssel steckte. Er stellte das Gewehr vorsichtig vor die Tür. Dann sah er sich prüfend um, ob jemand käme, ob jemand den Schuss gehört hätte. Aber er erinnerte sich, dass der Alte am Morgen Ratten geschossen hatte – krachende Schüsse dürften nicht ungewöhnlich sein. Jedenfalls kam niemand, kein Alarm schrillte, keine Drohne surrte heran. Pierpaoli ging wieder in die Küche.

Der Mann lag immer noch da, unverändert, halb auf der Seite. Das Blut lief weiterhin aus der Nase, aber langsamer. Pierpaoli fand ein Küchentuch und im Kühlschrank eine Karaffe mit Wasser. Er goss sich erst mal ein Glas davon ein, trank es aus wie ein Dehydrierter, leckte die Lippen, der seidig-kühle Wassergeschmack, dann goss er nach, tunkte einen Zipfel des Küchentuchs ein und wischte das Gesicht des Mannes ab, so gut es ging.

Dann zog und bugsierte er Elani senior an die Wand und kontrollierte dessen Puls; schwach, aber gleichmäßig. Im obersten Regalfach fand er, wie der Mann gesagt hatte, Kabelbinder. Er zog dem Mann das Hemd aus. Dann fesselte er ihn an Händen und Füßen an die Streben des Metallregals.

Im Kühlschrank entdeckte er eine Schale mit Fischstücken, eingelegt in Zwiebeln und Mayonnaise. Er aß alles auf, verschlang dazu ein ganzes Glas Marmelade, die er mit einem Teelöffel komplett aus dem Glas löffelte; er hatte einen chemischen Hunger auf Süßes.

Dann zog er das karierte Hemd des Mannes über, widerwillig. Es roch nach Rauch und Schweiß, aber es passte. Im Nebenzimmer, in dem nur Bett und eine Kommode standen, fand er den Strohhut. Er stülpte ihn auf. Etwas zu groß. Im Nebenzimmer entdeckte er auch mehrere Stapel mit Kartons, ähnlich denen, die der Mann in der Schubkarre transportiert hatte. Pierpaoli las die Aufschrift. Es waren Luftfilter. Wofür auch immer. Aber Pierpaoli griff zwei solcher Kartons, Requisiten für seine Scharade.

Er ging zurück in die Küche, kniete neben dem Gefesselten und löste das Code-Armband von dessen Handgelenk, legte es sich selbst an. Sein Blick fiel auf den Kalender, der an der Wand hing. Bestimmte Tage waren rot umrandet, akribisch mit merkwürdigen Abkürzungen versehen: *Bras – Pan, Arg – Gua, Salva – Kol.* Darunter Uhrzeiten und Zahlen, 4:2, 1:3, 2:1 – waren das Wachablösungen? Oder Koordinaten? Oder Schichtzeiten? Pierpaoli grübelte eine Weile, dann fiel ihm Panama ein, und ja, richtig, er begriff: Die Lösung war viel simpler, dies waren die Fußballspiele des Südamerika-Turniers. Und die Zahlen bezeichneten den Spielausgang, die Ergebnisse, die Tore.

Für den heutigen Tag war ebenfalls ein Spiel angesetzt: *6 Chil – Bra!* stand dort. Chile gegen Brasilien. Und die Zahl war eine Uhrzeit: 18 Uhr. Das war in etwas mehr als einer Stunde. Die Isla Robinson gehörte zu Chile; gut möglich, dass die Security-Leute das Spiel unbedingt sehen wollten. Dies war schließlich Südamerika, der Kontinent der Fußballverrückten.

Vielleicht war dies eine Gelegenheit. In Panama stand das Leben still, wenn ein Fußballspiel stattfand.

Der ans Regal gefesselte Elani senior wurde allmählich wach, er bewegte einen Arm, er stöhnte leise. Pierpaoli warf einen besorgten Blick auf ihn. Sah er diesem Mann ähnlich, wenigstens ein bisschen? Er betrachtete sein Spiegelbild im Fenster. Nein. Aber mit Hemd und Hut mochte es klappen. Er schob den Hut tief ins Gesicht. Er musste improvisieren.

Er zog die Tür hinter sich zu, legte die Kartons in die Schubkarre, die Leiter ebenfalls, und dann wartete er bis zum Anpfiff.

Es geht besser als gedacht. Pierpaoli, im verschwitzt-karierten Hemd des Hausmeisters, dessen Strohhut tief ins Gesicht gezogen, schiebt die Schubkarre vor den Eingang. Niemand hält ihn auf, überprüft ihn, kein Alarm. Er gibt sich Mühe, den schlurfenden, breitschultrigen Gang des Alten zu imitieren, dessen grummeligen Habitus. Vor dem Eingang stellt er die Schubkarre ab, hebt die Leiter raus, nimmt die Filterpakete – seine Tarnung. Er hält den Kopf die meiste Zeit gesenkt. Sein Herz schlägt bis zum Hals.

Dies ist der verwunschene Ort, dem er seine Geheimnisse entreißen wird. Jetzt beginnt die Schlacht, für die er sich gewappnet hat.

Das Armband mit der Codekarte hat er am linken Handgelenk. Die schwere Tür klickt auf. Pierpaoli betritt einen Vorraum. Links eine Art Monitorraum, verglast, sehr dickes Glas, rauchig abgedunkelt, darin Bildschirme, die Luftaufnahmen zeigen, wahrscheinlich Drohnenbilder, denkt Pierpaoli. Er schlurft, immer noch den Kopf gesenkt, zu einem Drehkreuz. Hier ist wieder ein Sensor, den er mit seiner Codekarte aktiviert, er kann sich durchs Drehkreuz schieben, für seine Filterpakete und die Leiter gibt es daneben eine Klappe.

Aus den Augenwinkeln sieht Pierpaoli, dass zwei Männer im Monitorraum sitzen, sie sind aber abgelenkt – schauen auf einen Laptop, wo das Spiel läuft, Pierpaoli schickt ein Stoßgebet zum Gott des Fußballs: Möge dieses Spiel ewig dauern. Pierpaoli braucht alle Zeit der Welt.

Jetzt steht er vor einer Wand mit einer eingelassenen Stahltür, aber hier gibt es keinen Sensor für seine Codekarte. Keinen Hebel, keinen Drücker, keine Klinke. Pierpaoli versucht die Stahltür aufzuschieben, aussichtslos. Die Security-Typen können ihn von ihrem Monitorraum aus sehen, gleich werden sie Verdacht schöpfen. Pierpaoli versucht nachzudenken, und bis ihm etwas einfällt, bleibt er einfach vor der Tür stehen, mit abgewandtem Gesicht. So beobachtet er, wie jemand in den Monitorraum kommt – er erkennt die Gestalt, eine Frau, groß, kräftig, ja, es ist dieselbe grimmige Frau, die er draußen schon beobachtet hat, am Vormittag, als sie die beiden Männer bei ihrer Zigarettenpause erwischte, anschnauzte. Pierpaoli kann nichts hören, kein Wort, dafür ist die Glasscheibe zu dick, aber aus dem Augenwinkel kann er der Pantomime folgen.

Die beiden Männer blicken von ihrem Fußballspiel auf, sehen ertappt aus, verlegen. Wieder schimpft die Frau, deutet auf den Bildschirm. Die Männer klappen hastig den Laptop zu, sie sagen nichts, lassen die Tirade über sich ergehen. Die Frau deutet auf Pierpaoli – anklagend: Wieso lasst ihr den Mann stehen, wieso öffnet ihr ihm nicht, he? Pierpaoli schaut schnell weg. Einer der Männer nickt ergeben und drückt einen Knopf.

Die Stahltür gleitet zur Seite. Pierpaoli, mit Leiter und Filterpaketen, tritt hindurch. Die Tür gleitet zu.

Er ist jetzt in dem Umkleideraum, den er von draußen gesehen hat, dem Raum mit den Spinden links und den bodentiefen Fenstern auf der rechten Seite. Den Monitorraum hat er glücklich hinter sich gebracht. Aber ist er in Sicherheit? Gibt es hier Überwachungskameras? Ja, gibt es. Verflucht. Zwei Stück. Zwei Kameras. Über den Spinden. Wird er jetzt gerade, in diesem Moment, vom Monitorraum aus beobachtet? Er muss hier seine Verkleidung ablegen. Elanis Vater hat sich ausgezogen, bevor er in den nächsten Raum ging. Also muss Pierpaoli es ebenso halten. Das ist hier offenbar Vorschrift; so verkünden es auch die Schautafeln auf den Spinden: Piktogramme mit Anweisungen in sechs Sprachen, und für Analphabeten gibt es ein Strichmännchen, das sich in einem stilisierten Comic-Strip nackt auszieht und die Kleidung einem stilisierten Spind anvertraut.

Pierpaoli zieht sich aus, er beeilt sich damit, hält den Kopf die ganze Zeit gesenkt. Das Armband lässt er am Handgelenk, die Leiter und die Filterpakete nimmt er mit, so hat es Elanis Vater auch gemacht. Dann zur nächsten Tür, die sehr schwer und professionell aussieht. Hier gibt es wieder einen Sensor. Der Sensor reagiert auf Pierpaolis Karte. Pierpaoli tritt hindurch. Die Tür geht zischend hinter ihm zu, verriegelt sich mit einem schlürfenden *Fummp*-Geräusch. Luftdicht. Eine kleine Treppe. Gitterroste. Pierpaoli steht im angrenzenden Raum.

Damit hatte er nicht gerechnet.

Der Raum ist kreisrund und sehr sauber, graue Wände, glattes Material, fast spiegelnd. Der Boden ist erhöht, Gitterroste, darunter sind Maschinen, eine Saugvorrichtung. In der Mitte des Raums eine runde Platte, darauf ein orangefarbenes Kreuz. Wieder eine Piktogramm-Tafel, diesmal an der Decke, die erklärt, was zu tun ist: Das Strichmännchen steht nackt auf dem Kreuz und breitet die Strich-Arme aus, streckt sie links und rechts von sich.

Pierpaoli tut, wie geheißen. Er macht es dem Strichmännchen nach. Kaum hat er die Platte betreten, die Leiter und die Filter zu seinen Füßen, rastet etwas ein, breitet sich chemischer Geruch aus, Pierpaoli wird aus verborgenen Düsen besprüht, automatisiert. Augenblicklich spürt er die Kälte auf der nackten Haut, eine Art Essiggeruch, aber schärfer. Aceton. Pierpaoli spürt, wie seine Haare durchtränkt werden. Er macht die Augen zu.

Dann plötzlich ein starker Luftdruck, Pierpaoli spürt ein Knacken in den Ohren, Druck auf den Augen, er schwankt auf der Platte, wankt wie ein Betrunkener, er fragt sich, wie lange er das wohl aushalten kann, im nächsten Moment ist es vorbei – ein Unterdruck entsteht im Raum, der abermals schmerzhaft auf die Ohren schlägt, seine Haare zu Berge stehen lässt, und kalt wird es, das Aceton verdunstet, der Vorgang geht sehr schnell, und alle kleinen Partikel, Staub, Härchen, Sandkörner werden durch die Vakuumpumpen von Pierpaolis nacktem Körper abgesaugt, und mit einem Zischen kommt die Anlage zur Ruhe. Der Kälteschock ist vorbei. Die nächste Tür springt auf.

Pierpaoli, chemisch gereinigt, betritt den angrenzenden Raum.

Wieder ein Umkleideraum. Hier hängen Schutzanzüge, orangefarben. Helme liegen bereit. Und ein kleiner Container für gebrauchte Anzüge, Handschuhe, Überschuhe.

Pierpaoli beeilt sich, in einen solchen Schutzanzug zu steigen. Auch hier wieder eine Tafel mit Erklärungen. Die Reihenfolge muss beachtet werden, welcher Verschluss zuerst wie zugezogen werden muss. Am schwierigsten ist der Helm, der Verschluss mit dem Atemgerät.

Aber Pierpaoli schafft es.

Dann tritt er aus dem Schutzanzug-Raum, steht in einem Gang. Er kann sich jetzt nur unbeholfen bewegen, der Anzug behindert, dazu die Leiter, die Filter, sein Rucksack. Nicht zu ändern. Wohin jetzt? Er könnte nach links gehen oder nach rechts. Überall auf dem Boden gelbe Linien, Schilder in sieben Sprachen: Betreten verboten! Biohazard Stufe 4! Links oder rechts? Pierpaoli zögert. Linksherum endet der Gang nach ungefähr zwanzig Metern vor einer Metalltür. Die Tür hat ein eingebautes Fenster. Erst mal nach links, entscheidet sich Pierpaoli. Er ermahnt sich, in der Rolle des Hausmeisters zu bleiben, und schlurft hin. Ein Türschild: Labor I. Pierpaoli späht durch das Sichtfenster: Viel kann er nicht erkennen, Labortische, Computer, Destillierkolben, eine Filteranlage, ein Kontrollschrank mit roten Temperaturanzeigen.

Und Fässer. Er sieht gelbe Fässer, schwarze Aufschrift: *Nutrient Solution*. Nährlösung. Wozu Nährlösung? Um einen Mikroorganismus zu züchten.

Hier könnte der mysteriöse Parasit sein.

Oder das nicht minder mysteriöse Gegenmittel, das Elani laut Task-Force-Bericht herstellt und verabreicht?

Auch hier ist ein Codesensor mit einer Iris-Kamera, aber der Sensor sieht anders aus als die anderen, die Tür lässt sich nicht öffnen. Hier kommt er nicht weiter.

Pierpaoli späht in die andere Richtung des Gangs, der sehr lang zu sein scheint. Dann eben dort entlang. Er marschiert los wie in Zeitlupe. Bevor das Fußballspiel endet, will er hier raus sein. Bis dahin muss er herausfinden, was hier vor sich geht. Er braucht einen Beweis.

Der Gang zieht sich. Eindeutig war dieser Bau ein Gefängnis. Rechterhand sind glatte Betonwände, keine Fenster. Schummeriges Licht. Die Decke hängt niedrig. Linkerhand sind kleine Zellen, die Metalltüren stehen offen, sie sind mit Luken versehen, wahrscheinlich hat man den Gefangenen das Essen durch die Luken geschoben. In einer Zelle steht ein altmodischer Friseurstuhl mit Drähten und einer Autobatterie daneben.

Rechterhand, auf den Wänden, verblasste Malereien, grob hingeschmiert. Mehrmals die chilenische Flagge, rot, weiß, blau, der fünfstrahlige Stern ungelenk in die linke Ecke gepinselt.

Und dann, übergangslos, biegt der Gang scharf nach links ab.

Und ab hier ist alles anders.

Zunächst sieht Pierpaoli gar nichts, die Helligkeit blendet. Dann ist das, was er sieht, so ungewöhnlich, dass er zurückprallt. Der Himmel hat sich geweitet. Von oben fällt das letzte helle Licht des Tages, es fällt durch große Fenster, die man ins Dach geschnitten hat. Die niedrig hängende Decke ist weg, einfach weg, beziehungsweise sie befindet sich viel höher, in zehn oder zwölf Metern Höhe, wie hoch war das Gebäude – fünf Stockwerke? Sie müssen einfach die oberen fünf Stockwerke herausgenommen haben, um diese Höhe zu erreichen. Und dieser ganze Trakt ist neu. Der Boden unter Pierpaolis Füßen ist gefliest, glatt, sauber, weiß, und auch die Wände rechterhand sind frisch verputzt – der ganze Trakt ab hier ist neu angelegt worden, entkernt oder angebaut. Und linkerhand steht eine hohe und sich weit erstreckende Glasfront.

Und das ist das Verrückteste: eine hohe Glaswand. Links von ihm, spiegelnd, schillernd zieht sie sich über die gesamte Länge des Ganges, und wie lang der Gang ist, das lässt sich noch gar nicht absehen. Gewaltig wie ein Eisberg – als stünde man am Saum eines Gletschers. Wenn Pierpaoli es richtig erkennt, gibt es eine gläserne Decke. Das heißt, das ganze Ding ist ein Glaskasten.

Man hat einen gigantischen Glaskasten in ein ehemaliges Gefängnis auf einer abgelegenen Insel gestellt – wozu, um Himmels willen, weshalb, warum?

Und hinter dem Glas: eine Parklandschaft. Soweit man es erkennen kann. Pierpaoli sieht Sträucher, Gras. Einen Bachlauf. Ein paar Maisstauden, vertrocknet. Ist das ein Freigehege? Ein Habitat? Wozu ist es rundum verglast? Das Ganze macht einen verwahrlosten Eindruck. Pierpaoli klopft versuchsweise mit der behandschuhten Hand an die Scheibe, das Geräusch ist dumpf, so, als wäre das Glas sehr, sehr dick.

Keine Menschen.

Pierpaoli geht weiter, irritierter denn je.

Immer weiter den Gang entlang. Das Habitat ist riesig, aber es bietet immer dasselbe schäbige, verwahrloste Bild. Er gelangt an eine Tür, die in die Glasfassade eingesetzt ist. Eine Aufschrift: Habitat SPPSA. Darunter, kleiner: *Spheroplasma Polynesiae / sine antidoton*. In grauer Vorzeit hatte Pierpaoli mal Biologie studiert, wenn er sein Wissen zusammenkratzte, bedeutete *Spheroplasma Polynesiae* eine kugelförmige Lebensform polynesischen Ursprungs. Und *sine antidoton* hieß schlichtweg »ohne Gegenmittel«, mehr nicht. Aber was das alles bedeutet – er hat keinen Schimmer.

Die Tür ist verschlossen. Er rüttelt, er drückt, kein Sensor, zwecklos. Weiter. Er geht weiter.

Jetzt sieht er, direkt nach der Tür, dass im Inneren des Habitats eine Trennwand eingelassen ist, man hat es getrennt. Und die Trennwand ist kein Mäuerchen, sondern eine hoch aufragende Absperrung aus einem Material, das er nicht kennt.

Gleich dahinter eine zweite Tür in der Glaswand, ebenfalls beschriftet: SPPCA. *Spheroplasma Polynesiae / cum antidoton*.

Cum, lateinisch für »mit«.

Ein Habitat *ohne* Gegenmittel, ein Habitat *mit* Gegenmittel. Pierpaoli versucht sich an dieser Tür – ist sie verschlossen wie die Tür zuvor? Zu seiner Überraschung lässt sie sich öffnen.

Pierpaoli macht die zweite Tür auf. Er stellt die Leiter ab, sie hat als Tarnung ihren Zweck erfüllt. Er tritt ein, denn es ist das Einzige, was er jetzt tun kann.

Dem griechischen Philosophen Epikur verdanken wir die Lehre von den Zwischenräumen der Welt, den sogenannten *Intermundien*. Dabei handelte es sich um Zwischenwelten, um parallele Universen, Aufenthaltsorte, den Göttern vorbehalten, weil sie dort ihren Angelegenheiten nachgehen konnten. Menschen hatten zu diesen Zwischenwelten keinen Zutritt, sie waren nicht willkommen – sollten sie dennoch eindringen, so riskierten sie ihr Leben, ihr Seelenheil oder wurden mit Wahrheiten konfrontiert, die ein paar Nummern zu heftig für sie waren.

So ungefähr fühlte sich Pierpaoli.

Er war gewarnt. Er war ein Eindringling in einer Zwischenwelt, eindeutig unwillkommen. Er ließ die üblichen Koordinaten von Zeit und Raum hinter sich, er hatte sich hereingeschlichen. Was ihn schützte, war nur diese dürftige Tarnung, der Schutzanzug. Aber er wusste nicht, welche Regeln in diesem seltsamen Habitat galten, welche Gefahren ihn hier wahrscheinlich erwarteten – in diesem hochmodernen gigantischen Glaskasten, dessen Dach zwölf Meter oder fünfzehn Meter hoch war und sich gleißend ins Unendliche weitete, während die Kantenlänge dieser bizarren gläsernen Konstruktion gar nicht absehbar erschien, etliche Hundert Meter schien das gläserne Habitat lang zu sein, achthundert, zwölfhundert Meter, und die Konstruktion umschloss eine Parklandschaft, die erst mal leicht anstieg und sogar sehr hübsch erschien, mit Bougainvillen, Jacarandabüschen, Wolfsmilchsträuchern, das Gras war kurzgehalten, Ingwer, Gardenien, Frangipani blühten, und Zaunkönige und Sonnenrallen und Schnurrvögel umschwirrten Pierpaoli, wahrscheinlich zwitscherten und sangen sie, aber das konnte er nicht hören unter seinem Helm, und er hatte ohnehin kein Auge für das bukolische Bild, weil er sich die Anhöhe hinaufmühte.

Warum baute jemand einen solchen Glaskasten?

Pierpaoli keuchte. Der Anzug scheuerte unter den Armen, im Schritt. Pierpaoli schwitzte. Der Schweiß trocknete dünn an,

Schicht auf Schicht. Seine Kopfhaut juckte, die Stirn juckte, ohne dass er sich kratzen konnte. Den Gedanken, wie lange das Fußballspiel – dem Himmel sei Dank für das Fußballspiel! – noch gehen mochte, ob man ihn nach dem Abpfiff gleich entdecken würde, verdrängte er. Er war durstig, aber er wagte es nicht, den Helm abzunehmen und die Wasserflasche aus dem Rucksack zu holen. Unter dem linken Arm trug er weiterhin das Paket mit den Filtern – wozu auch immer.

Aber er zog das jetzt durch. Geduldig wie ein Heiliger, eigensinnig wie ein Kind.

Oben, auf dem Kamm der Anhöhe angekommen, hatte er einen Überblick über die Landschaft im Glaskasten.

Und es erwartete ihn abermals eine Überraschung.

Das Gelände war noch größer als zunächst gedacht. Vom Kamm ging es wieder leicht abwärts, und dort, etwa in der Mitte, war ein Wasserlauf, gespeist aus einer Quelle. Der Wasserlauf mündete in einen kleinen Teich, der in Blau- und Grüntönen schillerte. Der Teich war mit Sand gesäumt, der hell und sauber schimmerte. Eine Handvoll kleiner Lehmbauten umstand den Teich. Man sah dazwischen und dahinter kleine Äcker, eine Heuwiese, einen Weinstock, Hochbeete. Der Hobby-Gärtner in Pierpaoli, hätte er raten müssen, hätte getippt auf Kartoffeln, Möhren, Zwiebeln, Zucchini, er erkannte die charakteristischen Blätter von Rhabarber. Ein Gatter mit Ziegen, vier, fünf, sechs Ziegen, mehrere Zicklein. Falls es einen Bock gab, wurde er abseits gehalten, um die Milch nicht zu verderben.

Und dann sah er, seltsamerweise ganz zuletzt, die Menschen.

Pierpaoli duckte sich instinktiv. Er kniete sich ins Gras. Beobachtete.

Dort unten waren auch Menschen zugange. Sie waren so verschmolzen mit der Umgebung, dass er sie nicht gleich gesehen hatte.

Es waren Männer und Frauen, und sie waren alle kräftig, gebräunt und ähnlich angezogen, helle, einfache Arbeitskleidung. Sie waren ganz unterschiedlich beschäftigt: Drei Männer reparierten offenbar eine Wasserpumpe, die am Zulauf des Teiches stand, zwei Frauen arbeiteten an einem Hochbeet, eine Frau hielt ein Tablet und programmierte etwas, während ein Mann einen Schlauch durch eine Ackerfurche legte.

Nun unterbrach einer der Männer, die sich über die Wasserpumpe beugten, seine Arbeit und deutete nach oben. In Richtung Pierpaoli. Sagte etwas zu den anderen. Sie schauten in seine Richtung.

Pierpaoli rührte sich nicht.

Der Mann winkte. Die Geste war unmissverständlich: Pierpaoli solle herunterkommen.

Pierpaoli stand auf. Er hob die rechte Hand zum Gruß, winkte vorsichtig zurück. Aber er blieb stehen. Sein Herz bebte, bockte wie ein Pferd.

Jetzt legten die Männer unten ihre Werkzeuge hin, besprachen sich kurz – und machten sich auf. Nicht besonders eilig, aber auch nicht säumig. Pierpaoli blieb stehen, es war das Beste, was ihm einfiel. Sie kamen die Anhöhe hoch. Sie waren zu dritt.

Zwei waren klein oder von mittlerer Größe, aber der, der vorweg marschierte, erkannte Pierpaoli, war absurd groß, er war ein Hüne, ein regelrechtes Urviech, beinahe doppelt so groß wie die anderen, so sah es aus der Entfernung aus. Ein Auge war groß und zyklopisch schwarz.

Als sie näher kamen, sah Pierpaoli, dass er sich nicht getäuscht hatte: Der Mann hatte lange Arme und lange Beine, er trug ein leichtes, helles und ärmelloses Hemd, und Hals und Nacken, die wie ein Eichenstamm aus dem Kragen wuchsen, waren dicker und massiger als der Kopf und schienen mit dem Oberkörper regelrecht verschweißt. Die Sehnen beidseits des Halses traten hervor wie Kabelstränge, die Brust- und Schultermuskeln wölbten sich, die Bizepsmuskeln auf den Oberarmen tanzten wie Handgranaten. Der Mann trug eine schwarze Augenklappe über dem rechten Auge, wie ein Pirat. Auf den Unterarmen waren weiß leuchtende Narben, vor allem aber im Gesicht, vor allem rechts, die rechte Seite seines Gesichts war eine Landschaft aus Narben, Furchen und hellen Kratern – aber dies waren keine Unfallnarben, sondern Spuren überstandener Kämpfe und Schlägereien, man las förmlich, was dieses Gesicht davongetragen hatte. Er schien agil, gelenkig und war kein Stück außer Atem, als er bei Pierpaoli anlangte.

Seine Begleiter sahen etwas ziviler aus, was Pierpaoli dann doch beruhigte. Es hätten Zwillinge sein können, so ähnlich waren sie sich: hellbraune Augen, wie Bernstein, kräftige Statur, das Haar schütter. Als sie zur Begrüßung die Hand hoben und lächelten, sah Pierpaoli ihre Zahnlücken, was ihnen einen Anflug von Klassenclown verlieh.

Die drei Männer waren vor ihm stehen geblieben. Zumindest attackierten sie ihn nicht. Pierpaoli war trotzdem mulmig zumute. Der Mann mit der Augenklappe konnte ihn wahrscheinlich packen und ohne Mühe in zwei Stücke reißen. Was er aber nicht tat. Er machte etwas anderes.

Er ging auf Pierpaoli zu, der irritiert einen halben Schritt zurücktat, und grinste Pierpaoli beruhigend an: Ich tue dir nichts. Dann streckte er die Hand aus. Dann tippte er auf das Display unter Pierpaolis Helm. Und bewegte die Lippen, er sagte etwas, im selben Moment konnte Pierpaoli ihn hören, über die Lautsprecher im Helm: »*Amigo mio*, jetzt müsstest du mich eigentlich verstehen können, ich habe dein Außenmikro aktiviert, du hattest es nicht eingeschaltet … Warum nicht? Und jetzt dein Lautsprecher … Warte …« Er betätigte einen weiteren Schalter an Pierpaolis Anzug. »Sag mal etwas. Kannst du mich hören? Kannst du mich verstehen? *Mucho gusto* …«

Der Mann hatte eine überraschend hohe Stimme, aber das konnte an den Lautsprechern liegen. Er sprach Spanisch, aber lateinamerikanisches Spanisch: langsamer, ruhiger, altmodischer als das hektische und spanische Spanisch. Pierpaoli konnte ihm folgen.

»*Sí, gracias*«, er bemühte sich, seine Nervosität zu unterdrücken. »*Mucho gusto*, sehr erfreut.«

»Gut. Wir können reden. Wer bist du? Wir haben dich hier nie gesehen.«

»Ich – heiße Thomas Pierpaoli. Von der Klima-Allianz in Kapstadt. Ich wollte, ich meine, ich muss hier etwas kontrollieren.«

»Kontrollieren? Bist du die Vertretung für Talariva?«

»Ja. Genau.« Talariva musste der Name des Hausmeisters sein.

»Er hat uns gar nichts gesagt von einer Vertretung.«

»Ja. Er – hatte es wohl vergessen. Es kam sehr plötzlich.«

»Und warum hast du dich angeschlichen und versteckt?«

»Das war – ein Missverständnis.«

Die drei Männer wechselten einen langen Blick. Eine Sekunde, zwei Sekunden, drei Sekunden kamen langsam und vergingen langsam. Pierpaoli fiel nichts ein, was er sonst hätte sagen können. Also schwieg er.

Wer waren diese Leute?

»Ich glaube, irgendwas stimmt nicht. Ich habe ein Gefühl, du verschweigst uns etwas, Thomas Pierpaoli«, sagte schließlich der Mann mit der Augenklappe. »Aber *bien, bien*, es sei so. Du wirst deine Gründe haben. Für alles gibt es Gründe. Ich bin Carlos. Das sind Jorge und José.« Die anderen beiden nickten freundlich. »Du bist also, wie du sagst, die Vertretung für Talariva?«

»Ja. Exakt.«

»Und willst die Filter tauschen?« Carlos deutete auf das Paket unter Pierpaolis Arm.

»Ja.«

»Aber Talariva hat doch gerade die Filter gewechselt. Sie sind noch ganz neu, denke ich.«

»Wirklich? Das ist wahr. Aber trotzdem … Ich dachte, ich schaue mir das an.« *Mein Gott, was lüge ich mir da zusammen?*

»Okay, *bien, bien*. Eure Entscheidung. Lüftung, Ionisatoren und Luft-Wärmetauscher sind im Steuerungshaus. Unten am Teich. Aber das weißt du natürlich, oder?«

»Natürlich. Das weiß ich selbstverständlich. Im Steuerungshaus. Unten am Teich.«

»Gut. Ich zeige dir den Weg. Obwohl Talarivas Sohn, der Doktor, uns das Betreten eigentlich verboten hat. Du weißt schon. Wie die Frucht vom verbotenen Baum. Aber ich habe Talariva schon oft begleitet und geholfen. Wo ist deine Leiter?«

»Meine Leiter?«

»Ja. Wo ist sie? Du brauchst eine Leiter.«

»Draußen.«

»Schon gut. Ich lasse eine andere holen. Ich habe das Gefühl, du lügst oder verschweigst etwas, Thomas Pierpaoli. So sei es. Aber gehen wir.«

*

Das Steuerungshaus war ein weiß getünchter Betonwürfel und unterschied sich merklich von den anderen Hütten am Teich. Die Tür war verschlossen, der Sensor reagierte jedoch auf Pierpaolis Codekarte. Im Inneren war die Luft klimatisiert, standen Schränke mit Anzeigen und Messdaten, die Pierpaoli nicht verstanden hätte, selbst wenn er den Rest seines Lebens darauf geblickt hätte, darüber, in etwa drei Metern Höhe, lief eine dreifache und glänzend beschichtete Verrohrung mit einem Austauschmodul. Pierpaoli stellte das Filterpaket auf den Boden. Er hatte keine Ahnung, was er jetzt tun sollte.

»Falls du nicht weißt, was du tun sollst«, sagte Carlos bedächtig, »kann ich dir erklären, wie Talariva die Filter wechselt.«

»Ja. Bitte.«

»Erst alle Systeme ausschalten. Keine Luft aus dem Habitat darf nach außen gelangen, zu keinem Zeitpunkt, das ist eine strikte Anweisung vom Doktor. Dann wartest du, dann musst du die Kontrollsensoren prüfen, das ist diese Anzeige.«

»Okay. So hat es mir Talariva auch gesagt ... glaube ich.«

»Hat er das? Schön. Halte dich genau an diese Anweisungen: Wenn die Sensoren auf null sind, die Systeme auf null, machst du die Klappe im Modul auf, ziehst die Wechselplatte heraus, nimmst die vier Filterplatinen aus den Halterungen und setzt die neuen ein, du darfst den Filtrierring dabei nicht berühren, nur am Ringrand anfassen, der Filtrierring selbst ist sehr empfindlich und auch sehr teuer, hat mir Talariva gesagt.«

»Teuer? Wieso? Was heißt teuer?«

»Die Beschichtung. Sie ist hochempfindlich, hält alles fest, lässt keine Organismen durch, zeichnet aber alles auf. Die Beschichtung zeichnet ein mikroorganisches Bild des Habitats. Eine

Filterplatine kostet angeblich hundertachtzigtausend Dollar, hat Talariva erzählt. Uns – die wir hier drin leben – bedeutet das nichts mehr. Aber da draußen ist es eine Menge Geld, oder?«

»Doch, ja. Es ist auf jeden Fall nicht billig.« Pierpaoli schwindelte etwas. Er hatte Filter im Wert von einer halben Million mit sich herumgeschleppt. In der Hütte des Hausmeisters lagerten Filter in Millionenhöhe. »Warum sind diese Filter so teuer?«

Carlos zögerte. »Ich bin nicht sicher. Es hat mit Nanometern und Mikrometern zu tun. Nanometer-Filter sind für Viren. Mikrometer-Filter sind eigentlich für Bakterien. Die größer sind als Viren. Viel größer. So wie ein Reisebus größer ist als ein Spielzeugauto.«

»Das ist wahr.«

Die Größe gängiger Viren reichte von zwanzig bis dreihundert Nanometern, Bakterien waren selten kleiner als hundert Mikrometer und konnten sogar bis zu zwei Zentimeter groß werden. Pierpaoli wusste nicht viel von Mikrobiologie, aber das immerhin wusste er.

»Und hier werden Filter verwendet, die im Nanobereich funktionieren«, sagte Carlos abschließend.

»Es geht wohl um den Parasiten«, erwiderte Pierpaoli. »Ihr tragt einen Parasiten in euch, stimmt das?«

Schweigen.

»Das stimmt«, antwortete Carlos schließlich ernst.

Pierpaoli setzte nach: »Ein Parasit hat etwa die Größe eines Bakteriums. Es gibt keine Parasiten im Nano-Bereich. Warum also diese feinen Filter?«

»Er könnte mutieren, hat der Doktor gesagt. Es könnte plötzlich zu einer kleineren Mutation kommen – und diese Mutation könnte durch die Filteranlage in die Atmosphäre schlüpfen. Das wäre nicht gut. Denn der Doktor ist noch nicht fertig.«

»Fertig?«

»Er ist noch nicht fertig, noch nicht bereit. Mehr weiß ich nicht.«

»Das hat euch alles der Vater von Elani erzählt – der Hausmeister?«

»Talariva. Er ist unser Freund. Aber du – du bist gar nicht sein Vertreter, richtig? Du hast nicht die Wahrheit gesagt, nicht wahr?«

Pierpaoli zögerte. »Ich bin hergekommen, um etwas herauszufinden. Ich bin hier, um Schlimmes zu verhindern.«

»Hast du Talariva getötet?«

»Nein! Natürlich nicht!«

Carlos ließ die Worte nachklingen. »Es ist gut«, sagte er endlich, »wenn Schlimmes verhindert wird.«

»Hör zu, Carlos. Erzähl mir von euch.«

»Das mache ich. Wechsle du erst die Filter, dann setzen wir uns unter einen Baum, und ich erzähle dir von uns.«

»Ich, äh, ich glaube, ich muss die Filter nicht wechseln. Sie sind noch okay. Es war nur ein – Vorwand.«

Wieder reagierte Carlos bedächtig, und er hielt den Tonfall leicht.

»Ein Vorwand. Du lügst also. Lügen sind ungewohnt für uns. Wir selbst lügen eigentlich nicht mehr. Aber gut. Dann können wir alles belassen. Was willst du denn wissen?«

»Dinge über euch«, antwortete Pierpaoli. »Was ihr hier macht, wer ihr seid.«

»Was für Dinge über uns?«

»Alles«, sagte Pierpaoli. »Eure Geschichte. Alles. Bitte.«

*

Sie haben sich alle versammelt um Pierpaoli und Carlos, der für alle spricht, in seiner bedächtigen Art. Sie sind zu acht. Fünf Männer, drei Frauen. Carlos hat sie zuvor gefragt, sie haben diskutiert, sie haben eine Entscheidung getroffen: Gut, sie beantworten Pierpaolis Fragen. So sitzen sie um Pierpaoli herum, sitzen am kleinen Teich, Frauen und Männer in heller, leichter Kleidung, mittelalt, gute Gesichter, arbeitsgewohnte Hände, während Pierpaoli sich in seinem Schutzanzug fühlt wie ein Außerirdischer, sich plump vorkommt, ein Roboter, der unter elegante Götter geraten ist.

Er hat seine Sauerstoff-Anzeige gecheckt, er hat noch zwei Stunden.

Und er hat keine Angst. Sie sind eindeutig friedfertig, trotz Carlos' wilder Erscheinung – und auch unter den anderen gibt es verwegene Gesichter. Es sind eigenartige Leute, diese fünf Männer und drei Frauen, still, konzentriert, sehr empathisch. Ihre Gedanken, Sätze sind federnd, leicht, mühelos. Und sensibel, rücksichtsvoll. Als ob sie gegenseitig ihre Gedanken lesen könnten. Und dabei sind sie ganz offen, miteinander und zu Pierpaoli. Offenheit, Direktheit – das scheint so etwas wie ihre Religion zu sein.

Umso seltsamer klingt das, was Carlos erzählt.

»Abschaum waren wir«, sagt er. »Jeder von uns. Der schlimmste Abschaum, den du dir vorstellen kannst, Schwerverbrecher, Mörder, Räuber. Wir saßen in den Sicherheitsgefängnissen von Valparaíso, Santiago, La Serena. Diese Gefängnisse sind Wasserkübel, in denen man Ratten ersäuft. Nur Gewalt, Verrat, Totschlag, Vergewaltigung. Und dann, eines Tages, passierte doch etwas.« Er macht eine Pause.

»Der Gefängnisdirektor ließ uns zusammentreiben. Er wollte eine Ansprache halten. Wir standen also alle im Hof. In einem riesigen Käfig, dort hatten sie uns hineingetrieben. Um uns herum Bewaffnete. Dann kam der Gefängnisdirektor. Er sagte, es kämen Leute. Man würde Freiwillige suchen, die bei einem medizinischen Experiment mitmachen würden. Wir würden in ein anderes Gefängnis verlegt. Viel bessere Bedingungen. Aber wir wären Versuchskaninchen. Das wäre der Deal. Ein Doktor würde kommen und einige von uns auswählen. Was glaubst du, wie viele von uns bereit waren?«

»Ich – weiß nicht«, sagt Pierpaoli. »Sehr viele, würde ich denken.«

Die Frauen und Männer lächeln ernst.

»Alle«, sagt Carlos. »Alle wollten eine zweite Chance. Aber wir wurden ausgewählt. Wir waren die einzigen Gefangenen, die keine Familie hatten, die kein Fentanyl und kein Crystal nahmen, denn das alles gab es in Knastqualität und in rauen Mengen.«

»Also wurdet ihr ausgewählt – war Dr. Elani bei dieser Prozedur dabei?«

488

»Der Doktor oder der *Jefe*, so nennen wir ihn, kam später dazu. Er erklärte uns den Versuch. Er sagte, wir würden der Wissenschaft dienen. Eine Lebensform würde uns injiziert, die uns verändern würde. Zum Guten. Wir wussten natürlich nicht, was er meinte.«

»Er log also, er machte euch etwas vor«, unterbricht Pierpaoli, jetzt wütend. Er hat jetzt Zeugen, Beweise, jetzt hat er, was er suchte. »Hört zu. Elani hat euch hier eingesperrt und veranstaltet Menschen-Experimente. Das geht nicht. So etwas ist widerlich. Aber ich werde euch hier rausholen.« Er denkt an die Security-Leute. »Es wird nicht leicht, aber wir werden es schaffen.«

»Du meinst es gut«, sagt Carlos bedächtig. »Das spüre ich. Aber es ist komplizierter.«

Himmel, wie kann es noch komplizierter sein?

»Der *Jefe* ist unser Freund. Der Doktor ist unser Wohltäter«, fährt Carlos fort.

»Wohltäter?« Pierpaoli kann es nicht fassen, was er da hört.

»Er zeichnete uns unsere Zukunft voraus. Das Habitat ist nur ein Mittel zum Zweck. Wir selbst sind nur ein Mittel zum Zweck. Es geht um etwas Größeres.«

»So? Wirklich? Das behaupten sie alle. Worum geht es denn angeblich?«

Carlos blickt die anderen an, er fragt ihr Einverständnis ab. Sie nicken.

»Der *Jefe* will den Neuen Menschen erschaffen, und dazu braucht er Rohmaterial. Und das Rohmaterial sind eben wir. Wir dienen der Wissenschaft. Ich sehe, du verurteilst das. Aber hör erst mal zu, bevor du alles verurteilst.«

Carlos macht eine Pause, dann fügt er hinzu: »Wir sind der Prototyp des Neuen Menschen.«

*

Carlos erzählt weiter. »Wir kamen also hier an. Direkt aus dem Gefängnis. Wurden in dieses Habitat gesperrt. Die ersten drei Tage waren schlimm. Ich glaube, es war ein Belastungstest. Es gab

Kämpfe um das Wasser. Wir wurden beobachtet, gefilmt. Angst und Hass brannten in uns, wir waren kurz davor, uns gegenseitig umzubringen. Ich war der Stärkste, ich sicherte mir das meiste Wasser. Ich hätte die anderen getötet. Aber dann – bekamen wir die Injektion. Die Wirkung war – wie soll ich sagen? – heftig, dramatisch. Erschütternd.«

»Das ist ja schrecklich«, murmelt Pierpaoli.

»Nein, nur heftig«, widerspricht Carlos. »Es hat uns geändert, uns alle. Als hätte man unsere Persönlichkeiten ausgetauscht. Der Doktor hat ein Wort dafür: *Mindset*. Die Art, wie wir denken, fühlen. Die Erkenntnis traf mich wie ein Schlag: Der Mann, den ich töten wollte, dieser Kerl war wie ich. Er wollte auch nur leben! So wie ich. Ich konnte mich so sehr hineinversetzen, dass ich das Gefühl hatte, ich *bin* der andere. Heute ist dieser Mann mein bester Freund – Jorge.«

Er deutet auf den stämmigen Mann mit den bernsteinbraunen Augen und den Zahnlücken. Jorge nickt ernst.

»Das verstehe ich«, sagt Pierpaoli. »Aber die Schuld an dem Ganzen trägt doch Elani.«

»Nein, warte. Du verstehst es noch nicht. Es geht darum, wie sich unser Bewusstsein veränderte. Alles hat Folgen, jeder kleinste Schritt setzt etwas in Gang. Jede Aktion bringt eine Reaktion hervor. Zum Guten oder auch zum Schlechten. Und durch die Injektion begriffen wir plötzlich die Folgen unseres Tuns. Die Komplexität unseres Handelns. Wir wurden vorsichtiger, sensibler. Das ist die erste Wirkung, die die Injektion hervorruft.«

»Der Parasit wurde injiziert«, sagt Pierpaoli leise.

»Ja, der Parasit, die Injektion. Gewonnen aus einem Oktopus, den der Doktor entdeckt hatte. Er hatte das alles entwickelt, es ist sein Werk. Und plötzlich sahen wir sozusagen ein Stück weiter in die Zukunft. Als würde der Nebel aufklaren, und eine Landschaft, die im Nebel lag, würde sichtbar. Die zweite Wirkung bestand darin, dass wir die Verantwortung begriffen, die wir haben. Für alles, was wir tun. Jeder Mensch hat diese Verantwortung. Wir drücken sie normalerweise weg, wir ziehen Gier und Egoismus vor, aber eigentlich, tief in uns, wissen wir, dass wir eine Verantwortung haben. Alles ist Energie. Das Leben, die Schöpfung ist ein Netzwerk aus Energie. Und jede Energie ist nur geborgt. Irgendwann müssen wir sie zurückgeben. Dies ist eine der wichtigsten Wahrheiten überhaupt. Und es ist falsch, wenn wir so tun, als wüssten wir's nicht.«

»Natürlich«, sagt Pierpaoli. »Aber dafür braucht man keinen verrückten Wissenschaftler, keine Injektion.«

»Nein? Für uns war es zuvor nicht so klar. Die Injektion öffnete uns die Augen.«

»Aha. Und das habt ihr begriffen, als Elani euch infizierte.«

»Ja. Vergiss nicht, wir waren einfache Leute. Schwerverbrecher, Lebenslängliche. Abschaum.«

»Aber ihr wurdet bessere Menschen. Mindset und so weiter. Das klingt ja, als wäre alles wunderbar«, sagt Pierpaoli scharf. »Und trotzdem darf man nicht vergessen, dass diese Experimente nicht genehmigt waren.«

»Es war nicht ganz und gar wunderbar«, unterbricht ihn Carlos. »Ich habe noch nicht von dem Absturz gesprochen.«

»Der Absturz?«, fragt Pierpaoli.

»Ja. Ein verdammt tiefer Fall«, antwortet Carlos.

*

Er fährt fort. »Denn was dann passierte, das hatte der Doktor nicht vorhergesehen. Oder vielleicht doch. Vielleicht hatte er es befürchtet, das wissen wir nicht. Aber es war eine *unerwünschte Nebenwirkung im Mindset*, wie er es nannte. Es fühlte sich für uns allerdings nicht nach einer *Nebenwirkung* an. Alles ist eine Frage der Dosis.«

»Was heißt das?«

»Verantwortung, Voraussicht, die Dosierung dessen, was eigentlich gut ist – plötzlich nimmt es überhand. Der Pegel steigt. Über ein verträgliches Maß. Man sieht nur noch Folgen und Gefahren. Jedes an sich gute Handeln wirft einen Schatten, hat eine schreckliche Folge. Und irgendwann sieht man nur noch Schatten. Man ist gelähmt. Man stellt alles infrage. Dein Ich-Gefühl löst sich auf. Du weißt nicht mehr, wo du anfängst, wo du aufhörst. Du verzweifelst. Du willst aufgeben. Sterben.«

Carlos macht eine Pause, vielleicht haben ihn die Erinnerungen überwältigt. Pierpaoli blickt in die anderen Gesichter: Sie sind sehr ernst.

»Wie gesagt: ein verdammt tiefer Fall«, sagt Carlos abschließend.

»Und wodurch wurde dieser Fall aufgehalten? Jetzt – geht es euch gut?« Pierpaoli fragt vorsichtig.

»Dank der Pillen«, sagt Carlos. »Der Doktor sah, was passierte. Er brachte uns die kleinen rosafarbenen Pillen. Aber zuvor teilte er uns auf, in zwei Gruppen. Bauarbeiter in Schutzanzügen kamen eines Tages. Und sie teilten das Habitat in zwei Hälften. Du siehst dahinten die Mauer. Die Hälfte von uns blieb hier. Die andere Hälfte lebt jetzt auf der anderen Seite der Mauer. Wir haben keinen Kontakt.«

»Warum?«

»Der Doktor sagte, er müsse beobachten, wie das Antidot wirkt. Er müsse vergleichen. So erklärte er's. Was geschieht, wenn man kein Antidot bekommt. Ob sich die Chemie des Körpers selbst reguliert. Wohin es führt und so weiter. Zwei Gruppen miteinander vergleichen. Es geht um Erkenntnis. Um Wissenschaft.«

»Und seitdem?«

»Seitdem ist das Habitat geteilt. Wir auf unserer Seite bekommen regelmäßig die Pillen. Sie stabilisieren uns. Es geht uns gut, sogar sehr gut. Wir haben genau den *Mindset,* den der Doktor sich für uns gewünscht hat. Und von dem er sagt, dass er für alle Menschen gut wäre. Allerdings brauchen wir regelmäßig die Pillen. Der Doktor, er forscht nach einer Möglichkeit, die Pillen abzusetzen, aber noch brauchen wir sie.«

»Das Antidot«, sagt Pierpaoli. »Ihr braucht für den Rest eures Lebens das Antidot.«

»Mit den Pillen sind wir stabil. Wir sind zwar nur auf uns gestellt, aber wir kommen zurecht. Wir versorgen uns weitgehend selbst. Wir sind ansteckend für andere Menschen – das ist bedauerlich, deshalb muss jeder Besucher den Schutzanzug tragen, auch der Doktor –, aber wir leben hier verantwortungsvoll, mit Voraussicht gesegnet, wie der Doktor sagt, der Prototyp des Neuen Menschen, wie der Doktor uns nennt.«

»Und die anderen? Wo sind die anderen? Bekommen die auch das Antidot? Geht es denen auch gut?«

»Das wissen wir nicht. Wir haben keinen Zugang. Es gibt eine Verbindungstür, doch wir haben keine codierte Schlüsselkarte. Der Doktor will nicht, dass wir Kontakt haben.«

»Ich habe so eine Schlüsselkarte«, sagt Pierpaoli. »Ich weiß nicht, ob sie funktioniert, aber ich habe eine Karte.«

»Du willst, dass wir dir die Verbindungstür zeigen?« Carlos blickt ihn ausdruckslos an.

Die Verbindungstür, eingelassen in die Trennwand, fällt hinter Pierpaoli dumpf ins Schloss. Schwer ist sie, die Tür, stählern, grau. Er hat sie jedoch öffnen können mit seiner Codekarte.

Und jetzt ist er auf der anderen Seite.

Carlos und die anderen hingegen sind auf ihrer Seite des Habitats geblieben. Carlos hat es vorgeschlagen, die anderen stimmten zu. *Carlos ist ein seltsamer Mensch*, denkt Pierpaoli. Für einen Mann, der so Furcht einflößend aussieht, ist Carlos mit seinen Narben und der hohen Stimme die Freundlichkeit und Umsicht und Nachsicht in Person. Die anderen ebenfalls. Ungewöhnliche Menschen. Sie haben Pierpaolis Lügen und seine Tarnung schnell durchschaut, sie kombinieren und ziehen die richtigen Schlüsse. Er hat sie angelogen. Sie haben es bemerkt. Trotzdem erzählten sie ihm, was er wissen wollte. Und sie haben ihm Glück gewünscht. Sie haben gebeten, wenn er etwas herausfindet, was mit den anderen Probanden passiert, auf der anderen Seite des Habitats, ob Pierpaoli sie informieren könnte? Weil sie sich Sorgen machen, weil sie spüren, dass irgendwas nicht in Ordnung ist. Ja, natürlich, hat er gesagt. Dafür bin ich hier. Und ich kann euch rausholen! Wenn ihr das wollt. Wenn es irgendwie möglich ist.

Was er nicht ausgesprochen hat, ist die unübersehbare Tatsache, dass diese Menschen infiziert sind.

Aber sie wollten nicht. Sie seien zufrieden, haben sie geantwortet. Sie sind dankbar für das Leben, das sie führen. Sie bauen ihre Nahrung an, sie haben ihre Bücher, ihre Gespräche, ihr Miteinander. Solange sie das Antidot bekommen, ist alles gut.

Das ist seltsam genug. Aber damit wird er sich später beschäftigen. Die Bilder und Gedanken rotieren in Pierpaolis Kopf. Er muss sie sortieren. Eins nach dem anderen. Gut. Jetzt hat er also Beweise. Elani hat tatsächlich Experimente mit Menschen veranstaltet, erst im Auftrag der Task-Force, alles korrekt, aber nachdem sie ihm den Laden zugemacht hatten, hat er diese Versuche fortgesetzt. Ob diese Beweise genügen werden, um Elani das Handwerk zu legen, das muss man bezweifeln. Die Experimente geschahen auf freiwilliger Basis. Elanis Probanden, wie er seine Versuchskaninchen nennt, Carlos und den anderen, geht es ja vergleichsweise gut. Und es war kein Horrorkabinett, das Pierpaoli besichtigen konnte. Was ist, wenn Elani gar kein Teufel und Schurke in Menschengestalt ist? Vielleicht ist er nur ein stinknormaler Forscher, der etwas übers Ziel hinausgeschossen ist?

Vielleicht gibt es gar keinen Schurken, gar kein Verbrechen?

Die Möglichkeit besteht. Verflucht, verflucht. Was hat er alles aufgefahren gegen Elani: Er hat einen Taser-Angriff gemacht, eine Entführung in Auftrag gegeben, unerlaubt die Insel betreten, außerdem seinen Job gekündigt, sein Erspartes verfeuert, und er ist auch noch um die halbe Welt gereist – und wofür?

Vielleicht hat er sich nur verbissen in die Idee, Elani als Schurken zu sehen?

Kein schöner Gedanke.

Pierpaoli in seinem Schutzanzug stapft die Anhöhe hinauf. Es sieht hier gar nicht so anders aus. Auf den ersten Blick. Diese Seite des Habitats ist ziemlich symmetrisch zu der anderen Hälfte. Aber dann fallen Pierpaoli die Unterschiede auf. Irgendwie macht hier alles einen tristen, verlotterten Eindruck. Das Gras steht hoch und ist vertrocknet. Rattenlöcher im Gras. Es ist auch dunkler. Oder der Himmel hat sich bedeckt.

Pierpaoli schaut nach oben, auch hier gibt es Glaswände, die das Habitat einschließen, auch hier ein Glasdach, in beträchtlicher Höhe, dahinter die Wolken, wie dunkles Gekritzel. Er ist jetzt oben angekommen. Steht auf dem Hügelkamm. Blickt hinunter. Die Anordnung – alles wie auf der anderen Seite. Die beiden Habitate sind wie die Schwestern im Märchen, in allem gegensätzlich, dort die Schöne, hier die Hässliche. Auch auf dieser Seite gibt es einen Teich, allerdings versandet und bedeckt mit grauen Schlieren. Auch hier eine Ansammlung rechteckiger Häuser oder Hütten, allerdings verlassen, menschenleer. Keine Blumen, keine Beete, keine Gärten. Überall Staub.

Pierpaoli geht hinunter.

Da sieht er etwas. Eine Gestalt! Ein Mensch! Kauert vor einer der Hütten.

Pierpaoli stapft hin. Er weiß, in seinem Schutzanzug sieht er aus wie ein Alien. Das kann er nicht ändern. Er hebt die Hand, winkt, grüßt, die Geste soll beruhigend sein, keine Angst, ich komme als Freund! Vorhin hat es geklappt.

Aber es verfängt nicht.

Die Gestalt ist ein Mann, halb nackt, mit ein paar porösen Fetzen am Leib, ein verschlissenes Hemd, untenherum ist er nackt, Pierpaoli sieht seine baumelnden Genitalien. Neben ihm liegt ein Stock – oder ist das eine Krücke?

Kaum hat der Mann Pierpaolis Nahen bemerkt, gerät er in Panik, rafft sich auf, erst mal auf die Knie, dann stellt er die Krücke auf, zieht, zerrt sich an der Krücke empor, jetzt steht er, schwankend, dürr wie ein Skelett, der Oberkörper – Pierpaoli ist näher gekommen und kann es erkennen – ist von Flechten oder Fisteln bedeckt, die Brust hohl, dabei ist der Mann noch gar nicht so alt, dem Gesicht nach zu urteilen, jedenfalls hat er schwarzes und noch volles Haar, vielleicht Mitte vierzig, aber sein Körper ist der eines Menschen auf dem Sterbebett, und jetzt zieht er sich vor Pierpaoli zurück, ohne ein Wort, ohne Geste, er verkriecht sich in die Hütte. Die Tür schlägt zu. Und wird verriegelt.

Pierpaoli steht davor. Ratlos. Der Mann ist vor ihm geflüchtet. Er hört ein Geräusch hinter sich. Er fährt herum.

Eine Ziege. Sie steht da. Sie meckert, Pierpaoli kann es hören, durch sein Anzug-Mikrofon, das Meckern ist kläglich. Klingt, als hätte sie Schmerzen.

Er betrachtet das Tier genauer. Das Fell ist struppig, an manchen Stellen kahl. Der Bauch ist gedunsen. Ansonsten ist das Tier knochig, wirkt krank. Die beiden Euterhälften sind prall, die zwei Zitzen sehen entzündet aus. Er begreift: Das Tier müsste gemolken werden. Die Ziege gibt ein verzweifeltes Quengeln von sich.

»Haben wohl Mitleid, wie?« Eine Stimme. Krächzend. Pierpaoli fährt zusammen. Eine Frau. Er hat sie nicht kommen sehen.

Sie steht da wie eine Erscheinung. Ihr Gesicht ist bleich, die Haare dünn, farblos, strähnig. Darunter die fleckige Kopfhaut. Und klein ist sie, geradezu winzig. Gelb um die Augen. Sie trägt einen grauen Kittel, sonst nichts.

»Mitleid«, die Frau deutet mit ihrem knorrigen Finger auf die Ziege. »Mitleid ist ein starker Impuls. Sie sehen das Leiden und die Schmerzen einer Kreatur. Und es geht Ihnen zu Herzen. Sie würden dem Tier gern helfen, ihm seine Schmerzen ersparen. Das fühle ich auch, aber ich tue nichts. Ich habe es aufgegeben, mich einzumischen.«

Pierpaoli überwindet seinen Schreck, er macht einen Schritt auf die Frau zu. Er hebt die Hand. »Hallo. Guten Tag. Bitte, sagen Sie: Wer sind Sie, leben Sie hier? Was ist hier los? Wo sind die – gibt es noch andere Menschen, die hier leben?«

»Einige«, sagt die Frau. Sie macht eine unbestimmte Handbewegung. »Ein paar von uns leben noch. Aber zwei sind bereits gestorben – die Glücklichen. Ich hoffe, dass ich bald sterben kann.« Sie verzieht den Mund. »Ich tue mein Möglichstes, aber das Leben ist zäh. Und wer sind Sie?«

»Ich – Thomas Pierpaoli ist mein Name. Ich bin hier zur Kontrolle. Um nach dem Rechten zu sehen. Ob hier alles – nun ja, in Ordnung ist …«

»In Ordnung?« Die Frau lacht kurz auf, krächzend. »Nichts ist in Ordnung.«

»Sie gehören zu den Probanden von Dr. Elani, richtig?« Er macht den Rucksack auf, holt sein Smartphone heraus, fotografiert, nimmt auf. Die Frau scheint es nicht zu bemerken. »Hat man Ihnen etwas verabreicht?«

»Ja, das hat man.« Ihre Augen sind von innen beschlagen. »Wir waren Elanis Probanden. Aber man hat uns wohl aufgegeben.«

»Wieso? Was ist passiert? Erzählen Sie! Es ist wichtig. Bitte!«

»*Was* soll ich erzählen?«

»Alles. Bitte. Von Anfang an. Was Ihnen widerfahren ist.«

Die Frau scheint ihre Gedanken zu sammeln. Dann erzählt sie dieselbe Geschichte, die er schon im anderen Habitat gehört hat: Sie waren ehemalige Gefängnisinsassen, hatten ein Gefühl der

Klarsicht, nachdem sie die Injektion bekommen hatten, dann kam der Absturz.

Pierpaoli zeichnet alles auf.

»Haben Sie hier nach der ersten Injektion noch andere Medikamente bekommen?«

»Nein.«

»Keine rosa Pillen? Von Elani?« Pierpaoli hakt nach.

»Nein.«

Pierpaoli versichert sich, dass die Audioaufnahme läuft. *Das ist der Beweis. Für Elanis Gefährlichkeit. Für seine Menschenexperimente. Hier in diesem Habitat probiert Elani gnadenlos aus, was mit Menschen geschieht, die dem Parasiten ausgeliefert sind – sine antidoton, ohne Gegenmittel. So würde eine Welt mit Elanis Parasiten aussehen.*

»Es wurde jeden Tag schlimmer«, fährt die Frau fort. Sie spricht jetzt immer schneller, manisch, wie unter Druck. »Mit der Zeit resignierten wir. Wir begriffen die Größe des Problems. Wir haben aufgegeben.«

»Warum haben Sie aufgegeben?«

»Weil wir Menschen sind. Wir sind das Problem, das sich für die Lösung hält.«

Pierpaoli schweigt.

»Wölfe hetzen, sie jagen, sie fressen ihre Beute. Aber sie fangen keine Weltkriege an. Spinnen fangen Fliegen und saugen sie aus. Aber sie entwickeln keine Nuklear- oder Biowaffen. Das tun nur Menschen. *Wir* sind das Problem. Unsere Spezies. Wir waren es immer schon. Denn wir sind schlau und gerissen und geschickt und haben uns an die Spitze der Evolution gekämpft. Welch eine Karriere. Der Mensch kann jedes Tier erlegen, einen Wal, einen Tiger, ein Bakterium. Und so haben wir Menschen die Welt umgekrempelt. Das ist das Problem.«

Die Frau steht regungslos und starrt auf den Boden.

Sie spricht weiter. »Weil der Planet ohne uns besser dran wäre. Tiere und Pflanzen würden sich bekämpfen und fressen, aber keine Spezies hätte diese Macht, wie wir Menschen sie besitzen. Ohne uns würden die Ökosysteme sich bald ausbalancieren und eine neue Vielfalt finden. Mit dem Menschen ist die Evolution übers Ziel hinausgeschossen. Aber die Evolution korrigiert ihre Fehler. Immer. Gnadenlos. Es gibt zwei Möglichkeiten, die uns bevorstehen. Beide beinhalten unser Abtreten.«

Sie zählt an den Fingern ab. »Erste Variante: Wenn wir nicht freiwillig gehen, richten wir den Planeten zugrunde. Dann können wir dem großen Knall und dem Sterben zusehen. Zweite Variante: Wenn wir freiwillig abtreten oder uns zurückziehen, jetzt, sofort, dann haben der Planet und die Schöpfung noch eine gute Chance. Die Systeme werden sich erholen. Aber jede dieser Varianten setzt unseren Tod – die Beendigung der Karriere des Menschen – als Variable ein.«

Pierpaoli schweigt.

»Und wir hier – wir in diesem Habitat sehen diese Wahrheit in aller Deutlichkeit. Wir fühlen sie. Wir empfinden sie. Dieses Wissen lähmt. Und deshalb haben wir resigniert.«

Pierpaoli hält es nicht aus. »Ich glaube, die Menschheit hat eine Chance. Die Klima-Allianz ist ein erster Schritt. Es gibt viele gute Leute, die für die gute Sache arbeiten!«

Heiseres Lachen. »Die gute Sache … Als ob man jemandem die Halsschlagader aufreißt und ihm zum Trost ein Pflaster hinhält.« Die Frau steht immer noch regungslos.

Dieser Blick in den Abgrund ist mehr, als Pierpaoli erträgt.

»Ich muss jetzt gehen«, sagt er hastig.

Dann meldet sich sein Pflichtbewusstsein, wie ein Nerv, der noch zuckt. »Aber ich komme zurück. Man wird dem hier ein Ende setzen. Man wird Ihnen helfen – allen hier. Darauf gebe ich mein Wort. Okay? Halten Sie durch!«

Er wendet sich ab, schaltet sein Aufnahmegerät aus, er geht, macht schnelle Schritte. Fast rennt er. Raus aus diesem Glaskasten, raus aus diesem Habitat, dieser irrsinnigen Anlage.

Er wird an den Strand gehen. Dort wird er sich verstecken. In der Höhle. Er hat jetzt genug Beweise. In der Höhle wird er warten, bis es so weit ist. Bis er abgeholt wird. Und so lange wird er dort einfach sitzen, bis er diese Bilder loswird, bis Vergessen ihn überschwemmt.

Er hat Dinge versprochen, die er nicht halten kann. Diese Menschen sind infiziert, er kann sie nicht einfach befreien. Es würde sehr, sehr kompliziert werden. Warum hat er das gesagt?

Da ist die Anhöhe. Geschafft. Jetzt ist er oben auf dem Kamm. Jetzt wieder runter zu der grauen Verbindungstür. Sie reagiert auf die Codekarte. Sie lässt sich öffnen. Fällt hinter ihm zu. Jetzt marschiert er durch das andere Habitat, direkt zum Ausgang, das idyllische Habitat, aber diese Idylle ist nicht mehr schön, sondern schrecklich, denn die einen Probanden hat man mit dem Antidot versorgt, und die anderen Probanden hat man in Lähmung und Depression verfallen lassen. Elani hat Gott gespielt. Er ist ein Wahnsinniger.

Pierpaoli durchquert das andere Habitat. Kein Mensch ist zu sehen. Kein Carlos, niemand. Da ist die Ausgangstür. Er öffnet sie. Raus aus dem Glaskasten. Er ist auf dem Gang. In dem alten Gebäudekomplex. Er muss sich rechts halten. Den Gang entlang. Schnell, schnell.

Seine Schritte hallen auf dem Beton.

Die schmutzigen Wände, die Aufschriften, die Schmierereien. Vor wenigen Stunden erst ist er eingedrungen. Jetzt ist alles anders.

Der Schutzanzug behindert ihn. Schnell, schnell.

Da – jetzt ist er an der Schleuse. Die Prozedur, drei Stationen, drei Räume, jetzt in umgekehrter Reihenfolge. Der erste Raum: raus aus dem Schutzanzug. Pierpaoli zieht ihn hastig aus, folgt den Anweisungen, den Piktogrammen. Den Schutzanzug in den Container legen. Den Schutzhelm in einen separaten Container legen. Fertig. Er hält sein Gesicht gesenkt.

Nackt, splitternackt den nächsten Raum betreten. In die Mitte, auf die Platte stellen. Wieder wird er von oben und von den Seiten besprüht, wieder dieser metallische Geruch nach Aceton und Alkohol und Desinfektionsmittel, und wieder die aufheulende Maschine, der Unterdruck, Schweiß und Staub und kleinste Partikel werden von ihm abgesaugt. Und dann gibt die Maschine ihn frei.

Und in den dritten Raum.

Die Reihe von Spinden: ein vertrauter Anblick. Seine Sachen. Da hängen sie noch. Die Kleidung des Hausmeisters, die er sich gegriffen hat. Dessen kariertes Baumwollhemd, dazu seine eigene Hose. Schuhe. Alles noch da. Den Strohhut nicht vergessen! Der Strohhut ist seine Tarnung. Den Hut tief ins Gesicht gezogen.

Er muss raus. Nichts wie raus hier.

Das Drehkreuz. Es lässt sich bewegen, es gibt ihn frei. Mit gesenktem Blick geht er an den Security-Leuten in ihrem Monitorraum vorbei. Und dann ist er draußen.

Weitergehen. Den Kopf gesenkt halten. Den schlurfenden Gang des Hausmeisters imitieren. Niemand hält ihn auf.

Er hat es geschafft. Denkt er.

In diesem Moment trifft ihn ein Schlag auf den Kopf, und dieser Schlag bringt die Welt zum Stillstand. Hände greifen nach ihm. Da sind Männer. Der Hut fällt zu Boden. Man hält ihn fest. An den Armen. Noch ein Hieb, sie schlagen ihn mit einem Gegenstand, ein Totschläger, ein Schlagstock. Sein Schädel dröhnt, der Horizont kippt.

Er sieht noch ein Gesicht, während er fällt: das Gesicht des Hausmeisters, Elanis Vater. Er hat sich befreien können. Oder er wurde befreit. Das Gesicht ist dunkel vor Zorn und verschlossen – wie eine Truhe, die jemand verriegelt hat, und dann hat er den Schlüssel weggeworfen.

Und wie ein treues Ross, das seinen allerletzten Lauf getan hat, bricht Pierpaoli auf den Stufen des ehemaligen Gefängnisbaus zusammen.

Sie schlugen ihn, und er wollte schreien, aber er hatte keine Stimme.

Sie hatten ihn geschnappt. Elanis Vater, Talariva Elani, der Mann, den sein Sohn eingesetzt hatte, weil er ihm als Einzigem vertraute, hatte sich tatsächlich, nachdem er aus der Ohnmacht erwachte, aus der Fesselung und der Hütte befreien können. Dann war er aus der Hütte geeilt, zur Wachstation, hatte Alarm ausgelöst, die Security-Leute hatten sich vor dem Eingang versammelt und wollten gerade hineingehen, als Pierpaoli in seiner Verkleidung heraustrat – er lief ihnen geradewegs in die Hände. Und so schlugen sie ihn einfach nieder.

Sie brachten ihn in den Flachbau, der etwas abseits von dem mächtigen Gefängnisbau lag, dorthin, wo die Security-Mannschaften untergebracht waren. Es gab dort einen Raum, der als Zelle dienen mochte, weil er sich abschließen ließ, obwohl das nicht nötig gewesen wäre, denn Pierpaoli hätte nach den ersten Schlägen und Tritten, die man ihm angedeihen ließ, kaum noch stehen können, geschweige denn fliehen. Es war spät am Abend, als all dies geschah, das Fußballspiel war vorüber, Brasilien hatte gewonnen, und über der Isla Robinson war alles Licht aus dem Himmel gewichen, die Nacht war schwarz.

In der Zelle befanden sich ein Stuhl, breite Gurte, eine Batterie, Stromkabel, Klemmen. Ein Eimer mit Salzwasser.

Sie hievten den immer noch besinnungslosen Pierpaoli auf den Stuhl, gurteten ihn fest, an Handgelenken, Unterarmen, Füßen.

Sie zogen ihm die Schuhe aus, gossen Salzwasser über seine Füße, schlossen die Schlauchklemmen an seine Zehen. Dann jagten sie Strom hindurch – nicht so viel, um ihn zu töten, das war nicht ihre Absicht, sondern gerade so viel, dass sein Körper sich entsetzt aufbäumte, sein Kopf explodierte, und er war wach.

Dieser Schmerz war schlimmer als alle Schmerzen zuvor. Pierpaoli verlor die Kontrolle über Blase und Darm. Er schrie. Sie stopften ihm einen rauen Stoffballen in den Mund. Und dann begannen sie ihn zu befragen, zu schlagen. Immer abwechselnd. Ein paar Schläge auf Oberkörper, Arme, auf die Ohren, auf die Schenkel mit einer Stange. Und dann wieder ein paar Fragen.

Wer bist du?

Wie bist du hereingekommen?

Antworte!

Der Knebel wurde entfernt. Pierpaoli rang nach Luft und erbrach sich.

Und wieder Schläge – als würde sich etwas in seinen Kopf hineinbohren.

Was wolltest du?

Wer schickt dich?

Und abermals Schläge, es gab jetzt kein Oben und kein Unten, die ganze sichtbare Welt verlor ihre Festigkeit.

Es war eine Frau, die die Fragen stellte, die Chefin der Security-Einheit, eine Polynesierin, groß, massig, das Gesicht eckig und vernarbt, wie Bimsstein.

Wer bist du?

Wie bist du hereingekommen?

Was wolltest du?

Wer schickt dich?

Die Schläge waren dunkle Geschosse. Pierpaolis Herz flatterte in Panik, als hätte es Flügel. Eine Fledermaus in einem menschenleeren Haus.

Seine Folterer waren Security-Leute. Sie waren keine Profis, was das Handwerk des Marterns angeht. Ein professioneller Folterer fügt Schmerzen zu, um etwas zu erfahren, und dazu muss er sein Opfer in heillose Angst versetzen, aber nicht in Panik. Die Schmerzen sind für den Folterer ein Mittel zum Zweck, sie sind nicht der Selbstzweck. Der Folterer muss außerdem psychologisch vorgehen, er muss die Schwachstelle des Opfers finden. Und er muss, so bizarr es auch klingen mag, Vertrauen aufbauen. Denn das Opfer muss seinem Folterknecht vertrauen, sonst gehen Wahrheit und Lüge durcheinander, der Gemarterte wird einfach alles sagen, zugeben, nur damit diese Schmerzen aufhören. Das ist jedoch kontraproduktiv aus Sicht des Folternden.

Dieses Vertrauen ist der schmale Steg, auf dem die Geständnisse gemacht werden, die Wahrheit gesagt wird.

Das alles wussten die Leute nicht, die sich an Pierpaoli vergingen. Ihr Vorgehen war einfach nur grausam und extrem brutal. Wie lange es ging? Pierpaoli hätte es nicht sagen können. Zwischendurch ließen sie ihn allein. Ohne Wasser. Die Sonne über ihm war festgeschraubt, aber es war nicht die Sonne, sondern eine stechend helle Deckenlampe. Pierpaolis Kehle war zugeschnürt. Alles in ihm glühte vor Schmerz. Er wollte schreien, aber er hatte keine Stimme, er spuckte, würgte, keuchte.

Dafür kamen Träume. Wenn er kurz die Besinnung verlor, wegsackte. Träume von winzigen und riesenhaften Wesen, Hunde mit Fischgesichtern, die auf ihn zukamen, Geschöpfe der Nacht, vieläugige Visagen, und er spürte, wie sie gierig an ihm nagten und leckten und sogen.

Zwischendurch das Bild von Ariadna. Er hätte ihr öfter sagen müssen, dass er sie liebte. Denn es war die wichtigste Wahrheit seines Lebens. Welche Verschwendung!

Sie würden ihn nicht leben lassen. Sie würden ihn umbringen. Dann sollte es so sein. Je schneller, desto besser. Er hoffte auf einen schnellen Tod.

Plötzlich andere Geräusche, Stimmen, aber er wusste nicht, ob er träumte.

Und dann ging die Tür auf.

Menschen traten in seine Zelle. Andere Leute. Ein Mann näherte sich ihm. Gab Anweisungen, die Pierpaoli nicht verstand. Ein Gesicht. Eine andere Stimme. Ein Mann. Mittleren Alters.

Er wurde losgebunden. Vorsichtig, behutsam.

Der Mann beugte sich vor zu ihm. »Ich bedaure zutiefst, was sich hier zugetragen hat. Wir werden die Täter bestrafen. Und Sie werden wieder gesund.«

Der Mann wandte sich an die anderen Leute. »Binden Sie ihn los«, sagte er. »Sofort. Er kommt auf das Boot. Legen Sie ihn in die Gästesuite. Der Krankenpfleger soll sich um ihn kümmern. Falls seine Verletzungen ernsthaft sind, soll ein Arzt mit dem Helikopter kommen.«

Man legte Pierpaoli auf eine Trage. Das Gesicht näherte sich noch einmal Pierpaoli. »Hallo? Können Sie mich verstehen? Hören Sie. Sie sind in Sicherheit. Es wird alles gut.«

Für Pierpaoli waren das die letzten Worte, bevor er das Bewusstsein verlor.

Zwölftes Kapitel

Frey

Kostas Danilo Parmenides, der Minister für Weltgesundheit im Kabinett der Klima-Alianz, war ein geschniegelter Herr, von seinen rosigen Wangen und der perfekten Frisur bis zu den schwarzen Lackschuhen der Marke *Santoni*, die er bevorzugte. Außerdem hatte Parmenides, dies war seine zweite Eigenschaft, eine Unzahl von Zuträgern und Quellen; niemand erfuhr und hörte so viel wie er, Gerüchte, Trends, Fakten. Die dritte Eigenschaft war vielleicht die sympathischste: Parmenides war ein zutiefst loyaler Charakter. Er war ein treuer Freund Garreth Martindales, seit vielen Jahren schon, und er hielt auch zu seinem Ministerkollegen, als sich die meisten seiner politischen Freunde peu à peu von ihm abwandten.

Ja, Martindales Nimbus hatte tatsächlich Schaden genommen nach der Entführung und ausgelöst durch seine anscheinende Nachgiebigkeit. Es ist eine Grundregel im politischen Geschäft: Das Publikum verzeiht sehr ungern abrupte Image-Wechsel. Die Pazifisten und Tauben im System trauten ihm nicht, sie nannten es »Soft-Washing«, eine Finte. Während seine alten Verbündeten, die Law-and-order-Fraktion andererseits, die Falken im Apparat, ihm seinen Richtungswechsel übel nahmen – gerade jetzt, wo dieser Präsidialrat antreten sollte, vielleicht sogar mit dieser Aktivistin Talasea, jetzt, wo Verschiebungen im Machtgefüge drohten. In den oberen Regionen der Klima-Allianz war die Luft naturgemäß dünn. Und Politik ist eben ein Dschungel.

Aber in jedem Dschungel gibt es einige Wasserlöcher, kleine, neutrale Zonen, wo sich die Tiere treffen, die gefährlichen Räuber ebenso wie die zarten und verwundbaren Geschöpfe. Ein solches Wasserloch war die Bar im elften Stock der »Pyramide« in Kapstadt, *The Old Grill Room* genannt, ein dunkler Schlauch aus Teak und Mahagoni mit langer Theke und ein paar lieblos arrangierten runden Tischchen davor. Fast alle Gäste aßen oder tranken an der Bar. Hier bekam man von zwölf Uhr mittags an riesige Soja-Steaks und fetttriefende Tofu-Würstchen-Bohnen-Tomaten-Teller als Grundlage für die Drinks, die sich die Staatssekretäre und Kampftrinker einverleibten. Es gab sogar Kuchen und Torten, und die Sammlung an Schnäpsen war mit allem bestückt, was Menschen je destilliert hatten, um das Leben ein bisschen zu erleichtern – Hauptsache, das Resultat war hochprozentig und passte durch einen Flaschenhals.

Hier also standen Parmenides und Martindale und klirrten mit den Eiswürfeln. Die Bar war verhältnismäßig leer, es war noch zu früh. Ein Stück weiter saßen zwei Sekretärinnen und aßen Sahnetorte. Der Barpianist spielte Variationen über *Raindrops are falling*. Die Kabinettssitzung war für zwei Stunden unterbrochen worden. Zwei Stunden, das entsprach drei Drinks, so ungefähr war der Wechselkurs.

»Ich habe etwas gehört«, eröffnete Parmenides.

»Überrascht mich nicht«, antwortete Martindale. Er summte mit, die zweite Stimme, er hatte ein gutes Gehör.

»Nein, lass den Quatsch. Hör auf mit dem Gesumme. Es gibt Gerüchte von einer Weltkrankheit, die ausbrechen wird. Irgendwas aus irgendeinem Labor.«

»Ein Virus?« Martindale war aufmerksam.

»Etwas in der Art. Aber wohl kein Virus. Künstlich hergestellt, sagen manche meiner Quellen. Angeblich sehr, sehr aggressiv. Aber kann alles ein Gerücht sein.« Parmenides blickte auf seine Lackschuhe, die wie polierte Kastanien glänzten, er blickte missbilligend, als ob die Schuhe an dem Schlamassel irgendwie eine Mitschuld trügen.

»Es gibt angeblich ein Gegenmittel, das die Wirkung mildert«, fügte er hinzu.

»Aha«, erwiderte Martindale. »Klingt doch gut. Ich meine, es gibt ein Gegenmittel.«

»Überhaupt nicht. Eine zwielichtige Firma bietet das Zeug reichen Leuten an, für irrsinnige Summen. Alles hinter vorgehaltener Hand. Und es wird bereits gekauft, angeblich, oder es gibt bereits eine Liste, in die man sich eintragen kann. Jemand hat ein Patent und ein Monopol.«

»Dann nehmen wir ihnen ihr Patent und das Monopol wieder weg. Wir sind die Klima-Allianz, wir regieren die Welt.«

»Wir wissen nicht, mit wem wir es zu tun haben. Ein Big-Big-Player, heißt es. Du weißt auch, wie lange so etwas dauern kann. Wir müssen uns an die Gesetze halten. In der Zwischenzeit versinken ganze Gesellschaften im Chaos.«

»Hm. Ja. Das Medikament ist also teuer? Wie teuer?«

»Millionen, zweistellig. Schau, du weißt, ich bin ein alter Konservativer. Ich glaube an den Markt und an die kreative Kraft des Kapitalismus und den ganzen Mist. Aber dies hier könnte uns auf die Füße fallen.«

»Hm. Weil es auf Zwei-Klassen-Gesellschaft hinausläuft?«

Der Pianist hatte *Raindrops* zu einem fulminanten Ende gebracht, er ging jetzt über, etwas schlampig gespielt, zu *Au Printemps* von Jaques Brel.

»Genau«, sagte Parmenides. »Und das jetzt, vor den Wahlen. Wenn wir das zulassen, wenn wir da nicht die Kontrolle haben und unvorbereitet sind, fliegt uns das um die Ohren. Wir müssen unbedingt mehr darüber herausfinden.«

»Na schön. Du bist der Minister für Gesundheit, Kostas.«

»Garreth, Herrgott, ich brauche aber deine Hilfe. Deshalb erzähle ich dir das. Du hast Zugänge zum Geheimdienst. Ich bitte dich. Lass deine Leute ein bisschen graben und schnüffeln, aber unauffällig. Und behalte es für dich.«

Martindale dachte nach. »Na gut. Ich werde mich umhören. Schick mir, was du hast«, sagte er schließlich.

*

Am selben Abend, in der Abgeschiedenheit seines Büros, liest Martindale die Unterlagen, die ihm Parmenides als Verschlusssache zugeschickt hat. Er liest etwas über eine Reihe kleinerer Pharmafirmen, die aufgekauft wurden, darunter jene, in die Ariadnas Vater in ihrem Namen investiert hat und die er mit Gewinn verkaufte.

Martindale liest über ein Konsortium, das diese Käufe unauffällig arrangiert hat, er liest etwas von einem Wirkstoff, einem Molekül, das aus der Purpurkegelschnecke gewonnen wird – irgendwas klingelt da bei ihm, wer hat ihm davon erzählt? Richtig. Auch Ariadna. Als er sie anrief. Ariadna hat ihm davon erzählt. Sie hatte ihn gebeten, etwas über die Hintermänner in Erfahrung zu bringen – verdammt, er hatte sich eine Notiz gemacht, doch bislang war er nicht dazu gekommen. Sie war also auf der richtigen Spur.

Aber jetzt wird er sich kümmern.

Martindale ruft einen der wenigen Referenten, denen er noch hundertprozentig vertraut, in sein Büro. Es ist ein Deutsch-Taiwanese namens Ronald Luan Stier. Dieser junge Mann ist Martindales Verbindungsmann zu den Geheimdiensten, Martindale hält ihn für intelligent, loyal und geschickt. Er hat ihn selbst eingestellt.

Stier ist sofort da. Er solle sich umhören, beauftragt ihn Martindale: Wer steckt wirklich hinter dem Aufkauf dieser Firmen, die diese Purpurkegelschnecken verarbeiten? Gibt es, wenn man das Geflecht entwirrt, den *einen* Anbieter, zu dem die Spuren führen? Gibt es Hinweise auf ein mysteriöses und sehr teures Medikament, gibt es Gerüchte über Käuferlisten?

Martindale schärft ihm ein, unauffällig vorzugehen.

Stier ist intelligent, loyal und geschickt; und er wird sein Bestes tun. Trotzdem wird er einen Fehler machen.

Pierpaoli wachte davon auf, dass jemand seine Wangen betupfte. Ein feuchtes Tuch, es roch angenehm, medizinisch, Verbenaöl, Nelkenöl, Alkohol. Eben noch hatte er tief geschlafen, so tief, dass es einer Verzauberung gleichkam, jetzt schlug er die Augen auf. Und blickte in ein lächelndes Gesicht.

»Sir? Mister?«

Es war ein Thai oder Filipino. Zwischen dreißig und fünfzig, flaches Gesicht, wie eine Kupfermünze, kleine weiße Zähne. »Ich heiße Alon, Sir. *Kumusta ka?* Das heißt in meiner Sprache: Wie geht es Ihnen, Sir? Ich bin von Manila, Mister. Alon ist mein Name, er bedeutet Welle. Sie rufen, ich komme schnell wie eine Welle. Hier ist Klingel.«

Er deutete auf eine Klingel neben dem Bett.

»Wo bin ich?« Pierpaoli versuchte sich zu orientieren. Das Bett war breit, sein Kopf ruhte auf einer Batterie von Kissen. Er trug einen Pyjama, der nach frischer Baumwolle roch. Der Raum, das Bett, die Wand, alles schwankte leicht.

»Sie sind an Bord von dem Schiff *Change*, Sir. Es ist das Schiff von Herrn Frey. Sie sind sein Gast, und ich bin der Steward und Krankenpfleger.«

Der Raum hatte zwei Bullaugen, die Rouleaus waren heruntergelassen, sie schnitten das Licht in weiße und schwarze Streifen. Der Raum war zur Hälfte in Sonne gebadet, zur Hälfte in Schatten getaucht. Unter dem Bett ein hochfloriger Teppich. Unter der Decke ein Ventilator, gemessen kreisend. Alles atmete Reinlichkeit. Die Tür links stand offen, zu einem großen, vor Sauberkeit funkelnden Badezimmer, die Handtücher, die über dem Halter hingen, waren weiß wie frischer Schnee, auf den Glasborden standen Tuben und Tiegel, die teuer aussahen, eine elektrische Zahnbürste steckte in ihrer Halterung; neben dem Bett stand ein mächtiges Tablett. Darauf drei Karaffen mit Säften von gelb bis dunkelrot. Ein irdener Wasserkrug. Kristallgläser. Ein Körbchen mit Croissants. Silberne Kannen, Tassen, silberne Löffel, halb bedeckt von einer Serviette.

Etwas steckte in Pierpaolis Armen. Es ziepte. Alon machte sich daran zu schaffen. Es waren Kanülen, links und rechts, in jedem Unterarm eine Kanüle. Alon zog sie behutsam heraus.

»Was ist das?«

»Sie waren dehydriert, Mister«, erklärte Alon durch sein Lächeln hindurch. »Das war Natrium- und Kaliumsubstitution. Außerdem habe ich leichtes Schmerzmittel verabreicht, Morphium. Kann ausschleichen. Außerdem Schwarzkümmelöl für Prellungen. Außerdem Fenchelhonig für die Entzündungen. Alles Naturmittel.« Er beendete die Aufzählung und sah Pierpaoli direkt an: »Böse Menschen haben das gemacht. Aber schon sind Sie gesund. Und werden noch besser gesund!« Er lächelte wie eine Fernsehreklame. »Trinken Sie! Trinken ist gut!«

Er goss Pierpaoli ein Glas Wasser ein und hielt es ihm an die Lippen. Pierpaoli fuhr mit der Zunge darüber, seine Lippen fühlten sich rissig an. Dann trank er. Und trank, trank, der kühle Geschmack war berauschend.

Alon nahm das leere Glas und füllte es erneut, stellte es auf das Tablett. Er deutete nach rechts wie ein Conferencier. »Badezimmer. Wenn Sie Hilfe brauchen, Sie klingeln. Ich komme sofort, wie die Welle, wie mein Name.«

Alon öffnete die Tür zu einem Einbauschrank: Hemden, Wäsche, Schuhe, Sandalen standen dort. Ein schwerer weißer Bademantel.

»Herr Frey hat das alles aus seiner privaten Garderobe gegeben. Sie sollen an nichts fehlen. Wenn Sie aufstehen wollen, stark genug dafür, vielleicht in drei, vier, fünf Stunden, Herr Frey wird Sie empfangen mit Freude.«

»Das ist also das Schiff von … Ich bin also …«

»Jawohl, Sir, das Schiff von Herrn Frey. Die *Change*, Mister. Er hat Sie von dieser Insel gerettet. Hier sind Ihre Sachen. Rucksack, Handy, alles da. Und kleines Geschenk. Ich gehe jetzt.«

Alon zog sich zurück.

»Warten Sie! Bitte. Noch eine Frage. Woher wusste Herr … Frey, dass ich auf der Insel bin?«

»Oh? Nein. Das weiß ich nicht, Mister. Aber Herr Frey ist sehr,

sehr klug. Er weiß viel, er weiß alles.« Alon bedachte ihn mit einem eigenartigen Lächeln. »Er ist der beste Mensch, den ich kenne.«

Damit zog er die Tür hinter sich zu.

Pierpaoli blieb allein zurück. Er nahm sein Telefon – es war tatsächlich seines – und startete es, checkte die Fotos, die Aufnahmen, alles schien noch da zu sein. Die Beweise! Er hatte sie noch. Welch ein Glück. Pierpaoli ließ sich in die Kissen fallen. Nach einer Weile richtete er sich wieder auf. Neben seinen Sachen stand ein Körbchen, ausgeschlagen mit einem roten Seidentuch, darin kleine rote Gegenstände: eine Tafel Schokolade in rotem Papier, ein rotes Taschenmesser in einem rotledernen Etui, eine Armbanduhr der Marke *Le Temps of Switzerland*, rotes Ziffernblatt. Dazu eine Karte. Büttenpapier, handgeschrieben: *Bitte seien Sie in allem mein Gast, es ist mir eine Ehre.* Unterschrift: *Hans-Oliver Frey.*

Pierpaoli sank zurück. Von draußen kamen gelegentlich Schreie, Vogelstimmen, wahrscheinlich Möwen, dachte Pierpaoli. Oder welcher Vogel könnte es sonst sein? Und über dieser Frage schlief er ein.

»Das Böse«, sagt der Mann. Er lächelt. »Es gibt da etwas, was einem keiner erzählt über das sogenannte Böse.« Er spricht entspannt, aber dezidiert. »Wissen Sie, man macht uns glauben, das Böse und das Gute seien klar voneinander geschieden. Wie zwei Wege, jeder Weg ist gut ausgeleuchtet – man kann sich klar entscheiden. Hier der Weg der Finsternis, dort der Pfad des Guten. Schön einfach. Aber so ist es nicht, leider.«

Der Mann nimmt einen Schluck, er trinkt *Lillet* auf Eis, ein leichter Aperitif mit einem Spritzer Ananassaft und einer Orangenscheibe.

»In Wahrheit ist alles eine Grauzone, man muss schon sehr genau hinsehen. Und unser Freund Elani hat sich hier wohl etwas vertan. Ist vom Weg abgekommen.« Er seufzt. »Wir werden ihn zur Verantwortung ziehen. Apropos: Sie wissen nicht zufällig, wo unser Freund sich aufhält?« Das kommt ganz lässig und nebenbei heraus, aber der Mann beobachtet seinen Gast sehr aufmerksam.

»Nein, leider nicht«, sagt Pierpaoli zögernd. Er trinkt Wasser, hält das Glas mit beiden Händen, fast so, als hätte er Angst, jemand würde es ihm wieder wegnehmen.

»Schade. Aber wir werden ihn finden, seien Sie unbesorgt«, sagt der Mann.

Der Mann ist Hans-Oliver Frey, Unternehmer, Ideen-Genie, Schweizer und vielfacher Milliardär, einer der reichsten Männer der Welt, Besitzer der *Change*, der Yacht, auf der sich Pierpaoli aufhält.

Natürlich kennt Pierpaoli diesen Mann – aus Pressemeldungen, aus Forbes-Listen. Jeder kennt Frey.

Seine Ausführungen über das Böse und das Gute gelten Dr. Charles Elani, dessen Taten ihn offenbar bekümmern. Aber in Wahrheit gelten seine Ausführungen Pierpaoli – Frey will ihn aus der Reserve locken.

Die beiden Männer sitzen im kleinen Speiseraum der Yacht; hier ist ein Esstisch, an dem bequem zwölf Personen sitzen

könnten, jetzt liegen jedoch nur zwei Gedecke auf. Der Speisesaal befindet sich auf dem Hauptdeck, hier sind die Luxus- und
Kommandoräume, aufgereiht wie auf einer Perlenschnur. Büro,
Monitorraum, Speisesaal, Bar, Billardzimmer, Bibliothek. Die Bar
steht den Gästen immer offen. Monitorraum und Büro sind verschlossen. Der Monitorraum ist rund um die Uhr besetzt.

Pierpaoli hatte tatsächlich nach Alons Besuch einige Stunden
geschlafen, er war erfrischt erwacht. Er hatte geduscht, dann hatte
er sich, wenn auch mit Überwindung, aus dem Kleiderschrank ein
paar Sachen herausgesucht, denn er konnte schlecht im Bademantel zum Dinner gehen, dann war er von Alon abgeholt und in den
Speisesaal geleitet worden, wo ihn Frey empfing, mit ausgesuchter
Herzlichkeit empfing, dazu die genau richtige Dosierung an Besorgnis.

Frey hatte ihm eine Führung über das Schiff versprochen, das
würden sie aber später machen, jetzt vielleicht nur ein paar technische Details. Und Frey zählte auf, in einer Art von bescheidenem
Stolz: zweitausendzweihundert Tonnen, achtundachtzig Meter
Länge. Deckaufbau: Mahagoni und Teak; zwei Dreitausend-PS-
Motoren, Inmarsat-Radar, Kollisionsschutz-Radar, Thornycroft-
Stabilisatoren, vier Rettungsboote, erweitertes Achterdeck mit
Helikopter, Startrampe für das WACO-Wasserflugzeug, vierunddreißig Männer und Frauen als Besatzung und Personal, für Brücke und Maschinenraum, Matrosen, Stewardessen, drei Köche,
nicht zu vergessen die Bewaffnung und das Sicherheitsteam, das
jeden Piratenangriff zurückschlagen konnte. Die Innenausbauten
hätte er von Brambilla in Mailand machen lassen, sehr stilsicher.
Er hätte auch einige Einbauten machen lassen, für seine Haus-
tiere – vielleicht zeige er sie Pierpaoli bei Gelegenheit. Ein Projekt.
Sehr speziell! Er zwinkerte.

Sie haben Kurs genommen auf Panama. Frey hat einen Slot für
die Durchquerung des Kanals. Dann, sobald sie im Atlantik sind,
geht es weiter nach Florida.

Dort wird er auch den Parasiten an die Behörden übergeben.
Bis dahin ist der Parasit hier an Bord sicher.

So ist der Stand.

Er sei so gern auf der *Change*, sagt Frey. Er schlägt einen versonnenen Ton an. Wenn man aus der Schweiz stamme, so wie er, aus Meggen bei Luzern, wo die Landschaft schön, aber sehr eng sei, dann könne man gar nicht genug bekommen von der Weite des Meeres. Ob Pierpaoli das verstehe?

Pierpaoli versteht es. Natürlich. Er lobt. Ein wunderschönes Schiff. Vielen Dank, dass er hier sein darf. Er mustert unauffällig seinen Gastgeber.

Sie sind sich, abgesehen von den Vermögensverhältnissen, die dramatisch voneinander abweichen, gar nicht so unähnlich. Frey hat praktisch dieselbe Statur wie Pierpaoli, mittlere Größe, wohlproportioniert. Er hat rotblondes Haar, lockig, eine konservative Frisur, eine schmale Nase unter einer schweren Boxerstirn, kräftige, schön geformte Hände, eine selbstverständliche Autorität. Er trägt ein hellblaues Polo-Shirt, weiße Shorts.

Miene und Gebaren eines Heiligen, denkt Pierpaoli. Aber ein anständiger Mensch offenbar. Der Wunsch, das Bedürfnis, Freys Freund sein zu dürfen, wird stärker.

Pierpaoli vergisst seine Schmerzen, er merkt plötzlich, wie hungrig er ist. Es riecht nach Lack und Möbelpolitur und Salz und Fisch aus der Kombüse, ein Deck tiefer.

»Wir essen Dorade«, sagt Frey. »Ich hoffe, Sie mögen Dorade als Degustation? Unser Koch hat welche gefangen, das dürfen wir, sie stehen hier nicht auf der Roten Liste. Wir führen genau Buch über unsere Fänge zur Selbstversorgung.«

Pierpaoli beeilt sich zu versichern, dass er Dorade liebt.

»Ausgezeichnet«, sagt Frey. »*Guet und gwüss*, wir werden Dorade essen«. Und dann kommt er zur Sache. »Ich vermute, Sie haben einige Fragen. Lassen Sie uns jetzt darüber reden, dann haben wir ein ungestörtes Essen.«

»Wieso kamen Sie auf die Insel?«, fragt Pierpaoli. »Ich meine – gerade in dem Moment, als ich von diesen Leuten geschlagen wurde. Das war ja ein ungeheurer Glücksfall für mich. Meine Rettung. Danke nochmals. Aber wussten Sie denn von mir?«

Frey unterbricht ihn. »Ganz einfach. Der Bericht. Sie haben einen Bericht an Gillespie geschrieben, Herr Pierpaoli. In Kapstadt.

Darin war die Rede von Elanis Aktivitäten, es ging um die Task-Force und das Tondokument, das Telefonat. Ich bekam eine Kopie des Berichts.«

»Tatsächlich? Ich dachte, das wären Interna.«

»Sind es auch, lieber Herr Pierpaoli. Aber ich gehöre, wenn ich so sagen darf, zum inneren Zirkel. Ich bitte Sie, das darf Sie jetzt nicht überraschen! Ich stehe seit Jahren mit der Regierung der Klima-Allianz in engem Kontakt. Geo-Engineering zum Beispiel ist meine Spezialität. Sie haben vielleicht davon gehört, dass ich der Investor für das Wolkenturmprojekt bin? In Florida? Das sagt Ihnen was?«

»Ja, natürlich. Davon hat ja wohl jeder gehört. Die Verdunstungsanlage ...« Es war ein Prestigeprojekt der Klima-Allianz.

»Wir hatten in Kapstadt natürlich mit dem Projekt zu tun«, sagt Pierpaoli. Es klingt etwas lahm, er kennt eigentlich nur die oberflächlichen Fakten. »Wobei ich selbst nicht involviert war. Aber zum Beispiel ein Kollege, der auf Filteranlagen spezialisiert ist.« Pierpaoli denkt kurz an Perreira, an dessen Bemühungen und Warnungen. Und daran, dass Perreira tot ist. Er verstummt.

»Nun, Sie sehen, dass ich darum mit der Regierung eng zusammenarbeite. Außerdem war ich ja Präsident der Task-Force. Im Rahmen der Task-Force hatten wir auch Dr. Charles Elani initiiert. Wir fanden seine Ideen – nun ja, zumindest interessant. Spekulativ, aber interessant.«

»Spekulativ, aber interessant?« Pierpaoli kann nicht anders als widersprechen, seine Stimme hat eine unbeabsichtigte Schärfe. »Verzeihung, aber das scheint mir doch etwas sehr freundlich ausgedrückt. Spekulativ? Elani hat Menschenexperimente veranstaltet! Er hat mit einem gefährlichen Bio-Erreger herumgespielt! Er hat in Deutschland eine unbescholtene Frau angestiftet, ihm bei einem Verbrechen zu helfen – dem Raub von Eiern eines seltenen Oktopoden. Ich meine, das kann man nicht gerade als *interessant* bezeichnen.«

»Natürlich, natürlich!« Frey ist die Umgänglichkeit in Person. »Natürlich – jetzt wissen wir es. Aber damals wussten wir es eben nicht ... Schauen Sie, die Task-Force hatte den Auftrag – den ganz klar definierten Auftrag! –, alles auszuprobieren, zumindest theoretisch, jawohl, wir sollten das Undenkbare denken. Das war unser Job. Das Undenkbare denken. Und da passte Elani ganz gut ins Bild, wenn ich das so sagen darf.«

»Wenn Sie es so sagen«, sagt Pierpaoli. Leise, tonlos. Dieser Mann ist ihm überlegen, heillos überlegen.

»Tja, Herr Pierpaoli. Wir wussten um die Risiken. Wir hatten einen Ethik-Code, wir hatten genaue Kontrollen. Aber Elani war schlauer. Er verschleierte seine Experimente, er verschleierte das *Scheitern* seiner Versuche. Als wir ihm dahinterkamen, haben wir alles gestoppt.«

»Aber nicht wirklich gestoppt.«

»Moment, lieber Herr Pierpaoli!« Frey hebt die Hand, sein Ausdruck ist für einen Moment schärfer, er kann das Tempo mühelos anziehen, er kann auch angreifen. »Wir haben ihn gestoppt. Ganz offiziell. Er hatte die Chuzpe, einfach weiterzumachen. Das war eine Panne, jawohl. Dafür werden sich nachgeordnete Dienststellen verantworten. Ich wusste es nicht. Ich gebe zu – erst durch Ihre Intervention habe ich es erfahren. Als ich den Bericht sah. Den Sie an Ihre Chefin schickten. Wie heißt sie noch?« Er schnippt mit den Fingern. »Gillespie, richtig? Juniper Gillespie.«

»Sie ist nicht meine Chefin. Nicht mehr. Es gab Differenzen.«

»Ich weiß. Das ist nur vorübergehend, hoffe ich. Sie haben Verdienste! Sie haben das alles im Alleingang gemacht. Bewundernswert! Ich werde ein Wort für Sie einlegen, lieber Herr Pierpaoli – oder darf ich Thomas sagen? Nennen Sie mich Hans-Oliver, ist es Ihnen recht?«

Es ist ihm nicht recht, aber er ist hier Gast, Frey ist sein Retter, Pierpaoli nickt.

»Also, Thomas! Ich werde ein Wort für Sie einlegen. Sie kehren als Held heim!«

»Danke. Vielen Dank, Hans-Oliver. Noch eine Frage hätte ich: Was passiert mit den Leuten im Habitat? Sie wissen, dass die mit keinem Menschen in direkten Kontakt treten dürfen? Sie tragen einen Parasiten in sich, der niemals nach draußen gelangen darf. Das würde die ganze Menschheit bedrohen. Und wenn Sie gesehen hätten, was dieser Parasit mit Menschen macht, es ist ekelhaft, es ist schrecklich!«

»Ich weiß, Thomas.« Frey nickt bekümmert. »Es ist ein großes Problem. Wir haben dazu schon eine Ethikkommission einberufen. Diesen Menschen muss geholfen werden. Vielleicht können wir den Parasiten abtöten. Das muss geprüft werden. Es braucht Zeit. Leider.«

»Solange muss aber das Testgelände hermetisch abgeriegelt bleiben! Die Filter müssen regelmäßig ausgetauscht werden. Der Parasit darf auf keinen Fall in die Außenluft gelangen! Verstehen Sie, Hans-Oliver? Diesmal darf keine Panne passieren!« Pierpaoli verschluckt sich, er hat noch nicht die Nerven für so ein Gespräch.

»Beruhigen Sie sich erst mal, bitte, Thomas. Sie sind noch schwach. Diesmal wird es keine Panne geben. Sie haben mein Wort.« Da ist er wieder, sein Tonfall: entspannt, dezidiert, mit der Autorität eines geistigen Führers. »Deshalb haben wir ja diese Insel ausgewählt. Sechshundert Kilometer vom Festland. Und der Parasit kann an der Luft nicht lange überleben. Er stirbt sehr schnell. Sie verstehen?«

»Nein, das verstehe ich nicht. Und ich glaube es nicht. Ich habe die Filteranlagen gesehen, die von Elani höchstpersönlich gewünscht waren. Ich habe sie in der Hand gehabt! Das waren Spezialfilter im Nanobereich. Diese Filter waren sehr teuer. Sie mussten regelmäßig gewechselt werden. Elani hat eigens dafür seinen Vater eingesetzt. Warum macht er das? Wie?«

»Sagen Sie's mir.« Frey scheint verblüfft. Aber er lächelt überlegen.

Pierpaoli wird nicht schlau aus ihm.

»Es ist meiner Meinung nach ganz einfach, Hans-Oliver – wenn Elani derart darauf achtete, dass die Filter höchste Qualität haben, dann ging er sehr wohl davon aus, dass der Parasit an der Luft überleben kann. Dafür muss man kein Genie sein, denke ich. Der Parasit überlebt an der Luft.«

Frey schaut ihn an, er kneift die Augen zusammen. Die Haut in seinem Gesicht hat sich gespannt. »Meinen Sie? Aha. Das wäre ja eine andere Situation.«

»Ja, das meine ich. Und ja, das wäre schrecklich. Der Parasit ist hochgradig gefährlich. Deshalb muss die Anlage unbedingt abgeriegelt werden!«

»Mein Gott. Meine Güte! Was Sie da sagen, Thomas, das ist alarmierend.« Frey ist aufgestanden, er macht ein paar Schritte im Esszimmer. Schüttelt den Kopf in lupenreiner Besorgnis. »Das wäre ja schrecklich. Entschuldigen Sie, Thomas. Gut, dass Sie mich hinweisen auf diese Gefahr, ich meine: explizit. Wir hätten natürlich ohnehin alles mit äußerster Vorsicht behandelt. Aber trotzdem. Wir haben also eine Natter an unserem Busen genährt, wie man so schön sagt.« Er fixiert Pierpaoli. »Und Sie sind sich sicher?«

»Wie gesagt, ich vermute«, Pierpaoli wählt seine Worte sorgfältig. »Hören Sie, ich bin kein Parasitologe. Das kann man allerdings prüfen. Experten können das. Doch wenn Elani solchen Wert auf diese Filter legte, dann wusste er, dass der Parasit eine Resistenz hat. Er überlebt an der Luft.« Ihm fällt etwas ein. »Ich meine, schließlich hat Elani den Parasiten modifiziert, die ganze Zeit hat er an ihm herumgebastelt, seine Genstruktur und so weiter verändert.«

Frey setzt sich wieder. Er lächelt, aber starr. »Nochmals – Sie wissen nicht, Thomas, wo Elani sich aufhält? Haben Sie Zugriff gehabt auf seine Computer? Wissen Sie noch etwas, das Sie mir bisher verschwiegen haben?«

»Was meinen Sie damit?«

Beiden ist klar, dass Pierpaoli die Frage nicht beantwortet hat.

Frey löst die Spannung. »Wissen Sie was? Wir haben genug geredet. Wir sollten jetzt essen. Es *gmüetli* haben, was halten Sie davon? Ich sehe mal in der Küche nach, wo unsere Degustation bleibt, unsere Dorade, nein, nein, bitte, behalten Sie Platz, Thomas, Sie haben genug geleistet. Ach – mögen Sie Brokkoli?«

Meggen, in der Zentralschweiz gelegen, im Kanton Luzern, mit dem Schloss Meggenhorn, mit dem Strandbad *Badi Meggen* und schnuckeliger Uferpromenade am Vierwaldstättersee, war seit Generationen Stammsitz der Familie Frey.

Freys Großvater, Reto-Andres Frey, mit einem weißen Bart wie ein alttestamentarischer Prophet, hatte am See ein Walzwerk und eine Mühle besessen und ausgebaut; er spezialisierte sich auf Kakaobohnen, und das kam ihm zugute, als Schweizer Schokolade und Pralinen weltweit boomten.

Sein Sohn Urs, Vater von Hans-Oliver Frey, ging einen Schritt weiter. Er gründete am Stadtrand von Meggen eine Schokoladenfabrik. Er war ein Pionier in der Verarbeitung kreativer Beigaben, wie es damals genannt wurde: Nüsse, Cashewpulver, Rosinen, Mandelsplitter, Vanille, Zimt. Urs Frey wurde der erste Multimillionär der Familie, ein hart arbeitender Mann, der viel Zeit in den Entwicklungslaboren verbrachte, sich selbst nichts aus Süßigkeiten machte und nur die eine Schwäche an den Tag legte, seine weiblichen Angestellten mit der Präzision einer Schweizer Wanduhr zu schwängern, was Lebendigkeit in den Ehealltag brachte, und worüber seine Ehefrau mit erstaunlicher Gelassenheit hinwegsah, gewissermaßen neutral blieb.

Hans-Oliver Frey wuchs also auf in einem organisiert-desorganisierten, vor allem aber begüterten Haus; ein Haus, in dem er jederzeit Freunde mit Kakao bewirten, mit Schokolade beschenken und ihre Gier und ihre Schwächen studieren konnte. Seine Zukunft schien vorgezeichnet. Er würde die väterliche Firma zu neuen Höhen führen. Doch das wollte er nicht.

Sein Ehrgeiz war viel größer. Und sein Talent, Trends zu erkennen, in die Zukunft zu blicken. Wobei »Talent« vielleicht schon eine Untertreibung darstellt. Hans-Oliver Frey war, was Trenderkennung und intelligente Geschäftsfelder anging, schon eher ein Genie.

Er wollte sich beweisen – das war sein stärkster Antrieb.

Frey war unendlich neugierig, und das von Natur aus. Er las tonnenweise Zeitschriften, verschlang wissenschaftliche Bücher über Physik, Mathematik, Evolutionsbiologie, Geschichte, Volkswirtschaft, er besuchte Symposien und Konferenzen zu den entlegensten Themen, schrieb ein viel beachtetes Buch über molekulare Paläontologie und Koprolithen, also versteinerte Dinosaurier-Exkremente, und in diesem Wust von Wissen suchte sein Instinkt stets nach Möglichkeiten, Geld und noch mehr Geld zu verdienen.

Frey war einer der Pioniere in der Computertechnologie: Bereits in den frühen 2000er-Jahren scharte er eine Truppe von neurotischen und sehr unleidlichen Computernerds um sich und ließ sie eine Software entwickeln, die die Sichtbarmachung und Kontrolle von Datenströmen ermöglichte. Als einige Jahre später das Internet an Bedeutung zunahm, der Terrorismus an Boden gewann, waren die Regierungen von Peking bis Washington nur zu dankbar, ihm seine revolutionären Technologien abzukaufen, um Datenströme zu sortieren, zu kontrollieren. So machte Frey seine erste Milliarde, die er klug investierte und binnen kurzer Zeit vervierfachte.

Unter anderem hatte Frey mit Kryptowährungen herumgespielt und festgestellt, wie unberechenbar diese neue Erfindung war. Er kreierte – schön im Hintergrund bleibend – selbst ein paar Kryptowährungen und ließ wiederum Kontroll-Software entwickeln, die er Regierungen verkaufte; der Einbrecher, der gleichzeitig Alarmanlagen vertickt.

Nach Gründung der Klima-Allianz im Jahr 2025, als der Kampf gegen den Klimawandel immer virulenter wurde, wandte Frey sich der Klimarettung zu, hier konzentrierte er sich auf große Geo-Engineering-Projekte. Er war inzwischen derart beliebt bei Politikern und vernetzt in der ganzen Welt, dass man ihn oft als Rat- und Ideengeber holte. So erfuhr er von Plänen, kam an Informationen, die er einsickern ließ in das Geflecht von etwa dreihundertvierzig Firmen, die ihm gehörten oder die er zumindest kontrollierte.

Besser konnte es nicht laufen.

Und natürlich sagte er gern zu, als man ihn in die Task-Force berief – er hatte schon einige Vertraute in Stellung gebracht und ließ sich zum Sprecher und Präsidenten dieses geheimen Thinktanks wählen. Die Idee, Elani zu holen, stammte in Wahrheit von Frey. Allerdings ließ sie sich nicht auf ihn zurückverfolgen; er war geschickt darin, eine Richtung oder Idee zu unterstützen und gleichzeitig als Mahner und Skeptiker aufzutreten. Seine Umgangsformen und sein Vermögen, Menschen zu manipulieren, waren sensationell.

Er hatte allen alles bewiesen. Er war Mitte vierzig und bei bester Gesundheit. Fast alle Frauen lagen ihm zu Füßen, beinahe alle Männer wollten sein Freund sein. Er hätte sich mühelos zur Ruhe setzen können. Doch dafür war er zu ehrgeizig, immer noch.

Pierpaoli stand auf dem Oberdeck der *Change* und dachte nach.

Die Dorade war köstlich gewesen, aber nach dem Essen hatte Frey sich zurückgezogen, und Alon, sein Krankenpfleger, war aufgetaucht und hatte Pierpaoli gebeten, ihn untersuchen zu dürfen.

Die Verletzungen und Prellungen heilten gut. Alon hatte abermals Salbe aufgetragen und Pierpaoli eine leichte Morphium-Injektion verabreicht, die ihn müde machte. Er würde sich bald in seine Kabine zurückziehen und sich hinlegen. Er hatte das Gefühl, er könnte tage- und nächtelang durchschlafen, wenn man ihn nur ließe.

Es gab aber ein paar Dinge, über die er nachdenken musste.

Vor allem dachte er an Ariadna. Sein Telefon funktionierte. Er konnte sie anrufen. Wo sie wohl war? Was sollte er sagen? Sie hatte sich von ihm getrennt. Endgültig? Wirklich endgültig? Hatte er noch eine Chance? In seinem Kopf entwarf Pierpaoli Gesprächsanfänge, Erklärungen, Entschuldigungen – aber keine überzeugte ihn.

Die Abendbrise war wunderbar. Das Meer war wie gehämmertes Kupfer.

Er war in Sicherheit. Nach all den Strapazen. Er hatte es geschafft; fast jedenfalls.

Auf seinem Telefon erschien eine Nachricht. Spanisch. Absender eine Nummer in Panama.

Besuchszeit für Gast läuft in zwei Tagen aus. Brauchen Anweisung: Gast entlassen? Oder behalten? Dann werden weitere Zahlungen fällig. Saludos, F.

»F« war Fausto, der Gast war Elani. Pierpaoli stöhnte, natürlich, die Yaya-Leute in Colón wollten eine Entscheidung. Was sollte er mit Elani anstellen? Pierpaoli hatte die Beweise. Frey war auf Pierpaolis Seite. Über die Entführung und dass er Elani gefangen hielt, hatte Pierpaoli noch nichts gesagt, es war, das musste er sich gestehen, etwas peinlich. Irgendwann musste er damit herausrücken. Die Entführung zu verschweigen, war Unsinn.

Am besten gleich. Dann hatte er es hinter sich.

Pierpaoli ging in seine Kabine und klingelte nach Alon. Er wolle Frey sprechen, bitte sofort.

Herr Frey sei leider nicht an Bord, sagte Alon. Wie das? Jawohl, Herr Frey sei mit dem kleinen Boot weggefahren. Wohin? Das wisse er, Alon, leider nicht.

Pierpaoli dankte und dachte nach. Es gab nur einen Ort, wo man mit dem kleinen Boot hinfahren konnte – die Insel. Dass Frey sich dort hinbegab, war verständlich, er hatte schließlich die Kontrolle, die Verantwortung.

Aber warum hatte er nichts davon erwähnt?

Dann eben morgen. Pierpaoli putzte sich die Zähne, zog den herrlich weichen Schlafanzug an und betrachtete seine Kabine mit dem Vergnügen eines Mannes, der eben noch dem Tod entronnen ist. Dann stieg er in das herrlich weiche Bett.

Pierpaoli erwachte aus unruhigem Schlaf, seine Prellungen schmerzten, er war verschwitzt. Sein erster Blick fuhr zum Bullauge neben dem Bett, draußen war es dunkel. Er knipste die Nachttischlampe an, schaute auf die Uhr: halb zwei. Er schob die zerwühlten Laken beiseite und krabbelte aus dem Bett, spähte aus dem Bullauge. Der Himmel war blau und schwarz, ein unruhiges Muster. Doch das Meer lag glatt. Wie poliertes Blech. Feiner Nebel klebte darauf wie Dampf.

Durch die Schwaden konnte Pierpaoli ein Motorboot erkennen, das gerade an der Steuerbordseite festgemacht wurde. Matrosen waren zugange, halblaute Befehle wurden gerufen, an Deck wurde eine Maschine gestartet, gab ein Rattern und Ächzen von sich. Metallische Geräusche. Ein Kran. Mit einer Winde. Aus dem Motorboot schwebte ein Kubus empor, wurde in die Luft gezogen, schaukelte knarrend an Seilen, der Kran schwenkte um, der Gegenstand wurde an Bord gehoben.

Das war Material von der Insel. Pierpaoli erkannte die Gestalt von Frey, der mittendrin stand und Anweisungen gab. Pierpaoli griff nach dem Bademantel und schlüpfte in die Slipper, die Alon ihm hingestellt hatte. Weiches Wildleder. Sie passten. Auf der Kappe, wusste Pierpaoli, war ein Monogramm eingestickt, in verschnörkelter Schrift: HOF. Hans-Oliver Frey.

Er hastete an Deck.

Als er oben ankam, hatten Matrosen, unter strenger Aufsicht von Frey und zweier Offiziere, eine große Transportbox mit Tragegurten vertäut und hoben sie gerade an.

»In den Kühlraum A bringen, dort einschließen«, sagte Frey, er deutete auf zwei Offiziere in weißer Uniform: »Sie und Sie, beide mitgehen, beaufsichtigen.« Dann erst erkannte er Pierpaoli.

»Was machen Sie denn hier, lieber Thomas? Ich hoffe, wir haben Sie nicht geweckt mit unserem kleinen Manöver.«

»Was ist das? Es ist von der Insel, richtig? Sie waren auf der Insel?«

»Ja, wir haben einen Security-Container sichergestellt. Ich musste mir selbst ein genaueres Bild verschaffen. Werden Sie verstehen, oder?«

»Aber was ist das genau?«

Man merkte Frey an, dass er nach der besten Antwort suchte; dann entschied er sich: »Das Material des Parasiten. Die diversen Stämme, an denen Elani gearbeitet hat. Ich habe es sichergestellt, wir können es untersuchen.« Er sah auf die Uhr. »Elani hat offenbar jeden belogen. Alle, die mit ihm gearbeitet haben. Hören Sie, es ist spät – wollen Sie nicht schlafen?«

»Entschuldigen Sie, aber ich muss das wissen – ist der Parasit in dieser Kiste da, ist er sicher? Sie wissen, dass ich denke, der Parasit sollte auf keinen Fall mit Luft …«

»Absolut sicher«, unterbrach ihn Frey. »Und Sie hatten recht, Thomas. Es sieht so aus, als sei der Parasit luftresistent. Das ergeben die Aufzeichnungen. Sie werden überprüft. Vor allem aber müssen wir das Bio-Material untersuchen.«

»Und das ist wirklich alles sicher? Ich meine, dies ist ein Schiff …«

»Die Transportbox ist hermetisch abgedichtet, dreifach gesichert. Lässt sich nur öffnen mit einem Code, den niemand außer mir kennt. Beim Abbau und bei der Untersuchung des Labors haben wir Schutzkleidung getragen. Glauben Sie mir. Wir haben alle Sicherheitsvorkehrungen beachtet. Wirklich alle.«

»Gut. Entschuldigen Sie meine Fragen. Danke.«

»Ist doch selbstverständlich, Thomas. Ich meine, dass Sie besorgt sind. Es ist schon sehr spät – aber wollen wir einen Cognac trinken? Oder ein Glas kalte Milch? Eine Ovomaltine?«

»Nein, warten Sie. Ich – habe Ihnen noch etwas zu sagen.«

»So?« Freys Augenbrauen wanderten nach oben.

»Ja, Sie hatten mich nach dem Aufenthaltsort von Elani gefragt. Da war ich nicht ganz ehrlich. Es ist so: Ich weiß, wo Elani steckt. Denn ich habe Elani entführen lassen. Und er wird auf meine Anordnung hin festgehalten.«

»*Wie bitte?*«

»Ich habe Leute bezahlt, damit sie das tun. Das war illegal, aber ich hatte keine andere Möglichkeit. Eine Gruppe von Leuten aus Colón, Panama. Na ja, eigentlich sind es wohl Gangster. Wir haben ihn aus seinem Apartment entführt und in eine Lagerhalle gebracht. So kam ich überhaupt an die Berichte der Task-Force. Elani jedenfalls wird dort festgehalten. Ich bezahle die Kidnapper. Es geht ihm gut.« Er zögerte. »Relativ gut, denke ich.«

»Sie machen Witze!«

Pierpaoli merkte, dass er auf eine schräge Art sogar ein wenig stolz war. »Doch, das habe ich getan. Ich musste handeln. Ich hatte ja keine Autorität der Klima-Allianz. Ich habe ihn sozusagen verhört. Nun, mit ihm geredet. Aber er hat fast nichts gestanden.«

»Was hat er denn gesagt?«

»Er wollte einen Organismus erschaffen, der für die Menschen kompatibel ist und sie, na ja, zu besseren Menschen macht. Was immer das bedeutet. Und zwar ohne Nebenwirkungen. Der Parasit sollte keine Nebenwirkungen hervorrufen. Das war Elanis Problem. Deshalb hatte er die Eier gestohlen. Die des Oktopoden. In Deutschland. Um an den Parasiten zu kommen, um genetisches Material zu haben. Frisches Material. Um daran zu arbeiten.«

»Aber er hat es nicht geschafft?«

»Nein, ich glaube nicht. Er war noch nicht fertig mit dieser Arbeit. So habe ich es verstanden. Auch das meiste Material in dem Labor in Panama hat er zerstört, als wir kamen, um ihn zu holen. Den Rest habe ich gesichert. Oder die Überbleibsel. Befindet sich alles im Containerhafen in Panama. Meine Verbindungsleute dort – sie wissen, wo alles steht. Sie heben es auf für mich. Aber dafür muss ich sie natürlich bezahlen.«

»Thomas, Thomas …« Frey blickte ihn pfiffig an. »Als ich Sie fragte, ob Sie noch etwas verschweigen …«

»Hatten Sie recht. Ich – ich war mir nicht sicher. Ich wollte den richtigen Moment abpassen. Um Ihnen das zu erzählen.«

Frey nickte, er schien ehrlich erstaunt. »Das hätte ich Ihnen nicht zugetraut. Ich dachte, Sie sind eine schüchterne Seele. Wie viele kluge Männer. Nun gut – sie haben diese Leute engagiert. Wer sind diese Gangster?«

»Sie nennen sich Yaya-Clan. Eine Frau ist die Chefin. Mein

Verbindungsmann heißt Fausto. Er hat alles organisiert. Sie sind – ziemlich professionell, würde ich sagen.«

»Gut.« Frey schien eine Entscheidung zu treffen. »Zunächst einmal sollten wir Ihnen Ihre Auslagen ersetzen. Machen Sie mir bitte eine Aufstellung. Alles wird ausgeglichen werden. Sie haben Ihr eigenes Geld eingesetzt für einen guten Zweck. Sie werden alles dreifach wiederbekommen. Und ich hätte gern ein Protokoll der Gespräche. Geht das? Aus dem Gedächtnis?«

»Ich habe Aufzeichnungen. Aber ich will nur das, was ich ausgelegt habe.«

»Ah ja? Sie sind ein Ehrenmann, wie? Anders als Elani, der ein *Hueresiech* ist. Ein Hurenkerl, so sagt man in meiner Heimat, *Hueresiech*, kennen Sie den Ausdruck?«

»Nein.«

»Macht nichts. Bitte kontaktieren Sie diesen Typen in Panama, wie hieß er?«

»Fausto. Mein Kontaktmann.«

»Sagen Sie ihm, dass wir kommen und Elani in Gewahrsam nehmen. Und alle Geräte, alles Material. Die Klima-Allianz hat Sondereinheiten in Panama. Wir werden ihn uns holen, den *Hueresiech*.« Frey lachte leise. Er schien zufrieden.

Pierpaoli war irritiert, aber auch erleichtert.

Frey sah ihn an, mit gewinnendem Lächeln. »Und jetzt ein Glas kalte Milch und einen sehr alten Cognac, wie wäre das, Thomas?«

Ariadna verbrachte viel Zeit auf dem Deck der *Marguerita*.

Misako, die Skipperin und F.A.P.-Aktivistin, nahm viel Rücksicht, ließ Ariadna weitgehend in Ruhe. Ab und zu bat sie sie um Hilfe in der Kombüse oder bei Manövern. Einzig die Nachricht von Talaseas Nominierung für den Präsidialrat hatte den gleichförmigen Alltag der Pazifiküberquerung einmal unterbrochen. Misako hatte feierlich einen kleinen Tonkrug aus einer Seekiste hervorgekramt, und die beiden Frauen hatten mit heißem Sake angestoßen. Ansonsten aber hatte Ariadna viel Muße, am Bug zu sitzen und in die Luft zu starren und die Weite und den Glanz des Meeres auf sich wirken zu lassen. Allerdings nahm sie die Schönheit der Elemente kaum wahr. Sie war gefangen in einem dunklen Wirbel aus Schuldgefühlen, Fragen und Aufwallungen von Wut und Verzweiflung.

Es ist das Schicksal der vom Glück Verwöhnten: Wenn die Dinge schiefgehen, haben sie nicht viel Übung, um das Unheil abzufedern. Zu Ariadnas Gunsten muss man sagen, dass sie sich redlich bemühte, die Scherben ihres Lebens zusammenzusetzen.

Es gab eine Menge Scherben. Die Investition ihres Vaters hatte ihr zwar Geld beschert, sie allerdings auch moralisch diskreditiert – sie schämte sich für ihre Nachlässigkeit, und sie schämte sich dafür, dass es ihr nicht gelungen war, den Verkauf dieser verfluchten Pharma-Fabrik rückgängig zu machen.

Sie war bei ihren Nachforschungen und Telefonaten irgendwann gegen eine weiche Wand gelaufen, eine Mauer aus Anwälten und ungenauen Auskünften, aus Firmen, Subfirmen, Scheinfirmen. Sie war nicht weitergekommen. Und Garreth Martindale hatte sich auch nicht gemeldet. Dazu der alberne Shitstorm, in dem sie als gefallener Engel verhöhnt wurde. Das war verletzend, es war widerlich. Wie schnell doch die Leute bei der Hand waren, jemanden ans Kreuz zu nageln! Dann, als Folge des Shitstorms, die traurige Wahrheit, dass die Aufnahme für das Album gescheitert war. Die vierzehn Songs waren gut. Aber was nützen Songs, wenn niemand sie hört?

Und vor allem die Trennung von Tom. Das war das Schlimmste. Trauer und Sehnsucht zehrten und zerrten an ihr. Sie hatte ihn auf Tahiti sitzen lassen. Aus Wut über seinen Vertrauensbruch. War das richtig gewesen? Sie war ihrem Gefühl gefolgt, sie hatte ihrer Enttäuschung und Verletzung nachgegeben. Aber vielleicht war sie zu voreilig gewesen? Zu temperamentvoll? Er hatte keine Chance gehabt, sich zu erklären. Womöglich war alles nur ein Missverständnis gewesen?

Missverständnisse konnten schreckliche Folgen haben, wenn man sie nicht bereinigte, das begriff sie so deutlich wie nie. Zum Beispiel die Sache mit dem Brief, den sie ihm in Deutschland auf den Kaminsims gestellt hatte, in der »Pension Benzler«. Es schien eine Ewigkeit her. Damit er sich keine Sorgen machte. Er hatte ihn nie bekommen, diesen Brief. Das wusste sie jetzt. Der verdammte Harald hatte den Brief an sich genommen, um keine Spuren zu hinterlassen, das verstand sie zwar, aber Tom, der arme Kerl, hatte deshalb keine Ahnung gehabt, wo sie war – alles eine Verkettung unglücklicher Entscheidungen. Für Tom hatte es tatsächlich ausgesehen, als hätte sie ihn einfach und wortlos verlassen.

Sie hatte den Brief immer noch bei sich. Irgendwann, eines Tages – sollten sie sich eines Tages wiedersehen – konnte sie ihn vorlegen wie einen Beweis. Sie konnte belegen, dass sie nicht *einfach so* verschwunden war.

Aber würden sie sich überhaupt wiedersehen? Tom hatte sich nicht gemeldet. Wie ging es ihm? Hatte er sich mit der Trennung etwa abgefunden, einfach so? Falls ja – was war das für ein Mann, der nicht um sie kämpfte? Diese Passivität, dieses Phlegma bei einem Mann, der sie doch angeblich liebte – das machte sie wahnsinnig. Oder war er zutiefst verletzt, blutete womöglich aus tausend Wunden? Sollte sie den ersten Schritt machen? Sollte sie ihn anrufen, um Verzeihung bitten? Ihr Stolz stand dem im Weg. War Stolz gut oder schlecht?

Vorwürfe und Zweifel rumpelten in ihr wie Steine und Zementklumpen im Inneren einer sich drehenden Mischtrommel.

Und was, falls Tom etwas passiert war? Er wollte Elani zur Verantwortung ziehen, hatte er gesagt. Weshalb?

War er eifersüchtig? Sie hatte sich mit Elani verstanden, sie hatte ihn interessant gefunden, sogar anziehend, sie war seiner Idee gefolgt und hatte die Reise zu Talasea gemacht, um die halbe Welt, aber mehr war nicht geschehen. Zwischen ihr und Elani war doch gar nichts passiert. War Tom trotzdem eifersüchtig? Sah *so* Eifersucht aus, so sachlich, so phlegmatisch?

Ariadna gab sich Mühe, diese Scherben zusammenzusetzen. Aber es waren sehr viele.

»Wir holen Elani«, sagt Frey. »Wir haben mit Ihren Kontaktleuten gesprochen – mit diesem Mann, den Sie bezahlt haben, wie hieß er noch, Fausto? Jedenfalls wird Elani aus dem Loch gezogen und ins Gefängnis von Panama-City überführt. Unser Team ist schon vor Ort. Ich stehe in Kontakt mit den Einsatzkräften, wir haben eine Live-Übertragung. Ich will mich überzeugen, dass nichts schiefgeht. Das Auge des Herrn, wenn Sie so wollen. Also – möchten Sie mitkommen, zusehen?«

Das Gespräch findet statt in der Bibliothek des Schiffes; Pierpaoli, der über viel freie Zeit verfügt, hat ihr einen Besuch abgestattet, um sich hier mit Lektüre zu versorgen. Die Bibliothek ist einer von sechs exklusiven Räumen, die unter Deck auf der Backbordseite aufgereiht sind wie auf einer Perlenschnur. Die Mannschaft hat dort keinen Zugang. Auf den Türen sind dezente Messingschilder. Erst kommt Freys Büro, das immer abgeschlossen ist, dann der Monitorraum, der offenbar ständig besetzt ist, aber hinter verschlossener Stahltür, dann das Speisezimmer, dann die Bar, die Pierpaoli noch nicht frequentiert hat, dann das Billardzimmer, endlich die Bibliothek, groß und tapeziert an den spärlichen Stellen, wo keine Regale stehen, aber die Regale füllen fast alle Wände und sind gefüllt mit exquisiter Literatur, fast alles wissenschaftliche Bücher, und zu den unterschiedlichsten Themen – Mathematik, Wahrscheinlichkeitsrechnung, Standardwerke über Quantenphysik, Chaostheorie, Parasitologie, Evolutionsbiologie, Satellitentechnik. Ein Regal ist gefüllt mit ledergebundenen Erstausgaben.

Die meisten Bücher übersteigen Pierpaolis Horizont. Frey muss einen Sinn fürs Altmodische haben, wenn er sogar Erstausgaben sammelt. Aber so ist es offenbar.

»Kommen Sie doch einfach mit, Thomas.«

Und Pierpaoli geht mit. Sein Herz schlägt so laut, dass er denkt, man müsse es hören.

Die Übertragung ist im Monitorraum. Pierpaoli muss warten,

bis seine Augen sich gewöhnt haben, dann zählt er mehr als zwanzig Bildschirme, nur drei Screens sind allerdings aktiviert. Ein einzelner Mann sitzt davor, ein unglaublich dicker Kerl mit Kopfhörern.

Die Bilder auf den Monitoren zeigen dasselbe Bild: die Halle, die Pierpaoli bereits kennt, es ist die Halle der Yaya-Leute im Containerhafen von Panama, Pierpaoli erkennt das löchrige Dach, die Eisenbetten. In der Ecke ist der Brunnenschacht, wo die Yaya-Leute Elani festgehalten haben. Oder noch festhalten. Dort hat er versucht, Elani ein Geständnis zu entlocken. Vergeblich, vergeblich.

Es scheint eine Ewigkeit her.

Aber das ist Schnee von gestern. Jetzt wird Elani also ins Gefängnis gebracht. Das Gefühl ist befriedigend.

Das Bild wackelt. Pierpaoli hört Stimmen, sie sprechen Spanisch. Im Hintergrund laufen Bewaffnete durchs Bild, wie stumme Tänzer. Sie sind im Kampfanzug, tragen Helme.

»Haben wir eine Tonverbindung?«, fragt Frey.

Der Dicke hat das Headset abgenommen, dreht sich zu den beiden Besuchern um, beflissen. »Jawohl, Sir. Bild steht, Ton steht, Herr Frey. Und der Einsatzleiter heißt Sánchez, Comandante Sánchez. Sie sehen ihn gleich. Er wartet auf Ihre Anweisungen.«

Der Mann, der im Monitorraum arbeitet, ist nicht nur dick, sondern ein wahrer Fettkloß, bemerkt Pierpaoli, bleich wie ein Pilz, gehetzter Blick, Trinkerlippen. Aber offenbar beherrscht er seinen Job, denn die Übertragung ist stabil, und jetzt hat Frey ein Mikrofon, spricht mit dem Einsatzleiter.

»Wie sieht es aus, Comandante?«

»Gut. Wir sind vor Ort, die Zielperson sitzt noch im Loch, hätte auch nicht rausklettern können. Er ist wohlauf. Die Entführer haben ihn gut behandelt, sind wahrscheinlich Profis.«

Man sieht das Gesicht des Comandante auf den drei Monitoren, er trägt keinen Helm. Er ist bullig, markantes Gesicht, der Schädel kahl wie eine Glühbirne.

»Und war er überrascht, Comandante?«

»Nun, besonders höflich oder erfreut war er nicht, aber wir kommen schon klar.«

»Sonst ist niemand da?«

»Keine Menschenseele. Die Leute, die ihn hier festhielten, haben sich rechtzeitig verdrückt. Wir haben uns vorsichtig genähert und das Gelände gesichert. Ist aber niemand hier. Läuft also alles nach Plan.«

»Wie gehen Sie vor?«

»Ganz einfach. Wir lassen eine Leiter ab, die Zielperson kommt brav raus, wird in Handschellen gelegt, dann fahren wir ihn ins *Calabozo Colón,* ins hiesige Gefängnis. Da kriegt er eine Sonderbehandlung, Einzelhaft, ärztliche Untersuchung, kein Kontakt zu anderen Gefangenen. Die Route ins Gefängnis ist gesichert. Wir haben drei Fahrzeuge hier, eines ist gepanzert.«

»Gut. Wird er denn herauskommen?«

»Sieht so aus, Señor. Er hat eingewilligt. Viel Auswahl hat er nicht. Ich habe ihm gesagt, dass wir ihm ansonsten einen Betäubungspfeil reinjagen, ganz entspannt von oben, wäre mir ein besonderes Vergnügen, dann warten wir drei Minuten, und dann ziehen wir ihn eben bewusstlos und etwas unsanfter raus. Da ist es angenehmer für ihn, er klettert raus. Das kann er sich ausrechnen. Muss man kein Genie sein.«

»Mir ist es lieber, es geht ohne Betäubungspfeil. Ihm darf nichts passieren, ist das klar?«

»Jawohl, Señor.«

»Gut.« Frey bedeckt das Mikrofon, wendet sich an Pierpaoli, leise: »Das sind unsere eigenen Leute. Eingreiftruppe der Klima-Allianz. Keine panamaischen Polizisten. Denen würde ich nicht unbedingt trauen. Wollen Sie noch etwas hinzufügen, Thomas?«

»Ja, bitte«, sagt Pierpaoli, leicht überfordert von dem Ganzen. Er räuspert sich. »Äh, hören Sie! Es sind wichtige Fragen zu klären. Wer hat ihn unterstützt? Es gab einen Partner oder Geldgeber bei der ganzen Sache, das geht aus dem Telefonat hervor, das ich abhören konnte. Wer ist diese Person?«

»Das können wir später klären«, sagt Frey. »Sonst noch was?«

»Äh, ja. Eine Sache ist außerdem wichtig: Wie wollte Elani

den Parasiten vertreiben – das ist entscheidend. Es muss eine Infrastruktur geben, die wir nicht kennen. Also, wie wollte er den Parasiten, sobald er ihn modifiziert hatte, unter die Leute bringen? Können Sie ihn das fragen?«

»Auch das werden wir später herausfinden, Thomas. Sobald Anklage erhoben ist, sobald er vernommen wird. Vielleicht fliegen wir zum Verhör nach Panama. Wir beide. Wollen Sie mitkommen?«

»Äh – nun ja, ich wäre schon gern dabei.«

»Gut. Aber jetzt holen wir den Burschen erst mal raus. Comandante Sánchez? Hallo? Hören Sie mich?« Frey macht ein zufriedenes Gesicht, wie ein Admiral, der seine Flotte inspiziert, aber gütig gestimmt.

»Sí, Señor.«

»Fangen Sie an. Und richten Sie Ihre Kamera so aus, dass wir sehen, was Sie sehen.«

»Jawohl, Señor.«

Und so sehen Frey, Pierpaoli und der Dicke auf den Monitoren, wie die Männer von Sánchez eine Teleskopleiter in den Brunnenschacht lassen, etwas später erscheint tatsächlich Elani, schwarze Hose, weißes Hemd, gekleidet wie für ein Erschießungskommando, er wird von Behelmten gepackt, festgehalten, Hände auf den Rücken gedreht, Handschellen klicken um seine Gelenke. Ein Kleinbus fährt vor. Hält an. Man sieht die vergitterten Fenster. Die Seitentür wird aufgeschoben. Drinnen sitzen zwei Männer. Elani wird zur Seitentür geschoben und recht unsanft in den Bus gehoben. Man sieht, wie Elani innen angekettet wird. Die Tür wird zugemacht. Die Kamera des Comandante ist ganz nahe. Jetzt hört man seine Stimme.

»Señor? Alles klar. Wir haben die Zielperson im Wagen. Fahren jetzt los.«

»Ja, haben wir gesehen, Comandante. Gute Arbeit. Seien Sie bitte bei der Übergabe dabei, denn ich will unbedingt sicherstellen, dass ...«

Doch man erfährt nicht, was Frey unbedingt sicherstellen will, denn da, fast beiläufig, passiert es.

Ein Knall. Aus den Lautsprechern des Monitorraums.

So laut, dass er die Welt in Stücke reißt. Könnte ein Peitschenknall sein. Ist jedoch keiner, eher eine Explosion, denn jetzt sieht man noch einen Moment lang auf den drei Monitoren, wie der Bus angehoben wird, wie von einer Riesenfaust, wie er zerfetzt wird, die Tür fällt heraus, aus dem Inneren schlagen Flammen und quillt Rauch in dicken Schwaden, und dann fällt das Bild auseinander, kippt nach oben weg, die Monitore sind verdunkelt, die Kamera des Comandante muss beschädigt sein. Oder der Comandante ist tot.

Frey, Pierpaoli und der Dicke sind erstarrt.

Der Dicke tippt auf Knöpfen herum, hektisch, er sucht nach einer anderen Kamera, einer, die noch geht – aber nichts passiert.

Freys Gesicht ist tief verschattet. In seinen Augen flackert es. Pierpaoli versagt die Stimme.

Die Stille im Monitorraum ist unermesslich und schrecklich. Die Männer starren auf die schwarzen Monitore. Endlich presst Frey eine Frage hervor.

»Haben wir irgendeinen Kontakt – irgendeinen?«

Der Dicke antwortet nicht gleich. Dann, schnaufend: »Ja, Herr Frey. Ich glaube, ich habe den Comandante ... Hallo? Comandante Sánchez? Was ist passiert?«

Pause.

Dann, die Stimme von Sánchez, ohne Bild, nur die Stimme: »Jawohl, Señor. Wir hatten eine Explosion. Im Wagen. Da muss eine Bombe gewesen sein. Wurde gezündet, sobald die Tür geschlossen war. Drei Menschen waren im Wagen.«

»Was ist passiert?« Frey brüllt es fast. Die Sehnen an seinem Hals sind straff gespannt.

»Wie ich sagte, Señor ... eine Explosion. Die Druckwelle hat etliche meiner Männer verletzt ... leicht verletzt, wenn ich es richtig sehe ... Auch mich ... Und die Männer, die im Wagen waren, die sind ... Verflucht. Und die Zielperson ...«

»Was ist mit der Zielperson? Was ist mit Elani, Comandante? Reden Sie!« Zu dem Dicken im Monitorraum: »Können Sie uns ein Bild verschaffen?«

»Ja, Sir, ich muss seine Kamera rebooten, habe es gleich«, flüstert der Dicke. Im Monitorraum ist es immer noch kühl, aber sein Hemd klebt ihm am Rücken.

Da, plötzlich, erscheint ein Bild auf den Monitoren. Man sieht Rauch, Unmengen von Rauch, aber dahinter den Gefangenentransporter, in der Mitte ist er zerrissen, drinnen im Wagen drei Körper, durch die Explosion verunstaltet, zerfetzt, aber noch erkennbar.

»Gehen Sie mit der Kamera näher an den Wagen, Comandante! Sichern Sie den Tatort!«

»Machen wir schon, Señor. Habe schon alles durchgegeben.« Der Comandante spricht atemlos, wie ein Bote, der eine lange Strecke gerannt ist. »Verstärkung wird kommen. Gleich. Alles wird abgesucht werden. Vielleicht finden wir einen Auslöser oder Täter in der Nähe.«

Die Kamera bewegt sich schwankend zum Wagen.

»Zwei meiner Männer sind tot …« Die Stimme des Comandante.

Der Dicke murmelt vor sich hin, vielleicht Flüche, vielleicht nur sinnlose Worte.

Auf den Monitoren kann man in den Wagen blicken. Flüssigkeit und Körperteile sind verteilt. Die Flüssigkeit ist offenbar Blut. Man kann aber drei Körper ausmachen, die wie angenagt aussehen. Die Explosion muss von unten gekommen sein. Bei zwei der Gestalten sind noch Reste von Kampfkleidung zu erkennen.

Der dritte Mann trug offenbar eine dunkle oder schwarze Hose, ein weißes Hemd, er war gekleidet wie für ein Erschießungskommando.

Elani ist tot.

»Verdammt«, murmelt Frey. Er verzieht das Gesicht. Seit dem Knall ist weniger als eine Minute vergangen.

Dann schreit Frey ins Mikrofon, bebend vor Wut: »Das wird ein Nachspiel haben, Comandante! Ein Nachspiel!« Er holt aus, knallt das Mikrofon auf den Boden, dann stampft er hinaus, wie von bösen Geistern gejagt.

Der Dicke hat die Augen geschlossen. Pierpaoli ist immer

noch starr. Was ist da passiert? Was hat er da miterlebt? Den Tod von Charles Elani … Mein Gott, denkt er. Der Mann ist tot. Aber etwas an dem Ganzen kommt ihm falsch vor. Er versteht es nur nicht.

Er bückt sich, er will das Mikrofon aufheben, das Frey auf den Boden geworfen hat, das zertrümmert vor ihm liegt, aber er kann es kaum greifen, so sehr zittert seine Hand.

Mittagszeit in Kapstadt. Cheng, der Oberste Geheimdienstchef, und Juniper Gillespie, Abteilungschefin Ausland und Wissenschaft, saßen im Speisesaal in der siebten Etage der »Pyramide«, dessen Dekor monatlich wechselte und der in diesem Monat auf italienisches Familienrestaurant machte, mit rot-weiß karierten Tischdecken und Korbflaschen auf den Tischen und Paolo-Conte-Melodien aus verborgenen Lautsprechern. Ein indischer Kellner servierte zwei Portionen Penne all'arrabbiata und stellte Brot und Öl auf den Tisch. Cheng schenkte Gillespie und sich Traubensaft ein und entfaltete nachdenklich die Leinenserviette.

»Der Vorfall in Panama. Also – Frey hatte die Überführung angeordnet. Elani wird abgeholt, sitzt im Wagen, alles sieht gut aus. Doch da geht die Bombe hoch. Drei Tote, darunter Elani. Wenn es die panamaische Polizei gewesen wäre, würde ich sagen, es überrascht mich nicht. Aber es waren unsere Leute. Jemand hat Zugriff auf unsere Leute – das missfällt mir. Nein, danke, keinen Käse.« Der Kellner hatte sich mit einem Schälchen geriebenen Parmesans genähert, aber Cheng wedelte ihn weg. Er hasste Käse, wie viele Chinesen.

Er nahm einen Schluck Traubensaft. Das Essen hatte er noch nicht angerührt, Gillespie ebenfalls nicht. »Also gut«, sagte Cheng. »Was halten Sie davon, Juniper? Frey hat mir die Hölle heiß gemacht. Wir brauchen Antworten. Wer wollte Elani töten? Und warum? Kann es sein, dass die F.A.P. dahintersteckt? Elani war der Bruder von Talasea. Vielleicht war alles nur – ein Familienstreit? Vielleicht wusste der Bruder etwas über seine Schwester, das ihr gefährlich werden konnte, jetzt, wo sie kurz davor ist, die höchsten Weihen zu erlangen?«

»Ich glaube eigentlich nicht …«, Gillespie wägte jedes Wort. »Wollen Sie den Vorfall gegen Talasea – einsetzen? Wollen Sie sie unter Druck setzen, Sir?«

»Nein. Sie ist schon zu prominent, zu weit aufgestiegen. Das sähe nach gezielter Diskreditierung aus. Fangen Sie an, es wird kalt. Guten Appetit.«

»Jawohl, Sir. Danke. Guten Appetit.«

Sie kauten schweigend, dann legte Gillespie die Gabel hin. »Ich frage mich, Sir, wie dieser Frey die Überführung überhaupt anordnen konnte. War das mit Ihnen abgesprochen, Sir, wenn ich fragen darf?«

»Sie dürfen fragen, Juniper. Aber eine Antwort werde ich Ihnen leider verweigern müssen. Das liegt oberhalb Ihrer Gehaltsklasse. Alles, was Frey angeht, liegt oberhalb Ihres Horizonts. Schmeckt Ihnen dieses italienische Essen?«

»Ausgezeichnet, Sir«, beeilte sie sich zu versichern. »Und Ihnen, Sir?«

»Leider nicht«, sagte Cheng.

»Was habe ich immer gesagt?« Yaya, die zahnlose Alte, die Chefin des Clans, zischt vor Wut, jeder Satz wird begleitet von einem Sprühregen aus Speichel, Fausto hält also etwas Abstand. »Ich habe immer gesagt, in meinem Territorium rammelt kein verfluchter Straßenköter ohne meine Erlaubnis. Und was haben wir jetzt, Fausto? Sag's mir? Was haben wir jetzt? *¡Dime! ¡Estúpido!* Sag's mir!«

»Eine Schweinerei«, erwidert Fausto gehorsam.

»Nein, Fausto. Wir haben eine verfickte, verschissene Schweinerei. Wir haben lauter Fotzen, die sich als Polizisten aufführen und Fragen stellen, wir können die verfickte Halle nicht mehr benutzen, das ist die Schweinerei, die wir haben. Woher kam diese Bombe? *¡Dime!* Sag's mir!«

»Das wissen wir nicht«, antwortet Fausto zum wiederholten Mal. Wenn er Widerworte gibt, weiß er, dauert es nur länger.

Schauplatz der Szene ist das Hinterzimmer der *Peluquería La Bonita.* Yaya sitzt an ihrem wackeligen Schreibtisch, der mit Papieren, Aschenbechern und Kaffeetassen bedeckt ist, Fausto steht in anständiger Haltung davor und lässt das Donnerwetter über sich ergehen. Natürlich hätten sie Elani an einem anderen Ort übergeben können. Aber so schien es praktischer zu sein. Doch Yaya hat recht. Die Halle mit dem Brunnenschacht, der so praktisch war bei Entführungen, die Halle ist bis auf Weiteres nicht zu benutzen, unbrauchbar, kein Geheimnis mehr.

»Es war ein Fehler«, wiederholt Fausto. »Mein Fehler. Ich hab's nicht bedacht.« Er sagt nicht, dass Yaya informiert war und für den Fehler ebenso verantwortlich ist. Er will nur, dass sie sich bald abregt und ihn entlässt, seinetwegen in Ungnaden, aber er will raus hier, er will ein wenig Party machen, etwas Gras rauchen, mit dem Auto fahren, eine oder zwei Nutten besuchen. Er ist für die Party angezogen: ein mauvefarbenes Rüschenhemd, die Goldkette, er hat verschwenderische Mengen von Aftershave aufgetragen.

»Von unserer Polizei war es niemand. Ich bin sicher, jemand

von diesen Klima-Allianz-Einsatzleuten hat die Bombe selbst platziert. Dass ihr verficktes Überführungsfahrzeug in die Luft geht und zwei ihrer eigenen Leute zerfetzt, dafür können wir doch nichts.«

»Aber es fällt auf uns zurück«, sagt Yaya. Ein Hieb mit ihrer kleinen Faust auf den Tisch. »Es ist schlecht fürs Image, und wir verlieren die Halle. Du suchst eine neue Halle, Fausto, gleich morgen. Verstanden?«

»Jawohl.« Fausto will jetzt endlich weg.

»Gut. Was ist mit diesem Container? Den wir aufheben sollten?«

»Wir haben ihn immer noch. Niemand hat danach gefragt. Wir haben das GPS rausgeschweißt, das Kühlaggregat drin gelassen. Der Container ist leicht beschädigt, beim Aufsetzen hat sich der Deckel etwas verschoben, aber es ist noch alles drin und in unserem Besitz.«

»Du konntest reingucken? Was ist da drin?«

»Nichts. Nur Wasser. Und glibberiges Zeug.«

»Genauer! Sonst stopf ich dir deine Goldkette in deinen verfickten Arsch, Fausto! Was ist drin in dem Ding?«

»Ich weiß es nicht, Yaya. Glibberige Dinger. Ich hab' nur kurz reingeleuchtet. Viele. Tausende vielleicht. Sehen aus wie Froscheier. Riechen nach Fisch. Sind aber größer als Froscheier. Vielleicht so groß.« Er zeigt es mit Daumen und Zeigefinger.

»Ist es wertvoll?« Sie fingert nach ihren *Bidis*, ihren Nelken-Zigaretten.

»Wie soll ich das wissen? Ich bin doch kein Experte für Glibberkugeln.«

»Dann finde es heraus, Fausto. Nimm eine Probe, lass sie untersuchen, finde heraus, ob die Glibberdinger wertvoll sind.« Sie steckt sich eine Zigarette in den Mundwinkel, entzündet ein goldenes Feuerzeug. Pafft eine blaue Wolke. »Wir behalten den verfickten Container. Vielleicht können wir diese Glibberkugeln verkaufen.«

»Jawohl.«

»Und jetzt verschwinde!« Sie drückt die Nelken-Zigarette, nur halb aufgeraucht, in den Aschenbecher, malt mit dem Stummel ein X in die Asche.

»Jawohl, Yaya.«

Fausto, erleichtert, verlässt endlich, endlich die *Peluquería La Bonita* durch den Vordereingang, wo sein Wagen steht. Es ist ein goldfarbener Volkswagen-Käfer, in Panama ein Kultauto, Weißwandreifen, seitlich angesetzte und verchromte Auspuffrohre, getunter Motor, Unterbodenbeleuchtung, blinkend zur Musik, die er hört. Fausto ist, was seinen Musikgeschmack angeht, etwas altmodisch, er liebt Reggaeton Beat, Musik aus Puerto Rico, ein Mischmasch aus Hip-Hop, Reggae und Merengue, die Songs von Baby Lores und Pandilla X.

Er steigt in den Wagen, prüft im Rückspiegel seine Frisur und gibt Gas. Aus den Boxen dröhnt mit 140 Dezibel der Song *Gasolina, dáme más gasolina* – gib mir Benzin, mehr Benzin, mehr Benzin. Wobei »Benzin« als Metapher zu verstehen ist und für alles Mögliche steht, Drogen, Sex, Geld. Mit röhrendem Motor verschwindet der goldene Käfer um die nächste Ecke.

Die Glibberkugeln sind schon vergessen.

Da hatte sich Ariadna also tagelang nach ihrem Tom gesehnt, sie hatte ihm in Gedanken bittere Vorwürfe gemacht, dass er nicht anrief, und *jetzt rief er an*, auf ihrem Telefon, das mit Misakos Satellitenanlage gekoppelt war – und sie nahm den Anruf mit einer betonten Kühle entgegen, lässig, fast zerstreut, als handele es sich um den Anruf eines entfernten Bekannten. Das Gespräch, über das Pierpaoli noch lange würde grübeln müssen, lief so ab:

Knacken, Rauschen, dann: »Hallo, ich bin's. Tom. Ari?«

»Ja.«

»Ich bin's. Äh, wie geht es dir, Ari?«

»Mir? Gut. Ganz gut.«

Pause.

»Schön. Das ist schön zu hören, Ari. Es tut mir leid, dass ich nicht früher angerufen habe, es sind eine Menge Dinge passiert, ja, es war, ehrlich gesagt, ziemlich dramatisch.«

»Kein Problem, Tom.«

Pause. Sie sprach wie jemand, der viel Zeit hat.

»Äh, ja. Gut. Schön, dass alles in Ordnung bei dir ist, Ari, ist es doch, oder? Unser Abschied auf Tahiti, das lief nicht so toll, ich – also, ich habe dir viel zu sagen, ich habe viel nachgedacht, weißt du, und vielleicht sollten wir uns noch einmal sehen, reden, über alles, Ari … Was meinst du?«

»Wo bist du?«

»Ich? Ich bin auf einem Schiff. Auf dem Pazifik. Auf einer Yacht. Einer ziemlich großen Yacht. Auf dem Weg nach Panama.«

»Aha. Bist du allein?« *Ist da eine Frau bei dir?*

»Allein? Auf der Yacht? Nein. Himmel! Natürlich nicht. Hier gibt es eine große Besatzung. Ist ja ein Riesenschiff. Der Eigner ist ein freundlicher Mensch, er hat mich aus einer ziemlich heiklen Klemme befreit, du weißt ja vielleicht noch, ich war hinter Elani her, wegen seiner diversen Experimente, und dann geriet ich in Schwierigkeiten … Und dann hat der Eigner mich an Bord seiner Yacht genommen. Wo ich jetzt bin.«

»Zusammen mit Elani?«

»Zusammen mit Elani? Nein. Natürlich nicht. Elani – ist tot, Ari.«

»Was sagst du da? Tot? Wieso ist er tot?«

»Eine Autobombe. Bei seiner Überführung. Ich war bei der Übertragung dabei.«

»Eine *Autobombe?*«

»Ja. Eigentlich war alles gut organisiert von uns, er sollte abgeholt werden. Aber jemand muss eine Bombe platziert haben. Und dann ist der Bus explodiert, kaum dass Elani eingestiegen war. Zwei Security-Leute sind ebenfalls umgekommen. Schreckliche Geschichte, Frey war ebenso geschockt wie ich. Frey ist übrigens der Mann, der mir geholfen hat. Auf dessen Yacht ich bin. Die Yacht heißt *Change*. Und Frey – du hast bestimmt von ihm gehört oder gelesen, es ist dieser megareiche Unternehmer, dieser Schweizer, Hans-Oliver Frey, und er hatte mir geholfen, ein ziemlich dramatisches Verbrechen aufzuklären, bei dem Elani wahrscheinlich die zentrale Figur war, und es ging um einen Parasiten und um ein Antidot … Wie gesagt: lange Geschichte. Jedenfalls – wenn Frey nicht aufgetaucht wäre, als Retter in der Not, dann hätte ich es wahrscheinlich nicht überlebt, es war nicht ungefährlich.«

»Mein Gott! Was erzählst du da, Tom? Retter in der Not, dramatisches Verbrechen, Elani ist tot – ist das jetzt alles wahr?«

»Natürlich. Meinst du, ich lüge? Nein, es ist alles wahr. Ich kann dir das jetzt nicht ausführlich erzählen. Jedenfalls werde ich demnächst in Panama sein, in wenigen Tagen. Wo bist du denn, Ari, wo steckst du, ich meine: genau?«

»Auch auf einem Boot. Auf dem Pazifik. Keine Yacht. Ein kleines Boot. Aber schön. Was meinst du mit ›nicht ungefährlich‹, Tom?«

»Das erzähle ich dir in Ruhe, Ari. Wenn wir uns sehen. Komplizierte Geschichte. Aber ich denke, alles geht gut. Frey wird mich in Panama absetzen. Ich rufe dich an, wenn ich weiß, wann wir dort sind, okay?«

»Okay … Pass auf dich auf, Tom. Was du sagst, klingt ein bisschen – verrückt.«

»Ja. Ich weiß. Ich mache mal Schluss, Ari. Ich rufe wieder an. Morgen oder so. Ich, äh …«

»Okay. Ja. Okay, bis dann.«

»Bis dann, Ari.«

Sie legte auf, jetzt nicht mehr kühl, sondern fürs Erste gründlich erschüttert.

Der nächste Tag. Ariadna hatte nicht viel schlafen können, das Telefonat mit Tom ließ sie nicht los – irgendwas war falsch daran. Ein Puzzlestück passte nicht hinein.

Es war ihr ganz recht, dass sie am frühen Morgen von Misako geweckt worden war; der Wind zog an, Misako brauchte ihre Hilfe an Deck. Als der Wind wieder nachließ, konnten die beiden Frauen sich abwechseln; Ariadna war inzwischen gut zu gebrauchen auf dem Boot, Misako vertraute ihr.

Dann wieder Wachwechsel. Und als Ariadna ihre wohlverdiente Pause antrat, klingelte das Telefon.

Tom, dachte sie. Ihr Herz tat einen Sprung. Und sie nahm sich vor, ihr prestigebedachtes Gehabe und ihre Coolness diesmal etwas besser unter Kontrolle zu bringen.

Aber es war nicht Tom.

Es war eine andere Stimme und Nummer, jemand, den sie nicht kannte, und der sich als Ronald Luan Stier vorstellte. Er sei Referent bei Garreth Martindale, sagte er. Beziehungsweise: Er sei es gewesen. Jetzt nicht mehr.

»Wieso jetzt nicht mehr? Was soll das heißen?« Ariadna hätte nicht sagen können, warum, aber sie war misstrauisch.

»Weil er tot ist«, kam es zurück, die Stimme klang erstickt. »Mein Chef ist tot.«

»Was? Was sagen Sie da? *Garreth ist tot?*« Zwei Todesnachrichten in zwei Tagen. Ariadna ließ sich auf die Kombüsenbank fallen.

»Ja, Miss Ferrer. Es steht schon überall im Netz. Sie können sich überzeugen … Sie können mir glauben. Es ist auch für mich ein Schock, ein schrecklicher Schock.«

»Ja, natürlich … Oh Gott. Garreth ist tot. Wie ist das passiert? Und wer sind Sie noch mal?«

»Stier. Ronald Luan Stier. Wir sind uns nie begegnet, Miss Ferrer. Ich bin nur ein kleiner Referent. Aber ich habe Ihre Nummer in Mister Martindales Verzeichnis gefunden. Ich war ein enger

Mitarbeiter von Mister Martindale. Und ich habe sehr gern für ihn gearbeitet. Ich – habe ihn respektiert und bewundert.«

Ariadna wurde übel. Aber sie zwang sich, zu fragen: »Was ist passiert?«

»Ein Flugzeugabsturz. Eine Regierungsmaschine. Er und der Gesundheitsminister und drei Staatssekretäre waren auf dem Weg nach Kenia. Die Ursache wird noch untersucht.«

»Um Gottes willen. Ein Flugzeugabsturz! Wie kann denn so etwas geschehen?«

»Deshalb rufe ich ja an, Miss Ferrer. Ich – wie soll ich sagen – ich glaube nicht, dass es ein Unfall war. Das klingt schräg, ich weiß. Und was ich Ihnen jetzt sage, darf bitte auf keinen Fall auf mich zurückfallen, kann ich da auf Sie zählen, Miss Ferrer?«

»Ja, natürlich … Aber was meinen Sie?«

»Versprechen Sie mir das? Es darf nicht auf mich zurückfallen!«

»Himmel! Wovon reden Sie eigentlich? Ja, gut, ich verspreche es. Ich schwöre es! Wovon reden Sie eigentlich – wie war Ihr Name? Stier?«

Er senkte die Stimme. »Vergessen Sie meinen Namen. Bitte. Hören Sie. Mister Martindale hatte mich noch um eine Recherche gebeten. Das gehört zu meinem Job. Das habe ich oft gemacht. Auch vertrauliche Recherchen. Und vor einigen Tagen beauftragte er mich mit einer Recherche zu einem Pharma-Rohstoff, gewonnen aus Purpurkegelschnecken.«

»Ich verstehe«, sagte Ariadna leise.

Stier sprach jetzt schneller, in einer Reihe hingeworfener und leicht beschädigter Sätze. »Ich weiß ebenfalls, dass Sie ihn um Informationen gebeten haben. Hat er mir gesagt. Wegen dieser Fabrik. Die Sie verkauft haben, mit Gewinn, wie im Netz zu lesen ist. Aber darum geht es nicht. Verstehen Sie? Es geht um was anderes.«

»Ja – was genau meinen Sie?«

»Mister Martindale hatte gewisse Informationen. Dass ein Medikament auf den Markt kommen soll, ein Medikament, für das es noch keine Krankheit gibt – und das ist widersinnig, oder? Erst käme die Krankheit, dann das Medikament, richtig? Und in diesem Fall gibt es ein Monopol auf das Medikament. Nur Super-reiche können es sich leisten. Wer immer es verkauft, verdient also Unsummen. Das ist nicht okay, oder?«

»Nein. Natürlich nicht. Normalerweise sollte ein Medikament für alle erschwinglich sein.«

»Aber diese Sache ist nicht normal, Miss Ferrer«, Stier kicherte jetzt vor Nervosität. »Ein Medikament wird entwickelt und vorbe-reitet, und dann wird die Krankheit ausbrechen – diese Krankheit kann ja kein Zufall sein, oder? Und wenn es um viel Geld geht? Und wer immer hinter den Käufen dieses Purpurkegelschnecken-stoffs steckt, ein Konsortium mit einem potenten Investor, einem sehr, sehr potenten Investor – der steckt auch hinter dieser Krank-heit, verstehen Sie?«

»Ja, ich glaube. Und das hat mit Garreth zu tun?«

»Mister Martindale hatte diese Informationen. Sie lagen ihm vor. Von mir zusammengetragen. Und diverse Leute wussten, dass er diese Informationen hatte. Mächtige Leute. Diese Informatio-nen waren brisant, vielleicht zu brisant, auch für mich zu brisant. Auch ich bin in Gefahr!« Er klang hysterisch.

»Gut. Beruhigen Sie sich. Sagen Sie mir alles, was Sie wissen.« Ariadna sprach zu ihm wie zu einem aufgeregten Kind, nachsich-tig, aber auch etwas ungeduldig.

»Morgen verlasse ich das Büro, mein Vertrag läuft aus, ich gehe weg. Weg aus Kapstadt. Aber vorher – wollte ich Sie warnen. Weil ich weiß, wer Sie sind. Und weil ich Sie auch immer bewundert habe. Aus der Ferne. Sie müssen aufpassen. Dieses Konsortium, das diesen Purpur-Stoff aufkauft, irgendwas stimmt daran nicht. Die Hauptfigur dahinter – ist sehr mächtig, sehr gefährlich. Aber irgendwas stimmt nicht.«

»Wer ist diese Hauptfigur, von der Sie reden?«

»Frey. Hans-Oliver Frey. Er steckt hinter alldem. Ich muss Schluss machen, Miss Ferrer. Und nichts darf auf mich zurückfal-len, bitte, Sie haben es mir versprochen!«

*

Nachts auf der *Marguerita*. Ariadna liegt in ihrer Koje. Der Sturm hat sich gelegt, das Meer ist ruhig. Aber in ihr tobt es weiter, ihr Herz hämmert. Sie hat geweint. Ihre Gedanken schwärmen aus wie Treiberameisen. Garreth ist tot. Flugzeugabsturz. Eine Regierungsmaschine! Es steht überall im Netz, sie hat es nachgelesen, ein Unfall, angeblich, die Ursache bislang ungeklärt, so die offizielle Begründung. Was hat dieser Referent, Stier, noch gesagt? Ein Medikament soll auf den Markt kommen. Das ist ja erst mal gut. Aber das Medikament soll sehr teuer sein und nur wenigen Menschen zugutekommen? Das ist schlecht. Das heißt, es geht ums Geldverdienen. Und falls der Rohstoff aus den Purpurkegelschnecken da eine Rolle spielt, würde es Sinn ergeben, dass sie, Ariadna, bei ihren Nachforschungen gegen eine Wand gelaufen ist. Mal angenommen, ein Konsortium oder so etwas steckt dahinter, wie es dieser Stier gesagt hat. Und angenommen, dahinter steckt Frey, dieser Investor aus der Schweiz. Dann führt die Spur zu ihm. Das wäre logisch. Es passt ins Bild.

Das ist der eine Strang. Ihr kommen wieder die Tränen, aber während sie weint, denkt sie nach.

Was nicht ins Bild passt und keinen Sinn ergibt, das ist Tom. Wieso ist Tom bei Frey? Auf dessen Yacht? Sind die beiden Freunde? Das hätte sie gewusst, oder? Würde Tom irgendwie gemeinsame Sache machen mit Frey? Nein. Niemals. Wieso ist er also auf dem Boot von Frey? Wieso erzählt Tom, dass Frey ihn gerettet hätte?

Das ergibt alles keinen Sinn, so oft sie die Fakten dreht und wendet.

Und wie passt Charles Elani ins Bild? Tom war hinter ihm her, das hat er ihr auf Tahiti gesagt, deshalb wollte er unbedingt mit Talasea sprechen. Warum? Hatten eventuell Frey und Elani gemeinsame Sache gemacht? Elani war Wissenschaftler. Aber jetzt ist er tot. Was hat Tom gesagt? Eine Autobombe? Also Mord. Das ist absolut verrückt! Und Garreths Tod war auch kein Unfall, sagt Stier. Also Mord?

In ihrem Kopf dreht sich alles.

Okay, sie muss kühl und nüchtern bleiben; also – noch mal die

Fakten. Elani wurde ermordet. Es gab einen Zusammenhang zwischen ihm und Tom, und es gibt einen Zusammenhang zwischen Tom und Frey. Garreth wurde – vielleicht? – ebenfalls ermordet. Und es gibt einen Zusammenhang zwischen Garreth und Frey, denn Garreth hatte Hintergründe recherchieren lassen.

Um Frey herum sterben die Leute sehr bereitwillig.

Und Tom ist bei Frey auf der Yacht, hat er gesagt.

Das bedeutet, auch Tom wäre in Gefahr. Möglicherweise.

Das bedeutet, sie muss ihn warnen.

Das bedeutet, sie muss ihn finden.

Ariadna schält sich aus dem Laken, geht nach oben aufs Deck.

Misako sitzt unter dem Rahsegel.

»Misako, ich habe eine Frage, eigentlich eine Bitte«, sagt Ariadna.

»Worum geht's?«

»Kannst du mich zu einer Yacht bringen, von der ich nicht weiß, wo sie sich befindet, aber möglicherweise in der Nähe, nicht so weit weg von uns?«

»Hören Sie. Es tut mir leid. Meine heftige Reaktion vorgestern – im Monitorraum, Thomas, Sie wissen schon. Dafür will ich mich nochmals entschuldigen. Ich war empört. Bin es immer noch. Dieses verdammte Panama! Alles korrupt, unterwandert. Aber glauben Sie mir, wir kriegen diese Dreckskerle.«

Frey gewährt Pierpaoli ein Lächeln. Spricht weiter, geläufig, wie einstudiert. »Bis dahin müssen wir nach vorn blicken, Thomas. Ich stelle alle Beweise zusammen, und wir werden Elanis Machenschaften rekonstruieren. Die Insel, sein Labor, seine Berichte – wir untersuchen alles so genau, als wäre es das Flugzeugwrack nach einem Absturz. Aber inzwischen lautet die Devise: Nach vorn blicken. Sie trinken ja gar nichts? Trinken Sie doch einen Schluck.«

Frey trinkt *Dom Pérignon*. Er lässt seinen bereiften Kelch kreisen und sieht befriedigt zu, wie der Champagner aufschäumt.

»Was für ein Flugzeugabsturz?«

»Nur eine Redensart, Thomas.«

»Okay. Nach vorn blicken, das haben Sie alles schön gesagt, Hans-Oliver«, erwidert Pierpaoli nach einer Weile; er muss sich noch daran gewöhnen, Frey mit dem Vornamen anzureden. »Ich weiß nur leider nicht, wo vorn ist – und wo hinten.«

Pierpaoli greift zu seinem Kelch und nimmt einen Schluck; tatsächlich ist der *Dom Pérignon Vintage* auf den Punkt gekühlt und köstlich, aber Pierpaoli schmeckt nicht viel.

»Uns fehlen noch sehr wichtige Informationen«, fährt Pierpaoli fort. »Wir wissen nicht, wer die Hintermänner von Elani waren. Es gibt sie offenbar, sonst hätte Elani in Panama nicht dieses Gespräch geführt. Aber wir haben keine Ahnung. Könnte es jemand von der Task-Force sein – was denken Sie? Ich meine, die Leute waren doch eingeweiht.«

»Nein. Das wüsste ich. Alle sind überprüft worden.« Frey lächelt. »Inklusive meiner Person.«

»Gut, dann also jemand von außen. Irgendwo hat Elani sich Hilfe verschafft. Und wir haben keine Ahnung. Das zweite Problem: Wir wissen nicht, ob Elani den Parasiten über die ganze Menschheit verteilen wollte. Ich denke, er plante es. Er hat in Panama so etwas gesagt. Aber wie? Ich meine: konkret, technisch? Und wie weit war er womöglich damit schon gekommen? Dazu steht nichts in seinen Papieren.«

»Trotzdem haben wir einiges erreicht. Wissen Sie, Elani war gerissen. Er war genial, beredt, die Sonne schien ihm aus dem Arsch. Aber am Ende haben wir ihn doch gekriegt. Nennen Sie es Schadensbegrenzung, Thomas, meinetwegen nicht mehr. Doch wir haben die Insel stillgelegt, das Bio-Material gesichert, den Rest werden wir aufklären.«

»Das ist leider unmöglich, fürchte ich.«

»Wissen Sie, Thomas, was die wirklich vermögenden Menschen auf diesem Planeten von allen anderen Menschen unterscheidet?«

»Nein.«

»Ich rede jetzt von wirklichem Reichtum, nicht von kleinen Millionären – sondern von Milliardären im hohen zweistelligen oder dreistelligen Bereich. Gates, Bezos, Musk, Buffet, als er noch lebte – und deren Nachfolger. Zwei Dutzend Menschen, fast alles Männer. Ich gehöre zu diesem kleinen Club dazu, wenn ich das so sagen darf. Aus eigener Kraft. Für unsereins gibt es kein *Unmöglich*. Das Wort haben wir gelöscht aus unserem Denken. Wir kriegen die Zahnpasta zurück in die Tube. Wir essen die Schokolade restlos auf, und danach ist sie trotzdem noch da. Wie machen wir das? Weil wir Möglichkeiten sehen. Und ein wenig zaubern. Erfolg hat etwas von Magie – das gebe ich gern zu. Hören Sie, Thomas, warum erzähle ich Ihnen das? Aus einem Grund: Ich bewundere Ihre Anständigkeit und Hartnäckigkeit. Ich wäre gern Ihr Freund – was halten Sie davon? Vertrauen Sie mir?«

»Natürlich«, sagt Pierpaoli leise. Was soll er auch sonst sagen? *Dieser Mann ist mir überlegen.*

Das Gespräch findet statt in der Bar der *Change* – im Bereich, der nur Frey und seinen Gästen vorbehalten ist. Es ist Mittagszeit.

Sie sitzen in tiefen Ledersesseln. Es sind Sessel, die, wie Pierpaoli zugeben muss, unbeschreiblich bequem sind. Auf dem Anrichtetisch steht arabischer Kaffee mit gestielten Kännchen und kleinen Tassen. Im silbernen Kübel der *Dom Pérignon*.

Frey trinkt gern ein Glas Champagner vor dem Essen; und er kümmert sich rührend um seinen Gast. Inzwischen hat Pierpaoli ein paar dieser luxuriösen Angewohnheiten übernommen, er hat auch die Yacht kennengelernt, sie ist schön wie Gottes himmlische Barke, und Pierpaoli wird auf Freys Anweisung fürstlich behandelt, wie ein von Reisen heimkommender indischer Maharadscha. Seine Verletzungen heilen. Frey hat sich für seinen Zornesausbruch im Monitorraum inzwischen schon mehrfach entschuldigt.

Das alles ist schön und gut.

Aber Pierpaoli kann ein komisches Gefühl nicht loswerden. Es gibt so Momente. Frey bemerkt das, beobachtet ihn umso wachsamer und verdoppelt seine Freundlichkeit. Wie jetzt zum Beispiel.

»Thomas, passen Sie auf!« Frey steht an der Wand und strahlt. »Ich möchte Ihnen etwas zeigen. Etwas Verrücktes. Ein Spielzeug. Oder Projekt. Das Sie aus Ihren trüben Gedanken holt. Etwas, das ich nur wenigen Menschen vorführe.« Frey erhebt sich aus seinem Sessel und geht zur holzgetäfelten Wand der Bar.

Die Bar ist so schlicht, wie das überaus Kostspielige schlicht sein kann: ein Schlauch, am hinteren Ende der Tresen und antike Barhocker, hinter dem Tresen die exquisite Auswahl von Flaschen, um das Bullauge herum, im Raum drei Ledersessel für ein Gespräch unter Männern. Die Schiebewände sind mit Mooreiche paneeliert, ein metallisch schimmerndes Dunkelbraun. Frey hat daran nicht gespart, es ist subfossiles Holz, das zwölf Jahrhunderte im Moor gelegen und die Eisensalze des Moorwassers aufgenommen hat – Holz, das fast schon Metall ist.

Frey betätigt jetzt einen Knopf an der Seite, und die Wände – die aussahen wie eine durchgehende Wand – gleiten auseinander.

»Jeder Mann hat seinen kleinen persönlichen Teufel, meinen Sie nicht auch, Thomas? Und hier – dieses Projekt, das ist so etwas wie meine kleine Liebhaberei. Oder Verrücktheit.«

Die Wände sind auseinandergerückt; hinter den Schiebewänden tut sich ein Raum auf. Ziemlich groß, wie es Pierpaoli scheint, aber vollgestellt. Darin stehen Käfige, drei Käfige, mit einigem

Abstand, hohe Käfige, sie reichen bis zur Decke. Jeder Käfig ist so groß wie ein Kinderzimmer, aber höher. In den Käfigen: ein Dschungel *en miniature*. Unten eine dicke Schicht Mulm, darüber dichter Bewuchs, tropische Pflanzen, Zwergbäume, ein richtiges Blätterdach.

Pierpaoli fragt sich, was hier gehalten wird. Meerschweinchen? Ratten? Frey hat seine Gedanken erraten, er macht ein spöttisches Gesicht.

»Thomas, kennen Sie sich mit Mikrosomie aus?«

»Nein. Was ist das?«

»Zwergwuchs. Genbedingt. Kommt bei Tieren in der Natur selten vor, aber manchmal doch. Zum Beispiel beim Karelischen Bärenhund. Hypophysär. Bei Tibet-Terriern. Morphismus, innere Organe, alles ist richtig proportioniert, aber winzig.«

»Oh.«

»Ja, und damit habe ich experimentiert. Beziehungsweise, Experimente anstellen lassen. Vor allem an einem Gen, das den Schalter umlegt. An LHX3, das ein bestimmtes Protein codiert. Die genetische Veranlagung lässt sich extrapolieren. Und ich habe es an Affen ausprobieren lassen, vor acht Jahren begannen wir damit.«

»An Affen?«

»Ja. Erst hatten wir viele Rückschläge. Dann aber – der Durchbruch. Übrigens ist alles offiziell und genehmigt, von einem Ethikrat begutachtet und für sehr anständig befunden. Den Versuchstieren geht es blendend. Sie sind kräftig, gesund, ausgesprochen neugierig und einfach nur – kleiner.«

»Meine Güte. Und was heißt das, kleiner?«

»Hier in den drei Käfigen habe ich acht Affen. Einen Orang-Utan, ein Gibbon-Pärchen, fünf Pinselohräffchen. Bis auf das Gibbon-Männchen sind alles Weibchen, sie sind ohnehin schon kleiner, es gibt bei diesen Arten ausgeprägten Geschlechtsdimorphismus.«

»In diesen Käfigen sind Affen? Das ist ja – unglaublich …«

»Ja, nicht wahr? Aber es stimmt. Ich hoffe, ein Tier zeigt sich. Die Gibbons hangeln hier gern, sie sind im linken Käfig. Außerdem erkennen sie meinen Geruch. Und sie wissen, dass es, wenn sie mich riechen, frisches Obst gibt, Mangos, Birnen, Bananen.«

»Wie groß sind diese – Versuchstiere?«

»Die Gibbons hier sind zwölf und siebzehn Zentimeter groß. Das Orang-Utan-Weibchen, immerhin ausgewachsen, misst dreizehn Zentimeter, ungefähr zehn Prozent ihrer Normalgröße. Pinselohraffen sind die kleinste Affenart. In der freien Natur werden sie kaum größer als etwa fünfzehn Zentimeter. Ich habe hier Pinselohräffchen, die zwei Zentimeter groß sind, kleiner als ein Maikäfer. Perfekter Morphismus, alle Finger, alle Zehen sind vorhanden, *en miniature*. Ich habe noch mehr Tiere, insgesamt neunundzwanzig. Die anderen sind in einem Labor in Deutschland, bei Regensburg. Ich nehme nur diese hier mit, wenn ich reise. Als Gesellschaft. Zum Spaß.«

Pierpaoli weiß nicht, was er sagen soll. Etwas fällt ihm auf. »Und hier, die Klappen an den Käfigen – heißt das, Sie lassen die Tiere gelegentlich etwa raus?«

»Oh nein. Nicht mehr.« Frey lacht. »Das habe ich am Anfang gemacht, zwei, drei Mal, glaube ich, jedes Mal ein totales Desaster. Sie sind neugierig, kommen ziemlich schnell raus – aber man kriegt sie nicht mehr rein. Es ist die schiere Pest, sie wieder einzufangen. Sie können klettern, sind schnell, wollen nicht eingefangen werden, wehren sich, kratzen und beißen sogar, bei aller Winzigkeit. Nein, die dürfen erst wieder raus, wenn sie sich zu benehmen wissen.«

Frey lacht wieder.

Pierpaoli lacht nicht mit. Er ist vor allem irritiert, ungläubig.

Frey scheint es nicht zu bemerken. An der Seite, neben den Käfigen, steht ein Tisch, darauf ein Schälchen mit Obst, ein Messer. Frey schält eine Banane, schneidet eine dünne Scheibe ab und schiebt sie durch die Stäbe des mittleren Käfigs. »Warten«, flüstert er. »Vielleicht haben wir Glück.«

Aber nichts passiert. Pierpaoli und Frey stehen vor dem Käfig, Pierpaoli gibt sich Mühe, die Neuigkeiten zu verarbeiten, sonst geschieht nichts.

Da – jetzt, ein Rascheln im Blattwerk des mittleren Käfigs.

Und die seltsamste Kreatur, die Pierpaoli je gesehen oder erträumt oder nicht erträumt hat, erscheint: ein Orang-Utan, unverkennbar. Auch wenn Pierpaoli noch nie auf Borneo oder Sumatra war und diese Art lediglich aus Tierfilmen und Videos kennt, aber die Art ist unverkennbar – das rötliche Fell, dünn, zottig, die kurzen Beine, nach innen gebogen, die wulstigen Wangen und langen Hände und dazu der fleischige Kiefer und die irgendwie melancholischen Augen – eindeutig ist dies ein Orang-Utan, nur eben bizarr klein, wie durch eine Schrumpfungsmaschine geschoben. »Dreizehn Zentimeter und zwei Millimeter. Wiegt etwa zwei Kilo«, flüstert Frey.

Pierpaoli kann nicht glauben, was er sieht.

Der Affe kommt aus dem Miniatur-Urwald, bewegt sich zum Käfigrand hin. Das Tier hat es nicht eilig, wirkt auch nicht ängstlich. Benutzt die Arme beim Gehen, stützt sich auf die kleinen Knöchel auf. Die Arme sind etwas kräftiger als ein Zeigefinger. Steuert auf die Bananenscheibe zu, greift sie mit seinen schwarzen Händen – vergleichsweise langfingrig, die Hände sind etwa eineinhalb Zentimeter lang, wenn Pierpaoli schätzen soll –, hält sie wie ein Mensch einen Suppenteller halten würde und beginnt die Bananenscheibe in aller Gemütsruhe zu verspeisen. Ab und zu ein Blick zu den beiden Männern, die vor dem Käfig stehen; ein Blick, langbewimpert, träge und fast gleichgültig, was das Bild um so schräger erscheinen lässt, weil doch die zwei Männer gebannt zusehen, auch Frey ist aufgeregt, rote Flecken hat er im Gesicht. Pierpaoli hingegen ist bleich und erstarrt.

Und dann verschwindet der Affe wieder. Einfach so.

Dreht sich um.

Taucht in das Blätterwerk des Mini-Dschungels und ist weg.

Die zwei Männer stehen noch da, Frey andächtig und stolz, fast sieht er aus, als würde er fromm die Hände falten. Pierpaoli ist sauber in zwei Teile gespalten: halb begeistert, halb angewidert. Keiner sagt was.

»Na, Thomas, hübsche Präsentation, oder?«, fragt Frey endlich doch in die Stille hinein.

»Es ist – unglaublich. Aber auch schrecklich, irgendwie. Ist es wirklich erlaubt, solche Kreaturen zu züchten? Ich muss sagen, ich hätte da einige Bedenken …«

»Aber das tun wir Menschen doch die ganze Zeit! Immer schon! Kein Nutztier ist so, wie Mutter Natur es erschuf! Und Sie haben doch selbst gestern erzählt, dass Sie Tomaten züchten? Und dass Sie Ihr Gewächshaus vermissen. Ob Tomaten, Weizen, Kühe, Schafe – wo ist der Unterschied?«

»Ich … Der Unterschied …« Pierpaoli setzt zu einer Antwort an, mühsam genug, da summt das Haustelefon am Bar-Tresen.

»Kommen Sie, wir lassen meine Tierchen jetzt in Ruhe«, Frey ist plötzlich verärgert, er zieht Pierpaoli aus dem Raum. Drückt wieder auf den Knopf. Die Wände aus gedunkelter Mooreiche schieben sich surrend zu. Der ganze Spuk, die Käfige, die geschrumpften Affen – alles ist wieder verschwunden.

Frey nimmt das Telefon ab, barsch: »Ich sagte doch, keine Anrufe durchstellen! Was für ein Notfall? Wie bitte? Wie?« Er verstummt.

Pierpaoli hat sich zum Sessel geschleppt wie ein Hundertjähriger, er lässt sich hineinfallen. Greift zu seinem Champagnerglas, es ist nicht mehr so perfekt kühl, aber immer noch ein *Dom Pérignon*, Jahrgang 2023, ein gekrönter Jahrgangs-Champagner. Pierpaoli leert das Glas in einem Zug und schmeckt nichts.

Doch in manchen Momenten, wenn man schon denkt, Gott der Herr hätte sich von uns abgewandt, dann kann es sein, dass uns ein kleiner Bonus gewährt wird, eine unerwartete Zulage.

Frey hat aufgelegt. Er betrachtet Pierpaoli.

»Sagen Sie, Thomas … Kennen Sie eine gewisse Ariadna Ferrer? Aus Kapstadt? Eine Popsängerin?«

»Äh – ja. Ich kenne sie. Warum?«

»Ist es eine – Bekannte?«

»Etwas mehr. Würde ich sagen.«

»Ah. Etwas mehr. Also Ihre Freundin? Die Dame Ihres Herzens? Künftige Ehefrau?«

»Etwas weniger.«

Frey zieht amüsiert die Augenbrauen hoch. »Dann ist es – kompliziert, ja?«

»Das ist wahrscheinlich der richtige Ausdruck.«

»Aha. Sie ist übrigens in der Nähe. Hier auf dem Meer.«

»Was?« Pierpaoli schraubt sich aus dem Sessel empor. »Wie? Was sagen Sie da?«

»Sie ist nicht weit von uns. Auf einem Segelschiff. Einem kleinen Schiff. Sie hat uns angefunkt. Und Ihren Namen genannt. Sie kennt auch unseren Schiffsnamen, unsere Funksignatur. Dass Schiffe sich anfunken, ist üblich. Sie haben ihr also erzählt, dass Sie bei mir auf der *Change* sind? Thomas? Sie wirken überrascht. Das war nicht abgesprochen, geplant?«

»Nein, ich meine, sie hat gesagt, dass sie bei einer Freundin auf dem Boot ist, aber kein Wort, dass sie – das ist eine völlige Überraschung! Wir haben telefoniert. Sie erzählte, dass sie auch segelt. Ich dachte, wir würden uns vielleicht in Panama treffen, aber doch nicht hier. Ich habe ihr natürlich gesagt, dass ich auf Ihrer Yacht bin. Das habe ich ihr erzählt. Aber ich wusste nicht, dass sie kommt.«

»Schon gut, kein Problem, ist ja kein Geheimnis. Man kann die *Change* oder jedes Boot jederzeit orten. Sie will jedenfalls zu uns stoßen. Eine Anfrage. Sie fragt an, ob wir sie am Nachmittag oder Abend an Bord nehmen könnten. Wir müssten Positionspunkte austauschen. Sie will Sie sehen, Thomas. Ist doch fein. Hat offenbar Sehnsucht nach Ihnen.«

»Was? Ariadna will kommen? Hierher? Auf das Schiff?«

»Ja. Sagte ich das nicht? Seien Sie doch nicht so langweilig, Thomas. Ich habe Anweisung gegeben, dass wir unser Tempo drosseln und einen anderen Kurs nehmen. Ihrer Freundin entgegen. Wir müssten uns in etwa drei Stunden treffen. Der Kapitän wird ein Manöver machen und das andere Schiff längsseits vertäuen. Kein Problem.« Er mustert Pierpaoli. »Die Dame Ihres Herzens kommt. Ist die Liebe nicht wunderbar? Sie machen so ein komisches Gesicht, Thomas.«

»Ja? Ich bin nur, ich bin überrascht, das ist alles.«

»Aber Sie freuen sich doch, oder? Ist das wirklich okay?«

»Jaja, natürlich. Ich freue mich. Ariadna … Unglaublich …« Pierpaoli lässt sich wieder in den Sessel fallen.

»So sieht es aus, wenn Sie sich freuen, Thomas? Na schön.

Dann wollen wir uns mal fertig machen für die Ankunft der beiden Damen, einverstanden?«

»Welche *beiden* Damen?«

*

Neues Bild. Ein vollkommener Abend auf dem Ozean. Hell, warm und verlockend.

Und eine erwartungsvolle Stimmung hat die *Change* erfasst.

Zwei Frauen kommen! Das ist mal eine Abwechslung an Bord, zumal die eine Lady berühmt ist. Die halbe Mannschaft hat sich an Deck der *Change* versammelt, denn niemand will die Ankunft der Damen verpassen. Es ist mehr als eine Abwechslung, schon eher eine Sensation. Die meisten drücken sich unter irgendwelchen Vorwänden auf dem Deck herum, aber die Offiziere und auch Frey dulden es.

Die Schiffe, die große *Change* und die kleine *Marguerita*, haben sich gefunden, zuverlässig wie bei einer arrangierten Heirat, den GPS-Funkwellen sei Dank. Auch das Anlegemanöver lief glatt, die *Marguerita* kam an die Steuerbordseite, wurde mit Teleskop-Bootshaken angezogen, Vor- und Achterleinen und Querleinen wurden geworfen, Fender gehängt, die *Marguerita* wurde an den Pollern der *Change* mit Springleinen vertäut. Jetzt hängt das kleine Segelboot an der Yachtwand, wie angetackert.

Eine Strickleiter wird hinabgelassen. Und die Frauen klettern an Deck. Fröhlich und munter. Mit einer Behändigkeit, die jedes Eichkätzchen beschämen würde, wenn es auf dem Pazifik Eichkätzchen gäbe.

Und die Show beginnt.

Wäre dies von nun an ein Theaterstück, wären die Rollenverteilungen klar.

Misako würde die Zofe spielen, züchtig, still und bescheiden. Sie klettert zuerst an Bord. Der Kapitän nimmt ihre Hand, hilft ihr über die Reling. Begrüßt sie, Frey tritt hinzu, alles geht sehr *gentlemanlike* ab, und Misako, die rot angehauchte F.A.P.-Aktivistin, bedankt sich und tauscht Höflichkeiten aus mit einem der reichsten Männer der Welt, benimmt sich überhaupt völlig un-ideologisch und dafür japanisch-sittsam.

Dann tritt sie beiseite, macht Platz, denn jetzt kommt der Stargast-Auftritt: Ariadna, alle Augen richten sich auf sie, die jetzt das Bein über die Reling schwingt wie ein Cheerleader und trotzdem dasteht wie eine Prinzessin, die Prinzessin von Bogotá. Es ist eine Rolle, die sie von Kindheit an kennt – von Eltern auf Händen getragen, von den Lehrern wegen ihres Talents angebetet, von Scharen von Jungs und jungen Männern verehrt. Das war früher ihr Schicksal, ihr Part. Und jetzt spielt sie die Rolle einfach wieder. Es fehlt nur noch die Blaskapelle, der dramatische Tusch.

Sie steht also an Bord. Frey begrüßt sie mit Handkuss. Der Kapitän, ehrerbietig, nimmt die Hacken zusammen und liefert eine knappe Verbeugung. Die Offiziere stoßen sich verstohlen an. Was für eine Frau! So schön! So sexy! Die Matrosen fotografieren, was das Zeug hält. Ariadnas kastanienbraunes Haar, von der Sonne jetzt etwas gebleicht, gesträhnt zu einem Honigblond, flattert im Wind. Sie trägt weiße Shorts und Espadrilles und ein rotes T-Shirt und ist gebräunt wie ein Fischermädchen. Sie strahlt, und ihr Lächeln illuminiert die Yacht und den halben Pazifik.

Und dann tritt endlich Pierpaoli vor. Der Grund des Besuchs. Mit einem Gesicht wie ein Junge, der ein Gedicht aufsagen soll und nicht will.

Pierpaoli – dem dieser Aufwand und die Invasion doch eigentlich gilt – ist tatsächlich beklommen, er zeigt vor Nervosität eine trockene Amtsmiene. Aber Ariadna erlöst ihn. Sie tritt einfach auf ihn zu, fällt ihm einfach um den Hals. Küsst ihn. Ein Hollywood-Kuss. Es klatschen die Matrosen, ironisch, gutmütig. Hat dieser Mann ein unverschämtes Glück! Aber sie gönnen es ihm. Die Welt badet in Licht und Wärme.

Und während Ariadna ihn umarmt, hat sie ihren Mund an Pierpaolis Ohr und sagt laut und vernehmlich und fast schon etwas theatralisch: *Wie schön, dich wiederzusehen, Tom!* – und dann fügt sie hinzu, flüsternd, die Lippen an seinem Ohr: *Du musst mitspielen!*

Was war das? Pierpaoli ist sich nicht sicher, was sie gesagt hat. Mitspielen?

Und dann löst sie sich von ihm. Und strahlt in die Menge. Als hätte sie den Eurovision Song Contest gewonnen.

Ariadna hat viele Fähigkeiten. Eine davon ist Bühnenerfahrung. Sie kann sich – wenn sie will – in Szene setzen.

Während Pierpaoli alle Mühe hat, seinen Denkapparat in Schwung zu kriegen: Da ist also Ariadna wie im Märchen übers Meer geflogen und an Bord gekommen, diese Frau, die möglicherweise die Liebe seines Lebens ist, aber die ihn nur wenige Wochen zuvor in einer dramatischen Szene verlassen hat, und es hat ihn mehr verletzt, als er zugeben möchte. Und jetzt ist sie plötzlich hier. Es ist dieselbe Frau, die beim jüngsten Telefonat – wann war das, vorgestern? – noch merklich kühl war. Und jetzt ist sie trotzdem hier, seinetwegen ist sie gekommen, angeblich, und diese verrückte Aktion, dieser Besuch, wie vom Himmel gefallen, das passt einerseits zu ihr und passt doch wieder nicht, und was hat sie eben zu ihm gesagt? Er soll spielen? Was für ein Spiel?

Nichts ergibt Sinn.

Doch da tritt auch schon Frey hinzu und reißt Pierpaoli aus seiner Schockstarre. Nun werden viele Hände geschüttelt, und Pierpaoli räuspert sich und stellt Ariadna vor, und Ariadna winkt Misako zu sich und stellt Misako vor, und Frey stellt den Kapitän und Ersten Offizier vor, und sogar der Koch ist aus seiner Kombüse gekommen, und Ariadna winkt der Mannschaft und wirft ein Handküsschen, was wieder zu Gelächter und Applaus führt, und ein paar Matrosen, mutig geworden, kommen doch glatt mit Stiften angepirscht und hätten gern ein Autogramm, aber der Kapitän scheucht sie weg.

Und dann sagt Frey, weltmännisch und schlicht: »Warum gehen wir nicht was essen? Ich denke, man hat einen kleinen Imbiss für uns vorbereitet.« Und er bietet Misako den Arm, im Sinne von: Darf ich bitten? Und Ariadna hängt sich bei Pierpaoli ein, der sich stolpernd in Bewegung setzt, und so ziehen sie ab, eine kleine Prozession, gefolgt vom Kapitän und Ersten Offizier, und die Matrosen fotografieren und recken die Hälse.

*

Der Speisesaal. Sie sind also zu sechst. Erlesenes Geschirr, Silberbesteck, Kristall funkelt. Kapitän und Erster Offizier dürfen mit am Tisch sitzen, hat Frey entschieden. Es gab vorweg eine Muschelsuppe, jetzt wird Kabeljau serviert, auf Zwiebeljus und mit Safranreis, der Koch kommt hinzu und fragt devot, ob alles zur Zufriedenheit sei, und Ariadna erklärt ihm strahlend, sie hätte im Leben noch nie einen köstlicheren Fisch gegessen als diesen. Und der Koch wird tatsächlich rot, und alle stimmen Ariadna zu, und Frey lacht glücklich, und der Kapitän und der Erste Offizier lachen ebenfalls, es klingt allerdings, als hätten sie das Lachen auf einem Lehrgang gelernt, und dann schickt Frey den Koch mit einem nachsichtigen Kopfnicken zurück in die Küche.

So nimmt das Essen seinen Lauf. Ein Dinner mit verteilten Rollen, ein Regisseur hätte es nicht besser arrangieren können. Frey ist der perfekte Gastgeber, elegant, kultiviert. Ariadna ist der perfekte Gast, sie macht tausend Komplimente, hat tausend Fragen, ist an allem interessiert, steckt ihrerseits voller Geschichten, wie Scheherazade, und ist hinreißend und charmant, die Ballkönigin.

Vor allem Frey und Ariadna halten das Gespräch im Gang. Reden über die Yacht, den Pazifik, über Musik, über Wein. Ariadna trinkt viel, fällt Pierpaoli auf. Sie lobt den Wein, einen wirklich exzellenten Chardonnay, und trinkt, als wollte sie eine Tupolew Tu-214 betanken. Sie strahlt, ihre kleinen Grübchen sind entzückend. Sie flirtet ein bisschen mit dem onkelhaften Kapitän und fast unmerklich mit Frey. Der betrachtet sie wie eine Varieténummer, die wider Erwarten brillant ist. Ab und zu legt er seine Hand auf ihren Unterarm, als wollte er ihre Echtheit prüfen.

Pierpaoli hingegen fühlt sich wie von innen beschlagen. Würde man ihn jetzt zeichnen, würde man eine Comic-Strip-Denkblase über seinem Kopf hinzufügen, mit einem schrägen Fragezeichen darin. Er nippt nur an seinem Glas.

Misako trinkt auch nichts. Lediglich Wasser. Je mehr Ariadna strahlt, desto stiller ist Misako. Sie hat nur ein einziges Mal etwas gesagt, sie hat eine technische Frage gestellt, in ihrer trockenen Art, sie wollte wissen, ob das Feuerlösch- und Kamerasystem auf der Yacht von einem KI-Programm überwacht wird oder manuell. Offenbar kennt sie sich aus mit solchen Systemen. Frey hat die Frage beantwortet: Ja, er hätte einen Mann im Monitorraum. Kein schlanker Mitarbeiter – kurzes Zwinkern zu Pierpaoli –, aber sehr fähig. Misako hat sich bedankt und ein paar Bemerkungen über Künstliche Intelligenz und Feuerüberwachung auf Schiffen hinzugefügt. Dann ist sie verstummt.

Der Stargast, der aus der Flasche gezauberte Geist, ist Ariadna. Sie gibt Anekdoten zum Besten und streut glamouröse Namen ein, und in der Küche steht das Personal dicht gedrängt an der Tür, um ja kein Wort zu verpassen, und Frey lässt einen Stift bringen, Ariadna malt ihm nach einigem Geziere ein schwungvolles Autogramm auf die Serviette, dazu fünf Notenlinien und Noten, eine kleine Melodie, macht noch einen Schnörkel, als wäre sie Picassos Enkelin, und Frey lächelt für zwei und sagt, er wird diese Serviette hüten wie einen Schatz. Und dann bittet Ariadna um ein weiteres Glas Champagner, und wenn man nicht wüsste, wie viel sie vertragen kann (und sie kann, das weiß Pierpaoli, Quantitäten vertragen wie ein Dachdecker), – dann würde man sie für betrunken halten.

Frey lobt Pierpaoli, während er ihn beobachtet. Dieser Mann, sagt er, den er als seinen Freund betrachte, sei ein sehr tapferer Mann. Und Ariadna solle froh sein, einen solchen Prinzen gefunden zu haben. Und Ariadna nimmt Pierpaolis Hand und legt sie zärtlich an ihre Wange, und die Wange ist kühl wie Schlangenhaut, und Ariadna sagt, man müsse eben viele Frösche küssen, bis man einen Prinzen findet, und Pierpaoli sitzt hölzern daneben wie ein Statist, den niemand eingewiesen hat.

Ariadna hatte sich früher stets mokiert, wenn andere Kolleginnen, Schauspielerinnen oder Sängerinnen sich in ihrer Star-Rolle gefielen. Ariadna fand dieses Weibchen-Getue, wie sie es nannte, immer albern und unsäglich. Und jetzt? Warum gefällt sie sich jetzt so in dieser Rolle?

Beim Dessert nimmt Frey den kleinen Löffel und klopft ans Glas. Einen Moment bitte. Er bitte um Gehör. Alle verstummen. Er, Frey, hätte einen Vorschlag. Oder eine Bitte. Ob die beiden Damen ihm nicht den großen, großen Gefallen tun könnten und als seine Gäste bis Panama mitkämen? An Bord der Yacht seien noch genügend freie Zimmer. Und Thomas und er wären überglücklich.

»Das geht leider nicht«, sagt Misako sofort. Es ist das zweite Mal, dass sie etwas sagt. »Ich habe andere Ziele, andere Pläne.«

Nichts zu machen? Nichts zu machen.

Aber Misako hat noch etwas hinzuzufügen. Ariadna solle bleiben, sagt Misako. Denn sie hätte vierzehn wunderschöne Liebeslieder komponiert, auf der *Marguerita*. Und hier sei offenbar der Mann, für den diese Lieder bestimmt seien. Sie schaut Pierpaoli an. Ariadna nimmt Pierpaolis Hand und drückt sie.

Frey betrachtet Ariadna und Pierpaoli mit entfachter Neugier. »Bitte, seien Sie dann wenigstens mein Gast«, sagt er.

Ariadna studiert eingehend die Serviette auf ihrem Schoß, draußen erstrahlen die Wolken ein letztes Mal und lassen den Tag aufleben, und dann, mit musikalischem Gefühl für Timing, sagt Ariadna leise: »Ja. Danke. Ich nehme die Einladung gern an und bleibe.«

Wunderbar! Der Kapitän und der Erste Offizier klatschen. Frey küsst Ariadna die Hand, Pierpaoli sitzt immer noch daneben wie versteinert. Und dann sagt Misako, sie wolle die schöne Stimmung nicht stören, aber sie müsse leider aufbrechen. Jetzt. Und Ariadna solle noch schnell ihre Sachen aus der *Marguerita* holen.

Und Frey klopft abermals ans Glas und will noch schnell loswerden, er sei zwar untröstlich, dass Misako sie verlasse, aber auch überglücklich, dass Ariadna bleibe, und es wird noch schnell nachgeschenkt, alle erheben ihr Glas, dann endlich wird die Tafel aufgehoben. Frey zieht sich zurück, weil er noch einige Telefonate führen muss, Misako und Ariadna holen noch schnell Ariadnas Sachen, und Misako verabschiedet sich von Pierpaoli, der stolpert hinterdrein, und für ihn fühlt sich alles schräg an.

Ariadna ist jetzt offizieller Gast auf der *Change*.

Der Nachthimmel ist wie ein dunkles Tuch über dem Meer des Friedens, dem Pazifischen Ozean, und über der *Change*. Freys Yacht, jetzt von Misakos Boot befreit, hat unter voller Motorleistung Kurs genommen auf den Panamakanal, Ziel ist Florida. Der Abschied ist den beiden Frauen schwergefallen. Misako und Ariadna – Freundinnen fürs Leben – haben Tränen vergossen und wichtige Dinge besprochen. Dann wurde die Vertäuung gelöst, und Misako winkte ein letztes Mal und segelte, nunmehr wieder solo, ihrer Wege.

So bald werden sie sich nicht wiedersehen. Oder vielleicht doch.

Ein gekrümmter Mond steht am Himmel, Wolkenfetzen ziehen. Wind ist aufgekommen, die See ist rau. Die *Change* ist beleuchtet: Zwei Suchscheinwerfer am Bug tasten das Meer ab, falls sie auf treibende Container stoßen, die dem Container-Radar entgangen sind. Auch das Heck der *Change*, über den Laderäumen und dem Motorraum, wo längsseits drei und drei Rettungsboote sind, ist erhellt. Die Schwergutbäume und Heavy-Lift-Kräne werfen verzerrte und wackelnde Schatten, während das Schiff durch die Wellen stampft.

Ganz hinten, direkt an der Reling, steht ein Liebespaar, eng umschlungen. Ein ungemütlicher Ort, um sich Zärtlichkeiten oder kleine Frivolitäten zuzuflüstern, denn gelegentliche Brecher, die quer zum Heck aufschlagen, überschütten die Frau und den Mann mit einem Schwall Salzwasser. Auch ist es laut hier, der Wind pfeift und jault, man muss sich schon gegenseitig ins Ohr schreien, um ein Wort zu verstehen.

Aber das ist Ariadna nur recht. Sie hat Pierpaoli nicht hierherbugsiert, um Liebesworte zu wechseln. Die Umarmung ist Tarnung. Hier, glaubt Ariadna, sind sie einigermaßen sicher vor versteckten Mikrofonen und Kameras, hier können sie ungestört reden.

Und sie hat Pierpaoli ein paar wichtige Dinge zu sagen.

Gleich nach Misakos Abschied bestand Ariadna darauf, dass

Pierpaoli ihr die Yacht zeigte. Sie wollte das Schiff unbedingt besichtigen, sich ein Bild verschaffen, ganz und gar. Es wurde aber keine gemütliche Besichtigungstour, sondern Ariadna hastete unter Deck durch die Gänge, machte alle Türen auf, spähte in Schränke und suchte die Decken ab, rüttelte an Klinken, angespannt wie in einem Keller bei einem Fliegerangriff. Ihren trillernden Überschwang und ihr Ich-bin-ein-Popstar-Gehabe hatte sie abgelegt, kaum dass sie allein waren. Nur wenn sie jemandem von der Mannschaft begegneten, ließ sie es kurz aufleben. Sie war auch keine Sekunde betrunken oder angeschickert.

Alles gespielt. Die Diva-Show. Das war es auch, was sie ihm zuflüsterte, was er missverstanden hatte: *Du sollst mitspielen,* hatte sie gehaucht.

Jetzt stehen sie also am Heck, Ariadna schmiegt sich in Pierpaolis Arme, er riecht ihr Haar und hält sie umklammert, damit das kein Traum ist, damit sie ihm nicht davonfliegt. Sie sind ziemlich durchnässt, immer wieder treibt wässriger Schaum durch die Luft und erwischt sie. Aber Pierpaoli könnte hier ewig stehen. Ariadna hat ihm gesagt, dass sie ihn liebt, dass sie ihn für den Rest ihres Lebens lieben wird. Es klang wie eine Klarstellung.

Denn eigentlich gibt es Wichtigeres zu besprechen.

Sie sei nämlich, sagt Ariadna, aus einem ganz bestimmten Grund auf die Yacht gekommen: Sie glaubt, dass Pierpaoli in Gefahr ist.

»Und zwar in Lebensgefahr«, wiederholt sie.

»Ich verstehe nicht …«

»Pass auf, Tom. Hör einfach eine Weile zu. Tu gelegentlich so, als ob du mich küsst. Und hör genau hin, okay?«

Er muss sich vorbeugen, presst die Lippen auf ihren Hals. Und sie spricht direkt in sein Ohr.

»Gut, Tom. Hier können wir reden, hier sind wir sicher, glaube ich. Hoffentlich. Das Schiff ist mit Abhöranlagen und Kameras bestückt, alles wird überwacht, abgehört. Misako hat das gesagt. Sie kennt sich aus. Sie war früher bei der F.A.P. Oder ist es noch. Sie hatte damit zu tun. Ich habe ihr deine Kabine gezeigt, unter einem Vorwand, wir haben so getan, als würde sie mit mir das Gepäck dorthin bringen. Und dann hat sie mir später gesagt, dass deine Kabine überwacht wird, zu neunundneunzig Prozent. Auch das ganze Schiff. Das heißt, wir können nichts riskieren. Du warst doch in einem Monitorraum, das hast du beim Essen erwähnt … Wie viele Bildschirme hast du gesehen?«

»Ich weiß nicht. Keine Ahnung. Vielleicht dreißig.«

»Das hat Misako vermutet. Die Zahl der Monitore ist ein Indiz. Und Misako kennt das Überwachungssystem. Also, wir müssen vorsichtig sein. Und jetzt der nächste Punkt. Es gibt ein Gerücht. Es kursiert überall, weltweit. Über ein Medikament. Angeblich wird an einem geheimen Medikament gearbeitet, geforscht, was weiß ich, einem Zeug, das sehr teuer ist, das nur Superreiche kriegen.«

»Wogegen? Was für ein Medikament?«

»Ich weiß es nicht. Über die Krankheit weiß ich gar nichts, es könnte irgendwas aus einem Labor sein oder so. Irgendwas Schlimmes. Doch das Medikament wird jetzt schon produziert. Und das weiß ich genau. Denn dafür wird dieser Purpurschneckenstoff benötigt. Und du erinnerst dich, dass Papa diese Fabrik gekauft hat, mit meinem Geld.«

»Das alles hast du herausgefunden?«

»Nein. Ich nicht. Wer es eigentlich herausgefunden hat, war Garreth. Garreth Martindale. Allerdings auf meine Bitte hin.«

»Martindale? *Der Minister?*«

»Ja. Der Minister, der mein Freund war. Und der jetzt tot ist.«

»Tot?«

»Ein Flugzeugabsturz. Schon merkwürdig, oder? Sein Referent hat mich angerufen. Hatte eine Heidenangst. Denn hinter dieser komischen Medikamenten-Geschichte steckt ein großes und sehr mächtiges Konsortium. Und weißt du, auf wen das alles hinausläuft? Auf welche Person? Rate!«

»Nein. Keine Ahnung. Warte. Du denkst …«

»Ich denke nicht, ich weiß es. Er hat mir den Namen genannt. Das Konsortium läuft auf deinen neuen Freund hinaus. Unseren charmanten Gastgeber.«

»Das kann nicht sein!«

»Das kann sehr wohl sein. Angenommen, Tom, der Tod von Garreth war *kein* Zufall, dann kann nur einer ein Interesse gehabt haben, den Mann, der über diese Infos verfügte, sterben zu lassen. Nämlich die Person, die hinter dem Konsortium steht. Und das ist unser Freund hier. Okay? Okay. Nächster Punkt. Als wir telefonierten, vor zwei Tagen, sagtest du, Elani sei tot. Richtig?«

»Ja, das stimmt. Wir hatten Elani in unserer Gewalt. Es ging nur um die Überführung.«

»Überführung?«

»Wir wollten Elani ganz korrekt und regulär ins Gefängnis stecken. Damit er vor Gericht kommt. Frey wollte das ebenso. Er wollte nicht, dass Elani stirbt. Er war erschüttert, glaub mir.«

Der Wind heult, ein Brecher brandet auf, prasselt aufs Deck. Ariadna schneidet dem Meer eine Grimasse. Dann spricht sie weiter.

»Wie Frey wirklich tickt, das weiß ich nicht. Ich kenne aber meine Fakten, Tom. Angenommen, es gibt ein Medikament für eine bislang unbekannte Krankheit. Diese Spur führt zu Frey. Und außerdem sterben Menschen. Und alle stehen irgendwie in Beziehung zu Frey. Warum sterben sie? Sie wissen zu viel. Stellen falsche Fragen. Der Tod von Garreth passt dazu. Elani allerdings – der Tod von Elani passt nicht ins Bild.«

»Tut er doch.« Pierpaoli beugt sich vor, spricht laut in Ariadnas Ohr, schreit fast. »Vielleicht doch. Elani hat an einem Parasiten gearbeitet.«

Ariadna starrt ihn an.

»Du hast von einer Krankheit gesprochen. *Der Parasit ist die Krankheit*«, sagt Pierpaoli. Er betont jedes Wort. »Und er ist hier an Bord«, fügt Pierpaoli hinzu.

Ariadna, in Pierpaolis Armen, zittert.

»Mir ist schlecht«, sagt Ariadna nach einer Weile.

»Sollen wir – in die Kabine gehen?«

»Ja. Ich fühle mich ganz taub, und ich bin klitschnass, und mir ist übel von dem verdammten Scheißwein, und ich will duschen, und außerdem will ich mit dir schlafen.«

»Was?«

»Sex. Jetzt und sofort. S-E-X. Drei Buchstaben. Kriegst du das hin?«

»Natürlich …«

»Gut. Kein Wort über diese Sache, solange wir in der Kabine sind. Und dann kommen wir wieder her und machen einen Plan. Okay? Gehen wir. Ich will duschen und mit dir schlafen. Und du sagst, du hättest mich vermisst?«

»Natürlich, Ari!«

»Zeig's mir.«

Ariadna stand unter der Dusche und trällerte dabei vor sich hin, was sonst nie ihre Angewohnheit war – aber kaum hatten sie die Kabine betreten, war sie in den Modus der verwöhnt-zwitschernden Pop-Diva verfallen. Ihre durchnässten Kleider, Shorts, Shirt, Schuhe, hatte sie über die Chaiselongue verstreut. Pierpaoli hatte sich aus der Bar einen großen Scotch eingeschenkt, den er nötig hatte.

Er betrachtete die Kabine genauer: Neben dem Rauchmelder war ein schwarzer Punkt. Über dem Bullauge war ebenfalls ein schwarzer Punkt, glänzend. Pierpaoli sah hin, wagte aber nicht, das Ding genauer zu untersuchen.

Unauffällig sein, hatte Ariadna ihm eingeschärft.

Also stellte er das Glas beiseite und machte sich daran, Ariadnas Kleidungsstücke aufzuheben und in einen Wäschesack zu stopfen; er würde ihn morgen zur Wäscherei bringen, es gab tatsächlich hier an Bord der Yacht einen Wäscheservice. Ziemlich luxuriös, dachte Pierpaoli. Überhaupt, diese Gastfreundschaft. *Warum ist Frey so großzügig mir gegenüber? Weil er mein Freund sein will, wie er sagt, weil er mich wirklich bewundert für das, was ich getan habe?*

Oder will er mich kontrollieren? Geht es darum, rauszufinden, was ich weiß oder nicht weiß? Falls ja, er könnte mich auch töten. Auch Ari. Pierpaoli stellte den Wäschesack neben die Tür. *Er müsste es nur als Unfall deklarieren. Es wäre kein Problem.*

Die Badezimmertür ging auf. Ariadna trat aus dem Bad, hinter sich eine Wand aus Dampf und Seifenduft, nackt und schön und unbefangen. Sie trocknete sich vor Pierpaoli ab. Dann wühlte sie, immer noch nackt, in ihrer Reisetasche und zog ein Kuvert hervor.

»Schau, Tom. Das wollte ich dir noch zeigen.« Sie hielt es ihm hin.

»Was ist das?«

»Ein Brief. Von mir. Für dich. Den schleppe ich schon die ganze Zeit mit mir herum. Es ist der Abschiedsbrief, den ich dir noch in Deutschland geschrieben hatte. Dass ich ein paar Tage weg bin, dass du dir keine Sorgen machen sollst und so weiter. Du weißt schon, der Brief, den ich in diesem Gasthof auf den Kaminsims gestellt hatte. Als ich abgeholt wurde.«

»Ach so, *der* Brief ... Den ich finden sollte, ich verstehe. Ja, aber wenn er für mich bestimmt war, wieso hast du ihn dann?«

»Weil die Leute, die mich abgeholt haben, ihn ohne mein Wissen eingesteckt haben. Keine Spuren hinterlassen und so. Deshalb dachte ich bloß, dass du Bescheid weißt, verstehst du? Und ich konnte nicht begreifen, dass du dir Sorgen machst, weißt du jetzt, was ich meine?«

»Ja, so halb und halb ...« Pierpaoli blätterte rasch in den Papieren. »Und was ist das?«

»Das? Ich hatte kein Papier. Ich habe den Brief auf die Rückseite von einem Bericht geschrieben, den ich dir auch geben sollte. Sorry. Dein Kollege hat ihn mir vorbeigebracht. Ich hab' seinen Namen vergessen. Tut mir leid. Jetzt bekommst du alles so spät. Aber besser spät als nie, oder?«

»Mein Kollege? Etwa – Perreira?« Pierpaoli warf einen Blick auf die Seiten; es ging um Filteranlagen im Wolkenturm, und tatsächlich – da war auch Perreiras korrekte Unterschrift in kleinen, schräg geneigten Buchstaben.

»Ist es wichtig, Tom? Ist es schlimm, dass du dieses Papier jetzt erst bekommst?«

»Nein. Wahrscheinlich nicht. Egal.«

»Gut.« Ariadna schlüpfte ins Bett. »Ach, ist das eine herrliche, riesige Matratze ...« In ihrem Gesicht stand ein eigentümliches Lächeln, traurig, hoffnungsvoll, zur Liebe bereit.

»Mach das Licht aus«, sagte sie. »Und komm endlich.«

Pierpaoli ließ den Bericht zu Boden fallen, die Blätter schwebten nieder und landeten sanft auf dem edlen und hochfloorigen Teppich der Kabine.

»Nein … Es wird nicht passieren …«

Pierpaoli hatte einen sehr leichten, unruhigen Schlaf, jetzt wachte er auf, denn er hatte eine Stimme gehört, jemand hatte gesprochen. Anscheinend direkt neben ihm. Die Kabine war dunkel. Die Uhr zeigte 03.34. Neben ihm lag Ariadna, er hörte sie atmen, fühlte die Wärme ihres Körpers, ein ungewohntes Gefühl nach den vergangenen Wochen. Er lag flach, lauschte, und dann hörte er die Stimme abermals, murmelnd: »Nein! Das wird nicht passieren …«

Es war Ariadnas Stimme.

Pierpaoli richtete sich auf. Er beugte sich vorsichtig über sie, sie schlief, aber sie hatte im Schlaf geredet. Das hatte sie früher nicht getan – oder nur sehr selten. Ihr Gesicht war verzerrt, ihre Mundwinkel zuckten. Sie träumte. Er küsste sie behutsam auf die Stirn. Daraufhin entspannte sie sich, ihr Gesicht wurde weich, ihr Atem gleichmäßig.

Sie schlief tief.

Pierpaoli, einem Impuls folgend, stieg aus dem Bett, leise. Er war nackt. Er trat auf etwas, unter seinen Fußsohlen spürte er ein Rascheln, Knistern. Papier. Der Perreira-Bericht. Er bückte sich, hob die Blätter auf, es waren nur wenige. Dann ging er damit zum Badezimmer, öffnete behutsam die Tür, schlüpfte hinein. Erst nachdem er die Tür sachte zugezogen hatte, machte er Licht. Die Luft hier war immer noch feucht und roch nach Shampoo. Er legte die Papiere auf den Wannenrand, nahm seinen Bademantel vom Türhaken, zog ihn an, knotete den Frotteegürtel fest.

Er brauchte eine Idee, einen Plan.

Pierpaoli setzte sich auf den Wannenrand und griff, fast mechanisch, zu den Papieren. Sie waren nummeriert. Er sortierte sie, reflexhaft. Dann, weil er nichts anderes zu tun hatte, begann er zu lesen.

Es war die Kopie der Begründung eines Antrags zu einem

Kontrollbesuch. Antragsteller war Ingenieur Gaetano Perreira, *Science Control*/Geo-Engineering, Unterabteilung für Filteranlagen – Pierpaoli erinnerte sich an dessen verzweifelte Versuche, die Betreiber von *Cloud Tower Invest* von ihrem Filtertausch abzubringen. Und jetzt war er tot. Zuletzt hatte er, Pierpaoli, Perreira dringend abgeraten, sich einzumischen. Das war noch in Kapstadt gewesen.

Was war noch mal Perreiras Anliegen gewesen?

Ja, genau. Jetzt fiel es ihm ein. Perreira hatte Einwände erhoben gegen den Tausch der Filteranlagen beim Wolkenturm in Florida. Da stand es auch, Pierpaoli las es, schwarz auf weiß, in Perreiras umständlicher Diktion: Die geplanten Filter waren von schlechterer Qualität, geringerer Wirksamkeitsgrad, 3,7-fach höhere Durchlässigkeit. Und Perreira hatte dieses Anliegen zum Anlass genommen, einen Kontrollbesuch zu beantragen.

Und er hatte Pierpaolis Unterstützung gewünscht.

Das alles war jetzt aber Schnee von gestern. Die Antragsfristen waren längst abgelaufen. Und Perreira war tot, der arme Kerl.

Pierpaoli überflog den Bericht. Zahlen, Berechnungen.

Filter … Auf der Isla Robinson, das schien jetzt schon Ewigkeiten her, hatte Pierpaoli auch diese teuren Filter in der Hand gehabt. Die Luft im Habitat wurde gefiltert. Das war auf Elanis Anweisung geschehen. Um zu verhindern, dass der Parasit nach draußen gelangte. In beiden Fällen ging es um Filter. Aber das eine hatte nichts mit dem anderen zu tun.

Oder doch?

Hier waren die Fakten. Freys Investorengruppe stand hinter dem Wolkenturm-Projekt.

Zweitens. Elani hatte nicht gewollt, dass der Parasit die Menschheit infizierte – erst, wenn er so weit war. Er hatte die Nebenwirkungen tilgen wollen. Er hatte ihn ungefährlich machen wollen.

Drittens. Frey hatte den Parasiten an Bord. Den gefährlichen Stamm. Damit fuhren sie nach Panama. Und dann, durch den Kanal, nach Florida. Wo der Wolkenturm stand. Eine Geo-Engineering-Anlage, die alles Mögliche in die Luft pusten konnte.

Elani und Frey, Elani und Frey … Beide außerordentlich intelligent, beide ungeheuer arrogant, manipulativ, gewinnend.

Vielleicht hatten Elani und Frey gemeinsame Sache gemacht – und gleichzeitig auch nicht. Vielleicht lag hier der entscheidende Denkfehler. Vielleicht waren sie Verbündete gewesen, aber Partner, die sich gleichzeitig gegenseitig belogen hatten, weil sie gegensätzliche Interessen verfolgten.

Hatte Frey Elani töten lassen? Und falls ja, warum? Er hatte sich überhaupt nicht mehr um Elanis Fracht gekümmert, diese Oktopus-Eier. Er wollte offenbar nur den Parasiten, der auf der Insel war. Warum? Frey wollte das Antidot verkaufen. Er konnte kein Interesse haben an einer Version des Parasiten, die *keine* Nebenwirkungen hatte. Hatte er also nicht gewusst, woran Elani da arbeitete?

Und warum hatte er sich den Parasiten – den gefährlichen Stamm – nicht längst schon geholt?

Ganz einfach. Weil Frey nicht *gewusst hatte*, dass der Parasit an der Luft überleben konnte. Weil er annahm, dass der Parasit *nicht* an der Luft überleben könnte. Warum nahm er das an? Ganz einfach. Elani hatte ihm das so verkauft. Elani hatte Frey belogen. Elani hatte sich schlauer gefühlt als Frey, hatte versucht ihn zu benutzen, hatte behauptet, er müsste erst einen in der Luft überlebensfähigen Parasiten herstellen, um dann aber nur seine neue »gute« Version zu verteilen – so konnte es sein.

Elani, so arrogant und schräg er war, wollte wahrscheinlich tatsächlich Gutes tun, einen guten Parasiten erschaffen. Aber wenn Frey das Medikament herstellen konnte, lag ihm nichts an einem guten Parasiten. Er brauchte die erste, modifizierte Generation. Die, die hier an Bord war.

Frey hatte also alle Komponenten beisammen. Er hatte die Formel für das Antidot – von Elani –, und er war im Besitz der Fabriken, um es zu produzieren.

Er hatte den Parasiten.

Somit ergab der Austausch der Filteranlagen Sinn.

Und seit wann wusste Frey, dass der Parasit an der Luft überlebensfähig war? Eine Welle von Übelkeit überschwemmte Pierpaoli. Seitdem er, Pierpaoli, es ihm erzählt hatte. Er hatte ihm berichtet, dass auf Elanis Anweisung im Habitat nur die feinsten Filter verwendet werden durften.

Diese Erkenntnis stieg in ihm hoch, er spürte sie in Kopf und Brust wie eine allergische Reaktion, wie ein Gift.

Wie hatte Frey reagiert? Ungläubig. Anfangs. Aber sehr interessiert. Pierpaoli erinnerte sich. Das passte zusammen. Auch der Rest. Dann hatte er seine eigenen Leute vom Schiff auf die Insel geschickt. Natürlich! Um den Parasiten an Bord zu holen. Mein Gott! Er selbst, Pierpaoli, hatte ihm gleichsam den Startschuss gegeben!

Und jetzt waren sie unterwegs zum Wolkenturm.

Pierpaoli, immer noch auf dem Wannenrand sitzend, zog den Bademantel enger. Er musterte die Wände im Badezimmer, suchte mit den Augen die niedrige Decke ab. Neben dem Rauchmelder war ein schwarzer Punkt. Es konnte eine kleine Kamera sein. Würde Frey das Badezimmer überwachen lassen? Natürlich würde er das. Wenn er der war, für den Pierpaoli ihn inzwischen hielt.

Jetzt hätte er sich gern einen Scotch geholt. Aber er hatte Angst, Ariadna aufzuwecken. Konnte er ihr überhaupt von seinen ganzen Annahmen und Schlussfolgerungen erzählen? Mussten sie dafür wieder aufs Oberdeck? Vielleicht ging es auch hier. Unter der Bettdecke. Wie Kinder, die sich Geheimnisse zuflüstern. Während gleichzeitig laute Musik lief.

Der Parasit war an Bord. Vielleicht konnte er, Pierpaoli, diesen Erreger töten.

Ja, das würde er tun.

Pierpaoli stand auf, entschlossen. Er ging ins Zimmer, trat an die Musikanlage, schaltete sie ein, wählte im Menü Musik aus. Rockmusik? Nein. Er tippte auf Klassik, auf Mendelssohns »Sommernachtstraum«. Schön laut.

Die ersten Töne erklangen. Ariadna, verschlafen, zerzaust, richtete sich im Bett auf.

»Tom … Was ist los?«

Pierpaoli entledigte sich des Bademantels, stieg ins Bett und zog die Decke über Ariadna und sich.

»Ich kenne die Informationen, die Ihnen vorliegen, mein Bester – ja, und ich kann mir darum auch vorstellen, warum Sie besorgt sind.« Frey sitzt hinter dem Schreibtisch in seinem Büro auf der Yacht. Er telefoniert mit einem Geschäftspartner in Zürich. Sein Tonfall ist begütigend, beruhigend. Sein Geschäftspartner scheint aufgeregt zu sein.

»Aber natürlich weiß ich das, mein lieber Freund«, sagt Frey, er benutzt grundsätzlich bei geschäftlichen Telefonaten keine Namen. »Das Patent allein reicht nicht, das ist mir klar. Unser Joker ist der Rohstoff. Der Extrakt aus den Purpurkegelschnecken – und dieser Rohstoff lässt sich nicht synthetisieren. Wir haben die Produktionsstätten, wir haben das Material. Auf Jahre hin haben wir die besseren Karten … Bitte? Aber nein. Wissen Sie, wie lange ein Enteignungsverfahren dauert, ungeachtet der politischen Kosten? Und denken Sie bitte daran, dass die Welt umgekrempelt werden wird. Und unsere Kundschaft besteht aus den mächtigsten und reichsten Menschen der Welt – mehr Rückhalt kann man sich gar nicht wünschen, mein lieber Freund … Sind Sie beruhigt? Das ist schön. Wie ist das Wetter in Zürich? Nicht so schön? Wie bedauerlich. Nun, dies ist der Pazifik, das Meer des Friedens. Wir segeln durch das Paradies, mein lieber Freund – Sie müssen unbedingt einmal kommen.«

Dimitri »Sugo« Sugaschwili, geboren in Tiflis, Georgien, lebte das Leben anderer Menschen. Er beging, beobachtend, die Taten, die andere Menschen ausführten. Denn die *Überwachung* war seine Leidenschaft, sein Element.

Sugo war der geborene Voyeur.

Frey hatte, als er damals die *Change* kaufte und technisch neu ausstatten ließ, Sugo mit der Installierung einer High-Class-Überwachung auf der Yacht beauftragt, Kameras, Wärmebilder, Richtmikrofone. Anschließend, als Sugo diese Aufgabe zur höchsten Zufriedenheit erfüllt hatte, da hatte Frey Sugos vorheriges Gehalt verdreifacht und ihn übernommen. Seitdem war Sugo dreihundertsechzig Tage im Jahr auf der *Change*, saß in einem Drehstuhl im Monitorraum und war die Augen und die Ohren seines Herrn, dem er von Herzen ergeben war. Er war sechsunddreißig Jahre jung, ihn übergewichtig zu nennen wäre eine Untertreibung, er liebte Süßigkeiten und war bleich wie Mehl.

Sugo trug kurzärmelige Hemden in XXL, die dennoch stramm saßen wie Matratzenschoner. Den Bauch ließ er heraushängen wie einen Postsack um die Weihnachtszeit, die Hände waren feiste Tatzen, die dennoch mit erstaunlicher Behändigkeit und Leichtigkeit über die Tasten an einem Schaltpult glitten. In seiner Kabine hatte er eine hübsche Sammlung künstlicher Penisse, ein kleines, ruchloses Hobby von ihm, die Objekte standen ordentlich aufgereiht in den Kabinenregalen, sie waren ausgeführt in Holz, Aluminium, Edelstahl, Kunststoff und Gummi, manche waren glatt und reduziert auf das Wesentliche und sahen aus wie kleine Statuen, andere waren in naturgetreuer Darstellung, inklusive Äderchen und schrumpeliger Hautfalten.

Die meiste Zeit allerdings verbrachte er im Monitorraum. Dort hatte er zweiunddreißig teilbare Monitore und konnte zwischen hundertachtzehn Kameras und Mikrofonen wechseln.

*

Dies ist also der Mann, der jetzt Ariadna und Pierpaoli überwacht. Dies ist der Mann, der jeden ihrer Schritte belauert, während sie aus der Kabine aufbrechen, um ihren Plan in die Tat umzusetzen.

Sugos Misstrauen ist geweckt. Irgendwas stimmt hier nicht. Er wartet auf das geringste Indiz, um Alarm auszulösen, um seinen Chef zu kontaktieren – und wenn man sie bei irgendwas erwischt, weiß Sugo, werden diese beiden das nicht überleben.

Wieso hat Sugo Verdacht geschöpft? Frey hat nicht selten Gäste auf seiner Yacht, und selbstredend gilt Sugos besondere Aufmerksamkeit immer vor allem diesen Gästen. Als Ariadna an Bord kam, verdoppelte Sugo seine Wachsamkeit. Die Technik, die ihm dafür zur Verfügung stand, war exquisit – Misako hatte also mit ihrer Einschätzung durchaus richtiggelegen.

Sugo hatte Pierpaoli und Ariadna beobachtet, wie sie in Gischt und im heulenden Wind am Heck standen und sich eng umschlungen hielten – der Typ und seine widerliche Mieze, seine *Kitti*, seine *Shlyukha*, aber er hatte nichts hören können. Danach waren sie in die Kabine gegangen und hatten gefickt – schön und gut, sollten sie ruhig, Sugo hatte sich übrigens eine Kopie davon gemacht, für sein Privatarchiv. Dann waren sie eingeschlafen. Sugo hatte sie beobachtet, aber sich etwas gelangweilt. Dann war der Typ mitten in der Nacht aufgestanden, hatte Papiere vom Boden aufgehoben und war im Badezimmer verschwunden. Dort hatte er eine Weile gelesen, vor sich hin gestiert, anschließend war er in die Kabine zurückgekehrt.

Hatte Musik angemacht, mitten in der Nacht. Gut, das war erlaubt, die Kabinen waren extrem gut schallgedämpft – aber trotzdem, warum legte er in der Nacht Musik auf? Dann war er zu seiner Mieze ins Bett gekrochen, sie hatten die Bettdecke über sich gezogen, und wegen der verdammten Musik hatte Sugo kein Wort verstehen können, so sehr er sich auch mit den Richtmikrofonen abmühte. Was machten sie unter der Decke? Sie fickten nicht, so sah es nicht aus. Sie flüsterten. Die Wärmebilder gaben nichts her. Sugo hörte aber, dass sie flüsterten. Warum? Abermals verdächtig.

Dann waren sie aufgestanden, alle beide. Erst mal wortlos. Hatten sich angezogen. Als hätten sie irgendwas vor. Mitten in der

Nacht. Die Frau hatte telefoniert – mit jemandem auf einem Boot unweit von hier. Sugo hatte die Signatur gefunden. Dabei war sie ärgerlicherweise durchs Zimmer geschritten, immer noch zu dieser verfluchten Musik, und so hatte Sugo nur einen kleinen Teil des Gesprächs abhören können – es ging um Koordinaten und Uhrzeiten. Sugo hatte alles gespeichert und würde es durch die Stimmenanalyse schicken; danach hatte er ihre Telefone lahmgelegt.

Und dann hatte er beobachtet, wie sie ihre Kabine verließen.

Ich kriege euch, dachte Sugo. *Mich verarscht ihr nicht.*

*

Tatsächlich muss man Sugo, ungeachtet seiner vereinfachenden Denkmuster, im Großen und Ganzen recht geben.

Tatsächlich hatte Pierpaoli im Badezimmer seiner Kabine, auf dem Wannenrand sitzend, so etwas wie eine Eingebung gehabt, einen Plan gefasst. Und er war, um seine Ideen mit Ariadna zu besprechen, mit ihr unter die Bettdecke geschlüpft.

Und das Gespräch wurde, während Mendelssohns Bläserakkorde zum »Sommernachtstraum« erschallten und die Ouvertüre erklang, unter Daunenfedern geführt, unter einem frisch duftenden Laken, in hastigen und geflüsterten Worten und abgerissenen Sätzen.

*

Ich wollte dich da nicht reinziehen, Ari. Aber ich brauche dich. Wir müssen den Parasiten vernichten. So schnell wie möglich. Sonst ist es zu spät. Wenn er in Florida ist, kann er ihn um die ganze Welt schicken ...

Was meinst du damit, Tom? Ich bin noch gar nicht richtig wach.

Die Menschen. Die Menschheit. In wenigen Tagen sind sie alle infiziert. Frey kann sie infizieren. Er hat die Möglichkeiten.

Verdammt, verdammt. Und infiziert – das heißt?

Ganz schlimm.

Okay, angenommen, wir versuchen es. Dieses Zeug zu vernichten. Wie denn, Tom?

Hör zu, Ari. Der Container mit dem Parasiten ist an Bord. Wir finden ihn und vernichten ihn. Indem wir die Temperatur hochdrehen. Das hält er nicht aus.

Bist du sicher?

Ja. Nein.

Und die Kameras? Misako sagte, das ganze Schiff sei überwacht.

Müssen wir ausschalten.

Wie sollen wir das denn anstellen? Himmel, Tom!

Nicht so laut, Ari. Schön flüstern. Pass auf. Die Kameras laufen im Monitorraum zusammen, richtig? Ich war da. Du lockst den Typen aus dem Monitorraum, ich gehe rein und zerstöre die Überwachungstechnik.

Wie?

Keine Ahnung. Weiß ich noch nicht.

Das klingt echt scheiße, Tom.

Ja.

Und wie soll ich den Typen aus dem Monitorraum locken?

Pass auf. Rechte Seite. Da ist ein Knopf. Dann gehen Schiebewände auseinander. Dahinter sind Käfige. Mit kleinen Affen drin. Die sind in den Käfigen. Gentechnisch veränderte Affen – egal, kann ich dir nicht alles erklären, ist jetzt nicht wichtig. Mach einfach die Käfigtüren auf. Mach sie auf! Und wir hoffen, dass die Biester da rauskommen. Das gibt Chaos, Durcheinander. Ablenkung.

Okay. Knopf, Türen, Käfige. Und vielleicht sollte ich Schnaps mitnehmen? Wenn ich schon mal in der Bar bin?

Schnaps? Wozu?

Alkohol. In der Bar wird ja wohl Alkohol sein. Whisky, Wodka, Gin. Wir können den Parasiten mit Alkohol abtöten. So wie man Bakterien mit Alkohol abtötet. Gin zum Beispiel. Man schüttet Gin auf Wunden und desinfiziert sie, das zerstört die Bakterien.

Das wird nicht klappen. Wir dürfen den Container auf keinen Fall öffnen.

Warum?

Auf keinen Fall! Weil dann der Parasit entweicht! Wir müssen das über die Temperatursteuerung hinkriegen. Glaub mir. Das ist der Weg.

Aber ich nehme auf jeden Fall Alkohol mit! Für den Notfall.

Okay. Egal.

Und wann?

Jetzt.

Jetzt!

Ja.

Verdammt, Tom.

Ja.

Und wenn wir erwischt werden?

Keine Ahnung. Nicht gut. Wenn Frey der ist, für den ich ihn inzwischen halte – dann sollten wir uns besser nicht erwischen lassen.

Okay. Es ist kein guter Plan, Tom. Wir müssen dann runter von dieser Yacht!

Leicht gesagt. Wir sind auf dem Meer.

Ich rufe Misako an.

Wozu?

Sie ist von der F.A.P. Die sind überall, sie haben Stützpunkte, schwimmende Städte … Der Pazifik ist deren Wohnzimmer, Tom. Sie werden uns finden.

Aber wir werden abgehört!

Ja. Verdammt. Ich werde vorsichtig sein.

*

Wenig später verlassen Ariadna und Pierpaoli die Kabine. Das Schiff schläft. Sie schweigen; es gibt nichts mehr zu sagen. Sie schleichen wie Diebe. Ariadna hat ein verwegenes Gesicht aufgesetzt und eine Tasche mitgenommen. Sie war als junges Mädchen drei Mal im Feriencamp; seitdem ist sie – halbwegs – bewandert in den dunklen Künsten des Schlösserknackens, des Abseilens-aus-dem-ersten-Stock, sie kann pirschen und schleichen. Jedenfalls denkt sie das. Und nimmt allen Mut zusammen.

Eine klare, starke Ekstase steigt in ihnen auf, in beiden. Das seltsame und unvertraute Gefühl, etwas wirklich Furchtbares zu riskieren, aber es muss sein, sie haben ein übergeordnetes Ziel. Sie wissen nicht, worauf sie sich einlassen, alles kann passieren, aber im Zentrum steht eine absolute, eine fast heilige Gewissheit – sie *müssen es tun.*

Sie haben etwas mehr als eine Stunde, so haben es Ariadna und Misako besprochen; dann müssen sie auf dem Meer sein, vielleicht können sie ein Rettungsboot stehlen, und vielleicht wird Misako sie orten können und finden.

Vielleicht.

Zuerst müssen sie in den Monitorraum.

Während Sugo sie beobachtet.

Sugo hatte sich einen Moment lang ablenken lassen, er hatte den Typen aus den Augen verloren, sah ihn auf keinem der Monitore, aber darum würde er sich später kümmern. Erst musste er sehen, was die Frau in der Bar wollte. Was sie da trieb, morgens um drei, ganz allein.

Da stimmte was nicht.

Sie war ein Gast, stand unter Freys Schutz und war ein Pop-Star – und so benahm sie sich auch. Aufgedreht, schrill, exaltiert. Sugo hasste solche Frauen.

Frey hatte verfügt, dass die Bar seinen Gästen grundsätzlich offen stand, Tag und Nacht. Sugo fand das falsch, aber so war sein Chef nun mal.

Was machte die Frau da? Sie wusste offensichtlich, wo der Schalter war, um die Schiebewände zu öffnen. Und was machte sie? Sie betätigte den Schalter! Und die Wände öffneten sich! Und was machte sie jetzt? *Chert der'mo!* Verfluchter Scheiß! Sugo murmelte Flüche vor sich hin, er hatte einen großen und unordentlichen Vorrat an frauenfeindlichen Schimpfworten. Er sah, dass die Frau die Käfigtüren öffnete, die widerliche Nutte, um Himmels willen, nein, alle drei Türen – gleich würden die kleinen Affen rauskommen, nein, nein, er hatte das schon erlebt, dann gab es Theater, bis sie die Biester wieder eingefangen hätten …

Die Affen! Verdammte Affen! Sugo hasste auch sie. Aber der Chef hatte es ihm erklärt: Sie waren gentechnisch veränderte Wesen, sehr, sehr kostbar. Und jetzt hatte diese verdammte Frau die Käfigtüren geöffnet. Also Alarm! Er musste Alarm auslösen! Sollten sich dann andere darum kümmern. Aber dann – es würde dauern, selbst wenn er Alarm gab, bis jemand kam, und er würde das halbe Schiff aufwecken und den Chef dazu. Inzwischen würden die Affen entweichen! Und der Chef würde ihm die Schuld geben, weil er nichts unternommen hatte! Die Bar war schließlich gleich nebenan. Nein, er musste selbst handeln, jetzt und sofort, nur kurz seinen Beobachtungsplatz verlassen, rasch in den Nebenraum, die Käfigtüren schließen und die verdammte Frau, wahrscheinlich war sie betrunken, anschnauzen, rauskomplimentieren. Und am Morgen würde er dem Chef Bericht erstatten.

Sugo drückte mit seinem feisten Finger den Alarmknopf.

Ein Pfeifton, anschwellend, abschwellend, zog, aus verborgenen Lautsprechern kreischend, durch das Schiff, vom Bug bis zum Heck.

Sugo stemmte seinen fetten Körper aus dem Drehstuhl und stapfte aus dem Monitorraum.

*

Pierpaoli steht im Schatten. Er zuckt zusammen, als der Alarm losschrillt. Er hat sich in eine dunkle Ecke gedrückt, schräg gegenüber vom Monitorraum. Die Tür zur Bar hat er ebenfalls im Blick. Jetzt knallt, mit Wumms, die Tür vom Monitorraum auf. Der Fettkloß kommt heraus, schnaufend vor Wut. Lässt aber die Tür zum Monitorraum hinter sich ins Schloss fallen. Stapft den Gang entlang, die paar Schritte zur Bar. Reißt dort die Tür auf. Geht rein. Pierpaoli hört noch, wie er zu schimpfen beginnt, seine Stimme ist weinerlich. *Hallo? Was machen Sie denn da? Das dürfen Sie nicht! Hallo? Bitte! Sie dürfen die Käfige nicht öffnen …* Dann knallt die Tür zu.

Ariadna ist da drin allein mit dem Fettkloß. Wird er ihr was tun?

Der Alarm schrillt, schrillt, schrillt, schrillt. Nervtötend. Pierpaoli hat nicht viel Zeit, nur Sekunden. Aber Ari war jedenfalls erfolgreich, war gut; sie hat den fetten Mistkerl von seinen Monitoren weggelockt.

Pierpaoli will in den Monitorraum. Er hat zwei kleine Flaschen Limonade in den Taschen, damit kann er den Rechner lahmlegen, zuckerhaltige Limonade, versetzt mit Kohlensäure, killt jeden Rechner, jede Festplatte.

Aber er kann die Tür nicht öffnen. Pierpaoli rüttelt an der Klinke – was jetzt? Er bräuchte einen Dietrich. Hat er aber nicht. Was er hat, das ist noch sein eigener Schlüssel, der Kabinenschlüssel in der Tasche. Vielleicht passt der? Er angelt ihn hervor, mit schwitzenden Händen, drückt ihn ins Schloss, versucht zu drehen, aber nein, das geht nicht. Natürlich nicht. Es war naiv, dass sein Kabinenschlüssel hier in ein anderes Schloss passen würde. Schnell rausziehen und verschwinden.

Doch das geht jetzt auch nicht.

Der Schlüssel steckt fest. Wie einzementiert. Lässt sich nicht drehen, nicht nach links, nicht nach rechts, lässt sich nicht rausziehen.

Und nun? Der Schlüssel wird ihn verraten, eindeutig. Pierpaoli sieht sich um. Da ist ein Glaskasten an der Wand. Darin ein Feuerlöscher, ein roter Knopf, eine Maske, ein Beil. Pierpaoli zieht einen Schuh aus, schlägt mit dem Absatz auf das Glas, es ist dünnwandig, es zerspringt sofort. Pierpaoli überlegt, Beil oder Feuerlöscher? Er schnappt den Feuerlöscher. Ganz schön schwer. Hält das Ding wie einen Rammbock. Drischt mit der Kante des Feuerlöschers auf den Schlüssel. Der Schlag federt zurück. War zu schwach. Noch mal. Kann der Feuerlöscher explodieren? Egal. Stärker! Er trifft den Schlüssel, der Schlüssel bricht ab, steckt zur Hälfte im Schloss, die andere Hälfte fällt mit einem leisen und metallischen Klirren zu Boden. Pierpaoli stellt den Feuerlöscher ab. Schnappt sich das abgebrochene Stück. Schnell drei Schritte zurück. Drückt sich in den Schatten. Den Schuh, den er ausgezogen hat, drückt er an die Brust. Nicht bewegen.

Keine Sekunde zu früh.

Die Tür der Bar geht auf. Ariadna erscheint, kichernd, aufgedreht, sie schleppt eine Tasche, darin klirren Flaschen, hinter ihr der Fettkloß, irritiert, immer noch schimpfend, er blickt ihr nach, zwei steile Falten zwischen den Augen. Was auch immer Ariadna gemacht hat – das Ablenkungsmanöver hat funktioniert. Doch er, Pierpaoli, hat versagt. Er hat das Überwachungssystem nicht lahmgelegt.

Die Kameras sind weiterhin aktiv.

Und Ariadna, immer noch kichernd, spielt, während sie sich entfernt, die Betrunkene, die Diva, die macht, was sie will, sie tänzelt den Gang entlang. Der Fette blickt ihr unsicher nach, kopfschüttelnd. Pierpaoli steht im Schatten und beobachtet ihn. Der Fettkloß geht zu der Tür, mit seinem eigenen Schlüssel, den er an einer Kette trägt. Will aufschließen. Er stutzt. Er versucht es abermals, bekommt den Schlüssel nicht ins Schloss, natürlich nicht, der Fette sticht wieder und wieder nach dem Schlüsselloch, aber es ist, als sei das Schlüsselloch gar nicht vorhanden, es ist weg, unbekannt verzogen.

Der Fette ist ratlos. Jetzt versteht er gar nichts mehr.

Wieso kann er die Tür plötzlich nicht mehr aufschließen? Pierpaoli drückt sich an die Wand, hält den Atem an.

Niemand zu sehen. Sugo zuckt die Achseln.

Und dann, so schnell ihn seine säulenartigen Beine tragen, watschelt er den Gang entlang, röchelnd, schnaubend – Verstärkung holen, Werkzeug holen. Er muss in den Monitorraum, muss sehen, was hier los ist.

Pierpaoli wartet noch einen Moment, dann schlüpft er in seinen Schuh, rennt los.

Hinter Ariadna her. Die er hoffentlich, hoffentlich findet.

Dann bleibt er stehen. Ihm ist etwas eingefallen. Er dreht sich um. Spurtet zurück, greift aus dem Glaskasten das Beil. Der Griff ist rot, das Ding ist nicht groß, ein Notfallbeil, aber es ist immerhin eine Waffe, ein Beil.

Vielleicht braucht er es.

Dimitri »Sugo« Sugaschwili hatte Verstärkung geholt, außerdem Werkzeug. Er kehrte nach etwa einer halben Minute zurück zum Monitorraum, fluchend, watschelnd, einen Koffer schleppend, begleitet von Security-Leuten aus dem Team, das Frey auf der Yacht hielt. Sie waren zu zweit: ein Großer, ein Kleiner. Sie waren nicht viel schmaler als Sugo, dafür gab es an ihren Körpern nur Muskeln, kein Fett. Der eine war ein von Natur aus massiver Bursche mit einem ausdruckslosen Lassen-Sie-die-Hände-da-wo-ich-sie-sehen-kann-Gesicht; der andere hatte ungelenk ausgeführte Tattoos auf den Armen und im Nacken, die Zylinderhüte, Sportwagen und schöne Frauen darstellten, alles Dinge, die er sich wünschte. Außerdem das Bildnis der Jungfrau Maria. Er war fromm und äußerst brutal.

Sie folgten Sugo auf dem Fuß und starrten mit unverhohlenem Abscheu auf die fette Gestalt, die da vor ihnen durch den Gang walzte und sie zu der Tür führte, die der Dummkopf angeblich nicht aufbekam.

Und falls er recht hatte: Sie hatten ebenfalls Werkzeug dabei – ihr eigenes.

Immer noch schrillte der Alarm; er konnte nur im Monitorraum abgestellt werden. Die beiden Männer waren bewaffnet und wachsam, sie spähten in die Ecken, rissen Türen auf. Hätte sich Pierpaoli hier noch versteckt gehalten, sie hätten ihn entdeckt.

Aber Pierpaoli und Ariadna waren inzwischen unterwegs.

Sugo ging ächzend vor dem verriegelten Türschloss in die malträtierten Knie, die sich anfühlten, als wäre Sand in den Gelenken. Sein verkniffener Mund wand sich wie ein Wurm. Er leuchtete mit einer starken kleinen Lampe auf das Schloss.

»Da steckt was drin, glaube ich. Das Scheißding ist nicht einfach kaputt. Es ist ein Bohrmuldenschloss. Jemand hat was reingesteckt und abgebrochen. Das war Absicht.«

Schnaufend richtete Sugo sich auf. Er zerrte aus der Werkzeugtasche den Akku-Bohrer. Er setzte den Bohrer an der Metallabdeckung an.

»Was soll das?« Das war einer der Security-Leute, der Fromme und Tätowierte. Er hatte den aufgeschlagenen Glaskasten entdeckt und bemerkt, dass das Beil fehlte.

»Ich bohre das gottverfluchte Schloss auf«, antwortete Sugo verdrießlich.

»Erstens: Missbrauche in meiner Gegenwart nie wieder den Namen des Herrn, sonst schlitze ich dich auf.« Es war der Tätowierte, der sprach, mit rollendem R. »Zweitens – das dauert zu lange. Weg da.«

Die beiden Männer schoben Sugo unsanft beiseite, der Große hatte eine kleine Sprengladung, etwa im Format einer halbierten Streichholzschachtel, er klebte die Plastikmasse an das Schloss, steckte zwei Drähte in das nachgiebige Material.

»Nein, nicht, das auf keinen Fall, keine Explosion …« Sugo versuchte, an die Tür zu kommen, doch die Männer schoben ihn einfach beiseite. Der Knall war scharf, Splitter rieselten auf den Boden. Die Detonation riss in der Höhe des Schlosses ein Loch in die Tür, in die Wand.

Es roch verbrannt.

»Was habt ihr gemacht? Idioten!«

Sugo jammerte, die beiden Männer stießen die Tür auf, betraten den Raum.

Leer. Die Monitore waren dunkel.

Sugo kam hinterher, er wischte sich Speichel von der Lippe. »Das System ist jetzt runtergefahren, durch die Explosion, durch eure Idiotie!«

»Kaputt?«

»Nein, aber das ist ein Sicherheitsmechanismus – bei einer Druckveränderung fährt das System runter. Ich muss das System jetzt rebooten. Und das dauert. So lange haben wir keine Überwachungsbilder, wer weiß, was die beiden inzwischen treiben …« Sugo rieb sich mit dem Handrücken den Speichel aus den Mundwinkeln.

»Dann beeil dich«, sagte der mit dem ausdruckslosen Gesicht.

»Ihr solltet sie suchen. Sofort! Das Schiff durchkämmen.« Sugo hatte sich in seinen Stuhl manövriert und tippte beim Reden auf den Tasten herum.

»Von dir brauchen wir keine Anweisungen, Fettsack«, sagte Mumiengesicht. »Klar suchen wir sie. Und finden sie.«

»Und schlitzen sie schön auf«, ergänzte der religiös Gesonnene.

Wo war Ariadna? Wie weit war sie gelaufen? Pierpaoli wagte nicht zu rufen oder das Licht anzumachen. Er hastete den Gang entlang. Schweiß brannte ihm in den Augen. Er achtete auf seine Schritte; er konnte wenig sehen, im Gang gab es nur die Notbeleuchtung, ein schwaches und grünliches Zwielicht. In der rechten Hand hatte Pierpaoli das kleine rote Beil, er fasste den Griff fester.

War er hier richtig? Diese Gänge sahen alle gleich aus. War das der Weg zum Laderaum? Die Richtung mochte stimmen, aber sicher war er sich nicht.

Und wo war Ariadna?

Der Gang vor ihm machte jetzt eine Biegung. Und Pierpaoli gewahrte hinter der Ecke eine Bewegung. Einen Schatten.

Dort war jemand. Hielt sich versteckt.

Pierpaoli blieb stehen. Er zwang sich, flach zu atmen. Er hob das Beil, aber mit der stumpfen Seite voran, notfalls würde er zuschlagen. Der Schatten gehörte zu einer menschlichen Gestalt, die sich bewegte – das sah Pierpaoli jetzt. Sie hatte einen Arm erhoben und hielt eine Keule. Würde damit zuschlagen, sobald er um die Ecke bog.

Plötzlich hatte Pierpaoli ein Gefühl, eine Ahnung, vielleicht hatte er einen Geruch wahrgenommen.

Er riskierte es.

»Ari? Bist du das?« Ganz leise.

Stille.

Dann, zaghaft: »Tom?« Noch zaghafter: »Tom, bist du das?«

»Ja.« Pierpaoli schob das Beil in den Gürtel, fast wie ein Indianer, und trat um die Ecke, ins Licht. Da stand Ariadna, gleichsam kampfbereit, aber mit dem starren Blick einer Geisel, sie hielt eine Flasche, hatte sie am Hals gepackt wie eine Keule, zum Zuschlagen bereit, eine noch volle Flasche – Wodka, wie Pierpaoli bemerkte. Ariadna atmete aus und stellte sie ab. Eine Weile sagten sie nichts.

Endlich räusperte sich Ariadna. Ihre Stimme klang belegt, als hätte sie Staub in der Kehle. »Tom, alles okay? Bist du verletzt oder so? Hast du es geschafft, die Kameras lahmgelegt?«

»Es geht mir gut. Aber nein, die Überwachung läuft noch, ich kam nicht in den Monitorraum. Allerdings habe ich das Schloss unbrauchbar gemacht, glaube ich. Aber ich kam nicht rein.«

»Verdammt!«

»Ja. Es ging einfach nicht. Was hast du in der Tasche?«

»Schnapsflaschen. Alkohol. Aus der Bar. Falls wir den Parasiten töten oder desinfizieren oder was-auch-immer müssen.«

»Das wird nicht funktionieren, Ari. Hab' ich dir doch schon gesagt. Wir dürfen diesen Container nicht öffnen. Wir können da nichts reinschütten. Keinen Alkohol.«

»Okay. Hast du einen besseren Plan?«

»Vielleicht. Ich will versuchen, das mit der Temperatur hinzukriegen.«

»Okay. Und du denkst, das geht?«

»Nein. Ja. Keine Ahnung. Hör zu, Ari. Es tut mir wahnsinnig leid, dass ich dich da reingezogen habe. Verstehst du? Du bist meinetwegen in Gefahr. Denn das hier – das ist jetzt richtig riskant und gefährlich.«

»Du hast mich nicht *reingezogen*, Tom. Schon vergessen? Ich bin selbst auf dieses Schiff gekommen. Es war meine Entscheidung. Um dich zu warnen.« Sie grinste schief. »Und weil ich diesem Scheißkerl Frey auf der Spur war.«

»Ja. Natürlich. Es ist nur … ach, verdammt.«

»Wir jammern jetzt nicht, Tom, wir legen einfach los. Wir suchen diesen Lagerraum und vernichten den Parasiten. Wir machen es jetzt einfach. Wir nehmen es als Abenteuer. Volles Risiko. Wie Frank Sinatra schon sagte.«

»Sinatra?«

»Ja. Das war sein Spruch: Man sollte jeden Tag so leben, als ob's der letzte wäre. Hat er gesagt. Sinngemäß. Glaube ich.«

»Na gut. Ich bezweifle, dass Sinatra jemals einen Parasiten vernichten musste, aber legen wir los. Lass uns einfach weitergehen. Den Gang runter. Dort müsste der Lagerraum sein.«

Pierpaoli rückte das Beil zurecht, Ariadna nahm ihre Tasche auf, die leise klirrte.

»Du willst die Schnapsflaschen also wirklich mitschleppen, Ari?«

»Ja. Hab' ich doch gesagt. Wer weiß? Und ein Holzfässchen mit Kava hab' ich auch. War ebenfalls in der Bar.«

»Kava? Okay. Ich glaube zwar nicht, aber egal … Gehen wir« Aber er blieb stehen. »Ach – und Ari? Hoffen wir, dass Frank Sinatra in unserem Fall nicht recht behält.«

»Was?«

»Hoffen wir, dass es nicht unser letzter Tag wird. Oder unsere letzte Nacht.«

*

Wenig später standen sie vor einer verschlossenen Tür. Sie waren zuvor an zwei Räumen vorbeigekommen, der eine, zur linken Seite, war vollständig leer, der andere war eine Art Abstellkammer.

Sie waren *wahrscheinlich* auf dem richtigen Weg. Aber sicher war es nicht. Und die Zwischentür war eindeutig verschlossen, und es war eine Stahltür, genauso gut konnten sie vor einer Tresortür stehen, und darüber hing eine Kamera, sie sahen das rote Licht, das Aktivität anzeigte. Sie drückten sich an die Wand und versuchten, außerhalb des Radius' zu bleiben, ohne viel Hoffnung.

Sie flüsterten.

»Die kriegen wir nicht auf. Hier kommen wir nicht durch, Ari.«

»Nein.«

»Wir müssen zurück.«

»Okay. Sag' mal, Tom, eine Frage – wie groß war dieser Container? In dem sie den Parasiten an Bord gebracht haben? Du sagtest doch, du hättest es beobachtet.«

»Wie groß? Mittelgroß, würde ich sagen.«

»Wie groß *genau?*«

»So zwei mal zwei Meter. Und vielleicht eins fünfzig hoch. Würde ich schätzen. Warum?«

»Weil das heißt, er passte hier gar nicht durch den Gang, Tom!«

»Ja … Du hast recht. Sie haben ihn ja auch nicht durch den Gang gebracht. Sondern von oben, durch eine Ladeluke.«

»Dann ist das der Zugang! Dann müssen wir dorthin, Tom. Dann gehen wir von oben rein!«

»Meinst du? Aber an Deck? Man wird uns sehen.«

»Ist die einzige Möglichkeit, Tom. Warte!« Sie legte ihm die Finger auf die Lippen. »Hörst du das?« Mehr gehaucht als geflüstert.

Pierpaoli nickte.

Es waren Schritte. Unüberhörbar. Schritte, die sich näherten.

*

Frey war ein Mann, der gern auf Nummer sicher ging. Er kreuzte mit der *Change* gelegentlich in Gewässern, wo es Piratenangriffe gab; darum hatte er neben seiner regulären Besatzung ein schlagkräftiges Security-Team an Bord, gut genug bewaffnet, um ein Piratenboot mühelos zu pulverisieren und die Asche über den Wogen tanzen zu lassen. Das Team bestand aus acht ausgebildeten Leuten, nahkampferprobt, gute bis exzellente Schützen, versiert im Umgang mit Raketenwerfern.

Frey war vom Alarm geweckt und von Sugo informiert worden. Das System war inzwischen rebootet worden, Sugo ging alle Aufnahmen durch.

Frey hatte eins und eins zusammengezählt: Ariadnas Besuch war kein Zufall, und Pierpaoli wusste mehr, als er vorgegeben hatte. Indes war Frey sehr entspannt. Hier an Bord konnten sie nicht entkommen, und ihre Telefone hatte Sugo gesperrt. Der Container mit dem Parasiten war gesichert. Sie hatten keine Chance.

Er hatte die entsprechenden Anweisungen gegeben.

*

Ariadna und Pierpaoli sind jetzt in dem Raum, dessen Tür sie vorhin aufgerissen haben, einer Abstellkammer. Bis hierhin haben sie es geschafft, bislang unentdeckt; aber man ist ihnen auf den Fersen, es kann sich nur noch um Sekunden handeln, bis man sie findet. Der Raum ist vollgestopft. Metallregale, Kanister, Lappen, Chlorlösung, Glasreiniger, ein Staubsauger, Toilettenpapier – manches davon wäre brennbar, zum Beispiel das Toilettenpapier, sie könnten Feuer legen, im Gang oder hier, aber beides wäre Unsinn. Die Sprinkleranlage würde sofort zischend losspritzen. Und sie würden augenblicklich entdeckt werden, das Feuer würde sie verraten. Außerdem haben sie kein Feuerzeug, keine Streichhölzer.

In Pierpaoli rattern die Möglichkeiten, er berechnet seine Züge wie beim Schnellschach; momentan ist nicht mal ein schwaches Remis in Sicht. Können sie sich verstecken? Hinter den Metallregalen, den Kanistern? Lächerlich.

Ariadna presst ihren Zeigefinger an die Schläfe, als wäre da eine Taste, auf der RÜCKLAUF steht. Wenn man die Zeit zurückdrehen könnte – jetzt wäre in der Tat ein guter Moment dafür.

Es gibt aber keinen Rücklauf. Die Zeit läuft nur in eine Richtung. Sobald jemand die Tür aufmacht, sind sie geliefert. Ariadna schaut sich um, sie hat den Blick eines gefangenen Tieres.

Da entdeckt sie etwas.

Tom! Sie wagt nicht zu flüstern. Sie zeigt nur nach oben. Fuchtelnd. Hektisch. Dort! Die Decke. Dort ist eine Abdeckung neben der Sprinklerdüse. Groß, rechteckig, ein an die Decke geschraubtes Metall- oder Kunststoffgitter. Vielleicht fünfzig mal sechzig Zentimeter. Ariadna formt die Worte: *Luftschacht? Klimaanlage?* Sie deutet nach oben.

Es ist eine Möglichkeit. Pierpaoli nickt. Er und Ariadna wechseln einen Blick: das Regal. Sie brauchen es, sie brauchen das Regal als Leiter. Sie müssen auf das Regal klettern. Und es zuvor verrücken. Sie räumen es aus, mit hektischen Handgriffen. Klopapierpackungen, Lappen, leere Kanister. Sie setzen alles leise ab. Kein Geräusch! Das Regal ist jetzt leer. Sie schieben es, verrücken es. Zum Anheben ist es zu schwer. Es macht Geräusche, ein Knirschen, Kratzen. Bis es direkt unter der Abdeckung steht.

Von draußen ein Poltern.

Pierpaoli hält das Regal fest. Ariadna greift die Tasche. Sie ist schwer, unhandlich. Ariadna nimmt drei Flaschen heraus, stellt sie leise ab. Vier Flaschen lässt sie drin. Das kleine Holzfass mit dem Kava auch, sie hängt sich die Tasche um, und sie klettert trotz des Gewichts empor. Erster Regalboden, zweiter Regalboden, dritter Regalboden, die Tasche schlackert, zerrt an ihr, der Inhalt klackert, aber sie schafft es, sie hat früher geturnt, und jetzt ist sie oben, und Pierpaoli ist dran, es fällt ihm deutlich schwerer, nur mit Mühe kann er seinen Körper nach oben wuchten.

Das Regal wackelt bedenklich und biegt sich durch, knickt fast ein, Ariadna stützt sich mit beiden Händen an der Decke ab, versucht zu stabilisieren, das Gewackel auszugleichen. Endlich ist Pierpaoli oben, er atmet schwer, aber keine Zeit, sich auszuruhen, er zwängt seine Fingerspitzen zwischen Decke und Metallgitter, doch es ist verschraubt, da fällt ihm was ein, er greift in seine Hosentasche, da ist das Willkommensgeschenk von Frey, das Messer, das im Körbchen auf seinem Nachttisch lag, zusammen mit rot verpackter Schokolade, Seife und irgendwas, es ist ein rotes Schweizer Taschenmesser. Mit allem, was dazugehört, Klinge, Säge, Pinzette, Feile, Zange, Lupe – und *Schraubendreher*, den braucht er.

Pierpaoli bricht sich ein Stück Fingernagel ab, während er das Schraubendreher-Tool aus der Arretierung klappt, die Klingenspitze aber passt, er dreht, die Schrauben geben nach, sie sind zum Glück kurz und dick, zwei dreht er heraus, während ihm der Schweiß übers Gesicht rinnt, dann kriegt er seine Hand in den Spalt, zerrt, biegt das Metallgitter – es ist aus Aluminium, also biegsam – einfach nach unten.

Es ist verblüffend, was man zustande bringt, wenn man sich in Lebensgefahr wähnt.

Von draußen sind die Stimmen jetzt ziemlich nah.

Über Ariadna und Pierpaoli tut sich ein dunkler Schacht auf. Der Luftschacht.

Da müssen sie rein. Ariadna ist auf den Knien. Sie tastet nach oben. Sie nickt Pierpaoli zu. Man könnte hinein. Es ist ein

Schacht. Pierpaoli schaut zweifelnd – Ariadna könnte hineinpassen. Aber er? Er ist deutlich breiter, kräftiger. Er nickt: du zuerst.

Ariadna, die Umhängetasche jetzt auf der Schulter, drückt sich ab, steigt in den Schacht. Pierpaoli hört, wie sie tastet, über das Metall kratzt.

»Du kannst dich hier drin abstützen, Tom … Man kann hier hochklettern. Man kann sich hier festhalten. Abstützen. Da sind regelmäßig so Kanten oder Sprossen.« Ihre Stimme klingt dumpf, erstickt. »Komm mir nach, Tom. Und kannst du das Regal wieder zurückschieben? Und dieses Gitter dann wieder dranmachen?«

Das ist völlig unmöglich.

Wie stellt sie sich das vor? Mit Mühe kann Pierpaoli sich selbst in den Schacht zwängen, Kopf und Arme und Oberkörper voran, aber wie in drei Teufels Namen soll er hinter sich die Spuren beseitigen? Er kann von Glück sagen, dass er in den Schacht passt. Und dass Finger und Fußspitzen tatsächlich einen Anhaltspunkt finden – denn das geht, Ariadna hatte recht. Das Beil steckt tief in seinem Gürtel, der Griff zwickt beim Klettern schmerzhaft in seine Eingeweide. Aber es geht.

Der Luftschacht besteht aus verzinkten Stahlsegmenten, jedes Segment etwa einen Meter lang, ineinandergesteckt, und an jeder Kante ist ein kleiner Überstand, nur wenige Zentimeter, aber das reicht, diese kleine Metallkante ist wie ein Griff oder eine Sprosse und reicht aus, um sich daran festzuhalten, aufwärtszuklettern.

Sie klettern. Immer weiter hoch, Segment für Segment. Steigen in die Dunkelheit, wie Insekten in einen Bau, kriechen in die absolute Dunkelheit des Schachts. Ohne dass sie wissen, wohin das führt, ohne den leisesten Schimmer, ob man sie bereits entdeckt hat, und bald geht ihnen auch jede Orientierung verloren, sie wissen bald kaum noch, ob sie sich tatsächlich nach oben oder nach unten oder nach links oder nach rechts bewegen. Ariadna voran, Pierpaoli folgt ihr. Ihre Füße sind nur eine Handbreit vor seinem Gesicht. Noch ein Stück. Und noch ein Stück. Irgendwann kann Ariadna die Tasche nicht mehr stemmen, nicht mehr halten.

»Gib sie mir, Ari … Gib sie nach unten durch.«

Sie zerrt sie von ihrer Schulter, reicht sie nach unten durch. Es gibt ein kleines Gepolter, als die Flaschen gegen das Metall der Schachtwände schlagen. Aber Pierpaoli hat seine freie Hand in den Stoff gekrallt. Er hat sie. Die Beilklinge drückt in seinen Bauch. Und es ist unbequem, mit einer Tasche auf der Schulter zu klettern. Weiter, weiter.

Und dann ist da Licht. Eine gelbliche Helligkeit, die sie wahrnehmen, denn ihre Augen haben sich gewöhnt, und so sehen sie das Ende des Schachts. Die Luft wird kühler. Sie spüren es auf ihren Gesichtern. Der Schacht hat sie irgendwohin geführt.

Aber jetzt sitzen sie fest.

»Es geht nicht weiter. Der Schacht ist von außen verschlossen«, flüstert Ariadna.

»Verschlossen? Was meinst du?«

Von außen sitzt eine Abdeckung auf der Schachtöffnung. Sie ist ordentlich von außen verschraubt. Von innen nicht aufzuschrauben.

»Was soll ich denn jetzt tun, Tom? Ich kann dieses verdammte Gitter nicht wegdrücken!«

»Ich weiß es nicht, Ari …« Pierpaoli fällt etwas ein. Das Taschenmesser. Selten in der Geschichte hat das Geschenk eines Feindes bessere Dienste geleistet. An dem Messer war eine kleine Säge. Stahl zersägt Aluminium.

Pierpaoli hat die Säge aufgeklappt, reicht das Messer nach oben durch. »Hier, Ari, versuch das Gitter aufzusägen. Dicht am Rand. So dicht wie möglich! Beeil dich … Beeil dich, Ari!«

»Verdammt, das brauchst du mir nicht zu sagen, Tom! Natürlich beeile ich mich. Meinst du, ich mach' hier ein Schläfchen?«

Und sie beeilt sich, hat das Messer in der kleinen Faust, sticht nach dem dritten Versuch ein Loch in das Gitter, drückt das kleine feste Sägeblatt in die Öffnung und bewegt es vor, zurück, vor, zurück – bis sie eine Öffnung hat, dann greift sie hinein, schreit leise auf, denn sie hat sich an der scharfen, aufgeschlitzten Kante geschnitten, das Blut rinnt warm den Unterarm hinunter, aber sie macht weiter, zerrt, biegt und rüttelt an dem Ding, bis es nachgibt, bis sie eine Öffnung gerissen hat, durch die sie klettern können …

Und dann ist sie draußen. Und Pierpaoli folgt ihr. Und sie sind an Deck. Etwa mittschiffs.

Luft! Wind! Eine Brise! Nach dem engen Schacht ist es eine Erlösung, den Himmel über sich zu haben. Sie ducken sich. Der Wind hat aufgefrischt. Wolken treiben über den Himmel wie Gespenster in fahlen Fetzenkleidern. Das Deck ist dramatisch beleuchtet. Gelbe Scheinwerfer. Sie werfen flackernde Lichtreflexe über die schaumgekrönten Wellen. Ariadna und Pierpaoli kauern sich in einen Schatten. Sie müssen etwas zu Atem kommen nach der Kletterei. Sie sehen die Brücke, dort sind Silhouetten. Aber auf Deck sind sie allein. Pierpaoli bemerkt Ariadnas Verletzung.

»Ari! Deine Hand! Was ist mit deiner Hand passiert?«

»Geschnitten. Nicht tief. Aber es hört nicht auf zu bluten.«

Pierpaoli beißt in das linke Schulterteil seines Hemdes, zerrt mit den Zähnen an dem Stoff, bis er ein Loch hat, reißt mit der anderen Hand das Loch größer, reißt den ganzen Hemdärmel ab. »Zeig her.« Er wickelt den Fetzen sorgsam um Ariadnas Hand, knotet ihn fest, zu einem kleinen Handschuh, der sich allmählich vollsaugt mit Blut.

»Geht das, Ari? Ist es besser? Vielleicht hört es auf zu bluten.«

»Viel besser. Wo müssen wir jetzt hin, Tom?«

»Zur Ladeluke. Die Ladeluke war am Heck. Dort haben sie den Container reingehoben.«

Sie laufen. Wieder geduckt. Ariadna hat ihre Tasche über der Schulter. Sie nutzen die Aufbauten und Schatten der Masten und Hebekräne und Ladebäume; dann sind sie an der Luke. Die Abdeckung ist eine Klappe. Aus Metall. Aber gesichert. Es gibt eine Vertiefung, wie ein eingelassenes Kästchen, in der Vertiefung sitzen zwei Ösen, eine Kunststoffplombe ist durch die Ösen gezogen. Wie ein kleines Fahrradschloss. Festgezurrt.

»Dieses Ding sitzt fest!« Ariadna rüttelt und zerrt. »Wie kriegen wir das auf, Tom?«

Pierpaoli ist der Verzweiflung nah. »Ich weiß es nicht. Ich weiß es auch nicht! Nein. Warte. Vielleicht mit dem Beil.« Pierpaoli schiebt eine Hand in die Vertiefung, er kann die Plastikplombe etwas anheben, bis sie über die Kante ragt. Er zieht das Beil aus dem Gürtel. Aber er kann nicht die Plombe halten und gleichzeitig schlagen, unmöglich. Er reicht das Beil Ariadna. Der Griff ist glitschig von seinem Schweiß.

»Nimm! Schlag drauf! Auf diese Plastikplombe. Aber mit der Klinge! Du musst es durchtrennen, am besten mit einem Schlag! Mit Kraft! Ich drücke es über die Kante. Siehst du? Mach schnell, ich kann es nicht lange halten.«

»Aber nein, Tom … Deine Hand …«

»Was?«

»Wenn ich nur etwas danebenhaue, dann treffe ich deine Hand, dann hack' ich dir die Finger ab, Tom!«

»Ja. Ich weiß. Aber du wirst nicht danebenhauen!«

»Tom, das ist ein scharfes Beil! Was ist, wenn ich doch …«

»Ariadna, du kannst das. Ziel einfach auf das Plastikding. Du kannst das.«

Aber er macht trotzdem die Augen zu.

Ari hebt das Beil. Fixiert die Stelle. Holt aus, das Beil saust nieder.

Sie hat die Plastikplombe durchtrennt, sauber durchtrennt, zwei Zentimeter neben Pierpaolis Fingern. Die alle noch dran sind.

»Gut, Ari! Du hast es geschafft!«

»Um Himmels willen… Ich hab's geschafft.« Sie wird ganz schwach vor Erleichterung. Sie blickt auf das Beil, als hielte sie eine tote Ratte.

»Komm, Ari. Keine Zeit verlieren. Hilf mir.«

Sie können jetzt die Ladeklappe öffnen. Im Laderaum brennt eine Notleuchte, sie spähen hinein. Eine Leiter führt hinab.

Ariadna gibt das Beil an Pierpaoli zurück. Sie nimmt ihre Tasche. Sie klettern hinunter. Ariadna immer noch benommen.

*

Es gibt nur das Jetzt. Sie sind jetzt unten im Laderaum. Stehen vor dem Container. In ihnen hat sich eine Wandlung vollzogen. Sie sind beide ganz beherrscht, ruhig, auf sich gestellt. Es ist, als hätten sie ihren Angstvorrat aufgebraucht, sie spüren keine Furcht, sind getrieben nur von dem einen Ziel, den Wahnsinn aufzuhalten.

Der Kühlcontainer steht in der Mitte des Laderaums. Sonst sind da nur zwei Fässer, gelb, schwarze Aufschrift, *Nutrient Solution*. Die Nährlösung.

Der Container selbst ist schwarz, hermetisch verschlossen, nicht zu öffnen, eine sehr teure und technisch hochwertige Box. Der Container verfügt über ein Kühlaggregat, ein Kontrollaggregat, eine dreischleusige Einfüllvorrichtung, einen Monitor. Pierpaoli steht davor, tippt sich durch das Menü.

»Was tust du da, Tom?«

»Ich will die Temperatur hochdrehen. Ich glaube, das könnte den Parasiten abtöten. In Panama hat Elani so etwas gemacht. Ich muss die Temperatur hochdrehen.«

»Und meinst du nicht, wir könnten mit Alkohol …«

»Nein, Ari. Wir dürfen den Container nicht öffnen. Auf keinen Fall. Wir könnten es auch gar nicht, selbst wenn wir es wollten. Guck dir das Ding an. Nein, ich muss in das Menü kommen. Ich muss die Temperatur auf über achtzig Grad hochdrehen …«

»Okay.« Sie schweigt, sieht zu.

Pierpaoli tippt. Auf dem Bildschirm erscheint eine Meldung. Das Wort ERROR glüht auf. Eine Fehlermeldung.

Pierpaoli tippt. Abermals: ERROR.

Und wieder: ERROR.

Fehlermeldung. Er schafft es nicht.

»Ich glaube, ich schaffe es nicht, Ari.«

»Versuch's noch mal.«

Über ihnen hören sie Gepolter, Schritte. Dann Rufe.

»Sie kommen, Tom. Gleich haben sie uns.«

Er tippt. ERROR.

Ariadna, kurz entschlossen, holt die Flaschen aus der Tasche, schraubt sie auf, öffnet die Deckel der gelben Fässer mit der Nährlösung.

Pierpaoli hält inne. »Was machst du jetzt da, Ari?«

»Ich kippe den Alkohol in die Fässer.«

»Wozu?«

»Weil dies die Nahrung für den Parasiten ist. Hast du gesagt. Ich schütte das Desinfektionsmittel in seine Nährflüssigkeit.«

»Das wird nicht funktionieren, der Alkohol ist viel zu verdünnt …«

»Ich glaube daran. Wir müssen was machen. Nenn' es Instinkt. Oder Intuition.«

Pierpaoli will widersprechen, aber er ist zu ausgelaugt, um länger zu diskutieren. Seine Knie zittern, seine Finger zittern. Ihm ist, als würde alle Luft aus dem Laderaum gesaugt, und übrig blieben nur Verzweiflung, Elend. Er starrt wieder auf das vermaledeite Display. Wie kann er dieses Menü knacken?

ERROR.

Ariadna kippt den Inhalt von vier Flaschen, Whisky, Wodka, Gin, Cognac, alles exquisite Marken, in die Fässer mit der Nährlösung. Dann zerrt sie das Holzfass, das sie die ganze Zeit mitgeschleppt hat, aus der Tasche. Kava. Das Fässchen hat seine Geschichte, die Ariadna nicht kennt: Frey hat es als Geschenk bekommen und aufgehoben, aber nie angerührt. Das Ding ist etwa so groß wie ein Basketball. Ariadna schüttelt es, der Inhalt gluckert. Es ist verkorkt. Sie zieht den Korken heraus. Ein Gestank steigt auf, nach allem Schmutzigen, das man sich vorstellen kann, dazu noch ein paar schmutzige Substanzen, die sich der Vorstellungskraft entziehen, ein *Who's Who* fauliger Aromen.

Sie überwindet sich und kippt ungefähr die Hälfte des Kava-Fässchens in das eine Fass, die andere Hälfte in das andere Fass.

Dann packt sie Flaschen und das Holzfässchen in ihre Tasche. Schließt die Deckel. Und berührt Pierpaoli an der Schulter, behutsam. »Tom? Alles okay?«

Pierpaoli steht vor dem Display, betäubt, ein Schauspieler, der seinen Text vergessen hat.

»He, Tom. Schaffst du es, Tom? Hast du die Temperatur hochgeschraubt?«

ERROR.

»Nein, Ari. Ich schaffe es nicht. Ich kann es nicht.«

»Dann raus hier. Wir finden eine andere Lösung. Aber erst mal raus hier.«

»Ich kann es nicht. Es geht nicht, Ari. Alles war umsonst.«

ERROR.

»Komm jetzt. Wir müssen hier weg.«

Ariadna zieht Pierpaoli zur Leiter. Sie nimmt die Tasche mit. Keine Spuren hinterlassen. Vielleicht können sie sich eine Weile auf dem Schiff verbergen.

*

Sie sind an Deck. Sie sind verstohlen aus der Ladeluke gekrabbelt, das gelang ihnen unbemerkt, kauern nun hinter der Ladeluke, wo die Hebebäume sind. Sie beobachten die Männer, die das Oberdeck absuchen, drei, vier Männer, mit Handscheinwerfern, die in die Ecken leuchten, in Funkgeräte sprechen, die Funkgeräte knacken und knistern.

Pierpaoli greift nach Ariadnas Hand. Er macht eine Kopfbewegung – zu dem nächsten Rettungsboot.

»Aber es ist zu früh, Tom. Misako hat mir die genaue Uhrzeit genannt. Sonst stimmen die Koordinaten nicht, sonst wird sie uns nicht finden. Das hat sie mir eingeschärft!«

»Trotzdem, Ari. Wir müssen weg hier. Wir müssen uns ein Boot schnappen.«

»Aber es ist zu früh!«

»Im Gegenteil. Es könnte gleich zu spät sein. Wenn wir hier warten.«

*

Sie sitzen im Boot. Sie haben die Persenning ein Stück abgezogen, kauern am Bug. Mit Glück haben sie noch etwas Zeit. Aber wie befördern sie das Boot nach unten? Ariadna hat zwar, nach dem Segeltörn mit Misako, etwas mehr Erfahrung als Pierpaoli; aber ein solches Rettungsboot, das an einer Achtzig-Meter-Yacht hängt, kennt sie auch noch nicht. Ariadna studiert eine laminierte Tafel, die sie gefunden hat, und flüstert Anweisungen.

»Hier steht: Erst die Sicherheits-Splinte rausziehen, Tom, drei Splinte, den da vor dir und den dahinter. Und den auch!« Er macht es. »Als Nächstes den Fierdraht in Richtung Boot halten, zu unserer Seite! Ja, so … Und jetzt die Winsch-Hydraulik starten … Und den Auslösehaken entriegeln – am Davitarm, das gebogene Ding da, diesen Riegel musst du umklappen, Tom, schnell, schnell, komm, komm – sie haben uns gesehen, verdammt, sie schießen auf uns!«

Tatsächlich pfeifen Kugeln über ihre Köpfe, ein oder zwei Schüsse treffen die Davitarm-Plattform und zwitschern tückisch als Querschläger übers Deck.

Unter echtes Feuer zu geraten, ist eine außergewöhnliche Erfahrung. Wenn man beschossen wird, begreift man erst, wie sehr diese Waffen – ein Gewehr, eine Pistole – geeignet sind, dafür gemacht sind, dem menschlichen Körper Schaden zuzufügen.

Pierpaoli und Ariadna ducken sich, pressen sich an den Boden des Bootes. Ariadna hat die Winsch-Hydraulik gestartet, das Boot fiert, aber nicht kontrolliert, sondern ungebremst, das heißt, es wird wie ein entfesselter Aufzug abwärts gefahren – zum Glück jedoch gleichmäßig.

Dann schlägt es klatschend auf. Ariadna stößt einen leisen Schrei aus. Sie schafft es, die Laschen zu lösen.

Das Meer ist schwarz.

Das Rettungsboot ist weiß.

Es wird von einem Scheinwerferkegel erfasst, Ariadna und Pierpaoli blinzeln in das grelle Licht. Das Rettungsboot, hell und angestrahlt auf dem dunklen Wasser, vor dem dunklen Himmel, bietet ein Ziel wie ein Zirkuszelt.

Frey steht auf der Brücke. Sie erkennen ihn an seiner Haltung. Er raucht eine Zigarre, sein Gesicht ist eckig, eine starre Maske, er

hält die Zigarre wie einen glühenden Pflock, den er gleich jemandem ins Herz rammen wird.

Er macht eine Handbewegung – ein Befehl.

Jemand zielt mit einem kleinen Raketenwerfer koreanischer
Bauart auf das Boot.

*

Die Faust trifft das Boot mit donnerndem Schlag. Eine Explosion aus grellem Licht. Ariadna und Pierpaoli fliegen davon – die
Druckwelle fegt sie zehn, fünfzehn Meter weit ins Meer. Jetzt zischen Stichflammen über dem Boot empor. Die Luft zittert. Noch
eine Explosion! Noch eine! Trümmerteile prasseln wie bei einem
Luftangriff ins Wasser, hämmern mit tausend wütenden Fäusten
von oben in die Wellen.

Ariadna und Pierpaoli gehen unter. Kommen wieder hoch,
ringen nach Luft. Treiben im Meer. Sehen sich kurz, sehen sich
dann wieder nicht. Paddeln weg von dieser feurigen Pfütze, die
sich schnell ausbreitet, in alle Richtungen, mit leckenden Flam-
menzungen. Pierpaoli sieht zwischen zwei Wellenbergen seine
Ariadna, ihre fuchtelnden Arme, ihren Mund, der lautlose Schreie
formt. Er kann nichts hören. Sein Kopf brennt, als säße ein Tier
unter seiner Kopfhaut.

Auf der Brücke gibt Frey die Anweisung, wieder volle Fahrt
aufzunehmen. Das Thema oder Problem Pierpaoli/Ariadna ist erledigt. Und endgültig wird es sich im Meer erledigen, sehr bald
schon.

*

Der Morgen brach an, zögernd, als würde er sich schämen für das
Geschehene. Er brachte etwas Regen, aber keine wirkliche Erleichterung. Das Boot war in tausend Stücke zerschossen. Ariadna und
Pierpaoli hatten in den Trümmerteilen, die in einem weiten Oval
auf dem Wasser schwammen und kleine, neugierige Fische an-
lockten, eine Rettungsweste gefunden, an der sie sich abwechselnd

festhielten, während sie trieben, wassertretend, hilflos. An der Rettungsweste hing eine gelbe Trillerpfeife.

Aber sie benötigten keine Trillerpfeife. Sie brauchten Trinkwasser.

Der Durst war entsetzlich. Besonders für Pierpaoli, dessen Haare und Augenbrauen abgeflämmt waren, er konnte minutenlang an nichts anderes denken als an ein Glas mit wundervollem Wasser, so tröstlich war diese Vorstellung, so kühl war das Glas, dass an der Außenseite kleine Perlen von Feuchtigkeit hinabliefen, und wenn dieses Bild zerplatzte, verdoppelte sich die Qual.

Ariadna hatte eine Fleischwunde an der rechten Schulter, nicht tief, aber hässlich genug. Die salzigen Wellen spülten die Wunde immer wieder aus, jede schwappende Berührung schien ein Loch in sie zu brennen. Eine nicht enden wollende Parade des Schmerzes.

Als Regen fiel, versuchten beide, den Mund aufzureißen, um Regentropfen aufzufangen – hie und da traf auch ein Tropfen auf ihre zersprungenen Lippen, netzte ihre Zungen, so schien es, aber das war nicht genug, es war gar nichts, nur eine folternde Erinnerung, wie es *wirklich* wäre, wenn sie trinken könnten.

Dann wurde der Himmel hellgrau, blaugrau, hellblau, die Sonne kam heraus und stach sofort auf sie ein. Die Wellen waren immer noch hoch. Lichtreflexe, die auf den Wogenspitzen tanzten und wirbelten, machten sie fast blind.

Manchmal wurden sie auseinandergerissen, aber sie fanden sich immer wieder. Hätten sie nur zwei Schwimmwesten! Pierpaoli hätte sonst was gegeben für eine zweite Schwimmweste. Eine Weste hatte einfach nicht genug Auftrieb für zwei Menschen.

Aber was hätten zwei Westen bewirkt?

Der Körper des Menschen im Meer ist nicht geschaffen für Salz und Sonne, nicht für lange Zeit. Es geht so: Irgendwann ist man von oben geröstet, von unten verkühlt. Irgendwann quillt die Haut auf, überzieht sich mit roten und brennenden Flecken. Das Salz attackiert, attackiert. Irgendwann erblindet man, die

Welt zerläuft in rosafarbenem Geflimmer. Irgendwann werden die Stimmen krächzender, bis sie ganz versagen.

Zwei Menschenkörper sind nur treibendes Fleisch, zerfallende Proteine, Fette, Kohlenstoff, eine empfindliche Balance, die sich biologisch einfach nur zersetzt.

*

Pierpaoli kann nicht mehr denken, ihm fehlen leider auch die Worte, die man braucht, um einen Gedanken zu denken, denn er hat nur noch ein Wort – Ariadna, Ariadna, Ariadna, das letzte Wort, an dem er sich festklammert. Wenn er auch dieses Wort verliert, geht er unter.

Und Ariadna? Sie hat andere Empfindungen. Sie empfindet, dass dieses Wasser, diese Fische, dieser Himmel, dieser Wind, diese Sonne – all das wird fortbestehen, wird leben, in irgendeiner Form. Aber sie beide – Tom und sie – gehören nicht mehr dazu. Sie sind auf der falschen Seite. Sie hat Sekundenträume.

Ariadna träumt von einer dunklen Straße. Sie werden sich finden, am Ende dieser Straße, und der Himmel wird einstürzen unter dem Gewicht der Sonne und der Sterne, und sie werden zusammen sein, aus einem einfachen Grund, weil sie sich lieben.

Pierpaoli liebt Ariadna, das erkennt er jetzt in einer Klarheit wie nie zuvor.

Aber was nützt das?

*

Misako, die Skipperin, war wirklich gut darin, Geschwindigkeiten, Zeiten und Koordinaten zu berechnen; doch hier kam sie an ihre Grenzen. Die Anweisungen, die sie Ariadna auf der *Change* noch gegeben hatte, waren korrekt, aber Ariadna und Pierpaoli waren einfach zu früh ins Wasser gegangen – notgedrungen, wie man einräumen muss. Die F.A.P., die in diesen Breiten sehr stark war, hatte vier Suchtrupps mit Katamaranen ausgesandt. Einer davon wurde von Misako geführt.

Dass sie Ariadna und Pierpaoli schließlich doch noch fanden, im Wasser treibend, mehr tot als lebendig, war wahrscheinlich schieres Glück. Oder man nenne es Schicksal oder göttliche Vorsehung – letztlich ist das schwer zu entscheiden. Es ist Geschmackssache, metaphysisch gesehen.

Dreizehntes Kapitel

Der Arrest

Es ist so weit. Freys Plan wird umgesetzt.

Der Schauplatz ist die Küste Floridas, unweit der *Keys*, dort steht die Anlage, genannt: der Wolkenturm – obwohl es eigentlich vier Türme sind.

Diese Anlage, aus geothermischen Gründen in Florida errichtet, ist eine revolutionäre Technologie zum Abbau von Kohlendioxid aus der Atmosphäre. Die Klima-Allianz hat die politischen Rahmenbedingungen geschaffen, die ungeheuren Geldmittel stellte ein Konsortium namens *Cloud Tower Invest*, dem Hans-Oliver Frey vorstand, und das er in Wahrheit weitgehend kontrollierte.

Diese Tatsache ermöglicht es ihm, den Inhalt des Parasiten-Containers, den er auf der *Change* unbemerkt bis nach Florida transportiert hat, nunmehr in die Atmosphäre auszubringen – der Parasit wird sich nach den Berechnungen seiner Wissenschaftler exponentiell vermehren, die parasitär verseuchten Wolken werden in schätzungsweise vier bis acht Tagen die ganze Welt erreicht haben. Und sukzessive abregnen.

Um den Parasiten in höhere Schichten zu bringen, braucht Frey ein Transportmedium. Er hat sich für Nanoteilchen auf Polymermatrix-Basis entschieden, winzigste Partikel mit Einlagerungen von Wasserstoff, wodurch die Dichte gesenkt und Auftrieb ermöglicht wird. Sobald der Wasserstoff entweicht, regnen die Teilchen ab. Wichtig war dafür allerdings ein Austausch der Filteranlagen. Frey hat – unter Vorwänden – diesen Austausch längst schon in die Wege geleitet. Dass ein kleiner Ingenieur aus Kapstadt, ein Mann namens Gaetano Perreira, darüber gestolpert war und Briefe schrieb, war ein Ärgernis, das sich jedoch beseitigen ließ.

Es ist so weit. Freys Plan wird umgesetzt. Seine Widersacher hat er aus dem Weg geräumt – getötet wie Elani oder unschädlich gemacht und denunziert wie Pierpaoli und Ariadna, die in Kapstadt festsitzen und denen kein Mensch glaubt.

Frey hat gewonnen. Ein gutes Gefühl. Und die Menschheit wird erkranken, und er wird die Medikamentenherstellung kontrollieren. Ein noch besseres Gefühl.

Zu berichten ist von der Vernichtung der Isla Robinson Crusoe; die sich vollzog als eine komponierte, langsam sich steigernde pyrotechnische Sinfonie der Zerstörung.

Der Vorgang dauerte vier Minuten und dreißig Sekunden. Sieben Initialexplosionen hatte Frey angeordnet, an exakt berechneten Punkten der Insel, in präzise festgelegten Abständen. Zum Einsatz kam ein neuartiger Sprengstoff, entwickelt in Deutschland, im Fraunhofer-Institut für Chemische Technologie in Pfinztal, Baden-Württemberg, ursprünglich für friedliche Zwecke. Es handelte sich um einen Sprengstoff namens TKX2-50 auf Defraction-Basis. Die sieben Sprengsätze, die Freys Leute gebaut hatten, hatten annähernd die Gigatonnen-Zerstörungskraft der Atombombe, jedoch ohne nachwirkende Strahlung.

Die Vektoren der Explosion waren so berechnet, dass ihre Wucht sich in die Tiefe bohrte. Während eine feurige Walze über das Eiland zog, wurde das Lavagestein unterwärts zerfetzt, und zwar etwa auf halber Höhe zwischen Meeresboden und Wasserspiegel. So verlor die Insel, die ein Alter von schätzungsweise 50 000 Jahren hatte, buchstäblich den Boden unter den Füßen, und die verbrannten, rauchenden Brocken versanken in einem unterseeischen Schlund.

Es gab – bis auf die Männer, die Frey beauftragt hatte – keine Zeugen. Hätte es einen solchen Zeugen gegeben, dann hätte er von einem Sonnenaufgang berichten können, von einer Flammenkugel, die wie im Zeitraffer am Horizont aufstieg, wie ein zu früh geweckter Tag, und die nach viereinhalb Minuten verschwand, erlosch. Der Augenzeuge hätte auch von einem dumpfen Grollen berichten können, das erst einsetzte, als es wieder Nacht geworden war – ein Donnern aus der Tiefe.

Nichts blieb von der Insel, nicht das Labor oder die gläsernen Habitate, weder die Probanden noch die Parasiten in ihren Körpern – alles wurde in dem siedenden Inferno vernichtet. Getötet wurden vierzehn Personen männlichen und weiblichen Geschlechts, ehemalige chilenische Sträflinge, von deren Existenz niemand außerhalb der Insel wusste. Sie lebten in den beiden Habitaten und waren die Versuchskaninchen.

Getötet wurden ferner die Angestellten der Sicherheitsfirma, die Frey und Elani zur Aufsicht eingesetzt hatten.

Getötet wurde ferner der Vater von Dr. Charles Elani, der auf der Insel Hausmeister- und Kontrolldienste versehen hatte und in einer Hütte lebte, etwas abseits von dem umgebauten Gefängnis – jener Hütte, in der Pierpaoli ebenfalls gewesen war.

Getötet wurden ferner ungezählte Seehunde, Ziegen, Wühlmäuse, Schlangen, Skorpione, Ratten, Katzen, Hunde, Schildkröten, Warane. Zerfetzt wurden Spechte, Juwelwespen, Kolibris, Palmen, Clownsfische. Als die Sonne aufstieg, gab es keine Insel mehr im Pazifik, nur noch auf den Wellen schaukelnde Palmwedel, ein paar verkohlte Fetzen, Müll, bäuchlings treibende Fische. Darüber, wie ein groteskes Spiegelbild von Noahs Taube, schwebte ein Albatros, der nun sehr viel weiter fliegen musste, um festes Land zu erreichen, falls er das wünschte.

*

Die Agenturmeldung dazu kam am nächsten Morgen in die Leitmedien und wurde von den Social-Media-Kanälen übernommen. Der Text gab dem Virologen Dr. Charles Elani die Schuld, der die Verantwortung hatte für die Versuchsreihen, die auf der Isla Robinson Crusoe durchgeführt worden waren. Elani, der zum Zeitpunkt der Explosion bereits verstorben war, hatte möglicherweise Sicherheitsvorkehrungen nicht beachtet. Eine Untersuchung, so der Pressetext, sei angeordnet worden.

Von Frey war nicht die Rede; niemand brachte ihn oder die Task-Force in Verbindung mit der Isla Robinson Crusoe.

Cabinet d'Avocats Montparnass, Rivière,
Dubois & Deceau Associés,
Avenue de la Folie 12,
84000 Avignon, France

Werter Monsieur Pierpaoli,

ich entbiete Ihnen, wenn auch unbekannterweise, meine
respektvollen Grüße und übermittle ferner diese Mitteilung im
Auftrage meines Mandanten, des Marquis Hector Henri de
Barré, dem Sie geschrieben haben, und der sich leider nicht in
der Lage sieht, Ihnen persönlich zu antworten und daher mich
zu diesem Zwecke beauftragt hat. Zu meiner Person und Rolle
darf ich hinzufügen, dass unsere Kanzlei in Avignon höchstes
Ansehen genießt, seit Jahrzehnten die Geschäfte der Familie de
Barré betreut, und ich die Ehre habe, mich zu den Vertrauten des
hochverehrten Marquis zählen zu dürfen.

Zunächst muss ich Ihnen die betrübliche Mitteilung machen,
dass Monsieur de Barré bei einem tragischen Unfall schwer
verletzt wurde. Sein Zustand ist leider kritisch, im besten Fall
wird er auf unabsehbare Zeit ans Bett gefesselt bleiben.

Ich bin indes befugt, Sie zu informieren, dass sich, um in die
Details zu gehen, in dem Privatlabor auf seinem Anwesen eine
Explosion ereignete, deren Umstände noch ungeklärt sind.

Der Marquis geht davon aus, dass es sich um ein Verbrechen
handelt.

Sie, Monsieur Pierpaoli, haben, wie erwähnt, mehrmals
geschrieben, auch angerufen und Ihre Adresse hinterlassen. Doch
der Marquis konnte Ihnen nicht antworten; erst langsam erholt
er sich von seinen Verletzungen. Aufregungen sind ihm untersagt
worden.

Ich bin jedoch befugt, Ihnen zu sagen, dass »fast alle
Unterlagen vernichtet« seien – ich selbst weiß mit dieser

Information nichts anzufangen, Sie jedoch wüssten, worum es geht, sagt der Marquis.

Ich bin ferner befugt, Ihnen zu sagen, dass »der Unfall kein Zufall war, sondern im Zusammenhang mit unserem Freund« steht. Ich denke, der mysteriöse »Freund« ist keine Person, die wirklich die Wertschätzung des Marquis genießt.

Ich soll Ihnen ferner ausrichten, dass Sie selbst, Monsieur Pierpaoli, in Gefahr sind. Auf diese Information hat Monsieur de Barré ausdrücklich Wert gelegt. Er möchte das als Warnung verstanden wissen.

Sie dürfen mich gern anrufen.

Sie erreichen mich unter der Telefonnummer
+33 4 98 36 65.

Mit dem Ausdruck vollendeter Hochachtung
Jean Eduard Dubois

Bericht aus: »Kapstadt Times«, Online-Ausgabe

Talasea: »Dem Planeten eine Stimme«
Rat gewählt / Antrittsrede nicht ohne Irritationen /
Auftritt im Schutzanzug

Kapstadt. Mit einem spektakulären ersten Auftritt präsentierten sich die sieben neu gewählten Mitglieder des Präsidialrats, indem sie vor eine Versammlung der Länder der Klima-Allianz traten. Die Antrittsrede hielt die aus dem Südpazifikraum stammende »Talasea«, bürgerlich Hannatalasea Elani.

Beim Präsidialrat handelt es sich bekanntlich um ein neues internationales Gremium, welches der Regierung der Klima-Allianz zugeordnet ist – weitgehend beratend und initiierend, jedoch auch mit judikativen Rechten und Veto-Möglichkeiten ausgestattet, gewählt für jeweils vier Jahre. Nach den bisherigen Verlautbarungen der Klima-Allianz soll der »Rat der Sieben«, wie der Präsidialrat ebenfalls genannt wird, stärkere demokratische Teilnahme der Weltbevölkerung ermöglichen. Politische Beobachter werten Installation und Wahl dieses Gremiums als eine Reaktion auf die zunehmende Politikverdrossenheit, Ablehnung und politische Lethargie – man habe ein Zeichen setzen wollen.

Tausend Bewerber waren angetreten, neunundvierzig von ihnen wurden durch die Vorwahlkommission nominiert und länderübergreifend zur Wahl durch die Weltbevölkerung aufgestellt. Die Wahlkämpfe hatten sich über sechs Monate hingezogen. Das Ergebnis brachte eine Sensation: Mit der Wahl von Hannatalasea Elani war eine politische Outsiderin in das theoretisch höchste Staatsamt gewählt worden. Nach den Statuten kam Talasea – wie sich die Politikerin weiterhin nennen lässt – das Recht zu, die Antrittsrede für sich und die anderen Ratsmitglieder zu halten.

Der Auftritt Talaseas im Großen Plenarsaal in der »Pyramide« in Kapstadt wurde weltweit übertragen und fand vor mehr als 1 800 Vertretern der Länderblöcke USA, Lateinamerika, China, Russland, Asien, Afrika, Europa und der Pazifikstaaten statt. Zuvor war gerätselt und auch infrage gestellt worden, ob Talasea, die den Protestbewegungen des Südpazifiks und der F.A.P. nahesteht, die Versammlung tatsächlich besuchen würde. In ihrer bisherigen Rolle als Aktivistin war Talasea nie persönlich aufgetreten, sie kommunizierte in fast allen Fällen über Videos und Projektionen. Kritiker hatten daher bezweifelt, dass Talasea eine echte und lebende Person sei. Die Gerüchte waren nicht verstummt, dass es sich bei Talasea um eine Künstliche Intelligenz handelt.

Dies ist nun durch ihren Auftritt im Plenarsaal – inklusive der obligatorischen DNA-Tests zur Persönlichkeitsfeststellung – abschließend geklärt. Talasea nannte auch die Gründe für ihre Zurückhaltung: Sie sei von einer ansteckenden chronischen Krankheit befallen, die es ihr unmöglich mache, in direkten Kontakt mit anderen Menschen zu treten – die Ansteckungsgefahr sei zu hoch. Weitere Details zu ihrer Krankheit gab sie nicht. Das Leiden sei jedoch nicht tödlich, und sie hoffe auf viele produktive Lebensjahre.

Besondere Überzeugungskraft bekam diese Erklärung durch Talaseas Aufsehen erregende Bekleidung: Die neu gewählte Politikerin hielt ihre Rede in einem biologischen Schutzanzug inklusive Schutzhelm. Zu diesem Thema befragte Experten bestätigten, eine solche Ausrüstung biete einen verlässlichen Schutz vor Infektionsübertragung. Talasea selbst entschuldigte sich für den, wie sie sagte,

»äußerst ungewöhnlichen Kleidungsstil« und bat um Verständnis für eine gewisse Zurückhaltung in Vergangenheit und Zukunft. Sie werde weiterhin vor allem als holografische Projektion auftreten. »Nun aber, mit dem heutigen Tag, können auch alle Zweifler beruhigt sein – es gibt mich.«

In ihrer Rede selbst ging Talasea auf jene Themen ein, die sie schon zuvor im Wahlkampf angesprochen hatte. Ihr erstes Ziel sei es, der Menschheit das Vertrauen in die Klima-Allianz wiederzugeben. »Wir sind dafür da, dieses Vertrauen zu erringen, nicht durch Worte, sondern durch Taten. Die Klimakatastrophe kann nur durch die Zusammenarbeit aller Menschen – aus allen Nationen, aus allen Kulturen – abgewendet werden.« Sie erläuterte ihr großes Projekt, »Dem Planeten eine Stimme!« Der Plan zielt auf eine Änderung der Statuten der Klima-Allianz ab. Die Natur, so Talaseas Idee, solle durch speziell gewählte »Fürsprecher« eine eigene demokratische Repräsentanz bekommen – ein Konzept, das Wählerinnen und Wähler offenbar genug überzeugt hat, um Talasea ohne jeden klassischen Wahlkampfauftritt in den Präsidialrat zu wählen. »Die Idee der Demokratie ist, dass jeder Mensch für seine eigenen Anliegen sprechen kann, jeder Einzelne hat seine Stimme. Dieses Prinzip hat sich trotz aller Probleme als erfolgreich erwiesen. Doch es löste nicht das Problem, dass wir, als große Masse, als Menschheit, wider besseres Wissen unsere eigene Lebensgrundlage zerstören – Meere und Berge, Pflanzen und Tiere, das Wasser, die Luft, die wir zum Atmen brauchen. Geben wir also der Natur ein Recht, an unseren Entscheidungen mitzuwirken! Werden wir die Advokaten unserer bedrohten Welt! Geben wir dem Planeten selbst eine Stimme!«

Das umstrittene Thema des Geo-Engineerings erwähnte Talasea nur kurz. Talasea gilt zwar nicht als generelle Gegnerin des Geo-Engineerings an sich, jedoch als Kritikerin von riskanten Großprojekten.

Das *Safe House,* der sichere und geheime Zufluchtsort, in dem Ariadnas und Pierpaolis Freund Horace Nkunke die beiden einquartiert hatte, lag auf dem Land, ein gutes Stück südlich von Kapstadt, etwa eine Autostunde. Der nächste Ort war das Küstendorf Fish Hoek, mit Stränden und hübscher Promenade und guten Restaurants, doch durften sie das *Safe House* nicht verlassen. Außerdem mussten sie sich vor Freys Leuten verborgen halten; und *last, but not least* trug Pierpaoli eine elektronische Fußfessel.

Das Grundstück war groß, es gab struppiges Buschland und vornehmlich trockene und seit Jahren unbewirtschaftete Felder, auf denen wilder Ginster und mannshohe Disteln wuchsen und Schlangen zischelten. Das Haus war ein Farmhaus, zweigeschossig, ein gedrungener Backsteinbau bescheidener Größe, dem die Jahre zugesetzt hatten. Die Fallrohre hingen lose und schief, die Fenster schlossen nicht mehr richtig. Versorgt wurde das Haus von einem Generator, der alle Stunde schnaubend und protestierend ansprang. Nkunke versorgte sie mit Getränken und Lebensmitteln. Abends saßen sie bei Kerzenschein auf der wackeligen Veranda, bis tief in die Nacht. Es gab kaum Mücken. Sie sprachen wenig, schauten viel in den dunkelblauen Himmel, der bombastisch war und üppig ausgesternt.

Links neben dem Eingang stand ein Hühnerstall, mit eingegrabenen Drahtmatten gegen Coyoten gesichert. Ein halbes Dutzend Hühner, sie gingen tagsüber, maßvoll pickend und nur gelegentlich ins Hysterische ausbrechend, ihren Angelegenheiten nach; dazu gab es einen Hahn, der im Zauderschritt durch das Gehege stelzte und immer wieder verharrte, als müsse er nachdenken.

Drinnen, in der schäbigen Küche, an einem schäbigen Küchentisch, saß Pierpaoli und war vertieft – sogar derart versunken, dass man hätte meinen können, er suche nach einer Formel für das Geheimnis des Lebens. Tatsächlich berechnete er etwas Ähnliches: die Überlebenschancen der Menschheit. Er hatte ein Blatt Papier, das mit Zahlen bedeckt war, vor sich, in der Hand einen Bleistift. Die Fenster waren geöffnet. Er trug nur Shorts und ein schmuddeliges T-Shirt. Er hatte einen Verband auf dem Kopf, die linke Gesichtshälfte war mit Pflastern versehen. Am rechten Knöchel trug er eine Fußfessel. Aus dem Zimmer über ihm drang Musik, Cello-Klänge, seit Stunden schon. Jetzt mischte sich ein anderes Geräusch hinein, das Nahen eines Motors, er erkannte den Motor am Klang und wusste, wer am Steuer saß: Nkunke.

Horace M. Nkunke, ehemaliger Sicherheitsbeauftragter der Klima-Allianz in Island, inzwischen Privatunternehmer im Security-Bereich, enger Freund von Pierpaoli und Ariadna, hatte nach deren dramatischer Rettung und Rückkehr nach Kapstadt die Zügel übernommen. Er hatte ihnen das *Safe House* besorgt, er hatte auch dafür gesorgt, dass Pierpaoli, obwohl er seitens der Ermittlungsbehörden unter Hausarrest stand, hier sein durfte – und nicht in seiner Wohnung, die ein Präsentierteller war. Dieses Gelände hier war überwacht, auch gegen Sprengdrohnen. Dennoch hatten Ariadna und Pierpaoli schon mehrmals umziehen müssen, als Nkunke Hinweise bekam, dass der Aufenthaltsort durchgesickert war.

Nkunke war ein Meter und neunundneunzig Zentimeter reine Treue. Er bezahlte und kümmerte sich um Ariadnas und Pierpaolis Sicherheit, er besuchte sie regelmäßig, schleppte Wein und Pizza an. Dass manche Freunde zu ihnen hielten, war tröstlich.

Aber alles andere nicht. Alles andere im Leben von Ariadna und vor allem von Pierpaoli war nicht tröstlich.

*

Pierpaoli blickte auf, als Nkunke die Küche betrat. Er stellte unter leisem Scheppern eine Stofftasche mit Weinflaschen ab und deponierte einen Stapel flacher Kartons auf der Arbeitsplatte. Pierpaoli begrüßte ihn, aber tonlos, fast missmutig.

»Hallo, Horace. Du bringst Vorräte. Ariadna wird sich freuen. Sag jetzt bitte, bitte nicht, dass wir umziehen müssen.«

»Hallo, Tom. Nette Begrüßung. Nein, ihr müsst nicht umziehen. Ich bringe Pizza und Wein von Ricardo, der übrigens herzlich grüßen lässt …«

»Entschuldige, Horace. Es tut mir leid. Meine Manieren haben etwas nachgelassen, fürchte ich. Es ist schön, dass du kommst. Du bist wirklich ein Freund. Willst du Kaffee?«

»Nein. Nur ein Glas Wasser, und das hole ich mir selbst.« Er kannte sich aus, nahm ein Glas aus dem Schrank, ließ das Wasser aus dem Hahn eine Weile ablaufen, bis es weniger braun war, füllte sein Glas und ließ sich am Tisch nieder. Der Stuhl knarrte beängstigend.

Nkunke war nicht nur riesig, sondern auch massiv, mit einem schweren, etwas ungeschlachten Schädel, allerdings sehr wohlge-formten Ohren, die klein und eng ansaßen, wie aufgemalte Orna-mente. In den Ohrläppchen steckten zwei Brillanten, jeder so groß wie eine halbe Erdnuss.

Die Sicherheitslage in und um Kapstadt hatte sich verschärft, viele reiche Menschen hatten Angst. Nkunke verdiente sehr gut. Trotzdem – die Unterbringung von Pierpaoli und Ariadna, die er aus eigener Tasche bezahlte, konnte er nicht ewig fortführen. Doch dieses Thema vermied er.

»Ich habe die Drohnenabwehr überprüft, Tom. Ihr seid hier sicher.« Er trank einen Schluck Wasser, verzog das Gesicht. »Du weißt ja, Tom, wenn Frey euch findet, kann es sehr schnell unan-genehm werden – dies ist kein Spiel, Tom.«

»Ach nein? Nett, dass du mir das erklärst, Horace.« Seine Stimme klang bitter, »Ich habe meinen Job verloren, ich habe mein ganzes Geld verloren, ich bin gescheitert, verletzt, habe von Frey drei Verfahren am Hals wegen Kidnapping und Bioterroris-mus', ich muss diese Fußfessel tragen, werde gejagt, muss mich verstecken – aber nett, dass du mir erklärst, dass es kein Spiel ist. Sonst hätte ich die ganze Sache womöglich auf die leichte Schulter genommen!« Pierpaoli hätte bitter gelacht, aber sein Mund war außer Übung.

»Tom, bitte. So meinte ich das nicht.«

»Ja. Entschuldige. Ich bin überempfindlich. Ich weiß nicht mehr, was ich rede. Ariadna ist oben, sie übt. Soll ich sie rufen?«

Er machte Anstalten, aufzustehen. Von oben, aus dem ersten Stock, drangen Töne. Ariadna hatte, als sie das *Safe House* bezogen, ihr Cello mitgenommen und übte den Cello-Part aus Beethovens Quartett Nr. 15, Opus 132, sie war aus der Übung, aber arbeitete hart an den Passagen mit den gebundenen Sechzehnteln, die an der Grenze zum Unspielbaren sind, doch das war dem tyrannischen Beethoven ganz egal gewesen.

»Nein, lass nur«, sagte Nkunke. »Es ist schön, wenn sie so spielt.«

»Ja«, erwiderte Pierpaoli. »Als hätte alles noch einen Sinn.«

Eine Weile lauschten die Männer den Tonfolgen. Pierpaoli unterbrach das Schweigen. »Als ich erwachte, als Misako und die F.A.P.-Leute uns aus dem Meer fischten, Horace, da war ich froh. Ich war einfach froh, dass es nicht das Ende war. Aber jetzt denke ich, es war vielleicht doch das Ende. Nur dass sich das Ende noch eine Weile hinzieht. Das war's. Wir können nicht gewinnen.«

»Vietcong«, sagte Nkunke.

»Wie?«

»Dann müssen wir eben sein wie der Vietcong. Der Vietcong gegen die Amerikaner musste nicht *gewinnen*. Er durfte nur nicht verlieren. Es gibt eine Grauzone zwischen Gewinnen und Verlieren. In diesen Grauzonen spielt sich das Leben meistens ab. Ihr müsst durchhalten, Tom!«

Um das Thema zu wechseln, deutete Nkunke auf das Papier, das Pierpaoli mit Zahlen bedeckt hatte. »Was ist das?«

»Ein paar Zahlen. Ich schätze mal, dass der Wirkstoff aus den Purpurkegelschnecken, wie die Lage derzeit ist, für etwa dreihundert Milliarden Dosen reicht. Ein infizierter Mensch von durchschnittlicher Größe und Gewicht braucht in seinem Leben – bei einer weltweit durchschnittlichen Lebenserwartung von dreiundsiebzig Jahren – fast viertausend Dosen des Antidots.«

»Und?«

»Das bedeutet, dass ungefähr achtzig Millionen Menschen versorgt werden können. Umgerechnet auf die Weltbevölkerung heißt das: Einer von hundertsechsundzwanzig kriegt es.«

»Und hundertfünfundzwanzig kriegen es nicht.«

»Traumhafte Nachfrage! Der Preis – vor allem der Schwarz-marktpreis, denn natürlich wird das Antidot nur auf dem Schwarz-markt verkauft werden! – wird exorbitant sein. Die Menschheit wird gehörig durchgekämmt. Weniger als ein Prozent überlebt – die Elite, die Reichen. Alle anderen stürzen ab, sterben wie die Fliegen.«

»Scheiße.«

»Das weiß ich nicht mal, ob es so scheiße ist. Vielleicht ha-ben wir Menschen es nicht besser verdient. Andererseits – was rede ich? All die Unschuldigen. Schrecklich.«

»Wie kommst du weiter bei deiner alten Abteilung, *Science Control?*«

»Ich schicke denen Berichte, Warnungen, Szenarien, ohne den leisesten Schimmer, wie das ankommt. Ich glaube, Gillespie steht auf der falschen Seite. Wahrscheinlich arbeitet sie für Cheng, die graue Eminenz. Und der arbeitet für Freys Interessen.«

An Elanis Beteiligung und Schuld gab es inzwischen keine Zweifel. Dennoch lief die Ermittlung gegen Pierpaoli weiter, we-gen eigenmächtigen Handelns im unauthorisierten Auftrag der Klima-Allianz, wegen des Straftatbestandes der Entführung. Die Ermittlung lief, Pierpaoli war blockiert, aber die Ermittlung sta-gnierte.

Jemand zog im Hintergrund die Fäden.

»Du kämpfst eben um den Gipfel«, sagte Nkunke. Er fuhr fort, im Zitierton: »Der Kampf um Gipfel vermag ein Menschen-herz auszufüllen.«

»Was?«

»Das ist von Albert Camus.« Nkunke prahlte gern mit lite-rarischen Anspielungen. »Das schreibt er über Sisyphos. Dieser Grieche, der dazu verurteilt wurde, den Stein immer wieder zum Gipfel zu rollen.«

»Ich weiß, wer Sisyphos ist. Aber was hat das mit mir zu tun? Siehst du mich als eine Art Sisyphos?«

»Na ja, irgendwie schon. Camus schreibt, man müsse sich Sisy-phos als glücklichen Menschen vorstellen.«

»Dann hatte dein Camus keine Ahnung. Denn ich bin nicht

glücklich. Weißt du, Horace, ich war immer ein Mann des Systems. Aber jetzt hat mich das System – mein Apparat – einfach fallen gelassen, aussortiert. Ich bin isoliert. Alles findet oberhalb meines Horizonts statt. Und ich werde schon verrückt. Manchmal wache ich nachts auf und denke daran, die Fenster abzudichten.«

»Glaubst du, der Parasit ist schon ausgebracht worden?«, fragte Nkunke nach einer Weile.

»Ja, der Parasit ist bereits da draußen. Ich denke nicht, dass Frey sich irgendwelche Fehler erlaubt.«

Die Pause zog sich. Bis Pierpaoli das Wort ergriff.

»Dabei hätten wir eine Chance!« Pierpaoli zerknüllte in einer zornigen Aufwallung das Blatt mit den Zahlen. »Wenn Frey jetzt gestoppt würde, könnte man seine Unterlagen, seine Materialien beschlagnahmen, man könnte an die Forschungsergebnisse von Elani kommen. Und dann könnte man vielleicht einen Impfstoff entwickeln. Oder ein Substitut. Man könnte eigene Wissenschaftler dransetzen! Wenn wir doch nur die Unterlagen von Barré hätten …«

»Wie geht es Barré?« Nkunke hatte von dem ominösen Laborunfall in Südfrankreich erfahren; danach hatte er die Sicherheitsmaßnahmen für Pierpaoli und Ariadna nochmals verschärft.

»Allmählich etwas besser. Aber er kann kaum sprechen. Die Kommunikation läuft über seinen Anwalt. So ein umständlicher Franzose. Und seine Unterlagen sind fast alle vernichtet. Frey braucht nur abzuwarten und sein Antidot auf dem Schwarzmarkt anzubieten. Und es wird sich verkaufen, Horace! Oh ja!«

Die beiden Männer hatten nicht bemerkt, dass die Musik aufgehört hatte. Aber sie hörten Schritte, die die Treppe herunterkamen. In der Küche erschien Ariadna, erhitzt, kleine rote Flecken auf den Wangen, sie massierte sich mit der Rechten die linke Griffhand mit den Schwielen auf den Fingerkuppen, aber sie war munter; als wären die schwarzen Noten, die in ihr weiterhüpften, ein Zaubertrank, ein Stärkungsmittel. Nkunke erhob sich.

»Bleib sitzen, Horace. Aber sag nicht, dass wir wieder umziehen müssen. Oder?« Sie grinste.

»Nein, ich wollte euch nur besuchen. Und habe Wein mitgebracht, von Ricardo. Mit seinen besten Grüßen.«

»Das ist wunderbar. Danke, Horace.« Ariadna sah den Stapel mit den Tiefkühlpizzen. »Mmh! Pizza! Herrlich. Hatten wir lange nicht.«

»Sorry, Ariadna. Aber einen Delikatessenservice kann ich nicht bieten. Alles, was hergebracht wird, muss zuvor überprüft werden. Pizza ist die einfachste Lösung.«

Ariadna blieb stehen, immer noch lächelnd, aber in ihre Augen trat ein harter Glanz der Abwehr. »Ich danke dir sehr, Horace. Es ist sehr nett, dass du uns hilfst. Viele Freunde haben wir nicht mehr. Zum Beispiel Talasea – ich habe sie mehrfach kontaktiert, aber ich bekomme keine Rückmeldung. Dabei hätte sie jetzt die Macht, uns zu helfen. Und Freys Wolkenturm, das Geo-Engineering – das ist genau ihr Themengebiet.«

»Ihr Auftritt im Schutzanzug, ›dem Planeten eine Stimme‹«, sagte Nkunke nachdenklich, »das war schon sehr besonders. Man dachte, jetzt ändert sich was.«

»Ja. Aber seitdem ist nichts passiert, Horace.«

»Gib ihr Zeit.«

»Zeit ist das Einzige, was wir nicht haben«, sagte Pierpaoli.

Nkunke richtete sich auf, er war kein Mann für politische Diskussionen. »Vor allem müsst ihr jetzt vorsichtig sein. Frey ist gefährlich. Er wird versuchen, eure Smartphones zu hacken. Traut niemandem!«

»Aber gegenseitig können wir uns noch vertrauen, oder, Horace?«

»Natürlich.«

»Gut. Tom und ich – wir haben inzwischen wirklich verstanden, was wir aneinander haben. Und du warst immer auf unserer Seite, Horace. Als Einziger. Entweder man vertraut sich, oder es hat alles keinen Zweck. Und vor allem … hat's ja keinen Zweck, in Trübsinn zu versinken.« Sie schüttelte ihre Anspannung ab. »Also! Ich schiebe diese Pizzen in den Ofen. Du, Horace, machst den Wein auf, du, Tom, deckst den Tisch.«

Die Männer sahen sie an.

»Worauf wartet ihr? Noch leben wir. Und falls wir morgen nicht mehr leben, dann will ich heute wenigstens noch etwas von dieser grauenvollen Pizza essen und vor allem ein Glas Wein mit euch trinken. Also los! Mir zuliebe. Hopp-hopp!«

Die Männer standen auf, gehorsam. Nkunke nickte Ariadna zu, kaum merklich. Pierpaolis Ausdruck war dankbar, jedoch auch kläglich.

Juniper Gillespie lief. Der Schweiß rann ihr brennend in die Augen, sie keuchte, obwohl sie hervorragend trainiert war – allerdings legte sie ein sehr scharfes Tempo vor; sie lief auch bereits seit siebenundvierzig Minuten, musste allerdings noch dreizehn Minuten durchhalten, mit Sprints und Steigungen – übrigens lief sie nicht zu ihrem Vergnügen. Juniper Gillespie, die Geheimdienst-Bereichsleiterin für die Bereiche Ausland und Wissenschaft, zur Tarnung auch die Chefin der Abteilung *Science Control*, in der Pierpaoli gearbeitet hatte, musste nachdenken. Und das Laufen half ihr, es befreite, es inspirierte sie.

Das Laufband, auf dem sie rannte, stand im abgedunkelten Fitnessraum ihrer Wohnung. In dem Raum, dessen eine Wand verspiegelt war, befanden sich ansonsten nur ein Bildschirm, angeschlossen an ihr Tablet, die Hantelbank mit einem Set von Gewichten und ein roter 50-Kilo-Boxsack.

Zwei Probleme gab es, die keinen Aufschub duldeten.

Das erste Problem war relativ leicht zu lösen. In den vergangenen sechs Wochen hatte sie mehr als zwei Kilo zugenommen – sie hatte viel arbeiten müssen, die politischen Umstellungen in der Welt, etwa die Wahl des Präsidialrats, hatten ihren Tribut gefordert, die durchgearbeiteten Nächte im Büro hatten sie von ihrem Sportpensum abgehalten. Das leichte Übergewicht – von niemandem bemerkt außer von ihr – war die Folge.

Also hatte sie sich eine Diät verordnet, das Glas Wein am Abend gestrichen, das Sportprogramm verschärft. Bald würden die überflüssigen Pfunde abgeschmolzen sein.

Das zweite Problem war ungleich schwieriger zu lösen: Juniper Gillespie empfand zunehmend Zweifel am Sinn ihrer Arbeit. Und für jemanden, der beim Geheimdienst arbeitet, sind Zweifel eine gefährliche Bürde.

Gillespie war aus Überzeugung in den Geheimdienst gegangen. Sie glaubte an die Ziele der Klima-Allianz, sie wollte ihren Beitrag leisten. Dass eine Regierung, die sich ein solches Projekt zu eigen machte, über die Vorgänge in ihrem Apparat, in ihrem Inneren und in der Weltgesellschaft informiert sein musste, lag für Gillespie auf der Hand.

Ihre Wohnung, gelegen in einem regierungseigenen Compound unweit der »Pyramide«, war von beinahe aggressiver Nüchternheit; Stahlrohrmöbel, Glas, keine Bilder, keine gerahmten Fotos von Nichten, Neffen, Urlaubsreisen, ein Wohn- und Arbeitszimmer mit einem großen Schreibtisch und einem kleinen Waffenschrank, ein Schlafzimmer von klösterlicher Einfachheit. Gillespie hatte es nicht anders gewollt. Sie lebte für ihren Job.

Jetzt aber fragte sie sich immer häufiger, ob die Aktivitäten des Geheimdienstes sich nicht verselbstständigt hatten, ob sie nicht zu weit gingen. Dass man die Abteilung *Science Control* vor Jahren schon diskret entkernt und in den Geheimdienst überführt hatte – diese Maßnahme hatte sie befürwortet. Es wäre überflüssig, die einzelnen Mitarbeiter davon zu unterrichten; sollten sie weiterhin annehmen, dass sie für *Science Control* arbeiteten. So hatte sie es auch mit Pierpaoli gehalten. Dann allerdings, auf Tahiti, nach dem misslungenen Anschlag auf Talasea, hatte sie Pierpaoli die Wahrheit gesagt. Und er hatte emotional reagiert – dumm und ärgerlich war das gewesen.

Trotzdem war Pierpaoli immer noch einer ihrer besten Leute gewesen. Zuzusehen, wie seine Karriere – nein, sogar sein ganzes Leben – zerstört wurde, gefiel ihr ganz und gar nicht.

Pierpaoli hatte verschiedene Verfahren am Hals, nicht nur das Kidnapping Elanis in Panama, sondern auch das Betreten der Isla Robinson Crusoe, den Hausfriedensbruch auf der *Change* und anderes mehr. Er war in Gewahrsam, trug eine elektronische Fußfessel, allerdings hatte sein Freund Nkunke durchgesetzt, dass er Pierpaoli und Ariadna in einem *Safe House* eigener Wahl verstecken durfte. Von dort schrieb Pierpaoli Eingaben, Berichte, Aufsichtsbeschwerden, Anzeigen gegen Frey. Diese Eingaben versandeten, wurden abgebogen. Pierpaoli wurde stigmatisiert als Störenfried, als Verrückter. Als jemand, der vor kriminellen Methoden nicht zurückschreckte.

Und das war nur möglich, wenn es eine Order von oben gab.

Wer schützte Frey? Gillespie hatte in den vergangenen Tagen alles versucht, um das herauszufinden – vergebens.

Dann: die angeblichen Listen für ein angebliches Medikament. Hier war Gillespie weitergekommen. Diese geheimen Listen *existierten*, es gab sie, hier war keine Verschwörungstheorie am Werk. Die Preise und die Anzahlungen, die verlangt wurden, waren exorbitant. Auch das wurmte sie. Immerhin war sie kein Habenichts, sie nahm eine wichtige Position ein – in der »Pyramide«. Sie bezog ein Spitzengehalt. Trotzdem reichte ihr Geld niemals aus, um sich einen Listenplatz zu sichern.

Wenn sie daran dachte, wurde sie zornig, und die Wut gab ihr Energie für die letzten Minuten auf dem Laufband. Jetzt kam eine Steigung. Sie mobilisierte all ihre verbliebene Energie und zog das Tempo nochmals an.

In dem Moment wurde sie unterbrochen.

Auf dem Bildschirm, der an der Wand hing, erschien eine Eilmeldung – eine interne Benachrichtigung. Gillespie schaltete das Laufband ab, trabte noch ein paar Schritte, las dabei mit ungläubiger Miene die Meldung. General Ming Cheng, Direktor aller sieben Geheimdienstbereiche in der »Pyramide«, nahm auf eigenen Wunsch eine Auszeit, hierfür gab er private Gründe an. So die offizielle Lesart.

Die natürlich Unsinn war. Gillespie kannte Cheng; er würde sich nicht mal beurlauben lassen, um sich zum Sterben hinzulegen. Man hatte ihn kaltgestellt. Aber wer? Und warum?

In diesem Moment ertönte der Summer an ihrer Wohnungstür.

Und das war jetzt mehr als bizarr.

Gillespie erwartete keinen Besuch – niemals. Und ihre Adresse war nur wenigen Menschen bekannt.

Sie riss das Stirnband ab und steckte es ein. Sie verließ den Fitnessraum und betrat den Flur ihrer Wohnung. Neben der Wohnungstür stand ein weißer Metallschrank, aus der Schublade nahm sie einen Elektro-Taser. Dann schaute sie auf das Kamerabild: Niemand stand vor ihrer Wohnungstür.

Aber ein schwarzer Kasten war dort deponiert worden. Ihr Kamerasystem erfasste das gesamte Treppenhaus – kein Mensch zu sehen.

Leise öffnete sie die Wohnungstür. Wartete ab. Nichts. An dem Kasten war ein weißer Briefumschlag befestigt. Auf dem Umschlag stand, in großen Lettern, ihr Name.

Wer wusste, dass sie hier wohnte, dass sie hier war?

Vorsichtig trat sie aus der Wohnung. Sie wartete lange. Ihre Ausbildung gab ihr klare Regeln vor für solche Fälle. Es konnte ein Sprengkörper sein. Sie kämpfte einen Moment mit sich.

Dann hob sie den Kasten auf. Es war ein Projektionsgerät. Trotzdem konnte immer noch eine Sprengladung darin stecken. Sie schaute sich im Hausflur um, horchte, nichts war zu hören, sie nahm den Kasten hinein. Drückte die Wohnungstür ins Schloss. Zögerte. Bombenentschärfung rufen?

Sie entschied sich dagegen, aus einem Gefühl heraus. Ging mit dem Gerät in die Küche. Einem Hängeschrank entnahm sie ein Paar weißer Baumwollhandschuhe, außerdem ein Tuch, einen Sprengstoffscanner, ein Etui mit Werkzeug. Sie breitete das Tuch auf dem Küchentisch aus. Zog die Handschuhe an. Sie schaltete den Sprengstoffscanner an und führte die Sonde über den Projektor. Nichts.

Was sie jetzt tat, war wieder gegen das Protokoll – sie machte es trotzdem. Sie schraubte die Abdeckung des Projektorkastens auf. Festplatte, Optik, Empfänger, Lautsprecher – alles normal, keine Sprengfalle. Sie knipste eine kleine, extrem starke Taschenlampe an und leuchtete in die Ecken. Nichts. Sie brachte die Abdeckung wieder an ihren Platz und schraubte den Kasten zu.

Jetzt öffnete Gillespie mit einem Skalpell den Briefumschlag. Hielt ihn dabei mit einer Pinzette fest. Ein einzelner Bogen Papier war in dem Umschlag. Sie zog ihn behutsam heraus, entfaltete ihn.

Es war ein offizieller Briefbogen der Regierung der Klima-Allianz, Sitz in Kapstadt, allerdings nicht von einem der Ministerien, sondern vom erstmals gewählten Präsidialrat. Das Wort Präsidialrat prangte im Briefkopf. Und darunter, handschriftlich geschrieben, standen, ohne jede weitere Anrede, nur zwei Worte: *bitte einschalten.*

Mehr nicht. Kein Gruß, kein Name, allerdings ein einzelner Buchstabe, ein großes T.

»Wollen Sie mich erschießen?«

»Vielleicht. Stellen Sie das erst mal ab.«

Nkunke hielt seine Pistole weiterhin auf Juniper Gillespie gerichtet; sie setzte den Hologramm-Projektor behutsam auf den Boden und hob die Hände. Nkunke tastete sie ab; ihr Telefon legte er in einen abgeschirmten Kasten, der im Flur stand.

Sie befanden sich im Eingangsbereich des Farmhauses, etwas südlich von Fish Hoek. Hier war das *Safe House*, das Versteck, in dem Nkunke seine Schützlinge Pierpaoli und Ariadna untergebracht hatte. Gillespie hatte – über Nkunke – ihren Besuch angekündigt, aber ohne weitere Erklärungen.

Nkunke war nicht ganz wohl dabei. Er wusste, dass Gillespie allein gekommen war, das war die Bedingung gewesen, und es war ihr auch niemand gefolgt. Das Gebiet um das *Safe House* wurde konstant von fünf Drohnen überwacht.

Nkunke deutete auf den Projektor. »Was haben Sie damit vor?«

»Ich bin im Auftrag einer Bekannten hier«, antwortete Gillespie knapp.

Pierpaoli hatte auf Nkunkes Geheiß in der Küche gewartet; jetzt kam er dazu. »Ist schon in Ordnung, Horace«, sagte er. Pierpaoli musterte seine ehemalige Vorgesetzte, die Frau, die ihn belogen und betrogen hatte; seit dem gescheiterten Zugriff auf Tahiti hatten sie einander nicht gesehen.

Sie brach als Erste das Schweigen: »Mister Pierpaoli, ich bin sehr froh, dass Sie noch am Leben sind.«

»Ich gebe mir Mühe.«

»Die Sache auf Tahiti – ich hab' mich dafür noch nicht entschuldigt. Sie wissen, es war nicht persönlich gemeint.«

»Danke. Aber deswegen sind Sie nicht gekommen, oder?« Er schaute auf den Projektor. »Ich schätze, es geht um Talasea.«

Sie sah ihn nur an.

*

Fünf Minuten später, in der Küche des Farmhauses. Nkunke stand am Fenster. Er hatte den Raum verdunkelt, die Vorhänge bis auf einen Spalt zugezogen, er spähte gelegentlich hinaus und behielt den Vorplatz des Farmhauses im Auge. Außerdem hatte er seinen Laptop aufgeklappt und kontrollierte zwischendurch die Kameradrohnen.

Ariadna, Pierpaoli und Gillespie hatten sich an den Küchentisch gesetzt. Am Kopfende des Tisches befand sich Talasea – ihr Hologramm. Gillespie und Nkunke hatten den Projektor auf die Fliesen des Küchenbodens gestellt. Der Empfang war gut.

Tatsächlich war die Projektion nahezu lebensecht, die Größe stimmte, die Mimik war überzeugend, Talasea schien wahrhaftig physisch im Raum zu sein – fast. Trotzdem hatte das Ganze etwas von einer Geistererscheinung, von einer Audienz bei einem ätherischen Wesen: Talaseas Körper wirkte in der Projektion transparent und schien von innen her zu leuchten. Wenn sie gestikulierte oder den Kopf bewegte, wirkten die Bewegungen etwas verzerrt und schlierenhaft, und es kam zu Unschärfen in der dreidimensionalen Abbildung.

Diese Technologie war seit etwa sieben Jahren perfektioniert. Trotzdem empfand Pierpaoli eine leichte Irritation. Ariadna hingegen war der technische Aspekt völlig egal. Für sie zählte die Tatsache, dass Talasea endlich reagiert hatte.

Und Talasea eröffnete das Gespräch. Sie entschuldigte sich für ihr langes Schweigen. »Ich musste erst mal ein paar Hindernisse überwinden. Die Geo-Engineering-Lobby ist ziemlich gut vernetzt.« Ihre Stimme kam aus dem kleinen Lautsprecher des Projektors, sie klang rau.

»Ich glaube, ich habe inzwischen vieles verstanden, dank euch«, fuhr sie fort. »Ich verstehe die Lage momentan so. Erstens: Mein Bruder ist ermordet worden. Zweitens: Der Organismus, an dem er gearbeitet hat, soll in Umlauf gebracht werden.«

»Das ist höchstwahrscheinlich alles schon geschehen. Der Parasit ist wahrscheinlich schon in die Atmosphäre geblasen worden«, sagte Pierpaoli.

Er war erregt, wie vorsichtig Talasea formulierte.

»Ja, das ist möglich«, bestätigte Talasea. »Vielleicht ist es bereits geschehen. Außerdem ist das Antidot monopolisiert worden …«

»Brauchst du selbst welches? Hast du genügend?«, unterbrach Ariadna besorgt.

»Ich habe Reserven, danke, Ariadna. Aber es geht nicht um mich. Es geht um Milliarden von Menschen, die in großer Gefahr sind. Wir können jetzt noch verhindern, dass sie elend zugrunde gehen. Dafür müssen wir einen Weg finden, Frey zu stoppen. Und dazu brauche ich euch.«

»Für all das haben wir keinerlei Beweise«, sagte Gillespie.

Pierpaoli blieb ruhig, mit Mühe. »Wir haben keine Beweise? Ich hatte diese Beweise! Sie hatten den Task-Force-Bericht bekommen! Frey hatte den Parasiten an Bord seiner Yacht …«

»Haben Sie dafür einen Beweis? Haben Sie eine Probe genommen?«

»Er hatte die Nährstofflösung dabei, die Elani speziell für den Parasiten hergestellt hat …«

»Haben Sie Fotos?«

»Wie denn? Er hat uns beschossen! Wir trieben im Meer, alle Aufnahmen wurden gelöscht. Nur durch Zufall oder Glück sind wir selbst nicht gelöscht, leben wir überhaupt! Die Tatsache, dass wir hier sind, Ariadna und ich, ist Beweis genug. Wir sind der Beweis! Wir sind Zeugen!«

Schweigen. Pierpaoli blickte in betretene Gesichter; ihm war klar: Alle dachten das Gleiche. Sie hatten nichts in der Hand.

Nkunke legte ihm eine schwere Hand auf die Schulter. »Tom …«

Pierpaoli hasste es, wenn er die Fassung verlor.

»Tom hat aber absolut recht«, sagte Ariadna tapfer.

»Ja«, sagte Talasea. »Das stimmt. Aber ich glaube, du hast auch einen Plan, Tom.« Sie duzte ihn. Das war das erste Mal. »Was sollen wir machen, Tom?«

Pierpaoli atmete durch. Ariadna drückte ihm verstohlen die Hand. Er war wieder ruhig.

»Also. Ich bin mir fast sicher, dass der Parasit schon ausgebracht ist. Wir haben noch eine letzte Chance: Die Menschheit muss ein Gegenmittel entwickeln. Ein Mittel, das nicht nur die Nachwirkungen dämpft, sondern den Parasiten *tötet*. Das ist nicht unmöglich, denn kein Organismus ist unangreifbar. Dafür müssen wir das Problem öffentlich machen. Die Leute müssen wissen, dass dieser Parasit real existiert! Und für die Entwicklung eines Gegenmittels brauchen wir den Bauplan des Parasiten. Nur Frey hat diesen Bauplan. Wir brauchen seine Unterlagen. Allerdings ist dieser Mann absolut geschützt, in alle Richtungen. Der einzige Weg besteht darin, dass wir ihm eine Straftat nachweisen.«

»Aber wir drehen uns im Kreis. Wir haben keine Beweise«, warf Gillespie ein.

»Nein, nein«, Pierpaoli wedelte mit den Händen. »Denken Sie an Al Capone!«

Alle schauten ihn verblüfft an.

»Wofür wurde Al Capone verurteilt? Für all die Morde? Für die Entführungen? Für seinen Schmuggel von Alkohol, Drogen, Waffen?« Pierpaoli gab selbst die Antwort. »Nein. Nichts davon konnte man ihm nachweisen. Dafür hatte er gesorgt. Er war zu schlau! Was er aber übersehen hatte, was man jedoch nachweisen *konnte*, das waren Steuervergehen. Schlichte Steuervergehen. Läppische Abrechnungsfehler! Buchhalterische Versäumnisse!«

»Dafür kam er ins Gefängnis?«, fragte Ariadna.

»Die kleinen Nachweise waren nur der Dosenöffner. Damit stachen sie ein Loch in seine Rüstung. Und so kamen sie an all seine Geheimnisse, so konnten sie ihn festnageln.«

»Und du kennst den Dosenöffner für Hans-Oliver Frey«, sagte Talasea.

»Ja«, sagte Pierpaoli. »Mein Plan ist ganz langweilig. Aber darin liegt der Trick.«

»Dann sag's endlich, Tom«, bat Ariadna.

»Okay. Wir müssen eine Filternorm ändern.« Er wandte sich an Gillespie. »Am Ende jeden Monats veröffentlicht die Klima-Allianz eine Liste mit neuen Verordnungen. Das sind keine Gesetze, sondern nur bürokratische Detailänderungen, Anpassungen – und das sind ungefähr zwischen vierhundert und achthundert Seiten.

Kleingedruckt. Es hat einen öden Namen: das Regelungsergänzungsbulletin«

»Du hast recht, Tom«, sagte Ariadna. »Das klingt wirklich öde.«

»Genau. Und darum geht es. Fast kein Mensch auf diesem Planeten liest das.«

»Ich glaube, ich verstehe«, sagte Gillespie. »Darin wollen Sie also etwas verstecken. Und was?«

»Wie gesagt – eine Änderung der Filternorm«, erwiderte Pierpaoli. »Frey nutzt für die Ausbringung des Parasiten seine Wolkentürme. Diese riesige Geo-Engineering-Anlage in Florida. In den Wolkentürmen gibt es gigantische Filteranlagen. Sie sind das wichtigste Sicherheitssystem. Ich weiß zufällig, welche Filter er verbaut hat. Das nächste Regelungsergänzungsbulletin erscheint Anfang nächster Woche. Schaffen Sie es, zwei Zeilen dort einzufügen? Nämlich: Die Filternorm für Geo-Engineering-Verdunstungsanlagen wird geändert von Standard 317/K462 auf 317/K463. Das ist die nächstfeinere Filternorm. Wir schummeln diese zwei Zeilen mit hinein …«

»Ja, das geht. Zwei Zeilen in das Bulletin einfügen, das kann ich jederzeit«, sagte Gillespie. »Aber normalerweise, das wissen Sie, werden die Verordnungen von den Spezialisten-Gremien erstellt. Wenn man es anficht, wird es geprüft. Es wird also nicht lange Bestand haben; sobald klar wird, dass kein Gremium das abgesegnet hat, wird es hinfällig. Und – wir machen uns natürlich strafbar.«

»Ja«, stimmte Pierpaoli zu. »Aber ich weiß, wie lange so eine Prüfung dauert. Und in dieser Zeit schlagen wir zu. Wir überführen Frey einer banalen Ordnungswidrigkeit. Wir erzwingen so Zugang zu Freys Datenmaterial. Das Datenmaterial, den Parasiten betreffend, alle Forschungsunterlagen von Elani, am besten den molekularen Bauplan des Parasiten. Wie gesagt – damit wir Zeit gewinnen, ein Gegenmittel entwickeln können. Außerdem brauchen wir die Betriebsprotokolle der letzten Woche. Wo jede Minute dokumentiert werden muss. Damit wir sehen können, was er gemacht hat.«

»Okay. Sie reden da von einer unangekündigten Kontrolle,

Mister Pierpaoli«, sagte Gillespie. »Sie wissen, dafür bräuchte ich eine Anweisung. Sogar eine Dringlichkeitsanweisung *für eine unangekündigte Sicherheitskontrolle*. So nennt sich das. Das müsste allerdings aus der Regierungsebene kommen.«

»Das bin ich ja jetzt«, sagte Talasea. »Dann werde ich das machen. Dringlichkeitsanweisung – so heißt das, ja?«

Gillespie nickte.

»Morgen tagt der Präsidialrat«, sagte Talasea.

»Und gehst du da hin?«, fragte Ariadna. »Im Schutzanzug? Oder wie machst du das?«

»Nein, das mache ich so wie bei euch. Auftritte im Schutzanzug sind anstrengend, das ist nur für besondere Anlässe.«

»Dann bist du immer allein, Talasea?«

Talasea antwortete nicht gleich. Plötzlich sprang eine Katze auf ihren Schoß. Das Bild war geisterhaft: Für die vier Menschen im *Safe House* sah es so aus, als wäre das Tier aus dem Nichts gekommen, tatsächlich aber war die Katze – ebenso wie Talasea – Tausende von Kilometern entfernt, sie war in Talaseas Projektionsstrahl gesprungen. Talasea streichelte die Katze. Das Tier schnurrte; der Eindruck war verblüffend, es war, als wäre die Katze hier in der Küche – nur dass das Tier von innen heraus zu leuchten schien, mit glimmenden Augen.

»Ja, ich bin immer allein, Ariadna. Daran habe ich mich gewöhnt. Es ist mein Leben, mit Vor- und Nachteilen.«

Nkunke, immer noch am Fenster stehend, räusperte sich. »Da war eben von einem Kontrollbesuch die Rede. Wer genau macht diesen Kontrollbesuch?«

»Ich kann das nicht ohne Thomas Pierpaoli machen – er ist der Einzige, der das Detailwissen hat.« Das kam von Gillespie.

»Natürlich komme ich mit«, sagte Pierpaoli. »Ich kenne Frey. Ich habe ein paar von seinen Tricks erlebt.«

»Gut. Ich habe den *Master-Code* für die Fußfessel«, sagte Gillespie. »Die Flüge nach Florida buche ich privat. Und ich werde Urlaub nehmen, ich traue niemandem mehr in unserer Behörde – Frey hat direkten Zugang zum Geheimdienst, und ich weiß nicht, wer für ihn arbeitet.«

Nkunke schaltete sich wieder ein. »Tom, weißt du, wie schwierig es allein ist, dich hier zu beschützen? Und du willst direkt in die Höhle des Löwen. Wie soll ich dann deine Sicherheit garantieren? Und wer passt auf Ariadna auf?«

»Auf mich passt niemand auf«, unterbrach Ariadna. »Ich komme mit! Davon hält mich keiner ab.«

»Das stimmt«, sagte Pierpaoli.

Nkunke stöhnte leise auf.

»Eine Frage hätte ich noch«, sagte Gillespie. »Und zwar an Talasea. Haben Sie dafür gesorgt, dass General Cheng entmachtet worden ist?«

Talasea überlegte einen Moment. »Sagen wir es so«, antwortete sie dann. »Ich glaube, der General ist froh, nichts mit mir zu tun haben zu müssen. Ich darf mich verabschieden. Ich kümmere mich um diese Dringlichkeitsanweisung.«

Talasea lächelte den vier Menschen, die in der Küche saßen, in einem *Safe House* südlich von Kapstadt, weit entfernt von ihr, noch einmal freundlich zu. Die Katze auf ihrem Schoß schnurrte und leuchtete.

Dann, abrupt und knisternd, erlosch das Bild.

Vierzehntes Kapitel

Tod

Die Innenrevision innerhalb der »Pyramide«, Kapstadt, Südafrika

Keine andere Abteilung innerhalb der »Pyramide« in Kapstadt ist so gefürchtet wie die Innenrevision – es ist jene Abteilung, die ihre eigenen Leute kontrolliert, die Zugriff hat auf alle Vorgänge, Personalakten und Interna, die Fälle von Bestechung, Korruption, Inkompetenz verfolgt. Der Büroalltag in der Innenrevision sieht allerdings nicht anders aus als in einem x-beliebigen Straßenverkehrsamt oder in einem Steuerbüro: ein Großraumbüro im elften Stock der »Pyramide«, Sachbearbeiter sitzen an langen Tischen und an Computern und klicken sich schlaff und routinemäßig durch Tabellenkalkulationen, durch Kontoeingänge, Gesprächsaufzeichnungen, Steuerbescheide, Hotelrechnungen, eingereichte Bewirtungsbelege.

An diesem Vormittag jedoch findet ein Sachbearbeiter eine Flugbuchung, die ihn stutzig werden lässt. Er ruft den Vorgang auf. Die Flüge sind deklariert als private Urlaubsreisen. Der Sachbearbeiter vergleicht rasch die Namen. Der Check ergibt, dass es sich um zwei Mitarbeiter der Abteilung *Science Control* handelt. Merkwürdig. Der Sachbearbeiter ruft beide Namen auf.

Treffer!

Ein Name ist markiert: Der Mann steht unter Hausarrest, er darf gar nicht verreisen – hier stimmt also etwas nicht. Der besagte Mann trägt eine Fußfessel, sein Name: Pierpaoli, Thomas, anhängiges Verfahren. Wer hat sein Flugticket bezahlt? Aha … Abrechnung über private Kreditkarte von Juniper Gillespie. Seine frühere Vorgesetzte. Wieso das?

Das ist jetzt wirklich ein Treffer.

Der Sachbearbeiter wirkt aufgeregt, während er die Daten kopiert – so aufgeregt, dass sein Schreibtischnachbar aufmerksam wird.

»Alles in Ordnung?«, fragt der Schreibtischnachbar matt.

»Ja. Falscher Alarm«, erwidert der Sachbearbeiter.

Und er macht Kopien von diesen Vorgängen und schickt sie über eine sichere Verbindung weiter an seinen Auftraggeber, der ihn, wie er weiß, gut bezahlen wird für diese Information.

Die Geo-Engineering-Anlage vor der Küste Floridas, genannt Wolkenturm

Überraschung, Schnelligkeit, Improvisation, denkt Nkunke. *So müssen wir vorgehen. Und wir haben nur eine Chance.*

Nkunke hat die verschiedenen Szenarien gedanklich durchgespielt, während er die Vorbereitungen getroffen hat, das Boot organisierte, die geheimen Baupläne für den Wolkenturm beschaffen ließ, die Leute aussuchte, die Bewaffnung – in dem Team war er derjenige mit der meisten Erfahrung, mehr noch als Gillespie, die zwar ausgebildet war, aber in den vergangenen Jahren vor allem am Schreibtisch gesessen hatte.

Nkunke hat also alles organisiert – umso mehr ist ihm bewusst, dass dies eine Kamikaze-Aktion ist.

Sie sitzen im Bauch eines Schnellboots, dreizehn Leute, sechs davon bewaffnet, mit Kurs auf den Wolkenturm. Es ist zehn Uhr morgens. Der Himmel ist bedeckt, möglicherweise zieht ein Gewitter auf. Sie sitzen einander gegenüber wie in einem Militärtransportflugzeug, in zwei Reihen, den Gang zwischen sich, auf harten grauen Plastikstühlen, die links und rechts an der Bootswand verschraubt sind.

Noch etwa achtzehn Minuten. So hat es der Kapitän eben durchgegeben.

Das Boot macht schnelle Fahrt, den Bug wie zum Angriff gerichtet, so pflügt es durchs Meer, aber die Wellen sind kabbelig. Immer wieder schlägt der Rumpf ruppig auf, dann geht ein harter Schlag durchs Gefährt, und alle heben sich von den Sitzen.

Durch die Bullaugen kann man nichts erkennen, Salz und Spritzer sprenkeln das Glas. Jemand reicht Pierpaoli eine Wasserflasche, er trinkt einen Schluck und gibt sie weiter an Gillespie, die links von ihm sitzt. Das Wasser ist warm und schmeckt süßlich, kreidig. Gillespie will die Flasche an Ariadna weitergeben, aber die schüttelt den Kopf.

Pierpaoli und Gillespie sind formell gekleidet, denn das gehört zu ihrer Rolle. Gillespie trägt einen Hosenanzug aus grau-changierendem Stoff. Pierpaoli fühlt sich mit Hemd, Krawatte, Sakko denkbar unwohl, das Hemd klebt bereits am Rücken. Wenn das hier überstanden ist, wird er nie wieder einen Fuß auf ein Schiff setzen. Die Luft unter Deck ist stickig, es riecht nach Gummi, billigem Aftershave, Waffenöl, Angst.

Aber all das ist unwichtig. Wichtig ist nur, dass sie es schaffen.

Der kleine Kriegsrat im *Safe House*, mit Talasea aus dem Projektor, liegt vier Tage zurück. Alle haben ihre Jobs erledigt. Inzwischen ist im Regelungsergänzungsbulletin unauffällig die neue Filternorm 317/K463 als Standard ausgeschrieben worden, inzwischen hat Talasea auch eine *Dringlichkeitsanweisung für eine unangekündigte Sicherheitskontrolle* erlassen; und Gillespie, in ihrer Position als Chefin der *Science Control*, hat den heutigen Kontrollbesuch frühmorgens angekündigt – formell korrekt, aber so, dass das Management und auch Frey nicht reagieren können, hoffentlich. Und hoffentlich gab es keine undichte Stelle.

Das Team hat sich vor zwei Tagen in Miami getroffen, Gillespie hat außerdem drei Techniker angefordert, falls sie biochemische Tests machen sollten. Die Techniker sind promovierte Molekularbiologen, sie tragen weiße Overalls: Eva Santana, Ove Gebhard, Lucia Teluride. Die Kampftaucher und Einzelkämpfer – falls es zur Gewaltanwendung kommt – hat Nkunke ausgesucht, fünf seiner Leute, Cyrill, Xenia, Reinhard, Moskowitz, Demmy. Sie haben Piercings, Ringe, Ketten, Uhren abgenommen. Außerdem hat Nkunke den besten Hacker mitgenommen, den er auf die Schnelle auftreiben konnte, ein junger Kerl namens Lucky. Für Lucky haben sie im Boot eine abgeschlossene Kabine eingebaut, nicht größer als eine Nische, aber von außen nicht zu erkennen und vollgestopft mit Elektronik.

Dreizehn Männer und Frauen gegen eine kleine Armee, denkt Nkunke. Er kennt die Bewaffnung und die Sicherheitsmaßnahmen auf dem Wolkenturm. Aber er verscheucht den Gedanken. Es ist Zeit für ein letztes Briefing.

»Okay, Leute, gleich wird's ernst, und wir haben durchaus eine gute Chance!« Nkunke spricht wie ein Trainer, der eine Verlierermannschaft gegen den Tabellenführer ins Spiel schicken muss.

»Es sind drei Szenarien denkbar«, fährt er fort. »Ich fange mit der schlechtesten Variante an – man lässt uns nicht in den Hafen. Sie geben Warnschüsse ab und meinen es ernst. Dann haben wir ein Problem, denn wir können keinen bewaffneten Zutritt erzwingen. Dann müssen wir uns zurückziehen und verhandeln – das wird Gillespie übernehmen. Ihr stärkstes Argument wird die Dringlichkeitsanweisung und der Rechtsbruch sein. Trotzdem: Der Wolkenturm ist Privatgelände – ausrichten können wir nichts. Wir müssen auf Abstand gehen.« Nkunke blickt in lange Gesichter. »Doch wir werden eines tun. In diesem Fall werden wir versuchen, ein trojanisches Team zu installieren. Das werdet ihr sein, Cyrill, Xenia, Reinhard, Moskowitz, Demmy. Und ich. Wir gehen ins Wasser, unauffällig. Die anderen werden ein Ablenkungsmanöver machen. Wir tauchen zur Anlage, zu Turm drei, zu den Ansaugstutzen, durchtrennen die Gitter, gehen rein, suchen die Filter, nehmen Proben. Wenn uns jemand aufhalten will, schalten wir ihn aus, ohne zu töten. Und wieder zurück. Selber Weg. Fragen?«

Keine Fragen.

Nkunke schlägt einen rascheren Ton an. »Das ist der unwahrscheinlichste Fall. Eher werden sie einfach nur auf Zeit spielen. Sie werden uns hinhalten. Sie werden behaupten, sie seien nicht informiert, sie müssten unsere Dringlichkeitsanweisung prüfen – und so weiter.«

»Und in dem Fall?«, fragt Cyrill.

»In dem Fall spielen wir ebenfalls auf Zeit. Gillespie führt auch diesmal die Verhandlungen. Unser Vorteil: Wir kommen dabei nahe genug ran.«

»Nahe genug wofür?« Es ist Ariadna, die fragt. Sie ist blass vor Aufregung, aber inwendig glüht sie. Krisenfälle, Teambesprechungen – das spricht ihren kooperativen Sinn an, Notfälle aller Art beflügeln sie. Anders als Pierpaoli und Gillespie hat sie sich angezogen wie für eine Bergwanderung: kräftige Schuhe, eine unförmige Hose, ein Kapuzenshirt. Um nicht erkannt zu werden, hat sie sich außerdem eine klobige Brille besorgt, dazu eine karierte Schiebermütze, die sie in einem staubigen Schrank im *Safe House* gefunden hat – sie sieht aus wie eine konzessionierte Landstreicherin.

»Nahe genug für Lucky«, antwortet Nkunke. »Während wir verhandeln, scannt Lucky alle Netzwerke ab, er sucht nach Schwachstellen, sichert die Protokolle der letzten Wochen. Schaffst du das, Lucky?«

Lucky zuckt zusammen, aber er nickt.

Angespanntes Schweigen. Tropischer Schweiß in den Gesichtern, die grünlich schimmern in dem Licht hier unten. Dann ertönt die Stimme des Kapitäns. »Horace, wir sind gleich da. Überall sind Unterwasser-Drohnen; ihr könnt nicht tauchen. Und das solltest du dir ansehen.«

Nkunke verschwindet ins Cockpit, kommt nach einer Minute zurück.

»Also, wir können die Szenarien vergessen«, sagt er.

»Was bedeutet das?«, fragt Ariadna.

»Sie beschießen uns erstens nicht, und sie spielen zweitens auch nicht auf Zeit. Jetzt tritt Szenario drei in Kraft.«

»Was heißt das denn jetzt wieder?«, fragt Pierpaoli gereizt.

»Sie haben uns erwartet. Sie sind bestens vorbereitet auf unsere Ankunft«, antwortet Nkunke. »Wir werden geleitet von zwei Kreuzern. Und am Pier, da steht ein verdammtes Empfangskomitee. Ich tippe auf Anwälte. Sie wollen uns verarschen.« *Das Überraschungsmoment ist schon mal gescheitert*, denkt er. *Sie hatten Zeit, sich zu wappnen.*

Gillespie wendet sich an Pierpaoli, sie spricht rasch. »Ich rede, ich führe die Verhandlungen, Sie halten die Augen offen.« Und zu Ariadna: »Und Sie halten sich bitte im Hintergrund. Dies ist ein offizieller Besuch der Abteilung *Science Control*, vergessen wir das nicht!«

Die Stimme des Kapitäns aus dem Lautsprecher. »Wir werden zum Pier gebracht, was soll ich tun?«

»Wir legen an«, sagt Nkunke, und er fügt hinzu: »Die sind verdammt präpariert. Fehlt nur noch eine Blaskapelle.«

Die Geo-Engineering-Anlage vor der Küste Floridas, genannt Wolkenturm

Und dann sind sie da.

Das Boot wird am Pier vertäut. Unter den wachsamen Augen der Sicherheitsleute. Und sie steigen aus. Die Sicherheitsleute bilden ein Spalier. Geleiten sie zur Mitte der Plattform. Bedeuten ihnen, dass sie dort warten sollen.

Und als sie da stehen, auf der Plattform, und um sich blicken – ist der Anblick so überwältigend, dass sie für einen Moment beinahe vergessen, warum sie hier sind.

Die Schönheit der vier Türme ist atemberaubend.

Obwohl es sich, streng genommen, »nur« um eine Industrieanlage handelt, wollten seinerzeit die Konstrukteure – es waren mehr als tausend Architekten, Materialentwickler, Ingenieure – etwas Besonderes erschaffen. Kein Turm wie einst in Babel sollte es werden, massig und gotteslästerlich, sondern eine wolkenleichte Ästhetik; ein Bauwerk, das die Sphären verbindet, das Meer und den Himmel.

So stehen sie da, Pierpaoli, Ariadna und die anderen, und sind für einen Moment gefangen von dem Anblick. Das Meer am Horizont schimmert. Die Sonne strahlt mit Kraft. Für einen Augenblick sieht das Himmelsgefilde fast dreidimensional aus, wie gemalt, beinahe unwirklich. Und das gilt auch für die Türme. Sie glitzern im Licht und wirken unendlich hoch, denn die Spitzen verschwinden in den Wolken, und gleichzeitig ist das Bild sehr filigran, denn die Bauwerke selbst sind umsponnen von stabilisierenden *Intelligent-Carbon*-Elementen, die sich wie Zuckerwatte um die schlanken Schäfte schmiegen und den stärksten Stürmen mühelos standhalten können.

Einer der vier Türme ist etwas anders als die anderen. Denn auf besonderen Wunsch von Frey hat man auf halber Höhe eine kleine Wohnung angesetzt, nur für ihn. Sie klebt wie ein gläsernes Schwalbennest in sechshundert Metern Höhe am ersten Turm, zur Plattform hin verbunden mit einem Speed-Lift, den nur er und ausgewählte Besucher nutzen dürfen und der die Distanz zwischen Plattform und Wohnung in zweihundertvierzig Sekunden schafft.

Die Aussicht von dort oben lässt sich nicht in Worte fassen.

Die Geometrie der Anlage selbst ist einfach: Es gibt vier Türme und mittendrin das Zentralmodul, eine weiträumig bebaute Plattform von etwas mehr als neun Quadratkilometern. Die Anordnung der ganzen Anlage wiederum gleicht den Augen auf einem Spielwürfel, wenn man eine Fünf wirft: Außen die Türme, sie sind die Eckpunkte und bilden ein weiträumiges Quadrat mit kilometerweitem Abstand, und im Schnittpunkt befindet sich das Zentralmodul mit dem Anlegehafen, zu dem es nur einen überwachten Zugang gibt. Hier sind außerdem die Piers, die Verladestationen, die Energieversorgung und die Steuerungssysteme für die Filter und die Schwefeleinlassung, ferner die Lagerkammern, das Waffenarsenal, die Quartiere für die Belegschaften, für Köche, Mechaniker, Krankenschwestern, Ingenieure, Sportlehrer, Soldaten, Physiotherapeuten, Sicherheitsdienst, Gebäudereiniger, Computerspezialisten, Reinigungskräfte, Bauschweißer, Pfleger, Ärztinnen, Taucher. Ein kleines Krankenhaus ist bereits in Betrieb. Erstellt sind auch schon die Gebäude, wo später Hotels und Restaurants einziehen sollen.

Denn das ist ebenfalls geplant – eines Tages soll die Anlage auch eine Touristenattraktion sein, Besucher sollen diese Anlage betreten dürfen, sollen hier wohnen; das Interesse daran ist riesig. Bis es so weit ist, bieten die Betreiber geführte Touristentouren an: Die staunenden Besucher werden in offenen Booten von Miami Beach aus hierhergeschippert und umrunden in einigem Abstand die Anlage. Diese Tour wird von Musik begleitet und mit Filmeinspielungen moderiert, die Betreiber haben dazu gigantische Spezial-Monitore auf der Plattform und an den Türmen installieren lassen: Jeder Monitor ist so groß wie ein halber Fußballplatz und lässt sich steuern und gegen die Sonne verschatten. Snacks und Getränke auf den Booten sind im Preis enthalten. Schon jetzt ist die Nachfrage größer als für Disney World.

Natürlich sind die Türme, das wird bei jeder Tour ausdrücklich betont, nur ein Mittel – es gehe um Klimarettung, bei aller Schönheit seien sie also kein Selbstzweck, lediglich eine Maschine, die der Menschheit dient.

Doch wie bei jeder Maschine muss man nur ein wenig den Zweck verändern, und schon wird aus der Maschine eine Waffe.

Das hat Frey getan. Und daran denkt Pierpaoli jetzt, als er auf der Plattform steht. Wut steigt in ihm auf und ballt sich wie ein aufziehendes Gewitter. Deshalb sind sie hier. Um Frey das Handwerk zu legen. Herauszufinden, was sie gegen den Parasiten machen können. Wenn es noch eine Chance gibt.

Und es geht los.

Pierpaoli schaut sich um. Irgendwas stimmt nicht. Sie sind zu elft, die jetzt ausgestiegen sind und auf der Plattform stehen. Lucky haben sie im Boot zurückgelassen, er sitzt in seinem Versteck, umbaut von Hacker-Elektronik. Nkunke hat das Kabuff von außen verriegelt, wahrscheinlich versucht Lucky bereits, sich in die Wolkenturm-Systeme zu hacken.

Aber wo ist Ariadna? Sie fehlt; es fällt Pierpaoli jetzt erst auf. Ariadna fehlt! Sie ist nicht bei ihnen, verdammt, sie ist ebenfalls nicht ausgestiegen. Warum? Sie muss an Bord geblieben sein. Wozu? Kann sie sich nicht ein einziges Mal an einen Plan halten? Sie hat nichts gesagt. Sofort spürt Pierpaoli Besorgnis aufsteigen, am liebsten würde er rasch zum Boot zurückkehren und nach Ariadna sehen.

Doch das geht nicht, es ist zu spät, Pierpaoli darf sich nichts anmerken lassen, sie dürfen die Aufmerksamkeit nicht auf das Boot lenken. Gillespie hat Ariadnas Fehlen ebenfalls bemerkt, sie schüttelt fast unmerklich den Kopf. Und Nkunke rollt die Augen, will sagen: Lass dir nichts anmerken. Sie sind jetzt unter Beobachtung: Die Ankömmlinge werden umringt von mehr als hundert Sicherheitskräften, in Zweierreihen, alle behelmt, bewaffnet.

Nkunke und seine fünf Leute werden sofort beiseitegenommen und nach Handwaffen und Kameras und Elektronik durchsucht – die Gewehre haben sie ohnehin auf dem Boot gelassen. Die Handwaffen werden ihnen abgenommen; dagegen murrt Nkunke, auch Gillespie legt offiziell Protest ein. Sie wird sich beschweren, droht sie, was soll das? Ihre Begleiter hätten Waffenscheine, sie seien angemeldet, und sie hätten als Kontrolleure das Recht auf Security.

Doch das nützt nichts. Der Protest würde im Kontrollprotokoll vermerkt, erklärt einer der Offiziere lässig, aber die Rechtslage sei eindeutig: Vertreter der Klima-Allianz haben das Recht auf Kontrollvisiten, doch in der Anlage, die Privateigentum ist, gelten die Regeln der Betreiber.

Die Übermacht behält das letzte Wort. Die Ankömmlinge fügen sich.

Nkunke und seine Leute sind also kaltgestellt. Nkunke fängt einen Blick von Pierpaoli auf und zuckt die Achseln, vielsagend: Ich kann nichts machen. So stehen sie auf dem Pier, ein etwas verlorener Haufen: Gillespie, Pierpaoli, die drei Techniker, Santana, Gebhard, Teluride, in ihren weißen Overalls.

Und jetzt wird es offenbar ernst – es nähert sich ihnen auch schon das Empfangskomitee.

Es marschiert auf die Ankömmlinge zu wie eine römische Legion, fast im Gleichschritt und beinahe in Keilformation – wie zum Angriff. Das Empfangskomitee: Das sind achtundvierzig Männer, die einander so ähnlich sehen, als hätte man sie geklont, alle in grauen Anzügen, fast alle im selben Alter, Ende dreißig, Anfang vierzig. Gebräunte Gesichter, makellose Zähne, dezente Krawatten, eine Kamera am Revers, ein Tablet in der Hand. An der Spitze der Keilformation jedoch marschiert eine schöne Frau mit platinblonder Mähne und im Business-Kostüm, und neben ihr stolpert ein untersetzter Mann daher, kahlköpfig und mit einer Fliege und einer auffälligen Brille, ein dickes schwarzes Gestell, das ihm ein eulenhaftes Aussehen gibt.

»Kennen Sie die?«, flüstert Pierpaoli, wenngleich es keinen Grund zum Flüstern gibt.

»Er ist Papadakis. Der mit der Fliege. Und Iris McKenzie. Er ist der oberste Firmenanwalt, sie ist die PR-Chefin«, sagt Gillespie leise. »Sie rangieren ganz oben in der Hierarchie. Frey fährt alles auf. Lassen Sie ausschließlich mich reden. Verstanden?«

Jetzt stehen die beiden Gruppen einander gegenüber; die Übermacht könnte nicht augenfälliger sein. Aber falls Pierpaoli damit gerechnet hat, dass sie gleich abgeführt, beschimpft, zurückgeschickt werden, so hat er sich getäuscht.

»Hallo-ooo! Herzlich willkoooommen!« McKenzie hat sich vor ihnen aufgebaut. Sie ist schlank wie eine Reitgerte. Sie strahlt die Besucher an, sie gurrt und singt die Worte beinahe und wirft ihre platinblonden Haare zurück. Sie reicht Gillespie die Hand, dann Pierpaoli, die Techniker übersieht sie geflissentlich.

Sie kennt uns, ist präzise vorbereitet, denkt Gillespie.

»Wie schön, Sie hier zu haben, Ma'am! Und *welche* Ehre!« McKenzie hat die anstrengende Angewohnheit, die unpassenden Wörter zu betonen. »Die Klima-Allianz *schickt* uns ihre besten Leute!« Dann ändert sich McKenzies Ton. »Bevor wir weitermachen, muss ich Sie fragen: Sind noch irgendwelche Leute an Bord? Belügen Sie mich nicht. Das wäre ein schwerer Verstoß, das wissen Sie.«

Gillespie schüttelt den Kopf.

»Nein? Gut. Ich will Ihnen vertrauen. Zumindest will ich es *versuchen.* Wir werden das Boot dennoch bewachen. Also gut! Wie fangen wir an? Ich bin von Herrn Frey beauftragt worden, Ihren Besuch so informativ und vor allem *angenehm* wie möglich zu machen. Ich *bin* Iris McKenzie! Und dies ist Professor Papadakis, Jurist aus Athen und Washington, der die Kontrolle juristisch begleiten wird, mit seinem Team …« Sie deutet auf die Männerschar in grauen Anzügen, aufgereiht wie auf dem Exerzierplatz.

Die Anwälte halten sich zurück. Papadakis, der Häuptling der Juristenschar, reicht den Besuchern keine Hand, er hat seine Brille abgesetzt, wodurch er etwas weniger eulenhaft aussieht, und putzt sie mit einem Seidentuch – er murmelt nur etwas vor sich hin und blickt kaum auf.

McKenzie übernimmt das Reden und Trällern. »Zunächst das Wichtigste! Möchten Sie nach der Anreise eine *Erfrischung?* Kaffee? Tee? Ein Glas Wein? Eine kleine Aufmerksamkeit aus unserer Küche?«

Es ist unglaublich, aber da ist tatsächlich ein Tisch aufgestellt, im Freien, und junge Frauen und Männer balancieren Tabletts heran.

Das Ganze ist eine Show. Sie wickeln uns ein, denkt Pierpaoli.

»Nein, danke. Weder für mich noch für sonst jemanden von uns«, sagt Gillespie. »Wir würden gern mit den Kontrollen beginnen. Sie haben unsere Dringlichkeitsanweisung erhalten?«

»Selbstverständlich.« McKenzie geht sofort auf Gillespies trockenen Ton ein. »Wir haben auch die veränderte Filternorm zur Kenntnis genommen und entsprechend reagiert. Zwar kam uns die Norm-Umstellung dubios vor, um das auszusprechen, bei allem Respekt. Um nicht zu sagen: Es kam uns vor wie ein Trick, so eilig und auffällig-unauffällig diese Norm plötzlich im Bulletin auftauchte, aber das werden wir überprüfen. Bis dahin richten wir uns natürlich streng nach den Vorgaben. *Und wir haben alle Filter sofort austauschen lassen.*«

»Wie bitte?« Jetzt hat sich Pierpaoli hinreißen lassen. Gillespie wirft ihm einen strengen Blick zu.

»Natürlich. *Überrascht* Sie das?« Sie schenkt Pierpaoli einen strahlenden Blick. »Wir haben in jedem Turm achtzig Filter. Selbstverständlich sind alle dreihundertzwanzig Filter hier auf der Anlage sofort nach dem Inkrafttreten der Norm ausgetauscht worden. Sie werden ja sehen. Möchten Sie Stichproben nehmen oder alle Filter untersuchen – das kann zeitaufwendig werden, darf ich hinzufügen.«

»Wir sehen uns alles an«, sagt Gillespie.

»Aber wie – konnten Sie in dieser kurzen Zeit alle Filter auswechseln?« Pierpaoli kann sein Entsetzen kaum verbergen. Der Plan ist gescheitert; sie werden Frey nicht belangen können. Er sieht, wie Nkunke und dessen Leute fortgeführt werden.

»Wir haben uns beeilt – was denken Sie denn?« Sie schüttelt die Haare, rattert weiter. »Wir haben Tag *und* Nacht gearbeitet, denn wir würden ja verantwortungslos handeln, wenn wir nicht sofort jede Verordnungsänderung beachteten, Sie werden es selbst sehen, und unsere Anwälte werden Sie begleiten. Sie haben drei Techniker? Gut! Auf jeden Techniker kommen vier Anwälte, mindestens, die alles filmen, dokumentieren und überwachen werden, damit es am Ende keine Missverständnisse gibt.« Sie droht schelmisch mit dem Zeigefinger. »Einverstanden?«

Bevor Gillespie oder Pierpaoli antworten können, spricht Papadakis. Sosehr McKenzie geflötet hat, so leiernd spricht Papadakis. »Es kommt auf das Einverständnis der Kontroll-Beamten in diesem Fall nicht an. Es wird entweder so gemacht – oder gar nicht.«

»Gut! Wundervoll!« McKenzie klatscht in die Hände, voller Begeisterung, als sei soeben ein herrlicher Ausflug beschlossen worden. »Dann wäre das klar! Dann bitte ich die Damen und Herren, mir zu folgen!« Und sie setzt sich in Bewegung, die drei Techniker und Gillespie folgen ihr notgedrungen, niedergeschlagen.

Das Ganze ist eine Farce, das wissen beide Seiten: Wenn Frey informiert war, wenn die Filter ausgetauscht worden sind, dann ist der Plan hinfällig, und sie könnten eigentlich sofort abziehen, unverrichteter Dinge. Pierpaoli will sich ebenfalls anschließen. Doch Papadakis hält ihn zurück.

»Halt! Noch auf ein Wort, Mister Pierpaoli, bitte.«

Pierpaoli bleibt stehen. Woher kennt Papadakis seinen Namen?

»Sagen Sie, Pierpaoli, äh, pardon: *Mister* Pierpaoli – ist gegen Sie nicht ein Verfahren anhängig? In Kapstadt? Stehen Sie nicht unter permanenter Beobachtung? Will sagen, dürfen Sie überhaupt – hier sein?«

Pierpaoli macht sich steif. »Ich weiß nicht, woher Sie diese Information haben. Aber ich bin hier als externer Berater zugegen, meine Vorgesetzte hat mich mitgenommen.«

Papadakis geht sofort zum Angriff über. »Antworten Sie auf die Frage!«

Pierpaoli schweigt.

»Verstehe, Mister Pierpaoli. Verstehe, junger Mann. Ganz koscher ist das also alles nicht. Sie spielen ein gefährliches Spiel, junger Mann.« Er nimmt die Brille ab, hält sie auf Armlänge, schaut prüfend durch die Gläser. »Ein gefährliches Spiel«, brummt er.

Dann schnippt er mit dem Finger. Ein Bediensteter, schwarze Hose, grüne Weste, eilt herbei. »Ich brauche Schatten! Und Kühlung. Ich bleibe bei unserem, äh, Besucher. Aber bringen Sie einen

Schirm und einen Stuhl. Nein. Zwei Stühle. Auch einen für ihn. Bequeme! Und Eiswasser!«

Es wird alles gebracht, der Schirm wird aufgestellt, aufgespannt, ein Ventilator wird angeworfen. Papadakis lässt sich nieder, würdig, ächzend, als wäre er ein betagter Papst. Pierpaoli bleibt stehen.

Papadakis beschäftigt sich eine Weile mit seinem Tablet. Dann lässt er es sinken und starrt Pierpaoli an. »Eine Frage noch, äh, wenn ich darf. Ihre liebreizende Begleiterin, die kleine Sängerin, Miss Ferrer – sie ist nicht mitgekommen? Ungewöhnlich, dass sie sich diesen Auftritt hier entgehen lässt, meinen Sie nicht auch?«

»Ich weiß nicht, wovon Sie reden.«

»Ah ja … Gefährliches Spiel, junger Mann …« Der Rest geht unter in Gemurmel. Papadakis hat jetzt jedes Interesse an Pierpaoli verloren; er könnte an Ort und Stelle zu Staub zerfallen, Papadakis würde es nicht bemerken.

Pierpaoli ist unschlüssig, er überlegt, was er machen soll. Es ist eine absurde Situation: Diese riesige Plattform mit Gebäuden und allen möglichen Aufbauten, mittendrin zwei Stühle, ein Sonnenschirm, zwei Männer, über ihnen die Wolkentürme, das alles umringt von Sicherheitsleuten, in zwei Reihen stehend, in der brütenden Sonne. Die Anwälte, die nicht mitgegangen sind, stehen auch noch da.

Als Pierpaoli Anstalten macht, sich zu entfernen, rücken die Sicherheitsleute zusammen. Sie werden ihn nicht weglassen. Er ist ihr Gefangener. Und er kann ohnehin nichts machen. Ihre allerletzte Hoffnung ist jetzt Lucky. Am Ende seiner Überlegungen lässt Pierpaoli sich einfach in den Stuhl sinken, neben Papadakis. Der auf seinem Tablet liest und tippt.

So vergeht eine Stunde. Zwei Stunden.

Sie haben uns eine Falle gestellt, und wir sind mitten hineingelaufen.

Und wo, um Himmels willen, steckt Ariadna?

*

Ariadna war also auf dem Boot geblieben. Sie hätte kaum sagen können, warum, es war einfach nur eine Idee, sie folgte einer Eingebung. Lucky war in seinem Kabuff. Eine Weile hatte sie unter Deck ausgeharrt, war dann vorsichtig an Deck gestiegen, ohne bemerkt zu werden. Sie duckte sich hinter den Aufbauten. Mehr konnte sie nicht tun.

Das Boot wurde bewacht: Sechs Männer waren abgestellt. Sechs! Aber gerade weil es so viele waren, taten sie ihre Arbeit offenbar nachlässig, sie gingen auf dem Pier auf und ab, schwatzten, zwei rauchten, einer hatte ein Fernglas und schaute damit selbstversunken in die Wolken. Sechs Bewaffnete, die ein leeres Boot bewachen – wozu also besondere Mühe aufwenden? Die Männer hätten sich gern irgendwo in den Schatten verzogen, das war ihnen anzumerken. Doch hier am Hafen gab es keinen Schatten. Also harrten sie aus, in glühender Hitze: Die Bewacher, die nichts ahnten, und Ariadna, die hinter den Aufbauten kauerte und auf ihre Chance wartete. Die Sonne brannte ihr auf den Rücken.

Sie bekam ihre Chance, als ein Touristenboot sich näherte. Die Touristenfähre blieb natürlich innerhalb der festgelegten Fahrrinne, also weit entfernt, aber die riesigen Monitore sprangen an und starteten den Begrüßungsfilm mit Tusch und dröhnender Musik und einer öligen Sprecherstimme, die sich in der kühnen Entstehungsgeschichte des Wolkenturms erging und Zahlen und Daten herunterratterte.

Das war laut genug. Jetzt würde sie zumindest niemand hören, wenn sie sich davonmachte.

Ihre zweite Chance kam, als einer der Bewacher – jener mit dem Fernglas – auf dem Touristenboot junge Frauen erspäht hatte, die sich an der Reling drängten. Die Männer wagten nicht, zu rufen oder zu winken, aus Angst vor ihren Offizieren, aber sie zankten sich desto mehr um das Fernglas. Diese kleine und harmlose Ablenkung – für Ariadna bot sie eine Möglichkeit.

Sie musste es riskieren.

Sie riskierte es. Mit zwei Sätzen war sie an der Reling, erstes Bein, zweites Bein, jetzt musste sie springen. Sie stieß sich ab. Sprang! Landete am Pier. Dort war ein dicker eiserner Poller, mehr als halbmeterhoch. Sie umklammerte das Ding. Und duckte sich. Hielt den Atem an.

Niemand schrie. Niemand reagierte. Die Wachleute wechselten sich mit dem Fernglas ab, lachten, quasselten. Einer steckte zwei Finger in den Mund und pfiff.

Jetzt kam das Schwierigste.

Langsam, ganz langsam und geduckt, immer hinter dem Poller verborgen, schlich Ariadna rückwärts, wie im Krebsgang. Noch ein Stück. Und noch einen Meter. Sie schaute sich um. Keine Deckung.

Aber da erblickte sie etwas.

*

Währenddessen sitzt Pierpaoli neben Papadakis unter dem Sonnenschirm, immer noch schweigend, immer noch bewacht, immer noch umringt. Er kann nichts machen. Das Warten macht ihn wahnsinnig. Er könnte ihn erwürgen, diesen eulenhaften Mann, der neben ihm sitzt und ihn ignoriert.

Währenddessen versucht Lucky, immer noch auf dem Boot, einen Zugang ins System zu finden. Bislang waren die Firewalls unüberwindbar. Er versucht es jetzt über das Subsystem, das die Touristen-Monitore steuert.

Währenddessen inspizieren Gillespie und die drei Techniker, eskortiert von den Anwälten, die Filteranlagen, die tatsächlich allesamt ordnungsgemäß ausgetauscht sind, sodass es da nichts zu inspizieren gibt. Jemand muss Frey informiert haben. Ihr Plan ist gescheitert.

Währenddessen hat man Nkunke und seine Leute ein Stück abseits geführt, man hat ihnen Wasser gegeben und lässt sie warten. Nkunke zerbricht sich verzweifelt den Kopf, ob es noch eine Möglichkeit gäbe, irgendeine, die er übersehen hätte, aber ihm fällt nichts ein.

*

Ariadna hingegen hat eine Idee. Sie hat sich vom Boot unbemerkt davonstehlen können, und sie hat etwas gesehen.

Denn ein Trupp Männer und Frauen nähert sich, kommt vorbei, sie marschieren durch die Hafenanlage, sie schieben Wagen vor sich her – wie größere Einkaufswagen, beladen mit Schrubbern, Staubsaugern, Tüchern, Kanistern: Reinigungskräfte. Es sind acht oder neun, klein, stämmig. Sie schwatzen und lachen. Manche haben einen Kittel an, die meisten tragen Shorts, Flip-Flops.

Ariadna steht auf, marschiert stracks auf den Reinigungstrupp zu, schließt sich einfach der Gruppe an, als ob sie dazugehört, ohne mehr zu sagen als Hallo. Es sind Mexikaner, erkennt Ariadna – als Latina aus Kolumbien merkt man sofort, fast ohne ein Wort, ob jemand aus Mexiko oder El Salvador oder Argentinien stammt. Diese hier sind Mexikaner. Die meisten murmeln nur einen irritierten Gruß zurück, mustern sie verstohlen-neugierig – sie erkennen natürlich ihrerseits auf hundert Meter Abstand, dass Ariadna keine echte Putzfrau ist. Andererseits – für Mexikaner ist die Welt ohnehin voller Seltsamkeiten, Unwägbarkeiten. Also wozu sich den Kopf zerbrechen? Sie setzen einfach ihren Weg fort.

Und Ariadna schließt sich an, geht mit ihnen mit. Als ob sie dazugehört.

Was hat sie schon zu verlieren? Sie wird improvisieren. *Das kann ich*, denkt sie.

Und es stimmt. Der Reinigungstrupp hat sich auf den Weg gemacht zur Plattform, Ariadna sieht Tom unter einem Schirm, er macht ein unglückliches Gesicht, und da sind auch Horace Nkunke und seine Leute, auch die sehen nicht aus, als hätten sie die Situation im Griff.

Irgendwas ist schiefgegangen.

Ariadna gibt jetzt, einer Eingebung folgend, die Tarnung auf. Sie grinst die Frau, die einen Wagen schiebt, noch ein letztes Mal fröhlich an, schnappt sich einen Eimer, einen Schrubber und schwenkt ab, geht einfach ihrer Wege. Die Frau ruft ihr noch auf Spanisch etwas hinterher, aber gibt es dann achselzuckend auf.

Ariadna marschiert zu einem der Türme. Unbehelligt. Die Trassen, für Autos, E-Roller und Fußgänger ausgebaut, die die Plattform mit den Türmen verbinden, messen jeweils fast zwei Kilometer. Links und rechts der Trassen ist Wasser. Die Sonne ist wie Gottes Schneidbrenner. Die Lichtreflexe tanzen. Ariadna, mit Schrubber, Eimer, Schiebermütze, Sonnenbrille, legt einen schnellen Schritt vor. E-Fahrzeuge überholen sie, Arbeiter auf E-Rollern, mit Warnwesten und gelben Helmen, kommen ihr entgegen. Niemand beachtet die kleine Frau, die einen Eimer und einen Schrubber durch die flimmernde Hitze trägt. Wie eine mexikanische Putzfrau.

Sie hat keine Ahnung, was sie sucht. Aber sie hat ihre eigene Philosophie: Nur dann, wenn man nicht weiß, was man sucht, nur dann kann man etwas Interessantes entdecken; diese Philosophie ist vielleicht etwas eigenartig, aber zu ihr passt sie.

Denn jetzt wird Ariadna tatsächlich fündig.

*

Pierpaoli hält es nicht mehr aus. Dieses Gefühl ist plötzlich da. Er steht auf, ruckartig. Er beugt sich zu Papadakis. »Ich will zu Frey«, sagt er, seine Stimme klingt trocken, krächzend. »Frey ist hier, oder? Er beobachtet uns, er lacht uns aus, ist es nicht so? Ich will mit ihm sprechen, sofort!«

Papadakis schaut blinzelnd hoch. »Junger Mann, Sie spielen ein gefährliches Spiel«, brummt er. Aber dann zieht er ein Telefon aus der Hosentasche. Drückt eine Kurzwahltaste. Bedeckt, während er leise spricht, das Telefon mit der hohlen Hand.

Pierpaoli kann nichts verstehen, nur Wortfetzen. Er steht daneben, bebend vor Zorn.

»Sie haben Glück, junger Mann ...« Papadakis lässt das Telefon zurückgleiten in die Hosentasche. »Herr Frey wird Sie empfangen. Gegen meinen Rat. Aber mir soll es recht sein. Sie allein dürfen hoch zu ihm. Niemand sonst. Und Sie werden nochmals durchsucht. Keine Telefone, keine Kameras, nichts aus Metall. Verstanden?«

Pierpaoli sagt nichts.

»Hmm. Ich werte das als Ja.« Papadakis gibt ein Grunzen von sich. »Sie, äh, werden hochfahren. In sein Turm-Büro. Mit dem Speed-Lift. Ohne mich. Diese Aufzüge sind nichts für mich. Die Aussicht soll schön sein.« Papadakis zuckt die Achseln, winkt zwei Leuten vom Sicherheitsdienst, die sich schon bereit gemacht haben. Kopfnicken in Richtung Pierpaoli. »Genauestens durchsuchen«, sagt er noch. Dann vertieft er sich in sein Tablet.

Sieben Minuten später steht Pierpaoli in der Kabine des Speed-Lifts.

Die Fahrt geht schnell, Pierpaoli spürt ein Knacken in den Ohren.

Zweihundertvierzig Sekunden. Dann ein *Bing*. Die Tür gleitet lautlos auf.

Und da steht Frey. In seinem Büro.

Die Pracht des Raums ist zunächst alles, was Pierpaoli wahrnehmen kann. Er erkennt einen ausladenden Renaissance-Schreibtisch mit feinen Intarsien, zwei Sessel, die antik und sehr teuer aussehen, mit vergoldeten Rückenlehnen. Zwei Gemälde, Picasso und Matisse. Es wäre verwunderlich, wenn es keine Originale wären.

Was den Raum jedoch einzigartig macht, ist die absolut schwindelerregende Aussicht: Weit, unendlich weit blickt man auf das smaragdgrüne Meer, das zum Himmel hin verschwimmt, zu einem Gefilde, das in allen Blau- und Violetttönen strahlt und schimmert – als hätte man den ganzen Planeten unter sich, als wäre man Gott.

»Mein lieber Thomas!« Frey ist Pierpaoli ein paar Schritte entgegengetreten, er hält beide Handflächen erhoben, fast scheint es, als wollte er Pierpaoli umarmen. Weiße Hosen, marineblaues Hemd mit einem gestickten Monogramm, er ist gebräunt, gepflegt. »Thomas, dass Sie den Weg zu mir gemacht haben, ist wundervoll. Ich freue mich, Sie bei mir zu empfangen, ungeachtet unserer kleinen juristischen Differenzen – denn Sie verstehen sicherlich, dass ich Sie anzeigen *musste*, was sollte ich denn tun, mir blieb keine Wahl angesichts Ihrer Sticheleien …«

Pierpaoli sagt nichts. Der Anblick Freys erstickt alles.

»Kommen Sie, kommen Sie, Thomas! Wollen Sie sich nicht setzen? Ach nein, vielleicht lieber die Aussicht genießen? Ich liebe mein kleines Nest hier oben, das werden Sie verstehen, natürlich, denn Sie sind ein Mann von Geist und Kultur … Schade, dass wir beide so, nun ja, unglücklich auseinandergegangen sind, finden Sie nicht auch?«

Frey macht eine Pause. Es ist wie ein Theaterstück, und er hat die Hauptrolle. Und die Kritiken werden ihn feiern, dafür wird er sorgen.

»Sie wollten Ariadna töten. Und mich auch.«

Frey seufzt. Er lässt sich in einen der vergoldeten Stühle sinken, macht eine einladende Handbewegung zu Pierpaoli, doch der bleibt stehen, starr, bleich.

»Also, Thomas, kommen Sie. Was wollen Sie? Sind Sie denn nur hergekommen, um mir Vorwürfe zu machen? Das kann nicht sein, dafür sind Sie viel zu klug, zu kultiviert. Also – heraus damit! Was wollen Sie wirklich?« Der Tonfall, von Mann zu Mann und schulterklopfend, besagt: Du kannst mir alles erzählen, am Ende vergebe ich dir, am Ende werden wir uns versöhnen.

»Also gut, ich habe eine Frage«, sagt Pierpaoli endlich. »Warum tun Sie das? Sie wollen Milliarden von Menschen töten. Für ein bisschen Gewinn mit einem Medikament? Sagen Sie nicht, es ginge wirklich um Geld. Sie haben mehr als genug davon. Und doch dieser ganze Aufwand, Elani, die Insel, de Barré, ich … Also – warum?«

»Das also wollen Sie wissen, Thomas? Gut, gut …« Frey mustert ihn. Keine Drohung steht in Freys Augen, nur Freundlichkeit und Intelligenz.

»Ich könnte antworten, dass ich's getan hätte, nur weil ich's kann«, antwortet Frey nach einer Weile. »Weil ich der bin, der ich bin. Weil es in meiner Natur liegt. Aber das wäre nur die halbe Wahrheit. Ich werde Ihnen meine Gründe nennen – einverstanden? Weil ich Sie mag.«

Pierpaoli gestattet sich nicht, dem Charme dieses Mannes nachzugeben.

»Gut! Warum tue ich das? Die Antwort ist simpel: der Menschheit zuliebe.«

»Für wie naiv halten Sie mich?«

»*Ich* bin naiv. Denn ich bin gerade ganz ehrlich zu Ihnen. Schauen Sie, so geht es nicht mehr weiter auf diesem Planeten. Die Menschheit braucht einen Neuanfang. Ich weiß, wovon ich rede; ich war führendes Mitglied der Task-Force, uns standen alle Fakten zur Verfügung. Und die Erkenntnis lautete: Es gibt zu viele Menschen. Sie drängeln sich, sie schieben sich, sie pflanzen sich fort, sie wollen sich die Erde untertan machen, wie Gott es ihnen angeblich aufgetragen hat, alle möchten ein Stück vom Kuchen, sie alle wollen ein Bett, ein Haus, einen gefüllten Magen … Und jetzt komme ich zum Punkt. Können Sie mir folgen, Thomas?«

»Ja. Das heißt nicht, dass ich Ihnen zustimme.«

»Aber haben all diese Menschen wirklich ein Recht darauf? Ich meine: nein. Die meisten leben dumpf und platt vor sich hin. Die meisten leisten nichts, denken nichts, erfinden nichts, genau genommen nehmen sie nur Platz weg. Und durch ihre schiere Masse verursachen sie all die Probleme, gegen die wir ankämpfen. Die Leute kaufen sich einen Hund, damit sie eine Art von Sinn im Leben haben, sie setzen drei oder sieben oder neun Kinder in die Welt, weil sie dumm sind – und so wird die Welt, unser schöner Planet, angefüllt mit immer mehr dummen Menschen. Intelligenz hat es schwer, sich durchzusetzen. Aber wir brauchen Intelligenz! Wir brauchen Eliten! Und ich werde dafür sorgen. Ich werde dafür sorgen, dass die Menschheit mal durchgekämmt wird. Ganz einfach.«

»Sie sind nur ein gewöhnlicher Verbrecher. Und Sie versuchen, sich das moralisch schönzureden«, sagt Pierpaoli.

»Sie reden von Moral, Thomas, von Werten, aber das sind vage Begriffe. Zunächst gibt es nur Tatsachen. Daraus sind Schlussfolgerungen zu ziehen. Das habe ich getan. Der Parasit ist ausgebracht. Unwiederbringlich. Ich werde straffrei bleiben. Denn alle Institutionen werden zerfallen, niemand wird mich belangen. Ich werde noch reicher und mächtiger sein. Die Eliten werde ich am Leben erhalten. Die Erfinder! Die Kreativen! Die Starken! Ich schaffe nur Platz auf diesem Planeten, mehr nicht.«

»Das ist widerlich. Sie spielen Gott.«

»Ach, Thomas. Wir alle spielen Gott, bei jeder sich bietenden Gelegenheit. Dazu haben wir Gott überhaupt erfunden. Um eine Rechtfertigung zu haben. Ich weiß, Thomas, Sie sind mit meinem Auswahlkriterium nicht einverstanden. Natürlich ist Reichtum nicht der einzige Indikator für Intelligenz, Kreativität. Natürlich leistet nicht jeder reiche Mensch einen Beitrag zum Fortschritt. Eine Welt, die nur aus reichen Menschen besteht, kann nicht funktionieren, das weiß ich. Ich werde deshalb persönlich dafür sorgen, dass Leistungsträger, die wirklich etwas für die Menschheit getan haben, aber nicht das Glück hatten, reich genug zu sein, um sich das Antidot zu leisten, trotzdem in den Genuss kommen. Ich habe eine persönliche Liste. Mit knapp tausend Namen. Leistungsträger. Kluge Menschen, verantwortungsvolle Menschen. Mit Talenten, mit Fähigkeiten. Vom Physiker bis zur Künstlerin. Leute wie Sie, Thomas.«

Pierpaoli sieht Freys neue Welt vor seinem inneren Auge. Eine Erde ohne die Bedrohung durch den Menschen. Die Natur würde sich erholen. Die verbleibenden Menschen könnten sich aus dem Weg gehen, sie hätten Platz. Pierpaoli spürt die Verlockung dieser Vision.

»Thomas, wechseln Sie die Seiten. Kommen Sie zu uns. Sie und Ariadna. Schauen Sie, ich habe hier etwas für Sie.« Die Fähigkeit Freys, Freundlichkeit als Waffe zu verwenden, ist erstaunlich.

Frey steht auf, geht zum Schreibtisch und zieht eine Schublade auf. Er entnimmt ihr ein Lederetui. Er legt es auf den Schreibtisch, direkt vor Pierpaoli.

»In dieser Schachtel sind Antidots für Sie und Ariadna – für den Rest des Lebens.«

Der Kampf ist verloren, denkt Pierpaoli. Der Parasit ist ausgebracht, es wird keine Rettung geben. Und er sieht vor seinem inneren Auge Ariadna – wie sie depressiv und elend und abgemagert in einer Ecke sitzt. So wie die menschlichen Versuchskaninchen –

denen das Antidot vorenthalten wurde – in dem Habitat auf der Isla Robinson Crusoe. Er weiß, was der Parasit anrichtet.

Die Rettung davor steckt in diesem Lederetui. Er muss nur zugreifen, um dieses Schicksal von Ariadna und sich selbst abzuwenden.

»Bitte, nehmen Sie's an«, sagt Frey. »Und dazu biete ich Ihnen das Kostbarste, was ich habe – meine Freundschaft.«

Stille.

Frey wartet ruhig ab. Pierpaoli fühlt sich, als trüge er die Kleider eines Toten.

»Nein, danke«, sagt er. Seine Stimme klingt etwas höher als sonst. Er dreht sich um und geht zum Fahrstuhl.

*

Ariadna ist an Turm zwei noch nicht richtig angekommen, als sie Geräusche hört, Rufe, Motorgeräusche. Sie nähert sich vorsichtig, hält sich im Schutz der Podestkrallen, die für die Verankerung im Meer sorgen. So wird sie Zeugin eines Verladevorgangs: Ein großer Offshore-Schlepper hat am Turm-Podest angelegt, hydraulische Hubwagen bugsieren über Heck merkwürdige sperrige Platten in den Laderaum – die Dinger sind oval und etwa so groß wie Tischtennisplatten. Die Männer an den Hubwagen arbeiten schnell, das Geschehen hat etwas Heimliches, Eiliges.

Die Dinger sind seltsam, findet Ariadna. Um das Oval herum läuft ein Rahmen. Die Innenseiten sind gefältelt und offenbar empfindlich. Die Männer, die be- und entladen, passen auf, dass sie die Innenseiten nicht berühren, sie tragen Handschuhe, Helme, Masken, haben Funkgeräte. Zwei Lastwagen stehen daneben.

Ariadna kann sich erst keinen Reim darauf machen.

Aber dann begreift sie: Was sie sieht, sind möglicherweise Filter. Wegen der Filter sind sie schließlich hier – es war Toms Idee, eine Prüfung zu machen, um Frey zu belangen! Warum werden diese hier aber so eilig verladen? Wenn diese Filter abtransportiert werden, müssen es folglich die alten sein.

Sind diese alten Filter irgendwie Beweismittel?

Vielleicht. Aber was kann sie machen?

Sie zerrt ihr neues Smartphone hervor, Geschenk von Horace, macht Fotos, filmt. Steckt das Telefon wieder weg. Die Fotos beweisen wahrscheinlich nichts. Sie müsste diese Verladeaktion stoppen. Die Männer ablenken. Wie? Ein Feuer legen? Unsinn. Hingehen und ihnen eine verrückte Geschichte erzählen? Nein. Sie sitzt da, immerhin hat sie ein Versteck, und beobachtet und wartet.

Die Männer arbeiten sehr schnell. Zweimal rutscht ihnen ein Filter von der Hubwagen-Gabel, einmal geht etwas zu Bruch. Geschrei, Befehle werden gebrüllt. Aber mehr passiert nicht. Dann haben die Männer ihre Aufgabe erledigt, sie verriegeln alles, besteigen die Lastwagen, der Offshore-Schlepper legt ab, fährt davon, die Lastwagen ebenfalls.

Ruhe. Der Staub legt sich.

Vorsichtig geht Ariadna zum Pier. Die Zugänge zum Turm sind alle verriegelt, keine Chance. Im Staub sieht man, wie gestempelt, die Abdrücke der Arbeitsschuhe, die Schleif- und Reifenspuren der Hubwagen, ein wilder Zickzack. Und dort entdeckt Ariadna noch etwas: ein Stück vom Filter, eine abgebrochene Ecke, sie liegt im Staub. Das muss beim Unfall passiert sein, als der Filter von der Gabel rutschte. Ariadna hebt das Stück auf, betrachtet es.

Das Bruchstück ist etwa so groß wie ein umfängliches Buch. Man sieht die Bruchstelle der Metallkante, die gefältelte Membran.

Am Rand eine gelbliche, schlierige Substanz, angetrocknet. Vielleicht ist das ein Beweis – wofür auch immer?

Sie schiebt es unter ihr Shirt und macht sich auf den Weg zurück.

Die Sonne knallt, und Ariadna, so unbestechlich sie sonst durchs Leben geht, würde ihre unsterbliche Seele verpfänden für einen Schluck kühles Wasser.

*

Neues Bild. Auf der Plattform. Die Anwälte beugen sich über ihre Tablets, stecken die Köpfe zusammen, Protokolle sind zu unterzeichnen, Fotos werden beschriftet, alles wird Papadakis vorgelegt, der es abnickt, und für Gillespie ist es das unrühmliche Ende einer Farce. Diese ganze Führung und Aktion waren absurd; die Filter waren tatsächlich ausgetauscht, alles war perfekt und korrekt – sie haben keine Handhabe, keine Lücke in Freys System gefunden. Gillespie kann es sich nur so erklären: Frey muss von der Aktion erfahren haben, in der »Pyramide« in Kapstadt muss es eine undichte Stelle geben. Nicht sehr überraschend. Frey ist einer der mächtigsten Männer der Welt; logisch, dass er überall Leute hat, die er bezahlt. Die drei Techniker, Santana, Gebhard, Teluride, in ihren weißen Overalls, stehen daneben wie Statisten. Etwas abseits halten sich Nkunke und seine Leute.

Aber so schnell gibt Gillespie nicht auf. Ein Kampf ist nicht verloren, bevor er zu Ende ist. Sie setzt immer noch auf Pierpaoli – also schlendert sie zu ihm hin. Was sie in seinen Zügen liest, gefällt ihr nicht. Er wirkt abwesend, starrt durch sie hindurch.

»Haben Sie was rausgefunden?«, fragt sie.

»Nein.«

»Irgendwas, wo wir ansetzen könnten?«

»Nichts.«

Die Anwälte um Papadakis haben ihre Besprechung beendet und steuern in Mannschaftsstärke auf Gillespie zu; McKenzie und Papadakis an der Spitze. »Alles ist wunderbar! Dann haben wir das hinter uns gebracht … Hier bitte unterzeichnen, Miss Gillespie. Und hier sind Ihre persönlichen Dinge, ihre Telefone und alles Weitere. Ihre Waffen werden Ihnen erst auf dem Boot ausgehändigt …« Sie schüttelt ihre Haare. »Tja, dann – würde ich sagen, können Sie jetzt auch fahren. Wir hoffen, es hat Ihnen gefallen bei uns, nicht wahr, Professor Papadakis?«

Der nimmt nur seine Brille ab und beginnt sie zu putzen.

Plötzlich steht Ariadna neben Pierpaoli. Er hat sie nicht kommen sehen. Sie zieht ihn beiseite. »Ich hab' hier was, Tom. Kann uns das helfen?«

»Ari! Wo warst du? Ich hab' mir Sorgen gemacht! Was ist das?«

»Ich hab' mich auf dem Gelände umgesehen. Da waren Arbeiter, die haben Filter verladen. Dabei gab es einen Unfall, ihnen ist ein Stück abgebrochen, ich hab's mitgenommen.«

»Das ist ein Bruchstück eines alten Filters? Den sie hier verwendet haben?« Pierpaoli nimmt es ihr ab, er betrachtet es, im Rahmen eingestanzt die Ziffern- und Buchstabenfolge 317/K462. Es ist die Abkürzung für die Filternorm.

»Das Ganze kam mir irgendwie verdächtig vor, Tom. Sie haben sich so beeilt«, sagt Ariadna. »Hilft uns das?«

»Ja! Vielleicht. Ich glaube, ja. Ari, du bist wunderbar …« In Pierpaoli arbeitet es: Warum wollte Frey die Filter heimlich und schnell von der Anlage schaffen? Es drängte ihn doch nichts. Oder waren die Filter ein Beweis? Falls ja, wofür?

»Ich glaube, du hast da etwas sehr Interessantes gefunden, Ari. Warte einen Moment, okay?«

Dies ist die gröbere Filternorm. Sie lässt den Parasiten durch. Wenn diese Filter im Einsatz waren, dann müsste es Spuren daran geben!

Pierpaoli, das Bruchstück unterm Arm, eilt zu Gillespie. Die mit den Anwälten verhandelt, den Digitalstift und die Kontrollsiegel hält sie schon bereit. »Warten Sie! Nicht unterschreiben! Wir haben da was!«

Papadakis mustert ihn kalt. McKenzie zieht die Augenbrauen hoch.

»Was haben Sie da?«, fragt Gillespie.

Pierpaoli flüstert es ihr zu.

Papadakis mischt sich ein. »Junger Mann, Sie haben kein Recht dazu. Dieses Bruchstück ist Eigentum der Betreiber, geben Sie es her«, sagt Papadakis leiernd.

»Auf keinen Fall!« Pierpaoli schreit fast.

»Dieses Fundstück ist ein wichtiges Indiz«, Gillespie springt Pierpaoli bei. »Wir müssen es untersuchen lassen.« Sie stellt sich schützend neben Pierpaoli.

»Nein, nein. So geht das nicht. Sie müssen es herausgeben«, sagt Papadakis und nimmt die Brille ab. Er wedelt mit der freien Hand. »Sicherheitsdienst! Nehmen Sie diesem Mann dieses, äh, Bruchstück ab!«

Ein paar Sicherheitsleute setzen sich in Bewegung. Einer von ihnen zieht seine Waffe.

Das ist der Moment, auf den Nkunke gewartet hat. Er steht weiter weg von der Szene, zwanzig, dreißig Meter entfernt, aber er läuft an wie ein Mittelstürmer beim Fußball, er spurtet, und er ist fast noch vor den Sicherheitsleuten bei Pierpaoli. Er ergreift mit zwei Händen die eine Hand des Wachmanns, der seine Pistole gezückt hat. Reißt sie nach oben, dreht sie, man hört ein leises Knacken, während dem Mann Finger und Handgelenk gebrochen werden.

Ein zweiter Wachmann kommt auf Nkunke zu, kampfbereit, hat ein kurzläufiges Gewehr, schießt aber nicht, will zu einem Kolbenschlag ansetzen, doch das ist ein Fehler. Nkunke taucht darunter weg, greift das Gewehr, sein rechter Ellbogen trifft krachend auf den Kiefer des Mannes, er entwindet ihm die Waffe, schlägt noch einmal zu, mit der flachen Seite des Kolbens, der Mann bricht zusammen.

Augenblicklich richtet Nkunke die Waffe auf Papadakis. »Runter! Auf die Knie. Sofort!« Ein Klicken, als Nkunke durchlädt. Papadakis gehorcht, ohne zu zögern.

Pierpaoli steht noch verblüfft da; das ging zu schnell. Aber Gillespie reagiert bereits. »Was hier geschieht«, sie spricht mit erhobener Stimme, »wird zeitgleich gefilmt und zeitgleich gesendet. Wir sind angemeldete und legitimierte Vertreter der Weltregierung, der Klima-Allianz aus Kapstadt. Wir sind hier im Regierungsauftrag! Und wir haben belastende Beweisstücke gefunden, die wir beschlagnahmen müssen. Diese Männer, allen voran ihr Chefjurist, haben sich unseren Anweisungen widersetzt – fürs Protokoll: Wenn Sie uns behindern, machen Sie sich strafbar!«

Die Ansprache verfängt nicht. Oder kaum. Die Sicherheitsleute richten ihre Waffen auf Nkunke, auf Gillespie, auf Pierpaoli, sogar auf die drei Techniker und die Leute von Nkunke, die hinzugekommen sind. Auch Ariadna steht jetzt neben Pierpaoli.

Die Situation ist gefährlich, kann jeden Moment kippen. Ein Schuss genügt.

Nkunke, während er den zu seinen Füßen hockenden Papadakis in Schach hält, angelt sein Telefon. »Lucky? Hörst du mich? Kannst du dich in unsere Kameras einloggen? Kannst du senden, was hier passiert?«

Lucky, in dem mit Elektronik vollgestopften Versteck auf dem Boot, hat schon alles mitbekommen. »Senden geht nicht, Mister Nkunke … Hier ist alles blockiert, alle Frequenzen sind gejammt. Aber ich habe die Monitore angezapft! Ich kann die Bilder auf die Monitore schicken …«

Und tatsächlich, auf den riesigen Monitoren wechselt jetzt das Bild – schlagartig bricht der farbenfrohe Touristenfilm ab, die Präsentation mit freundlicher Musik und Tamtam erlischt, einen Moment lang sind die Monitore schwarz, dann sieht man, erst noch verwackelt, die Szene, die sich auf der Plattform abspielt. Männer, Waffen, jemand kniet mit erhobenen Händen, ein anderer Mann drückt ihm ein kurzläufiges Gewehr in den Nacken.

Viele der Touristen auf dem Boot schreien auf. Ist das echt? Oder ist es Teil der Show? Sie wissen es nicht, aber sie filmen, was sich dort auf den Monitoren abspielt – auch wenn man von dem Touristenboot aus keine Bilder posten, versenden kann.

Auch Frey, oben in seinem Büro, gottgleich, verfolgt die Vorgänge. Sonderlich beunruhigt scheint er nicht zu sein. Eher amüsiert, wie der Zuschauer einer kleinen Balgerei zwischen zwei Kindern. Der Parasit ist verteilt worden, auf seine Anweisung hin. Bald wird die Wirkung eintreten. Und die Welt wird nicht mehr dieselbe sein.

Was er braucht, ist nur etwas Geduld.

»Untersuchen Sie das«, sagt Gillespie zu einer der Technikerinnen, es ist Santana. »Los! Jetzt! Packen Sie Ihr Zeug aus! Schnell! Stellen Sie fest, ob diese Filter verunreinigt sind – und falls ja, ob es ein Parasit ist, eine einzellige Lebensform! Beeilung!«

»Was Sie verlangen, das können wir nicht«, wendet Santana ein, während sie hektisch ihren Laborkoffer aufklappt.

»Was soll das heißen?«, fragt Gillespie.

»Ma'am, wir könnten jetzt und hier nur *irgendwelche* Organismen nachweisen, falls wir welche finden – aber wir wissen nicht, ob es dieser spezielle Parasit ist, den Sie meinen. Wir können ihn nicht bestimmen. Wir kennen ja nicht mal den Bauplan!«

Papadakis beginnt zu wimmern.

Die Sicherheitskräfte, die einen Kordon um die kleine Gruppe geschlossen haben, rücken jetzt näher.

»Stehen bleiben!«, brüllt Nkunke. Er drückt den Lauf hart an Papadakis Schläfe.

Die Touristen in ihrem Boot, die alles auf den XXXL-Monitoren verfolgen, sind schockiert: Das ist keine Show, kein Gag, es ist Ernst – auch wenn man nicht begreift, worum es geht … Eine Geiselnahme? Ein Angriff?

»Sie hat recht«, sagt Pierpaoli zu Gillespie. »Sie kann den Parasiten nicht bestimmen. Aber es gibt einen Menschen, der diesen Parasiten kennt.«

»Wer? Wo ist er?«

»Weit weg. Falls er überhaupt noch lebt«, sagt Pierpaoli.

*

Südfrankreich. Der Familiensitz von Hector de Barré. Das Schlafzimmer ist abgedunkelt, die schweren Portieren sind zugezogen. Der Marquis liegt im Bett, Gesicht, Hände und Arme sind bandagiert, und er ist immer noch sehr schwach nach dem Laborunfall, den er nur mit knapper Not überlebt hat. Neben dem Bett ein Stuhl. Darauf sitzt, eine Ledermappe auf den Knien, Monsieur Dubois, Rechtsanwalt vom *Cabinet d'Avocats Montparnass*, Partner bei Rivière, Dubois & Deceau Associés aus der schönen Stadt Avignon, Avenue de la Folie 12.

Bei Jean Eduard Dubois handelt es sich um denselben geschmeidigen Advokaten, der Pierpaoli – im Auftrag von Barré – einen wohlformulierten Brief geschickt hat. Darin stand, dass der Laborunfall auf ihn, Barré, höchstwahrscheinlich ein Anschlag war, dass die Unterlagen vernichtet sind, ferner eine Andeutung, dass auch Pierpaolis Leben in Gefahr sei. Monsieur Dubois weiß in Wahrheit nicht recht, was er davon halten soll. Aber seine Kanzlei vertritt die Familie des Marquis' jetzt schon in zweiter Generation; er wird also den Teufel tun und irgendetwas anzweifeln.

Seit Barré ans Bett gefesselt ist, besucht er ihn mehrmals in der Woche und nimmt dessen Anweisungen entgegen, schreibt Briefe, führt die Geschäfte. Für ein Tageshonorar von fürstlichen achtzehnhundert Global – dreitausendsechshundert Euro – ist Monsieur Dubois das sehr genehm. Und normalerweise ist sein Telefon ausgeschaltet; als kleine Geste der Höflichkeit.

Nur jetzt hat er es vergessen. Also klingelt es.

»Gehen Sie ruhig ran, Eduard«, sagt Barré vom Bett aus.

Am anderen Ende ist ein Mann namens Pierpaoli, er sei von der Klima-Allianz, so stellt er sich vor. Und ein Bekannter von Monsieur de Barré sei er. Der Anrufer spricht hastig, unter Druck, er sagt, es sei von höchster Dringlichkeit, es gehe um Leben und Tod. Und er müsse den Anwalt bitten, eine Nachricht, sehr eilig, an Barré zu übermitteln …

Und da unterbricht ihn der Advokat.

»Zufällig bin ich gerade beim Marquis. Ich kann also Ihre Nachricht unverzüglich ausrichten, Monsieur Pierpaoli.«

»Er ist in der Nähe? Barré? Kann ich mit ihm sprechen?«

»Ich bedaure zutiefst. Er liegt im Bett, Monsieur. Er braucht noch Ruhe. Aber ja, ich stehe direkt neben ihm, jawohl, Monsieur.«

»Geben Sie ihn mir!«

»Das geht leider nicht. Wie ich schon sagte. Nach dem Unfall braucht der Marquis viel Ruhe, ich regle seine Angelegenheiten …«

»Geben Sie ihn mir, verdammt!«

Der Rechtsanwalt will schon auflegen, da schaltet sich Barré selbst ein, vom Bett aus: »Pierpaoli? Ich will mit ihm sprechen.«

Pierpaoli erkennt kaum Barrés Stimme, so schwach klingt sie: »Sind Sie das, Pierpaoli?«

»Ja, Monsieur …«

»Hören Sie, Monsieur Pierpaoli, ich muss Ihnen sagen, man wollte mich wahrscheinlich umbringen. Es geht um das Rezept für das Antidot. Jemand will ein Monopol darauf …«

»Ich muss Sie unterbrechen, Monsieur de Barré! Wir können über alles später sprechen. Aber jetzt habe ich eine extrem wichtige Frage. Zum Parasiten. Kennen Sie eine Methode, Elanis Parasiten nachzuweisen? Schnell nachzuweisen? Jetzt ...«

Kurzes Schweigen. Dann die Gegenfrage: »Befinden Sie sich in einem Labor, Monsieur Pierpaoli?«

»Nein. Auf einer Plattform. Egal. Ich kann es nicht erklären. Nicht jetzt. Aber ich habe hier drei Techniker dabei.«

»Haben Sie ein Mikroskop? Ein einfaches Labormikroskop genügt.«

Pause. Barré hört Wellenrauschen, Möwenkreischen. Dann Pierpaolis Stimme. »Ja, wir haben hier ein Mikroskop. Fünfhundertfache Vergrößerung.«

Der Anwalt beugt sich über Barré. »Marquis, es ist nicht gut, wenn Sie sich echauffieren ...«

Barré schiebt ihn resolut weg, er richtet sich im Bett auf. »*C'est très important!* In welcher Form liegt der Parasit vor?«

»Reste auf einem Filter. Organisches Material.«

»Fügen Sie einen Tropfen Blut auf einen Objektträger. Menschliches Blut!«

»Moment ...«

Auf der Plattform, unter den vier Wolkentürmen, schnappt sich Pierpaoli aus dem Laborset der Technikerin ein Skalpell. Er schneidet sich in die Kuppe seines Zeigefingers. Santana hält ihm einen Objektträger hin und fängt einen Blutstropfen auf. Pierpaoli versucht die Kamera an seinem Smartphone einzuschalten, vergeblich.

Nkunke, der das sieht, schaltet sich ein. »Die Videoverbindungen nach draußen sind noch blockiert, Tom.« Und in sein Intercom: »Lucky, kannst du die Blockade aufheben? Damit wir ein Bild nach draußen senden können ...«

»Jawohl, Mister Nkunke. Arbeite daran, Sir.«

Pierpaoli spricht inzwischen wieder mit Barré. »Und was jetzt, Monsieur?«

»Schalten Sie die Mikroskop-Kamera ein. Machen Sie eine Zeitlupen-Aufnahme. Geben Sie etwas von dem organischen

Material dazu. Aber erst, wenn der Objektträger unter dem Mikroskop liegt! Es geht um die ersten Bruchteile von Sekunden. Die Reaktion wird sofort und sehr schnell stattfinden. Erstens – der Parasit, *Spheroplasma Polynesiae*, ist kreisrund, so erkennen Sie ihn. Zweitens – die Antikörper im Blut werden sich auf alle Eindringlinge stürzen. Wenn diese Antikörper jedoch einige der kreisrunden Organismen gleich wieder in Ruhe lassen, dann wissen wir es. Dann ist es der von Elani modifizierte Parasit. Er hat den *Zugangscode,* Sie erinnern sich, wir sprachen darüber. Er wird vom menschlichen Organismus akzeptiert. Dieser Vorgang dauert etwa zwölf Millisekunden. Sind Sie bereit, Monsieur Pierpaoli?«

Lucky, auf dem Boot, scannt durch die Knotenpunkte der Netzwerke, sodass die Smartphones Bilder senden können. Auf seinem Laptop-Bildschirm rechts erscheint jetzt das Video-Bild von Pierpaolis Blutstropfen unter dem Mikroskop. Lucky sieht die Blutkörperchen wimmeln. Er entscheidet, dass das wichtig ist. Und er schaltet das Mikroskop-Bild auf die riesigen Monitore um. Und Pierpaolis Smartphone schaltet er ebenfalls dazu. Was jetzt passiert, läuft über die Außenbeschallung.

Die Touristen auf dem Boot sehen nun auf den Monitoren einen riesengroßen Blutstropfen. Und hören Pierpaolis Stimme aus den Lautsprechern über das Wasser hallen. »Okay, wir sind bereit«, dröhnt Pierpaolis Stimme.

Dann eine andere Stimme, nun mit französischem Akzent, ebenfalls dröhnend: »Fügen Sie jetzt das organische Material hinzu … Sie werden nichts erkennen, wie gesagt, die Reaktion geht zu schnell.«

Auf den Monitoren erscheint ein wilder Strudel von organischen Formen, wabernd, gigantisch, bunt, fast ein psychodelisches Video.

Pierpaoli, auf der Plattform, kann nichts erkennen, sosehr er sich bemüht. Er wendet sich an die Technikerin, an Santana, die das Mikroskop bedient: »Haben wir die Zeitlupenaufnahme?«

Santana nickt, sie spielt es ab.

»Ich kann Ihnen leider kein Bild senden, Monsieur de Barré«, sagt Pierpaoli in sein Telefon. »Aber ich kann Ihnen beschreiben, was man in der Zeitlupe sieht …«

»*D'accord,* beschreiben Sie«, Barrés Stimme, am anderen Ende, klingt aufgeregt, hektisch.

»Ich sehe… Ich kann die roten Blutkörperchen erkennen, die weißen Blutkörperchen, und ich sehe verschiedene Eindringlinge. Mehrere davon groß, rund, sehen aus wie ein eingedellter Fußball …«

Barré unterbricht ihn: »Das könnte der *SPP* sein. Was machen die weißen Blutkörperchen jetzt mit ihm?«

»Sie kreisen ihn ein. Als ob sie ihn untersuchen …«

Pierpaoli starrt auf den Bildschirm des Mikroskops.

Er spürt den Händedruck von Ariadna und blickt auf. Ariadna steht neben ihm. Gillespie schaut ihn fragend an. Nkunke hält weiterhin Papadakis in Schach.

Um sie herum, um die kleine Gruppe, die Sicherheitskräfte der Wolkentürme, mit ihren Waffen im Anschlag. McKenzie und die Anwälte haben sich hinter dem Buffet verschanzt. Die Wellen schlagen an die Kaimauer. Um sie herum das dunkelblaue Meer. Der Golf von Mexiko.

Keiner dieser Menschen hat erlebt, was Pierpaoli und Ariadna erlebt haben, das Habitat auf der Insel, Elanis Wahnsinn, Freys Skrupellosigkeit. Sie sind ahnungslos. Sie können nicht erfassen, wie gefährlich dieser Parasit ist. Und wie bedeutsam dieser Moment.

Jetzt wendet sich Pierpaoli an die Anwälte und Bewaffneten vom Sicherheitsdienst:

»Fürs Protokoll: Ich habe soeben mit einem Experten telefoniert. Und wenn dies hier wirklich der Parasit ist, dann haben wir den Beweis: Hans-Oliver Frey hat mittels der Wolkenturm-Anlage einen tödlichen Parasiten über die Menschheit gebracht. Das bedeutet: Was wir hier sehen, findet gerade auch im Blutkreislauf von jedem von uns statt. Wir alle sind infiziert. Und wir werden elend sterben. Und Milliarden anderer Menschen auch. Nur Frey und sehr wenige Auserwählte werden überleben …«

Die Menschen auf der Plattform, auch die Touristen auf dem

Boot, alle schauen sie jetzt auf die Monitorwände an den Türmen, schweigend, schockiert. Die Bilder in ihrer monströsen Vergrößerung haben zwar eine hypnotische Kraft. Aber Pierpaolis Worte dringen nicht zu den Menschen durch.

Die weißen Blutkörperchen auf dem Mikroskop-Bild lassen von dem fußballförmigen Eindringling ab.

Pierpaoli beschreibt es Barré. Er hört ihn am anderen Ende der Leitung atmen. »Dann ist es der *SPP*«, sagt Barré erstickt. »Es ist Elanis Parasit …«

Die Panik, die jetzt einsetzt, bei den Menschen auf der Plattform, bei den Touristen im Boot, kommt keineswegs plötzlich oder schlagartig. Sie sickert langsam, ganz langsam und beinahe unmerklich in ihr Bewusstsein. Die Angst kommt als eine physische Reaktion, ein Gefühl von Schwäche, ein kaltes Brausen im Körper, der Herzschlag geht schneller. Der animalische Impuls, zu fliehen. Aber wohin?

Die Information, dass man keine Chance mehr hat, ist für den menschlichen Körper inakzeptabel.

Einer der Sicherheitsleute macht den Anfang. Er legt seine Waffe auf den Boden und geht davon, den Steg entlang, wortlos, richtungslos. Andere machen es ebenso. Die Gruppe der Anwälte zerstreut sich, wie unter Schock.

Die kleine Gruppe um Pierpaoli und Ariadna rückt zusammen, wie Schiffbrüchige in einem Rettungsboot. Sie haben gewonnen, sie haben den Beweis erbracht. Aber was als Sieg gedacht war, ist das absolute Scheitern. Es gibt nichts mehr zu tun.

Der Einzige, der weiterarbeitet, stoisch und in seiner kleinen Technik-Kabine auf dem Boot, ist Lucky, Nkunkes Hacker. Es gelingt ihm, auf einem der Netzwerk-Knotenpunkte die Blockade des Videosignals aufzuheben. Die Videoströme der Smartphones in die Welt sind jetzt wieder offen. Der aufgestaute Strom von Bildern und Videos von den Smartphones der Touristen ergießt sich in die Welt.

Gleichzeitig erscheint auch auf Pierpaolis Telefon ein Bild – Barré in seinem Krankenbett.

»Monsieur Pierpaoli? Hallo? Sind Sie noch da? Hallo?«

»Ja, ich höre Sie, Monsieur de Barré, wir sind noch hier.«

»Ich empfange jetzt Videos. Können Sie mir ein Bild des Parasiten geben?«

Pierpaoli fühlt sich entsetzlich müde, aber er kommt dem Wunsch nach. Er hält sein Smartphone vor den Bildschirm.

Eine Weile hört er keine Reaktion von Barré. Dann ein Räuspern:

»Monsieur Pierpaoli?«

»Ja?«

»Der Parasit ist tot.«

»Was? Wie bitte?«

»Offensichtlich schon sehr lange. Tot.«

Fünfzehntes Kapitel

Leben

»Der Parasit ist tot.« Diese am Telefon übermittelte Feststellung Hector de Barrés, lapidar getroffen und von seinem Krankenbett aus, wurde in den folgenden Wochen bestätigt. Es gab forensische Untersuchungen, ausführliche Laborproben und Analysen der alten Filter. Fazit: Alle Organismen der Spezies *Spheroplasma Polynesiae*, die Frey über seine Wolkentürme ausgebracht hatte, waren schon abgetötet, als er sie in die Atmosphäre pusten ließ.

Wie war es dazu gekommen?

Wie jeder Mikrobiologe weiß, kann eine einzige Hefespore, die sich in eine Kultur oder Lösung verirrt, dieselbe verderben; Sporen sind Weltmeister in der Disziplin der schnellen, hungrigen Vermehrung. Aus einer Spore wird unfassbar schnell eine Pilzkultur, die sich alle in der Lösung noch enthaltenen Einzeller einverleibt.

Und genau das war damals auf Freys Yacht geschehen. Der Transportbehälter des Parasiten war zwar steril und versiegelt gewesen. Aber jemand hatte die *Nährlösung* verschmutzt.

Ariadna hatte das getan – einer Intuition folgend. Denn sie hatte in der hektischen Situation, im Laderaum der *Change,* den Inhalt von ein paar Flaschen aus Freys Bar in die Fässer mit Nährlösung gegossen, in die *Nutrient Solution*. Sie hatte improvisiert. Und wenn überhaupt, dann hatte Ariadna vor allem auf die desinfizierende Wirkung des Alkohols gesetzt.

Doch nicht das bisschen Alkohol aus den teuren Whisky- und Wodkaflaschen hatte die Nährlösung kontaminiert. Sondern vielmehr die relativ kleine Quantität Kava, dieses rituell gebraute polynesische Rauschgetränk. Dasselbe Rauschgetränk übrigens, mit dem Pierpaoli auch schon Bekanntschaft gemacht hatte.

In der Herstellung wird die Wurzel des Kava-Pfefferstrauchs durchgekaut, dabei mit menschlichem Speichel durchmischt, ausgespuckt, abgesiht, bis man eine streng riechende und fermentierte Brühe bekommt – sicherlich nicht das hygienischste Vorgehen. Das Resultat enthält eine große Anzahl von Sporen – gierig, hungrig, konzentriert.

Freys Leute auf der *Change* hatten zwar penibel, wie ihnen vorgeschrieben war, die Temperatur des Transportcontainers kontrolliert und den Parasiten mit Nährlösung gefüttert – wie sie meinten. Tatsächlich war die gärende Nährlösung mit dem Hefepilz für den Parasiten tödlich.

Frey hätte es bemerken können, er hatte es jedoch eilig, denn er fürchtete, die umstrittene Wolkenturm-Anlage könnte nach der Wahl des neuen Präsidialrates gesperrt werden. Diese Eile machte seinen Plan zunichte. Hinzu kam Ariadnas Spontaneität, die in keinem Plan wirklich berücksichtigt werden kann.

Liebe Talasea!

Das ist ein großartiger Vorschlag, den Du mir gemacht hast, und ich fühle mich sehr geehrt. Meine Antwort, laut und begeistert: Ja!

In einem Punkt muss ich Dir allerdings widersprechen: Du schreibst, ich hätte mir das Jobangebot ohnehin durch meinen Einsatz »verdient«. Das finde ich nicht. In Sachen Garreth Martindale habe ich mir vielleicht »Verdienste« erworben, meinetwegen; aber als es darum ging, diesem schrecklichen Frey das Handwerk zu legen, da hat Tom die Hauptarbeit geleistet. Er war es auch, der am Ende die Idee hatte, der den »Angriff« strukturierte – erinnerst Du Dich, bei uns im Safe House, in der Küche? Ich bin nur meiner Intuition gefolgt und hatte Glück.

Irgendwie habe ich immer Glück. Und irgendwie wird Toms Beitrag am Ende gern unterschlagen. Nicht zuletzt, weil er es selbst so will. Ein Grund mehr, ihn zu lieben.

Doch jetzt zu dem Job, den Du mir anbietest: Ich bin natürlich keine ausgebildete Diplomatin oder so, aber das willst Du ja gar nicht, wie Du schreibst. Und, ja, ich kann gut Leute zusammenbringen, nach Gemeinsamkeiten suchen, nach Lösungen. Dass ich ein paar Sprachen beherrsche, wird helfen. Vielleicht auch meine Vergangenheit als »berühmter Popstar«. Du siehst die protestierenden Anführungszeichen; ich will eigentlich dieser Szene entfliehen.

Darum wäre die Möglichkeit, als Deine Assistentin zu arbeiten, mein Traum. Dass Du, Talasea, selbst kaum je physisch da sein wirst, stört mich nicht. Komisch, dass Du fragst. Du solltest mich kennen. Du, Talasea, bist mir als Projektion immer noch viel lieber als eine andere Chefin in Fleisch und Blut!

Also – gern kannst Du mir den Arbeitsvertrag zuschicken

lassen. Ich würde den Job antreten wegen der Möglichkeiten,
etwas Nützliches, Gutes zu tun – das ist eben mein alter
Spleen.

Herzlich
Ariadna

Thomas Pierpaoli
Oranjezicht Drive 275
Kapstadt, Südafrika

An das
»Hochkommissariat für die Neuordnung der Welt« /
»Pyramide«, Kapstadt
Z. Hd.: Buchhaltung/Erstattung, Mister Herges
Betr.: Orden, Rückerstattung

Sehr geehrte Damen und Herren,
sehr geehrter Mister Herges,

ich danke für die Verleihung des »Ordens für besondere
Verdienste« der Klima-Allianz. Da Sie im Begleitschreiben
meine außerdienstlichen Handlungen und Tätigkeiten als
»Notfall« im Sinne der Paragraphen 117b und 234, Abs. 2 der
Beamtengesetzverordnung (BGVO) anerkennen, möchte ich
darauf hinweisen, dass mir eine Rückerstattung der Unkosten
zusteht.

Hier eine Aufstellung meiner Ausgaben:

Einkauf, Panama: Unterwäsche, Kleidung (1 Satz): 24,79
Münzdusche, Panama (10 Minuten): 2,00
Colectivo, Panama (Taxifahrt Flughafen – Colón): 31,00
Adress-Auskunft (informell) / »Yaya«: 400,00
Observierungs-Maßnahmen f. Dr. Charles Elani (inform.),
Panama, 4 Tage à 400,00
= 1.600,00
Observierungs-Material f. Dr. Charles Elani (Wanzen etc.):
250,00
Informations-Beschaffung Hafenbehörde (informell /

»Bestechung«): 2 x Bestechungsgeld plus 1 Flasche Cognac:
1.580,00
Nicht-letale Bewaffnung (»Taser«): 685,00
Sicherung u. Lagerung/Container (Oktopus-Eier): 14 Tage
pauschal à 1.200,00
= 16.800,00
In-Gewahrsamnahme von Dr. Charles Elani / »Yaya«-Clan,
Panama: 50.000,00
7 Verlängerungstage à 3.000,00
= 21.000,00
Flugticket Panama – Santiago de Chile, inkl. Bestechung:
18.400,00
Hubschrauberflug Santiago – »Manganeso III«
(Förderplattform), inkl. Bestechung: 20.300,00
Ausrüstung u. Transfer »Manganeso III« – Isla Robinson Crusoe
(Bestechung): 4.000,00
Allgemeine Schutz-Dienstleistung durch »Nkunke Security
Corp.«: 64.370,00

Summe: 182.642,79 Global (= 365.285,58 Euro)

Ich bitte um Überweisung innerhalb von zwei Wochen. Meine
Kontonummer bei der Targobank, Kapstadt liegt Ihnen vor.

Hochachtungsvoll
Th. Pierpaoli

Wohnung von Ariadna Ferrer und Thomas Pierpaoli, Kapstadt, Südafrika

Später Abend in Kapstadt, die Sonne ist untergegangen, das Gezwitscher der Vögel ist verstummt. Leises Rauschen dringt herauf, ein gleichmäßiger Lärmstrich, von der *Pineapple Avenue* her. Pierpaoli sitzt im Wohnzimmer der kleinen Wohnung, die Ariadna und er bewohnen, im vierten Stock eines hellrot getünchten Wohnhauses im Stadtteil Camps Bay. Den Nachmittag hat er im Gewächshaus verbracht, das er nach seiner Rückkehr in einem heillosen Zustand vorgefunden hat, er musste aufräumen. Dann hat er geduscht, eine Kleinigkeit gegessen, jetzt sitzt er an dem rustikalen Esstisch unter dem seltsamen Kronleuchter, den Ariadna auf dem Flohmarkt gefunden hat und elektrifizieren ließ.

Pierpaoli sitzt allerdings im Dunkeln, er hat einen doppelten Scotch mit Eis neben sich und schreibt auf seinem Laptop, die einzige Lichtquelle im Raum. Pierpaolis Gesicht wird etwas gespenstisch angeleuchtet vom Bildschirmhintergrund.

Ariadna hat sich verabschiedet, ihr Yoga-Abend. Pierpaoli war das recht. Er will etwas aufschreiben, die ganzen letzten Tage schon.

Anfangs kommen die Wörter stockend, dann immer schneller, als schriebe er unter innerem Druck.

*

Die Erinnerung trügt. Das ist der eine Grund, warum ich diese Aufzeichnung beginne. Ich will irgendwann, wenn die Erinnerung womöglich verblasst ist, eine Möglichkeit haben, mich an die Details zu erinnern. Vielleicht will ich auch das Erlebte irgendwie verarbeiten; jedenfalls schreibe ich dies in erster Linie für mich selbst auf, nicht für die »Nachwelt«. Wobei ein Romanautor in unserer Geschichte wahrscheinlich genügend Stoff für einen saftigen Science-Fiction-Thriller fände.

Jedenfalls muss ich mir über manches klar werden. Das ist der zweite Grund für diese Aufzeichnungen, vielleicht sogar der wichtigere.

Ich glaube, ich stehe vor einigen Entscheidungen, die den Rest meines Lebens bestimmen werden. Mir ist ein Job angeboten worden, in meiner alten Abteilung, der Job meiner früheren Vorgesetzten, Juniper Gillespie, die ihrerseits befördert wurde. Vieles spricht dafür, ihn anzunehmen: Ich würde wieder Geld verdienen, ein regelmäßiges Gehalt, und das kann ich wahrlich gebrauchen, denn all meine Ersparnisse sind in diesen verrückten Wochen, in denen ich Elani, später Frey nachjagte, verpufft, verbrannt. Ich hätte, falls ich die Stelle annehmen würde, auch eine Aufgabe. Und das würde mich von meinen Grübeleien abhalten.

Andererseits – ich weiß nicht, ob ich wieder eintreten will in die Mühle, in den Laden. Und ich weiß auch nicht, ob ich das kann. Ich mache so vieles falsch; ich will es richtig machen, aber es misslingt.

Ariadna hält sich zurück mit Ratschlägen. Sie ist eine gute Zuhörerin, aber sie sagt, dass ich selbst herausfinden müsse, was ich will; wahrscheinlich hat sie recht. Gestern allerdings hat sie etwas gesagt, was mir seitdem nicht aus dem Kopf geht, es war nur so ein hingeworfener Satz zwischen Tür und Angel, aber ich fand, Ariadna hatte genau den Punkt getroffen, der mich so sehr beschäftigt.

Ich komme noch darauf zurück.

Also gut – der Reihe nach.

Als wir wieder in Kapstadt ankamen, nach diesem Wahnsinn, den wir da in Florida erlebt hatten, und als wir versuchten, unser normales Leben aufzunehmen, da habe ich einer gewissen Paulina K., der ehemaligen Freundin meines Kollegen Perreira, einen Besuch abgestattet. Ich fand, das gehörte sich. Gaetano Perreira war ein sehr anständiger Kollege, ein hervorragender Ingenieur und bestimmt ein guter Mensch. Paulina und ich trafen uns in dem Café, in dem Perreira ums Leben kam. Oder ermordet wurde – in diesem Punkt war sich Paulina sicher. Sie sagte es immer wieder. Ich fürchte, ich habe ihr zugestimmt. Ich konnte nicht anders; ich habe einfach nur gesagt, was ich denke. Ich sagte, dass Frey wahrscheinlich den Mord in Auftrag gegeben hätte. Frey – gegen den gerade das Ermittlungsverfahren eröffnet worden war (aber noch war er auf freiem Fuß). Den Mord hatte er veranlasst wegen eines Berichts über Filter, den Perreira verfasst hätte – so absurd sei das. Es täte mit sehr leid.

Paulina nahm diese Information ganz ruhig auf, scheinbar. Sie hatte ja selbst Nachforschungen anstellen lassen. Aber zwei Tage später erwartete Paulina den überraschten Frey, als er zur Vernehmung gefahren wurde, und erschoss ihn auf den Stufen des Polizeipräsidiums inmitten seiner Anwälte und Bodyguards. Anschließend ließ sie sich widerstandslos festnehmen.

Ich war entsetzt. Bin es noch. Ariadna sagt zwar, es sei nicht meine Schuld, aber das sehe ich anders. Ich hätte einfach nur meinen Mund halten sollen. Ich hätte etwas vorausblickender sein müssen. Paulinas Leben ist jetzt auch zerstört.

Es gab nach unserer Rückkehr allerdings auch gute Neuigkeiten. Asta, die Kapitänin, die mich zum Tauchen mitgenommen hatte, kam aus dem Gefängnis frei. Sie konnte ihren Sohn aus dem Kinderheim abholen. Ihr Boot ist freilich weg, und sie schlägt sich als Hafenarbeiterin durch. Aber immerhin sitzt sie nicht in einer Zelle. Sie hat mir geschrieben, wir bleiben in Kontakt, vielleicht wird es eine Freundschaft.

Auch Talasea hat sich gemeldet. Wir sprachen über ihren Bruder, Charles Elani, den ich über Wochen verfolgt, ausspioniert habe. Den ich sogar kidnappen ließ, dann an Frey übergab – worauf Frey ihn mit einer Bombe töten ließ. Das alles war Teil des Verfahrens, die juristische Maschinerie der Klima-Allianz lief langsam, aber sie lief. Ich bin vielleicht nicht direkt schuld an Elanis Tod; doch zumindest war ich beteiligt. Wäre ich nicht gewesen, würde er wahrscheinlich noch leben. Ich wollte nur das Richtige tun, doch im Grunde habe ich die ganze Zeit im Blindflug agiert. Wie auch bei Paulina.

Es war interessant, dass Talasea mir zustimmte, aber mich auch tröstete. Sie – die immerhin ihren Bruder verloren hat! – sagte, ihr Horizont und ihre Voraussicht seien vielleicht etwas weiter als bei »normalen« Menschen (womit sie nicht-infizierte Menschen meint, also uns alle), aber auch sie könne nicht alles sehen, wissen. Und schließlich hätte sie mich nach Panama geschickt. Zu ihrem Bruder. Sie konnte nicht absehen, was daraus wird. Das ist wahr, ich musste ihr zustimmen.

Die Lehre daraus? Dass es verdammt schwierig ist, das Richtige zu tun? Oder sogar unmöglich?

Hätte ich denn Elani einfach gewähren lassen sollen? Der Mann hatte einen irren Plan. Aber er wollte die Menschheit *nicht* mit dem gefährlichen Parasiten infizieren. Darin bin ich mir sicher. Er wollte den Parasiten erst modifizieren, sozusagen »gut« machen; erst dann wollte er ihn ausbringen. Aber dazu kam es nicht. Ich habe es verhindert. Ich war es, der ihn bis Panama verfolgte. Ich war es, der befand, dass Elani gefährlich sei. Aber war er wirklich so gefährlich?

Und war seine Idee wirklich so abgrundtief schlecht?

Diese Frage stelle ich mir, heimlich sozusagen. Aber vielleicht braucht die Menschheit mit ihren vielen kleinen Egos und Egoismen tatsächlich so etwas wie einen Parasiten, der sie zur Vernunft bringt?

Hector de Barré sieht es nicht so. Er hat nach dieser Geschichte jedwede Forschung an dem Parasiten abgebrochen, alles Material, das er noch irgendwo hatte, hat er vernichtet, damit kein anderer es bekommt. Barré sagt, es sei gut, dass der Parasit ein für alle Mal vernichtet ist (denn das ist er, trotz intensiver forensischer Suche gibt es keine Spuren, weltweit nicht), und keine Forschung und kein Wissenschaftler sollten ihn je wieder auferstehen lassen. Ich stimme ihm zu. Der Parasit lebt noch in einer einzigen Spezies, in den gigantischen Oktopoden, aber das ist der Ur-Stamm, und der kann nicht auf den Menschen übergehen. Wir Menschen sind sicher.

Andererseits ist uns auch diese Möglichkeit verbaut. Gut? Schlecht?

Ariadna hat neulich etwas sehr Interessantes angesprochen. Es war eine Situation zwischen Tür und Angel, sie wollte gerade los, aber wir redeten noch. Und sie meinte plötzlich, Elanis Idee sei vielleicht gar nicht so falsch gewesen. Das Ziel sei jedenfalls gut gewesen, sagte sie, das Ziel, die Menschen zu ändern, nur das Mittel nicht – der Parasit.

Und dann fügte sie hinzu, wir Menschen müssten es eben ohne Parasiten schaffen, ganz einfach, aus eigener Kraft, dann wäre alles gut.

Und dann zog sie die Tür zu und war weg.

Typisch Ariadna. Sie trifft den Kern des Problems, und dann zischt sie ab zum Yoga. Und den Rest des Rätsels muss man allein lösen.

Nehmen wir an, wir Menschen müssten uns ändern, und wir müssen es eigenständig hinkriegen – nehmen wir mal an, das sei die simple Antwort. Jeder fängt bei sich an, und zwar jetzt, sofort. Die Klima-Allianz hat die Weichen gestellt, aber jetzt sind wir dran. Die Politik kann uns diese Arbeit nicht abnehmen.

Ein Anfang könnte darin bestehen, dass wir wirklich nur Dinge tun, die wir verstehen und überblicken. Demut und Sorgfalt wären angebracht, das sind nicht die schlechtesten Werte. Vielleicht noch Wahrhaftigkeit. Das gefällt mir.

Daraus folgt, dass ich den Job bei *Science Control* in der »Pyramide« nur unter einer Bedingung annehmen werde. Nämlich unter der Bedingung, dass ich nicht auf Gillespies Planstelle lande. Dass ich nicht ihren Geheimdienst-Job machen muss. Denn ich weiß, was ich kann; und deshalb lasse ich die Finger von den Sachen, die ich nicht kann – ich bin kein Geheimdienstler. Ich bin Wissenschaftskontrolleur. Darin bin ich gut.

Ich glaube, das wird meine Antwort sein.

Ich kann nur das Richtige tun, soweit ich die Dinge überblicke. Eins nach dem anderen. Schön behutsam. Man überquert die Brücke, wenn man ankommt, vorher nicht. Ich glaube, das ist erst mal alles.

Das Tier der fast unbekannten Spezies *Megaloctopus octaviae,* ein relativ junges Tier noch, ist nach seiner Eiablage in der Ostsee, und nachdem man ihm das Gelege geraubt hatte, von dort aus aufgebrochen und hat in vergleichsweise kurzer Zeit den Atlantik durchschwommen. Es war betäubt worden, hat aber diesen Angriff ohne Folgen überstanden.

Jetzt befindet es sich im Golf von Mexiko, es schwimmt vor Panama, vor dem Containerhafen von Colón, etwa vierzig Seemeilen vor dem Festlandsockel oder Schelfbereich. Das Meer in diesen Breiten bietet dem Tier keine idealen Bedingungen, denn der Schiffsverkehr ist erheblich – wegen des Panamakanals. Die Gewässer sind außerdem nicht sehr fischreich, die Wassertemperatur ist eigentlich zu hoch. Trotzdem ist *Megaloctopus* hierhergekommen, das Tier scheint sogar hierbleiben zu wollen, es durchkreuzt die Meeresregionen, als sei es auf der Suche. Ist das Tier auf der Suche? Und falls ja: wonach?

Warum ist es hier?

Die folgenden Ereignisse, die Oktopoden-Eier betreffend, lassen sich nicht mit letzter Sicherheit rekonstruieren. Jedoch geht aus Indizien und Zeugenaussagen hervor, dass der Kühlcontainer mit dem Gelege, welches Elani mit Astas und Mutterperls Hilfe (zwei dieser drei Personen sind tot) seinerzeit dem Muttertier in der Ostsee entwendet hatte, an einem unbeaufsichtigten Ort in Colón einfach nur abgestellt wurde – irgendwo abgestellt und vergessen. Und zwar von Fausto. Abgestellt am Ende einer Kaimauer, zwischen verrosteten Baumaschinen und Autowracks.

Fausto, der Kleinkriminelle mit dem Rüschenhemd, hatte den Anweisungen seiner Clanchefin Folge geleistet – aber nur zum Teil. Er hatte den Container »in Sicherheit« gebracht, dann jedoch das Interesse verloren. Auch Yaya, die fast zahnlose Chefin des Clans, dachte nicht mehr daran. Es gab andere Aufträge.

Und so blieben die rund 80 000 Eier, jedes etwas kleiner als ein Tischtennisball, in dem hellblauen Container mittlerer Größe, zwanzig Kubikmeter fassend, inklusive Kühlaggregat und pH-Wert-System. Sie schwammen in einer elektronisch überwachten Nährstofflösung, Fette, Aminosäuren, Salze, Wasser in exakter Mischung, und sie waren dort einigermaßen sicher. Solange das Kühlaggregat die Innentemperatur stabil hielt.

Nach einigen Wochen – der genaue Zeitpunkt ist nicht zu eruieren – war der Kühlakku leer, und die Temperatur im Container stieg tagsüber schlagartig. Fast die gesamte Eiablage wurde vernichtet. Aber eben nur fast.

Durch die gestiegene Innentemperatur schlüpften einige Jungtiere von *Megaloctopus octaviae*; wie viele, weiß man nicht. Geschlüpfte Oktopoden folgen ihrem Instinkt: Der Instinkt führte sie zu offenem Wasser.

Der Kühlcontainer hatte zwischendurch eine Beschädigung erlitten; eine Kante war verbogen und teilweise geschlitzt. Nur deshalb hatte Fausto einen Blick auf die Eier werfen können – die er »Glibberdinger« nannte.

Einige Dutzend geschlüpfter Oktopoden müssen sich aus ihrem Gefängnis befreit haben; es sind ausgezeichnete Kletterer, und sie können sich bekanntlich und vermittels ihrer weichen Körper durch die dünnsten Spalten zwängen.

So war es auch hier. Einige Dutzend Oktopoden verließen den Container und bewegten sich über die Kaimauer Richtung offenes Meer. Die allermeisten fielen den stets hungrigen Möwen zum Opfer, für die diese Jungtiere ein willkommener Snack waren. Etliche werden auch in die falsche Richtung gekrabbelt sein, möglicherweise vertrockneten sie oder wurden überfahren.

Einige aber, die stärksten Tiere oder jene, die Glück hatten, schafften es zum Wasser. Sie ließen sich ins Meer gleiten und schwammen ihrer Wege – natürlich waren sie noch klein und eine Beute für Raubfische aller Art. Und doch darf man annehmen, dass einige Oktopoden vorausahnend waren und die Gefahren vermeiden konnten und überlebten und heranwuchsen und immer noch leben, irgendwo in den Tiefen der Weltmeere.

Dank und Widmung

Schreiben ist eine einsame Beschäftigung; umso dankbarer ist man für Ratschläge, umso mehr freut man sich über Ermunterung. Auch an diesem Buch, wie bei den beiden Vorgänger-Büchern, haben Freunde und Unterstützer mitgestrickt. Vor allem Oliver Keidel, wohl einer der besten Drehbuchautoren im Lande (außerdem Träger des »Deutschen Drehbuchpreises«, neben vielen anderen Auszeichnungen). Oliver half beim Plot, er schärfte die Dialoge, er legte den Finger – gelegentlich schmerzhaft – auf flaue Stellen. Aber er lobte auch und half uns, ganz wie ein ausgezeichneter Trainer, die Marathonstrecke des Schreibens durchzuhalten.

Mit John Lahann zusammen sortierte Oliver die Handlungsfäden, die sich nicht selten verknäulten. John, studierter Musiker und ein »Ass am Bass«, wie Freunde ihn nennen, hatte natürlich auch ein wachsames Auge auf jene Passagen, in denen von Ariadnas Musik erzählt wird.

Peter Scholler und Daniel Hautmann waren unschätzbare Berater in allen technischen Fragen. Ohne Andres Kohla, einen erfahrenen Segler, wären die vielen Schiffe, die im Buch vorkommen, alle schon untergegangen. Professor Andreas Oschlies vom Geomar-Helmholtz-Zentrum für Ozeanforschung führte mit uns die interessantesten Gespräche über Winde, Meeresströmungen und die Rolle der Meere für das Klima. Professor Ottmar Edenhofer aus Potsdam nahm sich viel Zeit, uns »sein« Potsdam-Institut für Klimafolgenforschung zu zeigen und für Fragen zur Verfügung zu stehen. Heike Vesper vom WWF war, wie immer, so freundlich wie hilfsbereit. Mit Daniel Tamberg konnten wir die politischen Fragen diskutieren, die Talasea (wie sie in diesem Buch heißt) entwickelt.

Florian und Jochen Held sind Zauberer, wenn es um Software-Themen geht; sie konnten die spannendsten Dinge über Drohnen und Überwachungssysteme erzählen. Unsere Freundin Catrin Diller in Spanien war eine unschätzbare Rechercheurin, ebenso Dascha Parkhomenko, Niclas Seydeck, Bente Faust, Robert Stier –

und natürlich Jan Oliver Löfken, Physiker und hochkarätiger Journalist. Tausend Dank!

Sammy und Gregor von Bismarck ließen uns einen Sommer lang in ihrem romantischen Haus am Stangenteich, mitten im Sachsenwald, wohnen, wo die Wildschweine gelegentlich vor die Terrasse kamen und uns inspirierend anschnauften; Nicola von Hollander gab uns den Schlüssel zu ihrem Herrenhaus in Niendorf, wo wir tagsüber schrieben und nachts ihre entlaufenen Schafe einfangen durften – eine gute Abwechslung zur Schreibtischarbeit. Alexander Smoltczyk vom »Spiegel« war der beste »Gegenleser« der Welt.

Unsere Söhne, Daniel und Raoul Roßmann, Hans und Henri Hoppe, halfen uns mit Zuspruch und guter Laune. Aber es war vor allem Henri, der Biochemie-Student (und inzwischen Bachelor), der uns das erste Mal von der faszinierenden Welt der Parasiten erzählte, von den Wundern der Mikrobiologie, von Eukaryoten, Enzymen und Zellen. Ohne Henri wäre dieses Buch nicht geschrieben worden; nicht so jedenfalls. Sein Lehrer, Professor Felix Jonas, war mehr als ein Unterstützer des Projekts – er war ein Berater, wie man ihn sich nur wünschen kann. Genauso wie Oberstleutnant Dr. Alexander Ziegler, Entdecker des Dumbo-Oktopus und einer der kundigsten Oktopoden-Experten im Land. Seine Literaturhinweise waren großartig.

Wir danken den Rossmann-Mitarbeiterinnen Petra Czora und Anna Kentrath für Marketing-Ideen und Pressearbeit; wir danken Christina Heise und Sabine Träger.

Und wir ziehen natürlich unsere Hüte vor Marco Schneiders, Verlagsleiter Belletristik beim Lübbe-Verlag, für seine wertvollen Ratschläge, seine kluge Textredaktion und seine Geduld.

Vor allem aber danken wir unseren Ehefrauen – Alice Schardt-Roßmann und Claudia Spielmann-Hoppe. Wofür? Für alles.

Wir widmen dieses Buch den nachfolgenden Generationen.

Jetzt oder nie!

Dirk Rossmann
DER NEUNTE ARM
DES OKTOPUS
Thriller

400 Seiten
ISBN 978-3-7857-2741-6

Der Klimawandel – eine Katastrophe ungeahnten Ausmaßes steht uns bevor. Verändert unsere Erde. Verändert unser aller Leben.

Das Fiasko scheint unaufhaltsam.

Bis die drei Supermächte China, Russland und die USA einen radikalen Weg einschlagen. Doch wird die neugegründete Weltregierung das Ruder noch herumreißen?

Während sich die globale Supermacht im Kampf zwischen Klimarettung und Atommächten befindet, liegt das Schicksal der Erde plötzlich in den Händen eines schüchternen Kochs und einer unscheinbaren Geheimagentin.

Lübbe

In wessen Händen liegt unsere Zukunft?

Dirk Rossmann / Ralf Hoppe
DER ZORN DES OKTOPUS
Roman

608 Seiten
ISBN 978-3-7857-2801-7

Das Jahr 2029, die Klimakatastrophe ist da, und die Menschheit kämpft ums Überleben. Die Klima-Allianz, ein Bündnis der großen Machtblöcke, will Chaos und Hungerkriege verhindern. Ihr wichtigstes Instrument: ein Supercomputer.

Doch dann fällt dieser Quantencomputer in die Hände eines ebenso brillanten wie besessenen Verbrechers. Und plötzlich sind da nur noch zwei Menschen, die das Allerschlimmste verhindern müssen – Thomas Pierpaoli, ein kleiner Beamter, und Ariadna, eine temperamentvolle Millionärin. Gejagt und in Gefahr – und mit nur einem Ziel vor Augen: die Welt zu retten.

Lübbe

Die Community für alle, die Bücher lieben

Das Gefühl, wenn man ein Buch in einer einzigen Nacht verschlingt – teile es mit der Community

In der Lesejury kannst du

★ Bücher lesen und rezensieren, die noch nicht erschienen sind

★ Gemeinsam mit anderen buchbegeisterten Menschen in Leserunden diskutieren

★ Autoren persönlich kennenlernen

★ An exklusiven Gewinnspielen und Aktionen teilnehmen

★ Bonuspunkte sammeln und diese gegen tolle Prämien eintauschen

Jetzt kostenlos registrieren: www.lesejury.de

Folge uns auf Instagram & Facebook:
www.instagram.com/lesejury
www.facebook.com/lesejury